Mit seinem Buch »Ich hasse dieses Internet«, einem umwerfenden Abgesang auf das digitale Zeitalter, wurde Jarett Kobek bekannt. Jetzt legt er seinen zweiten Roman vor. Darin schickt er seine beiden Hauptfiguren in das New York der achtziger Jahre, noch ganz ohne Internet, in eine nicht gentrifizierte Stadt, mitten hinein in die Welt der Clubs, Exzesse und ausschweifenden Partys.
New York City, 1986: Als die wohlhabende Kunststudentin Adeline in einem besetzten Haus im East Village auf Baby trifft, der mit nicht mehr als ein paar Dollar in der großen Stadt gestrandet ist, nimmt sie ihn bei sich auf. Sie zeigt ihm die Bars, die Drinks, die Kunst, das Leben. Nächtelang ziehen die beiden durch die Clubs von Downtown Manhattan, gehen feiern, getragen von der energetischen Lebenswut der Stadt. Ein euphorischer Roman über eine Freundschaft, die alles übersteht, selbst das Erwachsenwerden – weise, schnell, heiter.

Jarett Kobek hat an der NYU in New York City studiert und in der kalifornischen Techie-Szene gearbeitet. Sein erster Roman, »Ich hasse dieses Internet«, wurde zu einem internationalen Überraschungserfolg und erschien in sieben Sprachen. Jarett Kobek lebt in Los Angeles.

Weitere Informationen finden Sie unter www.fischerverlage.de

JARETT KOBEK

UNSERE WUNDERBAR KURZE ZUKUNFT

Roman

Aus dem Amerikanischen
von Eva Kemper

FISCHER Taschenbuch

MIX
Papier aus verantwortungsvollen Quellen
FSC® C083411
www.fsc.org

Deutsche Erstausgabe

Erschienen bei FISCHER Taschenbuch
Frankfurt am Main, August 2018

Die Originalausgabe erschien 2017
unter dem Titel »The Future Won't Be Long«
bei Viking, an imprint of Penguin Random House,
New York, USA

Satz: Dörlemann Satz, Lemförde
Druck und Bindung: CPI books GmbH, Leck
Printed in Germany
ISBN 978-3-596-29833-4

Für e. j., wo immer sie sein mag
auf diesem amerikanischen Kontinent

September 1986

Babys Eltern bringen sich um,
worauf Baby nach New York geht

Ich zog nach New York, kurz nachdem meine Mutter meinen Vater getötet hatte, oder hatte mein Vater meine Mutter umgebracht? Jedenfalls hatte einer den anderen in einem roten Nebelschleier aus Blut und gebrochenen Knochen abgemurkst. Es dauerte Wochen, den Papierkram auszufüllen und das Blut wegzuwischen.

Nachdem diese unschönen Aufgaben erledigt waren, ließ ich meine Geschwister im Stich und stieg auf dem Parkplatz eines Eckladens in der Peripherie meiner piesligen Kleinstadt in Wisconsin in einen Greyhoundbus. Sechsunddreißig Stunden später war ich in der Stadt.

Als ich den Port Authority Busbahnhof, der mir eine Scheißangst einjagte, verließ, konnte ich das Empire State Building nicht sehen, also fragte ich einen Polizisten, wie ich zum Fluss käme. Er sah mich an und brüllte vor Lachen, weil ich so ein Bauerntrottel war, und zeigte mir, wo Westen war.

Ich lief am helllichten Tag die 42nd Street entlang. Und wurde nicht überfallen. Am Ende der Straße überquerte ich den Highway und kam auf einen Pier. Ich sah mir den Hudson River an. Ich sah mir New Jersey an. Ich beobachtete Schiffe auf dem Fluss. In der Ferne sah ich die Freiheitsstatue und glaubte ihrer protzigen Symbolik.

Niemand in New York würde sich meine pieslige Kleinstadt in Wisconsin je vorstellen können. Das war schlicht eine Frage der Größe. Selbst in Kuhkaffington, Ohio, oder Hinterwalding, Pennsylvania, gab es Wohnviertel und Straßen und ein paar tausend Einwohner. In meiner piesligen Kleinstadt lebten siebenhundert Menschen, vor allem Farmer.

Wenn man in solchen Orten etwas unternehmen will, sich die Zeit vertreiben will, fährt man herum, Tag für Tag für Tag. Man tuckert in seinem Auto die drei Häuserblocks der Main Street rauf und runter, sieht Jungs, die man von der Schule kennt, und tut so, als wollte man die Mädchen vögeln.

Als sich dann New York City als Option auftat, sagte ich *o ja, bitte*. Ich gehöre dir. Erobere mich. Ich unterwerfe mich deinem unterirdischen Geflecht der Seele. Bring mich zur 241. Street und der White Plains Road. Bring mich nach Coney Island. Bring mich nach Midtown. Nach Morningside Heights. Nach Flushing, nach Gowanus, zur Wall Street. Ich gehöre dir. Ich gehöre dir. Befreie mich von der Tyrannei des Automobils!

Ich konnte laufen, endlich konnte ich laufen. Zu Hause in Wisconsin fuhr man drei volle Stunden, wenn man eine Platte oder ein Buch oder eine Hose oder irgendwas anderes kaufen wollte. Und dann war man erst in einem Kaff mit vielleicht zehntausend Einwohnern, das nur bei den Leuten zu Hause als Stadt durchging.

O Menschen, o die Menschen, o New York, o deine wunderbaren Menschen. Deine Puerto Ricaner, deine Hebräer, deine Muslime, deine Chinesen, dein Eurotrash, dieser fette kleine Wichser Norman Mailer, deine reiche Schickeria aus dem nördlichen Manhattan, dein Abschaum im Südteil der Insel, deine schwarzen Amerikaner, deine Koreaner, deine Haitianer, deine Jamaikaner, deine Italiener, deine Iren aus Hell's Kitchen, Julian

Schnabel, deine weißen Prolls aus Far Rockaway und Staten Island. O New York, ich habe deine Menschen geliebt. Sie waren alle so hinreißend! Viele sahen grässlich aus, richtig hässlich mit scheußlichen Zähnen, aber sogar die Hässlichen waren hinreißend! O, ich war im Himmel.

Und deine Schwulen, New York, o Gott, deine Schwulen. Meine ganze Hoffnung war, dass sie mich lieben würden.

Ich war schwul bis über beide Ohren, nur hatte Wisconsin mir Landei kaum Gelegenheiten zur erotischen Liebe eröffnet, wie sollte ich also auch nur eine gemeinsame Sprache mit den Vielvöglern und Lederjungs finden?

In der neunten Klasse beging ich einmal den Fehler, meinem besten Freund Abraham einen zu blasen. Ich traute mich nicht, Abe in meinem Mund kommen zu lassen, also brachte ich ihn bis kurz davor und ließ ihn dann in seine Decke zucken. Als Strafe wollte er sich nicht revanchieren, was mich echt runterzog, aber immerhin machte er es mir mit der Hand, und das war auch nicht schlecht.

Ich ging nach Hause und dachte darüber nach. Ich beschloss, dass ich meinem besten Freund erlauben würde, in meinem Mund zu kommen.

Als ich am nächsten Tag den ersten Blowjob meines Lebens bekam, platzte seine Mutter ins Zimmer. Sie sah alles. Ihren nackten Sohn, mich, ebenfalls nackt, meinen Schwanz in seinem Mund, meine Hände auf dem sanften Flaum auf seinem Bauch. Ich rannte hinaus und fuhr nach Hause. Weder Abe noch seine Mutter sagten je etwas dazu, aber unsere Freundschaft zerbrach darüber, und während meiner letzten Jahre an der Highschool lebte ich in Angst, ich müsste unsere Stadt in Schimpf und Schande verlassen.

Danach lief mit niemandem mehr was, abgesehen von den

paar Mädchen, mit denen ich rumknutschte, um den Schein zu wahren. Ihre Zungen in meinem Mund waren wie weiche Roboter, sie weckten vages Interesse, aber keine sexuellen Gelüste, keine Sehnsucht, kein Verlangen.

Und dann kamst du, New York, wie eine schwule Homecoming Queen hast du vor mir gestanden, die Hände in die Hüften gestemmt, und mich schüchternes Mauerblümchen gemustert. Mit deinem Meatpacking District, deinen Piers im West Village und Fire Island. Ich gehörte dir und rief: *Oh, nimm mich, nimm mich, nimm mich!* Aber bevor irgendwas passieren konnte, brauchte ich erst mal eine Bleibe.

Ein Typ aus meiner piesligen Kleinstadt wohnte schon in New York. Dieser Typ aus meiner piesligen Kleinstadt war etwa drei Jahre älter als ich. Ich bat den Bruder des Typen um die Telefonnummer des Typen.

– Überleg es dir, sagte sein Bruder, wir reden nicht viel mit ihm, und ich habe gehört, er soll ziemlich verkommen leben.

Verkommen klang großartig. Und weil ich Wisconsin verlassen wollte, war mir die Telefonrechnung egal, also rief ich in New York an. Er hieß David.

Ein Mädchen hob ab. Ich fragte nach David.

– Okay, Alter, sagte sie, warte mal.

Ich wartete etwa zehn Minuten. Als er ans Telefon kam, sprach er mit hoher, nasaler Stimme.

– He, winselte er, ist da El Gato?

– Ich bin's, sagte ich, wir kennen uns, erinnerst du dich?

Er erinnerte sich nicht.

– Ich bin der Typ, sagte ich, der in der Schule am gleichen Tag den Rekord für die fünfzig und die hundert Meter gebrochen hat, weißt du noch?

– Ach ja, sagte er, der Typ. Warum rufst du an?

Ich bettelte und buckelte, bis er sagte, wenn ich wirklich an die Ostküste käme, könnte ich bei ihm wohnen, und mir seine Adresse in der 12th Street gab. David erklärte mir die groben Navigationshilfen für ein Leben in New York. Er sagte, ich solle das Empire State Building suchen und darauf zulaufen. Einmal an diesem Riesen vorbei, könnte ich Norden und Süden erkennen, wenn ich nach den Zwillingstürmen Ausschau hielt, deren relative Lage dann auch Osten und Westen anzeigen würde. Diese Methode half nur weiter, solange man nicht oberhalb der 30th Street war, aber mal ehrlich, sagte David, wer ging denn weiter als bis zur 30th Street? Höchstens irgendwelche Arschlöcher wegen Drogen.

Ich lief vom Highway zum Times Square. Dort war es unglaublich. Das kennen Sie ja alles. Wer kennt es nicht? Den Sex und den Schmodder in ihrer Schmetterlingsmetamorphose zur Touristenfalle, zu einem Walt-Disney-Wunderland. Ich konnte der Verwandlung zusehen, das heißt, ich war in der Stadt, während sie geschah, denn ehrlich gesagt spielte sich das alles oberhalb der 30th Street ab. Und wer ging schon zum Times Square? Höchstens zum Club USA. Aber sonst?

Auf dem Weg den Broadway hinunter sah ich mir die Läden und Häuser an. Weil ich ein Landei war, schaffte ich es nicht, auf Abstand zu bleiben. Mit erschreckender Regelmäßigkeit rempelte ich Leute an. Die meisten liefen weiter, ohne sich umzusehen. Ein paar beschimpften mich aufs Übelste.

Ich erreichte den Union Square. Er war eine Ruine, ein Park, umringt von Huren und Zuhältern und selbst voller Drogendealer. Ich verstand nicht, warum immer wieder Männer fragten: *Besteck, Besteck, brauchste Besteck?*

— Nein, danke, ich habe gar nichts zu essen dabei.

— Bist du bescheuert oder was?

Ich hielt die Klappe und lief weiter bis zur 12th Street. Danach ging es durch das East Village und Alphabet City. David hatte gesagt, er würde in einem alten Brownstone zwischen der B und der C wohnen. Ich fand das Haus nicht sofort, weil die Adresse nicht auf dem Gebäude stand. Ich klopfte lange, aber niemand machte auf. Ich versuchte, die Tür zu öffnen. Der Knauf ließ sich drehen. Ich ging hinein.

Das Haus war ausgebrannt und verdreckt, es hatte die Farbe von verkohltem Holz, überall Müll, die Wände voller Graffiti. Stromkabel, Wasserrohre, Dämmstoffe, alles lag offen. Niemand war zu sehen.

— Hallo, David?

Ich ging weiter ins Haus hinein und rief noch einmal. Hinter der Treppe kam ein Typ hervor, der nach Punkrocker aussah. Abgesehen von Albumcovern und dem Fernsehen und Zeitschriftenbildern hatte ich noch nie einen Punkrocker gesehen.

— Was willst du?, fragte der Typ, der nach Punkrocker aussah.

— Ich suche David?

— Wer zum Teufel ist David?

— David, er kommt aus der gleichen Stadt wie ich. In Wisconsin? Ich habe ihn letzte Woche angerufen, er hat mir diese Adresse gegeben.

— Versuch's mal oben, sagte der Typ, der nach Punkrocker aussah, aber klau nichts.

Ich ging nach oben in den ersten Stock. Irgendwelches Zeug knirschte und zerbrach unter meinen Füßen. Ich spähte in eines der Schlafzimmer. Ich konnte überhaupt nichts sehen. Ich legte einen Lichtschalter um. Es gab keinen Strom.

— David, David, wo bist du, David?

Dann hörte ich eine schwache Stimme.

– Hierher, sagte die Stimme auf der anderen Seite des Flurs. Ich ging hinüber.

– David?, fragte ich in die Dunkelheit.

– Hier drüben, sagte jemand.

Ich ging auf die Stimme zu. Ein junger Mann lag auf einem Haufen alter Klamotten.

Zu Hause war er schön gewesen. Ich erinnerte mich noch an seine Haut mit ihrem Geflecht blauer Adern. Jetzt dunkelten mehrere zusammengepresste Schmutzschichten seine von Akne übersäte Haut ab und trübten seine finsteren Tätowierungen. Seine braunen Haare waren schmierig verfilzt.

– Wer bist du?, fragte er.

– David, ich bin's, weißt du noch? Der Junge, der die Rekorde für den 50- und den 100-Meter-Lauf gebrochen hat?

– He, Mann, du bist in New York?

Ich setzte mich neben David auf einen zweiten Klamottenberg. Ich redete nicht viel. So weit hatte ich nicht vorausgedacht. Selbst wenn er nicht heruntergekommen leben würde, worüber hätten wir reden sollen? Über David wusste ich nur, wie verknallt ich in der zehnten Klasse in ihn gewesen war. Zwei volle Wochen lang hatte ich mir beim Masturbieren seinen Schwanz in meinem Mund vorgestellt. Es hatte eine Flut von Samen gegeben, sowohl von echtem als auch vorgestelltem.

David sackte zusammen, das Kinn sank ihm auf die Brust. Weil ich noch nie einen Junkie gesehen hatte, dachte ich, er wäre müde. Zwanzig Minuten verstrichen. Dann hielt ich es nicht mehr aus.

– David, sagte ich. David, wach auf.

– O Mann, du bist noch hier? Wie bist du hergekommen?

– Weißt du noch, als wir telefoniert haben?

– Nein?

– Du hast gesagt, ich könnte bei dir wohnen.

– Echt?

– Ja.

– Kostet fünfzig Dollar Miete pro Woche.

– Fünfzig Dollar pro Woche?

– Die Stadt ist teuer. Jeder zahlt was. Du gibst es mir, ich geb's dem Boss.

– Am Telefon hast du nichts von Miete gesagt.

Aber ich konnte mir meine Worte sparen. Er war wieder eingeschlafen.

Ich suchte eine Stelle, an der ich meine Tasche sicher verstauen konnte. Die Einrichtung des Zimmers bestand vor allem aus zwei getrennten Matratzenstapeln, um die mehrere kaputte Tische verteilt waren.

Jemand hatte die Fenster mit schwarzem Tonpapier zugeklebt. Schmutzige Kleidung und Essensverpackungen aus Plastik. Ich schob ein paar Klamotten in der hintersten Ecke zusammen und stopfte meine Tasche unter den Stapeln. Obendrauf verteilte ich ein paar Verpackungen von Minikuchen.

Auf dem Flur dröhnte eine Stimme durch die Holzdielen des zweiten Stocks herunter. Auf dem Weg ins Erdgeschoss blieb ich stehen, weil sich die Schatten bewegten.

– Dir ist schon klar, dass du ihm nicht wirklich Geld geben musst, oder? David quillt der Schwachsinn schon aus den Ohren. Hier gibt es keine Miete. Und auch keinen Vermieter. Das Haus hier ist besetzt, Schätzchen.

Die Schatten kamen näher. Ein Mädchen, vielleicht ein Jahr älter als ich, neunzehn oder zwanzig, in einem karierten grauen Rock mit hässlichen gelben Turnschuhen und einer zerrissenen schwarzen Strumpfhose. Ihre roten Haare standen in wilden

Spitzen vom Kopf ab. Ein paar Strähnen hatte sie schwarz gefärbt.

– In dieser verrufenen Bleibe zahlt keine Menschenseele Miete, sagte sie. David will sich Stoff besorgen. Du wirkst wie ein leichtes Opfer.

Ich wurde rot. Ein leichtes Opfer?

– Ich heiße Adeline, sagte sie. Manchmal übernachte ich hier.

Erst wollte ich ihr meinen richtigen Namen sagen, aber dann überlegte ich, warum ihn hier überhaupt jemand kennen sollte. Ich war aus den gleichen Gründen wie alle anderen nach New York gekommen. Um vor mir selbst zu fliehen, vor der Vergangenheit, vor allem früheren Wissen.

– Nenn mich Baby Baby Baby, sagte ich.

– Darf ich dich einfach Baby nennen?

Ich dachte kurz nach.

– Okay, sagte ich, aber nur als Spitzname.

– Dann also Baby.

Unten erklangen Schritte, sie näherten sich der Haustür. Ein Pärchen, ein Junge und ein Mädchen, beide sturzbetrunken, stolperten durch den Flur unter uns. Ihre Gesichter konnten wir nicht sehen. Der Junge grölte:

BROOOOOOOOOOOOOOOOOOOOOOOOOOKLLLLLLLL-
LYNNNNNNNN. BROOOOOOOOOOOOOOOOOOOOOOOOOK-
LLLLLLLLYNNNNNNNNN. BROOOOOOOOOOOOOOOOOOOO
OOOOOKLLLLLLLLYNNNNNNNNN. BROOOOOOOOOOOOOO
OOOOOOOOOOOKLLLLLLLLYNNNNNNNNN. BROOOOOOOOOO
OOOOOOOOOOOOOOOOKLLLLLLLLYNNNNNNNNN.

BROOOOoooOOOOOOOoookklyn.

– Ich will gerade gehen, sagte ich zu Adeline. Ich bin erst seit ein paar Stunden in der Stadt.

– Geh zur Avenue A und dann zwei Blocks Richtung Süden.

Den Tompkins Square musst du dir einfach ansehen. Er ist eines der acht Weltwunder, Schätzchen.

– Hoffentlich bis später mal, sagte ich.

– Möglich, sagte Adeline. Du weißt, wo ich zu finden bin.

Zu Hause in Wisconsin hatte ich mir Stadtpläne von Manhattan genau angesehen. Ich wusste, dass von der Avenue C aus der Fluss die östliche Grenze bildete und man sich damit leicht zurechtfinden konnte. Nur bekam ich Panik und vergaß, was ich mir eingeprägt hatte. Weil weder das Empire State Building noch die Zwillingstürme zu sehen waren, verlief ich mich.

Auf dem Hinweg hatte ich nicht aufgepasst, nicht mit meinem Tunnelblick. Jetzt lief ich gefühlt in alle Richtungen und nahm die Gegend erst richtig wahr, und, mein Gott, das war nicht das New York meiner Träume. Davids Stadtteil erinnerte eher an Nachrichtenbilder aus Beirut. Etwa ein Viertel der Gebäude war abgerissen worden, auf den leeren Grundstücken lag Schutt, das Gras wuchs hoch. Ein weiteres Viertel stand leer, die Häuser waren zugenagelt oder zugemauert und verfielen langsam. Selbst der Straßenbelag war rissig und kaputt, die Gehwege zerbröckelten. Überall lag Hundescheiße.

Auf einem Grundstück sah es aus wie nach einer Explosion, bei der die Wände und Decken komplett zerstört wurden, ohne den Inhalt des Hauses zu beschädigen. Berge von Türen und Möbeln und Badewannen und verstreuter Plastikkram aus dem Alltag der Menschen, komplett ineinander verkeilter Müll. Es gab keinen Zaun und keine Absperrung zwischen der Straße und den Überresten.

Meine Familie war arm gewesen, aber erwerbsarm, wir hatten noch unser Land gehabt, von dem wir leben konnten. Die Bewohner von Alphabet City standen noch tiefer, sie lebten auf der Straße, in verlassenen Häusern, auf leeren Grundstücken, in ausgebrannten Autos. Die Gegend erinnerte an eine Geisterstadt, auch wenn es heute kaum zu glauben ist, weil jeder einzelne Block Tag und Nacht von Hunderten Menschen wimmelt. Damals waren die Straßen leer. Und die wenigen Menschen, die doch dort waren? Nun ja.

Ich rang mir einen neutralen Gesichtsausdruck ab, um nicht zu verraten, wie entsetzt ich war, und ließ mir die Haare ins Gesicht fallen. Die Obdachlosen würden mir keine Angst machen. Die Punks würden mir keine Angst machen. Auch nicht die Leute, die meine Verwandten als Spanier bezeichnet hätten. Oder die Schwarzen. Mit meinem weißen Gesicht und den blauen Augen sah ich einfach nur geradeaus und hoffte, ich würde niemandem auffallen.

Nachdem ich eine Stunde lang herumgelaufen war, kam ich zum Tompkins Square. Wenigstens nahm ich das an, er war zumindest quadratisch. Und welchen Park sollte es in dieser Gegend noch geben? Ich sah nach den Schildern, und tatsächlich, es war der Tompkins Square. Der Park war eine Stadt der Obdachlosigkeit, ein Meer von Zelten und notdürftigen Unterkünften, mit ebenso vielen Bewohnern wie meine pieslige Kleinstadt.

Die Menschen hatten sich bis zu den Zäunen ausgebreitet, sie schliefen auf Bänken und dem armseligen Rasen. Eine große Gruppe hatte sich in einem wuchtigen offenen Betonkasten am Rand zur 7th Street hin eingerichtet. An der Seite des Baus prangte ein Wandgemälde von einer Frau in Rot inmitten von geheimnisvollen Symbolen, aber ich verstand ihre Bedeutung nicht. Monate später erklärte mir jemand, der Kasten sei eine Konzertmuschel. Das Wandgemälde, sagte er, hieß »Billie Holiday und Familienplanung«.

Ein Mädchen im Teenageralter, ziemlich stämmig, ungewaschene Haare, Jeansklamotten voller Flicken, ging direkt vor mir vorbei. An einem kahlen Baum blieb sie stehen, hockte sich hin und pinkelte.

Das war kein dezentes Urinieren, nicht wie mein maßvoller Strahl oder das sanfte Pieseln, das einer Dame vom Patriarchat vielleicht zugeschrieben wurde, sondern eine Flut, ein Schwall, der sich aus ihrem Körper ergoss wie Bomben aus der Luke eines B-29-Bombers über einer namenlosen deutschen Stadt.

Als ich in ihre leeren Augen sah, das feuchte Plätschern in den Ohren, begriff ich, dass ich endlich dem amerikanischen Mittleren Westen entkommen war.

Auf dem Rückweg zu Davids Unterkunft zitterte ich auf wackligen Beinen, erschlagen von dem unfassbaren Gefühl der Freiheit, von absoluter und unkontrollierter Ungebundenheit. Nicht der verlogenen Gründungsprinzipien Amerikas, sondern einer ursprünglicheren Freiheit, der Freiheit, außerhalb der Grenzen zu leben. Ein kräftiger Ruck, der den Schorf abreißt. Das Blut fließt und enthüllt den Alltag als Ansammlung von Lügen, enthüllt das verletzte, blutende Fleisch, die Bedeutungslosigkeit menschlichen Strebens. Man könnte sterben, und das wäre schade, aber der eigene Tod wird nichts bedeuten. Nichts bedeutet etwas. Niemals. Man hat keinerlei Chance, irgendetwas Relevantes zu erreichen. Niemand, den man kennt, wird jemals etwas Relevantes tun. Die eigene Familie ist so bedeutungslos wie Luft. Und man selbst auch. Das ist Freiheit. Das ist ein junges Mädchen in verschlissenen Jeanssachen, das neben einem Baum hockt und strullert wie eine Giraffe.

Die Sonne ging in blauem Licht unter. Kälte stieg auf. Die Leute eilten warm eingepackt die Straße entlang. *Waschlappen! Feiglinge!*, dachte ich. Lernt erst mal den Wind kennen, der an einem Januarmorgen vom Lake Superior herüberpfeift, die Eiseskälte im ganzen Körper, wenn man um sechs Uhr früh das Vieh versorgt.

Bei David war die Haustür immer noch nicht abgeschlossen. Ich ging nach oben. Der Strom war wieder eingeschaltet, wodurch ein paar nackte Glühbirnen Licht spendeten.

Davids Zimmer sah noch so aus wie vorher, nur konnte ich jetzt die Flecken erkennen. Der Klamottenhaufen, den ich auf meine Tasche geschoben hatte, war verrutscht und hatte jede Form verloren. Die Kuchenverpackungen waren verschwunden. Ich durchwühlte die Klamotten und versuchte dabei, sie nicht zu riechen. Meine Tasche war weg. David auch.

Ich wartete.

Jedes Detail dieser trübsinnigen Stunden brannte sich in meinen Verstand ein. Leute kamen und gingen. Einige brüllten, einige weinten, einige stürmten wütend durchs Haus. Ein Mädchen schlenderte singend herein. Ihre gelallten Worte blieben bei mir hängen, ihren Klang habe ich immer noch im Ohr: *Something told me it was over / when I saw you and her talking / something deep down in my soul said cry girl cry / when I saw you and her walking by.*

Lachen, ein krankes Lachen, schallte von oben herunter. Ich überlegte nachzusehen, wer da lachte und warum, aber ich wollte David nicht verpassen. Ein Mädchen streckte den Kopf ins Zimmer.

– Bobby?, fragte sie, bevor sie mich entdeckte und wieder ging.

Ich habe keine Ahnung, wie lange es dauerte, bis David zurückkam. Als er dann kam, sagte mir sein Torkeln alles. Ich war nicht wütend, nicht besonders, weil ich so schlau gewesen war, mein Geld am Körper zu tragen. Aber in der Tasche war eine

Menge guter Klamotten gewesen. Und die Tasche selbst hatte mir meine Mutter geschenkt.

– Wo ist meine Tasche?, fragte ich.

– Wer bist du?, fragte David.

– Du weißt genau, wer ich bin, du mieser diebischer Hurensohn, sagte ich. Ich komme aus der gleichen piesligen Kleinstadt wie du. Ich habe die Rekorde für die fünfzig und die hundert Meter an unserer Schule gebrochen.

– Ach ja, stimmt, sagte er. Du bist das. Seit wann biste hier?

– Wo ist meine Tasche, David?

– Welche Tasche?, fragte er.

David ließ sich auf einen der Matratzenstapel fallen. Die Federn quietschten, was so fiepsig klang wie gefangene Mäuse in der Wand.

– Ich will meine Tasche, sagte ich.

– Welche Tasche?, fragte er.

– Du weißt genau, welche verdammte Tasche.

Er drehte sich auf die Seite und stützte den Kopf in die Hand. Seine wässrigen Augen schimmerten im Licht der 40-Watt-Birne.

– Pass auf, Mann, sagte er, scheiß auf deine Tasche. Wenn sie nicht hier ist, ist sie nicht hier. Jammere nicht wegen was rum, das weg ist. Das bringt dich echt nicht weiter.

Ich ging zum Bett. Seine Hose klebte ihm an den abgezehrten, dürren Beinen. Winzige Schorfstellen sprenkelten die Haut zwischen seinen Fingern.

– In der Tasche war eine Menge guter Klamotten, sagte ich.

– Ja, sagte er, na ja, die sind weg. Wenn du Klamotten brauchst, hier liegen genug.

Ich ballte die Fäuste. Ich war kurz davor, ihn zu schlagen.

Ein Klicken. Ich senkte den Blick. David hielt ein kleines Messer in der Hand, die Klinge auf mich gerichtet. Er wollte mich bedrohen, aber seine Motorik war so fahrig, dass die Waffe auf und ab wippte wie Brotkrumen auf dem Wasser. Ich hätte sie ihm abnehmen können, aber warum sollte ich mir die Mühe machen?

Ich ging auf den Flur und streckte den Kopf in die anderen Zimmer, wohl auf der Suche nach Streit. Die Leute saßen herum, niemand sagte etwas, manche tranken Bier. Aus dem zweiten Stock drang wieder Lachen herunter. Lach, lach. He he ha ha ho ho ha ha hi he he ha ha hi hi ho ho ha ha hi hi. Dieses gottverdammte Lachen.

Zwischen den beiden Etagen lagen vielleicht zehn Stufen. Ich hatte etwa die Hälfte geschafft, als Adeline mich anrempelte. Wir fielen hin, aber immerhin nicht die Treppe hinunter.

– Pass doch auf, du Trampel, sagte sie.

– Adeline, sagte ich. Ich bin's. Baby.

– Oh, Baby, sagte sie. Baby, ich gehe. Und ich komme nicht zurück.

– Wer lacht da oben im zweiten Stock?

– Frag nie nach dem zweiten Stock.

Wir standen auf. Sie hielt sich an meinem Arm fest, und ich spürte dabei, wie zart ihr Körper war, wie leicht, wie wenig sie auf den Knochen hatte.

– Weinst du?, fragte sie.

– David hat meine Sachen verkauft, sagte ich. Ich habe nur noch, was ich gerade am Leib trage.

– Dieses Haus war für uns beide kein guter Ort, sagte sie.

Sie lief die Treppe hinunter. Ich sah ihr nach und überlegte, ob ich etwas sagen sollte. Ich wusste nur nicht, was. *Geh nicht! Lass mich nicht allein! Bitte! Nicht mit den fremden Leuten hier!*

Adeline drehte sich um. Ich sog scharf Luft ein.

– Woher kommst du?, fragte sie.

— Ich bin aus Wisconsin. Ich atmete aus. Nimm es mir nicht übel.

— Wisconsin. Wo ist dein Akzent geblieben, Baby?

— Habe ich mir abtrainiert, sagte ich, damit ich kultivierter klinge.

Ich hatte mir die trockene, tonlose Redeweise des Fernsehens zugelegt, aber ich war nie sicher, ob mir die List gelang. Zur Bewertung konnte ich mich nur an die Kommentare von den Leuten an meiner Schule halten. Aber das waren Hinterwäldler. Auf die Meinung von Hinterwäldlern kann man nichts geben.

— Bist du ganz allein hier?, fragte Adeline.

— In Wisconsin hat es kein gutes Ende genommen, sagte ich.

Sie trug weder Schuhe noch Strümpfe. Ihre Füße waren nackt. Ich schauderte bei der Vorstellung, wie sich ihre Zehen in den Schutt gruben.

— Was ist mit deinen gelben Schuhen?

— Vergiss sie, sagte sie. Willst du nicht mitkommen?

— Wohin?

— In mein Wohnheim, sagte sie. Ich habe ein Einzelzimmer, aber mit einem zweiten Bett. Komm mit und wohne eine Weile bei mir.

— Okay, sagte ich, aber wo sind deine Schuhe?

Manchmal hat man eine Intuition, einen flüchtigen Eindruck der Wahrheit, der regelrecht inspiriert ist. Ich wusste genau, dass ihre Schuhe im zweiten Stock waren.

— Sie sind oben. Ich habe sie bei Bobby gelassen.

— Wer ist Bobby?, fragte ich.

— Bobby ist, oder besser gesagt: Ich habe gedacht, er wäre mein Freund. Jetzt gerade vögelt er da oben ein anderes Mädchen. Er hat direkt vor meiner Nase angefangen, Baby. Mit dem Vögeln. Ich habe die Schuhe oben gelassen.

– Warte hier, sagte ich.

Ich wollte wieder nach oben gehen. Adeline hielt mich am Arm fest.

– Das ist es nicht wert, sagte sie. Er wird dich umbringen.

Ich gab ein spöttisches Geräusch von mir, ein filmreifes Lachen.

– Ich habe bei meinem Vater auf der Farm gearbeitet, sagte ich. Dem Tod bin ich öfter begegnet, als du zählen kannst.

– Bitte, sagte sie. Mein liebes Mütterlein ist steinreich. Sie schwimmt im Geld. Ich kann mir neue Schuhe leisten.

Ich schüttelte sie ab und ging in den zweiten Stock. Er hatte den gleichen Grundriss wie der erste. Die gleichen Zimmer. Der gleiche Müll und Verfall. Ich fand Bobby durch die laute Vögelei, das nervige, schrille Fiepen einer Frau, unterlegt von männlichem Gestöhne. Ich ging in das Zimmer und machte das Licht an, und tatsächlich lag da ein Mädchen auf einem Typen.

– Bist du Bobby?

– Hast du sie noch alle? Verpiss dich hier.

Das Mädchen sprang herunter. Es war das gleiche Mädchen, das den Kopf in Davids Zimmer gesteckt hatte. Im ersten Moment lag Bobby nur da, flach auf dem Rücken, splitternackt, der Schwanz noch hart und feucht schimmernd. Er war dürr und dreckig wie David, aber alt. Bestimmt schon dreißig. Gesellschaftlich stand er eindeutig weit unter Adeline.

– Ich will Adelines Schuhe holen.

– Bist du besoffen, oder was?

Ich bückte mich und hob die Schuhe auf. Bobby stand vom Bett auf.

– Halt dich von Adeline fern, sagte ich.

– Und wenn nicht?, fragte er.

– Wird dir nicht gefallen, was dann passiert.

– Ich sage dir jetzt mal, was gleich passiert, Alter, meinte er. Ich werde jetzt die Ische hier zu Ende ficken, und morgen gehe ich zu Adeline und ficke sie auch. Und da macht so eine beschissene Guter-Samariter-Schwuchtel aus Westchester gar nichts gegen.

Eine neue Vision. Unter dem Dreck und den Drogen sah ich Bobby als schmächtigen Zehntklässler vor mir, mit einem schwarzen T-Shirt, auf dem SUGARLOAF stand, wie er betete, dass er den größeren, gemeineren Jugendlichen nicht auffiel, und nur darauf wartete, dass er die Schule schmeißen und von seiner Familie wegkommen konnte. Ich hätte weiß Gott mit ihm fühlen müssen, mir hätte es genauso gehen müssen, dass ich mich als schwuler Junge vor lauter Angst kleinmachte. Aber ich hatte den Schulrekord über die fünfzig und hundert Meter gebrochen. Ich war der geborene Sportler. Die Leute mochten mich. Ich war beliebt. Bobby war schon zu lange in der Stadt, entrückt in seinen kleinen egalitären Heroinhimmel. An die Highschool konnte er sich nicht mehr erinnern. Er hatte vergessen, dass es im Leben von Natur aus eine Hackordnung gab. Mich hatte noch nie jemand eine Schwuchtel genannt.

Seine Falten zogen sich durch sein flaches Gesicht wie eine Karte meiner Schande. Wisconsin, meine Familie, mein Vater, meine Mutter, meine Heimatstadt, mein bester Freund von der Highschool, seine Mutter, dieses scheußliche besetzte Haus, die Sehnsucht nach den Jungs, die nicht einmal wussten, dass es mich gab, die Mädchen, die es wussten und die ich unabsichtlich verletzte, David, meine gestohlene Tasche, meine große Einsamkeit, das Gefühl, niemand könne mich je lieben.

Ich schlug auf Bobby ein, bis meine Hände anschwollen. Dann trat ich ihn.

Er wälzte sich auf dem Boden herum, gurgelnd vor Blut und

Spucke. Das Mädchen sah zu. Gerade noch hatte sie es ihm besorgt, jetzt lag er in seiner ganzen Arroganz am Boden.

– Komm ruhig morgen zu Adeline, sagte ich. Dann weißt du, was dich erwartet.

Ich nahm die gelben Schuhe und schob dabei die Finger meiner linken Hand tief unter die Zungen. Auf den geschwollenen Knöcheln, wo die Haut geplatzt war, zeichneten sich Spuren meines eigenen Bluts ab.

Adeline wartete am Fuß der Treppe in verrenkter Haltung auf mich, das linke Bein um das rechte gelegt, die gebeugten Arme umeinandergeschlungen.

– Ich habe deine Schuhe, sagte ich.

Sie nahm sie mir ab. Ihre Augen wurden groß. Sie ließ die Schuhe fallen und nahm meine Hände.

– Hat Bobby dir das angetan?, fragte sie.

– Ich habe das Bobby angetan.

Adeline setzte sich auf die unterste Stufe und schnürte sich die Schuhe zu. Ich dachte daran, wie seltsam es war, dass es Schuhe überhaupt gab, dass wir in einer Welt mit Schuhen lebten und dass ihre beiden Aufgaben Mode und Schutz oft so gegensätzlich waren.

– Komm mit, sagte Adeline.

Sie lief eilig ins Erdgeschoss. An der Haustür warf ich noch einen Blick auf dieses Fleckchen Hölle auf dem Planeten Erde. Ich hatte mehrere Wisconsinwochen mit dem Traum verschwendet, es könne mein Zuhause werden.

– Viel Glück, ihr Schwachköpfe, rief ich in den leeren Flur hinein. Vergesst nicht, mir eine Postkarte zu schicken, ihr bescheuerten Idioten!

– Baby, sagte Adeline, du musst nicht theatralisch werden.

Zurück in der 12th Street brannten die Laternen nicht. Durch die vielen leeren Grundstücke und verlassenen Gebäude lernte ich eine neue Art von Dunkelheit kennen, eine städtische Dunkelheit. Ein Obdachloser stand neben einer Mülltonne aus Draht. Er füllte sie mit Schutt, den er eingesammelt hatte, aus einer Tasche kippte er Abfall in das offene Maul der Tonne.

– He, sprach ich ihn an, woher hast du die Tasche?

– Leck mich, sagte er.

– Kann ich sie kaufen?, fragte ich.

– Für dich fünf Mäuse, Dracula.

Ich drehte ihm den Rücken zu und zählte die Geldscheine ab. Adeline war weitergegangen, sie hatte nicht gemerkt, dass ich stehen geblieben war. Als ihr auffiel, dass ich nicht mehr neben ihr lief, kam sie zurück. Ein paar Schritte entfernt blieb sie stehen. Ich suchte die fünf Dollar zusammen und streckte sie ihm entgegen.

– Du zuerst, sagte ich. Keine Angst, ich ziehe dich nicht ab. Ich bin ein leichtes Opfer.

– Hier, nimm, sagte er.

Er warf mir die Tasche zu und riss mir das Geld aus der Hand.

– Wo hast du sie gefunden?, fragte ich.

– Mülleimer in der C, sagte er.

Von meinen Klamotten war nichts mehr in der Tasche, natürlich nicht. Frische Flecken zierten die Innen- und Außenseite, abgerundet von einem durchdringenden Uringeruch.

– Was zum Henker?, fragte Adeline. Was willst du mit diesem Ding?

– Meine Mutter hat mir die Tasche geschenkt, antwortete ich. Hast du eine Waschmaschine?

– Im dritten Stock steht eine Maschine für die Allgemeinheit, sagte sie.

Wir folgten dem Weg zurück, den ich zu David genommen hatte. An der Ecke der Second Avenue stand ein Theater. Auf dem Vordach las man: HAVE I GOT A GIRL FOR YOU! DAS FRANKENSTEIN-MUSICAL.

– Hast du das Stück gesehen?, fragte ich Adeline.

– Warum, schnaubte sie, sollte ich mir das wohl ansehen? Es ist vulgär, Baby. Aber weißt du was, ein Freund von einem Freund wohnt über dem Theater. Der Künstler David Wojnarowicz. Kennst du seine Arbeiten?

– Nein.

– Sie sind *très* düster, sagte sie.

Wir überquerten die Second Avenue. Auf dem nächsten Straßenabschnitt standen erstaunlich viele Frauen, einzeln, grell geschminkt und in unerhörten Kleidern. Einige von ihnen sprachen mit Männern, scheußlichen älteren Typen mit buschigen Augenbrauen.

– Wir haben gerade den Schleier einer Prostitutionszone durchquert, sagte Adeline. Die NYU baut an der Third Avenue ein Wohnheim. Die Bauarbeiten haben die Huren vertrieben. Auch eine Art Trickle-Down, Schätzchen.

Die Prostituierten hatten nichts Glamouröses an sich, und viele sahen sehr traurig aus, aber das hier entsprach schon eher dem New York meiner Träume. Dreckig und verwahrlost, aber nicht ganz so verzweifelt, so leer, so grausam wie Alphabet City. Prostituierte! Huren! Ich konnte es nicht fassen. Die funkelnden Pailletten an ihren Kleidern munterten mich auf, sie verliehen meinen Schritten neue Energie.

– Ist es noch weit?, fragte ich.

– Nicht mehr besonders, sagte sie.

– Adeline, fragte ich, hast du zu Hause etwas zu essen? Soll ich auf dem Weg was kaufen? Ich bin am Verhungern.

– Meine Mitbewohnerinnen bewahren immer ein paar Reste im Kühlschrank auf, sagte sie.

Wir kamen auf den Union Square. Ich wusste noch nicht, wie er hieß. Auf der Abkürzung durch den Park kamen wir an einer Reiterstatue von George Washington vorbei. Dem ersten Präsidenten fehlte sein Schwert. Und auch die Zügel. Seine geschlossene linke Hand war leer. Schwarze Sprühfarbe verunzierte den Sockel, zwei große, ballonartige Buchstaben: SD.

– Siehst du das Haus?, fragte Adeline. Sie zeigte auf das schmalste, höchste Gebäude an der westlichen Seite des Parks. Grünes Kupfer fasste das Dach ein. In jeder Etage gingen drei Fenster zum Park.

– Das ist mein Wohnheim, sagte Adeline. Nicht das ganze Ding. Der Parsons gehören nur der dritte bis siebte Stock. Ich wohne im fünften.

Am Haus angekommen, las ich die Worte, die in den marmornen Säulenvorbau gemeißelt waren. BANK OF THE METROPOLIS. Die Adresse lautete 31 Union Square West, direkt neben der 33, dem Gebäude, in dem Valerie Solanas Patronen Kaliber .32 in Andy Warhols *exploding plastic inevitable*-Oberkörper gefeuert hatte. Aber ich wusste nichts über Andy. Noch nicht.

Adeline ging durch die erste Tür und blieb im Vorraum stehen. Hinter einer Glasscheibe saß ein müder alter Mann an einem provisorischen Schreibtisch. Er tat nichts und sagte auch nichts. Er seufzte nur, drückte uns die zweite Tür auf, winkte Adeline herein und wandte sich dann wieder seinem Schwarzweißfernseher zu.

Die Eingangshalle war schmal und führte zu einer Treppe. Es gab zwei Fahrstühle. Wir nahmen den linken.

– Ich bin das erste Mal in einem Fahrstuhl, gestand ich.

– Wie findest du es, Baby?

– Im Fernsehen ist es schneller.

Ihre Wohnungstür führte in ein großes, angestaubtes Zimmer, halb Wohnzimmer, halb Küche. Der Herd war dreckig, verkrustet von jahrelangem achtlosem Braten und Kochen. Von einem kleinen Flur gingen das Badezimmer und zwei getrennte Schlafzimmer ab. Alle Wände waren kalkweiß gestrichen.

Adelines Zimmer war das erste im Flur. Das zweite Zimmer weiter hinten teilten sich zwei Mädchen aus Südkorea, Sun-Yoon und Jae-Hwa. Sie hatten sich amerikanische Namen zugelegt. Sally beziehungsweise Jane. Jane war die Aufgabe zugefallen, alles sauber zu halten, aber manche Wohnungen sind einfach zu alt. Sogar der Teppich schimmelte vor sich hin. Wie sollte ein Mädchen gegen Jahrzehnte städtischen Verfalls ankommen?

– Willkommen in 6B, sagte Adeline.

Wir betraten ihr winziges Zimmer. Der Boden bestand aus nacktem Linoleum. Die Wände hatte Adeline mit Bildern und Fotos vollgehängt. Promis, Modeaufnahmen, billige Drucke. *Die Einkleidung der Braut* von Max Ernst als Poster. Ich erkannte das Bild nicht. Ein anderes Poster kündigte Auftritte von Siouxsie and the Banshees im Hollywood Palladium am 6. und 7. Juni an. Um das Fenster war eine Weihnachtslichterkette getackert, die sanftes Licht verströmte.

Mitten im Zimmer ragte eine Leiter gute drei Meter in die Höhe, bevor sie in einem dunklen, länglichen Rechteck verschwand. Ich kletterte hinauf und streckte den Kopf durch das Loch. Die Decke hing knapp einen Meter über mir. Zu beiden Seiten waren Einzelmatratzen ohne Untergestell in grobe Holzrahmen gebettet.

Es gab Menschen, die so lebten, die drei Meter über dem Boden schliefen.

– Stell deine Tasche ab, sagte Adeline. Wir suchen etwas zu essen für dich.

Ich pflanzte mich auf das marode Sofa im Gemeinschaftsbereich und sah ihr zu, während sie Aufschnitt auf äußerst fragwürdiges Brot klatschte. Mir fielen die rissigen Ränder ihrer Zehennägel und der abgesplitterte schwarze Nagellack auf.

Sun-Yoon kam aus ihrem Zimmer.

– Sally, sagte Adeline, das ist mein Freund Baby.

– Hallo, sagte ich.

Sun-Yoon antwortete nicht. Die Senfflasche furzte feucht.

– Baby wird ein kleines Weilchen bei uns wohnen, bis er auf eigenen Füßen steht. Er ist heute aus Wisconsin hier angekommen.

– Hallo, sagte Sun-Yoon. Sie schloss die Badezimmertür hinter sich und drehte die Dusche an.

– Sun-Yoons Essen ist das einzig heilige Gut in dieser Wohnung, sagte Adeline. Sie und Jane beklagen sich ständig bei der Wohnheimleitung über meine Beutezüge.

Als ich auf den Kissen in Adelines Zimmer saß und mich vollstopfte, fiel mir auf, dass ich seit der Busfahrt noch nichts gegessen hatte. Adeline gab mir eine Tasse.

– Was ist das?, fragte ich.

– Das ist Schnaps, Baby, was sonst?

Ich stürzte ihn herunter wie Coca-Cola, und er brannte mir in der Kehle. Alkohol fängt schnell an zu wirken, aber ich weiß nie, wann er richtig zuschlägt. Ich konnte gar nicht fassen, wie winzig ihr Zimmer war. Weil es keine Regale für die Kleidung gab, hatte die Parsons eine Hängegarderobe zur Verfügung gestellt. Zusammen mit dem schäbigen Schreibtisch belegte sie das halbe Zimmer mit Beschlag.

Die Garderobe ließ mich schaudern.

Wir redeten und redeten und redeten.

Adeline erzählte, sie sei aus Pasadena, einer Stadt in der Nähe von Los Angeles. Ich fragte, ob ihre Familie im Filmgeschäft sei. Sie schnaubte abfällig und sagte nein, ihr Vater sei ein angesehener Zahnarzt und Kieferchirurg gewesen. Er hatte kräftig und auch klug in Immobilien investiert. Einige seiner Patienten seien berühmt gewesen. Mit einem leisen Kreischen fragte ich, wen er behandelt habe, aber Adeline fiel nur noch ein, dass ihr Vater einmal dem zweifachen Oscarpreisträger Jason Robards den linken unteren Schneidezahn überkront hatte. Daran erinnerte sie sich, weil ihr Vater ein paar Tage später in seiner Praxis tot umgefallen war, als Opfer eines geplatzten Herzens, und Adeline mit ihrer Mutter allein zurückgelassen hatte.

– Letzten Monat bin ich Mr Robards über den Weg gelaufen, sagte Adeline. Er lebt auf dem Land in Connecticut. Er hatte keinen Schimmer, wer ich war, aber ich habe ihm von Daddy erzählt. Es tat ihm so leid, dass er mich im Serendipity zu einem Eis eingeladen hat. Es war wirklich kitschig.

Nach dem Tod ihres Mannes hatte Adelines Mutter ihre Trauer durch eine wilde Phase voller Ausschweifungen sublimiert. Ich drängte auf Details, weil ich neugierig darauf war, welch dekadenten Dingen eine Frau in mittleren Jahren wohl frönen würde, aber Adeline sträubte sich und meinte, das sei Schnee von gestern. Erst vor kurzem sei ihre Mutter zur Ruhe gekommen und habe sich in einer Phase des tröstlichen, benebelten Alkoholismus eingerichtet.

– Mutter ist eine ganz umgängliche Schnapsdrossel geworden, sagte Adeline, ganz ähnlich wie Myrna Loy im *Dünnen Mann*. Nur ist Mutter viel älter als Myrna, als Myrna mit William Powell um die Häuser gezogen ist. Es ist ein wenig armselig.

– Warum teilst du dir das Zimmer nicht mit jemandem?

– Mutter und ich haben uns verschworen, sagte sie. Ich habe Dr. Jacobs besucht. Mutters Analytiker. Ich habe Dr. Jacobs gesagt, ich würde völlig wahnsinnig werden, wenn ich mir das Zimmer teilen müsste. Der gute Doktor hat mir eine Bescheinigung ausgestellt, ich würde an nicht näher beschriebenen psychischen Problemen leiden und müsse unbedingt allein wohnen.

Weil ich mich schämte, dass ich selbst keine guten Geschichten vorzuweisen hatte, keine wilden Exzesse, erzählte ich vom Land. Vom tristen Leben im Herzen des amerikanischen Kontinents. Adeline machte auf mich den Eindruck, dass sie nur Kalifornien und New York kannte, dass sie das weite Nichts Amerikas immer übersprungen und noch nie in die stupiden, offenen Gesichter der Menschen dieses Landes geblickt hatte.

Durch ihr Fenster erhaschte ich meinen ersten Blick auf eine New Yorker Morgendämmerung, wenn der Himmel heller wird und der Erde alle Farbe entzieht. Adeline zog das billige Kunststoffrollo herunter, nur noch die unzeitgemäße Weihnachtsbeleuchtung schimmerte.

– Und jetzt ab ins Bett, sagte sie.

– Adeline, fragte ich, warum hast du mich zu dir eingeladen?

– Weil du ein Seemann ohne Anlaufhafen bist.

– Aber du erwartest nichts, oder?

– Was sollte ich erwarten?

– Du weißt schon, sagte ich.

Sie beugte sich vor. Ich erstarrte vor lauter Angst, sie könnte das als Anmache aufgefasst haben. Ich wollte nicht rausgeworfen werden, nicht jetzt, nicht, nachdem sie so nett gewesen war.

– Baby, fragte sie, bevorzugst du nicht Männer?

Meine Tasche stand noch auf dem Linoleumboden neben ihren gelben Schuhen. Eine Menge guter Klamotten in dieser Tasche.

– Ja, sagte ich.

Zum ersten Mal hatte ich es laut ausgesprochen.

– Warum sollte ich dann etwas erwarten?

– Aber woher weißt du das?

– Du verstellst dich ganz gut, sagte Adeline, aber hier kannst du dich nicht verstecken. Diese Stadt ist schwuler als ein Regenbogenflokati. Nimm das Gästebett, und morgen schneiden wir dir die Haare und suchen dir annehmbare Kleidung.

– Was ist mit meinen Haaren nicht in Ordnung?, fragte ich, aber Adeline stieg die Leiter hinauf, ohne zu antworten.

Oktober 1986

Baby lernt das eine oder andere
über das Leben in New York

Am nächsten Morgen zog Adeline das Rollo hoch, und ich sah auf das Mays und die anderen Läden am südlichen Rand des Parks. Die Zeckendorf Towers wuchsen in die Höhe.

Übrigens bekam ich wirklich einen neuen Haarschnitt. Adeline schwang höchstpersönlich die Schere. Jahrelang hatte ich mich unter einem Topfschnitt versteckt und den anständigen Jungen aus der Pampa gegeben. Adeline schnippelte die blonde Matte ab und beförderte meinen Knochenbau und überhaupt meine Kopfform zutage.

Für meine Kleidung pilgerten wir durch das Haus und nahmen die Almosen der Modestudenten an. Diese Spenden brachten mich durch die ersten Tage, bis Adeline am folgenden Montag mit mehreren großen Tüten in die Wohnung rauschte und behauptete, sie sei bei der Heilsarmee in der Fourth Avenue gewesen. Ich sah die zu sauberen Hemden und Hosen durch und bemerkte stumm, dass jemand vergessen hatte, die Preisschilder von Macy's und Saks zu entfernen.

Vor sechs Tagen war ich noch ein langbeiniger Hinterwäldler gewesen, ein Landei, frisch von der Farm. Jetzt sah ich mich im Spiegel mit neuen Klamotten und einem knackigen Haarschnitt. Ich war umwerfend sexy. Und ganz eindeutig schwul. Das sah ich schon an meinen Lippen und dem Haaransatz, an den straffen Gesichtsmuskeln. Gott, wieso hatte ich gedacht, ich könnte mich verstecken? Ich war der totale Homo.

Wir sprachen nicht mehr über den Jungen, den Adeline aus einem besetzten Haus in Alphabet City gerettet hatte, den Kleinen, der zur *persona non grata* verblasst war, es fiel kein weiteres Wort über ihn, wie bei einem geistig zurückgebliebenen Cousin, den man in viktorianischen Zeiten in einer Anstalt auf dem Lande versteckt hatte.

Wochen verstrichen. Ich lief durch New York, und seine fieberhafte Energie drang mir bis in die Knochen. Der Gehweg vibrierte, Milliarden von Schritten hallten nach, von Jahrhunderten, in denen die Menschen die Straßen entlanggegangen waren, die Stadt pulsierte durch den unregelmäßigen Herzschlag von Millionen Autos und Lieferwagen, durch ihre laut rufenden Fußgänger, die Verkäufer und Betrüger. Der Lärm und Tumult infizierten mein Blut, veränderten meinen Gang. Das Schwerfällige war verschwunden, jetzt bewegte ich mich geschmeidig und schnell wie ein Schatten.

Ich ging immer mit, wenn Adeline mich fragte. Ich sagte nie nein. Vernissagen, Kinos, manchmal Museen. Ich erinnere mich noch an einen Film, den wir zusammen gesehen haben, *Peggy Sue hat geheiratet* im Quad Cinema, ein schmalziger Fantasyfilm von Francis Ford Coppola über eine Frau, die das fünfundzwanzigjährige Klassentreffen ihrer Highschool besucht.

Wie es dann immer so ist, wird Peggy Sue zur Königin der Veranstaltung gewählt. Bei ihrer Krönung bekommt sie einen Panikanfall, wird ohnmächtig und gleitet in die Dunkelheit ab. Als Peggy Sue wieder zu Bewusstsein kommt, findet sie sich in ihrer eigenen Vergangenheit wieder, gefangen in der Highschool und dazu verdammt, die Miseren ihrer Jugend noch einmal zu durchleben.

Am Anfang des Films ist Peggy Sue mit einiger Verspätung erwachsen geworden und beschließt, ihr Schicksal selbst in die Hand zu nehmen und sich von ihrem untreuen Mann scheiden zu lassen. Bis zum Abspann hat sie sich den Demütigungen der Teenagerzeit unterworfen, weil der Scharfsinn einer erwachsenen Frau nicht vor den bescheuerten Fehlern der Jugend schützt. Peggy Sue fällt in ihre alte mädchenhafte Rolle zurück, wacht in der Gegenwart auf und hält ihrem Mann weiter die Stange. Adeline fand die Auflösung fürchterlich, sie meinte, sie sei antifeministisch, aber für mich war die Grundidee der eigentliche Horror, diese Vorstellung, das Universum könnte einem das Leben einfach so wegnehmen und einen in die Vergangenheit zurückzwingen.

Außerdem sahen wir uns *Der Pate* im Film Forum an der Ecke Watts Street und Sixth Ave. an, eine langschweifige Lederphantasie von dem gleichen Regisseur. Die Handlung ist ziemlich schlicht. Marlon Brando, der Urtyp des Biker-Sahneteilchens, herrscht über die Corleones, eine Familie von Klemmbrüdern. Marlons böse Jungs unterstehen dem Ältesten, dem ultramaskulinen und haarigen James Caan, der es auf dem ganzen Familienanwesen wie ein brünstiger Bulle treibt. Al Pacino geht bei diesem Lifestyle einer ab, nachdem ihm ein angegrauter Polizeichef Respekt vor der Peitsche beibringt. Al dreht völlig ab und macht jede Schlampe fertig, die ihm vor die Nase kommt. Der Film ist um Längen besser als *Peggy Sue hat geheiratet.*

Adeline kannte jeden und wurde zu zahllosen Partys eingeladen. Im East Village, im West Village, in Greenwich Village, Alphabet City, SoHo, der Upper East Side, Battery Park, sogar in den Randgebieten von New York. Wir besuchten alle.

Die einzigen Partys, die mir nicht gefielen, waren die von Leuten an der Parsons. Adeline konnte sich nicht zurückhalten.

Sobald sie einen schwulen Kommilitonen traf, steckte sie uns zusammen.

— Aber, Baby, ihr beide habt so viele Gemeinsamkeiten. Überleg nur, worüber ihr reden könnt!

Ja, haben wir, dachte ich dann, aber ich konnte nicht, nicht so richtig, wenigstens damals nicht. Außerdem – bei einer Party? Wer will denn mit jemandem schlafen, den er bei einer Party kennengelernt hat?

Die Frage konnte ich mir sparen, Adeline lieferte die Antwort auch so. Unsere Partybesuche begründete Adeline unweigerlich mit ihrem Wunsch nach geeigneten Bettgenossen. In Wahrheit flirtete und tanzte sie stundenlang, schlief aber kaum mal mit jemandem. Was mich über den Unterschied zwischen der Vorstellung, die man von sich selbst hat, und dem, wie man wirklich ist, nachdenken ließ, über die große Kluft zwischen den Zielen der Menschen und den tiefen Macken in ihrer Persönlichkeit, die sich nicht glatthobeln lassen.

Wenige Glückliche nahmen alle Hürden und bekamen die Chance, sich in die Mysterien von Adelines Körperöffnungen zu versenken. Ich landete dann auf dem Sofa im Gemeinschaftszimmer.

Als Überlebensstrategie freundete ich mich mit Sally und Jane an. Jedenfalls versuchte ich es. Jane wurde nie mit mir warm, auch wenn sie meine vergeblichen Versuche zu schätzen wusste, mit ihr die Wohnung auf Vordermann zu bringen. Sally und ich verstanden uns trotz der Sprachbarriere gut, und sie gab mir oft etwas zu essen. Keine von beiden beschwerte sich bei der Wohnheimverwaltung.

Der ausdauerndste von Adelines jungen Männern behauptete, er käme aus Santiago, und sprach mit einem dicken Akzent, aber einmal lief ich mit ihm durch den Park zu einem Deli, um

Limo zu kaufen. An der Kasse arbeitete ein junger Mexikaner. Er versuchte, sich mit dem Typen aus Santiago zu unterhalten. *En Español.* Und es kam nichts, nicht mal eine Antwort, der Typ aus Santiago bekam nur einen glasigen Blick, er erkannte die Sprache nicht.

Auf dem Rückweg plapperte Adelines Lustknabe in einem fort über Baseball, über die Mets, die er seit der World Series liebte, über Bill Buckner, das himmlische Geschenk von Tío Dios. Ich überlegte, Adeline etwas zu sagen, aber wozu der Ärger? In ein paar Wochen würde er sowieso verschwunden sein.

Ich selbst war zu spießig, zu rückschrittlich für echte Promiskuität. Ich nahm an, das würde noch kommen, irgendwie, wahrscheinlich, aber ich hatte meinen Wunsch nach anderen Männern und ihren Körpern gerade erst zugegeben. Vor meinem geistigen Auge ragten Jahrzehnte erigierter Schwänze auf. Noch genoss ich einfache Freuden. Ich war Adelines linkischer Freund, der stille Typ, der neben ihr stand, während sie vor ihren Kommilitonen Jeff Koons verriss. Es genügte mir, ihre prächtigen Körper zu betrachten, ihren banalen Gesprächen zuzuhören, all das Wunderbare zu genießen.

Ich labte mich an der Menschheit, an den einzelnen Menschen.

Etwa an dem Mann im zehnten Stock. Allein mit diesem herrlichen Wesen können wir New York City im Jahre des Herrn 1986 beschreiben.

Seine Erscheinung? Stattlich, nicht dick. Groß, graumelierter Kinnbart. War oft mit einem albernen Fedora zu sehen. Gelegentlich erspähte ich ihn, meist im Fahrstuhl, aber ich maß ihm nie übermäßige Bedeutung bei. Er wirkte wie einer der vielen Erwachsenen, die sich mit dem unglückseligen Umstand herumschlugen, dass vier Etagen ihres Apartmenthauses von einer Invasion zugedröhnter, liederlicher Collegestudenten belegt waren.

Und dann zeigte Adeline eines Tages auf ihn, als er unter dem Säulenvorbau hervorkam. Sie flüsterte:

– Siehst du den Mann da? Das ist Thomas M. Disch. Seine Bücher wirst du nicht kennen. Soweit ich es verstanden habe, schreibt er Science-Fiction. Was ziemlich schauderhaftes Zeug ist, meinst du nicht auch? Roboter und Raumschiffe.

Science-Fiction.

Zu den vielen Fehlern meines Vaters hatte seine lebenslange Hingabe zu diesem Genre gehört. Stapelweise vergammelnde Taschenbücher in der Scheune, vergilbte Bände, die ich lesen sollte. Ich weigerte mich. Das höchste der Gefühle war für mich *Der Herr der Ringe*. Was ihm, ehrlich gesagt, das Herz brach, weil der alte Mann ein Hardliner war und die Genres strikt trennte.

In einem Jahr ließ er seine Familie sitzen und fuhr zur MiniCon, einer Science-Fiction-Convention in Minneapolis. Ein Autor namens Spider Robinson war dort Ehrengast. Mein Vater liebte Robinsons Bücher, die, soweit ich wusste, alle in einem lasterhaften Saloon irgendwo im Weltall spielten. Als der alte Mann wieder zu Hause war, erzählte er bis zum Erbrechen, was er erlebt hatte. Von den Autoren, die er getroffen hatte, den Büchern, die sie signiert hatten, den Podiumsgesprächen, die er besucht hatte. Es kam uns zu den Ohren raus. Spider Robinson ist ein völlig bescheuerter Name.

Ich begann, bei einsamen Wachen Ausschau nach Thomas M. Disch zu halten, nur weil ich mir einbildete, ich hätte seine Bücher in der Sammlung meines Vaters gesehen. Aber das war sicher Wunschdenken, und ich verwechselte sie mit Bänden von Gordon R. Dickson, weil ich auf eine Art von Verbindung zu meinem fernen, toten Vater hoffte.

Ich sah Thomas M. Disch drei- oder vier-, vielleicht auch fünfmal. Bei einer dieser Gelegenheiten schrien er und ein anderer Mann sich heftig an. Den anderen Mann hatte ich häufiger als Thomas M. Disch in unserem Haus gesehen. Ihren Stimmen und ihrer Körperhaltung entnahm ich, dass sie sich auf die gleiche verwickelte Art stritten wie meine Eltern an den öden Abenden, wenn das Fernsehprogramm nichts hergab und ihre Aufmerksamkeit auch sonst kein anderes Ventil fand.

Ein Streit unter Liebenden. So war das also. Ein schwuler Science-Fiction-Autor, der direkt am Union Square wohnte. Mit einem festen Freund. Jetzt wollte ich wirklich mit Thomas M. Disch reden, jetzt ging es weit über meinen Vater hinaus. Ich hätte Thomas M. Disch am liebsten im Fahrstuhl aufgelauert und ihn gefragt: *Wie? Wie? WIE? WIE?*

Wie leben Sie so, wie haben Sie das gelernt, wie sind Sie ein schwuler Mann geworden, der über Roboter schreibt? Wie schaffen Sie das mit Ihrem Geliebten?

Aber ich war zu schüchtern.

Ich tat das Nächstbeste und ging zur Ecke 12th Street und Broadway, zu dem Buchladen, den ich an meinem ersten Abend in der Stadt gesehen hatte. Über den Schaufenstern hingen lange, rechteckige rote Schilder mit weißen Blockbuchstaben: STRAND BOOK STORE. 13 KILOMETER BÜCHER. Auf diesen Schildern waren kleinere weiße Felder mit schwarzer Schrift: ANKAUF GANZER BIBLIOTHEKEN und GEBRAUCHT SELTEN NEU.

Als ich auf der anderen Straßenseite stand und den Laden betrachtete, fuhr ein kleiner Mann auf seinem dreckigen Fahrrad vorbei, mit einem Ghettoblaster in dem Drahtkorb am Lenker. Blecherne Musik übertönte den Autolärm: *Yeah, heard about your Polaroids / that's what I call obscene / tricks with fruit / it's kind of cute / I bet you keep the pussy clean.*

Ich habe eine komplexe Theorie darüber entwickelt, dass der Strand auf eine unerklärliche Art als Mikrokosmos das größere gesellschaftliche Miteinander der Stadt widerspiegelt. In den letzten Jahren wurde der Laden renoviert, er ist so penibel sauber wie das Zimmer eines Kleinkinds und hat eine zweite Etage dazubekommen. Im Vergleich dazu ist Patti Smith in den Siebzigern hier verhungert.

86 war der Laden eine ausgemachte Katastrophe, chaotisch, ramponiert und insgesamt am Arsch. Wenn man durch die einzige Tür hereinkam, musste man gleich rechts seine Tasche abgeben. Dort saß an einem schäbigen Schreibtisch, umgeben von stümperhaft gearbeiteten Holzfächern, der unfreundlichste Mensch im ganzen Haus. Hatte man es an diesem modernen Zerberus vorbeigeschafft, konnte man sich im vollgestopften Erdgeschoss verlieren, unter grünen Neonlampen umherwandern, sich Bücher ansehen, die in Regale aus Holz und grauem Metall gestopft waren, willkürlich unterschieden nach »Romane« und »Literatur«. Der Keller war ein Labyrinth aus gebundenen Leseexemplaren zum halben Preis und dem ganzen anderen seltsamen Zeug, das nicht mehr ins Erdgeschoss passte.

Ganz hinten im Erdgeschoss, zwischen Romanen und Soziologie, steckte eine magere Science-Fiction-Abteilung. Größtenteils Taschenbücher ohne ersichtliche Ordnung, überflüssiger Müll, den man nur für den Fall angeschafft hatte, dass doch mal irgendein Versager auf der Suche nach einer Dröhnung schwuler Elfen und Weltraumoper hereinspazierte.

So wie ich. Ich war dieser Versager.

Zwischen Mercedes Lackey und Ted Sturgeon gequetscht fand ich eine Neuauflage von Thomas M. Dischs *Camp Concentration* aus den frühen Siebzigern. Unter dem Titel und dem Werbespruch DER AM MEISTEN GEFEIERTE SCIENCE-FICTION-

ROMAN DER LETZTEN JAHRE war mit grobem Strich der nackte Oberkörper eines Mannes gemalt, der sich mit den eigenen Händen den Bauch aufzog.

Der Preis war mit Bleistift auf die Innenseite des Deckels geschrieben. 2 $. Ich schlängelte mich an Yuppies vorbei, die an den Büchertischen herumlungerten, und ging mit dem Roman zur Kasse, einer langen Theke parallel zum Broadway.

– Nächster!, rief ein Mädchen mit roten Haaren.

Ich gab ihr das Buch, sie warf einen Blick darauf und lachte.

– Sieht ja sagenhaft aus, sagte sie.

– Das ist für einen Freund, sagte ich. Ich lese lieber Hemingway.

– Ja, sicher, sagte sie. Das macht zwei Dollar siebzehn.

November 1986

Adeline unterweist Baby in Sachen Marihuana,
dem weltlichen Sakrament Kaliforniens

In Wisconsin behaupteten alle ständig, sie würden kiffen, aber dass jemand Gras hatte, hatte ich höchstens bei Fahrten zu Laufwettkämpfen mit Übernachtung gesehen. Ich war schon mal high gewesen, bevor ich nach New York gekommen war, aber nie richtig breit, ich hatte nie erlebt, wie sich die Zeit dehnt und zusammenzieht, wenn man mehrere Wochen lang Gras raucht.

Adeline dagegen kam aus Kalifornien. Sie war mit Marihuana als weltlichem Sakrament aufgewachsen. In Pasadena, in Los Angeles, im ganzen Golden State gehörte Gras beinahe zum guten Ton. Adeline hatte an ihrer lächerlichen privaten Highschool vier bekiffte Jahre verbracht. Am College hatte sie nicht viel geraucht. Sie sagte, Gras sei keine besonders interessante Droge, sie bevorzuge Halluzinogene und Stimulanzien.

Doch dann irgendwann, zu guter Letzt und ohne Hilfe in Sicht war Adeline bei einer Hausarbeit mit ihrem Latein am Ende.

— Es ist scheußlich, Baby. Ich langweile mich. Bei diesem Unsinn geht es um die französische Theorie.

Sie verschwendete Stunden damit, auf ihr leeres Blatt zu starren und mit ihren Kohlestiften zu spielen, aber sie brachte nicht eine Linie aufs Blatt, nicht einmal einen Schmierfleck. Dann riss sie die Hände hoch und verkündete ihren Plan. Sie würde kiffen und zeichnen, was immer ihr einfiel. Selbst, wenn sie in benebeltem Zustand nur schlechte Qualität zustande brachte, wäre das immer noch besser, als mit leeren Händen hinzugehen.

– Diese Frau würde es nicht wagen, eine fertige Arbeit mit mangelhaft zu bewerten, sagte Adeline. Sie ging und kam zwanzig Minuten später wieder.

– Hast du es?, fragte ich. Mir war peinlich, wie aufgeregt ich klang.

– Was glaubst du, was ich gemacht habe?

– Kann ich es sehen?

Sie holte zwei Unzen hervor. Skunk, aber das wusste ich nicht.

– Sollen wir?, fragte sie.

Ich nickte.

– Ich habe im Deli ZigZag-Blättchen geholt, sagte sie. Ist es nicht schrecklich, dass wir beim ersten Anzeichen von Problemen in unsere Kindheit zurückfallen?

Sie leitete mich an, als ich inhalierte, redete mir gut zu, als der Rauch meine Lungen erreichte und ich husten musste, und sorgte für einen sanften Einstieg. Wir rollten uns lachend auf dem dreckigen Teppich herum. Meine Haut kribbelte, als würden Tausende Q-Tips aus Metall in meinem nachgiebigen Fleisch vor und zurück federn.

– Musst du nicht noch arbeiten?

– Ach, das. Ha ha ha ha. Na, na. Ach, das. Ha ha! Ich zeichne ein paar Porträts von Bela Lugosi.

– Wer ist Bela Lugosi?

– Oh, Baby, er ist Dracula. Umhang und spitze Zähne? 1931? Universal Pictures? Mit Tod Browning als Regisseur? Trinkt keinen Wein? Du bist so unwissend, Schätzchen, dass du ein wahrer Banause bist!

– Ist das die Aufgabe?

– Scheiß auf meine Dozentin und scheiß auf die Aufgabe.

Ihre Hand fuhr über das Papier und hinterließ dunkle, verschmierte Flecken und schroffe Linien.

— Einige Buchhandlungen am Hollywood Boulevard sind ganz auf Cineasten zugeschnitten. Larry Edmunds, Pickwick, Book City. Da findest du zahllose Publikationen über das Kino. In Pasadena habe ich eine ansehnliche Bibliothek. Das Goldene Zeitalter des Films ist in Los Angeles immer noch zu finden, auch unter all dem Unrat, man muss nur wissen, wo man suchen muss.

Ich konnte in Adelines Zeichnungen keine Formen erkennen, aber unwillkürlich starrte ich auf sie und durch sie hindurch und ließ meine Gedanken frei schwingen.

— Warum redest du so?, fragte ich.

— Was meinst du bloß?

— Du redest wie jemand aus der Vergangenheit. Aber du kannst die Vergangenheit nicht wiederholen.

— Man kann die Vergangenheit nicht wiederholen? Natürlich kann man das. Ach, Baby, ich bin durch und durch eine Schwindlerin. Mein Akzent ist ebenso antrainiert wie deiner. Das ist reine Unsicherheit, Schätzchen.

Sally kam aus ihrem Zimmer. Wir brachen in lautes Lachen aus.

— War er wirklich aus Santiago?

— Zumindest hat er es behauptet.

— An ihren Früchten sollt ihr sie erkennen.

— Was soll das bedeuten?, fragte Adeline.

— Das hat mal jemand gesagt, antwortete ich.

Adeline fertigte zehn Zeichnungen von Bela Lugosi an. Ich schlief halbverhungert ein, zu high, um die Leiter hinunterzuklettern. Am nächsten Morgen war Adeline zu ihrem Seminar verschwunden. Ich hockte nur im Zimmer. Mir ging mit Riesenschritten das Geld aus, und bald würde ich mir einen Job suchen müssen. Schon bei der Vorstellung wurde mir übel.

Nachmittags gegen drei marschierte Adeline siegesstolz herein.

– Die Belas sind hervorragend angekommen, sagte sie. Ich vermute, dass sie mir die beste Note des Semesters bescheren.

Von den zwei Unzen war der Großteil noch da. Man kann das Zeug verschenken, oder man kann es rauchen. Adeline drehte sich einen Joint. Ich gab mir auch Mühe, aber an dieses formvollendete kalifornische Ergebnis kam ich nicht heran, meine Versuche lösten sich mittendrin immer auf. Wir wurden high und liefen durch die Straßen. New York sah irgendwie anders aus. Das Alltägliche wurde nicht verzaubert, aber subtil anders. Violette Wolken schwebten durch den Nachthimmel, umstrahlt von einem unerklärlichen Leuchten.

Dann waren wir nur noch breit. Möglicherweise hatte Adeline mehr Gras gekauft. Was ganz einfach war, im Park trieben sich genug Dealer herum. Es fing an zu schneien. Durch das Fenster konnte ich jede einzelne Schneeflocke sehen. Ich konnte durch den ganzen Park sehen, Richtung Fluss, nur konnte ich den Fluss nicht sehen, aber ich spürte den Fluss, spürte, wie der Fluss an die zerklüfteten Ränder der Stadt schwappte, und hinter dem Fluss Brooklyn, das pulsierte wie ein Herz, eine Stadt für sich und doch die gleiche Stadt. Ein Kaff, in das es uns nur zweimal verschlagen hatte, mit der Linie L der BMT bis ganz raus nach Canarsie. Ein polnischer Typ aus dem Fachbereich Design an der Parsons wohnte da mit seiner Familie. Er hatte ein paar Partys gegeben. Adeline hatte darauf bestanden, dass wir hingingen. Ich hatte gesehen, wie eine blonde angehende Illustratorin in den Vorgarten gebrochen hatte, und ihr stoßartiges Würgen mit dem leisen Nachhall der Kunststofffassade gehört. Über den

Fluss hinweg spürte ich das zweistöckige Haus und seine vibrierenden Wände.

Dann waren wir nur noch breit. Adeline machte Hausaufgaben, gab Projekte ab, las Bücher für ihre Seminare. Eines davon war Georges Batailles *Geschichte des Auges*. Ich fragte sie, wovon es handele. Sie erzählte es mir. Ich vergaß es sofort.

– Bald dürfte es anders werden, sagte Adeline. Als Nächstes lesen wir die Futuristen.

Dann waren wir nur noch breit. Ich sah mit Sally fern, was uns von Jane nur abfällige Reaktionen einbrachte. Zuletzt hatte ich in Wisconsin ferngesehen. Es gab eine Serie namens *Alf* über einen pelzigen braunen Außerirdischen mit einer riesigen Nase, der Katzen köstlich fand und sich bei einer menschlichen Familie einnistete. Ich fragte mich, ob Thomas M. Disch *Alf* sah. Eine andere Serie hieß *Golden Girls*, und es ging um vier Rentnerinnen knapp an die hundert, die total spitz auf all das faltige, verhutzelte Fleisch in Florida waren. Eine Serie hieß *Der Mann vom anderen Stern*. Das war meine Lieblingsserie. Ich hatte keine Ahnung, worum es ging. Dann waren wir nur noch breit. Ich hörte auf fernzusehen. Adeline las noch mehr Bücher.

Uns ging das Gras aus. Adeline hatte langsam genug davon, ich hatte langsam genug davon. Eine Woche schnurrte zusammen, mein Hirn wurde so spröde wie ein ausgetrockneter Schwamm. Wir waren nicht mehr breit.

Ich lief zum Rockefeller Center. Arbeiter stellten gerade den Weihnachtsbaum auf. Er brannte nicht. Niemand fuhr Schlittschuh. Ich dachte, ich würde von dem Spaziergang einen klaren Kopf bekommen. Der kalte Wind fuhr schroff durch meine absurde Kleidung und meine blonden Haare.

Für den Rückweg nach Downtown überlegte ich, die U-Bahn zu nehmen, ging dann aber zu Fuß. Der Broadway war zwischen der 40th Street und dem Union Square ein Niemandsland, nachts ganz besonders. Abgesehen von den Obdachlosen und vereinzelten Prostituierten war ich allein. Die Geschäfte waren geschlossen, alles war verrammelt.

Am Union Square lief ich zum südlichen Ende, um zu sehen, ob bei Adeline Licht brannte. Tat es. Ich wollte sie nicht sehen, ich wollte niemanden sehen. Ich ging über den University Place zum Washington Square. Im Park waren Studenten von der NYU, genauso wie Drogendealer und die Zelte und Punks und Junkies. Ich setzte mich auf eine Bank und musste an diesen Typen namens Peter denken. Wir waren zusammen zur Highschool gegangen.

Er starb in unserem dritten Jahr, an angeborenen Löchern in seinen unterentwickelten Lungen, die nie diagnostiziert worden waren. Wir kannten uns nicht besonders gut, aber die Schule war klein. Außerdem war ich Sportler. Alle wollten mit mir befreundet sein. Peter war einfach jemand, den ich sah, mit dem ich redete, dem ich winkte. Und dann starb er.

Wie hätte sein Leben ausgesehen, wenn er nicht gestorben wäre? Wo wäre er gelandet? Wahrscheinlich hätte auf ihn die gleiche lange Enttäuschung gewartet wie auf seine Eltern, nachdem seine Jugend in Ehe und Kinder und einen Job, den er nicht ausstehen konnte, gemündet hätte, jeden Morgen wäre er aufgewacht und hätte das heiße Sodbrennen gespürt, während er den obligatorischen Kaffee trank, und dann wieder beim Einschlafen nach einem billigen Whisky. Peter war ein einfacher Mensch gewesen, ein schlichtes Gemüt. Das hier hätte jenseits seiner Vorstellungskraft gelegen. Alles. Adeline, Union Square, Washington Square, Alphabet City, polnische Typen aus Canarsie, die zur Parsons gingen, Typen, die behaupteten, sie kämen aus Santiago, angehende Illustratorinnen in rosa Bodys, die keinen Alkohol vertrugen, Peggy Sues Zeitreise per Panikanfall, drei volle Wochen Kiffen aus keinem anderen Grund als allgemeiner Gleichgültigkeit. Seit zwei Monaten war ich in New York, überzeugt von meiner eigenen Rechtschaffenheit, überzeugt davon, dass ich unbedingt hier sein musste, aber was, wenn ich mich irrte? Was, wenn New York nur eine andere Sorte Schwachsinn war?

Ein Obdachlosenpärchen geriet in einen Streit, die Frau schlug den Mann, der Mann weinte trunkene Krokodilstränen. Ich überlegte, noch weiter nach Süden zu laufen, vielleicht bis zum Battery Park, aber dann entschied ich mich dagegen und dachte, ich sollte lieber zurückgehen.

Am 31 Union Square West drückte mir der Pförtner auf. Er hieß Bill. Er war um die 55, vielleicht ein wenig älter. Er trug immer eine Baseballmütze und eine Bomberjacke aus braunem Leder. Wie alle Pförtner im Haus 31 Union Square West war er schwarz. Von den Bewohnern des Hauses, Studenten eingeschlossen, waren sehr wenige schwarz.

Einmal waren Adeline und ich high und zogen los, um Junkfood zu holen. Sie hatte ihre Tage. Bill hielt uns auf dem Weg nach draußen an und fragte: – Wohin geht's?

— Zum Deli, sagte ich.

— Was wollt ihr holen?

— Süßigkeiten, sagte Adeline.

— Dem Mädchen musst du keine Süßigkeiten mehr geben, sagte Bill. Sie ist süß genug.

Ich öffnete die Tür zu 6B. Adeline saß über Papierkram gebeugt am Tisch. Sie war lässig gekleidet. Eine graue Jogginghose, die ich an ihr noch nie gesehen hatte, und ein dicker schwarzer Wollpulli. Sie hatte ihren Plattenspieler ins Gemeinschaftszimmer geholt und spielte so laut Musik, dass das ganze Zimmer wackelte: *Let's sway / you could look into my eyes / let's sway under the moonlight / this serious moonlight.*

– Baby!

Adeline drehte den Plattenspieler leiser.

– Baby, fragte Adeline, wo warst du denn?

Dezember 1986

Baby redet mit Thomas M. Disch

Aufgemacht als nachgelassenes Tagebuch erzählt *Camp Concentration* von Thomas M. Disch den Zeitraum von etwa einem Jahr. Der Protagonist Louis Sacchetti wird während des Vietnamkriegs von Präsident Robert McNamara als Dissident eingesperrt. Kurz nach dem Beginn des Romans wird Sacchetti in das Geheimgefängnis Camp Archimedes verlegt, das Wissenschaftler im Dienste der US Army leiten.

Im Gegensatz zu Sacchetti sind die anderen Gefangenen im Camp Archimedes wegen ihres unterentwickelten Verstandes einkassiert worden. Diese kleine Gruppe von Glücklosen wird bei ihrer Ankunft mit einer experimentellen Form der Syphilis infiziert. Zusätzlich zu den bekannten problematischen Begleiterscheinungen der Spanischen Pocken wirkt diese Version der Krankheit deutlich schneller, sie führt beinahe sofort zum Tertiärstadium und zerstört die normalen Strukturen und Begrenzungen des menschlichen Geists.

Das Resultat? Die Opfer entwickeln den IQ eines Genies. Sie durchleben fieberhafte Ausbrüche kreativer und geistiger Spontaneität. Frühere Autodiebe und Falschspieler verwandeln sich in große Wissenschaftler und Dramatiker. Einer von ihnen, Mordecai Washington, wird von mittelalterlicher Alchemie ganz in den Bann geschlagen.

Dieses Buch war weit entfernt von den Robotern und Raumschiffen, die Adeline vermutet hatte, und meilenweit entfernt von dem Müll, den mein Vater täglich konsumiert hatte.

Wenn man ein Buch wie *Camp Concentration* liest, verspürt man das Bedürfnis, durch die Straßen zu laufen, sich auf Fußgänger zu stürzen, die Leute am Jackenaufschlag zu packen und die Vergreisung aus ihnen herauszuschütteln, mit speichelsprühenden Lippen will man ihnen zurufen: *WEISST DU EIGENTLICH, WAS THOMAS M. DISCH GETAN HAT? ER HAT* CAMP CONCENTRATION *GESCHRIEBEN UND ES IRGENDWIE GESCHAFFT, NICHT IM GEFÄNGNIS ZU LANDEN! PASS AUF, HÖRST DU MIR ZU? THOMAS M. DISCH HAT EIN GROSSES, SPERRIGES WERK GESCHRIEBEN! ES GIBT OFFENE GEHEIMNISSE IN BÜCHERN, DIE DEIN KOMPLETTES SEIN VERÄNDERN! WIE SOLL DAS LEBEN JEMALS WIEDER NORMAL WERDEN?*

Eines Morgens Anfang Dezember, als ich gerade für Adeline und mich Kaffee holte, gab ich mir alle Mühe, nicht an Weihnachten zu denken. Was würde ich an den Feiertagen machen? Ich kniff die Augen halb zusammen, als würde der Druck die Gedanken herauspressen, und lief an der bröckelnden, dreckigen Statue von Lincoln vorbei, wie immer kurz davon abgelenkt, dass der Große Befreier skurrilerweise eine Toga trug.

Kurz vor der Nummer 31 Union Square West sah ich Thomas M. Disch durch die erste Tür gehen. Mit schwappenden Kaffeebechern lief ich schneller, um ihn einzuholen. Ich weiß nicht, warum, wahrscheinlich wollte ich den gleichen Fahrstuhl erwischen. Was ich schaffte. Ich betrat ihn und stellte mich neben Thomas M. Disch. Wieder fiel mir auf, wie massig dieser Mann war, wie groß in jeder Hinsicht.

Er drückte auf den runden Knopf mit der 10.

– Welcher Stock?, fragte er mich.

– Fünfter, sagte ich.

Der Fahrstuhl machte sich knarzend und ächzend an den langsamen Aufstieg. Ich starrte Thomas M. Disch an.

– Was ist?, fragte er.

– Tut mir leid, sagte ich. Es ist nur, ich fand *Camp Concentration* großartig. Ich habe es vor ein paar Wochen gelesen. Es ist das beste Buch, das ich kenne.

– Haben Sie viele Bücher gelesen?, fragte Thomas M. Disch.

– Nein, gab ich zu.

Der Fahrstuhl erreichte den fünften Stock, fuhr ein Stückchen zu hoch und justierte auf die Höhe des Ausstiegs nach. Die Tür öffnete sich. Ich zögerte.

– Wissen Sie was, sagte Thomas M. Disch, Sie können mit mir in den zehnten Stock fahren. Ich beantworte Ihnen jede Frage, aber das war's dann. Sie können nicht in meine Wohnung mitkommen.

Die Tür schloss sich. Wir fuhren weiter hinauf.

– Und?, fragte Thomas M. Disch. Vermasseln Sie es nicht. Das ist Ihre Gelegenheit.

Ich wollte ihn nach seinem Schwulsein fragen, danach, ob sein Schwulsein das Buch beeinflusst hatte, ob es seiner Karriere als Autor geschadet hatte, ob er schrieb, weil er schwul war, ob es viele schwule Science-Fiction-Autoren gab, nach seinem Leben an sich, wie er einen Verlag gefunden hatte, wie es war, veröffentlicht zu werden, wie es war, wenn ein abstrahierter Teil seiner Gedanken in kleine, ziegelsteinartige Objekte geschlossen in einem Prozess, über den man keine Kontrolle hatte, um die ganze Welt trieben.

Aber ich konnte es nicht. Meine Wangen wurden heiß. Ich spürte, wie ich errötete.

– Tut mir leid, sagte ich.

– Schon gut, sagte er. Das macht nichts. Niemand stellt gute Fragen.

Der Fahrstuhl erreichte den zehnten Stock. Als er anhielt, drückte Thomas M. Disch den Knopf für den fünften Stock. Er stieg aus, dann drehte er sich um und stellte den Fuß in die Tür.

– Sie wirken irgendwie nicht so schrecklich wie andere Leute in Ihrem Alter, sagte Thomas M. Disch, deshalb gebe ich Ihnen jetzt einen Rat, von dem ich wünschte, jemand hätte ihn mir gegeben, als ich jung und dumm war. Wäre das für Sie in Ordnung?

– Ja, sagte ich, bitte.

Er nahm seinen ungeheuerlichen Hut ab. Er sah direkt durch mich hindurch. Thomas M. Disch stand vor mir, grübelte, überlegte. Er hustete leise.

Und dann sagte er:

– Niemand hat die Kontrolle. Es gibt keine Zentralmacht. Es gibt Menschen, die Sie töten können, die Sie ins Gefängnis werfen können, Menschen, die Sie vernichten können. Das ist ein deutlicher Unterschied zu jemandem, der die Kontrolle hat. Es ist ein enormer Unterschied zu einem Menschen, der das Sagen hat. Ihr ganzes Leben lang haben Sie an die Mär von Menschen geglaubt, die kompetent sind, an Eltern, Lehrer, Politiker, haben die Vorstellung akzeptiert, dass es eine Hierarchie von Menschen gibt, die hart gearbeitet haben, die das Richtige getan, die kluge Entscheidungen gefällt haben und für ihre Mühen belohnt wurden. Sie glauben, es würde eine natürliche Ordnung geben, nach der wir alle aufgrund unserer persönlichen Verdienste belohnt werden, dass die wirklich Talentierten und Intelligenten ganz oben stehen. Das ist einfach nur schwachsinniger Scheiß. Die Menschen an der Spitze sind genauso debil, so niederträchtig und unfähig wie die unten. Die herrschende Klasse ist einfach gemeiner und skrupelloser als wir Höhlenmenschen. Wenn ich Sie wäre, würde ich meine Zeit nicht mehr mit unbedeutenden Romanen über experimentelle Syphilis verschwenden und mir lieber genau ansehen, wie es wirklich läuft. Jede Hoffnung auf einen Großen Weißen Vater, der Sie vor sich selbst retten wird, würde ich fahrenlassen. Ich würde nicht mehr so tun, als wären Ihre Regierung und Ihre Gesellschaft in der Lage, auch nur eine ihrer anhaltenden existentiellen Herausforderungen zu meistern. Sind sie nicht. Niemand rettet irgendwen. Alle halten sich mühsam über Wasser. Nichts funktioniert. Das ganze Leben ist ein Kabinett des Grauens. Sogar die Menschen, die Sie lieben, stellen sich am Ende als Scheißhaufen heraus. Die ganze Welt ist am Arsch. Also kann man ruhig anfangen, auch zuzutreten.

Thomas M. Disch zog den Fuß zurück. Die Fahrstuhltür schloss sich. Durch die dünnen Pappbecher verbrannte mir der Kaffee die Hände.

Einundzwanzig Jahre später schoss Thomas M. Disch sich in den Kopf und pustete sich das Gehirn raus. Er lebte immer noch im zehnten Stock. Den Abzug drückte er am 4. Juli.

1. Januar 1987

Adeline lernt ihren neuen Freund kennen

Wir hatten gerade das Jahr 1987 eingeläutet, in einer Wohnung irgendwo im East Village, inmitten von Lametta und Freudenstimmung. Ein plumper Mensch sang doch wahrhaftig »Auld Lang Syne«. Ich verschaffte mir einen Überblick über die Drogensituation und überlegte, ob nicht noch eine Handtasche mit gutem alten Kokain Jahrgang 86 herumgehen müsste. Baby sprach zu mir, er sagte: »Adeline, pass auf, dieser Kurt-Vonnegut-Typ ist im Anmarsch.« Weil ich keinen Schimmer hatte, sagte Baby: »Ach komm, du weißt doch, das ist dieser Typ, der ständig von Kurt Vonnegut erzählt.« Ich hatte immer noch keinen Schimmer.

»Nun, Baby«, sagte ich, »dieser Bursche klingt schrecklich langweilig.«

Wir waren mit einem Mädchen ins Gespräch gekommen, das mit seiner Familie in Florida Urlaub gemacht hatte und mit einem Kurzstreckenflug zurückgekommen war. »Der Sunshine State«, sagte sie, »ist komplett von Assis überrannt, aber dafür ist das Wetter viel besser.«

»Leute von der Ostküste wissen nicht mal, was Kälte ist«, sagte Baby. »Geht mal in den Mittleren Westen. Am Lake Superior frieren euch die Nippel ab.«

»Das würde mir nicht besonders gefallen«, sagte ich.

In dieser Wohnung irgendwo im East Village war es dunkel wie in einem düsteren Dickicht, so schlickig wie der Grimpen-Sumpf. Strahlend dunkel, tanzende, redende Menschen, Schwarzlicht und Discokugel und äußerst primitive Lasereffekte. Eine dieser schrecklichen, scheußlichen Partys, bei denen jedem Besucher unaufhaltsam Alkoholausdünstungen aus den Poren strömen. So durchdringend, dass sogar ich den Gestank bemerkte, und, Schätzchen, ich hatte schon anderthalb im Tee.

»Seid ihr über Weihnachten nach Hause gefahren?«, fragte das Mädchen.

»Wir sind in der Stadt geblieben«, sagte ich. »Ich konnte mir nicht einmal im Traum vorstellen, nach Kalifornien zu fliegen. Ich fange ja gerade erst an, New York zu begreifen. In Kalifornien ist jeder tot. T-O-T. Mausetot. Toter als tot. Ne plus ultra tot.«

»So geht das«, erklang hinter uns eine Stimme, ein tiefer Bariton, der mich bis ins Mark traf. Baby verzog das Gesicht. »So geht das«, wiederholte die Stimme. Ein junger Mann, ungefähr in meinem Alter. Eine derart tiefe Stimme aus einem so jugendlichen Körper war kaum zu glauben.

Seine Kleidung war neoretro, ein Gehrock wie von König Edward in den Pastellfarben der 1980er. Ein New Romantic im falschen Jahr und im falschen Land. Seine aberwitzigen Haare waren mausbraun und schlaff. Es hätte mich nicht überrascht, wenn er gesagt hätte, dass seine Mutter ihm die Haare schnitt.

»Pardon, aber da redet doch der Rum«, sagte ich. »Wie heißt du denn?«

»Wir haben uns letzten Monat kennengelernt«, sagte er. »Du bist Adeline. Ich erinnere mich an dich. Wieso erinnerst du dich nicht an mich?«

»Adeline hat ein miserables Gedächtnis«, warf Baby wenig hilfreich ein.

»Beachte diesen übellaunigen jungen Homosexuellen gar nicht«, sagte ich. »Und heraus mit deinem Namen.«

Er formte das Wort mit den Lippen, aber ein Schrei vom anderen Ende des Zimmers verschluckte den Ton. Die Musik verstummte, Stille und Luftholen. Ich drängte mich zwischen abscheulichen Körpern zu dem Tumult durch.

Im purpurnen Licht lieferten sich zwei mickrige Jungs einen grotesken Kampf. Erfahrene Faustkämpfer waren die beiden nicht. Arme, Beine, Würgegriffe, Tritte, Schläge, alles unbeholfen. Einer blutete an der Stirn.

»Ist das nicht ein schamloses Spektakel?«, fragte ich Baby, doch Baby war gar nicht neben mir.

»Emsig, emsig, emsig«, sagte der unbekannte Junge mit den mausbraunen Haaren.

Die beiden Beteiligten wurden gewaltsam hinausbefördert. Ich beobachtete durch das Fenster, ob sie ihren Kampf auf der Straße fortführen würden, doch auf dem Gehweg umarmten sie sich, weinten vielleicht über die grausamen Qualen des Lebens, und dann zogen sie Arm in Arm Richtung Greenwich Village ab und schmetterten dabei schief und voller Inbrunst Queens »We Will Rock You«.

Die menschliche Vielfalt, sagte ich zu mir selbst, erstaunt mich doch immer wieder.

Der junge Mann mit den schlaffen Haaren hörte auf den Namen Kevin. Wir unterhielten uns ausgiebig, bedauerlicherweise vor allem über Kurt Vonneguts Romane *Das höllische System* und *Galgenvogel*, die ich beide nicht gelesen hatte. Ich teilte Kevin mit, ich hätte *Frühstück für Helden* verschlungen, was eine dreckige Lüge war, und Kevin spöttelte: »Ach, *Frühstück für Helden* haben doch alle gelesen. Um Vonnegut wirklich zu verstehen, musst du seine anderen Bücher lesen!« Ob dieses Vorschlags verdrehte ich, vielleicht unmerklich, die Augen.

Ich lud Kevin in unsere Wohnung ein. In der 9th Street zog Baby mich beiseite und raunte: »Adeline, nicht der!«, aber ich machte schsch und psst und tsss. Kevin seinerseits schenkte dem leisen Disput keine Beachtung, er war ganz verzückt davon, wie seine Schuhe auf den Beton trafen.

Als wir 31 Union Square West erreicht hatten, unsere alte Bank of the Metropolis, musste der arme Baby sich wieder einmal auf das Sofa verbannen lassen. Kevin stieg die Leiter hinauf, krabbelte in mein Bett, zog sich aus, zog mich aus und vögelte mich anschließend um den Verstand.

Nun, Leser, wäre dies eine gewöhnliche Nacht aus den Abenteuern Ihrer Erzählerin gewesen, hätte sich unser von Vonnegut inspirierter Freund im Licht des nüchternen Morgens verabschiedet und wäre nicht weiter in Erscheinung getreten. Doch es war Neujahr. Der Geist der Feiertage kam über mich.

Kevin besaß einen gewissen Reiz. Er schlief splitternackt bis auf eine vergraute Socke am linken Fuß, seine entblößte, spärlich behaarte Brust hob und senkte sich, bei jedem Ausatmen entstieg seiner Kehle ein leises Klicken.

Und dann sieht man in diesem Jungen sein eigenes Alter, unreif, schlecht gekleidet, schauderhafte Frisur, nicht gerade ein glänzender Gesprächspartner. Irgendwie wirkt etwas an diesem aknefizierten Bild sehr einnehmend. Am Ende ist man hingerissen.

Wenn das kein Mitgefühl für männliche Unbeholfenheit ist, was dann?

Denn, wissen Sie, so bin ich an meinen zweiten Collegefreund gekommen.

Februar 1987

Suzanne kommt zu Besuch

An einem Freitag im Februar klingelte morgens um sieben das Telefon. Wütend und nicht einmal ganz wach kletterte ich die Leiter herunter, nahm ab und hörte die schrille Stimme meiner volltrunkenen Mutter.

»Adeliiiiine«, sagte Mutter, »du errätst nie, wo ich bin!«

»Wo?«, fragte ich erschöpft.

»Am JFK! Ich habe den Nachtflug genommen!«

»Ähm, was willst du denn da?«, fragte ich.

»Adeliiiiiiiine«, sagte Mutter. »Ich bleibe die ganze Woche in New York! Ich konnte dich nicht Weihnachten verpassen lassen und keine Geschenke besorgen! Ich habe sogar deine Geschenke von Dahlia und Charles mitgebracht!«

»Du bist hier?«, fragte ich. »In New York?«

»Ja, Liebes«, sagte Mutter. »Und während des ganzen Besuchs rede ich mit einem Nuu-Yooka-Akzent! Baaagles und Kaaaffee! In welcha Straaße wohnst du? Treiuntdraißig und ein Trittel!«

»Hast du getrunken?«, fragte ich.

»Nuu ein paa Highbaalls in da ersten Klasse.«

»Mom«, sagte ich. »Hör bitte auf. Das ertrage ich nicht.«

»Adeliiiiiiine«, sagte Mutter. »Ich warte auf meine Koffer, und dann lasse ich mich in die Stadt fahren! Ich steige im Plaza ab! Du kommst bestimmt zum Mittagessen, ja!«

»Von mir aus«, sagte ich. »Wann?«

»Um zwööööölf, Adeliiiiiiine«, sagte Mutter. »Ich warte in der Lobbbbbby!«

»Bis dann.« Ich legte auf.

Mich an der Parsons School for Design einzuschreiben war eindeutig ein Versuch gewesen, Mutter zu entkommen, Dahlia und Dahlias fürchterlichem Mann Charles zu entkommen, dem ganzen Großraum Los Angeles, der Crossroads School for the Arts and Sciences und der genialen Version ihres Gründers Paul Cummins. Ich bin nahezu sicher, dass beim Lesen der Annahmeschreiben von den diversen Einrichtungen irgendwo in der Urbouillon meines lächerlichen Hirns eine Stimme gesprochen hatte: »Adeline, Schätzchen, überdenke die Lage. Dreitausendneunhundertfünfundzwanzig und sieben Zehntel Kilometer ist seeeeeeeeeeehr weit weg von zu Hause.«

Nur kam diese Stimme nicht gegen die harsche Realität in Gestalt meiner Mutter an. Oder ihr Geld.

Trotz ihrer zahlreichen Laster stand die Frau jeden Morgen auf und verscheuchte mit reiner Willenskraft ihren gewohnheitsmäßigen Kater. Sie spachtelte sich dick Lippenstift und Rouge ins Gesicht, marschierte in ihr Büro und warf sich mit vollem Einsatz auf ihre Geschäfte.

Nach Daddys Tod waren wir nur noch reicher geworden. Geld, diese große Hürde vor so vielen Träumen, war kein Problem. Mutter konnte zu Besuch kommen, wann immer ihr der Sinn danach stand. Mich wunderte nur, dass sie so lange gewartet hatte.

Ich malte mir Szenarien aus, die sie von weiteren Besuchen abhalten könnten, und zog einen gefahrvollen Abstecher zu den Junkies und Grobianen bei Ray's und im Pyramid Club in Betracht, um ihn dann nach weiteren Überlegungen zu verwerfen. Mutter würde die Unterschicht nur charmant und reizend finden und begeistert sein von ihren geflickten Jeans und den krankheitsverseuchten Nadeln. Regelrecht gurren würde sie über die forsche Schriftart des *Newsday*-Slogans auf dem Schild über Rays Laden: WAHRHEIT, GERECHTIGKEIT UND COMICS.

In der vergangenen Nacht hatte ich ein unkorrigiertes Leseexemplar von Bret Easton Ellis' neuem Roman *Einfach unwiderstehlich* zu Ende gelesen. Das Leseexemplar hatte ich im Strand gefunden, vergraben unter einem Stapel Stuss und Romane. Wenn man ein Buch liest, scheinen die Ereignisse im eigenen Leben häufig eine deutliche Ähnlichkeit zur fiktionalen Erzählung zu entwickeln.

Einfach unwiderstehlich lief wie der verschwommene Filmstreifen eines Kinetoskopen mit Handkurbel vor meinem inneren Auge ab. Die Szene, in der Paul Denton von seiner Mutter, die an ihrem eigenen zynischen Bissen vom Big Apple zu kauen hat, nach New York beordert wird.

Ich stieg die Leiter hinauf. Baby lag im Gästebett, seinen Schlaf hatte das Klingeln nicht gestört. Welch ein Segen Unwissenheit doch ist, dachte ich. Das schiere Vergnügen.

Vielleicht könnte er mich zum Plaza begleiten. Aber Mutter würde Baby lieben. Das war gar nicht zu übersehen. Was, wenn Baby sie hierhielt? Was, wenn sie seinetwegen zurückkam?

Das Weiß der Decke. Motoren rund um den Park, die Hupen der Autos, die aufsteigenden Stimmen der Fußgänger. Tausendfädigen Stoff an meinen Beinen und Armen. Morgendlicher Mundgeruch, staubtrockene Zunge. Giftige Dämpfe, Diesel, Benzin, liegen gelassener Müll. Und noch ein Geruch.

Kevin.

»Warum«, fragte Kevin, »muss ich sie kennenlernen?«

»Du wirst von ihr hingerissen sein«, sagte ich. »Sie besitzt jede positive Eigenschaft, die du imaginieren kannst.«

Auf dem Rücksitz eines Taxis auf dem Weg zum Plaza. Manche Menschen mochten gefühllose Bemerkungen über Kevin machen, und Baby tat das weiß Gott auch, aber immerhin bot ein fester Freund Verlässlichkeit.

»Womit sonst wolltest du dich beschäftigen? Was könnte deine Zeit ausfüllen?«, fragte ich.

»Lernen«, sagte er. »Ich habe Montag eine Prüfung.«

Kevin besuchte die New York University, arbeitete auf einen Bachelor hin. Was er studierte, weiß ich schlicht nicht mehr. Literatur möglicherweise oder irgendeinen anderen grässlichen Unsinn.

Ich legte ihm eine Hand an den Hinterkopf. Seine Frisur war mir ans Herz gewachsen. »Was soll'n das?«, fragte ich mit miserablem Cockney-Akzent. »Wann haste denn mal Seminare, Chef?«

»Ich habe viel bessere Noten, als du vielleicht denkst«, sagte er.

Wir stiegen an der geistlosen Reiterstatue von William Tecumseh Sherman und der geflügelten Nike aus. Als sich der Verkehr kurz lichtete, liefen wir über die Straße.

Mutter war in der Lobby nirgends zu sehen. Durch Erkundung der Umgebung entdeckten wir sie im Oak Room, wo sie sich mit einem äußerst erlesenen Tröpfchen mariniert hatte.

Mein plötzlicher Auftritt entlockte ihr einen schrillen Schrei, der an einen überdimensionierten Raubvogel denken ließ. »Adeliiiiiiiiiiiiiiiiiiiiiiiiiiiiiiiiiine!« Sie packte mich mit ihren Krallen und verschlang ihre Tochter mit einer beschickerten Umarmung.

Mutter löste sich von mir und sprach mit Kevin. An ihrem Gesicht war wieder etwas gemacht worden. Vielleicht ein Augenlifting? Ihre gebräunte Haut war zu straff, zu extravagant, zu nah an dem gleichen unmenschlichen Gesicht aller weiblichen Angelenos mit einem gewissen Alter und gesellschaftlichen Status. Ich sehnte mich nach dem echten, ursprünglichen Gesicht meiner Mutter, dessen Lächeln von einem Jahrzehnt voller Operationen zerstört war.

Sie drängte auf einen Nachmittagstee, aber ich bestand darauf, dass wir uns etwas suchten, das authentischer Nuu Yook war. Eine winzige Pizzeria in der Nähe der Fifth Avenue, die Tomatensauce auf unseren Stücken passte genau zu Mutters knallrotem Power Suit.

»Adeliiiiiine«, sagte sie mampfend. »In New York gibt es die beste Pizza der Welt!«

»Finde ich auch, Mom«, sagte ich.

»Keviiiiiin«, sagte Mutter. »Woher kennen Sie meine Adeliiiiiine!«

»Wir haben uns auf ner Party getroffen und so«, sagte ich.

»An Silvester«, sagte Kevin.

»Wage es ja nicht, Einzelheiten zu erzählen«, flüsterte ich.

Ohne diesen Befehl zu beachten, erzählte er von der Party, was wir gemacht hatten, wie lange wir zusammen waren und viele weitere Belanglosigkeiten. Das Timbre seiner Bassstimme vibrierte mich bis an die Schwelle.

»Haben Sie viel von Vonnegut gelesen?«, fragte er Mutter.

»Nein«, sagte sie. »Aber Adeliiiiines Vater war mit dem Produzenten der Verfilmung von *Schlachthof 5* befreundet! Du erinnerst dich noch an Jennings Lang, nicht wahr, Adeliiiiine!«

»Ähm«, sagte ich. »Nein?«

»Er ist letztes Jahr gestorben!«, sagte Mutter.

»Aha«, sagte ich.

»Ich beneide Sie«, sagte Kevin zu Mutter. »Adeline und ich bekommen diese Bücher in einem einzigen Schwung, in der letzten Phase von Vonneguts Karriere. Aber Sie sind alt genug, dass Sie miterlebt haben, wie die Bücher nach und nach erschienen sind, und haben den Dialog zwischen Autor und Lesern mitbekommen.«

Genauso gut hätte er sich ein Kreuz auf den Rücken malen, in Lammblut baden und sich zwischen Löwen werfen können. Mutter erstarrte, ihr Lächeln verflog. Sie hörte auf, mit Ausrufezeichen zu reden. Über ihr Alter zu sprechen! Ein absoluter Fauxpas.

Nachdem Kevin bewiesen hatte, wie gut er seinen Zweck erfüllte, kam er zu allen weiteren Treffen mit. Unsere heikle Troika besuchte die Met, FAO Schwarz, das Naturkundemuseum, Uptown, Downtown. Einmal, als Kevin sich auf einer öffentlichen Toilette aufhielt, erkundigte Mutter sich, warum er als derart ständiger Begleiter auftrat, und ich antwortete, so zuckersüß, wie ich es nur über mich brachte: »Aber, Mom, ich bin total verliebt!«

Februar 1987

Suzanne fährt nach Hause

An dem Tag, an dem Mutter abreiste, saßen Baby und ich im Gemeinschaftsraum, er am Tisch, ich auf dem Sofa. »Freust du dich, dass sie weg ist?«, fragte er.

»Es ist nicht so, als würde ich sie nicht vermissen«, sagte ich. »Sie ist nur so anstrengend. Diese ganze Theatralik. Daddy hat sie entdeckt, als sie in einem drittklassigen Café am Wilshire Boulevard gekellnert hat. Von ihrem Trinkgeld hat sie Schauspielunterricht genommen. Sie wurde von den Allerbesten in der hohen Kunst unterrichtet, in jedem Raum die Atmosphäre in sich aufzusaugen.«

»Warum durfte Kevin sie kennenlernen? Warum ich nicht?«, fragte er.

So viel zum Thema anstrengend. Wie oft Baby gefragt und wie oft ich geantwortet hatte, dass es nicht darum ging, wer mir lieber, sondern wer zweckdienlicher war. Als ich mir gerade die fünfzehnte Variante der gleichen Antwort zurechtlegte, wurden meine Gedanken vom Summen der Gegensprechanlage zerstreut.

»Ja?«, fragte ich, während ich auf den Mikrophonknopf drückte.

»Ihre Mutter ist hier«, sagte der Türsteher.

»Adeliiiiiiiiiiiiiiiiiiine, ich biiiiin's!«, rief meine Mutter leise aus der Ferne.

»Schicken Sie sie rauf«, sagte ich. »Jetzt, junger Mann«, wandte ich mich an Baby, »findest du heraus, was passiert, wenn ein Wunsch in Erfüllung geht.«

Es verstreicht immer eine laaaaaaaaange Pause zwischen dem Wortwechsel an der Sprechanlage und dem Augenblick, in dem ein Gast leibhaftig eintrifft. Sie schafft einen leeren Raum, einen bedeutungslosen Moment, der außerhalb der herkömmlichen Zeit existiert. Es ist nicht möglich, ihn zu füllen, und jeder, der sich bei der Ankunft seiner Gäste nonchalant gibt, ist bestenfalls ein schändlicher Lügner. Niemand ist in diesem Grenzbereich ruhig oder gefasst. Jeder Mensch wartet, voller Unbehagen.

Mutter. Klopfend vor der Tür.

»Adeliiiiiiiiiiiiine!«

Ich stellte sie mir auf der anderen Seite vor, wie sie die blaue Tür anstarrte, den grauen Teppich betrachtete, den verwinkelten Flur, und dahinterkam, wohin ihr Geld ging.

»Hallo, Mom«, sagte ich mit einem matten Lächeln.

»Adeliiiiiiiiiiiiine!« Sie drängte herein und umarmte mich. »Bevor ich fahre, muss ich doch sehen, wo du wohnst! Kevin ist nicht hier, oder!«

»Nein«, sagte ich. »Ist er nicht.«

»Oh, gut!«, sagte sie. »Wir Mädchen brauchen auch mal Zeit für uns!«

»Mom«, sagte ich. »Ich bin irgendwie nicht allein. Ich muss dir wen vorstellen – Baby.«

Die Welt blieb stehen.

Baby wand sich vor Verlegenheit, er spürte die Pause, das Zittern, die Stille. Ich hatte Angst, er würde sie ein wenig lächerlich finden mit ihrer strammgezurrten Haut und dem Pillbox-Hut. Natürlich tat er das nicht. Das bewunderte ich an Baby. Er war nie grausam.

»Hallo?«, fragte er Mutter.

»Und wer sind Sie?«, flüsterte sie.

»Mom«, sagte ich. »Das ist Baby. Er ist mir zugelaufen. Ich habe ihn aufgenommen. Er wohnt hier irgendwie.«

»Ja, sicher«, sagte sie. »Ich muss mich setzen.«

Sie ließ sich auf das Sofa sinken.

»Baby«, sagte sie, »woher kommen Sie?«

Baby erzählte einfach endlos von Wisconsin und dem grässlichen kleinen Dorf, aus dem er stammt, es wurde ein regelrechter Monolog über den Rostgürtel oder Frostgürtel oder Mostgürtel und Käse und Ackerbau und Milchwirtschaft und den Unterschied zwischen Geflügelzucht und Rinderzucht und dass in Wisconsin niemand einen Trinkbrunnen einen Trinkbrunnen nannte, weil Trinkbrunnen in Wisconsin Sprudler hießen.

Mein Blick glitt davon, mein Fokus richtete sich auf dieses und jenes im Zimmer und wich Mutters zu straffem Gesicht aus, das vor unterdrückten Emotionen zuckte.

Sie stand auf und sagte: »Adeliiiiiiiine, Baby wartet hier, und du zeigst mir jetzt dein Zimmeeeeeeer.«

Mutter betrachtete die Leiter, die beiden Betten auf dem Zwischenboden, den Schreibtisch, die Garderobe, die Zierkissen, die billige Dekoration, die Kunstwerke, die Weihnachtslichterkette, die Regenlampe, die ich ein paar Wochen zuvor gekauft hatte. Sie war eingeschaltet und leuchtete, um eine annehmbare Kopie der Athena Parthenos regneten Öltröpfchen herab.

»Das ist wirklich reizend, Adeliiiiine!«, sagte sie. »Aber dieser Freund, dieser Baby, woher kommt er?«

»Aus einem besetzten Haus im East Village.«

»Genau wie im Film!«, sagte sie. »Und er ist ganz allein auf der Welt!«

»Er redet nicht viel über die Vergangenheit«, sagte ich.

»Das ist gut, Engel!«, sagte sie. »Behalt ihn! Aber, Adeliiiiine!«

»Ja?«, fragte ich.

»Ich weiß ja, dass du meinen Rat nie annehmen willst! Aber, hör mal! Ein oder zwei schwule Freunde sind in Ordnung, das machen alle Frauen, aber lass es dir nicht zur Gewohnheit werden! Niemand mag Schwulenmuttis!«

Baby und ich eskortierten sie hinaus, fuhren im Fahrstuhl mit nach unten, unterquerten den Säulenvorbau. Sie hatte eine Limousine warten lassen, einen schwarzen Lincoln Town Car mit einem Fahrer aus dem Nahen Osten.

Zum Abschied drückte sie mich, warf die Arme um Baby und sagte: »Ich freue mich so, dass ich Sie kennengelernt habe! Ich freue mich soooooo, dass Adeliiiiiine Sie gefunden hat!«

Mutter krabbelte auf den Rücksitz, fuhr die Scheibe herunter, winkte uns zu und kreischte ihren Abschiedsgruß wie ein Pterodactylus. Der Wagen fuhr los, auf dem Union Square West Richtung Süden, und löste sich schließlich in Nichts auf. Ich fing an zu weinen.

Ich konnte es nicht fassen, ich konnte nicht glauben, dass Baby das mit ansah. Er nahm mich in die Arme, zog mich fest an sich und dann, Gott stehe ihm bei, fing auch Baby an zu weinen.

»Warum weinst du?«, fragte ich.

»Ich weiß nicht«, sagte er.

Einige Leute sahen uns an, und ich überlegte, ob es nicht an meinen absonderlichen Kleidern und meinen Tränen und Babys Aussehen als Bauernbursche lag. Ein todschicker Mann in mittleren Jahren, von Kopf bis Fuß in Zobel gewandet, schlenderte zu uns und sagte: »Keine Angst, wir müssen alle damit fertigwerden. Alles wird gut, ihr zwei. Solche Dinge passieren. Nehmt es nicht so schwer.«

»Womit genau fertigwerden?«, fragte ich.

»Warum weint ihr?«, fragte er.

»Wir haben keine Ahnung«, sagte ich. »Aus irgendeinem Grund ist uns wegen meiner Mutter rührselig zumute.«

»Oh«, sagte er.

»Warum?«, fragte Baby. »Was ist passiert?«

»Habt ihr es noch nicht gehört?«

»Nein«, sagte Baby.

»Er ist tot«, sagte der schicke Mann. »Er ist wirklich tot.«

»Wer ist tot?«, fragte ich.

»Andy Warhol«, sagte der Mann. »Andy ist tatsächlich tot. Er ist heute Morgen im Krankenhaus gestorben.«

März 1987

Adeline und Baby gehen in
Nightmare III – Freddy Krueger lebt

»Baby«, sagte ich, »ist dir schon einmal aufgefallen, dass Mormonen den Mund kaum richtig schließen können? Das liegt daran, dass ihre lächerlichen Zähne zu groß für ihre schmalen Lippen sind.«

»Ich bin noch nie einem Mormonen begegnet«, sagte Baby.

»Oh, Baby«, sagte ich. »Du musst mal mit in den Westen kommen. Bei uns wimmelt es von Mormonen.«

Wir waren auf dem Rückweg zum Union Square, nachdem wir eine Filmvorführung im Gramercy Theatre besucht hatten.

Wir hatten *Wilde Erdbeeren* im Thalia SoHo in einer Doppelvorstellung mit *Herbstsonate* angedacht, außerdem lief im Movieland an der 8th *Angel Heart*, aber den hatte ich schon mit Kevin gesehen. Nach einiger Diskussion fiel die Entscheidung zwischen *Tanz der Teufel II – Jetzt wird noch mehr getanzt* im RKO Art Greenwich und *Nightmare III – Freddy Krueger lebt* im Gramercy.

Baby plädierte für *Wilde Erdbeeren*: »Wir sehen uns nur anspruchsloses Zeug an. Können wir nicht einmal in einen richtigen Kunstfilm gehen?« Ich stimmte ihn um, indem ich sagte: »Horrorfilme sind die Kunstfilme der Achtziger. Die ganze Welt ist von Blut überschwemmt. Es gelten nur noch Filme über Männer, die ihre Hände durch Kettensägen oder Handschuhe mit Messerklauen ersetzen. *Wilde Erdbeeren* ist so abgedroschen, so passé, so laaaangweilig. Der Film ist das Porträt eines alten, sterbenden Mannes.«

Ich vermute, dass Baby *Freddy Krueger lebt* nicht mochte, aber er sagte nichts. Ich selbst fand das Dénouement sehr eindringlich. Nach zwei Filmen, in denen Freddy Krueger Elend über die Träume zahlloser Teenager gebracht hatte, deutet *Freddy Krueger lebt* einen inneren Ausweg aus der Grundidee der Serie an. Einige suizidale Jugendliche finden heraus, dass sie ihre nächtlichen Erlebnisse aktiv gestalten können, wenn sie sich dem Konzept luzider Träume verschreiben. Sie sind dabei unterschiedlich erfolgreich, aber was ihre Mühen im Schlaf verbindet, ist ihre Verwandlung von unzulänglichen Teenagern in hyperentwickelte jugendliche Wunschgestalten.

Und so wäre es tatsächlich, glauben Sie nicht auch, wenn Teenager ein Ungeheuer aus ihren Träumen bekämpfen müssten? Sie würden sich keine praktischen Lösungen überlegen, sondern so reagieren wie Jugendliche auf Probleme an der Highschool. In *Freddy Krueger lebt* rafft sich der Nerd der Gruppe, schon schwer angeschlagen, wieder auf und ruft: »ICH BIN DER HEXENMEISTER!« und verschießt mit den Händen grüne Blitze.

»Wir müssen was anderes finden«, sagte Baby, als wir nach dem Film am Gramercy Park vorbeigingen. »Wir brauchen neue Hobbys.«

»Sollten wir häufiger Partys besuchen?«, fragte ich.

»Ich bin es leid, die gleichen vierzig Leute zu sehen«, sagte Baby. »Ich brauche etwas Neues.«

»Was du brauchst«, sagte ich, »ist eine richtig anständige Vögelei. Es ist doch wider die Natur, wenn ein Junge in deinem Alter kein Stück Fleisch zu kosten kriegt. Du könntest dich jederzeit mit der geheimnisvollen Welt menschlicher Sexualität befassen.«

Durch die verschlossenen Tore erhaschte ich einen Blick auf die Statue in der Mitte des Parks. Edwin Booth. Ich hatte noch nie Zutritt zum Park gehabt, weil er in Privatbesitz war und man einen Schlüssel brauchte, deshalb hatte ich in diesem Augenblick noch keinen Schimmer, wessen Abbild die Statue war. Doch stellen Sie sich nur vor, Schätzchen. Ihr Bruder erschießt aus nächster Nähe den beliebtesten Präsidenten Amerikas, und für Sie sieht das Schicksal durch die Irrungen von Gesellschaft und Ruhm vor, dass Sie inmitten von Manhattans exklusivster Grünfläche verewigt werden. Willkommen in New York.

»Ich habe es dir schon tausendmal gesagt«, sagte Baby. »Ich bin nicht wie du. Ich kann nicht mit jedem ins Bett springen, der fragt.«

»Baby«, sagte ich. »Du bist gefährlich nahe dran, mich eine Schlampe zu nennen.«

März 1987

84 Second Avenue

Ich erwachte morgens und wusch den Schmutz der Nacht ab. Es graute mir schon vor dem ersten Seminar des Tages, einer völlig widersinnigen Veranstaltung mit dem Titel *Kunstgeschichte: Perspektiven der Welt*.

Als wirklich öde empfand ich dabei nicht mal den Dozenten, sondern meine Kommilitonen und ihre Fragen und ihr aufrichtiges Bemühen. Als Studienanfängerin an der Parsons war ich im Bernstein der Orientierungsstufe gefangen, ich saß fest mit dem Plebs, der sich an den neu entdeckten Freiheiten und Ausschweifungen berauschte.

Schätzchen, Sie werden mir glauben, wenn ich sage, dass Ihrer Adeline in diesem stumpfen Umfeld äußerst bedenkliche Fragen zu Ohren kamen und noch bedenklichere Theorien die Runde machten. Meine Kommilitonen brachten mich in Wallung. Sie brachten mich wirklich in Wallung.

Aber, Adeline, sagte ich, du musst mit diesen Menschen und ihren Bemühungen geduldig sein. Du bist anders als sie. Du hast Vorteile genossen, die das einfache Volk nicht kennt. Du hast die Crossroads School for the Arts and Sciences absolviert.

Die Crossroads war in den Siebzigern als eigenwilliges Bildungsexperiment entstanden. In einer Wolke aus Weihrauch, Minze und einer Mördermenge Hasch hatte sich eine Gruppe von Pädagogen und gleichgesinnten Eltern im Schatten des Vietnamkriegs auf der Suche nach Lehrmethoden zusammengetan, die verhindern sollten, dass das Blut ihrer Kinder die Räder des militärisch-industriellen Komplexes schmieren würde. Das Ziel lautete, Individuen zu eigenständigen Persönlichkeiten heranreifen zu lassen.

Bis Klein Adeline dann kam, waren die bekifften Ambitionen der Hippiezeit der wachsenden Institutionalisierung der Achtziger gewichen. Kulturen prallten aufeinander, als eine Schwemme von Kokain, Ruhm und Geld über die Schülerschaft hereinbrach. In der Ära von Onkel Ronnie Reagan verblasste die liberale Vision, wurde schwerer zu erklären.

Immerhin bewahrte sie mich vor den Kerkern im provinziellen Pasadena. Die Belegschaft vermied das Gebaren unserer Freunde und Helfer, behandelte uns wie Erwachsene und förderte selbständiges Lernen. Sie gestattete uns idiotische Idiosynkrasien, mit Ungestüm im Herzen durften wir die Gasse rauf und runter laufen. Am Montag rauchte man undefinierbare Drogen, am Dienstag las man *Dubliners*, am Mittwoch schwänzte man, am Donnerstag backte man Hafermehlkekse, am Freitag lag man neben seinem Lehrer auf dem Teppich und hörte *The Kinks Are The Village Green Preservation Society*.

Diese Erfahrung bescherte Ihrer bescheidenen Erzählerin das Missgeschick und das Glück, die Persönlichkeitsveränderungen der späten Jugend laaaaaaange vor dem Abschluss der Highschool durchlaufen zu haben. So wurde es eine zähe Angelegenheit, im Seminar neben frisch geouteten Lesben zu sitzen, die gerade die Ungerechtigkeit der Welt entdeckten, und neben absurden Jungen, die einen Großteil ihres Lebens damit verbrachten, immer und immer und immer wieder zu zeichnen, wie Batman von Superman verprügelt wurde.

Gegen Mittag rief ich Kevin von einem Münztelefon im zweiten Stock an und fragte ihn, ob wir uns nicht treffen wollten. Der Bursche antwortete, das klänge göttlich, und schlug vor, ich solle nach den Seminaren zu ihm kommen.

Er hatte mir die Schlüssel zu seiner Wohnung an der Ecke Second und 10th gegeben, schräg gegenüber von der alten Kirche. Ich ging die verdreckte Treppe in den zweiten Stock hinauf, wie immer ganz gebannt von den staubigen, rissigen Mosaikfliesen.

»Kevin?«, rief ich, als ich über seine Schwelle trat, »seid Ihr zu Hause?«

Der Mann war nicht zugegen, um Besucher zu empfangen, wahrscheinlich war er auf einen Sprung unten, um seine tägliche Ration Zigaretten oder etwas ähnlich Unwesentliches zu erstehen. Ich setzte mich auf den Futon in dem Raum, der offensichtlich sein Wohnzimmer sein sollte.

Er besaß keinen Fernseher, was ich wunderbar fand, weil ich das scheußliche Ding nicht ausstehen kann. Die Wände waren spärlich mit Postern verziert, das Auffälligste war ein blutrotes, großformatiges Poster von *Jules et Jim*. Er hatte Bücher, endlos viele Bücher und Platten, die sich aus dem Schlafzimmer ergossen und gegen die Wände des Wohnzimmers und der angrenzenden Küche schwappten.

Kevin kehrte mit einer braunen Papiertüte zurück, in der er ein Sixpack verstaut hatte. »So früh habe ich dich gar nicht erwartet«, sagte er. »Kommst du nicht um sieben raus?«

»Ein freier Tag, mein Lieber«, sagte ich.

»Willst du ein Schlitz?«, fragte er. »Das hat Milwaukee berühmt gemacht.«

Die nächste Stunde verbrachten wir auf seinem Futon, jeder konsumierte drei Dosen von dem geschmacklosen Gesöff. Ich könnte nicht ansatzweise wiedergeben, was gesagt wurde, weder von ihm noch von mir, aber ich weiß noch, dass ich dachte, wie seltsam das Leben sein kann, dass man in einer schäbigen Wohnung mit seinem Freund landen kann, einem albernen kleinen Burschen, den man kaum kennt, und das Leben erwartet, man solle so tun, als sei diese Welt nicht die seltsamste, die man sich vorstellen kann, als sei völlig normal, was man tut.

Nach einem kleinen Weilchen brummte mein Schädel wie das beflissenste Bienchen in Boston. Kevin stieg auf mich, streckte mir die Zunge in den Mund, seine weiche, verzärtelte Hand auf meinem Bauch.

»Ich würde liebend gerne, Schätzchen, aber ich kann einfach nicht. Es ist Neumond.«

»Na und?«, fragte er mit einem ungeduldigen Seufzer und ließ sich neben mich fallen. »Wen kümmert schon Astrologie?«

»Den Schoß kümmert es. Ich habe die Erdbeerwoche, alter Knabe«, sagte ich. »Da unten ist es wie das Rote Meer. Ich blute wie ein Dinosaurier.«

»Ich habe keine Angst vor Blut«, sagte er.

»Süßer«, sagte ich, »niemand hat dich gebeten, Moses zu spielen.«

Wir machten einen Bummel. New York war noch neu genug, dass ich Tag für Tag zwischen den winzigen Häuserblocks im East Village herumschlendern konnte, ohne vor Langeweile zu verblöden. Von dem Schlitz war ich so hacke, dass ich vor der St. Mark's Bar mit ihrem wenig schmeichelhaften Wandgemälde der Rolling Stones losschmetterte, in meinem besten Bariton sang ich ein paar Zeilen aus einem bekackten Radiosong: »›Cuz I know what it meaaaaans, to walk along the lonely street of dreaaaaaams, here I go again on my owwwwwwnnnn ...‹«

Kevin war es sterbenspeinlich. Ich hatte ihn vor den Suffköpfen und Drogendealern in Verlegenheit gebracht. Er steuerte uns die 5th Street hinauf, links auf die Second Avenue, und wich dabei den Hundehaufen aus.

»Siehst du das?« Er deutete auf ein Fenster ohne Gardinen im ersten Stock eines unscheinbaren Hauses.

Auf einer Schneiderpuppe hing eine Smokingjacke unter einer vergammelten Plastikfolie. Der Schnitt der Jacke war so aaaalllllllt wie Zottelteppiche, als wäre sie unter Präsident Nixon genäht worden. Neben der Jacke, in der Mitte des Fensters, hing eine erloschene Leuchtreklame, ANZUGVERLEIH, und das UGV war herausgebrochen und baumelte ganz schief herab.

»Um den Laden ranken sich Legenden«, sagte Kevin. »Niemand weiß genau, was passiert ist. Irgendwas ganz Schlimmes. Jedenfalls ist es schon seit Jahren so. Mir hat mal einer erzählt, dass die Frau von dem Anzugverleih vergewaltigt und ermordet wurde. Siehst du den ganzen Schmutz am Fenster? Das ist von der Untersuchung, als die Polizei mit Puder nach Fingerabdrücken gesucht hat.«

Auch das Erdgeschoss hinter der Schaufensterscheibe, links und rechts von Türen flankiert, stand leer. Neben der rechten Tür mit der Nummer 84 hing ein Schild, schwarzes Glas mit roten Buchstaben: ANZUGVERLEIH EINGANG FÜR HERREN.

»Ich schätze, das Haus gehört ihrer Familie«, sagte Kevin. »Sie haben es so gelassen. Einige Leute sagen, es würde darin spuken. Hast du mal Brown Tony getroffen? Er behauptet, er hätte da oben einen Geist gesehen.«

In dieser Nacht, zu Hause im 31 Union Square West, unserer alten Bank of the Metropolis, versuchte ich einzuschlafen und lauschte auf Babys Atem. Meine Gedanken kreisten nur um den Smoking und die Leuchtreklame.

Ich schwänzte die Seminare und ging in die Bibliothek in der 42nd Street. Weil ich keinen Schimmer von Recherche hatte, fragte ich die Bibliothekarin, ob sie mir irgendwelche Ratschläge geben könne. Sie schlug vor, ich solle im Zettelkatalog der *Times* nach Verweisen auf die Adresse suchen. Was ich auch tat, Schätzchen, nur fand ich rein gar nichts. Ich bat sie um weitere Hilfe. Die Bibliothekarin ließ sich die Adresse geben und ging weg und kam zurück und ging weg und kam zurück. Sie gab mir einen Zettel mit den Worten NEW YORK TIMES und einem Datum, das unter den Namen der Zeitung gekritzelt war. 14. Januar 1974.

Die Bibliothekarin schickte mich in die Mikrofiche-Abteilung. Eine andere Bibliothekarin, deutlich unfreundlicher als die erste, suchte den entsprechenden Microfiche heraus und erteilte mir eine kurze Auffrischungslektion darüber, wie man das absurde Gerät bedient.

Seite für Seite rollte ich weiter und blieb immer wieder fasziniert hängen, nicht bei den Artikeln, sondern bei den Werbeanzeigen aus der Zeit, bis ich durch pures Glück den sehr kurzen Artikel fand, den ich suchte. Seite 37.

KURZMELDUNGEN AUS DER METROPOLE

Aus den Polizeiberichten:

Die unbekleidete Leiche der Inhaberin einer Schneiderei mit Anzugverleih in der Lower East Side wurde erschlagen aufgefunden. Das Opfer war Helen Sopolsky (40) aus der 84 Second Avenue, nahe der Fifth Street, deren Geschäft in der Etage über der Wohnung lag. Das Motiv für den Angriff konnte bisher nicht ermittelt werden …

Ich ging zur ersten Bibliothekarin zurück.

»Ist das alles, haben Sie noch mehr?«, fragte ich.

»Das ist alles, was ich habe«, sagte sie. »Sie könnten noch bei den anderen Zeitungen nachsehen.«

April 1987

Adeline deckt Babys Beschäftigungssituation auf

Ich erkundigte mich nie, welchen Aktivitäten Baby nachging, während ich als überragende Studentin außer Haus war, aber Ihr treuer Tausendsassa entdeckte ganz eindeutige Beweise dafür, dass ihr bester Freund kein, sagen wir mal, allzu reges Privatleben führte. Kleine Dinge, etwa dass ich in den Abendstunden nach den Seminaren heimkehrte und Babys Schuhe an der gleichen Stelle wie am Vorabend standen. Sein verkümmert lethargischer Gesichtsausdruck.

Kurz nach dem Vorfall in der 84 Second Avenue kam Bewegung in die Sache. Ich bemerkte verräterische Zeichen und Indizien, dass Baby ein Leben außerhalb unseres kleinen Treibhauses führte.

An vielen Abenden war Baby verschwunden. Unterwegs in der weiten Welt! Wenn er dann nach Hause kam, weit nach Mitternacht, wich er den Fragen, wo er gewesen sei, aus, und antwortete nur mit Singsangstimme: »Spazieren. Hierhin und dorthin. Dorthin und hierhin.«

Die vagen Ausflüchte brachten mich auf die Palme, so schrecklich neugierig war ich auf Babys Abenteuer in der großen Lotterstadt.

Ich schmiedete einen Plan. Ich würde auf meinen nächsten freien Tag warten, auf Donnerstag, an dem ich die Wohnung normalerweise um ein Uhr mittags verließ, und mich auf der anderen Straßenseite verstecken.

Als der Tag gekommen war, ging ich später als üblich mit der lächerlichen Ausrede, ich könne eine Arbeit, die ich für mein Seminar brauchte, einfach nicht finden. Draußen setzte ich mich in den Park und versteckte mich hinter dem Abstinenzlerbrunnen. Eine Stunde verstrich. Wo blieb der Knabe nur?

Als ich mich allmählich der Verzweiflung ergab, tauchte Baby unter dem Säulenvorbau auf.

Ich folgte ihm über die 14th Street und am Palladium vorbei. Welch sanfte Seele Baby doch war, er konnte sich nicht vorstellen, ein Opfer von Verschwörung und Intrige zu werden, ahnungslos schlenderte er durch die Stadt, mit dem gleichen vertrauten Gang wie immer.

Er bog in die Third Avenue ein, lenkte seine Schritte vorbei an Disco Donuts und dann zu meinem ewigen Erstaunen unter das Vordach von VARIETY PHOTOPLAYS, wo er am Kartenschalter stehen blieb und mit dem Menschen hinter der Scheibe sprach.

Wir waren schon tausendmal am Variety vorbeigekommen. Mir gefielen das sanfte Rosa und Seegrün der uralten Leuchtreklame, und die mädchenhaften Poster, die über dem Eingang hingen und auf frei stehenden Staffeleien verteilt waren, fand ich amüsant, aber ich konnte mir nicht vorstellen, eine solche Einrichtung zu besuchen. Doch Baby spazierte nonchalant wie eine Nonne im November einfach hinein!

Ich gewann meine Fassung zurück. Am Kartenschalter sprach ich mit dem finster dreinblickenden Burschen hinter der Scheibe. »Ein Mal, bitte«, sagte ich.

»Bist du sicher, dass du hier richtig bist?«, fragte er.

»Absolut, alter Knabe«, sagte ich. »Ich war mir noch nie so sicher.«

»Du siehst nicht gerade wie die Mädchen aus, die sonst herkommen.«

»Das macht überhaupt nichts«, sagte ich. »Ich schätze doch, ich denke auch nicht so wie sie.«

Ich schob zwei Dollar unter der Scheibe hindurch. Er schob mir eine Karte zu. Ein anderer Mann stand mit seiner dummen Zigarette neben der offenen Tür.

»Was steht auf dem Programm?«, fragte ich diesen zweiten Mann. Ich musste mich zwingen, nicht seine unheilig geformten Ohren anzustarren.

»Weiß der Teufel, Kleine«, sagte er. »Ich habe keine Ahnung.«

An beiden Seitenwänden der Eingangshalle führten Treppen zu einem Balkon über den Doppeltüren des Kinos. Angesichts der melancholisch blauen Wände vermutete ich, dass Baby im Erdgeschoss bleiben würde.

Durch die Doppeltüren kam ich in einen Vorraum voller steinalter Verkaufsautomaten. Eine weitere Tür brachte mich in einen erstaunlich gut beleuchteten Kinosaal. Es gab nicht viele Sitze, vielleicht 150, aufgeteilt in drei Bereiche. Die gleiche blaue Farbe.

Ich huschte auf einen Platz am Gang in der letzten Reihe.

Der Film war ein Porno. Eine vornübergebeugte weiße Frau wurde von hinten von einem weißen Mann genommen, ihr Gesicht drückte sich rhythmisch gegen den Schamhügel einer anderen weißen Frau. Der Film stammte aus den späten Sechzigern, soziologisch gesehen hatten die Bilder einiges zu bieten. Archäologische Nachweise von Frisuren, Make-up und Körpertypen vergangener Zeiten. Die Qualität der Vorführung wurde von so vielen Kratzern gemindert, als sei die Kopie seit dem Tag ihres Erscheinens in einem fort gelaufen.

Als sich meine Augen an das spärliche Licht gewöhnt hatten,

o Leser, da konnte ich die anderen Besucher sehen, und es wurde klar, dass es sich beim Variety um eines der Blas-und-Bums-Kinos handelte, von denen ich bisher nur zärtlich hatte flüstern hören, in Geschichten über New York in den glücklicheren Zeiten vor Aids. Viele Männer masturbierten auf ihren Sitzen, ein gedämpftes Geräusch wie von tausend Deckenventilatoren. Vom Balkon brandete Stöhnen.

Unten im Kino, links und rechts der Leinwand, waren zwei Türen. Männer gingen hinaus und kamen herein, oft zu zweit, oft allein. Ausgänge konnten das nicht sein. Ich vermutete, dass es dort zu den Toiletten ging.

Aber wo war Baby?

Mitten in der Szene kam ein anderer Film. Die Pornographie verschwand, dafür lief ein reizender Western in Schwarzweiß aus den Fünfzigern, in dem Gregory Peck eine Figur namens Jimmy Ringo spielte. Der Film begann mit der dritten Rolle, etwa in der Mitte. Gefangen in diversen Stadien der Lust achtete das Publikum gar nicht darauf. Die Ventilatoren drehten sich weiter.

Ein trotteliger Möchtegern-Revolverheld war auf eine Schießerei mit Jimmy Ringo aus und verlangte, er solle einen Streit schlichten. »Warum ich?«, antwortete Gregory Peck. »Ich behaupte, er verdünnt seinen Whiskey«, sagte der Trottel über den Barkeeper. »Tja, dann ist es eigentlich dumm von Ihnen, ihn hier zu trinken«, sagte Gregory Peck. »Sie sind ziemlich unfreundlich«, sagte der Trottel. Ganz unten links beugte sich ein Mann über eine Sitzreihe, während ein zweiter Mann hinter ihm bei jedem Stoß stöhnte und seine Schenkel gegen das Gesäß des ersten Mannes klatschten.

Ich hatte mich so an die Fleischströme gewöhnt, die sich durch die Gänge ergossen, dass ich kaum bemerkte, wie sich ein alter Mann, vielleicht sechzig oder siebzig Jahre alt, neben mich setzte. Erst das Geräusch seines Reißverschlusses schreckte mich aus dem Filmerlebnis auf.

Fasst man es – er hatte seinen Penis hervorgeholt.

»Hallo«, sagte er.

»Stecken Sie das scheußliche Ding weg«, sagte ich. »Sie machen sich lächerlich.«

»Du siehst echt hübsch aus«, sagte er, »so hier im dämmrigen Kino.«

»Sir«, rief ich aus voller Kehle, »entfernen Sie sich! Nehmen Sie Ihr bisschen Anstand zusammen und marschieren Sie ab zu den Toiletten, wo Sie sicher reichlich dekadente Menschen finden, die Sie gerne ganz nach Gusto bedienen!«

Gott stehe ihm bei, der armselige Tropf hörte, und als er noch an seinem Reißverschluss herumfummelte, wurde er von einer blonden Dampfwalze überrollt. Baby Baby Baby. Fuchtig flogen die Fäuste. Die klägliche alte Gestalt landete zwischen Samen und Limoflecken.

»Baby! Hör auf! Das reicht!«

Baby prügelte auf den Mann ein, die Saallichter gingen an, ein ganzer Trupp alter Männer reckte die Köpfe und kam von den Toiletten gelaufen, ein anderer Mann zog Baby von meinem Belästiger weg, Baby bekam zu hören, dass er gefeuert war und nicht zurückkommen sollte, Baby und ich auf dem Heimweg, er komplett stumm, während ich mich wortreich entschuldigte, Baby verweigerte tagelang die Konversation und schlief nicht im Bett neben meinem.

Doch wie schon die alten Griechen mit ihrem schmissigen Hokuspokus wussten, gewinnt man mit anhaltendem Schweigen nicht viele Gefolgsleute.

Stück für Stück robbten wir uns an richtige Gespräche heran, wobei ich anfangs allerdings nicht wagte, mich dem Thema Variety Photoplays zu nähern. Als Baby lachte und ich mit ihm, fragte ich geradeheraus, was zum Teufel er in diesem scheußlichen Kino gemacht habe.

»Ich brauchte Geld«, sagte er, »also habe ich mich nach einem Job umgesehen.«

»In einem Blas-und-Bums-Kino?«

»Das war ja das Reizvolle«, erklärte Baby. »Dieses offene Herumvögeln, Adeline, ist etwas ganz Fremdes, aber irgendwie ist es auch wirklich schön, wenn sich zwei Männer zu anonymem Sex treffen.«

»Baby, sag mir bitte, dass du mit diesen Männern keinen Geschlechtsverkehr hattest. Das ist der Tod, das weißt du.«

Als mir die Worte gerade von den Lippen gesprudelt waren, bereute ich sie auch schon.

»Und wenn doch?«, fragte er.

»Würde ich vor Sorge vergehen«, sagte ich. »Diese Art von Hedonismus ist mit Disco untergegangen.«

»Keine Angst. Ich habe mein ganzes Leben lang gehört, Sex wäre für mich der Tod. Ich habe meine Lektion gelernt.«

Ohnehin war die Vorstellung, Baby würde sich auf Sex mit einem anderen Besucher des Variety einlassen, so absurd wie der Gedanke, Mutter könne die Sonne vom Himmel niederringen.

Seine Abstinenz bereitete mir keine Freude, diese Version war trauriger, als wenn er auf der Toilette Blowjobs bekommen hätte. Stellen Sie sich unseren Baby vor, wie er sich, so spitz wie der Hahn auf dem Misthaufen, in den dunklen Ecken des Variety Photoplays versteckt, zu ängstlich, zu schüchtern, zu schamhaft und, so vermute ich, mit einem zu großen Hang zur Monogamie. Zu verlegen, um sich von einem alten Klemmbruder von der Lower East Side einen blasen zu lassen.

Ich ließ das Thema ruhen und beschloss, bei Babys unseligem

Kampf gegen sexuelle Windmühlen die Regie zu übernehmen. Mir standen immer noch die violetten Blüten auf Babys geschwollenen Händen vor Augen, an dem Abend, an dem wir uns zum ersten Mal begegnet waren.

April 1987

Adeline überredet Baby
und Kevin zum Sex

Einmal verbrachte ich einen Abend in Kevins Wohnung und unterhielt mich mit ihm über nichts Besonderes, was natürlich heißt, es gab ein langes, laaaaaangweiliges Gespräch über Literatur. Kevin parlierte, nachsichtig gesagt, so gut er konnte, er kaute mir also das Ohr ab mit den Büchern, die er am liebsten mochte und die ich nie lesen würde.

»Es ist echt versaut«, sagte Kevin. »Tom Ripley hat eine Affäre mit einem viel jüngeren Typen, mit Frank. An einer Stelle zieht Ripley sich einen Fummel an und besucht eine Schwulenbar.«

»Wer in aller Welt ist Tom Ripley?«, fragte ich.

»Adeliiiiiiiine!« Kevin klang erschreckend ähnlich wie Mutter. »Du weißt genau, wer Tom Ripley ist, schon vergessen?«

Er erzählte endlos und drei Tage von Tom Ripley dies und Tom Ripley das und Tom Ripley jenes und zitierte grausigen Unsinn über einen gewissen Dickie Greenleaf. Ich tigerte durch seine Wohnung, tat so, als würde ich zuhören, und begutachtete dabei die Bücherstapel vor den Fußleisten und auf jeder verfügbaren Oberfläche.

Ich stieß auf *Homo* von William S. Burroughs.

»Was ist denn das?«, fragte ich und hielt es hoch.

»Oh, das hat er erst vor ein, zwei Jahren rausgebracht.«

»Schätzchen, warum liest du das?«

»Ich mag Burroughs nicht«, sagte Kevin, »aber es wird so viel über ihn geredet. Also habe ich ein paar von seinen Büchern gelesen. *Junkie* ist ganz gut. *Homo* gefällt mir am besten.«

»Dabei bist du doch eigentlich nur auf Muschis aus«, sagte ich. »Warum interessierst du dich für Schwule?«

»Das ist ja schon beleidigend«, sagte Kevin. »Sind wir nicht alle ein bisschen bisexuell?«

»Mich zähl nicht zu dieser Gruppe«, sagte ich.

»Du hast dich bestimmt auch schon zu Frauen hingezogen gefühlt«, sagte Kevin. »Die meisten Mädchen begehren insgeheim andere Mädchen. Jeder fühlt sich zu jedem hingezogen. Mir ging es mit Männern auch schon so.«

»Wirklich?«, fragte ich.

»Klar«, sagte er. »Wem nicht?«

Das war die Geburtsstunde meines durchtriebenen Plans, weil ich wusste, dass er Erfolg haben konnte; ich hatte schon lange vermutet, dass Babys feindselige Art Kevin gegenüber nicht nur dem Zusammenstoß unterschiedlicher Persönlichkeiten geschuldet war. Als einzige Fragen blieben die geheiligten Regeln des guten Journalismus: wer, was, wann, wo, wie und warum?

Und dann sprach sich am College herum, dass ein reizendes Mädchen namens Luanna Potrero am nächsten Wochenende eine Party geben würde, eine Scheußlichkeit mit einem Motto. Die Zieht-euch-an-als-würdet-ihr-ein-normales-College-besuchen-Party. Ich informierte sowohl Kevin als auch Baby, sagte, ich würde darauf brennen, sie zu besuchen, als hätte ich mir eine schrecklich schmerzhafte Form des Trippers eingefangen, und behauptete, ich würde ihr Gegenstück nicht mitnehmen wollen, aber was könne man da machen, die Nachricht sei heraus, und jetzt würden wir dieses Schicksal zu dritt tragen.

Mottopartys sind furchtbar langweilig. Ich weigere mich,

die lächerlichen Gründe für solche Partys anzuerkennen. Zu Luannas Party trug ich meine eigenen Sachen, ein unerhörtes Lackkleid in Pink, über das ich gestolpert war, dazu gelben und blauen Lidschatten und ultradicke Mascara, und toupierte mir die Haare auf. Ich sah einfach fabelhaft aus.

Baby ging die Party todernst an und beschloss, den Spießer zu geben. Er zog die alten tristen Sachen an, in denen er mir zum ersten Mal begegnet war, vor fast einem Jahr. Auf seinem hässlichen roten Pullover stand in weißen Lettern INDIANA.

»Warum hast du diese Lumpen nicht verbrannt?«, fragte ich.

»Ich bin sentimental«, antwortete Baby.

Kevin traf sich mit uns vor unserer alten Bank of the Metropolis. Auch er hatte sich auf die Veranstaltung eingestimmt und sich äußerst adrett gekleidet. »Mein Bruder ist in Yale«, sagte er. »So in etwa läuft er jeden Tag herum.«

Luanna Potrero wohnte nicht weit von unserer Bleibe entfernt. Sie hatte eine Wohnung mit einem Schlafzimmer in der 9th Street in der Nähe des University Place. Vor dem roten Backsteinbau erspähte ich eine Schar Mädels von der Parsons. Wir betraten zusammen mit ihnen den Aufzug und fuhren in angespannter Stille hinauf, hinauf, hinauf.

Im vierten Stock, auf der Party. Ein albtraumhafter New Yorker Fernsehblick auf Amerika. Sämtliche grotesken Modetrends und bedeutungslosen kulturellen Artefakte des Landes karikiert von einer Gruppe Kunststudenten aus der Großstadt.

Kevin wagte sich ins Badezimmer vor, wo Luanna Eis und Bier in die Wanne gepackt hatte. Er spielte den wundertätigen Jesus und fischte ein paar Flaschen heraus. Ich kippte mein Getränk herunter wie ein Araber in einer Oase.

Der Subtext der Party unterstrich unsere angebliche Überlegenheit über alle Amerikaner jenseits der Grenzen von Manhattan. Was tatsächlich ironisch war, denn der grausame Charakterzug, der uns von der Herde unterscheiden sollte, bewies nur, wie untrennbar wir mit der siegreichen Bestie verbunden waren.

Mit Sicherheit gab da draußen in den zusammenhängenden achtundvierzig Staaten gerade irgendein Schafskopf eine Zieht-euch-an-als-wärt-ihr-in-New-York-Party, und eine Blondine aus dem Käseland hatte beschlossen, in die Vollen zu gehen und sich aufzurüschen und sich dafür als Kostüm genau das ausgedacht, was ich trug.

Luanna zuckte und zappelte auf der provisorischen Tanzfläche herum, und ich bewunderte sie; wie schaffte sie es nur, so unbefangen zu sein? Der Song war etwa ein Jahr alt, »Kiss« von Prince, und er beschrieb ausführlich, dass Prince kein Mädchen mit irgendwelchen besonderen Eigenschaften wollte, sondern nur eines, das ihn abknutschte.

Ich für meinen Teil hielt nicht viel vom Tanzen. Als Luanna eine Pause von ihren Verrenkungen machte, verwickelte ich sie in ein Gespräch.

»Bier ist ja schön und gut für das Proletariat, Schätzchen«, sagte ich, »aber wo bewahrst du das harte Zeug auf?«

»Was, meinst du so was wie Koks?«, fragte sie.

»Noch nicht ganz«, sagte ich. »Wo sind deine geistigen Getränke, hast du Tequila?«

»Ich habe José Cuervo in meinem Zimmer versteckt, so unterm Bett halt«, sagte sie. »Aber trink nicht alles aus, ich will nachher auch noch was.«

Und dann lag ich auf den Knien und streckte die Hände unter Luannas Bett. Eine Szene jenseits aller Vorstellungskraft, als ich in L.A. das Flugzeug bestiegen hatte.

Ich füllte Kevin und Baby mit Kurzen ab, um sie auf diese geheiligte Ebene der Erleuchtung durch Tequila zu treiben, auf der Witzbolde böse betrunken und grandios nüchtern waren, auf der die Trinker für einen Augenblick zum Abbild von Cary Grant werden. Die Jungs sollten sternhagelvoll werden.

Ich steckte die Flasche in eine Tasche von Donna Karan, die ich vor ein paar Monaten gekauft hatte, und gab den beiden jede halbe Stunde einen Kurzen. Bald waren sie wie getrieben, benebelt vom Alkohol. Baby fing an zu tanzen, und wissen Sie was, selbst in seinem heiklen Zustand hatte der Knabe noch Rhythmus im Blut. Kevin drängte mich, vergiftet von der gefürchteten blauen Agave, in eine dunkle Ecke und fummelte an mir herum wie ein Zehntklässler im Autokino.

Als die beiden auf einen Totalausfall zuwankten, sammelte ich sie ein, verabschiedete mich von Luanna Potrero und schob meine Mannsbilder durch die Tür. Baby gab eine betrunkene, schiefe Version von Cyndi Laupers »Time after Time« zum Besten.

Die Aufzugtür öffnete sich. Wir stolperten auf die Straße.

»Ich gehe nach Hause«, sagte Kevin. »Ich bin zu sehr am Arsch. Den Union Square packe ich jetzt nicht.«

»Junger Mann«, sagte ich, »du kommst mit. Ich dulde keine Widerworte!«

Zu Hause im 31 Union Square West, unserer alten Bank of the Metropolis, setzte Baby sich an den Tisch, Kevin und ich nahmen das Sofa. Baby und Kevin unterhielten sich ausgerechnet über Basketball. Ich hörte ihrem Unsinn, bei dem es offenbar um die Bulls und die Knicks ging, nicht lange zu, sondern suchte nach einer Möglichkeit, ihre Kameradschaft zu manipulieren, aber ich konnte keinen Ansatzpunkt entdecken. Ich entschloss mich zu einer simpleren Methode.

»Baby«, sagte ich. »Unseretwegen musst du nicht aufbleiben.

Kevin übernachtet nicht hier, du kannst also ruhig ins Bett gehen. Ich komme bald nach.«

Baby ging ins Badezimmer, wobei er vergaß, die Tür zu schließen. Wir hörten das leise Plätschern seines Urins. Er wünschte uns eine gute Nacht und ging in unser Schlafzimmer.

»Ich wollte nichts sagen, solange er hier war«, sagte Kevin, den Kopf schlaff ans Sofa gelehnt. »Warum sollte ich mitkommen, wenn ich nicht bleiben darf?«

»Lass dich von einer Ausrede nicht verwirren, Junge«, sagte ich.

Ich erklärte ihm den Plan.

Ich argumentierte gegen seine Einwände an, deutete an, er sei prüde und nannte seine Moralvorstellungen spießbürgerlich. Ich sagte, er habe mit seinen großen literarischen Helden nichts gemein, und fragte, ob er glaube, dass er Literatur verstehen könne, wenn er nicht handele wie eine literarische Figur. Er hatte immer noch Einwände. Ich stellte ihm die Frage: »Ist dir das völlig egal?«

»Wie kannst du das nur fragen?«

»Wenn es dir nicht egal ist, tust du es«, sagte ich.

»Aber wie?«

»Ich würde vorschlagen, du stehst auf, öffnest diese Tür, steigst die Leiter hinauf und krabbelst zu ihm ins Bett. Wenn du erst einmal da bist, kommst du auf alles andere sicher von allein. Das Grundprinzip ist dasselbe. Geh und besorg's ihm. Du bist doch spitz, oder, also, warum nicht?«

»Wirst du nicht eifersüchtig?«, fragte Kevin.

»Ich habe keinen Schimmer, was du meinst«, sagte ich. So ging es hin und her zwischen uns. »Entweder tust du es, oder du kannst gehen. Bald döst er weg. Dein Zeitfenster für homoerotische Genüsse schließt sich schnell.«

»Na schön«, sagte Kevin und stand auf.

Zum ersten Mal musste ich die Verbannung auf das Sofa erdulden.

Als ich aufwachte, stand Baby neben mir, mit grimmiger Miene blickte er auf mich herab, der äußerst scheußliche Blickwinkel verlieh ihm ein hängendes Doppelkinn. Leser, Ihre Freundin Adeline sieht niemanden gerne aus dieser Perspektive, schon gar nicht einen Menschen, dem sie einen guten Schwung harten Alkohols und die Dienste ihres Freundes aufgedrängt hatte.

»Wie lange stehst du da schon?«, fragte ich.

»Etwa zehn Minuten.«

»Also bitte«, sagte ich, »versuchen wir doch zukünftig, nicht unheimlich zu werden.«

Langsam setzte ich mich auf, mein ganzer Körper schmerzte. Was ungewöhnlich war, schließlich hatte ich den Abend zuvor als Nonne verbracht und kaum einen Tropfen des Dämons Alkohol angerührt. Vielleicht lag es an psychischen, telepathischen, emotionalen Schwingungen, die von Baby ausgingen. Oder es lag an der kräftezehrenden Umsetzung einer Idee in die Tat. Oder es rührte daher, dass es schlicht unbequem war, auf einem Futon zu schlafen.

»Und?«, fragte ich Baby.

»Tja«, sagte er.

»Kevin?«, fragte ich.

»Weg«, sagte Baby. »Bevor ich wach geworden bin.«

»Hat der Knabe nicht gesprochen? Oder sich mit einem Briefchen verabschiedet?«

»Er hat sich rausgeschlichen«, sagte Baby, »sobald es hell geworden ist.«

»Emsig, emsig, emsig«, sagte ich. »Wie war es?«

»Privat«, sagte Baby. »Ich glaube, darüber kann ich nicht reden.«

»Es ist deine Beerdigung.« Ich ging ins Bad. Dann durchstöberte ich die Küche, um zu sehen, ob meine südkoreanischen Mitbewohnerinnen Kaffee hatten, was der Fall war, ein Schraubglas Folgers Instant. Ich kochte im Kessel Wasser und goss zwei Tassen mit dem körnigen Pulver auf. Eine davon war für Baby vorgesehen, aber er war auf dem Sofa eingeschlafen.

Bei der zweiten Tasse fiel mir auf, dass mein Schlüsselbund auf dem Tisch lag und irgendwie geschrumpft wirkte. Ich untersuchte ihn genauer. Zwei Schlüssel fehlten. Kevins. Vermutlich hatte er sie abgenommen.

Ich bin nicht morbid veranlagt. Ich vermeide es, in den Alltag Symbole hineinzudeuten, aber hier ließ sich der Subtext kaum leugnen. Ich versuchte, Kevin anzurufen. Bei ihm nahm niemand ab.

Am Abend, als ich davon überzeugt war, dass er seinen gesellschaftlichen Verpflichtungen nicht nachkommen würde, machte ich mich auf den Weg zu seiner Wohnung. Ich klingelte. Keine Antwort. Ich klingelte noch einmal. Keine Antwort. Ich klingelte ein drittes Mal, und zwar laaaaaaaaaaaaaaaaaange. Keine Antwort.

Energisch drückte ich auf alle Klingelknöpfe bis auf Kevins. Eine Stimme knisterte aus dem Lautsprecher. Ich antwortete mit undefinierbarem Gebrummel, einer groben Imitation des Englischen. Die Tür wurde aufgedrückt.

Ich stieg die Stufen zu Kevins Etage hinauf, baute mich vor seiner Tür auf und klopfte und klopfte und klopfte und klopfte.

»Kevin«, sagte ich, »öffne sofort die Tür! Niemand kann sich für immer verstecken!«

Keine Reaktion. Ich kam mir unglaublich töricht vor, wie ein hysterisches Mädchen in den 1950ern, das gerade gemerkt hat, dass es vom Nachbarsjungen schwanger ist.

Kevins Verhalten verbuchte ich unter den Rätseln der menschlichen Erfahrung. Ich hatte neues Wissen erlangt. Eine Liebschaft zwischen dem eigenen Freund und anderen Männern einzufädeln war möglicherweise für eine stabile Beziehung nicht förderlich. Kümmerte mich das wirklich? In der Stadt wimmelte es von Jungen, und mein Allerbester hatte vom Baum der Erkenntnis genascht.

Zu Hause versperrte Baby sich weiterhin jeder Diskussion. Ich pikste ihn, bohrte ihm den Finger in die Rippen und kicherte wild, bis er sagte: »Schön, na gut, ich erzähle dir was, aber nur eine Sache, okay?«

»Bitte fahr fort, mein Lieber«, sagte ich.

»Mich hat echt überrascht«, sagte Baby, »wie warm es war. Es hat in meiner Hand gebrannt.«

Vor Schreck und Heiterkeit kreischte ich auf. »Mein Gott!«, sagte ich. »Baby, du bist wunderbar, du bist wirklich wunderbar! Endlich hast du es getan!«

Mai 1987

Adeline und Baby ziehen in
die East 7th Street

Das Leben eilte voran, wie es das immer tut, wie es ist und sein muss. Der Wonnemonat Mai brach an, mit wärmeren Tagen und luftigerer Kleidung. Meine Abschlussprojekte wurden fällig. In allen ging es um den Vorfall im Haus 84 Second Avenue.

Um den Tatort, wie ich ihn mir vorstellte, um den Augenblick absoluter Einsamkeit, darum, hilflos zu sein und niemanden zu haben, der für einen eintrat, darum, im Annus horribilis 1974 in New York nach einer Vergewaltigung zu sterben, um Helen Sopolsky, die nur ein einziges Mal in der *Times* erwähnt wurde, um die Schaufenster, die ihre Familie nicht angerührt hatte, die als Mahnmal über dem East Village schwebten, als Anklage an die gleichgültige Stadt, als Anklage an einen Ort, der Frauen einem jammervollen Tod überließ, als Anklage gegen den großen Organismus der Stadt, der einen Mörder ungeschoren davonkommen ließ, der den Fall nicht aufklärte, den Täter nie fasste, ein Tableau, das die Vorstellung von Gerechtigkeit offen verspottete. Ich bekam glatte Einsen.

Da ich mich entschieden hatte, im Sommer keine Veranstaltungen zu besuchen, teilten mir die Bürokraten mit, dass ich am Ende des Frühlingssemesters aus dem Wohnheim ausziehen musste. Armer Baby! Gerade erst hatte er in einem richtigen, ehrbaren Kino in den West 20s eine Anstellung gefunden, und jetzt, wie es das immer tut, wie es ist und sein muss, pirschte sich das Leben an ihn heran und verlangte, dass er sein Heim aufgab.

Ich hatte nicht vor, die Stadt zu verlassen, und schlug vor, wir sollten in die Welt hinausziehen und uns eine Wohnung im East Village zulegen.

»Adeline«, sagte er, »ich werde nicht viel Miete zahlen können.«

»Schweig still vom schnöden Mammon«, sagte ich. »Du bezahlst, was du kannst, und Mutter übernimmt den Rest.«

Wie bei allen Immobiliensuchenden war unser Timing schlecht. Die Zeiten, in denen man 250 Quadratmeter für 300 Dollar im Monat bekam, waren vorbei. Nicht, dass Geld eine Rolle gespielt hätte, aber es bereitete mir doch eine gewisse Freude, den schaurigen Vermietern in NYC das Fell über die Ohren zu ziehen.

Baby hatte nicht den rechten Mumm fürs Feilschen, also hielt ich ihn aus der Angelegenheit heraus und durchstöberte allein die Kleinanzeigen der *Village Voice* nach etwas Passendem, bis ich eine große Wohnung in der 7th Street zwischen der Second Avenue und dem Cooper Square fand, schräg gegenüber vom McSorley's. Zwei Schlafzimmer im zweiten Stock ohne Fahrstuhl. Der Vermieter, ein Neapolitaner namens Stefano, erklärte mir, die Wohnung habe eine Mietpreisbindung, doch ich hatte keinen Schimmer, was das bedeutete. 700 Dollar pro Monat. Es gab keine Klingel, Besucher würden also auf der Straße unsere Namen brüllen müssen.

Dann war es so weit, wir mussten uns vom 31 Union Square West verabschieden, von Sun-Yoon und Jae-Hwa, von den Studenten, denen wir in den Fahrstühlen begegnet waren, von den Mietern, die uns schon fürs Atmen hassten, von unserer Aussicht auf den Union Square und den schleppend vorangehenden

Bau der Zeckendorf Towers, von unserer alten Bank of the Metropolis.

Den Collegeregeln zufolge sollte man sich bei der Verwaltung abmelden, doch ich war mit Wohlstand und Privilegien aufgewachsen und fand, für mich gelte das nicht. Um solche Dinge konnten sich Sally und Jane kümmern. Ich wollte so bald wie möglich ausziehen, lange vor den anderen Studenten, um mir auf jeden Fall das entwürdigende Schauspiel zu ersparen, wie all die anderen Möchtegernkünstler ihre Stereoanlagen in die Kombis ihrer Väter packten.

»Mir wird es fehlen«, sagte Baby.

Die neue Wohnung war unglaublich schäbig, mit einer alten Toilette mit Zugspülung in einer Abstellkammer und unserer Badewanne in der Küche. Ich fand es sooo charmant, ein wirklich hübscher Einstieg in ein Leben ohne irgendeinen äußeren Schutz. Keine Eltern, kein Wohnheim, keine Regeln, kein Nichts. Sagen Sie mir, Leser, welches ungehobelte Scheusal wünscht sich für seine erste Wohnung denn Stil?

Während Baby sich im Kino abrackerte, ließ ich mich wie eine Pusteblume vom Winde verwehen, streifte durch die Straßen, verrückt und entzückt. Denn wissen Sie was, ich hatte eine neue Rolle für mich erfunden. Ich verbrachte den Sommer als beste kleine Hausfrau des ganzen East Village.

Ich fand unsere Betten, unser Sofa, unsere Lampen, unsere Poster, unsere Kunst. Ich fand sogar eine Katze für uns, eine gut zwölf Kilo schwere Maine Coon, die ich auf den Namen Captain Jenks of the Horse Marines umtaufte.

In der St. Mark's kaufte ich *Liege & Lief*, ein schrecklich folkmäßiges Album mit einem äußerst bemerkenswerten Klappcover, auf dem verschiedene britische Bräuche im Jahreslauf abgebildet waren. Bei dem Bild des Burry Man drehte ich fast durch.

Freunde kamen vorbei, Jungs und Mädchen aus dem College. Wir konsumierten dies und das, vor allem Alkohol, ein wenig Marihuana. Baby schloss bei seinem Job sogar Bekanntschaft mit ein paar Leuten, von denen ein oder zwei nicht furchtbar waren. Sie schauten auf einen Sprung vorbei, und dann unterhielten sich die Jungs bis zum Erbrechen über Leonard Cohen und Trotzki.

Kurz gesagt, es war zu Hause.

Juni 1987

Spider-Man heiratet

Ein Freund von der Parsons, Jeremy Winterbloss, stattete uns einen Besuch ab. Eine seltene Ehre, weil sein Praktikum bei Marvel Comics ihn ordentlich auf Trab hielt.

»Morgen wird es irre«, sagte er. »Ich muss ins Shea Stadium.«

»Warum denn das?«

»Vor dem Spiel bringen sie Spider-Man unter die Haube. Stan Lee vollzieht die Trauung. Wir Praktikanten müssen aufpassen, dass die kostümierten Figuren nicht an einem Hitzschlag sterben. Ich betreue den Unglaublichen Hulk.«

Das alles gehörte zu einem Werbespektakel, bei dem Spider-Man seine Langzeitfreundin heiraten sollte, einen drallen Rotschopf namens Mary Jane Watson, der gerne Sprüche klopfte wie: »Ich hoffe, du wirst grün vor Neid, Gwendolyn! Dieses Mal steht die kleine Mary Jane im Rampenlicht!«

Die Hochzeit fand im *Amazing Spider-Man Annual #21* und im Comicstrip in der Zeitung statt. Irgendwie hatte man das mit einem Baseballspiel verbunden. Es gibt doch kein besseres Sinnbild für Sport als die Hängebäuche von Comicnerds. Fragen Sie mich nicht, Schätzchen. Ich habe Guy Debord gelesen und begreife den Spätkapitalismus immer noch nicht.

»Ein Gutes hat die Sache«, sagte Jeremy. »Spider-Mans Hochzeitsempfang findet im Tunnel statt. Warst du schon mal da?«

»Das habe ich noch vor mir«, sagte ich.

»Dann komm doch auch hin.«

Jeremy öffnete seine Leinenumhängetasche und zog eine Karte aus dickem rosa Papier hervor. Eine Einladung zum Empfang mit einer scheußlichen kleinen Zeichnung von Spider-Man mit einem Zylinder, der mit der rechten Hand an seinem Netz schwang und mit der linken Mary Janes Taille umschlang. Die wichtigen Worte: »Diese Einladung gilt für zwei Gäste.«

»Ich habe bei der Arbeit ein paar mitgehen lassen«, sagte Jeremy. »Tom DeFalco fällt das gar nicht auf. Kommt doch hin und seht euch an, wie Captain America ein Stück Hochzeitstorte isst.«

Baby und ich wählten unsere Kleidung aus. Modisch, aber nicht so wunderlich, dass wir zwischen Menschen, die für ihren Lebensunterhalt Spider-Man im Kampf mit Doctor Octopus zeichneten, auffallen würden.

Als die muntere Uhr muntere zehn schlug, hielten wir ein Taxi an und fuhren zur Ecke 27th und Twelfth. Ich bahnte uns einen Weg durch die sabbernden Massen hinter der Samtkordel.

Weil Baby noch minderjährig war, sorgte er sich, die gedungenen Grobiane könnten von uns Ausweise verlangen, aber ich lachte meine Unschuld vom Lande aus und sagte: »Also wirklich, Baby, du bist ohne Arg und Tadel. Wir sind Ehrengäste in diesem Drecksloch. Das würden sie nicht wagen.«

Der Türsteher würdigte uns nicht einmal eines flüchtigen Blicks.

Die Besitzer hatten einen alten Zugtunnel der Industrie, der durch ein Lagerhaus führte, zu einem minimalistischen Tanzclub mit freiliegenden Stahlträgern und Balken umgebaut. Die lange Röhre führte unter einem kompletten Häuserblock hindurch. Wenn man bis zum Ende lief, konnte man die Finger durch ein Metalltor strecken und die Gleise sehen, die in der Dunkelheit verschwanden. Oben gab es Galerien, und vom Haupttunnel gingen unterschiedlich gestaltete Räume ab. Als Toiletten hielten primitive Unisexkabinen her, kärgliche Zufluchtsorte für die große menschliche Flut in ihrer ganzen unschicklichen Scheußlichkeit, mit Dingen, die aus Körpern kamen, und anderen, die in Körper eindrangen.

»Adeline«, flüsterte Baby, »was ist das für ein Laden?«

Auf der Einladung hieß es, Spider-Mans Hochzeitsempfang würde im Tunnel Basement stattfinden, dem exklusiven Club-im-Club. Wir suchten den Eingang und zeigten wieder unsere Einladung vor.

Wir waren in einem dunklen unterirdischen Loch mit einer armseligen Bühne vor einer winzigen Tanzfläche, die zwischen derart verdreckte Sofas gequetscht war, wie der menschliche Geist sie sich nur vorstellen konnte. Von Jeremy Winterbloss keine Spur.

Und das Seltsamste dabei, lieber Leser? Die tanzenden Superhelden, umringt von einer Gruppe unseliger Männer und noch unseligerer Frauen. Wollte man sich ein Leben nach dem Tode vorstellen, in dem die Frevler bestraft werden, wäre man mit dem Anblick des Unglaublichen Hulk beim Boogie Shuffle im Tunnel bestens bedient.

»Wir brauchen jetzt richtig starken Alkohol«, sagte ich. Baby zog los und ließ Ihre alte Freundin Adeline einsam und allein zurück; mit einem Blick wie Clara Bow betrachtete sie die Tanzfläche und überdachte wieder einmal die Entscheidungen, die sie in ihrem Leben getroffen hatte.

Seit Kevins Abgang interessierte ich mich immer weniger für Partys, Tanzclubs, die endlose Monotonie der Musik und der Bewegung der menschlichen Gestalt. Mich beschlich zunehmend das Gefühl, dass sich dieser Teil meines Lebens einem wenig ruhmreichen Ende zuneigte. Spider-Man tanzte den Electric Slide.

Ein unglaublich unangenehmer Mann mittleren Alters drängte mir ein Gespräch auf und erzählte, er arbeite für Marvel als Inker. »Was im Namen der heiligen Dreifaltigkeit und des Propheten Mohammed«, fragte ich, »ist ein Inker?« Er redete und redete und redete und faselte etwas über die Arbeit eines gewissen Herb Trimpe.

Am anderen Ende des Raums unterhielt sich Baby mit jemandem, den ich für eine weitere zum Leben erweckte Marvel-Figur hielt. Als ich hinüberging, bemerkte ich meinen Fehler.

Baby sprach ganz vertieft mit einem todschicken jungen Mann, der einen regenbogenbunten Mantel trug.

»Oh, ich stehe total auf Comics«, sagte der junge Mann. »Ich liebe Fantasy und Sci-Fi und das ganze Zeug! Hast du mal diese alte Seifenoper *Dark Shadows* gesehen?«

»Schön, dass du rübergekommen bist«, sagte Baby zu mir. »Das ist Michael. Er ist Partyveranstalter.«

»Wie geht's dir, Süße?«, fragte Michael. »Dein Kleidchen ist ja ein Traum!«

Nehmen wir uns einen Moment Zeit für diesen beklagenswerten und unsympathischen jungen Mann. Sein Name war Michael Alig. Bis zum Ende dieses Buchs hat er zusammen mit einem Freund einem Drogendealer namens Angel den Schädel eingeschlagen, dem Sterbenden Rohrreiniger in den Mund gekippt, die Leiche über eine Woche lang in einer Badewanne vor sich hin verwesen lassen, sie dann zerstückelt, die Überreste in einen Karton gelegt und sie in den Hudson River geworfen.

August 1987

Adeline läuft vor dem Kiev
Kevin über den Weg

Gerade verließ ich missmutig wie ein abgebrannter Ire an St. Paddy's das Kiev, ein polnisches Restaurant an der Ecke 7th und Second Avenue, wo ich im Hinterzimmer einen Berg Piroggen gegessen und erfolglos versucht hatte, *Großstadtsklaven* zu lesen.

Meine Konzentration war fix und alle, weil eine Greisin permanent die Kellnerin angebrüllt hatte und die Kellnerin, eine eiiiiiskalte ukrainische Babuschka, gleich zurückgeschrien hatte. Ich hatte aufgegessen und an der Kasse bezahlt.

Draußen lief ich direkt Kevin in die Arme.

Irgendwie fiel jeder dramatische Augenblick in meinem Leben mit krampfhaften Regelschmerzen zusammen. Wie soll man beschreiben, dass sich im eigenen Körper etwas wellenweise verkrümmt und verknotet und versucht, nach außen zu dringen? Genau darunter hatte ich an diesem Tag gelitten, bis mich meine geschwollenen Brüste ein wenig davon abgelenkt hatten. Wegen dieser ganzen Schmerzen hatte ich überhaupt im Kiev Trost gesucht.

Der Adrenalinstoß bei Kevins Anblick brachte die Krämpfe mit voller Wucht zurück, die Heftigkeit und der Druck zerrissen mich fast.

»Schätzchen«, sagte ich. Es kostete mich Mühe, nicht das Gesicht zu verziehen. »Mit dir hätte ich auf der Second Avenue gar nicht gerechnet.«

»Ich dachte, du bist bestimmt in Kalifornien«, sagte er.

»Kalifornien ist so langweilig. Außerdem konnte ich Baby nicht allein lassen.«

Kevin wurde doch tatsächlich rot.

»Wir haben eine Wohnung«, sagte ich. »Beim McSorley's.«

»Der Laden ist ganz gut«, sagte er. »Da war ich schon ein paarmal.«

»Willst du wirklich über das McSorley's reden?«, fragte ich.

»Worüber sollen wir sonst reden?«

Ob Sie es glauben oder nicht, ich spürte eine Enge in der Brust, die anders war als der Druck in meiner Gebärmutter, als wollte mein Körper mir mitteilen, dass er Kevin vermisst hatte, dass ich ihn zu gering geschätzt, dass ich Gefühle unterdrückt hatte.

»Darüber, dass du dich plötzlich in Luft aufgelöst hast.«

»Was gibt es da noch zu sagen?«

»Du hast dich überhaupt nicht mehr gemeldet«, sagte ich. »Ich habe mir Sorgen gemacht.«

»Es war doch alles geklärt.«

Berührungen, einfach so, diese schrecklichen Haare, durch die ich mit den Fingern fuhr, wie er seine Beine über meine streckte, wenn wir schliefen, die sommersprossige Haut auf seinen Knöcheln.

»Willst du irgendwohin gehen?«, fragte ich. »Um zu reden, meine ich?«

»Den Fehler habe ich einmal gemacht«, sagte er. »Ein zweites Mal mache ich ihn nicht.«

»Welchen Fehler?«

»Ich glaube, du hast mich nie richtig wahrgenommen«, sagte Kevin. »Du hast mich gar nicht gekannt. Du wolltest mich nicht kennen. Ich war nicht mehr als eine Figur in der Fernsehserie deiner Phantasie. Du bist ein schlechter Mensch, und, schlimmer noch, du bist mies im Bett.«

»Wir können doch darüber reden«, sagte ich.

»Man kann die Vergangenheit nicht wiederholen«, sagte Kevin.

»Was soll das heißen, man kann die Vergangenheit nicht wiederholen?«, fragte ich. »Natürlich kann man das.«

Februar 1988

Baby und Adeline
gehen nach Pasadena

Von Hollywood habe ich eine Menge gelernt, vor allem aber, dass man Dinge durchziehen muss. Nehmen wir zum Beispiel, in den Arsch gefickt zu werden. Zuerst fühlt es sich wirklich zutiefst unangenehm an, es dringt schon ins Schmerzhafte vor, aber mit ein wenig harter Arbeit entdeckt man ein Reich der Wonne und verlangt *mehr, mehr, MEHR*! Jaime unterwies mich in dieser erotischen Kunst, er vögelte mich richtig durch, und die Straßen Hollywoods waren eine Blaupause, eine Maschine, die Jaimes Leben hervorbrachte.

Unser jammervoller Herbst 1987 war davon geprägt, dass Adeline einen Nervenzusammenbruch erlitt und sich ihren niedrigsten Impulsen und ihrer Paranoia hingab. Jeden Abend, wenn ich nach Hause kam, saß sie inmitten von Haarsträhnen da, die sie sich ausgerissen hatte, und rauchte eine Nelkenzigarette nach der anderen.

Ihre fixe Idee mit der 84 Second Avenue wuchs sich zu echtem Wahnsinn aus. Sie hatte herausgefunden, dass das Haus gegen Ende des 19. Jahrhunderts als Pension für obdachlose Frauen gedient hatte. Für die Unglücklichen. Adeline maß dieser Verbindung echte Bedeutung bei, als würde sich eine bösartige Macht durch die Jahrhunderte ziehen, als würde das Gebäude selbst Unheil über die Frauen bringen.

Der Großteil ihrer Recherchen und ihres Wissens endete in einem selbstverlegten Heftchen, einem fotokopierten Werk, an dem sie mit regelrechter Besessenheit arbeitete. Wochenlang arrangierte sie ihre Kunstwerke immer wieder neu, so pedantisch wie bei einem Puzzle, weil sie hoffte, sie könne genau die richtige Anordnung finden, um das Geheimnis zu entschlüsseln und sich von seinem Einfluss zu befreien.

Der Titel der Veröffentlichung?

GEFAHR IM ANZUG.

Und die Gespräche mit ihr? Das ständige Drehen im Kreis, die immer wiederkehrenden Themen, der Unsinn, der Verfolgungswahn? Davon fange ich besser gar nicht erst an, sonst erzähle ich alles, was ich weiß.

Um Weihnachten herum plädierte ich für eine Auszeit. Ich schlug Los Angeles vor, das unergründliche Pasadena. Adeline sträubte sich, bis ich sie bat, mir zuliebe zu fahren, und sagte, nicht sie, sondern ich brauchte einen Trip an die Westküste. Nicht sie, sondern ich würde den Winter in NYC nicht ertragen. *Wir könnten doch bei deiner Mutter wohnen.*

Dafür musste ich meinen Job kündigen, aber ich würde einen anderen finden. Die Führungsriege der Stadt liebte weiße Typen, die sich die Hände schmutzig machten. Scheußlich, aber so war es im Leben: Ich als Weißbrot würde immer eher eingestellt werden als ein Schwarzer oder ein Nuyoricaner.

Am 1. Februar bestiegen wir am Kennedy Airport ein Flugzeug und sausten quer über Amerika, den Captain, dessen Katzenhirn von einer fünftel Valium ausgeknockt war, sicher unter meinem Sitz verstaut. Die restlichen vier Fünftel schluckte ich selbst, sie wiegten mich in einen unruhigen, unbefriedigenden Schlaf.

Zehntausend Meter über dem Erdboden wachte ich auf und

spähte durch das Fenster auf den dichten Wolkenteppich, unter dem die weite Ebene im Herzen Amerikas lag. Ich hatte keine Ahnung, wo wir gerade waren, trotzdem war ich mir absolut sicher, dass wir in diesem Moment über mein altes Zuhause flogen.

Wir stiegen aus. Adelines Mutter wartete schon, ihr schwarzer Mercedes Cabrio parkte in der Vorfahrt des Terminals.

– Adeline, rief sie, Adeline, hier drüben.

Sie hätte gar nichts sagen müssen. Schon ihr Outfit war ein Fanfarenstoß. Nicht einmal Helen Keller hätte diesen wahnwitzigen blauen Hut mit den orangefarbenen Blumen übersehen können.

– Baby!, rief Adelines Mutter und umarmte mich stürmisch.

Die Begrüßung dauerte unangenehm lange. Ich ließ Adelines Mutter gewähren, so lange sie wollte.

– Meine Güte, was für eine reizende Katze!

Mein matschiges Hirn begriff Los Angeles nicht. Plakatwände, zehnspurige Schnellstraßen, Tunnel, endlose Autos, stundenlang Asphalt, Gestank über allem, dicker, grauer Smog, der die Sicht behinderte, saftlose Palmen, die sich über die Straßen neigten. So ging es ewig weiter, es spulte sich vor mir ab wie erbärmliche Videokunst. Adelines Mutter wischte von Spur zu Spur, hupte, brummelte vor Ärger über die anderen Fahrer vor sich hin.

– Ich freue mich so, dass ihr zu Hause seid. Baby, nenn mich bei meinem Vornamen, Suzanne. Tust du mir den Gefallen?

– Klar, sagte ich.

– Erzähl mir alles über New York, sagte Suzanne. Erzähl mir vom College, von den Jungs, die du kennengelernt hast, von deiner Wohnung, was du alles gesehen hast. Lass keine Einzelheit aus!

– Ich weiß echt nicht, was du von mir willst, sagte Adeline. Aber ich kann dir was vom College oder so erzählen. Ist scheiße. Und, äh, die Stadt? Ist auch scheiße. Und, äh, Jungs? Die sind noch mehr scheiße.

Ich kicherte auf dem Rücksitz, weil ich es immer witzig fand, wenn Adeline ihren Akzent verlor.

– Schmoll ruhig, wenn du willst, sagte Suzanne, ich unterhalte mich mit Baby. Und, Baby, wie gefällt dir New York?

– Es ist der großartigste Ort auf Erden.

– Da wird Pasadena nicht mithalten können, sagte Suzanne. Aber vielleicht findest du hier bei uns ja doch etwas oder jemanden, den du ebenso sehr magst.

Ihr Haus stand an einer Nebenstraße, die vom South Orange Grove Boulevard abging. Durch eine hohe begrünte Mauer war das Gebäude von der Straße aus nicht zu sehen. Die anderen Grundstücke protzten mit ihrer sichtlich professionellen Gartengestaltung, die Häuser an sich sahen jedoch ziemlich normal aus. Es waren Häuser, wie man sie überall in Amerika sehen konnte, in jeder größeren und kleineren Stadt mit ordentlichen Wohnvierteln.

Adelines Haus fiel aus dem Rahmen, es war ein graues Neureichenungetüm, ein ausladender, länglicher Bau mit wahllos verteilten Giebeln und hingesprenkelten italienisch angehauchten Fenstern. Zu Hause im Mittleren Westen begegnete man Häusern wie Suzannes nur, wenn man den Fehler beging, Booth Tarkington zu lesen. In New York gab es so etwas überhaupt nicht.

Als erste Tat machten wir den Captain mit seinem neuen Zuhause vertraut. Suzanne oder jemand, der für sie arbeitete, hatte ein Katzenklo und Futter gekauft. Wir öffneten die Tragetasche des Captains. Der mächtige Riesenkater zockelte heraus und schnupperte. Ich hob ihn hoch, wofür er mir die Pfoten ins Gesicht drückte, und zeigte ihm, dass sein Katzenklo im Vorratsraum und sein Futter in der Küche standen. Er wirkte gelangweilt und lief weg.

– Wir hatten mal einen Hund, sagte Suzanne. Er hieß Brownie, ein Mischling mit Deutschem Schäferhund. Weißt du noch, wie sehr du Brownie geliebt hast, Adeline? Du hast ihn immer No-no genannt. Jetzt bin ich zu beschäftigt für ein Haustier. Es wäre ungerecht.

Mein Zimmer im ersten Stock, zwei Türen von Adelines entfernt, strahlte eine beklemmend sterile Aura aus, das Holz zu perfekt poliert und ohne jedes Staubkorn, die Bettwäsche zu glatt, zu akkurat gefaltet. Ich testete die Matratze, ein weiches Gegenstück zu der im 31 Union Square West und der East 7th Street, und wollte mich ausruhen, aber in der absoluten Stille von Pasadena konnte ich nicht schlafen.

Jedes Zimmer im Erdgeschoss führte in mindestens zwei weitere. Ich folgte den Echos menschlicher Stimmen, bis ich Adeline und Suzanne im Wohnzimmer inmitten von Sofas vor einem brennenden Kamin fand.

– Wir haben uns gerade alle Neuigkeiten erzählt!, sagte Suzanne. Aber ich muss zu einem Termin am anderen Ende der Stadt. Ihr wisst ja, wie schlimm der Verkehr sein kann. Essen steht im Kühlschrank.

Sie legte mir eine Hand auf die Schulter, die Nägel gruben sich in die Haut. Ihre Schritte folgten der Treppe nach oben.

Es gab Bücherregale, aber nicht viele Bücher. Vor allem Keramikskulpturen, Pflanzen und Schallplatten. Unheimlich viele Schallplatten. Auf einem Regalbrett drängten sich Familienporträts aneinander. Fotos finde ich immer langweilig, und über Familie denke ich nicht gerne nach, aber weil ich noch nie ein Bild von Adelines Vater gesehen hatte, betrachtete ich die Sammlung genauer.

Und dann entdeckte ich den Hammer.

– Adeline, brüllte ich. Was zum Teufel ist das?

Sie kam zu mir, beinahe katatonisch, und sah sich an, was ich in den Händen hielt: ein silbergerahmtes Porträt von Adeline, Suzanne, einem Mann, den ich für Adelines Vater hielt, Adelines Schwester Dahlia und einem unbekannten blonden jungen Mann. Die Adeline auf dem Foto war höchstens zehn Jahre alt.

Was mich so aus der Fassung brachte, was mir stechend kalte Schauder über den Rücken trieb, war die Tatsache, dass der blonde Junge, abgesehen von den aus der Mode gekommenen Klamotten, als mein Zwillingsbruder durchgegangen wäre.

– Wonach sieht es denn aus?, fragte sie. Es ist ein Familienfoto.

– Aber wer zum Teufel ist dieser Typ?

– Das ist Emil, sagte sie. Mein Bruder.

– Du hast keinen Bruder.

– Früher schon.

Eine traurige Geschichte drängte heraus. Emil, ihr Bruder, von Geburt an schwul, von Geburt an eine Theaterseele, mit einem Hang zu alten Filmen und Vaudeville, im Los Angeles der Siebziger am falschen Ort, besuchte oft das Silent Movie Theater. Es kam zu einem kleinen Skandal. Emil wurde aufgegriffen und verhaftet, als er sich auf der Selma Avenue Freiern anbot, aufgescheucht bei einer Routinerazzia. Sein Name landete in der *Pasadena Star-News*, unter seinem Polizeifoto, auf dem Emil, warum auch immer, einen weißen Smoking trug. Voll quälender Scham, zerfressen von Schuldgefühlen, nackt, ungeschützt, stürzte er sich in den Tod, er sprang von der Colorado Street Bridge in den Arroyo Seco.

– Was hätte ich also sonst tun sollen, fragte Adeline, als ich dich da stehen sah, wie ein Lamm, das gleich von den Wölfen gefressen wird?

Februar 1988

Suzanne verändert Babys Leben

Suzanne saß am Küchentisch. Adeline war irgendwo auf dem Grundstück. Die Küche war groß wie ein Saal, in der Mitte prangte eine riesige Kücheninsel, Kochgeschirr hing von der Decke.

— Baby!, rief Suzanne. Genau dich wollte ich sehen!

— Ich bin hundemüde, sagte ich.

— Jetlag, sagte Suzanne. Den wirst du wieder los. Das geht allen so. Möchtest du frühstücken? Wir haben Müsli, oder ich könnte dir ein paar Eier machen.

— Müsli, glaube ich.

Sie stellte ein Schälchen vor mich hin. Reichlich geschrotetes Getreide schwamm in reiner Milch, etwas ganz anderes als die scheußlichen Mischungen aus Zucker und Kakao in meiner Kindheit. Suzanne setzte sich neben mich und sah mich durchdringend an. Ich wurde verlegen, als würde ich mir gleich zu viel in den Mund stecken, als würde mir Milch vom Kinn tropfen.

— Baby, sagte sie, denkst du manchmal ans College?

Ich ließ meinen Löffel in die Milch fallen.

Ob ich manchmal ans College dachte? Ob ich manchmal ans College dachte?

Mit Adeline zusammenzuwohnen war, als würde man beim

entscheidenden Spiel am Rand sitzen und zusehen, wie die Mannschaft dem Sieg entgegenstürmt. Während sie sich zu einer Erwachsenen entwickelte, einer Intellektuellen, jemandem mit einer Zukunft, stückelte ich mir den Trostpreis der Autodidakten zusammen, Bildung zusammengeschustert aus Eurotrash-Kunstfilmen, Sachen aus zweiter Hand und Science-Fiction-Taschenbüchern.

– Wusstest du, dass Adelines Vater, mein verstorbener Mann Ron, seinen Doktor in Zahnheilkunde an der NYU gemacht hat?

– Adeline ist ganz groß darin, Geheimnisse für sich zu behalten, sagte ich.

– Wir waren der Universität gegenüber immer sehr wohlwollend. Hast du den SAT abgelegt?

– Wir haben nicht den SAT gemacht, sondern den ACT.

– Aber du hast einen Zulassungstest abgelegt?

– Ja, sagte ich.

– Mit gutem Ergebnis?

– Ja.

– Und deine Noten in der Highschool?

– Waren auch sehr gut, sagte ich.

Das stimmte, aber wer wusste schon, ob meine akademischen Erfolge wirklich verdient waren? Bei Sportlern neigte man dazu, Hausaufgaben und Teilnahme am Unterricht wohlwollend zu beurteilen. Je schneller ich gelaufen war, desto bessere Noten hatte ich bekommen. Ich hatte einen Einserschnitt geschafft.

– Ich habe heute Morgen die NYU angerufen, sagte Suzanne. Du hast die Anmeldefrist verpasst, aber ich habe gefragt, ob man darüber nicht hinwegsehen kann, wenn man bedenkt, dass du als Student sehr vielversprechend wärst und diese Familie schon eine erkleckliche Summe gespendet hat. Sie faxen mir die Bewerbungsunterlagen in mein Büro. Du brauchst deine Notennachweise aus der Highschool und zwei Empfehlungsschreiben. Adelines Vater war mit einem der Kuratoren eng befreundet, er schreibt dir also den ersten Brief, und um den zweiten musst du einen alten Lehrer bitten, und dann werden wir zusehen, dass du angenommen wirst.

— Kann man das machen?, fragte ich.

— Was?, fragte sie.

— Anmeldefristen ignorieren.

— Es gibt nur einen Grund, reich zu sein, sagte Suzanne, und zwar, um sich nicht mit den Kleinigkeiten aufhalten zu müssen, die den meisten Menschen das Leben ruinieren. Was hätte man sonst von seinem Geld?

März 1988

Stacie

Eines Nachts lag ich in meinem Bett, auf der Decke, und las *Là-Bas* zu Ende, einen Roman von dem dekadenten französischen Schriftsteller Joris-Karl Huysmans, den ich durch eine beiläufige Erwähnung in H.P. Lovecrafts *Der Hund* entdeckt hatte. Noch in New York hatte ich mehrere Buchhandlungen auf der Suche nach etwas von Huysmans abgeklappert.

Eine übellaunige Verkäuferin im Strand hatte sich daran erinnert, dass Dover Books mehrere Ausgaben von Huysmans herausgegeben hatte. Ich war zur 180 Varick Street gelaufen, zur Buchhandlung von Dover, und tatsächlich hatten dort in den grauen Metallregalen im achten Stock unzählige Exemplare von *À rebours* und *Là-Bas* gestanden.

Letzteres erzählt die Geschichte eines Pariser Ästheten im 19. Jahrhundert. Aus lauter Ennui befasst er sich wissenschaftlich mit dem Mittelalter und konzentriert sich dabei auf Gilles de Rais, einen gesalbten Adligen und Zeitgenossen Jeanne d'Arcs, einen Mann, der half, die Engländer aus Frankreich zu vertreiben. Nach Kriegsende hielt Gilles' Blutdurst weiter an und trieb ihn in eine Phase abscheulicher Ausschweifungen. Alchemie, unbeschreibliche Sexrituale, Dämonologie. All das gipfelte im Mord an mehreren hundert Kindern, deren Knochen Gilles in seinen Burggraben warf. Huysmans' Protagonist folgt seinem Studienobjekt in den Abgrund und taucht in eine Welt des zeitgenössischen französischen Satanismus ein, die ihren Höhepunkt in sexuellen Handlungen während einer Schwarzen Messe im Schatten der Notre-Dame findet.

Aus Adelines Zimmer drang plötzlich kreischendes Lachen. Ich folgte dem Geräusch. Ein blondes Mädchen und Adeline saßen auf dem Boden, wie Teenies aus dem Fernsehen, und kicherten und lachten und tratschten. Der Captain lag träge auf dem Schoß des blonden Mädchens, den flauschigen Bauch nach oben gedreht.

– Erinnerst du dich noch an Rebecca, die Dicke aus der siebten Klasse? Sie hat total abgenommen. Jetzt sieht sie voll aus wie ein Model. Ich habe gehört, dass sie mit Rob Lowe zusammen ist.

– Schätzchen, irgendjemand ist immer mit Rob Lowe zusammen. Das ist eine Elementarkonstante.

Ich hustete und stiefelte ins Zimmer.

– Stacie, sagte Adeline, das ist Baby.

– Baby?, fragte Stacie. Was ist das denn für ein Name?

Es ist erschreckend, über welchen Scheiß man stolpert, wenn man in einem fremden Haus wohnt. Wie sich zeigte, hatte Suzanne jedes Foto, jede lausige Polaroidaufnahme, jeden Schnappschuss mit Kaffeering, jedes bildhafte Erinnerungsstück aufgehoben. Und diese Manie beschränkte sich nicht nur auf Alben und gerahmte Fotos. Überall im Haus waren Bilder verteilt.

– Das ist sein Name, sagte Adeline. Was für ein Name ist denn Stacie?

– Ich kann mich selbst verteidigen, sagte ich.

– Um dich mache ich mir keine Sorgen, sagte Adeline. Sondern um sie. Was, wenn du sie haust oder so?

– Warum sollte er mich hauen?, fragte Stacie.

Die interessantesten Fotos stammten aus Adelines Highschoolzeit. Bilder von ihr aus ihrem zweiten, dritten, vierten Jahr, aufgemacht als Spät-spät-spät-Punk auf dem Weg zum Frühgoth. Komplett schwarze Klamotten, schwarze Stiefel, schwarzer Lippenstift, schwarzer Kajal, schwarze Wimperntusche, schwarzgefärbte seltsame Kurzhaarfrisuren mit wahllos verteilten langen Strähnen, die wild abstanden.

Einige der Fotos waren an der Crossroads aufgenommen worden oder, wie ich sie nannte, auf der Schule für Sonderlinge, inmitten von einem bunt zusammengewürfelten Haufen Freaks.

Als wir nach Pasadena gekommen waren, hatte ich Adeline gefragt, warum wir nicht auch Zeit mit ihren Mitmutanten vertrödelten. Von denen sei niemand mehr da, sagte sie. Alle waren am College. Oder tot.

Stacie gehörte nicht zu dieser Gruppe, sie hatte sich mit Adeline in der Junior High School angefreundet. Vor all dem, vor dem Tod ihres Vaters, vor dem schwarzen Make-up.

Eine ganz besondere Art von Kalifornierin. Zu perfekt und zu adrett, als würde sie jeden Morgen Stunden im Bad verbringen, vor ihrem Spiegel stehen wie ein kleiner faschistischer Bürokrat und jeden Hauch eines etwaigen Makels tilgen. Ihr Gesicht wirkte beinahe unnatürlich, als wäre sie nicht echt, als wäre sie ein Hologramm aus einer höheren Dimension, das in unsere gewohnten drei Dimensionen projiziert wurde.

– Baby hat eine brutale Ader, eine Meile breit und zwanzig Faden tief, sagte Adeline. Auch wenn man es ihm gar nicht ansieht.

Nachdem ich im Variety Photoplays einen Rentner verprügelt hatte, hatte ich jeder Gewalt abgeschworen. Neun Monate lang hatte dieser Eid gehalten, bis ich so ein Arschloch aus Staten Island zu Hackfleisch verarbeitet hatte, weil er Adeline gesagt hatte, er könne ihre Muschi riechen.

Jähzornig zu sein war verdammt peinlich, weil es verriet, dass in meinen Augen die beste Lösung für jedes Problem darin bestand, den größten Menschen im Zimmer zu suchen und ihn zu schlagen, bis er weinte.

– Was wollt ihr denn heute Abend so machen?, fragte Stacie. Sollen wir tanzen gehen oder so?

– Ja!, rief ich.

– Wohin sollen wir gehen?

– Wie wäre es mit dem Marilyn's?, fragte Adeline.

– Das Marilyn's ist total out. Wir sind jetzt erwachsen. Das ist was für Kinder.

– In dem Laden war ich seit Jahren nicht mehr.

– Da gibt's halt keine Altersbeschränkung. Weißt du, was das heißt?

– Lass uns hingehen, sagte Adeline. Wir müssen nicht mal fahren. Wir können laufen.

– Wir sind zu alt für das Marilyn's, sagte Stacie. Man kann die Vergangenheit nicht wiederholen.

– Kann man nicht?, fragte Adeline. Natürlich kann man.

Während ich mich umzog, kifften Adeline und Stacie. Der süßliche Geruch wehte bis in mein Zimmer. Ich rannte zurück zu Adelines Boudoir.

– Adeline! Was ist, wenn deine Mutter das riecht?

Adeline schnalzte missbilligend mit der Zunge.

– Macht das große böse Grasmonster dem kleinen Babylein etwa Angst?, fragte sie. Fängst du gleich an zu heulen?

Sie hatte recht. Warum sollte Suzanne sich deswegen aufregen? Suzanne regte sich über nichts auf. Wahrscheinlich hatte sie schon nackt an den Stränden von Malibu getanzt, während aus den Radios von kirschroten Kombis »Mockingbird« gedröhnt war, hatte Drogen eingeworfen und sich von Surfern durchvögeln lassen. Tief im Innersten war ich kaum mehr als ein Baumwollpflücker, ein Hühnerbauer, ein Maisschäler und Zitzenzieher. Ich würde nie kultiviert sein. Ich würde nie mithalten können. Ich zog ein paarmal an dem Joint und ließ den Rauch direkt in meine Hirnchemie sickern.

Die ersten fünfzehn Minuten unseres Hinwegs führten durch einen Oberschichtshimmel mit üppigen Grünpflanzen und wunderschönen Häusern. An einer Kreuzung, die aussah wie jede andere, bog Adeline ab.

– Wohin willst du?, fragte Stacie.

– Du weißt schon, sagte Adeline.

– Oh.

Wir folgten Adeline durch eine lange Straße bis vor ein bescheidenes zweistöckiges Haus. Es brannte Licht. Man konnte ins Wohnzimmer sehen. Drinnen spielten zwei Kinder, sie jagten sich hin und her.

– Warum sind wir hier?, fragte ich.

– Hier bin ich aufgewachsen, sagte Adeline. Unsere jetzige Bleibe hat Mutter vor etwa vier Jahren gekauft. Daddy hätte ein derart vulgäres Haus nie geduldet.

– So schlimm ist es nicht, sagte Stacie.

– Es ist vulgär, wiederholte Adeline.

Wir machten kehrt, liefen zurück zu der Kreuzung und kamen in ein Geschäftsviertel. Die Straßen wurden breiter, der Verkehr dichter, die Bäume weniger zahlreich, die Häuser hässlicher.

Wenn ich Stacie ansah, wenn ich sie reden hörte, konnte ich mir kaum vorstellen, dass ihr ein Gedanke in den Kopf kam, wenn ihn niemand mit einer Waffe hineinschoss. Doch als wir bei einem Glockenturm aus Beton den Colorado Boulevard überquerten, erzählte sie uns, sie habe sich für Altertumswissenschaften als Hauptfach entschieden, mit den alten Griechen als Schwerpunkt.

– Warum Altertumswissenschaften?, fragte ich.

– Ach, weißt du, eigentlich wollte ich erst Internationale Beziehungen und so studieren, aber an der USC mussten wir so Pflichtkurse machen, weißt du? Und bei einem ging es halt um die Geschichte der Philosophie, und wir haben so, na ja, eine Menge Platon gelesen, weißt du, und dann sind wir zum *Symposion* gekommen. Und das war voll witzig und interessant, weißt du? Also habe ich immer mehr über die Griechen gelesen, so viel ich konnte.

– Was ist mit den Römern?, fragte Adeline.

– Von den Römern nicht so, sagte Stacie. Die kann ich voll nicht leiden.

Über der Tür hing eine violette Markise, auf der in weißen Buchstaben MARILYN'S BACK STREET stand. Der Eingang lag an der Rückseite eines Einkaufszentrums. Wir liefen um den Häuserblock und über einen Parkplatz voller Teenager. Sie kreischten und kicherten. Anders als New Yorker Teenager, die schon durch einen Blick drohen konnten. Diese Kids waren leicht. Weiche Gesichter, weiche Körper, weiche Blicke. Denen hätte ich ihr Pausengeld klauen können.

Im Club war es dunkel, die Einrichtung versetzte zurück in die späten Siebziger. Zum Bersten, brechend, gerammelt, gerappelt randvoll vollgestopft mit sämtlichen Heranwachsenden aus einem Umkreis von dreißig Kilometern. Ich konnte die hormonelle Verunsicherung regelrecht riechen. Ich konnte Pickel platzen hören.

Nach Spider-Mans Hochzeitsempfang war ich wieder in den Tunnel gegangen. Dreimal. Ohne Adeline. Michael Alig veranstaltete im Basement Partys. Die besten waren Larry Tees Celebrity Club. Ich stand auf die Atmosphäre, zum Teil Zirkus, zum Teil Freakshow. Ich hätte es nicht zugegeben, aber sosehr mir Michaels Dunstkreis auch gefiel, zog ich den normalen Tunnel vor. Das Basement war Performancekunst. Oben ging es nur ums Tanzen. Bei dieser Körperlichkeit, bei den Beats konnte ich den Verstand ausschalten.

Adeline stellte sich an eine Wand, starrte auf die Tanzfläche und bedachte die armen Kids, von denen die meisten etwa sechs Jahre jünger als sie waren, mit finsteren Blicken. Sie zündete sich eine Nelkenzigarette an.

– Warum sind wir hierhergekommen?, fragte sie.

– Du wolltest unbedingt!, sagte Stacie.

Der DJ legte »Faith« von George Michael auf.

– Der Song ist toll, rief ich. Kommt mit tanzen!

Adeline wollte nicht. Stacie wollte. Und so zappelten wir beiden Zwanzigjährigen inmitten des schwerfälligen Gedränges aus Highschoolschülern ordentlich ab. Nichts, was man in einem Club macht, bedeutet etwas, aber hier im Marilyn's Back Street schien man besonders vor Konsequenzen gefeit, weil man diese Leute mit Sicherheit nie wiedersehen würde. Und wenn doch, was machte das schon? Das waren Volltrottel aus der Highschool! In Pasadena! Ich tanzte wilder, schneller, berauscht von der Anonymität.

Ein Song, den ich schon mal gehört hatte, fing an, »No New Tale to Tell« von Love and Rockets, mit ein paar ziemlich heißen Zeilen: *You cannot go against nature / because when you do / go against nature / it's part of nature too.* Das Panflötensolo. Die Kiddies wedelten mit den Armen und sprangen herum wie Epileptiker. Ich auch. Stacie auch.

Ich brüllte Stacie zu: – Ich bin total fertig!

– Ich auch!

Ich war schweißgebadet, die Klamotten klebten mir an der Haut. Stacie nahm meine Hand und zog mich von der Tanzfläche. Adeline war nirgends zu finden. Wir gingen auf den Parkplatz. Adeline lehnte an einem grauen El Camino und rauchte.

– Was machst du denn hier draußen?, fragte Stacie.

– Mich hat das drinnen voll genervt, sagte Adeline. Also habe ich mit den Kurzen geredet.

– Was haben die Kurzen gesagt?, fragte ich.

– Rein gar nichts, antwortete Adeline. Die Kurzen sagen nie etwas. Haben sie auch noch nie.

Wir gingen nach Hause.

– Wisst ihr was, sagte Stacie, der Song hat voll recht. Es gibt echt keine neuen Geschichten mehr. Ich habe doch vorhin von dem *Symposion* und so erzählt, ne? Da gibt's so eine riesige Schwulenorgie, bei der alle Intellektuellen aus Athen mit Sokrates abhängen und sich volllaufen lassen, und dabei reden sie über die verschiedenen Formen der Liebe, und manche sind natürlich total körperlich und so, und andere sind so ätherisch, und dann am Ende platzt dieser hübsche junge Athener Alkibiades in die Party, und er ist total aufgeregt und so, weil er nicht weiß, wie er Sokrates vögeln soll. Und seine Definition ist voll das Gegenteil von einer Definition, sie ist eine Liste mit all den Sachen, von denen Sokrates behauptet, dass er sie über die Liebe weiß, aber dass er, na ja, ihr wisst schon, nichts unternimmt. Also, dass er Alkibiades nicht vögelt.

– Hurra, sagte Adeline.

Sie ging nach oben ins Bett.

– Die letzten Monate waren ziemlich schwer, sagte ich.

– Adeline ist immer so, sagte Stacie. Sie ist depressiv.

Ich nahm Stacie mit in die Küche und machte uns Sandwiches

mit Schinken und Cheddar. Wir saßen unter der schummrigen Lampenleiste, die Hocker an die Kücheninsel gezogen, und redeten über dies und das, das und dies. Der Captain spazierte herein und bedachte uns mit einem schiefen Blick, bevor er dem Vorratsraum einen Besuch abstattete. Ich hörte, wie er in seinem Katzenklo scharrte.

– Was am *Symposion*, fragte ich, hat dich dazu gebracht, Altertumswissenschaften als Hauptfach zu nehmen?

– Das war Sokrates' Definition von Liebe, weißt du, von platonischer Liebe halt. Wenn man genau liest, sagt er im Grunde so, dass Liebe nur Freundschaft ist und dass Freundschaft die Liebe zum Guten nährt und so. Und das fand ich voll gut, weißt du? Mir hat die Vorstellung gefallen, dass es da mal eine Kultur gegeben hat, für die Freundschaft etwas Wertvolles war. Dass es da ein Buch gab, das sagt, man könnte Freunde haben.

März 1988

Baby träumt

In den ersten Träumen dachte ich, ich würde mit meinem Spiegelbild reden. Im Laufe der Nächte wurde klar, dass meine Träume von Emil handelten, als würde mich sein Geist im Schlaf heimsuchen.

Ein Traum kehrte immer wieder. Emil im Wohnzimmer, auf einem Sofa, vor dem Fernseher. Ich kam hinter ihm ins Zimmer, angezogen vom Lärm der Mattscheibe.

Emil drehte sich um.

– Du bist es, sagte er.

– Ich bin es, sagte ich.

– Oder bin ich das?

– Oder bist du ich?

Ich setzte mich neben Emil. Wir sahen zusammen fern. Emil erklärte, es gehe in der Sendung um den Himmel und die Hölle, und sie hätten an den Originalschauplätzen gedreht.

– Heutzutage interessieren sich alle für das Leben nach dem Tod, sagte er, deshalb ist es eine großartige Idee, eine Dokumentation zu drehen.

– Ja, sagte ich.

– Willst du sehen, wo ich bin? Sie haben vor meiner Wohnung gedreht.

– Ich glaube nicht an den Himmel.

– Wer hat was vom Himmel gesagt?

– Ich glaube auch nicht an die Hölle.

– Was, wenn die Hölle an dich glaubt?

Dann schreckte ich schweißgebadet aus dem Schlaf auf. Das ging jede Nacht so.

April 1988

Baby, Adeline und Stacie
gehen ins Scream

Stacie rief an und schlug vor, wir sollten ins Scream gehen, einen Club mitten in Los Angeles. Ich bestand darauf, dass Adeline zusagte. Wir waren seit fast zwei Monaten in Pasadena, und ich hatte immer noch nicht Hollywood gesehen. Nicht mal den Schriftzug!

— Es wird dir nicht gefallen, sagte Adeline. Hollywood ist eine noch größere Kloake als New York. Es ist jenseits von Eden und westlich der Müllhalde.

— Ich will den Walk of Fame sehen, sagte ich.

— Herrje, sagte sie. Das kann doch nur ein Witz sein.

— Adeline! Ich will La La Land sehen!

Stacie kam vorbei. Wir dröhnten uns zu. Sie entschieden, dass ich uns in die Stadt fahren sollte, obwohl mein Führerschein bestenfalls halbwegs gültig war. Adeline wollte, dass ich über die 134 und die 2 fahre, aber Stacie wollte unbedingt die 110 nehmen, eine furchteinflößende Straße mit schmalen Fahrstreifen, auf der alle etwa sechzig Stundenkilometer zu schnell fuhren. Die dunkle Neumondnacht war auch keine Hilfe, und ich baute drei-, viermal beinahe einen Unfall. Wir zischten um Kurven, fuhren durch finstere Tunnel.

Und dann, nach der letzten Kurve, lag es vor uns.

Eine hochaufragende Schar anämischer Wolkenkratzer und

eine endlose Fläche ausufernder Menschheit. Ich hatte New York gesehen, ich hatte in New York gelebt, ich hatte New York geliebt. Nichts ist so schön wie die Skyline von Manhattan. Nichts so beeindruckend wie New York.

Aber Los Angeles! Diese Lichter!

– Scheiße, sagte Adeline, ich wäre erst morgen richtig dran, aber ich blute heute schon wie wild.

– Hast du Ersatz mit?, fragte Stacie.

Wir fuhren an der Abfahrt Wilshire ab und auf gerader Strecke durch eine Einöde mit nichts als Bürogebäuden, Einkaufszentren und Obdachlosen. Stacie sagte, ich solle irgendwo einen Parkplatz suchen.

– Wo ist der Hollywood-Schriftzug?, fragte ich, als wir losgegangen waren.

– Bleib locker, sagte Adeline. Den sehen wir uns an, wenn wir mit dem Club durch sind und so. Das Ding steht hier schon seit Jahrzehnten. Das läuft nicht weg.

Auf dem Weg zum Club schlossen wir uns einer Menschenmenge an, die mit jedem Schritt dichter wurde, einer Ameisenstraße bis zu einem riesigen Monolith aus Betonplatten mit Art-déco-Statuen von Engeln, die Schwerter und Fackeln in den gefalteten Händen hielten. Der Eingang führte durch ein reichverziertes Metalltor, das sich über zwei Stockwerke erstreckte und von einer prachtvoll verschnörkelten Uhr gekrönt wurde. Oberhalb des Metalls waren Worte in die Fassade gemeißelt: ALLES NUN, WAS IHR WOLLT, DASS EUCH DIE LEUTE TUN SOLLEN, DAS TUT IHR IHNEN AUCH.

– An ihren Früchten sollt ihr sie erkennen.

Wir gingen durch das Metalltor und kamen in eine wunderschöne Lobby mit einer mit Teppich ausgelegten Prunktreppe im hinteren Teil. Zu beiden Seiten gingen Gebäudeflügel ab, aus denen hämmernde Musik dröhnte. Die Treppe war voller Leute, sie standen herum, unterhielten sich, rauchten, tranken. Rock 'n' Roller, Mods, Rockabilly-Fans, Death-Rocker, Punks, Goths, Freaks, Spinner, Loser.

– Wir sehen uns später, Leute, sagte ich.

Eine rhythmische Klangschleife, wie brechende Wellen, die die Erde beben ließ. Ich folgte ihr in den dunklen Raum. Ein unterernährter Typ mit riesigen Ohren, der wie eine aufgewärmte Leiche aussah, stand am Mikrophon, spielte Gitarre und sang, ein süßes Mädchen spielte Keyboard, und zwei weitere Männer spielten Bass und Drums. Die Stimme von dem Geisteskranken war tief, knarzig, irritierend.

Man sah kaum, was zum Teufel los war. Einige tanzten schwerfällig zu der monotonen Musik. Manche Leute können wirklich zu allem tanzen. Der Song endete. Die Leute jubelten.

– Hochzeitslied! Hochzeitslied!

– Das Hochzeitslied?, fragte der Sänger. Er sprach mit einem Akzent.

– Ja!, schrie ein Typ aus dem Publikum.

– Das Hochzeitslied.

– Was ist das Hochzeitslied?, fragte der Bassist, ebenfalls mit einem Akzent.

– Ein typisches Hochzeitslied. Irgendeines. Vielleicht White Wedding? Will das jemand hören? Rock 'n' Roll.

– Rock-'n'-Roll-Hochzeit, sagte der Bassist.

– Okay, äh, das ist, äh, sagte der Sänger.

– Kann ich ein bisschen mehr Bass auf den Monitor kriegen? Bitte?

– Das ist unser Erkennungssong.

Träge, schwermütige Gitarre. Wilde Drums. Bass. Keyboard kaum zu hören. Immer mehr Leute tanzten. Neben mir ein heißer Typ, dunkelhäutig, enges weißes Shirt, zerrissene alte Jeans, relativ lange Haare, eine Wollmütze auf dem Kopf. Er bewegte sich geschmeidig, in seiner eigenen Welt. Und plötzlich schossen mir Bilder durch den Kopf. Wir nackt, wir beim Vögeln, mein Schwanz in seinen Händen, sein Schwanz in meinem Mund, wir beide spritzen in alle Richtungen, die Spitzen unserer Schwänze gegeneinandergedrückt, Schweiß rinnt ihm über die Brust in meinen Mund, Stöhnen.

– Okay, äh, sagt der Sänger, das ist »Marry Me«. Das Hochzeitslied. Wie ein, wie ein, ein typisches Hochzeitslied. Wie besonders gewünscht.

Schneller als der letzte Song. Der heiße Typ tanzte und stellte mit den Armen etwas an, das eigentlich idiotisch hätte aussehen müssen. Aber seine Bewegungen waren voller Anmut.

– »Some Velvet Morning«, sagte der Sänger.

Ich rückte näher heran. Der heiße Typ sah mich nicht, er tanzte noch schneller während der Strophen. Langsamer beim Refrain: *Learn from us, very much, look at us, but do not touch, Phaedra is my name.*

Der Song endete. Ich versuchte mein Glück.

– Wie heißt die Band?, fragte ich.

– These Immortal Souls, antwortete er. Früher war der Typ bei The Birthday Party.

– The Birthday Party?, fragte ich, aber ein anderer Song fing an, und er tanzte weiter.

Bewegung kam in die Menge, wir wurden auseinandergedrängt. Ich ging zurück in die Lobby. Noch mehr Leute auf der Treppe, sie aschten auf den Teppich ab, bohrten ihre Absätze in den Stoff. Am Fuß der Treppe ein knutschendes Gothicpärchen, die Münder so weit offen, dass man die feuchten Zungen sehen konnte, sie saugte an seiner, er leckte an ihrer. Einen Moment lang beobachtete ich sie, völlig verlegen, bevor ich in die entgegengesetzte Richtung ging, zu einer anderen Art von Musik, in einen anderen dunklen Raum.

Projektionen an den Wänden. Gewalt, Bosheit, Hass, Tod. Alles völlig überzeichnet, losgelöst von einem tatsächlichen Leiden. Massenhaft Totenköpfe. Der DJ hatte »Just Like Heaven« aufgelegt, und die Menge, eine große, sich windende Masse, sang mit. Scheiß drauf, warum nicht? Ich tanzte mich in die Mitte, blieb noch für elf Songs, von denen ich keinen kannte und von denen einer von einem Irren gesungen wurde. *How about a nice cold hug before mommy comes home?*

Ich riss mich vom Tanzen los und ging in eine Ecke. Ich wollte wieder zu Atem kommen. Adeline stand allein da und rauchte eine Nelkenzigarette.

– Baby, sagte Adeline.

– Ich bin total fertig, sagte ich. Wo ist Stacie?

– Auf der Tanzfläche.

– Willst du nicht?

– Ach, Baby, sagte sie mit alter Stimme, da springe ich eher mit einem Rudel Katzen im Schlepptau über den Mond, als zu Bauhaus zu tanzen. Zumal in diesem buntgemischten Haufen Halbstarker.

– Ich muss mal zur Toilette, sagte ich. Sollen wir bald gehen?

– Was weiß ich, sagte sie. Ist doch egal.

Als ich auf der Suche nach der Toilette wieder in die Lobby kam, war das Gothicpärchen immer noch zugange. Wieder blieb ich stehen, ähnlich wie im Variety Photoplays war ich auf eine abstrakte Art fasziniert. Dass sich menschliche Sexualität derart öffentlich abspielen konnte. Das hätte ich nie gedacht.

Ich glotzte wie eine empörte Großmutter. Eine Hand berührte meinen Rücken. Ich drehte mich um und rechnete mit einem der Mädchen, doch vor mir stand der scharfe Typ. Im Helleren sah er noch besser aus.

– He, sagte er, du bist einfach abgehauen. Wir haben uns doch unterhalten.

– Tut mir leid, sagte ich.

– Warum hast du das gemacht?

– Weiß nicht genau, sagte ich.

Er lächelte mich an, breit, mit geöffneten Lippen.

– Ich heiße Jaime.

Der DJ spielte »Ballroom Blitz«, das Licht ging an und enthüllte den Dreck, der sich die Nacht über angesammelt hatte, den Müll der planlosen Rock 'n' Roller, die sich in einem Ballsaal aus der Blütezeit des Jazz herumtrieben. Stacie wollte noch nicht schlafen, und ich hatte Jamie versprochen, ihn mitzunehmen, und ich hatte Hollywood noch nicht gesehen. Betrunken diskutierten wir herum, faselten bekifften Blödsinn.

Ich ließ mich breitschlagen, nach Santa Monica zu fahren, an den Strand. Bis zu unserem Ziel blieben wir auf der 10, die Schnellstraße war wie leergefegt. Ich kam auf gute 150 Stundenkilometer, berauscht von Jaimes Duft, der das Auto erfüllte, so verrückt, dass mir die Polizei und mein Führerschein und mein Hirn, die beide im Arsch waren, völlig egal waren.

– Kennt ihr das Lied?, fragte Jamie und sang mit kräftiger, klarer, wunderschöner Stimme: *I would go out tonight, but I haven't got a stitch to wear.*

Niemand antwortete. Jamie bemerkte es gar nicht.

– Also, sagte Stacie, es gibt da diese Ideenlehre, wisst ihr, und da gibt es halt in den höheren Sphären die Ebene der Formen, und alles, was wir so in unserer vergänglichen Welt sehen, sind halt nachrangige Kopien von den idealisierten Formen der

Dinge, die halt so auf der Formenebene existieren. Wenn man einen Tisch oder so sieht, ist das eine nachrangige Version der Form des Tisches, wisst ihr, und deshalb sind auch manche Tische voll schön und andere echt scheiße und so. Weil manche Tische die Form des Tisches halt besser kopieren als andere. Und ich glaube, das heißt, dass es da oben irgendwo einen Baby oder einen Jamie oder eine Stacie gibt, eine perfektere Version von uns, in der Welt der Formen halt. Man ist also nur eine miese Kopie, wie eine nachgemachte Gucci-Tasche, von seinem erhabenen, möglichst perfekten Selbst.

Adeline lotste uns zu einem kleinen Park am Strand. Jaime lief voraus, rannte durch den Sand, zog sein Shirt aus. Es war zu dunkel, um seinen Körper zu sehen, aber ich konnte ihn fühlen, er pulsierte, sandte Funksignale zur Antenne meines Schwanzes aus.

– Glaubst du, er ist schwul?, fragte ich Adeline.

– Mir hat mal ein Vögelchen gezwitschert, dass jeder ein bisschen bisexuell ist. Es gibt nur einen Weg, es herauszufinden.

Jamie im Wasser, die Hosenbeine hochgekrempelt, mit nacktem Oberkörper. Der Schatten des Piers hinter ihm. Ich zog eilig die Schuhe aus und krempelte meine Hosenbeine auch hoch. Die Wellen schwappten gegen meine Knöchel.

– Ich berühre gerade zum ersten Mal den Pazifik, sagte ich.

– Meine Familie ist früher ständig mit uns hergekommen, sagte er. Meine Schwester und ich waren ganz versessen auf das Riesenrad. Das letzte Mal war ich vor fünf Jahren oder so hier.

Hatte das irgendeine Bedeutung? Hatte irgendwas eine verschissene Bedeutung? Wir alle würden sterben. Von mir und Jamie und Adeline und Stacie und allen anderen, die wir kannten, würde keine Spur zurückbleiben, wir würden nicht mehr sein als Nahrung für die Würmer, ein Häufchen Asche. Die Menschen würden verschwinden, dem Universum verloren sein, auch dem Planeten. Welche Bedeutung hätte meine Schande dann noch? Warum sollte man nicht machen, was man wollte?

— Kannst du mich sehen?, fragte ich.

— Nicht besonders gut, sagte Jaime.

— Es wird heller, sagte ich. Die Sonne geht auf.

Ich ging auf ihn zu und versuchte, nicht zu zittern.

— Und jetzt? Siehst du mich besser?

— Ein bisschen, sagte er.

— Und jetzt?

— Ja.

Ich streckte die Hand aus, meine raue Handfläche an seiner Wange, meine schweren Finger glitten unter sein Kinn, zogen seinen Kopf näher, ich beugte mich zu seinem Mund, unsere Zungen berührten sich, eine sanfte Folge von Zitrone von Saphir von Sternen von Haut von Lust von Schweiß von Honig von samtenem Morgen. Meine Hände glitten über seinen Körper, seine bebende Haut, auf und ab.

— Kommst du mit zu mir?, fragte ich, nachdem wir uns voneinander gelöst hatten.

— Wo wohnst du?

— Pasadena, sagte ich.

Er nickte. Ich nickte.

Stacie lag auf der Motorhaube, sie schlief schon fast. Adeline lehnte am Kofferraum, rauchte Nelkenzigaretten und sah in die Häuser auf der anderen Straßenseite.

— Als würde man zehn Fernsehsendungen gleichzeitig sehen, sagte sie. Wirklich schlechte Sendungen. Menschen sind so langweilig.

— Los, wir fahren, sagte ich.

– Willst du nicht noch Hollywood sehen?, fragte sie. Der Schriftzug wartet auf dich.

– Nein, sagte ich.

Ich erkannte die Straßen für den Rückweg wieder, brachte uns von der 10 auf die 110, die uns in Pasadena ausspuckte, und brauchte nur noch die Beschreibung zu Adelines Haus. Wir fuhren in die Einfahrt, die Welt von der aufgegangenen Sonne rosa gefärbt. Suzanne war nicht zu Hause.

– Hier wohnt ihr?, fragte Jaime.

– Im Moment, sagte Adeline.

Stacie übernachtete auf dem Sofa. Jaime und ich gingen nach oben in mein Zimmer.

April 1988

Suzanne demonstriert die Fallstricke
des Alkoholismus

Adelines Frühjahrsputz war so unvermeidbar wie ein Begräbnis. Runter mit dem gerahmten Foto von Groucho Marx, runter mit dem Poster von Marlene Dietrich in *Blonde Venus*, runter mit allen Büchern auf den Regalen. Hollywoodgeschichte im Miniformat zusammengepackt und weggeräumt.

– Ich bin das alles einfach leid, sagte Adeline. Kindisches Zeug.

– Aber irgendwas willst du doch bestimmt behalten, oder?, fragte ich.

– Vielleicht ein paar Bücher, aber ich weiß nicht, soll ich mir das antun? Was soll das alles bringen?

– Sag mir mal eines, sagte ich. Welches ist dein Lieblingsbuch?

Sie setzte sich auf den Boden, den Rücken gegen das Bett gelehnt, und öffnete einen der Kartons. Hier bietet sich eine Anmerkung zur zyklischen Realität des Buchliebhabers an, denn als sie ihre Bücher durchwühlte, erhaschte ich einen Blick auf einen Band, den ich Jahre später kaufen sollte. *Masters of Menace*, eine Doppelbiographie über Peter Lorre und Sydney Greenstreet. Das Buch habe ich immer noch. Ich habe es immer noch nicht gelesen.

Adeline zog ein überladenes, großformatiges Paperback aus dem Karton. Auf dem violetten Cover prangten dilettantisch ausgeschnittene Standfotos von Schwarzweißfilmen. Der Titel aus grünen Lettern lautete *Klassiker des Horrorfilms*. Geschrieben von William K. Everson.

– Dieses, sagte Adeline. Es hat mir viel bedeutet.

– Darf ich es mal lesen?

– Warum nicht?, sagte sie. Mach, was du willst. Das ist sowieso alles Müll.

Ehrlich gesagt interessierte es mich gar nicht. Adelines Vorliebe für Horrorfilme war in meinen Augen schon immer der am wenigsten interessante Aspekt ihrer Persönlichkeit gewesen. Aber irgendwann würde die enorme Tragweite von dem, was sie gerade tat, sie überwältigen, und dann würde sie eine unstillbare Sehnsucht nach ihren alten Habseligkeiten überkommen.

Als ich das Buch in mein Zimmer brachte, dachte ich an Jamie und überlegte, ob ich ihn anrufen sollte. Wir hatten uns seit ein paar Tagen nicht mehr gesehen. Jeder Gedanke galt ihm, seiner süßen Art zu lächeln, seinem Maunzen im Schlaf, seiner unnatürlichen Gelassenheit.

Niemand meldete sich. Ich wusste immer noch nicht, wo er wohnte. Irgendwo in Hollywood. Ich vermute, dass er allein wohnte. Oder zumindest einen eigenen Telefonanschluss hatte.

Sein Geruch an meiner Bettwäsche stieg mir in die Nase, und ich überlegte, mir einen runterzuholen, aber es war noch früh. Ich kam lieber direkt vor dem Schlafen, wenn sich die Hormone den ganzen Tag über anstauen konnten. Die Wucht des Orgasmus war dann viel heftiger.

Ich las *Klassiker des Horrorfilms*. Die ersten Kapitel waren die besten, es ging um den Stummfilm und die dreißiger Jahre. Lugosi in *White Zombie*, Boris Karloff in *Frankenstein* und jede Menge Fotos von Tod Brownings Meisterwerk *Freaks* von 1932.

Dieser letzte Film diente als Aufhänger, um in aller Ausführlichkeit echte, erkennbare Missbildungen von Menschen darzustellen. Siamesische Zwillinge, der menschliche Torso, Kleinwüchsige. Drei zutiefst bedauernswerte Pinheads, Mädchen, die unter Mikrozephalie litten, mit winzig kleinen Körpern und länglichen Schädeln, die Haare bis auf einen Dutt oben auf dem Kopf abrasiert, als Negativ einer Mönchstonsur.

Der Rest des Buchs war enttäuschend. Der Hays Code mit seinen Richtlinien, was im Kino erlaubt war, hatte den Horrorfilm ruiniert. Als ich gerade die letzten Seiten durchblätterte und etwas über den *Exorzisten* las, hörte ich, wie die Haustür geöffnet wurde.

RUMMS!

Ich lief auf den Flur und Adeline in die Arme.

– War das wieder ein Erdbeben?, fragte ich.

Von unten ein Schrei, der ins Mark ging.

ADDDDDDDDDDDELLLINNNNNNNNNEEEEEEEEEEEEEEEEEEEEE! ADDELIIIIINNNNNEEEEEEEEEEEEEEEEEEEEEEEEEEEEEEEEEEEEEEEEE!

– O nein, sagte Adeline.

Suzanne lag breit hingestreckt auf dem Boden, ihr schwarzes Partykleid bis zur Hüfte hochgeschoben, einen Pumps am Fuß, den anderen nicht. Sie hatte sich einen Absatz abgebrochen. Ein Mann Anfang fünfzig stand neben ihr, Penny Loafer, blaue Jeans, schwarzes Sportsakko. Sein Hemd stand oben offen, man sah das knorrige Brustbein, sonnengeschädigte Haut und Sommersprossen.

Seine Zähne waren perfekt, jeder einzelne. So weiß, dass sie strahlten.

– Deine Mom hat ein bisschen zu tief ins Glas geguckt, sagte er.

– Offensichtlich, sagte Adeline.

— Ich helfe ihr nach oben, sagte der Mann.

— Nein, sagte Adeline. Das tun Sie nicht.

— Adeliiiine, stöhnte Suzanne. Adeliiine.

Meine Eltern hatten auch Probleme gehabt, aber keiner von ihnen war so jämmerlich, so betrunken gewesen.

— Sie gehen jetzt besser, sagte Adeline. Wir helfen meiner Mutter.

— Adeliiiine, neeeein.

— Es klingt aber nicht so, als wollte die Dame, dass ich gehe.

— Wie heißen Sie?, fragte Adeline.

— Nenn mich Stu, sagte er. Ich bin ein Freund. Ich helfe ihr nach oben.

— Ich bewege mich nicht von der Stelle, sagte Adeline. Sie gehen nicht nach oben.

Stu bückte sich und versuchte, Suzanne hochzuheben, er flüsterte ihr ins Ohr, doch seine Bemühungen trugen keine Früchte. Wenn er sie nach oben zog, entglitt sie wieder, als wollte er mit bloßen Händen Wasser festhalten.

— Sie sollten jetzt gehen, sagte Adeline.

— Ich gehe nirgendwohin.

— Baby, sagte sie.

Scheußliche Alkoholschwaden stiegen von Suzanne auf, wehten von Stu herüber. Ich wusste nicht, wie alt Suzanne war. Um die fünfzig, schätzte ich. Ich hoffte, ich würde mit fünfzig nicht so sein.

— Sie müssen gehen, sagte ich zu Stu.

— Und wer zum Teufel bist du?, fragte er.

— Ich bin der Typ, der Sie aus dem Haus schafft.

— Ja klar, Herzchen, sagte er. Hast du keine Angst, dass du dir einen Nagel abbrichst?

Es war interessant. Ich verspürte nicht die gleiche schlagartig auftretende Wut, die frühere Zusammenstöße geschürt hatte, aber eine gequälte Seele kann Zorn so zuverlässig wie eine Fabrik produzieren. Man muss nur die tiefen Seen des Elends und der Erinnerung anzapfen. Man denkt an seine Vergangenheit, und irgendetwas wird die Wut schon wecken. Unwillkürlich ballen sich die Hände zu Fäusten, man packt einen angegrauten Mann namens Stu, schlägt Stus Kopf gegen die Wand, hebt Stu an seiner unangemessen jugendlichen Hose hoch und wirft ihn mit dem Kopf voran in den Vorgarten.

— Mehr mache ich mit Stu nicht, sagte ich. Ich könnte ihn ein paarmal treten, aber das lohnt nicht.

— So ist es schon richtig, sagte Adeline, ich weiß auch nicht, ob er es wert wäre.

Ich wuchtete mir Suzanne auf die Schulter und legte sie auf ein Sofa. Ich hatte Angst, sie könnte an ihrem Erbrochenen ersticken. Adeline versicherte mir, in diesem speziellen Krieg sei Suzanne eine erfahrene Veteranin, zu sehr Soldatin, um im Schlaf zu sterben.

Ich hatte so meine Zweifel und blieb. Adeline ging nach oben. Suzanne wachte auf, der Blick ihrer wässrigen Augen ging ins Leere.

— Hallo, sagte sie.

— Hallo, sagte ich.

— Ich habe zu viel Bourbon getrunken, sagte sie.

— Sieht so aus.

— Ich schlafe jetzt erst mal.

— Ist gut, sagte ich.

— Gute Nacht, Emil, sagte sie.

— Gute Nacht.

Als ich nach oben kam, saß Adeline in ihrem Zimmer auf dem Boden und hörte sich eine Platte an, die ich nicht kannte. Ihre

Mutter so zu sehen. Adeline zu sehen, zu sehen, wie sie Suzanne sah.

— Ich will nicht sein wie sie, sagte sie.

— Bist du nicht, sagte ich.

Ich legte mich neben sie, der Teppich kribbelnd unter meiner Haut, die Arme um sie geschlungen. Wir sagten kein Wort. Ich hielt Adeline fest, bis sie mit dem Kopf auf meiner Brust einschlief. Die Platte hatte einen Sprung. Ich stellte den Plattenspieler aus und deckte Adeline zu.

Jamie ging nicht ans Telefon. Wo konnte er sein? Er gehörte mir nicht. Ich wollte auch nicht, dass er mir gehörte. Aber ich wollte ihn bei mir haben, hier neben mir, in diesem Moment. Ich hätte alles gegeben, um ihm zuzuhören, wie er von den albernen Dingen erzählte, die er mochte. Wie dem Skateboarden oder Dungeons & Dragons oder Bier oder irgendwas anderem.

Ich holte mir einen runter.

Mai 1988

Baby schafft es an die NYU

Und dann schaffte ich es an die NYU.

Mai 1988

Adeline trifft eine Entscheidung

Ich war unten und sah mir auf VHS *Wunderbare Jahre* an, eine Fernsehserie über einen Schüler an der Junior High School 1968. Sie ist so aufgemacht, dass der Junge, Kevin heißt er, die Geschichte als Rückblick erzählt, vermutlich 1988. Die ganze Sache ist ein Vorwand für Babyboomer, mal wieder alle daran zu erinnern, wie unbestreitbar monumental die Sechziger waren.

In dieser speziellen Folge ging es um Kevins Angebetete, ein elfjähriges Mädchen namens Winnie Cooper, das eine Netzstrumpfhose und Go-go-Stiefel trug, und um ihren großen Bruder Brian, einen unglaublich heißen Neunzehnjährigen. Er wird als Archetyp des durch und durch amerikanischen Rebellen zur Jahrhundertmitte dargestellt, aber jeder, der Schwule auch nur vom Vorbeigehen kannte, hätte Brian in unserem Team in vorderster Reihe verortet. Kevin bekommt von Brian eine Pubertierendenlatte, er beschreibt ihn als »verschwitzt, die Hände voller Schmiere ... Was für ein Kerl!«.

Brian zieht in den Vietnamkrieg. Und wie jeder, der im Film oder im Fernsehen nach Vietnam geht, kommt Brian in einem Leichensack zurück. Kevin findet Winnie, die sich im Wald versteckt. Sie starrt in den Abgrund existentieller Bedeutungslosigkeit. Kevin nutzt ihre Trauer und Verwirrtheit aus. Er ergattert einen Kuss. Ende der Folge.

Klick. Klack. Das Geräusch übertönte das Video. Klick. Klack. Klick. Klack. Klick. Klack. Klick. Klack. Der Abspann lief. Ich drückte auf Pause. Ich ging nach oben. Klick. Klack. Aus Adelines Zimmer. Die Tür angelehnt. Klick. Klack. Ich öffnete die Tür einen Spaltbreit und spähte ins Zimmer.

Sie hockte in der Lotusposition auf ihrem Bett, die Beine untergeschlagen, die linke Hand nach unten. Klick. Klack. In der rechten Hand hielt sie ein Kinderspielzeug. Zwei Kunststoffkugeln an einer Schnur mit einem Griff in der Mitte. Klick. Klack. Vertikale Bewegungen ließen die Kugeln auf horizontaler Ebene gegeneinanderknallen. Durch diese Zusammenstöße wurden sie in die entgegengesetzte Richtung weggeschleudert und stießen auf einer anderen, parallelen Ebene wieder zusammen, was den Vorgang wiederholte. Klick. Klack.

Adeline hielt die Augen geschlossen. Sie verlor nicht einen Moment lang die Kontrolle über die Kugeln. Klick. Klack. Sie gingen nach oben und stießen zusammen. Klick. Sie gingen nach unten und stießen zusammen. Klack. Wie ein Zug auf den Schienen.

Ich sah mir noch eine Folge von *Wunderbare Jahre* an. Klick. Klack. Winnie Coopers Familie beerdigt ihren Bruder. Klick. Kevin besucht die Trauerfeier. Klack. Er hat Winnie Cooper seit ihrem Kuss im Wald nicht mehr gesehen. Klick. Sein zukünftiges Ich sinniert darüber, dass seine Jugend von den beiden stärksten Kräften des Menschseins, Eros und Thanos, Liebe und Tod, bestimmt wurde. Klack.

Ich schlief ein. Ich weiß nicht, für wie lange.

Adeline stieß mich mit den Füßen an. Der Fernseher war aus. Die *Wunderbaren Jahre* waren vorbei.

– Baby, flüsterte sie. Baby, wach auf.

— Was ist los?, fragte ich.

— Ich habe genug davon, unglücklich zu sein, sagte sie. Ich habe genug davon, neurotisch zu sein. Ich habe genug von diesen permanenten Streitereien. Ich gehe zurück nach New York.

— Wann?, fragte ich.

— Sobald wie möglich, sagte sie.

— Was ist mit mir?

— Bleib hier, wenn du willst.

— Aber warum?, fragte ich.

— Du weißt, warum.

— Ja, sagte ich. Stimmt.

Suzanne kam erst abends um zehn nach Hause. Sie stritten sich. Adeline packte.

Ich blieb wach, las, dachte an Jamie. Ich rief ihn an, erklärte ihm die Lage, fragte, was ich tun sollte. Ich wünschte mir, Jamie würde schreien, brüllen, verlangen, dass ich in Kalifornien blieb, dass ich bei ihm blieb, ihn nie verließ.

— Deine Entscheidung, sagte er. Du wirst mir fehlen, wenn du gehst.

— Aber du findest, ich sollte gehen?, fragte ich.

— Deine Entscheidung.

Wir legten auf. Ein leises Klopfen an meiner Tür.

— Komm rein, sagte ich.

Suzanne. Sie war noch nie in meinem Zimmer gewesen.

— Sie hasst mich, sagte Suzanne.

— Niemand hasst dich, sagte ich.

— Sie schon, sagte Suzanne.

Ich fragte mich, wie es wäre, eine Frau wie sie zur Mutter zu haben, jemanden, der sich mit dem besten Freund der Tochter verbündete. Ich roch den Alkohol.

– Was habe ich falsch gemacht?, fragte Suzanne.

– Kinder zu erziehen ist schwer, sagte ich. Du machst das viel besser, als meine Eltern es je geschafft haben.

Juli 1988

Baby lernt Jaimes Freunde kennen

Weil Adeline in New York war, ließ Suzanne sich kaum noch blicken. Nachdem die Familie als Grund für Besuche weggefallen war, verkam das Haus zu teurem Lagerraum für ihre irdischen Besitztümer. Wir sahen uns nur noch, wenn sie frische Kleidung brauchte. Dann gab sie mir Geld für meine Unkosten.

Menschliche Nähe fand ich bei den Hausangestellten. Die beiden reizenden Frauen, Maria und Rosalita, kamen alle paar Tage vorbei. Sie sprachen kaum Englisch. Ich nur ein paar Brocken Spanisch. Als sie merkten, dass ich nicht zu Adelines Familie gehörte, lachten sie mich an, mit einem Lachen so sanft wie plätscherndes Wasser. Sie kochten ungewohnte Gerichte, schoben mir die Teller vor die Nase und sagten: »Iss! Iss!« Ich brachte dann ein *gracias* heraus.

Jamie schlief fünf Nächte die Woche bei mir. Ich holte ihn in Hollywood ab und fuhr mit ihm nach Pasadena. Wir gingen nirgendwohin, trafen uns mit niemandem. Er hockte in Suzannes Haus und erzählte mir Geschichten aus seiner Kindheit, über die Ausflüge nach Venice Beach, über die Verbindungsparty an der UCLA, bei der er Guns n' Roses gesehen hatte, bevor sie berühmt wurden, und dass er diesen ganzen Sunset-Strip-Scheiß nicht ausstehen konnte.

Dann vögelten wir. Wir vögelten in jedem Zimmer. Wir vögelten in Zimmern, von denen ich nicht gewusst hatte, dass es sie gibt. Wahrscheinlich erschufen wir diese Zimmer, unser Verlangen nach neuen Orten für unsere Lust sprengte sie in die Realität. In alten, ungenutzten Schlafzimmern voller Krempel. In der Küche. Im Wohnzimmer. Im Arbeitszimmer. Im Garten hinter dem Haus. Im Garten vor dem Haus.

Über seine Familie wollte er nicht reden, er erzählte nur, dass sie in der Nähe von Pasadena wohnte, irgendwo in Highland Park, dessen Name mir von der Fahrt auf der 110 bekannt vorkam.

So lief es ein paar Monate lang.

Eines Nachts, nachdem wir gevögelt hatten und engumschlungen dalagen, fragte ich ihn, warum er mir nie seine Freunde vorgestellt hatte. Oder mir seine Wohnung gezeigt hatte.

– Das würde dir voll nicht gefallen, Alter, sagte er. Das ist halt nicht dein Umfeld und so.

Was zum Teufel wusste Jaime von meinem Umfeld? Wir stritten uns. Ich ließ nicht locker. Genervt und erschöpft seufzte er und sagte, ich könne zu seiner Wohnung kommen. Ich könne seine Freunde kennenlernen. Ich fragte, wann. Er sagte, morgen.

– Dein Ernst?, fragte ich. Ehrlich?

– Klar, sagte er. Warum nicht?

Ich zog ihn wieder näher. Seine Haut an meiner, nicht mal Sex, nur dieser Moment der Spannung, Körper an Körper. Wir rollten und wälzten uns stundenlang herum.

Gegen Mittag fuhr ich ihn zur Ecke Hollywood and Vermont. Er sagte, ich solle in ein paar Stunden, um sechs Uhr, zu ihm kommen. Er gab mir seine Adresse.

– Noch was, sagte er. Dir muss klar sein, dass wir nicht rummachen können und so, okay? Nicht vor meinen Freunden.

— Oh, sagte ich.

— Du musst ja sagen, okay?, bat er. Sie wissen das halt nicht. Ich habe es ihnen nicht gesagt. Ich will ja. Ich würde ihnen das so scheißgerne sagen.

— In Ordnung, sagte ich.

Bei der Fahrt durch die Straßen folgte ich meinem Instinkt. In Los Angeles findet man sich genauso leicht zurecht wie in New York, weil beide Städte riesige Raster sind. Ich fuhr den Sunset hinauf, am Marlboro Man vorbei und parkte vor Tower Records. Entlang der Fassade prangten große Kopien von Albencovern. Das einzige, das ich erkannte, war Michael Jacksons *Bad*.

Tower war ein Ramschladen, der nur eine Sorte Ramsch verkaufte. Beliebte Musik genau zu dem Zeitpunkt, als die Compact Disc allmählich die Schallplatte verdrängte. Die CDs standen in länglichen Pappkartons, die Scheiben und ihre Klapphüllen nahmen etwa ein Drittel der Länge ein. Stellte man zwei dieser Kartons nebeneinander, waren sie so breit wie eine LP aus Vinyl, was den Plattenläden die Ausgaben für neue Regale ersparte.

Im schreiend gelbroten Inneren des Gebäudes sah man deutlich, welche Seite gewonnen hatte. In fast allen Regalen standen CDs. Bei Tower Records lief Terraforming.

Zwei Mädchen unterhielten sich lautstark neben der Tür, beide extrem heftig geschminkt, die Haare unfassbar auftoupiert, Stereotype aus den Medien, von denen ich kaum fassen konnte, dass sie außerhalb des Fernsehens existierten.

— Ich habe halt gehört, dass er hier gearbeitet hat und so, sagte ein Mädchen.

— Echt?

— Ja, als sie so voll pleite waren. Und er hat so unter der Treppe geschlafen, weil er halt keine Wohnung hatte.

Die Alben bei Tower wirkten richtig absurd. Spätpubertärer Endphasen-Rock-'n'-Roll. Geprahle über Sex und Frauen.

Ich gab auf, schlenderte den Sunset entlang und landete im Duke's, einem Café, in dem ich bei Essen und Getränken und einer Ausgabe der *LA Weekly* unangenehm lange sitzen blieb. Bei der Liste der Liveauftritte war ich begeistert und entsetzt über das unglaubliche Ausmaß von Ehrgeiz, über die Tausenden Bands, die in dieser Woche spielten. Würde eine von ihnen bekanntwerden? Waren gute Bands dabei? War es die Torheit der Jugend, die Torheit Amerikas, die Torheit eines unmöglichen Traums? Als ich alle Namen so dicht beieinander sah, schoss mir plötzlich durch den Kopf, dass diese Bands aus den Unterschichten kamen, dass es Menschen ohne Adelines Möglichkeiten waren. Menschen, die mit mäßigem Talent mühsam über die Runden kamen, hofften, der Funke würde ein Feuer entfachen, hofften, in die Ränge der Bessergestellten aufzusteigen. Warum versuchten die Menschen es? Warum tun Menschen überhaupt etwas?

Zwei Stunden später knallte mein Kellner sauberes Besteck auf den Tisch. Es ging auf sechs Uhr zu. Ich ließ Trinkgeld da und machte mich auf den Weg zu meinem Auto.

An einer Tankstelle an der La Brea hielt ich an und fragte nach dem Weg. Der Tankwart sagte mir, wonach ich Ausschau halten und woher ich fahren musste, und beendete jeden Satz mit *i-ah!*

– Wilton? Das müssen Sie rauf nach Hollywood über den Freeway, *i-ah!*

– Danke, sagte ich.

– Alles Gute, *i-ah!*

Jaime wohnte in der Nähe der Franklin Avenue. Die umliegenden Häuser waren in einem guten Zustand, aber sein Grundstück zeigte die Narben eines Miethauses. Abgeblätterte Farbe, eine rissige Auffahrt, wucherndes Unkraut. Jahrelange Nachlässigkeit und Schlamperei eines abwesenden Vermieters.

Ich klingelte. Ein Mädchen öffnete die Tür.

– Hallo, sagte ich. Ist Jaime zu Hause?

– Ja, sagte sie. Ist er.

Dann schwieg sie. Sie sah mich nicht einmal an, sondern an mir vorbei, richtete den Blick auf etwas hinter mir. Ich lächelte. Sie erwiderte das Lächeln nicht.

– Kann ich reinkommen?

– Reinkommen?, fragte sie.

– Ja, sagte ich. Reinkommen und Jaime sehen.

– Oh, sagte sie, klar, komm rein.

Sie glitt davon. Ich kam in das Wohnzimmer eines Hauses im Craftsman-Stil. Müll überall. Alte Kunstledersofas, auf die jemand eingestochen hatte, Risse in den Rückenkissen, hervorquellende Füllung. Kaputtes Spielzeug. Ein langer Riss über die ganze Breite einer Wand.

Ich stand da und grinste wie ein Idiot.

– Wo ist Jaimes Zimmer?, fragte ich.

– Oh, sein Zimmer.

– Ja, sagte ich. Sein Zimmer. Jaimes Zimmer?

– Durch die Küche durch.

Gibt es im Deutschen ein Wort für den Augenblick, wenn man seinen Liebhaber in seinem Schlafzimmer sieht, ohne Hemd, mit einer lausigen Akustikgitarre in der Hand, zwischen zwei Männern etwa im gleichen Alter, ebenfalls ohne Hemd? Gibt es so ein Wort?

– Hallo, sagte ich.

– He, Kumpel, sagte Jamie. Da bist du ja. Klasse.

– Ja, sagte ich.

– Baby, sagte er, das ist Tommy, und das ist Raoul.

Tommy und Raoul waren auf eine ganz bestimmte Art Hollywood, sehr edel und sehr dreckig, als hätten sie einen Großteil ihres Lebens damit verbracht, an ihrem Aussehen zu arbeiten, nur um sich dann im Staub zu wälzen.

– He, Mann, sagte Raoul.

– Hi, Alter, sagte Tommy.

Ich ging in die Ecke. Jaimes Zimmer war spartanisch eingerichtet. Ein maroder Schreibtisch und ein heruntergeklapptes Schrankbett, auf dessen Kante Jaime saß. Tommy und Raoul auf Klappstühlen aus Metall. Abfall auf dem Boden, Krempel, Verpackungen von Süßigkeiten und leere Limodosen. Jaimes schmutzige Wäsche lag auf seinem Schreibtisch.

– Was macht ihr?, fragte ich. Soll ich auch mein Hemd ausziehen?

Alle machten große Augen und lachten. Nicht über den Witz.

– Was ist?, fragte ich.

– Schon gut, Mann, sagte Jaime. Mach dir keinen Kopf.

– Irgendwas ist doch, sagte ich.

Wieder lachten sie. Die alte Wut, der Zorn, brodelte hoch.

– Wir haben nur was eingeworfen, sagte Jamie. Halb so wild.

– Eingeworfen?

– Acid, Alter, sagte er. Du weißt schon, Acid halt.

Das Gespräch endete damit, dass Jamie mir mit den Fingern zwei geheiligte Pappen auf die Zunge legte. Das Zeug hieß Magic Mountain. Jamie zeigte mir den Blotter mit dem mehrfach aufgedruckten Berg, über dessen Gipfel das Auge der Vorsehung strahlte. Die Pappen schmeckten nach Chemie.

– Wir haben eine halbe Stunde Vorsprung, sagte Raoul.

Anfangs war ich schrecklich nervös, während ich auf die Wirkung wartete. Diese Sache hatte ich mir selbst eingebrockt.

Durch die nächsten Stunden musste ich unausweichlich durch. Gefangen von der Droge.

Ein anderer Geschmack im Mund, ein widerlich trockenes Gefühl. Mundfäule. Kalter Schweiß sickerte aus meiner linken Achselhöhle.

– Ich sehe mir mal euren Garten an, sagte ich.

Zu viele Bäume. Ein Zitronenbaum am Ende des Gartens kam mir vor wie ein Preis, den jemand gewonnen hatte. Keine Ahnung, warum. Die Zitronen vibrierten. Die Blätter konnte ich gar nicht ansehen, sonst waberten sie und veränderten die Form. Auf dem Boden wuchs kein einziger Grashalm. Muster in der Erde, Hügel und Täler und Fußabdrücke. Oben ging mit Sicherheit irgendetwas vor sich.

– He, sagte Jaime. Wie fühlst du dich?

– Mensch, Alter!, rief ich.

– Ganz ruhig, Kumpel, sagte er. Alles in Ordnung.

– Wie lange stehst du da schon?, fragte ich. Ich hab dich gar nicht gehört.

– Seit ein paar Minuten. Ich hab dich beobachtet.

– Wie fühlst du dich?

– Es geht richtig los, sagte er. Ich habe das schon tausendmal gemacht. Es ist immer anders und immer gleich.

Raoul spielte auf Jaimes Gitarre ein Lied, seine Stimme wehte durch das offene Fenster. *It was Staggerlee and Billy / Two men who gambled late / Staggerlee swore he threw seven / Billy swore that he threw eight / Staggerlee said Billy / Oh please don't take my life / I've got three hungry children / and a very sickly wife.*

Beim letzten Wort drehte sich alles in meinem Kopf. Raouls Stimme zog es in die Länge, träge und satt wie Sirup. *Wiiiiiiiiiiiiiiiiiiiiiiiiiiiiiiiiiiiiiiiiiiiiiiiiiiiiiiife.* Ich war nicht im Garten. Ich war in Jaimes Zimmer.

– Warum geht es so schnell?

Staggerlee he went down to the devil / and he leaned up on his shelf / he said come out here Mr. Devil / I'm gonna rule hell by myself / well the devil called his demons around him / Lord, let's climb this wall / He said here's a bad man, Staggerlee / and he's going to kill us all.

Orangefarbenes Licht durchströmte das Zimmer, flackerte mit unsichtbarer Flamme. Mein Kiefer schmerzte, ich biss ständig die Zähne zusammen, ohne es zu wollen, ganz hinten im Mund.

– Jaime, warum brennt alles?

– Was?, fragte er.

Er brannte. Sein Gesicht das eines Dämons.

– Alter, sagte er, du siehst nicht gut aus. Wir gehen mal raus, dann bekommst du frische Luft.

Zusammen taumelten wir den Hollywood Boulevard entlang. Wenigstens sah ich die Straßenschilder, und das Laufen tat gut, weil ich mich durch das Laufen nicht auf eine Sache konzentrieren, mich nirgendwo festfressen konnte. Mein Verstand war kaputt, verdummt. Ich wollte erzählen, was ich dachte, aber es kam nichts heraus, nicht auf die richtige Art. Ich wollte Jaime sagen, was ich sah.

– Alter, sagte er, hör auf damit.

– Womit?

– Alter, sagte er, du sagst die ganze Zeit *I-ah! I-ah!* Das macht mich irre.

– I-ah?

– Ja, sagte er. *I-ah*. Du sagst ständig *I-ah*.

– Lache ich oder weine ich?

Wir standen auf einer Brücke über dem Freeway und beobachteten den Verkehr. Ich konnte die Gedanken der Fahrer lesen. Die Frau in dem roten Auto betrog ihren Mann. Der Lkw-Fahrer war ein Mörder. Das Taxi fuhr von selbst, niemand steuerte es, niemand saß am Lenkrad. Ich hörte ihre Gedanken. *Was gibt es zum Abendessen? Ich weiß nicht mal, ob er mich noch liebt. Bekomme ich die Beförderung? Wie soll ich mir die Hypothek leisten? Das Miststück bringe ich um.* Dunkle Nacht, die Lichter der Autos grüne und bernsteinfarbene Blitze.

— Na komm, sagte Jaime.

Menschen auf der Straße. Ich kannte sie nicht. Wer war ich? Hatten sie vor mir ebenso viel Angst wie ich vor ihnen? Jemand ging an uns vorbei, der mit einer Leine an einen zweiköpfigen Hund gebunden war.

Jaime redete, aber die Wörter kamen lautlos hervor, Dialogblasen aus Comics, mit Leuchtbuchstaben in die Luft geschrieben, brachen sie auseinander, bevor ich sie lesen konnte. Fielen in eine dicke Buchstabensuppe auf dem Gehweg. Lösten sich auf.

— Hörst du mir zu?

— Was?

— Ich habe, Alter, ich habe gerade gesagt, dass ich, Alter, ich kann die, weißt du, die Fäden hinter der Welt sehen. Ich kann sehen, wer die Fäden zieht. Es ist nicht Gott. Es gibt keinen Gott. Gott ist die Fäden. Wir sind die Fäden. Heißt das, wir sind Gott?

Mit jedem Häuserblock ging es weiter bergab, überall Elend, Tunnelblick, Verlust des Egos, Verlust des Ichs, bis wir das nächste Straßenschild erreichten. Dann meldete sich die Welt zurück, ganz klar, vollständig, mit Glockengeläut. BRONSON, GOWER, EL CENTRO, VISTA DEL MAR, ARGYLE.

Sterne auf dem Gehweg, Namen, die ich nicht lesen konnte. Ich hielt an und versuchte, die Buchstaben an den richtigen Platz zu schieben.

— Was steht da?, fragte ich Jaime. Steht da Staggerlee?

— Nein, sagte er. Da steht Tod Browning.

– Tod Browning? Ich stehe auf Tod Browning?

VINE.

– Ich bin an der Ecke Hollywood und Vine! Ich bin an der Ecke Hollywood und Vine! Ich bin an der Ecke Hollywood und Vine! IN DER TASCHE WAR EINE MENGE GUTER KLAMOTTEN.

Die Häuser sangen Lieder. Die Laternenpfähle auch. Ich konnte den Boulevard entlangsehen, Feuer ganz am Ende, hinter dem Schloss, hinter den mystischen Palmen. Durch ein Haus konnte ich hindurchsehen, bis zur anderen Seite. Ich las einen Namen. ANGELYNE. Der Inbegriff einer Frau, große Brüste, blond, rote Lippen, futuristische Sonnenbrille. Ihr Mund öffnete sich, das Haus sprach durch Angelyne, ihr Busen wogte. What Time Is Love?

Die Stadt brannte, ich konnte riechen, wie die Stadt brannte. Jaime nahm meine Hand und zog mich zu den Flammen. Ich schrie, bekam einen Anfall. Im Feuer konnte ich es sehen, ich konnte Frankensteins Monster sehen, das Hollywood zertrampelte, Blitze aus den Bolzen in seinem Hals verschoss, Häuser zerstörte. Ich konnte, ich konnte, ich konnte. Ich musterte die Leute um mich herum, um zu sehen, ob sie sehen konnten, aber ich konnte Jaime nicht mehr sehen, ich sah nur noch die Pinheads aus *Freaks*. Ich hatte in Hollywood berühmte Leute sehen wollen, aber gütiger Gott bitte nicht so. Die kleinen Pinhead-Mädchen tanzten in ihren rosa Blumenkleidern, mit offenen schwarzen kaputten Mündern, in denen sich die fauligen gelben Zähne deutlich abhoben, sie winkten mir zu und riefen meinen Namen, aber sie sagten nicht meinen Namen, sie riefen *I-AH I-AH I-AH I-AH I-AH I-AH I-AH I-AH I-AH I-AH*.

Ein Sturz in die Dunkelheit zu Füßen einer pechschwarzen Statue. Mein Blick war unscharf, aber ich konnte die Worte lesen. ERRICHTET IM GEDENKEN AN RUDOLPH VALENTINO 1895–1926.

— Wo sind wir?, fragte ich Jaime.

— Du bist voll ausgeflippt, sagte er. Deshalb habe ich dich hergebracht. Nachts ist kein Mensch in dem Park hier.

— Wie spät ist es?, fragte ich.

— Es wird bald hell, Alter. Man sieht die Sonne aufgehen.

— Der Himmel hat die falsche Farbe. Alles hat die falsche Farbe. Warum ist meine Hose nass?

— Du hast dich eingepisst.

— Was ist mit meinen Schuhen passiert?

Wir liefen zu ihm nach Hause. Die Gedanken wurden wieder geschmeidiger, als die körperlichen Auswirkungen der Droge nachließen. Wabern, Farben und optische Verzerrungen. Aber jetzt war es beinahe angenehm, ich kontrollierte die Droge. Statt mich von der Droge kontrollieren zu lassen.

— Kann ich mit reinkommen?, fragte ich an der Ecke Wilton und Hollywood.

— Das ist keine so tolle Idee, sagte er.

— Warum?, fragte ich.

— Weil du den Scheiß nicht im Griff hast.

— Oh, sagte ich.

— Tut mir leid, so ist das halt.

August 1988

Baby ruft Adeline an

Ich rief Adeline an.

– Ich komme zurück, sagte ich.

– Ich warte schon, sagte sie.

August 1988

Adeline erhält eine unerwünschte Lektion
über das Wesen des Polizeistaats

Ohne mein Wissen hatte sich der alberne Baby an der NYU eingeschrieben. Ende August tauchte er von der Westküste auf und stürzte sich in das Leben als Erstsemester. Einführungsveranstaltungen, Kursanmeldung, Kauf der Lehrbücher. Ich fragte ihn, wie er sich ein solches Studium überhaupt leisten könne.

Baby erklärte, er sei als finanziell unabhängig eingestuft worden. Seine Noten an der Highschool waren hervorragend, sein Einkommen kümmerlich. Die NYU hatte ihm ein Leistungsstipendium verliehen.

»Ein verflixter Freifahrtschein«, sagte er.

»Schön für dich«, sagte ich. »Rück keinen Cent raus.«

Weil Baby seine Zeit mit Jaime vertan und sich in kindischen Vorstellungen über die süßen Blüten der Liebe ergangen hatte, war er ein wenig zu spät zurückgekehrt.

Vierzehn Tage eher, und er wäre dabei gewesen, mitten im Gewühl, in dem Augenblick, in dem sich die Welt verändert hatte, in dem sich die Stadt durch ein Blutopfer in ein dunkles satanisches Räderwerk im Dienste der Bauunternehmer verwandelt hatte.

Vierzehn Tage eher, und er wäre bei den Unruhen am Tompkins Square zu Hause gewesen.

Die Lower East Side, zu deren traditionellen Grenzen das East Village gehörte, verbrachte einen Großteil der siebziger und frühen achtziger Jahre als von Spucke und Wichse durchtränkte Seuchengrube, als Groteske drogenberauschter Dekadenz. Das Heroin regierte, es war der Stoff der Stunde.

Mitte der Achtziger war die Krone umkämpft, Crack probte den Aufstand. Kriminalität und persönliche Sicherheit wurden zu schwerwiegenden Problemen.

Erschwerend kam hinzu, dass sich die Viertel selbst veränderten. Es begann mit dem Kunstboom im East Village, der den Vorreitern der Gentrifizierung ein Leuchtsignal sandte. Ehrlich gesagt den Menschen, die meiner Wenigkeit ähnlich waren. Ekstatischen Epigonen und dümmlichen Dilettanten. Allerdings hegten die meisten Angehörigen dieser ersten Kohorte einen gesunden Respekt vor dem Schmutz, in dem sie abrockten.

Sie kamen in dieses Viertel, gerade weil es dreckig war, weil es interessant war. Sie wollten sein Gleichgewicht nicht stören, auch wenn sie genau das taten.

Die erste Welle zieht immer eine zweite nach sich. 1986 brach sich der Ärger Bahn. An der Ecke der 9th und B musste ein altes Haus den Umbau zu Luxuseigentumswohnungen über sich ergehen lassen. Das Christodora House.

Anderen Häusern im East Village war das gleiche hässliche Schicksal widerfahren, aber wie es manchmal aus unerfindlichen Gründen ist, waren die früheren Renovierungen völlig unbeachtet geblieben.

Christodora. Dass dieses Haus einer anderen Art Mensch eine andere Art Luxus zu Downtown-Preisen bot und an der Ecke des Tompkins Square lag, ließ den ersten Kanonendonner eines seeehr langen Krieges ertönen.

Die inoffiziellen Bewohner des Parks verbrachten den lieben

langen Tag mit Pissen, Scheißen, Vögeln, Streiten, Trinken, Fixen, dem Rauchen von kristallisiertem Kokain, dem Verbrennen von Müll, mit Sterben. Und das jeden Tag in Sichtweite der Bewohner des Christodora, im Vorgarten dieser supermodernen Wohnungen.

Den begüterten Klassen ist es in die Wiege gelegt, sich zu beschweren. Sie lieben es, ihr Missfallen kundzutun. Ich kenne meine Leute, Schätzchen.

Die Stadtverwaltung bekam den Druck der Großen Weißen Macht zu spüren. Man fällte eine Entscheidung. Zum ersten Mal seit Menschengedenken sollte im Park eine Sperrstunde gelten. Die Stadt legte sich auf ein Uhr morgens fest.

Um neun Uhr abends am 6. August 1988 umstellte ein Polizeiaufgebot den Park. Pferde, Infanterie, leichte Artillerie, Hubschrauber. Die schrittweise Erhöhung der Truppenstärke wurde als ausreichende Warnung angesehen. Die unausgesprochene Botschaft lautete, dass niemand, der so dumm war, sich während der Sperrstunde im Park aufzuhalten, mit Gnade rechnen durfte. Die Polizei versprach Prügel, wie man sie noch nicht erlebt hatte.

Ein Uhr kam und verstrich. Die Leute verließen den Tompkins Square nicht. Sie demonstrierten gegen die Polizei.

Was folgte, war ein perfektes Beispiel für das Feingefühl und die taktvolle Zurückhaltung, die man heutzutage mit der Arbeit der großstädtischen Polizei verbindet.

Die Polizisten drehten durch, sie provozierten den Tumult, fachten ihn an, trieben ihn auf die Straßen rund um den Park, die 7th Street hinauf, jagten Menschen durch die St. Mark's, drängten weiter auf der Avenue A. Schlugen Zivilisten, traten den Fotografen der *Times* den Schnodder aus dem Leib, verprügelten Journalisten der *Daily News* mit Stöcken.

In eben dieser Nacht versuchte Ihre bescheidene Erzählerin, die nicht wusste, was vor sich ging, die drückende Hitze zu ignorieren, und fuhr mit den Fingern wieder einmal über die Seiten eines zerlesenen Exemplars von Kathy Ackers *Harte Mädchen weinen nicht*. Bei der Kakophonie aus Hubschraubern und Sirenen erwies sich das Lesen als unmöglich.

Ich gab auf, ging nach unten und trat auf die 7th Street. Menschen liefen an meiner Tür vorbei zum Cooper Square. Eine junge Frau war mit ihrem eigenen roten geronnenen Saft verschmiert. Ich fragte einen Mann, was vor sich ging.

»Die Bullen bringen uns im Tompkins Park um!«

Eine innere Stimme sprach: Adeline, du bist neugieriger als eine Nachtigall am Neujahrsmorgen. Adeline, sagte die Stimme, du musst zum Ort der Leiden pilgern.

Ich musste es sehen, aber es hätte mir gar nicht gefallen, wenn mich die Bullen am Tompkins Square umgebracht hätten. Ich zog neutrale Kleidung an. Weniger auffällig, konservativ, ein Blazer und eine gutgeschnittene Stoffhose, in denen ich begütert wirkte. Unter dem Blazer trug ich ein mottenzerfressenes T-Shirt von einer Punkband aus L.A., The Castration Squad.

Ein steter Strom von Menschen drängte die 7th Street herauf, Platzwunden in den Gesichtern und auf den Köpfen, das Blut von Schweiß verdünnt, die Kleidung zerrissen. Weiter als bis zur First Avenue kam ich nicht. Berittene Polizisten versperrten den Weg.

Über die 6th und hinunter zur A, mitten ins Gefecht, bis zu der Kreuzung, an der eine Flut von Punks, Skinheads, Freaks und Obdachlosen gegen den Sperrgürtel der Polizei brandete. Die Menschen schrien die Polizisten an, sie brüllten, kreischten. Blut trocknete auf den Straßen. Trillerpfeifen schrillten,

Pferde galoppierten. Hubschrauber über uns, die Rotoren wirbelten Staubstürme auf, Scheinwerfer beleuchteten die Avenue. Sprechchöre. Männer warfen von Häuserdächern dicke Böller. Flaschen, Dosen. Gewalt von oben. Ich stellte mich an den Rand und beobachtete, wie die New Yorker Polizei einen ganzen Abschnitt unbewaffneter Menschen maßregelte und bestrafte. Vier Polizisten schleuderten eine zierliche Frau gegen das Umspannwerk von Con Edison, traten sie, schlugen sie mit dem Gesicht gegen die Ziegelmauer. Weitere Polizisten hielten Wache und verhinderten jede Rettung. Ein katholischer Geistlicher versuchte zu vermitteln, was nur die direkte Beziehung zwischen organisierter Religion und dem Staat bewies. »Aber, aber«, sagte er mit seinem melodischen irischen Akzent, »im Herzen wisst ihr doch, nicht wahr, dass Gewalt nicht unsere Art ist?« Ein Mann wurde von seinem Fahrrad gerissen, mit Schlagstöcken verprügelt. Eine klaffende Wunde in seiner Stirn, Knochensplitter.

Desorientiert durch das Blut und die explodierenden Knaller drehte ich mich um und stieß gegen die Brust eines einsamen Polizisten. Er war etwa so alt wie ich, vielleicht ein oder zwei Jahre älter.

Schlagstock gezückt, blaues Hemd, gelbes Abzeichen, Schutzhelm. Sein Blick glitt über meinen Körper. *So*, dachte ich, *sieht also der Tod aus.* Unterwürfig setzte ich einen verhalten lasziven Blick auf, weil ich hoffte, er würde eine hübsche junge Frau lieber vögeln, als ihre Schönheit zu zerstören. Er ließ den Schlagstock sinken und lief in die andere Richtung davon.

Die Polizisten konnten nicht weiter als bis zur 6th Street vordringen. Die Bürger ebenfalls nicht. Stundenlang wurden Schädel eingeschlagen, aber die Front hielt.

Bei Sonnenaufgang bekam die Polizei den Befehl, den Park zu

verlassen, und überließ ihn wieder den Menschen, von denen sie den Park gerade geräumt hatte.

Denken Sie darüber mal nach, lieber Leser.

In diesem Monat August in diesem Jahr 1988 wurde das New York Police Department, das große, gefürchtete NYPD, nicht der einfachen Aufgabe Herr, Vagabunden und Strolche aufzuscheuchen. Es gelang ihm nicht, einen vier Hektar großen Park unter seine Kontrolle zu bringen. Eine enorme Übermacht wich vor dem unbewaffneten Widerstand der Geringsten der Gesellschaft zurück.

Nun gehen Sie dreizehn Jahre weiter und bedenken Sie den Lauf der Zeit. Mohammed Atta und seine scheußlichen Kumpane lassen Flugzeuge in das World Trade Center stürzen. Polizisten an jeder Ecke, kompletter Stillstand in der Stadt. Mühelos. Ohne Widerstand oder Klagen.

Die Veränderung begann am Tompkins Square. In diesem Moment.

Die blutbefleckten Massen übernahmen wieder den Park. Eine Schurkenbande stürmte das Christodora, verwüstete die Lobby, riss die Pflanzen aus den Töpfen, zerschlug die gläserne Eingangstür. Dabei brüllte sie unentwegt: »Sterbt, ihr Yuppieabschaum, sterbt!«

Ich ging nach Hause, benommen und mit dem Blut anderer Menschen auf meiner Kleidung.

August 1988

Adeline lernt Daniel Rakowitz kennen

Kurz nach dieser unerwünschten Lektion über das Wesen der Staatsmacht schloss ich Bekanntschaft mit einem obdachlosen Grasdealer namens Daniel Rakowitz, den ich bei einer Demo für Gerechtigkeit im Park traf.

Bis Ende 1989, lieber Leser, wird Rakowitz Monika Beerle ermordet haben, seine Schweizer Mitbewohnerin und Tänzerin im Billy's Topless. Er wird ihre Leiche zerstückelt haben, sie gekocht haben, bis sich das Fleisch von den Knochen löste, ihren Schädel in einem Schließfach am Port Authority Busbahnhof versteckt und aus ihrem Fleisch einen Eintopf zubereitet haben, den er an die Riege der Obdachlosen im Tompkins Square verteilte.

Wie manche Leute leben.

Oktober 1988

Минерва

Ich entwickelte ein lebhaftes Interesse an einer eigenwilligen Gestalt an der Parsons, einer jungen Frau aus dem Fachbereich Bildende Künste namens Минерва. Am College genoss sie den Ruf einer waschechten Anarchistin.

In ihren ersten beiden Hochschuljahren fertigte Минерва ausdrücklich figurative Arbeiten an, die sich stark an Francis Bacon orientierten und deutlich unter dem Einfluss des Neoexpressionismus standen.

Als sie 88 aus den Sommerferien zurückkehrte, begab sie sich in das Reich des Didaktizismus, eliminierte alle bildlichen Elemente und konzentrierte sich auf Botschaften in imitierten Schriftarten.

Diesem grässlichen Pfad folgen zahlreiche Kunststudenten, aber Минерва schaffte mit ihren Arbeiten etwas Eigenes. Die meisten Krümel im dritten Collegejahr versuchen sich an gewitzten Aphorismen. SPIELEN WIR ARBEITERKINDER. WENN DIE BOMBEN FALLEN, WEISS NIEMAND MEHR, WEN DU GEVÖGELT HAST. SCHWUL IST HIER NUR DAS TANZEN.

Минерва versah reinweiß grundierte Leinwände mit Aussagen in akribisch abgebildeter, fetter schwarzer Serifenschrift. Die Ausdrucksweise war ebenso drastisch wie gekünstelt. Am besten gefiel mir eine 90 × 120 cm große Leinwand, auf der stand:

SCHEISST EUCH SELBST IN DIE SCHWÄNZE, ARSCHLÖCHER! Ein weiterer Favorit: MUSCHIMACHT FÜR MODRIGE MÄRCHENPRINZESSIN!

Bei der Entstehung der letzteren Leinwand, einer vierstündigen Jungferngeburt im Atelier, sah ich zu. Eine winzige sowjetische Blondine in einer verdreckten Jeansjacke und einer zerrissenen Lederhose pinselte derbe Obszönitäten. Ach, Schätzchen, Минерва war göttlich.

Als sie ihre Materialien zusammenpackte, fragte ich, ob sie noch irgendwohin gehen wolle.

»Verdammte Scheiße«, sagte sie. »Was glaubst du? Mein Leben so leer, ich habe nichts zu tun?«

»Schätzchen«, sagte ich, »ich dachte, es wäre nett, auf einen Drink zu gehen.«

»Alkohol, hm?«, fragte sie. »Scheiße, warum nicht, Schlaukopf? Trinken wir, bis unsere Schenkel von Mühen des Menschen schwitzen.«

Wir landeten im Continental Divide an der Third Avenue, ein Restaurant-Schrägstrich-Bar, vor kurzem in einem Stil renoviert, der sich am besten als Dinosaurier-Schick beschreiben ließ. Drei Meter hohe Wandgemälde zeigten Szenen aus *Eine Million Jahre vor unserer Zeit*, bloß ohne Raquel Welch und ihre Truppe. Kreischende Pterodaktylen, die meine Wenigkeit zwangsläufig an Mutter erinnerten, rasende Tyrannosaurus Rex, stumpfsinnige kleine Dioramen in Wandnischen. Auf einem Regal über der Bar versammelten sich Spielzeugfiguren. Godzilla, Dino von der *Familie Feuerstein*, ein Brontosaurier.

»Gefällt es dir an der Parsons?«, fragte ich. »Wie kommen die neuen Arbeiten an?«

»Fick Dozenten in blutige Arschlöcher«, sagte Минерва. »Miese Scheißer, die nichts verstehen. Wer nichts kann. Scheiß auf sie. Aber ich kotze so viel Geld für Abschluss aus. Und ich liebe New York, auch wenn es vor zehn Jahren viel besser war.«

»In New York beklagt sich jeder, die Stadt sei vor zehn Jahren besser gewesen«, sagte ich. »Oder zu jedem beliebigen Zeitpunkt, bevor sie hergekommen sind, je nachdem, was zuerst kam. Aber sie ist nie besser, nicht wirklich. Sie ist immer gleich.«

In genau diesem Augenblick, Schätzchen, betrat ein scheußlicher Typ die Bar. Zwei Jahre zuvor hatte ich eine Affäre mit ihm gehabt. Damals, als er meine Wenigkeit angefleht hatte, es ihm mit der Hand zu besorgen, als hieße er George Whitney, hatte er sich très adrett gekleidet, aber jetzt hatte er sich die Haare wachsen lassen und trug ein T-Shirt von Megadeth. Megadeth!

»Liebelein, würde es dir sehr viel ausmachen, wenn wir gingen?«, fragte ich Минерва. »Jemand, den ich früher in den Zuckungen des Orgasmus habe wiehern und winseln sehen, verfinstert gerade dieses gastliche Haus. Meine Wohnung liegt nur einen Block entfernt.«

»Nee, gerne«, sagte sie.

Als wir die St. Mark's überquerten, deutete Минерва auf ein riesiges Wandgemälde am höchsten Gebäude auf der Nordseite der Straße. »Siehst du das?«, fragte sie. Auf einem komplett schwarzen Hintergrund war in Neonblau der Kopf eines jungen Mannes gezeichnet, eine baumelnde Zigarette zwischen den unerhört überdimensionierten Lippen, die Haare mit weißer Farbe gemalt. Eine blaue Augenklappe bedeckte sein rechtes Auge. Unten stand in ungelenken roten Buchstaben das Wort GRINGO.

»Diese Abbildung ist mir schon aufgefallen«, sagte ich.

»Ist von Film *Gringo*«, sagte sie. »Ist Titelbild, billig gemacht. Arschloch von hier spielt den Gringo, miesen Junkie von hier. Siehst ihn vielleicht auf seinem Skateboard? Meine Freundin bläst ihm einen. Vögelt Stars. Nein danke. Scheiß auf ihn. Nur

Bild ist wichtig. Wacht über uns, am Eingang zu Village, wacht über unser Sein. Unangreifbares Auge. Du liest *Der große Gatsby* in Highschool?«

Wir hatten das Buch an der Crossroads lesen sollen, aber ich hatte mir die Verfilmung im Fernsehen angesehen und mit meinem durch Robert Redfords lustlose Darbietung gewonnenen Wissen mächtig geblufft.

»Aber natürlich, Sportsfreund.«

»Also ich«, sagte Минерва, »ich glaube, Gringo ist Zyklopversion von Doktor T. J. Eckleburg in Tal der Asche. Gringo sieht alles. Gringo weiß alles. Wenn Gringo verschwindet, verschwindet East Village. Spiel ist aus, wenn Gringo weg ist. Doktor T. J. Eckleburg ist einzig Gutes in schwachsinnigem kapitalistischem Hirngespinst. Ist er jüdisch-christlicher Gott? Oder Leere, in die proletarischer Arbeiter Bedeutung projiziert?«

Baby war nicht zu Hause, um diese Zeit war er entweder in der Uni oder arbeitete im Theatre 80 St. Mark's.

»Mitbewohner?«, fragte Минерва.

»Ist nicht anwesend.«

»Ist Student?«

»An der NYU.«

»Scheiß auf NYU«, sagte Минерва. »Ich erzähle Geschichten über NYU. Echte Arschlochuni.«

Ich bot Минерва etwas zu Essen an, aber sie lehnte ab.

»New York vor zehn Jahren ist echt«, sagte sie. »Danach nur noch Affen, die mit Scheiße werfen. Du und ich sind nichts.«

Februar 1989

Baby lädt Adeline in
Bret Easton Ellis' Apartment ein

In unseren Ferien reisten wir nicht nach Kalifornien. Mutter rief mehrere Mal an, aber sie wusste nicht viel zu sagen. Die unausgesprochenen und impliziten Implikationen meiner Flucht schmerzten sie noch immer.

Baby zog recht ausschweifend durch die Clubs und unterhielt mich mit Geschichten über Mykul Tronn, Magenta, Brandywine, Oliver Twister und die anderen exzentrischen Dragqueens und Club Kids, die er in den nach Schweiß stinkenden Luftschutzbunkern und Gammelbuden überall in der Stadt traf.

»Ganz prächtig«, sagte ich. »Hau ordentlich auf den Putz. Nur bring bitte kein Gelichter in unsere Wohnung.«

Ich war zu der schlichten Feststellung gelangt, dass Adeline und Nachtclubs zwei sich abstoßenden Magneten glichen. Die lächerlich zuckenden Glieder, die offenen Münder und grinsenden Gesichter, die abstoßende Freude von Menschen, die ja ach soooooooo glücklich! waren, für die es nichts Schöneres gab, als dort in diesem Augenblick zu zappeln und sich aneinander zu reiben. Manche Dinge in dieser Welt sind für meine Wenigkeit nicht gedacht.

Deshalb war ich mehr als milde überrascht, als ich in einer Februarnacht um 1.47 Uhr morgens unser Micky-Maus-Telefon abnahm und am anderen Ende Baby hörte, der verlangte, ich solle ihn in der Wohnung von irgendeinem Trottel treffen, den er im Palladium kennengelernt hatte.

»Baby«, sagte ich, »du erwartest doch nicht allen Ernstes, dass ich mich um diese Uhrzeit aus dem Haus wage? Es ist eiskalt!«

»Hör mir mal ganz genau zu«, sagte er. Könnten Drähte Gerüche übermitteln, hätte ich jede Wette gehalten, dass mich seine Fahne umgeworfen hätte. »Ich bin nur ein paar Straßen entfernt. Das hier willst du dir nicht entgehen lassen. Versprochen.«

»Doch, will ich«, sagte ich. »Ich lese gerade. Und du weißt schon. Clubpublikum.«

»Adeline«, sagte Baby. »Wann habe ich dich je um was gebeten? Wann machen wir überhaupt noch mal was zusammen?«

Hinter ihm kreischte jemand. Man hörte Glas splittern. Mehrere Leute jubelten.

»Ist Queen Rex bei dir?«, fragte ich.

»Nein«, sagte Baby, »dann würde ich nicht anrufen.«

»Okidoki.« Ich seufzte. »Wie lautet die Adresse?«

»114 East 13th, zwischen Third und Fourth.«

»Welches Apartment?«

»2D«, sagte er. »Unten sitzt ein Portier. Er lässt dich rein.«

»Ein Portier? Meine Güte, Baby. Mit was für einem Unmenschen hast du dich eingelassen?«

»Komm her«, sagte er. »Du wirst es nicht bereuen.«

»Das wage ich sehr zu bezweifeln.«

Ich stählte meine Nerven mit zwei Schlucken ultrabilligem Tequila aus der Flasche. Eigentlich hatte ich dieses scheußliche Zeug nicht konsumieren wollen, aber ein unterbewusster sechster Sinn sagte mir, dass ich die Nacht nur mit einem anständigen Rausch durchstehen würde.

Der Tequila war ein Relikt von Jeremy Winterbloss' letztem Besuch. Er war unter dem Vorwand aufgetaucht, mir einige

Comics leihen zu wollen, doch in Wahrheit hatte Jeremy mich besucht, um sich zu betrinken und über sein Liebesleben zu klagen. »Die Mädchen von der Uni wollen offenbar nichts von mir«, sagte er. »Oder vielleicht will ich nichts von ihnen.«

»Was für eine Frau suchst du?«, fragte ich.

»Ich habe keine Ahnung«, sagte er. »Eine, die einen Schimmer hat, was sie mit ihrem Leben anstellen will?«

Er überreichte mir zwei Comicsammelbände. *Watchmen* von Alan Moore und Dave Gibbons. *Batman. Die Rückkehr des Dunklen Ritters* von Frank Miller. Beide bei DC Comics erschienen.

»Bist du nicht bei Marvel?«, fragte ich. Jeremys Praktikumsplatz war in eine Teilzeitstelle bei Larry Hama, dem Autor von *G.I. Joe*, übergegangen.

»Ja, schon«, sagte er. »Aber etwas wie *Watchmen* schafft Marvel nicht. In unserer Firmenkultur wird Herausragendes nicht belohnt. Abgesehen von Larry haben wir nur noch einen guten Autor, besser gesagt, eine Autorin, Ann Nocenti, sie macht *Daredevil*. Und die meisten im Büro können ihre Arbeit nicht ausstehen.«

»Weil sie eine Frau ist?«

»Weil sie interessant ist.«

Auf dem Weg die Third Avenue hinauf brannte der alte Tequila in meinem Magen. Eine Baustelle, an der ich vorbeikam, sah ich mir genauer an. Ein neues Wohnheim der NYU. Damals zog die NYU ständig neue Wohnheime an der Third Avenue hoch.

Ich hatte Baby gefragt, wie er es fand, dass er an einer Einrichtung immatrikuliert war, deren erklärtes Ziel in der grundlegenden Verwandlung unseres Viertels bestand. »Ehrlich gesagt habe ich darüber noch nicht groß nachgedacht«, hatte er gesagt.

In der Lobby des Hauses 114 East 13th Street teilte ich dem Portier mit, ich würde zum Apartment 2D hochfahren. Er gehörte zu diesen aufgeblasenen kleinen Männern, die nicht umhinkönnen, ihrer Arbeit mit unangemessener Ernsthaftigkeit nachzugehen, die Art Mensch, die so tut, als gehörte ihnen der ganze Bau. Er ließ mich nicht hinauf. Er bestand darauf, in dem Apartment anzurufen.

Ein Trunkenbold meldete sich lallend und sagte, klar, nur zu, schicken Sie sie rauf.

Ich wartete neben einer roten Backsteinwand auf den Fahrstuhl. Hinter Glastüren am Ende der Lobby lag ein gepflegter Garten. Ein Privatgarten im East Village. Wie goldig. Wie absolut göttlich.

Die Apartmenttür stand offen. Menschliches Getöse drang mit Zigarettenrauch hervor. Ohne anzuklopfen, rauschte ich aus dem winzigen Flur hinein, vorbei an einem behelfsmäßigen Büro.

Ich kam in eine Studiowohnung, beinahe schon ein Loft. Spärlich eingerichtet, aus der Vorkriegszeit, mit hohen Decken. Die Wände weiß gestrichen. Kaum Möbel, nur das Nötigste. Ein Schreibtisch mit einer elektrischen Schreibmaschine von Olivetti. Vor der Wand ein Futonbett.

Drei Dragqueens boten gerade mit vollem Körpereinsatz akrobatische Unterhaltung. Ein Wirrwarr aus bunten Strumpfhosen, Federboas und unfassbarem Make-up, das selbst meine Wenigkeit zu gewagt gefunden hätte. Zwei auf dem Boden auf Händen und Knien, die Dritte stehend mit je einem Fuß auf ihren Rücken. Die obere Queen trällerte ein Lied von Dean Martin über eine Marshmallowwelt im Winter. »The World is your snowball, see how it grows!«

Diese menschliche Pyramide wurde in einem lockeren Kreis von sieben Menschen umringt, jeder mit einer Zigarette oder einem Drink in der Hand. Baby und seine Freunde fielen auf, sie waren jünger als die anderen, unerfahren und dumm. Baby trug eine unselige Laméhose und ein glänzendes goldenes Hemd, seine Freunde hatten sich mit grünviolett gepunkteten, abgeschnittenen Elasthanshorts hübsch gemacht, die ihre weißen Sportsocken und die schwarzen hohen Turnschuhe betonten.

»Adeline!«, rief Baby.

Wir umarmten uns. Seine blutunterlaufenen Augen bestätigten meine Vermutung, dass er sich auf halbem Weg zwischen der Sonne und dem Mond befand.

»Eine A-a-a-akrobatikvorführung, wie ich s-s-s-sehe«, sagte ich. »Hast du mich d-d-d-deshalb mitten in der N-n-n-nacht hergezerrt?«

»Kannst du das mal lassen?«, fragte Baby. »Das nervt total.«

»T-t-t-tut mir leid«, sagte ich.

»Wie auch immer. Du musst unbedingt den Gastgeber kennenlernen. Er war gerade noch hier und hat sich mit seiner Freundin unterhalten. Jayne Dennis, die Schauspielerin?«

»Kenne ich nicht«, sagte ich.

»Sie spielt bei *Zeit der Sehnsucht* mit«, sagte Baby. »Oh, da ist er ja.«

Ein anständig großer junger Mann, dessen Anzugärmel deutlich über den Handgelenken endeten, kam aus dem Bad. Mehrere Knöpfe seines Hemdes standen offen, so dass man sein Unterhemd sehen konnte. Am Bauch hatte er einen nassen Fleck. Er trug weder Schuhe noch Socken.

»Komm mit«, sagte Baby und zog mich durch das Apartment.

Wir blieben vor dem Mann stehen, und er sah uns verwirrt und unkonzentriert an. Er hatte die ganze Nacht gefeiert. Vielleicht mehrere Nächte. Vielleicht ohne Schlaf. Vielleicht schlief er nie. Vielleicht wusste er nicht, dass es so etwas wie Schlaf gab.

»Das ist meine Freundin Adeline«, stellte Baby mich dem Mann vor. »Sie kommt auch aus Los Angeles.«

»Hallo«, sagte der Mann. Ich hatte mich geirrt, weil mich der Anzug getäuscht hatte. Das war kein Mann. Er war ein Junge, etwa in unserem Alter, vielleicht zwei, drei Jahre älter. Ein Junge wie all die anderen Jungs in meinem Leben, wie all die anderen Krümel.

»Adeline«, sagte Baby, »das ist Bret.«

»Welche Schule hast du besucht?«, fragte ich. Ich hatte einen Artgenossen erkannt, einen Mitreisenden aus den privilegierten Hallen der Privatschulen.

»Buckley«, antwortete Bret.

»Du kommst mir vage bekannt vor«, sagte ich. »Kanntest du George Whitney?«

»Ich bin mit seinem großen Bruder Timothy befreundet. Warst du auch an der Buckley?«

»Nein«, sagte ich naserümpfend. »Ich war an der Crossroads.«

Nichts weckte meinen inneren Snob so zuverlässig wie jemand, der sich mit seinem Geld traditionelle Bildung erkauft hatte, der zurückfiel in die Zeiten von Männern, die mit ihrer Firma verheiratet waren, von promovierenden Ingenieuren an der Caltech und in Stanford, von Männern, die nach ihrem Abschluss für Lockheed Raketen bauen würden.

»Was soll das?«, zischte Baby.

»Baby«, sagte ich, »was glaubst du, wie vielen scheußlichen Jungen wie ihm ich in meinem kurzen Leben schon begegnet bin? Timothy Whitney! Ich habe seinem kleinen Bruder früher einen runtergeholt!«

Einer von Babys Freunden kletterte auf die Küchentheke. Jemand hatte eine wuchtige Stereoanlage eingeschaltet, aus der ein House-Remix von Bobby Browns »My Preorogative« dröhnte.

Babys Freund tanzte, ohne die leiseste Übereinstimmung mit dem Beat legte er eine betrunkene Nachahmung eines Cha-Cha-Cha hin und schleuderte die Beine zwischendurch so hoch wie ein Showgirl.

Baby zog mich in eine Ecke neben dem Bett.

»Du verstehst das nicht«, sagte Baby. »Das ist nicht irgendwer, Adeline. Das ist Bret Easton Ellis.«

»Was?«, fragte ich.

»Deshalb habe ich dich eingeladen.«

»Was?«, wiederholte ich.

»Guck!« Baby zeigte auf die Zickzackregale an der Wand über dem Bett, auf dem jeweils mehrere Exemplare von Büchern von Bret Easton Ellis standen. Übersetzungen in andere Sprachen. *Menos que cero. Moins que zero.*

»Er ist so jung.«

»Keine Angst«, sagte Baby. »Ich glaube, er ist so betrunken, dass er nichts mitbekommen hat. Ich habe mitgezogen, und mich können Kränkungen längst nicht mehr treffen. Rede einfach noch mal mit ihm.«

»Ich warte, bis sich ein geeigneter Moment ergibt«, sagte ich.

Dazu kam es eine ganze Weile lang nicht. Stattdessen wurde ich Zeugin davon, wie menschliche Körper Spaß durchexerzierten.

Mit Unmengen geistlosen Geredes, viel zu vielen Chartsongs und schrecklich oft diesem furchtbaren betrunkenen Partylachen, bei dem man sich unweigerlich fragt, was mit einem selbst nicht stimmt, und dann, was mit allen anderen nicht stimmt.

Etwa zwei Drittel der versammelten Gemeinde nahmen Bret Easton Ellis überhaupt nicht als Autor wahr. Er war einfach der Mann, dem das Apartment gehörte. Das letzte Drittel löcherte ihn unaufhörlich mit hirnverbrannten Fragen. »Warst du wirklich auf der Bennington?« »Ist es als Autor aufregend?« »Wie ist Robert Downey jr. in echt?« »Woher hast du deine Ideen?«

Sie stellten diese Fragen, während sie seinen Alkohol tranken, und bevor er antworten konnte, riefen sie noch einen Kommentar hinterher: »Mein Vater war an der Bennington!« »Ich wollte schon immer schreiben!« »Er soll ja ein Arschloch sein!« »Ich habe tausend Ideen, aber ich weiß einfach nicht, was ich aus ihnen machen soll! Kann ich dir ein paar erzählen?«

Da stand unser berühmter Autor also, ausstaffiert mit dem heißen Scheiß der amerikanischen Achtziger. Einem Apartment in Downtown Manhattan, einer unglaublich leistungsstarken Stereoanlage, einer tadellosen Küche mit Edelstahlkühlschrank, der obligatorischen Olivetti-Schreibmaschine, einem Poster von *Les Mis*, Bücherregalen mit seinen eigenen Büchern, einem schon zu gutgeschnittenen Anzug.

Nicht um alles in der Welt begriff meine Wenigkeit, warum der Mann sich die Mühe machte. Unter Plastik zu ersticken war keinen Deut besser, als sich beim großen Zittern einzuscheißen und die hehren Drogengötter um einen Gnadenschuss Heroin anzuflehen. Er wirkte unglaublich einsam.

Der junge Autor ging hinaus auf den Balkon. Ich schlug einen Haken um eine Dragqueen, die im Stehen einschlief, und folgte ihm nach draußen.

»Würdest du mir eine abtreten?«, fragte ich.

»Warum nicht?«, sagte Bret Easton Ellis.

»Ich will dich nicht langweilen«, sagte ich und gab ihm sein Feuerzeug zurück. »Mais j'aime *Einfach unwiderstehlich*. Mein Lieblingsbuch, zum Sterben schön.«

»Ach, du bist das«, sagte Bret Easton Ellis. »Wusstest du, dass Tom Cruise in diesem Haus wohnt?«

»Und?«, fragte ich.

»Findest du es nicht interessant, dass Tom Cruise hier wohnt?«

»Nicht besonders«, sagte ich. »Nein.«

Zu jeder Wohnung an der Ostseite des Hauses gehörte ein Balkon, aber keiner war annähernd so groß wie Bret Easton Ellis' Veranda.

»Einmal«, erzählte Bret Easton Ellis, »habe ich abends gesehen, wie unten auf der Straße zwei Gangs aufeinander losgegangen sind. Die eine Gang hatte Metallketten. Die andere Gang hatte einen Typen mit einem Auto. Der Typ mit dem Auto hat immer wieder versucht, die Typen mit den Ketten zu überfahren. Irgendwie war es großartig. Warst du mal im Cave Canem essen?«

»Nein«, sagte ich.

»Es ist gegenüber von der Lismar Lounge. Früher war da ein berühmtes Dampfbad, das Club Baths. Mit Papageien und Palmen. Die Stadt hat es geschlossen, weißt du, wegen Aids. Meine Freundin Hayne Suthon hat das Gebäude gekauft und ein Restaurant aufgemacht. Die Einrichtung hat sie behalten, nur die Wichse hat sie weggewischt. Jetzt servieren sie authentische römische Gerichte von etwa 79 vor Christus. Sehr yuppiemäßig alles.«

»Ich kenne das Cave Canem. Es ist nur nichts für mich.«

»Ich war bei der Einweihungsfeier«, erzählte Bret Easton Ellis. »Hat dir *Einfach* wirklich gefallen? Das *Voice Literary Supplement* hat eine grauenhafte Besprechung gebracht.«

»Es ist fabelhaft«, sagte ich. »Auch wenn es die gleiche charakteristische Schwäche wie *Unter Null* aufweist.«

»Und welche wäre das?«, fragte Bret Easton Ellis.

»Du legst eindeutig eine gewisse amerikanische Zimperlichkeit an den Tag«, sagte ich. »In deinen Augen sind Sexualität und Drogenkonsum korrupt und schändlich, als würde das Räderwerk unseres blauen Planeten davon getrieben oder angehalten, was Menschen unter fünfundzwanzig sich in ihre diversen Körperöffnungen schieben. Aber das ist schon in Ordnung, Bruder, die Welt braucht prüde Leute.«

»Eine von den Queens hat Koks dabei«, sagte Bret Easton Ellis. »Du könntest ins Bad gehen und dir ein paar strahlend weiße Lines Kokain in die Körperöffnungen schieben.«

»Warum nicht?«, sagte ich.

März 1989

Eine radikale Zusammenkunft
im Anarchist Switchboard

Ich bleichte mir mit Hilfe von Tish und Snooky die Haare und färbte sie rosa, dann ließ ich sie mir von Mark, dem Friseur drüben im Open til Midnight, zu einer Marilyn-Monroe-Gedächtnisfrisur schnipp-schnapp-schnippeln. Am gleichen Abend stürmte Минерва in unsere Wohnung.

»Große Veränderung«, sagte sie.

»George Herbert Walker Bush ist unser Präsident. Man muss sich an die neue Ära anpassen.« Ich musterte mich im Spiegel. »Wie alles wird auch dies vorübergehen.«

Sie pflanzte sich auf mein Bett und redete, während ich mich umzog.

»Interessante Sache über New York, Schlaukopf«, sagte sie. »Ich glaube, Amerikaner wissen nicht, wie viel Hass Onkel Sam in Rest der Welt exportiert. Sowjets hassen Schwarze, weil Hollywood Schwarze hasst. Ronald Reagan steckt Neger zu gerne in Käfige. Als ich nach New York komme, sehe ich, Rasse ist nur Mythos. темнокожий sind nicht anders. Manche sind schrecklich, natürlich, aber wann sind Teenagerjungen nicht schrecklich? Wann hat jemand große Hymne und Hosianna über Tugend von geilen Siebzehnjährigen geschrieben? Und selbst sehe ich, viele sind sehr hübsch.«

»Ich dachte, du wärst lesbisch«, sagte ich.

»Vorübergehende Phase«, antwortete Минерва. »Keine Nächte im Cubbyhole mehr. Genug Kätzchen für ein ganzes Leben.«

»Bist du auf der Suche nach einem Freund?«, fragte ich.

»Hm«, machte Минерва. »Vielleicht ist Freund auf Suche nach mir.«

Ich zog ein schwarzes Kleid mit passender Jacke und Handschuhen an. Um den Hals schlang ich mir einen Schal im Tigermuster. Ich wickelte mir alte Ketten als Armbänder ums Handgelenk. Direkt über der rechten Brust steckte ich mir Gürtelschnallen an wie ein Soldat seine Orden.

»Fast schon zu viel des Guten.« Ich betrachtete mich kritisch im Spiegel; wie üblich hatte ich Sorge, ich könnte an der Seite zugelegt haben. »Ziehen wir hinaus in den Abend.«

—

Revolution lag in der Luft, Pollenwolken, aufgewirbelt vom Sturm der Revolte. Минерва spürte mein Interesse und schlug vor, ich solle sie zu einer radikalen Zusammenkunft im Anarchist Switchboard begleiten.

Unterwegs erkundigte sich meine liebe stalinistische Freundin nach dem Kommunisten-Kalifornien und fragte, ob es besser sei als New York. »Das Wetter ist Bombe«, sagte ich. »Aber L.A. ist sterbenslangweilig.«

»Was ist mit San Francisco?«, fragte sie.

»Da war ich nur dreimal, in der Highschool. Die Menschen dort haben einen etwas verwirrten Eindruck gemacht.«

»Verdammtes Höllenfeuer«, sagte sie. »Ich suche nach Aufbaustudium. Sonst Probleme mit Visum.«

Das Anarchist Switchboard war kaum mehr als ein ungemütliches, blutrotgestrichenes Zimmer in einem schäbigen Untergeschoss in der 9th Street. Für die Beleuchtung sorgten nackte Glühbirnen. Man saß auf kaputten Sofas und Metallstühlen.

Einige waren durch und durch radikale Intellektuelle, deren Leben durch die wiederholte Lektüre von Bakunin aufgefressen wurde. Andere waren bärtige Spinner, Überbleibsel der radikalen sechziger Jahre. Eine Handvoll waren offensichtlich drogenabhängig, sie dämmerten der psychoaktiven Besinnungslosigkeit entgegen. Die anderen waren Kinder in der von den Medien geschaffenen Uniform der Punks. Sie machten mich fertig. Sie machten mich echt fertig.

Wir belegten zwei lose Kissen auf dem Sofa mit Beschlag. Die kaputten Federn drückten sich in meine Haut. Neben meiner Wenigkeit saß eine ältere Frau, der eine Schnapsflasche aus der Manteltasche ragte.

»Sehr unpünktlich«, sagte Минерва nach einem Blick auf ihre Swatch-Uhr. »Kack Anarchisten.«

Ein älterer Mann mit einer Baseballmütze von den Yankees läutete das Treffen ein. Wir waren dort, erklärte er, um zu diskutieren, ob die Anklagen gegen einige wenige Polizisten irgendetwas bewirken würden. »Schauprozesse!«, sagte die alte Frau; eine Schnapswolke quoll ihr aus dem Mund. »Genug geredet! Ich will wissen, was wir unternehmen werden!«

»Wenigstens steht mal jemand vor Gericht, oder?«

Zischen und Buhrufe.

Der Yankees-Anhänger erwähnte, dass die Stadt den Opfern der Unruhen Geld anbot, in allen Fällen weniger als 15 000 Dollar. »Das ist eine Beleidigung!«, rief die Frau.

Sie war nicht die Einzige. Die Leute platzten mit allen Ideen heraus, die ihnen durch die albernen Köpfchen gingen. Hinter uns redete ein junger Mann mit einem hörbaren Akzent. New Jersey. Der Akzent war nicht allzu breit, aber doch hörbar.

»Das Problem«, sagte er, »ist doch, dass unsere Tage schon längst gezählt waren. Die Lower East Side hat unter der kollektiven Wahnvorstellung gelitten, wir könnten hier ungestraft existieren, wir könnten uns nach Herzenslust austoben, und unsere Art zu leben könnte auf ewig fortbestehen. Wir haben uns geirrt. Man kommt auf Dauer nicht damit durch, die Regeln zu brechen. Sie werden es uns wegnehmen, langsam, Stück für Stück. Wenn ihr glaubt, dass es jetzt aufhört, täuscht ihr euch. Es ist nicht vorbei, bevor jeder arme Mensch aus der Stadt vertrieben wurde, bevor sie ganz Manhattan in etwas verwandelt haben, das wir nicht wiedererkennen. Wir sind verloren. In einem Keller im East Village herumzusitzen und über die Revolution zu reden bringt genauso viel, wie Däumchen zu drehen. Die Armen kommen immer zu kurz, weil wir der menschlichen Natur zum Opfer fallen. Wir kabbeln uns lieber untereinander, als es mit den Reichen auszufechten. Soweit ich sehe, sind die Reichen nur reich, weil ihnen soziale Mechanismen wie Zurückhaltung fehlen. Sie machen, was sie wollen. Sie sagen den Armen: ›Springt‹, und die Armen fragen: ›Wie hoch?‹ Eines gefällt mir an unserem Viertel: Wir haben die Zurückhaltung überwunden. Wir müssen diese Energie kanalisieren und in gezielte politische Aktionen umsetzen.«

»Verdammter Jon de Lee«, flüsterte Минерва. »Von Inverted Bloody Crosses.«

»Kennst du ihn?«, flüsterte ich zurück.

»Ja, verdammt.«

»Wärst du so nett, uns vorzustellen?«

Die Reden, das ständige Wiederaufwärmen der Wut fanden ein Ende. Минерва und ich stiegen zur 9th Street hinauf, in den eisigen späten März, und dann unterhielt ich mich mit Jon de Lee, er sah mich an, und ich dachte, o großer Gott, verdammt, was für ein gottverdammt attraktives Raubein. Ich fragte, ob er eine Freundin habe, und er lachte. Ich fragte ihn, was so lustig sei, und er sagte, ich spiele in einer Band. Ich bin Anarchist. Anarchisten in Bands haben keine Freundin. Sie halten nichts von festen Beziehungen. Ich sagte, das klinge wie Männerschwachsinn. Er fragte, was ich am nächsten Tag vorhätte.

Und so kam ich zu meinem dritten und letzten Freund meiner Collegezeit.

März 1989

Adeline hat drei Verabredungen

Jon de Lee und ich saßen in einer Nische im Jones Diner. Ich beobachtete ihn dabei, wie er seinen Cheeseburger deluxe für 1,50 Dollar aß. Mit spitzen Fingern bediente ich mich bei seinen durchgeweichten Pommes frites.

Bisher hatte ich mich nur ein einziges Mal über die Schwelle des Lokals getraut, an dem Abend, an dem Jean-Michel Basquiat gestorben war, fünf Tage nach dem blutigen Tumult am Tompkins Square. Die Nachricht vom Tod des Künstlers verbreitete sich per Telefon, vor allem unter den engagierteren Studenten der Parsons. Jemand erwähnte, unser heimischer Held sei in seinem Loft in der Great Jones Street an einer Überdosis gestorben.

Eine Handvoll von uns fand sich vor seinem Haus ein. Die Leiche war längst fort und wartete in irgendeinem Leichenhaus auf die Untersuchung des Rechtsmediziners. Bis auf ein paar Cracksüchtige war nichts zu sehen. Während wir auf der Straße standen, faselte ein schlichtes Gemüt ununterbrochen davon, der alte Rockstar Bucky Wunderlick habe in den guten alten Sechzigern in diesem Block gewohnt.

»Buckys Zeug ist wirklich großartig. Immer noch«, sagte sie. »Habt ihr die Mountain Tapes gehört? Die Leute halten ihn für verrückt, weil er für eine Weile zum Islam konvertiert ist und nervige Alben wie *Abu Dharr's Tears* gemacht hat, aber das war nur eine Phase. Die neueren sind nicht mehr so religiös angehaucht. Das letzte ist ein bisschen seltsam. Bucky scheint sich total über die NASA aufzuregen.«

Dann schlug ein anderer unserer heiligen Narren vor, im Jones Diner zu essen. So verbrachte also die erste Garde der Parsons den Abend, an dem der alte Jean-Michel den Geist aufgegeben hatte. Vielleicht hundert Meter von dem Ort entfernt, von dem man seine Leiche weggefahren hatte, stopften wir uns mit absolut bizarrem Essen voll.

Fragen Sie sich, lieber Leser, warum Jon de Lee mich in dieses Diner begleitete? Die Antwort ist ganz einfach. Wir hatten unsere dritte Verabredung. Das Diner entsprach seiner Vorstellung von einem schicken Lokal.

»Du bist reich, oder?«, fragte er.

»Die Familie hat Geld«, sagte ich.

»Und Mommy gibt dir Kohle?«

»So könnte man es sagen.«

»Wofür, College und Klamotten und Essen?«, fragte er.

»So könnte man es sagen.«

»Im Grunde«, sagte er, »gehörst du also zu diesen Invasoren, die glauben, sie könnten das East Village umformen, wie es ihnen gefällt.«

»Welch charmantes Verhör«, sagte ich. »Schätzchen, ein Mann, der sich den Namen Jon de Lee ausgesucht hat, sollte sich nicht über die Anmaßungen von anderen auslassen. Ist ja nicht so, als hätte man bei deiner Geburt die Glocken der Church of the Most Holy Redeemer hören können. Red Bank ist ein ganzes Ende von der Lower East Side entfernt.«

»Ich komme aus der Arbeiterklasse«, sagte er. »Es leuchtet doch ein, dass es mich in ein anderes Viertel der Arbeiterklasse zieht. Ich kenne diese Leute. Für mich sind sie nicht nur Lokalkolorit.«

Zu unserer ersten Verabredung, wenn man sie so nennen kann, hatte Jon de Lee mich an einem Dienstagabend zum ehrwürdigen Auftritt seiner Band im Pyramid Club eingeladen.

Neben den Inverted Bloody Crosses sollten Collapsed, Bold und Nausea auftreten. Ich hatte keinen Schimmer. Irgendwie überredete ich Baby mitzukommen. »Bist du jetzt ein Groupie?«, fragte er.

Die Inverted Bloody Crosses klangen fürchterlich, aber auf die richtige Art, sie konstruierten Symbole und Signifikanten der Missstimmung in der Lower East Side nach den Unruhen. Kommentare, *sans musique*, über die Polizei, über die Reichen, über den Krieg gegen die verarmte Arbeiterschicht. Alle vorgetragen von Jon de Lee, Sänger und Leadgitarrist. In den kurzen Momenten zwischen seinen ausführlichen Schimpftiraden stieß die Band dichte Geräuscheruptionen hervor. Jon erklärte später, die Crosses würden Thrashcore spielen, und ließ sich über die diversen Subgenres und ihre Unterscheidungsmerkmale aus. Ich ließ an mir vorbeirauschen, was aus seinem hübschen, kleinen Köpfchen sprudelte.

»Und jetzt?«, fragte Baby. »Willst du den Typen vögeln, nur weil du seine Band gesehen hast?«

»Halte ein mit deinem Urteil«, sagte ich. »Nur der gütige Herr Jesus Christus weiß, welche Mätzchen du im Pyramid angestellt hast.«

»Adeline«, sagte Baby. »Man kann die Vergangenheit nicht wiederholen.«

»Kann man nicht?«, fragte ich. »Natürlich kann man.«

Nach dem letzten Song entschuldigte Baby sich. Ich protestierte, aber angesichts dessen, was sich an der Avenue A abspielte, war ich über das Verschwinden meines Mitbewohners froh. Es war ein jämmerliches Bild, und ich trug dazu bei, ich hatte mich bei den Tussis eingereiht, die die Bands umlagerten und unbedingt einen Musiker aufreißen wollten. *Aber das sind doch Punks!*, dachte ich. *Punks sollten doch über diesem Cock-Rock-Schwachsinn stehen.*

»Hier gibt es die besten Cheeseburger der ganzen Stadt«, sagte Jon de Lee. »Fettig und lecker und billig.«

»Möglich«, sagte ich. Mir gefiel eher die Einrichtung des Diners. Die Wände und das Kunstleder waren in Abtreibungsklinikgrün gehalten, ein länglicher Raum eingefasst von Ziegelsteinen, eine Theke mit Hockern davor und dazu fünf Nischen. Das halbkreisförmige Fenster zeigte die Leere der Great Jones Street und der Lafayette Street mit erstklassiger Sicht auf einen Parkplatz.

Als Jon de Lee ein zweites Rendezvous andeutete, weigerte ich mich, einen weiteren Liveauftritt zu besuchen, und bestand darauf, stattdessen etwas zusammen zu unternehmen, nur wir zwei, als Weggefährten, die einen Augenblick miteinander teilten. Diese Vorstellung verwirrte ihn: »Sind Verabredungen nicht Trugbilder der Bourgeoisie, die den Mythos der Ehe als naturgerechten Zustand verstärken sollen?«

»Mag schon sein«, sagte ich. »Trotzdem machen wir das.«

Er lud mich zu einem Spaziergang durch die Stadt ein. Also wanderten wir umher und redeten. Er dozierte natürlich seinen üblichen Blödsinn und schwang wieder Reden über den Krieg gegen die Armen, über die Macht der Polizei, über die ungerechtfertigten Anmaßungen des Staats. Aber er sprach auch von seiner Familie und seinem früheren Leben.

Jon de Lee war nicht sein richtiger Name. Es war ein angenommener *Nom de Guerre*. Zur Welt gekommen war er als Jonah Lieber, ein jüdischer Junge aus Monmouth County. »Meine Eltern«, sagte er, »haben sich noch vor meiner Geburt scheiden lassen. Meine Schwester und ich sind bei meiner Mutter aufgewachsen. Mein Bruder hat nicht bei uns gewohnt. Mein Vater war abgehauen, aber er hat für uns Kinder Unterhalt gezahlt. Und dann die Schule. Da lief alles gut bis zur Junior High und meiner Bar-Mizwa, bis mir allmählich aufgefallen ist, dass ich anders war als die anderen Kinder. Sie waren zu sehr Jersey, glaube ich. Oder ich war nicht Jersey genug. Ihre Goldketten fand ich immer bescheuert. Ich habe abgebrochen und bin nach New York gekommen. Seitdem bin ich in der Lower East Side.«

»Du kannst dich gut ausdrücken«, sagte ich. »Für einen Schulabbrecher.«

»Warum muss ein Intellektueller institutionell gebildet sein? In Amerika hat der Selfmademan eine lange Tradition.«

»Du glaubst doch gar nicht an Amerika«, sagte ich. »Du bist Anarchist.«

»Eine ganz verkehrte Konsequenz ist der Kobold, der in kleinen Köpfen spukt. Ich glaube an den Traum von Amerika.«

»Was ist ein Kobold?«, fragte ich.

»Wie Puck, du weißt schon, im *Sommernachtstraum*.«

»Habe ich nie gesehen«, log ich. »Oder gelesen.«

»Ist nicht schlecht«, sagte Jon de Lee. »Ich finde den *Sturm* besser. Wir haben einen Song über Caliban, er heißt ›Dildo Lies Bleeding‹. Caliban wird ans Ufer des East River gespült und wird in Alphabet City heroinabhängig. Auf die Idee bin ich gekommen, nachdem ich *Die Brücke* von Hart Crane gelesen habe. Da gibt es einen Abschnitt mit Edgar Allan Poe in der U-Bahn, und ich dachte, das passt total. Weil Edgar Allan Poe mit seiner wächsernen Haut echt aussah wie ein Perverser aus der U-Bahn.«

Wir fanden uns in der Wall Street wieder. »Jetzt lebe ich schon so lange in New York«, sagte ich, »und war noch nie in der Wall Street.«

»Hier unten gibt es auch nichts Interessantes«, sagte er. »Nur Arschlöcher mit tragbaren Telefonen.«

Vor der Federal Hall stand eine Statue von George Washington. Das Abbild des Gründervaters unserer Nation wirkte auf seinem Podest ein wenig zu dandyhaft. Getrocknete Blutflecken verschmierten den Boden vor dem Podest. Der Gehweg war von den verwesenden Leichen kleiner Tiere übersät.

»Hölle und Verdammnis«, sagte ich. »Was ist das?«

»Hast du das noch nicht gesehen?«, fragte Jon de Lee. »Draußen in Flatbush ist eine Sekte. Sie glauben, die Gründerväter wären Voodoo-Loa gewesen. Oder so ähnlich. Das ist nie ganz rausgekommen. Nachdem du jetzt weißt, was das ist, wird dir der Scheiß ständig auffallen.«

Ich willigte in eine dritte Verabredung ein, bestand aber darauf, dass Jon mich verköstigte. Deshalb das Jones Diner. Deshalb der drastische Anblick, wie Jon de Lee einen Cheeseburger deluxe herunterschlang.

»Warum tust du dir überhaupt ein Scheißstudium an?«, fragte er und schlug dabei auf den flachen Boden einer Ketchupflasche.

»Das gehört zum guten Ton.« Ich ging ganz in meiner Rolle auf. »In meiner gesellschaftlichen Stellung ist ein Studium vorbestimmt.«

»Du bist doch Künstlerin, oder?«, fragte er.

»So etwas in der Art, ja.«

»Willst du nicht essen?«

»Ich habe deine Pommes frites gegessen«, sagte ich. »Das genügt mir.«

»Ich hoffe, du leidest nicht an Magersucht«, sagte er. »In diesem Viertel leben Menschen, die sich kein Essen leisten können, die nicht den Luxus haben, freiwillig zu hungern.«

»Oh, Jon«, sagte ich, »können wir sie nicht einfach Kuchen essen lassen?«

Als er mit seiner Mahlzeit fertig war, liefen wir Richtung Osten. Ich zeigte ihm das Haus 84 Second Avenue. Ich erzählte ihm von dem Anzugverleih. Er kannte die Geschichte. »Ihre Familie wohnt immer noch da«, sagte er. »Mit einer Frau habe ich geredet, ihrer Schwester, glaube ich. Es ist schwierig, man will nicht zu viel fragen. Ich kenne jemanden, der da oben ein Gespenst gesehen hat.«

»Brown Tony?«, fragte ich.

»Nein«, sagte er. »Das war Spacer.«

Etwa zu diesem Zeitpunkt beschloss ich, ihn in mein Boudoir mitzunehmen, nur machte mir sein Status als Anarchist leichte Sorgen. Ich verspürte zwar keinen besonderen Drang zur Monogamie, aber ich hatte doch meinen Stolz.

»Also, Schätzchen, dein Ethos, dein Credo einer besitzlosen Utopie hält dich von festen Bindungen ab?«

Diese Frage stellte ich vor den schmiedeeisernen Toren des Marble Hill Cemetery. Zwischen den trüben Überresten der Toten hatte eine Gruppe Obdachloser Zuflucht gesucht. Sie verfeuerten in Tonnen Holz. Einige hatten Zelte aufgeschlagen, in denen sicher reichlich Spritzen und Glaspfeifen lagen.

»Das habe ich nie behauptet.«

»Hast du sehr wohl«, widersprach ich. »An dem Abend, an dem wir uns kennengelernt haben.«

»Ich rede ganz schön viel Scheiße«, sagte er.

März 1989

Adeline und Jon haben Sex

Wenn man an einer langwierigen Krankheit leidet, kann es vorkommen, dass man alle Erinnerung an gesunde Zeiten verliert.

So wie ich. Ich bin dafür das beste Beispiel. Ich hatte keinen Schimmer, wie krank ich war, bis ich das Heilmittel nahm.

Bedenken Sie dabei, wie oft es in meinem kurzen Leben zu Geschlechtsverkehr mit trotteligen jungen Männern, mit idiotischen Knaben mit hageren Körpern gekommen war. Sex ohne erotisches Knistern, ähnlich einem Gefallen, den man einem Freund tut.

Lieber Leser, verstehen Sie mich nicht falsch. Ihre alte Freundin Adeline gehörte nicht zu diesen hoffnungslosen jungen Nymphlein, die dazu verdammt sind, wie ein Karnickel zu rammeln und dabei nie ganz den Punkt echter Wonne zu erreichen. Es gab genussvolle Momente, wirklich schöne Augenblicke. Fummelnde Finger und emsige Zungen. Aufgekratzte Orgasmen. Das gab es durchaus. Das will ich gar nicht leugnen.

Sex mit Jungs fand losgelöst von Aussichten auf mehr statt. Er war eine Art freundschaftlichen Masturbierens, ein halbwegs gemeinschaftliches Erreichen körperlichen Druckabbaus.

Die Erinnerungen an frühere Begegnungen wurden schwächer, blasser, ausgelöscht, als ich mit Jon de Lee zur Sache kam.

Mit Jon war es eine Verständigung, ein Dialog zwischen zwei

Körpern, elektrische Impulse, die durch Leitungen aus Fleisch und Knochen übertragen wurden. Worte, die man nicht sprechen kann, Worte, die man nur hören kann. Haut wurde zu Haut wurde von neuem zu Haut.

Wir liebten uns, und wir hatten Sex, und wir hatten Sex, und wir liebten uns. Aber Leser, ich beschwöre Sie noch einmal. Verstehen Sie mich nicht falsch. Ich trage keine rosarote Brille, ich bin nicht Ihre Prinzessin. Wir vögelten, wir vögelten, wir vögelten, wir vögelten, wir vögelten, wir vögelten. Wir vögelten umhüllt von den Ausdünstungen unserer Körper, wir vögelten umhüllt von ihrem Geruch, ihrem regelrechten Gestank, im Garten unserer menschlichen Blüte. Befleckte Laken, befleckte Kleidung, befleckte Seelen, befleckte Handtücher. Vögelten, bis meine Muschi ausgetrocknet und wund gerieben war, vögelten, bis der Captain vor meiner Tür jaulte und mit den grauen Pfoten gegen das Holz schlug, vögelten, bis Jons tägliche Erektionen ins Nichts schwanden und er kein drittes oder viertes Kondom mehr tragen konnte, vögelten, bis meine Periode einsetzte, unterbrachen nur, bis die starken Blutungen vorüber waren, und vögelten dann weiter, Jons Penis knatschrot von meinem Ausfluss, vögelten, bis Himmelskörper sich um ihre Achsen drehten und rückwärts liefen, bis das Bett zusammenkrachte, bis das ganze Haus von Orgonenergie durchflutet war. Unser Vögeln war eine Pulswelle, eine geweihte Explosion heiliger Geometrie, eine Begegnung des Wundersamen.

In den Pausen tischte er mir unausgegorene marxistische Analysen auf, etwa: »Was ich an euch Frauen bewundere und weswegen ich größte Sympathie für euer Geschlecht hege, ist die Mühe, die ihr euch beim Sex gebt.«

»Wie meinen, alter Knabe?«, fragte ich.

»Gestern zum Beispiel, als ich mit dem Kondom nicht zurechtgekommen bin und du deine Hand und deinen Mund benutzt hast. Ich bin mir unwillkürlich wie ein Fabrikchef vorgekommen und du mir wie die Arbeiterin und als hätte ich dich von den Produktionsmitteln ferngehalten, weil du für deine Arbeit keine Früchte ernten konntest.«

»Es ist ja kein Job«, sagte ich.

»War es ein Geschenk?«, fragte er.

»Sex als Geschenk hatte ich schon.« Ich seufzte. »Das war etwas ganz anderes. Du bist zu sehr Kerl, Kerl. Das wirst du nie verstehen.«

Bret Easton Ellis rief an, während wir vögelten, und sprach auf unseren leicht gestörten Anrufbeantworter. »Adeline«, sagte das Gerät, »hier ist Bret Easton Ellis. Tut mir leid, dass ich so kurz vorher anrufe, aber ich muss zu so einer Sache nach Uptown. Jayne kann nicht mitkommen. Ich habe überlegt, ob du mich nicht begleiten willst. Drinks sind natürlich umsonst. Jay McInerney kommt auch, und er ist ganz versessen auf gefrorene Wassermelone. Ruf mich an, wenn du das vor sieben abhörst. Danke. Hier ist Bret Easton Ellis.«

Ich war verliebt. Ich hatte sogar das Wort benutzt, hatte es zu Jon de Lee gesagt und es ihn auch sagen hören. Und die Liebe überwindet alles. Oder ist deine Rettung. Oder überwindet alles. Oder ist deine Rettung. Ich rief Bret Easton Ellis nicht zurück. Eine Schande, aber ich konnte Jon nicht verlassen. Nicht, solange noch Arbeit auf mich wartete.

Ich stellte mir vor, wie sich Bret Easton Ellis, dieses Enfant terrible seines sozialen Umfelds, Gedanken über seine gesellschaftlichen Verpflichtungen machte und eine junge Frau anrief, die neben einem Punkrocker aus Jersey lag, einem Mann, der illegal in einer Wohnung zwischen der C und der D lebte, der die Grenzen der Geldwirtschaft überwunden hatte.

Beide Männer waren auf der gleichen Insel, mit nur anderthalb Kilometern zwischen ihnen. Praktisch gesehen hätten sie auf verschiedenen Planeten leben können.

April 1989

Minerva ♥ Jeremy

Eines Nachmittags rief Jeremy an und fragte, ob ich Zeit hätte. Er wollte auf einen Sprung vorbeischauen. Ich sagte, ich wäre entzückt. Ich rief Минерва an und schlug vor, sie solle vorbeikommen.

Als Jeremy unser Domizil betrat, reichte er mir ein schmales Bändchen. *The Hepcats Jive Talk Dictionary*, erschienen 1945 für 25 Cents. Auf dem Cover tanzten eine Frau und ihr Galan einen blassen Jitterbug, ihr Rock schwang weeeeeit übers Knie hoch und ließ ein absolut skandalöses Stück Unterrock aufblitzen.

»Was haben wir denn hier?«, fragte ich.

»Das habe ich bei einer Comicmesse auf Long Island gekauft«, erzählte er. »Dann habe ich gesehen, dass ein Fünftel der Definitionen Schimpfworte für Schwarze sind. Und den Scheiß, Adeline, höre ich schon mein ganzes Leben. Für solche Begriffe brauche ich mit Sicherheit kein Wörterbuch. Ich dachte, dir gefällt es vielleicht.«

»Willst du damit andeuten, ich hätte Bedarf für rassistische Schmähungen?«, fragte ich. »Was soll ich mit deinen Jazzfreunden und ihrem Wörterbuch anfangen? Eine Klan-Kundgebung organisieren?«

»Ich will damit andeuten, dass du Freude an verfänglichem Vokabular hast«, sagte er.

Минерва rief unten auf der Straße meinen Namen, ihr starker Akzent hallte von den Häusern der East 7th Street wider. Ich lief nach unten und öffnete ihr die Haustür.

Ich stellte sie Jeremy vor. Die Stille danach war vollkommen, als wären wir plötzlich und auf rätselhafte Weise in das absolute Vakuum des Weltraums versetzt worden.

»Jeremy arbeitet bei Marvel Comics«, gab ich als Stichwort.

»Marvel?«, fragte Минерва. »Was macht Red Ghost? Immer noch hat er seine Affen?«

»Woher kennst du Red Ghost?«, fragte Jeremy Winterbloss.

So einfach ist es manchmal.

Sie gingen zusammen fort und ersonnen Pläne für den nächsten Tag.

Lieber Leser, erlauben Sie mir, jede böse Vorahnung gleich zu zerstreuen. So viele auch kommen und gehen in diesem Buch, seien Sie versichert, dass Jeremy Winterbloss und Минерва das eine Paar sind, das keinen übermäßigen Kummer erleiden muss. Sie werden verbunden bleiben, bis ihre Körper zu Staub zerfallen.

Mai 1989

Adeline wird krank

Gleich nach Ende seines Frühjahrssemesters kehrte Baby von einer verruchten Nacht in den Clubs zitternd und von kaltem Schweiß bedeckt heim. Ich wollte wissen, welche Droge einen so albtraumhaften Zustand ausgelöst hatte, doch er versicherte mir, er habe nichts genommen.

Es lag nicht an Drogen, er war krank geworden. *Natürlich holt er sich in den Clubs den Tod, bei den ganzen Leuten. Das ist doch der reinste Brutkasten für Keime.* Und denken Sie nur, Schätzchen, Ihre abgeklärte Freundin Adeline war so unbedacht, dass sie keinen Gedanken an Aids verschwendete. Sie ging von einer prosaischen Krankheit aus, etwa einer Grippeinfektion.

Baby brannte vor Fieber. Dann kamen die verstopfte Nase, der Schnodder und der zähe Schleim. Er verlor seine Stimme.

Ich spielte Florence Nightingale, pflegte ihn, wischte ihm mit eiskalten Tüchern die brennende Stirn. Keinen Moment lang dachte ich, seine Krankheit könnte auch mich befallen. Ich hielt meine Gesundheit für unangreifbar, für einen Wachposten, dem Apollos Pfeile nichts anhaben konnten. Was, nebenbei gesagt, ein absoluter Irrglaube war.

Sein Körper heilte sich in der zehnten Nacht selbst, ein spontanes Wunder nahezu, da am nächsten Morgen seine Sommerkurse anfingen.

Während er am nächsten Tag seine Veranstaltungen besuchte, entwickelte ich all seine Symptome. Gleichzeitig. Versagen der Stimme, ausgiebige Schleimproduktion, Fieberträume.

Patient Null war so sehr mit seinen Lehrbüchern beschäftigt, dass er mir keine große Pflege angedeihen lassen konnte, deshalb rief er Jon an und sagte: »Jon, wenn du dein Herzchen liebst, kommst du am besten in unsere lebhafte Hütte.«

Einer der besten Thrashcore-Sänger der Lower East Side, dem ich meine Zuneigung und meine Allüren hatte zuteilwerden lassen, harrte viele lange Tage an meinem Bett aus und erduldete all mein unverschämtes Klagen.

Doch leider half seine liebevolle Fürsorge nicht, sosehr er sich auch mühte. An meinem siebten Tage sagte er: »Niemand hasst das medizinische Establishment mehr als ich, aber du musst zu einem Arzt gehen.«

»Ich weiß nicht, wie«, sagte ich. »Ich habe noch nie einen Arzttermin ausgemacht.«

»Soll ich deine Mutter anrufen und sie nach deiner Versicherung fragen?«

»Nein, nicht Mutter!«, sagte ich. »Such bitte einfach einen Arzt.«

Er vereinbarte einen Termin. Während der ganzen fieberverschwitzten Nacht schlief er neben mir.

Der Termin war bei einer Ärztin, Anfang fünfzig, kastanienbraungefärbte Haare, die schlaff ihr Gesicht einrahmten. Sie fragte, wie lange ich schon krank sei, was ich wahrheitsgemäß beantwortete.

»Warum macht ihr Leute so was?«, fragte sie. »Müssen Sie erst einen Arm verlieren, bevor Sie sich helfen lassen?«

Sie verschrieb mir eine Wochendosis eines Antibiotikums. Jon half in der Apotheke.

»Müsstest du nicht irgendwo sein?«, fragte ich.

»Ich bin mir verdammt sicher, dass ich genau da bin, wo ich sein sollte«, sagte er.

Am sechsten Tag beseitigte das Antibiotikum meine Infektion. Am siebten Tag, hoffte ich, könnte ich ruhen wie der allmächtige Herrgott, aber das erwies sich als unmöglich.

Ein Jucken in meiner Vagina ließ mich keine Ruhe finden. Das Urinieren bescherte mir regelmäßig Schmerzen. Am achten Tag fing der Ausfluss an. Welch Freude, einen Körper zu besitzen!

Wir hatten nicht mehr gevögelt, seit ich krank geworden war, und jetzt brach die dritte Woche erzwungener Abstinenz für uns an. Jon war wie ein halbverhungertes Tier, das nach rohem Fleisch gierte, er drängte und ließ erste Klagen hören, er würde den Sommer verschwenden.

Ich schämte mich zu sehr, um ihm zu erklären, warum es schlicht nicht ging. Was sagt man dem Mann, den man liebt? »Tut mir leid, Sonnenschein, aber im Moment läuft brockige Dickmilch aus meiner Vagina. Unter diesen Umständen ist das wohl eher unwirtliches Gebiet für deine Genitalien!«

Ich rief Минерва an und fragte, ob sie mich nicht zur Ärztin begleiten würde. »Probleme?«, fragte sie. »Pilzinfektion? Ist gar nichts. Arzt bringt in Ordnung.« Aber würde sie mitkommen? »Ist gut, Joe, warum nicht? Ich erlebe amerikanisches Ärztewesen. Ist außerdem gute Ausrede. Winterbloss will sich *Batman*-Film ansehen.«

Die gleiche Ärztin wie beim letzten Mal betrat den Untersuchungsraum. Weil ich befürchtete, sie könnte meine Wenigkeit vergessen haben, sprach ich: »Doktor, ich hoffe, Sie haben bemerkt, dass ich den Termin unverzüglich vereinbart habe!«

»Was fehlt Ihnen denn?«, fragte die Ärztin.

»Ihre Muschi hat Pilze«, sagte Минерва.

»Das stimmt«, bestätigte ich. »Im Überfluss.«

»Junge Dame«, sagte die Ärztin, »ich bin der festen Überzeugung, dass Frauen gewöhnlich am besten wissen, was mit ihrem Körper los ist. Wenn Sie sagen, dass es eine Pilzinfektion ist, glaube ich, dass es eine Pilzinfektion ist. Ich könnte den Abstrich und die mikroskopische Untersuchung machen und eine Kultur anlegen, aber ich vermute, dass es nur bestätigen würde, was Sie sagen. Also frage ich Sie, wollen Sie diese Prozedur durchmachen, oder wollen Sie nur ein Mittel dagegen?«

»Das Mittel, bitte«, sagte ich. »Ich ertrage dieses schreckliche Jucken nicht eine Minute länger.«

Sie verschrieb mir eine Wochenration einer Salbe. Auf keinen Fall sollte ich Geschlechtsverkehr haben.

»Doktor«, fragte ich, »was soll ich meinem Freund sagen?«

»Die Wahrheit«, sagte sie.

Ich war mir sicher, dass Jon mehr Infektionen gesehen hatte, als ich mir vorstellen konnte, weil zu seinem natürlichen Umfeld Junkies und Cracksüchtige gehörten, zwei Gruppen, die sich bekanntermaßen nicht gerade bester Gesundheit erfreuten.

Allerdings betrachtete ich mich seit einiger Zeit als Insel der Normalität in seinem verrückten Leben. Ich bin kein verschämtes Schäfchen, ich habe keine Angst vor den fürchterlichen Dingen, die mein Körper hervorbringen kann, aber letztendlich muss man sich der Wirklichkeit stellen. Bei einer Pilzinfektion stößt der Body-Positive-Feminismus an seine Grenzen.

Ich verschwieg alles, ich verstellte mich, ich brach Rekorde in oraler Befriedigung. Ende der Woche waren alle Anzeichen einer Infektion verschwunden. Aus lauter Angst, diese unschönen weißen Flecken könnten wieder auf meiner Unterwäsche auftauchen, hielt ich Jon weitere sieben Tage lang an der kurzen Leine.

August 1989

Adeline und Daniel Rakowitz

Am 19. August um 18.30 Uhr ging im Gramercy Park eine unterirdische Dampfleitung von ConEdison in die Luft. Achtzehn Stockwerke hoch schleuderte ein Geisir Dampf und Dreck hoch über die Stadt, ließ Fensterscheiben platzen, zerstörte Autos, übersäte den Park mit Dreck. Edwin Booth wurde von dem Schmodder unter Manhattan besudelt.

Hätte ich mich aus dem Haus gewagt, wäre zum Cooper Square gelaufen und hätte nach Norden geblickt, hätte ich gesehen, wie sich eine Dampfwolke über die Stadt erhob wie ein übellauniger Dschinn, der Bagdad bedrohte. Aber an diesem Abend herrschte in New York ein scheußliches Nieselwetter, die Luft war zum Schneiden dick. Ich weigerte mich, unsere Wohnung zu verlassen.

Etwa zur gleichen Zeit ermordete Daniel Rakowitz in einem heruntergekommenen Gebäude an der Ecke C und Ninth Street auf brutale Weise die Schweizer Tänzerin Monika Beerle.

Laut einer Version der Geschichte hatte Beerle, die möglicherweise, aber nicht sicher Drogenprobleme hatte, Rakowitz bei sich einziehen lassen. Laut einer anderen Version hatte die Wohnung Rakowitz gehört, er hatte Beerle bei sich einziehen lassen, sie hatte die Mietschulden beglichen und sich den Mietvertrag unter den Nagel gerissen. So oder so wollte Beerle nach kurzem

Zusammenleben Rakowitz aus der Wohnung haben, aus und vorbei, auf Nimmerwiedersehen.

Wer kann ihr das verübeln? Rakowitz muss die Hölle gewesen sein. Der Mann verbrachte die meiste Zeit in der Gegend um den Tompkins Square, setzte sich für die Legalisierung von Marihuana ein und wurde dabei immer verwirrter, er erzählte den Leuten, er sei der Auferstandene, ein leibhaftiger Gott, dessen Anhänger über Amerika triumphieren würden.

Ein Ladenlokal in der 335 East 9th Street beherbergte den Tempel des Wahren Inneren Lichts. Jeder konnte sonntags eine Gratisration DPT oder Dipropyltryptamin, ein legales Halluzinogen, bekommen. Als einzige Voraussetzung für diese berauschende Wohltätigkeit musste der Empfänger einen Vortrag über das wahre Wesen Christi über sich ergehen lassen, albernen Unsinn über Gottes Inkarnation in Lysergsäure.

Man erzählt sich, Rakowitz habe den Tempel besucht. Als er durch den auffälligen Eingang schlenderte, gefielen ihm die knalligen Primärfarben Gelb und Rot? Blieb er stehen und sah sich die Sperrholzplatten vor dem Schaufenster an? Und wenn ja, schenkte er dem großen aufgemalten Mandala Beachtung? Las er die Worte darunter? »Der Psychedeliker ist der Schöpfer.« Als er die Tür öffnete, fiel ihm der gemalte Zauberpilz über der Adresse auf? Und waren diese Füße in früheren Zeiten auf dem Grün von Manna-hatas Töchtern gewandelt?

Rakowitz redete wirr auf das kleine Grüppchen wahrer Gläubiger ein. Der Antichrist, tote Tiere, 696, faschistische Aufstände, der genaue Sitz der Seele in der menschlichen Milz.

Der Monolog wurde derart düster, dass die Anhänger ihn hinausbrachten und seine Tasche nach Waffen durchsuchten. Was sie fanden? Seinen Hahn namens Hahn, den er als Haustier hielt, und eine deutsche Ausgabe von *Mein Kampf*.

Erinnern wir uns wieder an Beerle, die vierzehn Tage in einer beengten Zweizimmerwohnung mit diesem Wesen lebte. Sie tat das einzig Sinnvolle und sagte Daniel, er müsse ausziehen, weil ihre Schwester aus der Schweiz sie bald besuchen wolle.

Rakowitz, bekifft und auf einem LSD-Trip, schlug Beerle gegen die Kehle. Möglicherweise starb sie dadurch. Falls nicht, erdrosselte er sie mit einem Kabel. Er schleifte ihre Leiche ins Badezimmer und malträtierte sie mit einem Messer.

Etwa eine Woche lang lag in der Badewanne ein Teil von Beerles Leiche.

Menschen kamen dazu, wie viele, weiß man nicht. Einige sahen Monikas Kopf auf dem Küchenherd, wo Rakowitz das Fleisch von ihrem Schädel kochte. Sylvia oder Shawn, die früheren Mitbewohner? Vielleicht Crazy Dave, der Hausmeister? Andere?

Einem Gerücht zufolge kochte und aß Rakowitz einen Teil von Beerles Gehirn. Eine andere Geschichte besagte, er habe aus ihrem Fleisch eine Suppe gekocht und sie den Obdachlosen im Park serviert.

Was die Frage aufwerfen könnte, warum jemand von einem Wahnsinnigen wie Rakowitz Suppe annehmen sollte. Wie sich herausstellte, hatte er bei all seinen Fehlern eine wohltätige Ader. Er hatte schon früher für die Zeltlager große Abendessen gekocht.

Die ungenutzten Teile von Beerle wurden in der Toilette heruntergespült, ihre Eingeweide landeten beim Unrat in der Kanalisation. Binnen einer Woche nach dem Mord verbreiteten sich die ersten Geschichten in unserem Viertel.

Jon war ein leutseliger Mensch. Gerüchte fanden ihren Weg zu ihm. Wir waren im Le Snakepit, gegenüber vom Park. Ich kaufte einen auffälligen Gürtel mit Pentagramm. Als wir das Geschäft verließen, wankte ein verschmutzter jugendlicher Junkie, die Jeanssachen voller Risse und Schweißflecken, aus dem Park und rief Jons Namen. Wir warteten, bis der Junge die Straße überquert hatte. Er redete mit Jon, mich ignorierte er.

»Hast du den Scheiß schon gehört, Alter?«, krächzte er. »Den Scheiß vom bekackten Daniel, Alter?«

»Ja«, sagte Jon de Lee. »Habe ich.«

»Moment mal«, sagte ich. »Von welchem Daniel?«

»Daniel mit dem verschissenen Huhn«, sagte der Junkie. »Er war vorhin im Park und hat erzählt, er wäre ein Gott und so'n Scheiß. Irgendwer fragt: ›Hat Gott das Recht, ein Leben zu nehmen?‹, und er so: ›Natürlich. Das habe ich schon entschieden.‹«

»Daniel ist völlig irre«, sagte Jon de Lee. »Aber dass er das gemacht hat, glaube ich nicht.«

»Das mit der Suppe hast du gehört, oder, Alter?«

»Ja«, sagte Jon. »Das mit der Suppe hat jeder gehört.«

»Ich nicht«, sagte ich.

»Lass mal gut sein«, sagte Jon.

»Hast du sie gekannt?«, fragte der Junge.

»Ich habe sie ein paarmal gesehen«, sagte Jon.

Als der Junkie davonschwankte, löcherte ich Jon, er sträubte sich, ich löcherte ihn noch mehr. Schließlich erzählte er mir die Geschichte, was die Leute im Viertel wussten, was nicht, wer was gesehen, wer was gegessen hatte. Ich konnte es nicht fassen.

»Der Typ mit dem Hahn? Ernsthaft?«, fragte ich.

»Ja«, sagte Jon.

»Und das Mädchen?«

»Sie hieß Monika«, sagte er.

»Warum hat niemand die Polizei gerufen?«

»Sei nicht so beschissen spießig«, fuhr er mich an. »Die Bullen schlagen uns jeden gottverdammten Tag die Köpfe ein. Wer vertraut denn schon der Polizei? In welchem Stadtteil lebst du?«

Weil seit den Unruhen reichlich Zeit verstrichen war und die Medien sich um andere Dinge kümmerten, ging die Stadt jetzt verstärkt gegen unser Viertel vor.

Fast jede Woche fanden bei den Obdachlosen auf dem Tompkins Square, deren Zeltsiedlung jetzt Tent City genannt wurde, Razzien statt. Der Ablauf war immer derselbe. Die Polizei stürmte den Park, zerstörte die Unterkünfte, verhaftete eine Handvoll Demonstranten und zog wieder ab. Die Obdachlosen kamen zurück und bauten alles wieder auf. Bis zum nächsten Mal, Officer.

Den Hausbesetzern erging es nicht besser. Man gewöhnte sich an die massiven Polizeiaufgebote, die die Bewohner aus den besetzten baufälligen Häusern vertreiben wollten.

Diese Gemeinschaften befestigen ihre Häuser gegen das Eindringen der Staatsgewalt, was zu kriegsähnlichen Szenen führte. Belagerungsmaschinen gegen Punkrocker mit Flaschen und Böllern. Die Polizei gewann fast jedes Mal. Hunderte Menschen verloren ihr Zuhause.

»Wir leben hier, weil wir dem Polizeistaat entkommen wollen«, sagte Jon. »Wir befinden uns im Krieg mit dem Regierungsapparat. Wir können nicht zur Polizei laufen. Wenn die Geschichten stimmen, werden sich die Leute im Viertel darum kümmern. Auf ihre eigene Art.«

»Was heißt das?«, fragte ich.

»Was glaubst du wohl?«

Tagelang lief ich herum und suchte nach Hinweisen für den Mord, nach Spuren von Daniel Rakowitz, von Monika Beerle. Ich hörte zufällig mit, wie Leute offen über den Mord sprachen.

»Er hat ihr den Kopf abgeschnitten, der steht jetzt auf einem Herd! Crazy Dave hat es gesehen.«

Rakowitz soll sich vor der Tat in den Park gestellt und den Leuten gesagt haben, er würde Beerle töten. Am Tag des Mordes kehrte er zurück und sprach über sein Verbrechen. Als er ihre Leiche zerstückelte, erzählte er davon. Alle wussten, was passiert war. Ein komplettes Viertel zuckte kollektiv mit den Schultern. Das alte Lied. Wieder eine tote Frau in der Lower East Side. Ein weiterer Anzugverleih.

Ich überredete Jon, mich zu Rakowitz' Wohnung zu bringen. Ich wollte es sehen, sagte ich, aus morbider Neugier, aus dem kranken Verlangen, mich abzuhärten. »Jon«, quengelte ich, »ich will die wahre Brutalität des Kapitalismus erleben.«

Jemand hatte die Tür beschmiert:

700 Club E 9th St.
Heimat der »Fine Young Cannibals«
She drove me crazy
Deshalb habe ICH SIE UMGEBRACHT!

»Das kann nicht mehr lange so gehen«, sagte Jon. »Irgendwann knallt es.«

Er konnte nicht wissen, dass der Knall im Reißen meines Geduldsfadens bestehen würde. Nachdem wir uns verabschiedet hatten, ging ich nach Hause und rief das 9. Revier an. Ich erklärte ruhig und vernünftig, dass sich in der 700 East 9th Street ein Mord ereignet hatte. Ich nannte ihnen den Namen des Opfers und den Namen des Mörders. Ich beschrieb Daniel Rakowitz. Ich fragte, was geschehen würde.

»Kann ich nicht sagen«, antwortete der Mann am Telefon, »wir werden die Angelegenheit prüfen.«

Er legte auf.

Ich hatte schon mit angesehen, wie die Polizisten aus genau diesem Revier Leute brutal angegriffen und niedergeknüppelt hatten, aber ich glaubte wirklich, bei einem Mord würden sie sich vielleicht doch anstrengen.

Tage verstrichen. Nichts änderte sich. Gerüchte kursierten. Konnte man irgendjemandem vertrauen? Den Leuten war die Sache egal. Der Polizei war die Sache egal. War Monika Beerle irgendjemandem nicht egal?

Später kam heraus, dass auch andere versucht hatten, die Polizei zu überzeugen, aber die Behörden kannten Rakowitz, sie hielten ihn für einen harmlosen Spinner und fanden die Gerüchte nicht glaubwürdig. Vielleicht war Beerle in ihren Augen auch nichts Besonderes, nur eine weitere tote Stripperin in einem Viertel voller Leichen. Wer sollte da noch den Überblick behalten? Es ging sogar das Gerücht, Rakowitz habe für die Polizei als Informant gearbeitet.

Geschichten wie Beerles Tod verlieren ihren Schrecken werden unterhaltsam, verweben sich mit dem Hintergrund eines Viertels. Werden zu einer weiteren totaaal verrückten Sache, die an diesem totaaal verrückten Ort passiert war.

Das Semester begann. Ich nahm es kaum zur Kenntnis. Wochen verstrichen.

Eines Tages begegnete ich Rakowitz, er kam auf der St. Mark's auf mich zu. Er trug seine gottverdammte Jeansjacke und Jeans.

Mir schoss Säure aus dem Magen die Kehle hinauf. Ich sprang auf die Straße und wurde beinahe von einem Coca-Cola-Lieferwagen überfahren. Aus sicherer Entfernung auf der anderen Straßenseite beobachtete ich, wie er weiterlief, ohne etwas um sich herum mitzubekommen.

Und dann plötzlich, wir hatten schon seit Wochen September, kassierte die Polizei ihn ein und fragte, ob er Beerle getötet habe. Er gestand. Sie fragten, wo die Überreste seien. Rakowitz brachte sie zum Port Authority Busbahnhof, wo er ein Schließfach öffnete. In diesem Schließfach lag ein Armeeseesack. In diesem Seesack war ein Plastikeimer. In dem Eimer waren Beerles Schädel, ihre Knochen und eine Menge Katzenstreu.

Jon kam vorbei und erzählte mir davon. Ich lag auf meinem Bett und las eine Ausgabe der *People*, die jemand in der Parsons gelassen hatte. Fragen Sie mich nicht, warum ich sie mit nach Hause genommen hatte. Ich hatte keinen Schimmer.

»Ich dachte, das würde dich freuen«, sagte er.

»Sie ist immer noch tot«, sagte ich. »Das ist halt so eine Sache.«

Baby war in der Küche. Er hatte Jon auf der Straße rufen hören und war nach unten gegangen.

»Hör mal«, sagte Jon, »willst du sie sehen?«

»Was?«, fragte ich.

»Die Wohnung.«

Ich hätte es nicht tun sollen, aber ich tat es doch. Ich sagte ja. Wir liefen die paar Straßen weiter, durch den Park und die aktuelle Version von Tent City. Sie wirkte voller als je zuvor. Niemanden interessierte es, dass Monika Beerle tot war. Niemanden interessierte es, dass Daniel Rakowitz geisteskrank war. Etwa in diesem Moment stürmte eine Erkenntnis auf mich ein, sie drang aus dem Beton New Yorks. Endlich begriff ich, dass das Leben kein Spiel war, das man gewinnen konnte, wenn man nur geschickt genug spielte.

Rakowitz' Haustür war immer noch beschmiert. Ich war so verstört, dass ich mich nicht fragte, warum sie nicht abgeschlossen war. Wir stiegen mehrere Etagen hinauf zu der Wohnung. Jemand hatte an Rakowitz' Tür geschrieben: IST DIE SUPPE

FERTIG? und WILLKOMMEN AUF CHARLIE GEINS SPAHN RANCH OST. Blumen hingen an der Tür, kreuz und quer davor Absperrband der Polizei.

»Hier kommen schon den ganzen Tag Leute her«, sagte Jon. »Wir müssen nur unter dem Band durch.«

Einen Monat später erschien in der *Village Voice* ein sechsseitiger Artikel über das Verbrechen. Er hieß »Blutkoller« und stammte von Max Cantor, dem Schauspieler, der im Film *Dirty Dancing* den Bobby gespielt hatte.

Der Text baute auf Interviews mit Sylvia und Shawn auf, in denen sie die schlimmsten Gerüchte bestätigten. Sie hatten nicht in der Wohnung gelebt, aber Sylvia hatte Beerles Kopf auf dem Herd gesehen. Sie hatte sich geweigert, Rakowitz zu melden. Das ist Freundschaft.

»Jon«, sagte ich. »Ich kann nicht. Ich dachte, ich könnte, aber ich kann nicht.«

»Warte hier«, sagte er. »Ich sehe es mir an.«

Er öffnete die Tür und ging hinein. Einen winzigen Moment lang sah ich das Innere der Wohnung. Sie war ein winziges Apartment im East Village, wie andere auch.

1988, 1989, 1990

Einiges, das Baby während seines
Nervenzusammenbruchs widerfuhr,
in zufälliger Reihenfolge erzählt

Und dann war da die Nacht, in der Baby eine After-Hour-Party im Cave Canem besuchte. Die Zeit in Kalifornien hatte ihm unwiderlegbar bewiesen, dass er im Schwulsein eine Niete war, dass er an seinen sozialen Kompetenzen noch arbeiten musste. Er beschloss, es sei an der Zeit, sich unter Männer zu mischen, sich an ein Umfeld zu gewöhnen, in dem das Schwulsein offen gefeiert wurde. In dem Männer keine Angst vor ihren Begierden hatten, in dem sie sich nicht versteckten.

Und wie Baby nun einmal war, fand er für dieses Problem eine völlig verrückte Lösung.

Er rief Michael Alig an.

Das Cave Canem lag an der First Avenue, unweit der 2nd Street und direkt neben dem Beerdigungsinstitut Ortiz. Gegen halb fünf morgens folgte Baby kleinen Grüppchen von Menschen hinein und ging ins Untergeschoss, in dem eine Tanzfläche neben einem gut einen Meter tiefen Wasserbecken lag. Baby überlegte, ob die auf alt getrimmten Säulen dorisch, ionisch oder korinthisch waren.

Der DJ spielte einen alten Song. Zum ersten Mal in seinem Leben hörte Baby auf den Text: *Some boys take a beautiful girl / and hide her away from the rest of the world / I want to be the one to walk in the sun.*

Baby deutete die Zeilen absichtlich falsch und stellte sich vor, die Sängerin würde eine übernatürliche Fähigkeit besitzen, durch die sie auf der brennenden Plasmaoberfläche der Sonne laufen könnte.

– Baaaaaabyyy, rief Michael Alig. Was hast du da an? Du siehst ja gar nicht fabelhaft aus!

Alig trug einen Bikini, den er beim Jahr 1965 bestellt hatte. Sein Gesicht war knallgelb geschminkt.

– Ich fühle mich auch nicht gerade fabelhaft, sagte Baby. Kalifornien hat mir das Herz gebrochen.

– Mein Gott, sagte Michael Alig. Bist du langweilig! Bist du nur hergekommen, um deprimiert zu sein? Ich dachte, Mädchen wollten Spaß.

Er gab Baby eine Pille.

– Hier, nimm die, sagte er. Rosa und fabelhaft!

– Was ist das?, fragte Baby.

– Ist doch egal. Das sind Muntermacher! Warum bist du überhaupt hergekommen?

Baby schluckte die Pille, die so kreidig wie Aspirin war und auf dem Weg in seinen Magen in der Kehle kleben blieb.

– Ich gehe zu ein paar Leuten, die wirklich wichtig sind, sagte Michael Alig. Nicht solche Miesepeter wie du! Ich komme wieder, wenn die Droge wirkt, Babygirl, und dann sehen wir mal, ob du immer noch so sauer bist.

Nach und nach strömten Leute herein, die Musik wurde lauter. Baby stand am Geländer. Ein Mädchen kam zu ihm, lächelte und sagte hallo. Er wusste nicht mehr, ob er sie kannte. Er sah sie einen Moment zu lange an.

– Kennen wir uns?, fragte er.

– Wir haben noch nie miteinander geredet, sagte sie, aber ich bin in deinem Philosophiekurs.

— Oh, sagte Baby. Ja. Ja, du sitzt vorne. Ich sitze immer hinten.

— Warum bist du hier?, fragte sie. Musst du nicht in ein paar Stunden zur Uni?

— Du nicht auch?

— Doch, klar, sagte sie. Aber ich bin eine schlechte Studentin. Ich bin zum Scheitern verurteilt.

Sie hieß Regina. In den Clubs zog sie Queen Rex vor, einen *Nom de Guerre*, den ihr Michael Alig verliehen hatte. Sie erzählte Baby die Geschichte des Cave Canem, dessen lateinischer Name »hüte dich vor dem Hund« bedeutete. Zehn Jahre zuvor hatte das Gebäude noch eine berühmte Schwulensauna beherbergt, die man wie ein tropisches Paradies hergerichtet hatte. Die Stadtverwaltung hatte die Sauna in den düsteren Zeiten, in denen Aids noch als eine Art übertragbarer Krebs gegolten hatte, geschlossen. Die neue Besitzerin, Hayne Suthon aus New Orleans, hatte ihre Familie überredet, das Haus zu kaufen. Die Idee war, dass die Leitung eines Restaurants Suthons Wildheit zügeln und sie zu einer aufrechten Bürgerin machen sollte. Solche Träume waren von kurzer Dauer. Hayne füllte den Pool mit Wasser und ließ Michael Alig Partys veranstalten.

— Woher kennst du Michael?, fragte Queen Rex.

— Wir sind uns vor einer Weile mal über den Weg gelaufen, sagte Baby.

— Warum habe ich dich hier noch nicht gesehen?

— Ich war verreist. Woher kennst du Michael?

— Ich gehöre zu seinen Club Kids.

— Was zum Teufel ist ein Club Kid?, fragte Baby.

— Hast du den Artikel in der *New York* nicht gesehen? Michael hat es aufs Cover geschafft. Wir alle sind seine Marionetten. Wo warst du denn?

— Los Angeles, sagte Baby.

– Würg, kotz und doppelkotz.

Queen Rex überredete Baby zum Tanzen. Beim zweiten Song, einem schnelleren Stück über Sex, begann die Droge zu wirken. Menschen hatten noch nie so schön ausgesehen. Musik hatte noch nie so gut geklungen. Die Wände der Sauna verströmten ein bemerkenswertes Licht.

Neue Leute, anders als der Rest, kamen herein. Ein ausgefallener Trupp, der immer wieder Michael! Michael! Michael! rief. Durch die zappelnden Gliedmaßen auf der Tanzfläche sah Baby, wie diese Leute Alig umringten, als wäre er Jesus und sie seine Jünger. *Er ist jetzt wohl richtig berühmt*, dachte Baby. *Warum zum Teufel hat er mich zurückgerufen?*

Queen Rex umarmte Baby. Baby erwiderte die Umarmung, eine einfache, unschuldige Umarmung.

Die Musik und die Lichter und die römischen Wände fügten sich wie mit einem überwältigenden Paukenschlag zu einem großen Ganzen zusammen. Baby war froh, dass er ins Cave Canem gekommen war, dass Michael Alig ihn eingeladen hatte. Sogar sehr froh, dass er Queen Rex getroffen hatte. Oder Regina. Wie auch immer. Würde er sie in der Uni Regina nennen? Wahrscheinlich schon.

Einige zogen sich aus und sprangen in das Becken. Vor Babys Augen trieben Geisterbilder vorbei. Er wusste, dass es an der Pille lag, doch gleichzeitig stellte er sich vor, das sei der übersinnliche Nachhall der Saunatage, und diese Menschen, die einander nassspritzten, kreischten, mit nichts als schmutzigem Wasser zwischen ihren Umarmungen, würden als erotischer Zauber die Geister des alten New York heraufbeschwören, aus den Tagen, in denen Männer ohne Angst und ungezügelt vögelten, einer Zeit, in der seine Sexualität nicht mit dem Tod gleichgesetzt wurde.

– Warum, fragte er Queen Rex, machen die das?

– Irgendwas muss man ja machen, antwortete Queen Rex.

– Haben sie denn keine Angst?, fragte er. Haben sie keine Angst vor Aids?

– Es hat niemand mehr Sex. Sex ist total out. Man macht alles, nur das nicht. Ich gehe in den Pool. Kommst du mit rein?

– Vielleicht gleich, sagte Baby.

Queen Rex zog ihr sonderbares Lederkostüm aus. Sie sprang ins Wasser. Ihre Hände glitten über den Körper eines Mannes. Ein Pärchen rieb sich aneinander. Baby stand einen Meter entfernt, mit wild feuernden Neuronen, berauscht von seiner Sorglosigkeit. *Die Achtziger sind das Jahrzehnt der Angst*, dachte er. *Aber die Achtziger sind fast vorbei. Werden so die Neunziger? Zugedröhnte Leute treiben es in einem dreckigen Pool beinahe miteinander?*

– Baby!, rief jemand neben ihm.

Michael Alig. Das Bikinioberteil war verschwunden, seine Haare und seine Haut nass. Die Schminke war verlaufen.

– Baby, sagte Michael Alig, was für ein Untier besucht denn eine Poolparty und will dann nicht nass werden?

– Ich bin ein wilder Hund. Ich habe Angst vor Wasser. So ein Untier bin ich. *Cave canem.*

– Das ist total witzig, sagte Michael Alig, weil ich ja echt wild bin und vor nichts Angst habe.

Michael Alig packte Baby und riss ihn mit. Als sie in das lauwarme Wasser platschten, wollte Baby wütend werden, er wollte sich in Rage bringen, aber es war, als würde eine Wand in seinem Hirn die chemischen Rezeptoren für negative Gefühle abblocken. Er war nicht wütend. Er war glücklich, er genoss es, angefasst zu werden, genoss das Wasser, seine nasse Kleidung, dass Michael Alig versuchte, seinen Kopf unter Wasser zu drücken, dass die Menschen jubelten und ihn berührten.

– Wer bin ich?, übertönte er das Geplatsche.

– Du bist Baby Baby Baby, sagte jemand. Du bist ein wilder Hund. Jetzt bell auch!

Und Baby bellte, er packte den süßen Typen neben sich, diesen schimmernden, tropfnassen Adonis der Lower East Side. Sie küssten sich, und in Babys Kopf explodierten Wellen der Lust, die seine Zunge aussandte, sein Körper war ganz auf diesen Moment eingestellt, als wäre seine Erektion die einzige Konstante in einem sich ständig verändernden Universum, eine heilige Erektion ähnlich der in Walt Whitmans Beinkleidern im Monat März des Jahres 1855, als wäre Baby in die fünfte Dimension gereist und hätte auf die Zeit hinabgesehen, als wäre seine atomare Beschaffenheit nicht neu zusammengesetzt, sondern habe seit dem Urknall bestanden, eng an eng mit diesem Mann, in diesem Pool, in dieser Stadt, mit diesen wunderbaren Menschen um ihn herum, während sie diesen schrecklichen Song hörten, den besten Song, der je aufgenommen worden war, *don't stand in the corner waiting for the chance, make your own music, start your own dance*, der einzige Song, den es gab.

– O bitte, flüsterte Baby in den nassen Mund dieser griechischen Gottheit, mach, dass es nie aufhört. Es soll niemals aufhören.

Und dann war da die Sache mit Michael Alig und Michael Musto, dem Klatschkolumnisten der *Village Voice*, die 1988 das *Dark Shadows Festival* im Vista International Hotel neben den Zwillingstürmen des World Trade Centers besuchten.

Als sich die Aufregung gelegt hatte, bekam Baby einen Anruf von Michael Alig, der auf Musto wütend war, weil Musto freien Zugang zum Künstlerbereich bekommen und Alig bei den normalen Besuchern, beim Bodensatz hatte stehenlassen. Die meisten seien unglaublich hässlich und abstoßend gewesen. Fette, alte, haarige Männer und Frauen, die sich seit Jahrzehnten nicht um Stil kümmerten.

— Und man fasst es nicht, sagte Alig, aber Musto hat sich zu Jonathan Frid durchgeschleimt! Sie sind zu einem verschissenen kleinen Lunch gegangen!

— Wer ist Jonathan Frid?, fragte Baby.

— Worüber reden wir denn? Hast du gar keine Ahnung? Er hat Barnabas Collins gespielt!

Ein paar Wochen zuvor hatte Michael Musto das Tunnel besucht und den Club Kids Fragen über die Geschichte der westlichen Zivilisation gestellt. Wer war Homer? Wer ist Richard Nixon? Wer war Nietzsche? Wer hat *Krieg und Frieden* geschrieben? Wer ist Vizepräsident? Die meisten konnten die Fragen nicht beantworten. Das überraschte Baby nicht. Er hatte genug Zeit mit Aligs seltsamen Gestalten verbracht, um zu merken, dass sie nicht die Allerhellsten waren.

Vor Michael Aligs Augen fragte Musto Baby nach Baudelaire. Baby hielt einen kleinen Vortrag über den französischen Dichter, allein nach dem Klappentext, den er einmal auf einer Übersetzung der *Fleurs du Mal* gelesen hatte.

— Weißt du, sagte Baby, Baudelaire ist ja schön und gut, aber ehrlich gesagt bevorzuge ich Rimbaud.

Baby besorgte sich die nächste Ausgabe der *Voice*, weil er unbedingt Mustos Kolumne lesen wollte, die unter dem Titel *La Dolce Musto* erschien. Der Autor widmete seinen spontanen Fragerunden fünf Zentimeter Text, kritisierte die Neubelebung von Downtown und unterstellte, sie würde nicht gerade von den klügsten Köpfen getragen. Babys Abhandlung des französischen Symbolismus erwähnte er mit keinem Wort.

Michael Alig las die Kolumne ebenfalls, rief an und kreischte

Baby ins Ohr: – Siehst du? Siehst du, wie er ist? Er ist der geizigste Aids-Fall in ganz New York!

Zog man durch die Clubs, wollte man – nicht nur, aber auch – von Michael Musto bemerkt, von dem lebenden Barometer des Großstadtlebens registriert werden. Musto imitierte den lockeren Plauderton von Kolumnisten wie Hedda Hopper, kippte das Genre aber durch einen deutlich schwulen Anstrich und rückte die Bewohner der Halbwelt genauso in den Mittelpunkt wie echte Prominente. Dragqueens wie Lady Bunny und LaHoma van Zandt wurden von ihm behandelt wie Marlon Brando und Madonna.

Alig war Musto schon mehrmals aufgefallen, sein Name war neben denen von Burt Reynolds und Jack Nicholson aufgetaucht. Wie sollte man auf dem Papier erkennen, wer bedeutender war? Alle Namen waren fettgedruckt. Alle waren wichtig.

– Wer ist Barnabas Collins?, fragte Baby.

– Er ist der einzige verschissene Vampir!, brüllte Michael Alig. In der ganzen verschissenen Serie geht es nur um ihn! Kein Mensch sieht sich 1988 *Dark Shadows* wegen dem verschissenen Quentin Collins an, oder? Warum hörst du nie zu?

Wenn Baby mit Michael Alig sprach, achtete er nicht auf die Worte, die Alig sagte, sondern auf ihre tiefere Bedeutung. Baby analysierte jede Betonung, jede Stimmungsschwankung, weil er darauf brannte, das große Rätsel zu lösen. *Warum beachtet Michael mich? Ich bin ein Niemand. Die ganze Stadt liegt ihm zu Füßen.*

Und dann verriet Alig, dass er in Indiana aufgewachsen war, in South Bend. Diese Stadt war um einiges größer als Babys pieslige Kleinstadt, aber die Orte hatten mehr Ähnlichkeit miteinander als eine der beiden mit New York. Beide Männer waren aus diesem großen Nichts hervorgegangen, das man den Mittleren Westen Amerikas nannte.

Michael Alig war der Sogwirkung von South Bend entkommen, indem er sich an der Fordham University für Architektur eingeschrieben hatte. Kurz nach Beginn seines ersten Semesters war er der Verlockung der Clubs erlegen, hatte das Studium abgebrochen und als Bedienungshilfe in der Danceteria angefangen. Der Rest ist Geschichte.

– Okay, sagte Baby. Er ist also der Vampir.

Alig legte auf, immer noch stinkwütend.

Am Dienstag danach besorgte Baby sich die neue *Voice*. Michael Musto widmete die Hälfte seiner Kolumne dem *Dark Shadows Festival*. Er schrieb über intime Plaudereien mit den Stars. Einen Lunch mit Jonathan Frid erwähnte er nicht.

Auch über Michael Alig schrieb Musto kein einziges Wort. Baby stellte sich vor, wie sein Freund Gift und Galle spuckend vor der Kolumne hockte und eine Seele suchte, an der er seine schlechte Laune auslassen konnte.

Hoffentlich trifft es nicht mich, dachte Baby. Hoffentlich ruft er Magenta an.

Und dann fuhren Queen Rex und Baby mit einem Taxi zum Chelsea Hotel, um eine Queen namens Christina zu besuchen.

– Kennst du Christina eigentlich?, fragte Queen Rex.

– Ich war bei ihrer Geburtstagsparty im Tunnel, sagte Baby.

– Sie ist verrückt, sagte Queen Rex. Aber auf eine schräge Art süß. Ich mag sie. Aber erwähn die Geburtstagsparty nicht.

Queen Rex rauschte voran ins Chelsea. Baby hielt mit ihr Schritt und versagte sich damit die Chance, die Kunstwerke zu begutachten, die jeden Zentimeter der Lobbywände bedeckten. Vor einer Glasscheibe sprach Queen Rex mit dem Rezeptionisten.

– Wir wollen Christina besuchen, sagte sie. Zimmer 323.

– Klar, sagte der Rezeptionist. Nehmen Sie den Fahrstuhl.

Queen Rex klopfte an Christinas Tür. Baby fragte sich, warum er an einem Mittwoch um drei Minuten vor Mitternacht gefragt hatte, ob er zum Hotel Chelsea mitkommen könne. Am nächsten Morgen hatten sie Seminare.

Regina kratzten die Seminare nicht, was angesichts ihrer wackligen Beziehung zur Universität ein großes Rätsel war.

Anfangs war Regina die Sache mit aristokratischer Attitüde angegangen und hatte die NYU behandelt, als wäre sie ernsthafter Aufmerksamkeit unwürdig, als wäre das Studium nur ein weiteres Experiment, in das sie hineingestolpert war, und sie selbst ein Oberklassenfatzke aus F. Scott Fitzgeralds dürftigem Frühwerk. Eine Zeitlang konnte sich diese Illusion, ein heikler Balanceakt in den Räumen von Babys Gedächtnispalast, halten, doch dann brach sie unter der Ansammlung zu vieler unstimmiger Fakten und Widersprüchlichkeiten zusammen.

Zum Beispiel: Regina behauptete, sie würde in Uptown wohnen. Alle nahmen an, das bedeute die Upper West Side, aber einmal rutschte ihr heraus, dass sie in Washington Heights wohnte. Zum Beispiel: Manchmal kam bei ihrer beherrschten Sprechweise der New Yorker Akzent durch, und sie verschluckte das eine oder andere R. Zum Beispiel: Sie erzählte von ihrer Highschool wie von einer teuren Privatschule, dabei las Baby einen Artikel der *New York Times*, der Midwood als eine der besten öffentlichen Schulen der Stadt beschrieb. Zum Beispiel: Ihre Kleidung stammte immer aus der vorletzten Saison, was alle für einen gewollten Stil hielten, bis Brandywine anmerkte, sie habe Regina noch nie in etwas Neuem gesehen.

Baby fragte Regina nach der Wahrheit. Sie gestand, dass sie die NYU durch eine Mischung aus Studentendarlehen und ihr

Einkommen als Kellnerin im Primola bezahlte. Baby konnte das nicht begreifen. *Ich habe alles geschenkt bekommen, nicht sie*, dachte Baby, *also warum wirft sie alles weg?*

Durch die Tür drang gedämpft eine Stimme.

— Oh, ja.

Schlösser und Riegel wurden geöffnet. Die Tür schwang auf, und dahinter kam Christina zum Vorschein, lange blonde Perücke, enges blaues Minikleid, zerrissene Strumpfhose. Die bloße Beschreibung ihrer Aufmachung sagt noch nichts über das eigentliche Highlight aus, über Christinas geschundenen Körper. Über ihr aufgedunsenes Gesicht unter Unmengen von Lippenstift und Wimperntusche, ihren massigen Bauch, um den sich der Stoff spannte, über die sich zu deutlich abzeichnenden Hoden, die kaputten Zähne, die fast geschlossenen, wässrig gelben Augen.

— Oh, oh, oh, Regina, bist du das?

— Hallo, Christina, sagte Queen Rex. Ich wollte dir meinen Freund Baby vorstellen.

— Oh, oh, ist er nicht reizend? Ist er nicht einfach zum Anbeißen, mal ehrlich?

Christinas Tonfall war gekünstelt, ein unglaublich unechter deutscher Akzent, träge und langgezogen in einem extrem maskulinen Bass. Baby hatte schon viele Queens getroffen, deren Stimmen die gesamte Bandbreite abgedeckt hatten, aber niemanden, der auch nur annähernd wie Christina geklungen hatte.

— Hat Christina nicht eine schöne Wohnung?, fragte Queen Rex.

Baby wären für das Gerümpel und den Müll in dem Apartment eine Menge Beschreibungen eingefallen. Das Wort schön hätte er nicht ausgesucht.

– Ja, sagte Baby, ganz wunderbar.

– Oh, oh, oh, habe ich dir von der Frau erzählt, die über mir wohnt? In Wahrheit ist sie ein elektronisches Insekt, mal ehrlich, ein Wesen von einer anderen Welt. Oh, oh. Willst du was trinken, Baby? Ich meine, mal ehrlich?

Christina humpelte in die Küche, sie hinkte mit dem linken Bein und stützte sich auf einen schwarzen Stock.

– Oh, oh, Baby, sagte Christina. Komm her und hol dir deinen Alkohol.

Sie gab ihm eine dreckige Tasse, auf der in Goldbuchstaben das Wort OPIUM stand. Queen Rex stand neben einem Keyboard und betrachtete die gemalten Bilder an den Wänden.

– Die musst du dir ansehen, sagte Queen Rex. Sie sind echt großartig. Hast du sie alle selbstgemalt, Christina?

– Ich meine, mal ehrlich, Regina, irgendwer muss sie ja malen, oder?

Die Symbolik der Tasse verhalf Baby zu der Schlussfolgerung, dass Christina eine Queen mit einem Heroinproblem war. Das undeutliche Sprechen, die Gedankensprünge, die gelbsüchtigen Augen, die Gleichgültigkeit ihrem Äußeren gegenüber, die Algebra des Begehrens.

Ihre Gemälde bewiesen Kunstfertigkeit, sie zeigten einen leichten Pinselstrich, den man bei einer Drogensüchtigen mit einem aufgesetzten teutonischen Akzent im zweiten Stock des Chelsea Hotels nicht erwartet hätte. Jedes Bild war eine idealisierte Darstellung der Künstlerin. Auf einem trug Christina ein langes schwarzes Kleid und wirkte wie ein naives junges Mädchen in den fünfziger Jahren. Auf einem anderen Bild hatte sie sich mit schlichten Strichen festgehalten, wie sie auf dem Gehweg vor dem Chelsea Hotel lag.

Ihre beste Leinwand ahmte das Etikett von Beefeater Gin nach.

Statt eines Yeoman Warders hatte Christina sich selbst als fabelhaft aufgemachte Dragqueen vor dem Tower von London gemalt. Dieses Bild hatte Baby schon einmal gesehen, an der Wand im Untergeschoss des Tunnels. Bei ihrer Geburtstagsfeier.

— Das hier ist großartig, sagte Baby. Richtig geistreich.

— Oh, oh, oh, oh. Ist mein Lieblingsgin, mal ehrlich. Warst du mal in London? Da gibt es so viele scheußliche Leute, weißt du, die Welt wäre besser dran, wenn die Nazis die Stadt komplett weggebombt hätten.

Christinas Fernseher lag mitten im Zimmer auf der Seite. Das Schwarzweißbild lief senkrecht durch. Aus den Lautsprechern kam kein Ton, aber das Bild war zu sehen, blaugrau und verschneit zeigte Channel 13 Bilder der Brooklyn Bridge.

— Oh, oh, oh, der Fernseher ist zum Brüllen, oder? Eigentlich ist er, na ja, das erkläre ich euch bald. Geht eigentlich darum, dass wir alle unsere Würde verloren haben, und die Brücke zeigt jetzt nach links, wisst ihr, mal ehrlich.

Baby nahm ein paar Modezeitschriften von einem Metallstuhl und setzte sich. Er beherrschte schon lange die Kunst, seinen Drink wie einen Schild zu führen. Durch aufmerksame Beobachtung der Gesprächspartner und die richtige Platzierung des Getränks im entscheidenden Moment konnte er einen ganzen Abend herumbringen, ohne ein Wort zu sagen.

Baby betrachtete eine milchweiße Schallplatte, die an der Wand hing. NICO. BEHIND THE IRON CURTAIN. Christina hatte sich selbst auf das Etikett gemalt.

— Der gleiche Effekt wie so viele andere Flugzeuge, weißt du. Und dann der Film, steckst es dir ins linke Ohr, lässt das andere einfach hängen, mit Walkman kannst du den Film sehen, den Geburtstag, na ja, mehr isst du wirklich nicht, als Reaktion auf die, du weißt schon, die Frauen, die manchmal sagen: »Wie schafft man, dass der Junge das vom Kopf nimmt, er kann die Anweisungen ja gar nicht hören, die sind wichtig?« Du weißt schon, Anweisungen, die sie klar auswendig gelernt hat. Und die Frau kommt zu dir und sagt so: »Oh, die musst du bei der Übernahme abnehmen.« Und du so: »Oh, das wusste ich nicht. Tut mir leid.« Das ist so, das ist echt das Zweitschlimmste, was dir passieren kann. Oh, mit Dutch kann man Leuten Filme vermitteln, die in dreiseitigen Pyramiden lesen, das scheint jetzt gerade nicht zu laufen.

Nachdem Christina erläutert hatte, wie sie New York mit Hilfe ihres früheren Vermieters in die Luft sprengen wollte, schlug Queen Rex vor, sie und Baby sollten sich verabschieden. Christina begleitete sie zum Fahrstuhl und drückte den Knopf.

– Oh, das ist der Fahrstuhl, in dem Sid Vicious gestorben ist. Nein, nein, sein Geist ist immer in dem Fahrstuhl raufgekommen. Und sonst habe ich Sid Vicious nirgendwo gesehen, nur hier in dem Fahrstuhl. Er ist reingekommen und hat mich sexuell angegriffen und an meinen Nippeln gesaugt. Hat er immer noch gemacht. Er ist nicht in dem Fahrstuhl, ich meine, er hat so viel Geld gemacht mit seinem Geld. Ich meine, viele Leute machen Geld mit Film. Ich meine, ich bin ja auch tot. Oh, oh, oh, habe ich euch erzählt, dass ich mal Andy Warhols Geist gesehen habe?

Draußen auf der 23rd Street gingen Baby sieben verschiedene Fragen zu Christina durch den Kopf, doch bevor er etwas sagen konnte, zog Regina ihn an sich und drückte ihn.

– Baby, sagte sie, kann ich heute bei dir übernachten?

– Ich weiß nicht, was Adeline davon hält, sagte Baby.

– Und wenn ich leise bin?, fragte Regina. Leise wie eine Maus?

– Ich weiß nicht.

– Das würde mir helfen, sagte Regina. Dann werde ich nämlich wach, und wir können zusammen zur Uni gehen. Sonst muss ich mit der Bahn so weit fahren und den ganzen Weg zurückkommen.

In der Wohnung in der 7th Street brannte kein Licht. Adeline hatte klargemacht, wie sehr es ihr missfiel, wenn Baby jemanden mitbrachte, Leute aus den Clubs allgemein und Regina im Besonderen.

— Kannst du diese Geschöpfe nicht in ihren natürlichen Biotopen belassen?, hatte sie gefragt. Warum musst du deinem Abschaum Zutritt zu unserer bescheidenen Bleibe gestatten?

Regina und Baby schlichen sich in die Dunkelheit. Adelines Tür war geschlossen. Baby führte Regina in sein Zimmer. Im Schlaf schlang er seine Arme um sie.

Und dann lernte Baby Loretta Hogg kennen, einen Rezeptionisten namens Dean, der im Kreise der Eingeweihten zu einiger Beliebtheit gelangte. Unter all den Club Kids mit ihren Marotten hob Loretta Hogg sich dadurch hervor, dass sie abends immer mit einer falschen Schweinenase ausging. Zusammen mit ihren langen strähnigen Haaren wirkte das auf Baby äußert verstörend.

Und einmal saß Loretta Hogg die ganze Nacht im Red Zone an einem Tisch und hatte einen Apfel im Mund.

Und dann schluckte Baby MDMA im The World, einem Club in der East 2nd Street nahe der Avenue C. Die Droge schlug richtig durch, sie sandte seltsame Schwingungen von seinem Gehirn aus, die sich anders anfühlten als sonst. Die Menschen um ihn herum lösten keine Verzückung in ihm aus, sondern tiefe Furcht, starke Beklemmungen. Er erinnerte sich, dass er einmal gelesen hatte, das Wort Panik habe ursprünglich das Gefühl beschrieben, sich in einem dunklen Wald zu verlaufen, einen Schrecken, den der große Gott Pan über die Menschen brachte. Pan-ik.

Als er sich nach draußen drängelte, rempelte er den Türsteher an, einen Freund von Michael Alig, der James St. James hieß.

– Pass doch auf, Süßer!

Mehrere Straßen weiter, ein ganzes Stück vom Club entfernt, hallte in Babys Kopf immer noch die Tanzfläche nach. Synthesizer, hämmernde Beats. Hi-hats und Handclaps. Die Geister des House.

Hinüber zum Broadway und die West 4th Street hinauf. Baby lief zum Washington Square Park und setzte sich auf eine Bank vor dem roten Klotz der Bobst Library der NYU. Das Gebäude lenkte seine Gedanken auf sein eigenes Verhältnis zur Universität. Das warme, beruhigende Gefühl der Zugehörigkeit war stark genug, um ihn grüblerisch zu stimmen.

Los Angeles. Jaime, ja, aber da war noch mehr, etwas war geschehen in den Stunden, die ihm nach dem LSD-Trip fehlten, und er wusste nicht, was. Ein Teil seines Lebens war verloren, verschwunden, einfach weg. Wer wusste, was er getan hatte? Es hatte ihn den Jungen gekostet, den er geliebt hatte. Ihm das Herz gebrochen. War noch etwas anderes gebrochen? Ein Teil seiner Psyche war durch die Ich-Auflösung zersplittert.

Der Park war von Müll verdreckt und voller Obdachloser und Krimineller. Mehrere Leute wollten Baby Drogen verkaufen. Stoff, Stoff, Stoff. Er ignorierte sie und ging auf den Triumphbogen aus weißem Marmor zu. Zum ersten Mal fiel ihm auf, dass die Statuen vor dem Bogen zwei verschiedene Darstellungen von George Washington waren. Vor beiden sah er Blutspuren und verstreute Hühnerknochen.

Baby ging zur Westseite des Bogens, wo er eine Tür entdeckte.

Sie stand einen Spaltbreit offen, Licht fiel heraus. Es gab keinen Grund zu zögern. Er ging hinein.

Industrielampen warfen Schatten auf die Backsteine im Inneren. Eine Wendeltreppe am anderen Ende der Kammer. Baby stieg hinauf, er spürte das Mauerwerk und den Mörtel beinahe körperlich, die Steine atmeten mit ihm. Höher und höher und höher.

Er erreichte die oberste Ebene. Voller Gerümpel. Zu dunkel, um etwas zu erkennen. Baby stieg weiter hinauf bis zu der Falltür über ihm. Er klappte sie auf und kam auf das Dach des Bogens, mit dem Blick nach Süden auf das riesige Kuriosum World Trade Center.

Im Norden, entlang der Unendlichkeit der Fifth Avenue, verschmolzen die Häuser im Fluchtpunkt. Vom Boden aus konnte man durch perspektivische Tricks nicht erfassen, wie hoch der Bogen wirklich wahr. Die Atmosphäre brachte Baby die Wirklichkeit spürbar nahe, sieben Stockwerke über der Erde pfiff ihm der Wind um die Ohren.

Er setzte sich, mit dem Rücken an den Marmor gelehnt, die Augen geschlossen. Lichtfolgen spielten in der Dunkelheit, sein Körper zitterte mit dem Stein. Wenn er sich genug Mühe gab, formten sich im Licht Muster, Gestalten, fast schon Himmelskörper. An diesem Tag hatte er ein Gedicht von Robert Lowell gelesen. »Skunk-Stunde«.

Das lyrische Ich fährt den Hügel in der Stadtmitte hinauf und schleicht sich an Liebespaare in ihren Autos an. Sein Geist ist wirr. Im Radio läuft »Careless Love«. *Ich höre meinen bösen Geist in jeder Blutzelle schluchzen, als säße meine Hand an seiner Gurgel.* Und dann, wie Babys Dozent erklärte hatte, zitiert das Gedicht Milton: *Ich selbst bin die Hölle. Kein Mensch ist hier. Love o love, o careless love.*

Baby spähte über den Rand nach unten. Die Lampen flackerten, als würden sie mit Gas brennen. Tausende Geister, schimmernde Gestalten, schweiften durch den Park. *Was sind sie?*, fragte Baby sich. *Sind sie Gespenster? Ist Emil bei ihnen?*

Vorsichtig lief er die Wendeltreppe hinab. Immer noch zu high, um nach Hause zu gehen, um sich mit Adeline auseinanderzusetzen. Er kam unten an und ging hinaus. Der Park sah aus wie immer. Das matte Licht der elektrischen Laternen. Keine schimmernden Geister, nur die Trümmer der Menschheit. Die Ausgehungerten, die Drogendealer.

Er sang einen Song von Patti Smith. »Pissing in a River«. Baby konnte sich nicht an den Text erinnern. Die Worte kamen ihm fremdartig über die Lippen, improvisiert, falsch und gebrochen. *My vowels sound heavy, bleating your foul. What door will I hand you? Honey I can't say. What more can I say to you, to make you stay?*

James St. James stand immer noch an der Tür. Baby kannte ihn flüchtig durch Michael Alig, der gesagt hatte, James gehöre zur alten Garde, eindeutig einer dieser verlebten, fiesen It-Boys aus der Mitte der Achtziger. Aus lauter Geltungssucht hatte Jimmy bewiesen, dass auch ein alter Hase noch dazulernen konnte, und sich in ein Club Kid verwandelt. Michael Alig hatte Baby versichert, es würde niemanden besonders stören, dass James so alt war.

— Schätzchen, du bist einfach weggelaufen!, sagte James. Wo warst du?

— Am Washington Square, antwortete Baby.

— Da sind doch nur widerliche Penner! Du hast Brooke Shields verpasst. Ich habe sie höchstpersönlich zur VIP-Tränke begleitet! Und weißt du, was sie gemacht hat? Sie hat mich nach meiner Adresse gefragt! Sie will mir ein Geschenk schicken! Ist sie nicht unglaublich großartig?

Drinnen stand Queen Rex neben einer Discokugel und einer Glasscheibe in der Form eines Pfaus.

— Wo warst du?

— Draußen, sagte Baby. Ich konnte es nicht ertragen.

Ein Mann in mittleren Jahren mit einer Videokamera kam zu ihnen. Er gab Queen Rex einen Kuss auf die Wange und rief: Regina! Regina! Regina!

— Baby, kennst du Nelson?

— Ich habe dich schon mal gesehen, sagte Baby.

— Baby, das ist Nelson Sullivan. Nelson ist ein Freund von Christina.

— Oh, sagte Nelson, ich liebe Christina. Wir sind ganz eng.

— Nelson ist ein Club Kid!

— Eher ein Clubvater, sagte Nelson. Tja, tschüss dann, ich gehe nach oben.

Kurz vor vier. Queen Rex nahm den Arm einer Queen namens LaHoma van Zandt, einer dünnen Blondine. Sie war wunderschön. Baby starrte sie an, er fragte sich, ob sie wirklich so schön war oder ob die Droge seine Wahrnehmung veränderte. Die schönste Queen von allen. LaHoma van Zandt. Baby hing an ihren Lippen, lauschte jedem Wort in ihrem trägen Südstaatenakzent.

— Gehen wir ins Robots, sagte LaHoma. Das ist nicht mal einen Block entfernt!

Andere Leute wurden mitgeschleift, darunter Nelson Sullivan und James St. James. Mit Ausnahme von Nelson waren alle betrunken oder high. Sie kreischten auf offener Straße. LaHoma trug ein knappes gelbes Kleid und hüpfte auf ihren Holzabsätzen auf und ab.

— Das ist großartig!, rief sie. Das macht so Spaß!

Save the Robots lag in einer Ladenzeile an der Avenue B.

LaHoma klopfte an die graue Tür. Der Türspion wurde zur Seite geschoben. LaHoma hielt ihr Gesicht vor die Öffnung. Der Türsteher ließ alle ein, obwohl er wegen Nelson Sullivans Kamera Bedenken hatte.

– Nimmst du alles auf?, fragte Baby.

– Tag und Nacht, sagte Nelson. Es gibt so viele umwerfende Leute hier in Downtown, und ich will mir keinen einzigen entgehen lassen.

Donnerstag war Baby mit Regina losgezogen. Jetzt war Freitag. Zum Glück war am nächsten Morgen keine Uni. Den ganzen Nachmittag verschlafen.

Es verschlug Baby ins Untergeschoss, wo er die freiliegenden Rohre und die leere Tanzfläche voller Sand betrachtete. Es war noch früh. Bis morgens um acht würden noch Leute kommen. In der Leere dort unten, der Leere eines besetzten Ladens, erkannte er in der Klarheit des Rausches das Wesen der Achtziger. Sie waren anders als die Ära von Disco und Studio 54, als die Besitzer ihre Clubs noch in Wunderwerke verwandelt hatten. Damals hatte man die Menschen aus ihren Köpfen befreien, sie in andere Welten versetzen wollen.

Save the Robots, The World, Tunnel, Mars, Red Zone, Limelight. Bewusst so konzipiert, dass sie die Relikte und Echos ihrer früheren Besucher bewahrten. Ein altes Lagerhaus. Ein Zugtunnel. Auch das machte den Reiz aus – zu wissen, dass die Tanzfläche nur existierte, weil der Kapitalismus versagt hatte. Neue Kultur spross hervor wie Unkraut, das von dem alten Kadaver zehrte.

Und dann schmiss Michael Alig eine Party im McDonald's am Times Square. Eigentlich hatte er in den Burger King gegenüber eingeladen, aber die Filialleitung wollte für die illustre Veranstaltung nicht den Gastgeber spielen. Michael Alig improvisierte, er steckte den McDonald's-Leuten tausend Dollar zu und postierte ein paar unglückliche Lotsen vor dem Burger King, um den Menschenstrom zur neuen Örtlichkeit zu lenken.

Baby überredete Adeline mitzukommen; er räumte fast all ihre Einwände aus, indem er darauf hinwies, dass diese Party ausnahmsweise nicht in einem Club stieg.

— Ich glaube, es gibt nicht mal Musik, sagte Baby. McDonald's wird bestimmt keine durch ihre Lautsprecher jagen.

— Sapperbleu! Wunderprächtig!, sagte Adeline. Ich schmelze dahin, Jackson.

Adelines Freund Jeremy Winterbloss hatte ihr eine Ausgabe des Slangwörterbuchs *The Hepcats Jive Talk Dictionary* aus den Vierzigern geschenkt. Adeline hatte den Inhalt aufgesogen und quälte Baby seit zwei Wochen mit dem Jargon.

— Ich habe keine Ahnung, was das heißt. Kommst du mit oder nicht?

— Mach doch keine Sperenzchen, Baby. Natürlich komme ich mit.

— Alles in Ordnung?

— Lug mir in die Guckercken, sagte sie. Übertrieben in Ordnung. Alles ist bestens.

Baby und Adeline zogen sich um. Baby verstand nicht, warum Adeline sich extra aufbrezelte. Sie hatte einen Freund. Sie hasste Clubgänger. Wen wollte sie noch beeindrucken?

Sie rauchten Gras und fuhren mit einem Taxi bis zur Ecke 46th und Broadway. Als sie Burger King erreichten, überquerte gerade ein Trupp offensichtlicher Clubgänger die Straße. Baby und Adeline folgten ihnen, weil sie annahmen, dass die Leute einen Plan hatten.

In den folgenden Jahren verkam die Clubszene zu einem Mörser der Haute Couture, in dem der Stößel Geld jedes mögliche Outfitproblem zermahlte. Wenn Baby die Menschenmengen über den Times Square treiben sah, fiel ihm unweigerlich auf, wie abgenutzt ihre Aufmachungen waren. Sie sahen aus wie Halloweenkostüme. Perücken wie nach einem Stromschlag und albernes Make-up. Alles sah richtig billig aus.

Das Erdgeschoss bei McDonald's war winzig, es gab nur die Theke und Platz zum Anstellen. Den Essbereich im ersten Stock erreichte man über eine Treppe gleich rechts. Baby wusste, dass er Michael Aligs Party gefunden hatte, als er den Rausschmeißer und die Samtkordel vor der Treppe sah. Wie demütigend es sein müsste, bei McDonald's abgewiesen zu werden, konnte Baby sich nicht einmal vorstellen.

– Wenn der Typ uns nicht durchlässt, sagte jemand in der Menge, knöpf ich ihn mir vor und fiste ihn. Wobei, nachdem ich ihn jetzt besser gesehen habe, fiste ich ihn auf jeden Fall.

Niemandem wurde der Eintritt verwehrt. Sie waren die richtige Art Freaks. Baby hielt Adelines Hand, zog sie die Treppe hinauf und passte auf, dass sie in dem Gedränge nicht verlorenging.

Er entdeckte James St. James, Michael Musto mit einer Pelzjacke mit Kuhfellmuster, Nelson Sullivan mit seiner Kamera, Michael Alig mit aufgemalten blauen und roten Punkten im Gesicht, Michael Aligs festen Freund DJ Keoki mit einer hässlichen silbernen Jacke und einem lächerlichen Hut, auf dem in silbernem Prägedruck KEOKI stand, Julie Jewels von der Zeitschrift *Project X*, Christopher Robin, Olympia, die sich wie Marie Antoinette zurechtgemacht hatte, und einen ganzen Schwarm anderer Leute, an deren Namen Baby sich zum Teil erinnerte und zum Teil nicht.

– Die Hütte haut mich um, sagte Adeline. Sieh dir nur die

ganzen flotten Feger und Sahnetörtchen an. Hier sind mindestens dreihundert Nasen! Was für eine Sause.

Regina war nicht da. Familiäre Verpflichtungen. Sie hatte angerufen und gejammert. Baby fand es nicht schlimm. So konnte er Adeline mitnehmen.

Sie gingen zu James St. James.

– Hallo, Schätzchen!

– Jimmy, das ist meine Mitbewohnerin Adeline.

– Ach, sie ist ja einfach fabelhaft.

– Dieser Jazzer ist ein Bengel aus der Stadt der Engel, sagte Adeline. Frag das abgeknickte Handgelenk, ob er eine Strandhaubitze ist, und wenn ja, ob er panschen kann.

– Was?, fragte James St. James.

– Vergiss es, sagte Baby. Das ist zu kompliziert. Sag mal, Jimmy, hast du was dabei?

Sie bekamen zwei Ecstasy-Tabletten. Eine schluckte Baby. Die andere schluckte Adeline. Einen Moment lang überlegte Baby, ob es klug war, in einem schlecht erleuchteten McDonald's am Times Square Drogen zu nehmen. Andererseits verlor das Gras schon seine Wirkung.

Michael Alig kam mit Kartons voller Essen die Treppe herauf. Alle kreischten. Michael! Michael! Michael! Er stieg auf den Tisch einer Nische und warf der Menge das Essen zu, wie ein Antichrist, der vergiftete Brotlaibe verteilte. Die Leute schubsten und warfen sich übereinander, um nur ja Cheeseburger und Big Macs und Pommes in die Hände zu bekommen.

Es war reizend, wirklich zu schön, mit diesen Menschen zusammen zu sein. Alle kannten Baby. Einige besser als andere, aber er kannte sie, und sie kannten ihn. Es war einfach wunderbar, erkannt und akzeptiert zu werden, ein Teil davon zu sein. Adeline lächelte, lachte, berührte ihn. Baby dachte: *Oh, krass, das ist ihr erstes Mal auf MDMA*. Hatte sich so viel verändert? Warum gab es eine Droge, die er früher ausprobiert hatte als Adeline?

– Ach, Baby, sagte Adeline, ich glaube, jetzt verstehe ich den Reiz dieser scheußlichen Leutchen. Sie sind auf ihre groteske kleine Zirkusart ganz charmant.

Michael Alig und seine Club Kids hatten eine Phase hinter sich, in der sie mit Pfeifen um den Hals durch die Stadt gelaufen waren und in den Clubs darauf getrillert hatten. Baby war gegen Ende dieser Zeit dazugekommen und war froh über ihr Ableben. Das Geräusch machte ihn verrückt. Aber hier kamen die Pfeifen wieder hervor und gellten durch McDonald's.

Kurz vor der Essensschlacht kamen Baby und Adeline mit Kenny Kenny und Armand ins Gespräch. Kenny Kenny hatte in jedem Club der Stadt als Türsteherin gearbeitet. Bis auf einen roten Dutt, über dem sie einen silbernen Hut trug, hatte sie sich den Kopf komplett rasiert. Wenn Baby diesen Haarknoten sah, schauderte er, weil er an die Pinheads aus Tod Brownings *Freaks* denken musste.

Adeline redete in der Nische, in der sie zu viert saßen, minutenlang auf Kenny Kenny und Armand ein. Baby konnte ihnen nicht folgen. Auf der anderen Seite des Raums wurde »Happy Birthday« gesungen. Wer hatte Geburtstag? Armand erzählte Adeline etwas über Louise Brooks. So behutsam er konnte, unterbrach Baby ihn und versuchte, das Gespräch in eine interessantere Richtung zu lenken. Dabei fand er sich noch langweiliger als Adeline, er betrachtete sich von außen, sah, wie er sein Publikum langweilte, wünschte sich, er könnte aufhören, aber schaffte es nicht.

– Okay, also schön, ihr müsst wissen, sagte Baby, dass Thomas M. Disch ...

– Nicht er!, sagte Adeline. An diesen grässlichen Mann und

seine grässlichen Bücher habe ich seit unserer alten Bank of the Metropolis nicht mehr gedacht!

– Jedenfalls, sagte Baby, gehört Thomas M. Disch zu den besten Autoren, die die New Wave der Science-Fiction hervorgebracht hat. *Die Feuerteufel* ist wahrscheinlich sein bestes Buch, es geht um eine Invasion aus dem All, bei der riesige Bäume jeden Quadratzentimeter des Planeten bewachsen. Die meisten Menschen sind gestorben, und die anderen werden von Maschinen gejagt, die ihr Fleisch verbrennen. Jedenfalls folgt der Roman der letzten Gruppe Überlebender, so einer Gemeinschaft von Bibelfanatikern mit einem irren Patriarchen, der entweder Noah ist oder Lot, das kann man sich aussuchen, und das ganze Buch ist auf eine verdrehte Art sehr biblisch. Die Handlung spielt zum großen Teil unter der Erde, weil die Menschen vor den Maschinen in eine Höhle fliehen, und da leben sie im Grunde als Würmer im Wurzelgeflecht der Pflanzen. Ach ja, das habe ich vergessen, die Pflanzen sind halbwegs essbar.

– Wie geht es aus?, fragte Armand.

Armands Gesicht. Baby konnte sich nicht bremsen. Er musste antworten.

– Schlecht. Alle sterben. Die Pflanzen sind als Nahrung für eine Rasse von Wesen gedacht, die im Buch gar nicht auftauchen. Sie haben die Erde als Anbaufläche benutzt.

– Schätzchen, sagte Armand, so was Langweiliges habe ich ja noch nie gehört.

– Warum tust du dir das überhaupt an?, fragte Kenny Kenny. Ich meine, Bücher? Wer liest denn? Wen interessiert das? Wir sind hier bei einer Party, und du redest über Bücher?

Adeline stand auf, um sie aus der Nische zu lassen. Hinter ihnen stand Michael Alig und beobachtete sie, auf seiner gerunzelten Stirn verzogen sich die aufgemalten Punkte.

— Ich habe deine reizende kleine Geschichte mit angehört, sagte Michael Alig. Sie hat mich an *Dark Shadows* erinnert. Habe ich dir schon mal vom Leviathan erzählt?

ESSENSSCHLACHT. Ein Nahkampf brach aus, frittiertes Essen flog in alle Richtungen. Adeline warf einen Big Mac quer durch den Raum und traf eine Queen an der rechten Wange. Die Queen drehte sich um und wollte sehen, woher das Geschoss stammte, aber als sie versuchte, die Flugbahn zurückzuverfolgen, klatschte ihr ein zweiter Hamburger gegen die Nase. Pommes frites prasselten nieder wie die Pfeile in Agincourt.

Alle mussten gehen, es wurde damit gedroht, die Polizei zu rufen. Michael Alig brüllte, das könnten sie nicht tun, sie hätten eine geschäftliche Vereinbarung. Aber alle waren schwul, trugen Fummel, waren high. Keiner wollte es mit der Polizei zu tun bekommen.

Und dann bemerkte Baby immer öfter, wie viele kahle Frauen sich in den Clubs herumtrieben. *Warum rasieren sie sich die Köpfe?*

Und dann erklärte Michael Alig, wie man die Welt beherrschte.

— Zick nicht so rum, sagte er. Halt die Klappe und hör verdammt nochmal zu! Denk an Andy Warhol. Was hat Andy Warhol gemacht, als sie ihn nicht reinlassen wollten? Er hat gesagt: Was soll's? Dann hat er sich umgesehen, hat sich sein Umfeld angesehen, lauter verdammte Schwuchteln, Queens und Speedjunkies, und Andy hat gesagt, diese abgefuckten Schwuchteln sind der Mittelpunkt der Welt. Hier passiert was. Da draußen im echten Amerika, wo die Leute zur Arbeit gehen und in Vororten wohnen und Heterobabys machen und dumme, hässliche, widerliche Autos besitzen, ist rein gar nichts. Der Mittelpunkt der Welt ist hier, in der 47th Street, in diesem verdreckten verdammten Haus voller verdreckter verdammter Menschen! Alle anderen sind die Außenseiter. Und Andy hatte recht. Niemand muss sein ganzes Leben als verfluchtes Opfer fristen! Jeder kann die Welt verändert. Du beschließt einfach, dass gerade du heiß bist, dass du das nächste fabelhafte Ding bist, und dann sagst du es den anderen. Und sagst es verdammt nochmal immer wieder! Anfangs werden sie lachen, weil dumme, hässliche Menschen immer über alles lachen, aber wenn du es oft genug wiederholst, werden sie es früher oder später einsehen, und dann werden sie nicht mehr lachen. Denn eines stimmt mit Sicherheit: Niemand will bei der Party vor der Tür stehen. Sie werden Einladungen wollen. Sie werden Drogen wollen. Sie werden hübsche Jungs vögeln wollen. Und du wirst derjenige mit den Einladungen sein, mit den Drogen, und es wird dein Freund sein, dem sie die Zunge in den Hals stecken wollen. Die Macht wird dein sein. Du sagst ja oder nein. Du entscheidest, wer es reinschafft und wer fies wie altes Hundefutter ist. So eroberst du die verdammte Welt! Das ist scheißeinfach. Amerika ist der erste Nachtclub überhaupt. Man braucht nur Zeit und Geduld und einen guten Türsteher.

Und dann war da die Sache, als Adeline ihr Studium an der Parsons abschloss und ihren Bachelor of Fine Arts erhielt. Baby fragte, ob sie Suzanne einladen wolle.

— Mutter hat hier nichts zu suchen, sagte Adeline.

— Sie bezahlt alles, sagte Baby. Ich kann mir nichts Einsameres vorstellen, als nicht zur Abschlussfeier seiner Tochter eingeladen zu werden.

— Warum musst du immer für sie Partei ergreifen?

— Ich habe fast ein Jahr bei ihr gewohnt.

– Dann habe ich Jahre mehr Erfahrung im Umgang mit dieser Frau. Sag mir nichts über Mutter.

Als der Tag dann gekommen war, besuchte Adeline die Abschlussfeier nicht. Sie wollte den besonderen Anlass auf ihre eigene Art begehen und entschied, die beste Feier bestünde aus MDMA und einem Kinobesuch. Zu diesem Ausflug nahm sie ihre übellaunige russische Freundin Minerva mit. Und Baby.

Letzterer bemerkte ebenso wortlos wie missmutig, dass sich Adelines Ablehnung seinen Freunden gegenüber nicht auf Zeiten erstreckte, in denen sie Rauschmittel begehrte. In solchen Momenten war das furchtbare Clubvolk ganz famos.

Baby trieb vier MDMA-Tabletten auf, gab Adeline und Minerva jeweils eine und nahm selbst zwei. Vor einiger Zeit hatte er seine Dosis erhöht. Auslöser war der Ecstasy Punch gewesen, den er im Limelight getrunken hatte. Partyveranstalter krümelten eine enorme Tablettenmenge in ein wässriges Getränk mit Fruchtgeschmack und verteilten dieses widerliche Gebräu als Marketingmaßnahme. Kostenlos. Baby hatte übermäßig zugegriffen, was bei ihm zu fachkundigen Einsichten über die psychische Knausrigkeit, nur eine Tablette zu schlucken, geführt hatte. MDMA war nicht LSD. Er musste es nicht fürchten.

Obwohl Adeline nicht mit der Fernsehserie vertraut war, die dem Film zugrunde lag, beschloss sie, *Geschichten aus der Schattenwelt* zu sehen. Sie hatte gelesen, dass Debbie Harry mitspielte, die Sängerin der mittlerweile aufgelösten Band Blondie. Diese Besetzung genügte ihr als Empfehlung.

Der Film lief im Loews 34th Street Showcase. Das Kino, ein gedrungenes Gebäude mit drei Sälen, war erst vor kurzem eröffnet worden. In Babys ersten Monaten in New York hatten er und Adeline im Showcase *Star Trek IV. Zurück in die Gegenwart* im opulenten 70-mm-Format gesehen. Jetzt konnte Baby sich nur noch an die alternden Gesichter der Hauptdarsteller erinnern und ganz verschwommen an Buckelwale, die durchs Weltall reisten.

Geschichten aus der Schattenwelt lief in einem Saal im Untergeschoss und war außergewöhnlich schlecht, selbst an den fragwürdigen Maßstäben des Horrorgenres gemessen. Als Episodenfilm wartet er mit einer dürftigen Rahmenhandlung auf, in der Debbie Harry anfangs als normale Vorstadthausfrau auftritt. Hinter dieser Fassade ist Harry allerdings eine Hexe, die einen achtjährigen Jungen in ihrer Küche in einen Käfig gesperrt hat. Sie hat Gäste zu einer Dinnerparty eingeladen und bereitet das Essen vor, bei dem das Kind als Hauptgang dienen soll.

Sie gibt dem Jungen ein Buch mit dem Titel *Geschichten aus der Schattenwelt*. Als er sich für den Wälzer nicht interessiert, sagt sie erstaunt, es sei ihr Lieblingsbuch gewesen, als sie Kind war. Vor lauter Verzweiflung schlägt der dem Untergang geweihte Junge Debbie Harry vor, ihr Geschichten aus dem Buch vorzulesen. Sie willigt sofort ein. Baby konnte sich nicht vorstellen, warum. Das Buch gehört ihr, sie hat jahrzehntelang darin gelesen. Warum sollte auch nur eine der Geschichten interessant sein? Noch dazu bekommt der Junge kaum die Zähne auseinander. Sein Vortrag wirkt kein bisschen reizvoll.

Alle drei Geschichten blenden in einen eigenen Kurzfilm über. Im ersten erwecken Berufsopportunisten eine Mumie zum Leben. Im zweiten wird ein Auftragskiller angeheuert, um eine Katze zu töten. Im dritten sieht ein Mann mit an, wie ein Wasserspeier einen Mord begeht, und lässt sich dann auf einen Handel mit dem Ungeheuer ein, um sein Leben zu retten.

Die Droge hinderte Baby daran, den Erzählungen auf halbwegs lineare Art zu folgen. Wahllos und ohne Zusammenhang blitzten Bilder auf. Der abgeschnittene, brennende Kopf der Mumie. Das Lächeln des Wasserspeiers. Das blutverschmierte Gesicht eines alten Mannes. Ein weißer Mann und seine schwarze Frau. Zombies.

Wie der alte Mann unter dem Theaterblut mit der Lippe zuckte, erinnerte Baby an seine erste Begegnung mit Quentin Crisp im Tunnel. Crisp hatte das Buch *Crisperanto. Aus dem Leben eines englischen Exzentrikers* geschrieben, seine Erinnerungen an sein Leben als Tunte in London, grob zur Zeit des Zweiten Weltkriegs. Durch Fügungen des Schicksals war er schließlich zur grauen Eminenz der Clubszene geworden.

Baby und Crisp unterhielten sich fast eine Stunde lang.

– Weißt du eigentlich, du charmantes Kerlchen, sagte Crisp, dass damals im Studio 54 der Urenkel von Abraham Lincoln mit dem Zug aus Virginia angereist ist, um an den wilden Ausschweifungen teilzuhaben? Das ist die reine Wahrheit. Ich habe es aus mehreren Quellen. Er hieß Robert Todd Lincoln Beckwith, aber sie haben ihn Bud genannt. Bud! Bud Lincoln! Ist das nicht reizend? Er war ein schrecklicher alter Mann mit einer degenerativen Muskelerkrankung, wegen der er kaum laufen konnte. Er hat sich von einem hübschen jungen Kerl hereinschieben lassen, und dann hat er sich die ganze Nacht mit Liz Taylor und Mick Jagger unterhalten. Sie waren fasziniert. Wärst du das nicht auch? Wenn es zurück ins Hotel ging, scharte er ein ganzes Gefolge entzückender junger Dinger um sich. Jungs, Mädchen, Transvestiten, schwul, hetero. Um solche Unterschiede scherte sich der Abkömmling des Ehrlichen Abe kein bisschen. Bud nahm sie mit in sein Hotel und ließ sie wild miteinander vögeln. Er selbst sah nur zu, der Arme konnte seine Blume nicht mehr zum Blühen bringen. Die Leute haben mir ganz unfassbare Geschichten über sein Gesicht erzählt, über die schlaffe, greise Fratze, mit der er grinsend und sabbernd zusah, wie sich die verlockenden Körper in Aphrodites Armen wanden. Vor ein paar Jahren ist das arme alte Ding gestorben. Da sieht man es wieder, oder, mein Kleiner? Selbst in den besten Familien.

Der Film endete. Das Trio wankte hinaus. Minerva, die Baby nicht mochte, dampfte ab und ließ die beiden Mitbewohner viele Stunden vor Sonnenuntergang allein. Adeline stand völlig neben sich und musste von dem MDMA immer wieder kichern. Ein leeres Grundstück auf der anderen Straßenseite fand sie völlig faszinierend.

— Hat dir der Film gefallen?, fragte Baby.

— Ach, Baby, sagte Adeline, ich werde es mal auf deinen Geisteszustand schieben, dass du eine so grässliche Frage stellst. Ich dachte, wir hätten eine Abmachung. Keine naheliegenden Fragen nach einem Film!

— Lass uns zu Grants Grab fahren, sagte Baby.

— Sollen wir? Wo ist das?

— Weit Uptown, sagte Baby. Wir müssen zur Penn Station und die IRT nehmen.

Sie fuhren mit der Linie 1 zur 125th Street und stiegen an der Hochbahnhaltestelle aus. Als sie die lange Treppe hinunterliefen, war Baby desorientiert und wusste die richtige Richtung nicht mehr. Drogenabsurditäten. Er konnte die grünen Bäume im Riverside Park sehen, aber es dauerte eine Weile, bis die kognitiven Prozesse in seinem Gehirn anliefen. Adeline war dabei keine Hilfe, sie summte vor sich hin, legte den Kopf in den Nacken und betrachtete das verrostete Metall.

— Wahnsinn, sagte sie. Das ist so schön. Das haben Menschen gebaut, aber was, wenn es schon immer hier war? Wenn es uralt ist?

Baby nahm ihre Hand.

Wie alle freien Flächen in der Stadt war auch der Riverside Park ein Tummelplatz von Obdachlosen und Drogensüchtigen. Einige hingen nur völlig benebelt herum, andere hatten diesen typischen Gang, einen Schritt vor und zwei zurück.

Die Kuppel von Grants Grab brach durch die Baumwipfel. Baby und Adeline liefen über bröckeligen Granit, in den sich die Scherben von zerbrochenen Crackröhrchen und Glasflaschen gebohrt hatten. Zu beiden Seiten des Eingangs hielten zwei große Adlerstatuen mit kaputten Schnäbeln Wache.

Der Eintritt war frei. In dem Gebäude gab es nicht viel mehr als eine Rotunde, von der man auf die Sarkophage von Grant und seiner Frau sehen konnte. Eine Handvoll Besucher waren da, stumme Touristen mit verstörtem Blick. Sie waren hergekommen, um sich die vermoderten Knochen eines amerikanischen Präsidenten anzusehen, des besten Generals, den dieses Land im 19. Jahrhundert hatte, und mussten durch einen Park voller Graffiti und menschlicher Scheiße laufen.

Adeline spähte von der Galerie auf die Sarkophage aus poliertem roten Porphyr, die im matten Licht schimmerten.

— Alter, sagte sie, das ist voll verrückt, aber ich kann die Namen nicht lesen. Ich sehe nur mein Gesicht.

Ulysses S. Grant hätte sich das entwürdigende Verhalten des Urenkels seines Oberbefehlshabers, eines gealterten Mannes, der nach New York kam, um inmitten der wohlgestalteten, von Kokain berauschten Körper des 20. Jahrhunderts Hand an sich zu legen, nicht träumen lassen. Wir aus New York gleichen Weltraumwalen der Lust und Ausschweifungen, der Schwänze und Muschis und Pülverchen und Flüssigkeiten unerforschter Horizonte. Ulysses S. Grant, achtzehnter Präsident dieser Vereinigten Staaten, du hast auf keinen Fall ahnen können, wozu Bud Lincoln seinen berühmten Namen eingesetzt hat. Du hattest keine

Ahnung von Bud Lincolns fleischlichen Bedürfnissen, von Bud Lincolns Disconächten.

— Da wären wir also, sagte Adeline, und ich weiß gar nichts über Grant.

— Er war ein übler Trinker, sagte Baby. Kauf doch im Andenkenladen ein Buch.

— Hier gibt es einen Andenkenladen?, fragte sie.

— Das Regal neben der Eingangstür, sagte Baby.

Bücher wurden nicht angeboten. Adeline kaufte mehrere Bündel nachgedruckter Geldscheine der Südstaaten. Ein Dollar für einen Packen Falschgeld.

Nachdem sie das Mausoleum verlassen hatten, gingen sie durch den Park nach Norden. Adeline riss ein Bündel Falschgeld auf und blätterte die Scheine durch.

Sie gab Baby einen Hundert-Dollar-Schein. Seine Augen sahen den Schein als Negativ, als Form ohne Kontext. Als Abfolge gravierter Linien. Die Bilder, die das Muster ergeben sollte, konnte Baby nicht erkennen.

— Was ist das?, fragte er.

— Unverfälschter Südstaatencharme, sagte sie. Sie haben Sklaven auf ihre Zahlungsmittel gedruckt. Das sind drei zünftige Neger, die ein Baumwollfeld beackern.

— Warum ist Jon nicht hier?, fragte Baby.

— Frag ihn, sagte Adeline. Bestimmt tischt er dir eine absolut faszinierende Antwort auf.

Sie lief vor. Wie viele Jahre seit Kalifornien? Zwei? Wann war Baby zuletzt in so etwas wie der Natur gewesen? Tiefblauer Himmel. Schneeweiße Wolken. Grants Grab. Grant, der große Trunkenbold, der gescheiterte Präsident. Grant, der etwas von menschlicher Schwäche und Genuss und Rauschmitteln verstand. Hätte er am Ende womöglich Mitgefühl mit Bud Lincoln aufgebracht? Überraschte es irgendjemanden, dass sein Grab Lotusesser anzog? Seine Leiche rief sie, sie wirkte wie ein Magnet für die Kaputten und die Verrückten. Der weltliche Schutzpatron der Sucht. Der weltliche Gott der Drogen.

Wellen gingen von dem Gebäude aus, eingeschwungen auf die obere Stratosphäre sandte die Kuppel Energieimpulse in die Tiefen des Alls. Hyperkinetische Emissionen von Ulysses S. Grant und seiner geliebten Frau Julia, deren Gebeine in ihrer Anordnung die gesendeten Botschaften an die Wale verstärkten. Besucht uns, besiegt uns, versklavt uns. Nehmt diese abscheuliche Welt von uns. Kein Mann und keine Frau ist würdig. Erspart uns das Wissen um unsere Verderbtheit. Wir ergeben uns, wir ergeben uns. Wir sind Bobby E. Lee. Wir ergeben uns.

– Baby! Komm sofort her!

Adeline stand auf der anderen Straßenseite vor einer winzigen weißen Urne auf einem Sockel.

– Lies die Inschrift, sagte sie.

ZUM GEDENKEN
AN EIN LIEBENSWERTES KIND
ST. CLAIRE POLLOCK
GESTORBEN AM 15. JULI 1797
IN SEINEM FÜNFTEN LEBENSJAHR

Und dann war da die Sache mit Christinas Geburtstagsfeier im Basement des Tunnels. Michael Alig rief Baby an, um ihn einzuladen.

– Was soll ich denn da?, fragte Baby. Ich kenne Christina gar nicht!

– Ach, bitte, sagte Michael Alig. Ist doch egal. Man kann niemanden wirklich kennen.

Angesichts der spärlichen Gästezahl kam Baby zu der Überzeugung, dass Alig ihn eingeschleust hatte, um die Menge etwas aufzustocken. Das Basement war noch wie früher. Kaum mehr als dreckige Tische und hässliche Möbel in einem Umfeld, das sich nicht als menschliche Behausung eignete.

Christina saß in einem roten Kleid und Strümpfen unter einem Strahler. Hinter ihr hing ein Bild, auf dem BEEFEATER stand. Baby hatte sich im Taxi zur 27th Street volllaufen lassen, vier Fläschchen hatte er auf dem Rücksitz gekippt. Soweit er wusste, hatte Christina ein paar Songs singen wollen, und als die Party anfing, hatte sie aus irgendeinem Grund völliges Desinteresse bekundet und nur noch herumgesessen und geschmollt. Nelson Sullivan schwirrte um sie herum, die Kamera abwechselnd auf Christina und das Publikum gerichtet.

Die Leute wollten, dass Christina »Jumpin' Jack Flash« sang. Eine Queen namens Hapi Phace hatte das Mikrophon und schluderte mit einer zweiten Queen namens Taboo eine Comedynummer hin. Eine Geburtstagstorte wurde hereingebracht. Auf der Torte stand HAPPY BIRTHDAY CHRISTIAN.

Eine unbekannte Queen, die auch Baby noch nie gesehen hatte, übernahm das Mikro. Schwarze Lederjacke über einem schwarzen Kleid, schwarze Sonnenbrille, die Haare im Postpunkstil gefärbt, geschnitten und teilweise abrasiert. Sie behauptete, Christina habe sich auf jede Arschbacke ein M tätowieren lassen, und wenn Christina sich vorbeugte, würde das auf ihrem Hintern MOM ergeben. Christina fragte die Queen, wie gerne sie die nächste Madonna werden wollte. Die Queen warf das Mikro auf den Boden und sagte: – Schätzchen, ich *will* nicht die nächste Madonna werden, ich *bin* es schon.

Wieder Rufe nach »Jumpin' Jack Flash«. Lady Bunny am Mikrophon verlangte den Song. Christina rührte sich nicht.

Baby wandte den Blick ab. Als er wieder hinsah, hielt Christina einen Hammer. Dann nahm Keoki ihr den Hammer weg. Christina wollte den Hammer zurückhaben, und die unbekannte Queen brachte ihn ihr. Die meisten stimmten Happy Birthday an, während ein paar Leute brüllten, Christina solle die Torte essen.

Mit der Torte in der Hand stolzierte die unbekannte Queen auf Christina zu und drückte ihr die Torte ins Gesicht. Die Buttercreme verschmierte Christinas Perücke. Christina hatte den Hammer, aber sie schwang ihn nicht. Sie saß da und schmollte, während ihr die Torte vom Gesicht fiel. Mit dem Hammer in der Hand. Nelson Sullivan nahm alles auf.

– Wie findest du die Party?, fragte Michael Alig. Ist sie nicht großartig? Was für ein Theater!

– Ich bin für so was nicht geschaffen, sagte Baby.

– Das ist doch alles nur Spaß! Mach dir mal nicht ins Höschen!

Und dann war da die Sache, als Michael Alig Baby seiner Mutter vorstellte, die mit ihrem europäischen Akzent wie Christina klang.

– Baby, sagte sie, jeder ist das Baby von jemandem! Sogar du, Baby! Michael ist mein Baby!

Dieses Kennenlernen fand auf der Tanzfläche des Mars statt. Michael Aligs Mutter war von Indiana hergeflogen.

– Baby, fragte sie, hast du ein bisschen Schnee für Mama?

Und dann war da die Sache, als Baby und Queen Rex einen Pornodreh in einem Lagerhaus unweit der Kreuzung Ninth Avenue und Little West 12th Street besuchten, ganz in der Nähe von Nelson Sullivans Wohnung.

Das Lagerhaus war Teil einer umgebauten Fleischfabrik. Gedreht wurde spezielle Pornographie. Nur Bondage, nur Dominanz. Kein Sex.

Eine rothaarige Frau mit sichtbaren Einstichstellen. Ein übergewichtiger Mann, der sie auszog. Einer der Produktionsassistenten raunte Baby und Regina zu, das sei der dreizehnte Teil der Serie *Hexenhammer*, nach dem *Malleus Maleficarum*, einer Anleitung für Hexenjäger von 1486. Die Autoren Heinrich Kramer und Jakob Sprenger beschreiben darin hilfreiche Techniken und Foltermethoden, um herauszufinden, ob eine Verdächtige mit den dunklen Künsten im Bunde steht. Für die *Hexenhammer*-Serie hatten die Produzenten diese Methoden abgewandelt und setzten ihre weiblichen Stars den historischen Demütigungen aus, nur eben in nicht tödlicher Form.

Abgesehen von den Spuren des Drogenmissbrauchs, die älter machten, schien die rothaarige Frau etwa in Adelines Alter zu sein. Alle vier Jahre wechselte die Stadt eine neue Riege von aufstrebenden Regisseuren, Autoren, Künstlern, Models, Schauspielerinnen ein. Baby lebte schon so lange in New York, dass er allmählich die zweite Generation von Anwärtern kennenlernte. Es mangelte nie an Frischfleisch, an jungen Frauen und Männern, die sich im Namen von Kunst oder Kommerz erniedrigten, es mangelte nicht an Ausschweifungen und Drogensucht, an Idiotie oder Naivität, an Nachschub für das riesige zermürbende Räderwerk.

Der übergewichtige Mann setzte eine abgewandelte Form von Daumenschrauben an, dann versuchte er, den Auftrieb der Frau zu messen, indem er sie in einem Wasserbecken untertauchte. Nach weiteren harten Prüfungen endete der Dreh mit der Feststellung, die Frau sei tatsächlich eine Hexe. Der Produktionsassistent erzählte Baby, sie würden die Schauspielerin in der Postproduktion verbrennen.

Draußen auf der Straße rauchten Queen Rex und Baby Mentholzigaretten.

– Ich habe seit einer Ewigkeit keinen Sex mehr, rief Baby. Einer Ewigkeit! Ich bin ein attraktiver, schicker junger Mann, der Clubs voller Trunkenbolde und Drogensüchtiger besucht! Warum habe ich nicht öfter Sex?

– So läuft das jetzt halt, sagte Queen Rex.

– Heute Nacht werde ich gevögelt, sagte er. Egal, wie und wo! Wir gehen jetzt in einen Club und suchen einen dummen, hübschen Jungen! Sonst platze ich noch!

– Dann gehen wir ins Palladium. Da wartet immer ein junges Teilchen darauf, eine Dummheit zu begehen.

Auf dem Weg die 14th Street hinauf blickte Baby zum 31 Union Square West auf und wünschte auf eine Art, die er nicht in Worte fassen konnte, als tiefsitzenden, stummen Wunsch in seinen Eingeweiden, er könnte wieder in dieses Haus ziehen.

Vor dem Palladium gab es keine Schlange. Baby kannte niemanden dort. Der Club war total passé, aber das machte seinen Charme aus. Das ganze Drumherum ohne jeden Druck. Regina schlug vor, sie sollten sich den Club sparen und gleich nach oben ins Julian's Billiards gehen. Baby willigte ein. Das sei nur ein Scherz gewesen, sagte Regina.

Während sie Getränke besorgte, lehnte Baby an der Wand. Er dachte an Sex. Er dachte ans Ficken. Er dachte daran, jemanden durchzuvögeln. Er dachte daran, durchgevögelt zu werden. Er wollte es jemandem besorgen.

Zwei Kiddies kamen zu ihm.

– Du kennst doch Michael Alig, oder?, fragte der Junge mit dem weißen, mit Rüschen besetzten Spitzenhemd und dem roten Plastikbowler auf den blondierten Haaren.

– Michael wen?, fragte Baby.

— Natürlich kennt er Michael, sagte der andere. Er ist Baby Baby Baby! Er ist ein echtes Club Kid!

— Ist ja fabelhaft, sagte der Erste. Ich heiße Polly.

— Und ich Esther. Wie geht's dir, Baby?

— Äh, sagte Baby, ich warte auf jemanden.

— Schätzchen, wartest du auf Michael? Ist Michael hier?

— Nein, sagte Baby. Ich warte auf Queen Rex.

— O Gott, Queen Rex? Ist ja fabelhaft! Ich kann es kaum erwarten, sie kennenzulernen.

Die Clubszene. Unglaublich egozentrische Menschen, die ihr Dasein spielten, als stünden sie fortwährend auf einer Bühne, jeder Augenblick ein Auftritt. Diese Menschen waren so verblendet, dass sie glaubten, sie hätten ein heimliches Publikum, sie würden ständig beobachtet.

In New York City, in der sogenannten Downtown-Szene, war alles fabelhaft. Alles war immer fabelhaft.

Regina kam zurück, sichtlich angewidert von Polly und Esther musterte sie die schwarze Schrift auf ihren identischen weißen Rucksäcken: ALKOHOL TÖTET und STOPPT KORRUPTION.

— Wer sind diese Leute?, fragte sie Baby.

— Ich weiß nicht genau, sagte Baby, sie haben mich erkannt. Sie wollen wissen, ob Michael hier ist.

— Warum sollte dich irgendwer erkennen?

— Wegen des Artikels in der *Project X*, schätze ich, sagte Baby.

— In der *Project X* stand ein Artikel über dich?

— Herrje, Regina, den Artikel habe ich geschrieben. Das war meine erste Veröffentlichung! Alle haben ihn gelesen. Sogar Adeline. Warum du nicht?

— Uni, antwortete Regina.

— Diese kleinen Jungs haben keine Ahnung, wer du bist, sagte Baby. Du bist ihnen ein echtes Rätsel.

– Irgendwas muss in diesem Drecksloch ja rätselhaft sein.

Polly und Esther überredeten Baby, mit auf die Tanzfläche zu kommen. Erst sträubte er sich, weil er nicht gesehen werden wollte, aber dann beschloss er, es sei doch egal. Sie waren im Palladium. Niemand würde es erfahren. Er versuchte, der Musik zu folgen, aber Polly und Esther klebten beinahe an ihm und hatten einen fürchterlichen Tanzstil. Ungelenk, fuchtelnd, ohne auf den Song zu hören, mit unpassendem Voguing, einzig und allein darauf aus, Aufsehen zu erregen.

Baby wandte sich schulterzuckend ab und ging Regina suchen. Sie saß an einem Tisch und trank einen Cape Cod. Polly und Esther folgten ihm von der Tanzfläche. In einer Wolke aus purer Abscheu stand Regina auf und ging.

Baby zog Bilanz. Sie waren nicht hübsch, aber auch nicht hässlich. Er fragte, wo sie wohnten. Sie hatten ein Apartment in der 11th Street. Dann mal los, sagte er. In Ordnung, sagten sie. Und kannst du Michael anrufen? Na ja, sagte Baby, vielleicht, aber gehen wir erst mal zu euch, ihr habt doch ein Telefon, oder?

In der Wohnung sagte Baby, Polly und Esther sollten sich ausziehen. Sie gehorchten ohne Eile. So musste es sich anfühlen, Michael zu sein. Zu sagen: Springt, und die Leute sprangen.

– Machen wir es in eurem Bett?, fragte Baby.

– Wir können es hier auf dem Boden machen, sagte Polly.

– Wo du willst, sagte Esther.

– Wer braucht schon ein Bett?, fragte Baby. Habt ihr etwas Schnee für Mama?

Polly und Esther knieten vor Baby, ihre Münder an seinem Penis. Dann war Esthers Mund an Babys Hoden. Dann war Esthers Mund an Babys Penis. Dann war Pollys Mund an Esthers Hoden. Dann war Babys Mund an Pollys Penis. Dann drückte Baby Esther herunter auf alle viere. Dann holte Polly Gleitgel aus dem Medizinschränkchen im Badezimmer. Dann strich Baby seinen Penis mit Gleitgel ein. Dann drückte Babys Penis gegen Esthers Anus. Dann war Babys Penis in Esthers Rektum. Dann sagte Baby, Polly solle Esthers Penis in den Mund nehmen. Dann sagte Baby, Polly solle hinter Esther gehen. Dann strich Polly Gleitgel auf seinen Penis. Dann drückte Pollys Penis gegen Esthers Anus. Dann war Pollys Penis in Esthers Rektum. Dann war Babys Penis in Esthers Mund. Dann beugte Baby Polly vornüber. Dann drückte Babys Penis gegen Pollys Anus. Dann war Babys Penis in Pollys Rektum. Dann war Pollys Penis in Esthers Mund. Dann schrie Polly. Dann stöhnte Esther. Dann war Babys Hand auf Esthers Penis. Dann war Babys Penis in Esthers Rektum. Dann drückte Pollys Zunge gegen Babys Anus. Dann war Pollys Zunge in Babys Rektum. Dann stöhnte Baby. Dann dachte Baby an James Boswell, an die geheimen Tagebücher, in denen Boswell ausführlich unzählige Begegnungen mit Prostituierten an öffentlichen Orten beschrieb, an Boswells Bedürfnis zu ejakulieren, nachdem er bei einer öffentlichen Hinrichtung zugesehen hatte. *Nicht einmal die besten britischen Schriftsteller des 18. Jahrhunderts kannten solche Dekadenz*, dachte Baby. *Das 20. Jahrhundert hat die Lust demokratisiert.* Dann entleerte Babys Penis Samen in Esthers Rektum. Dann sagte Baby, Polly und Esther sollten den Penis des jeweils anderen in den Mund nehmen. Dann entleerte Pollys Penis Samen in Esthers Mund. Dann entleerte Esthers Penis Samen in Pollys Mund. Dann spuckte Esther Pollys Samen auf Pollys Bauch. Dann saugte Esther Pollys Samen mit dem Mund wieder auf.

Baby lag auf dem dreckigen Holzboden. *Hoffentlich kriege ich kein Aids.*

Esther rollte sich auf die Seite, aus seinem Penis tropfte Samenflüssigkeit auf die Innenseite seines Oberschenkels.

– Rufst du Michael an?, fragte Esther.

– Nein, sagte Baby. Auf keinen Fall. Jetzt nicht. Auch später nicht. Nicht für euch.

Dann war da die Sache, als Christina im Chelsea Hotel eine Überdosis nahm. Es ging das Gerücht, dass sie Nelson Sullivan angerufen und ihn gebeten hatte, ihren Tod zu filmen. Nelson hatte sich geweigert. Fünf Tage später zwang der Gestank ihrer verwesenden Leiche die Hausverwaltung dazu, die Tür aufzubrechen. Der Körper befand sich in einem derart fortgeschrittenen Stadium der Zersetzung, dass zur Feststellung der Identität zahnärztliche Unterlagen nötig waren.

Eine zweite Geschichte machte die Runde, über einen Auftritt nicht allzu lange vor der Überdosis. Christina stand im Pyramid auf der Bühne und sang oben ohne »I'll Keep It with Mine«, einen Song, den Bob Dylan geschrieben und Nico aufgenommen hatte. *I can't help it if you might think I am odd / If I say I'm not loving you for what you are / But for what you're not.*

Einem Zuschauer gefiel ihre Darbietung nicht. Er buhte und rief dazwischen.

Christina packte den Mikrophonständer und warf ihn dem Zuschauer ins Gesicht. Es hieß, sie habe ihm ein Auge ausgeschlagen. Baby konnte das nicht glauben. Das war zu haarsträubend. Eine ganze Reihe von Leuten erzählte, sie sei wegen versuchten Mordes angeklagt.

Im Juni starb sie an einer Überdosis. Alle sagten, Nelson Sullivan sei am Boden zerstört. Baby konnte ihn nie nach Christina fragen. Sullivan starb am 4. Juli an einem Herzinfarkt. Er war einundvierzig Jahre alt.

Dann war da die Sache, als das Limelight Michael Alig anheuerte, um am Mittwochabend eine Party unter dem Titel Disco 2000 zu veranstalten. Wie sich die Dinge doch ändern! Baby wusste noch, dass Michael Alig mal im Limelight Hausverbot hatte, weil er jemandem siebenhundert Dollar schuldete.

Das Limelight gehörte Peter Gatien, einem Kanadier in mittleren Jahren mit einer Augenklappe über dem linken Auge. Er hatte schon in anderen Städten eine Reihe erfolgreicher Clubs besessen, bevor er eine entweihte neugotische Kirche an der Ecke Sixth Avenue und 20th Street gekauft hatte. Jeder von Gatiens früheren Clubs hatte den Namen Limelight getragen. Auch die Kirche wurde so genannt. Nach der Eröffnung 1983 schleppte sich der Club durch ein paar mittelmäßige Jahre, bevor er vollends passé war.

Gatien wandte sich an Michael Alig. Na los, sagte er, du gehörst doch zu diesen jungen Typen, die am lautesten trommeln. Nimm den Mittwoch, da ist sonst nichts los. Ich finanziere dich.

— Endlich habe ich, was ich schon immer wollte!, sagte Michael Alig. Jetzt werden meine ganzen Träume wahr!

Michael Alig tauchte ab und stürzte sich manisch in die Vorbereitungen für seine Premiere Ende August. Die Gerüchteküche brodelte. Es ging um Kostüme, den Club als Karneval, wie Larry Tees Celebrity Club, aber in einer ganz anderen Größenordnung. Mit den Kindereien sollte Schluss sein. Das würde etwas anderes werden. Was Offizielles. Der ganz große Wurf.

Am Abend der Eröffnung bekam Baby einen Anruf, damit er auch sicher kommen würde.

— Das würde ich mir nicht entgehen lassen, Michael, sagte Baby. Regina kommt auch. Alle kommen.

— Sogar diese Schlampe Musto hat versprochen zu kommen, sagte Michael Alig. Hoffentlich versaut er nicht alles!

— Es wird schon gutgehen, sagte Baby. Vertrau mir.

— Ach, sagte Michael Alig, was weißt du denn schon? Warum sollte ich dir vertrauen? Du bist ein Niemand!

Baby rief Queen Rex an. Ihre Mutter nahm ab. Baby hatte Reginas Mutter nie kennengelernt, aber sie hatten unzählige Male miteinander gesprochen.

— ¿Aló?

— Hola, sagte Baby. ¿Regina es allí?

— ¿Quién es?

— Es Bebé.

— Baby, sagte Reginas Mutter mit einem Lachen. Baby! Baby!

Im Hintergrund kreischten Kinder.

— Baby, Regina no es Hause. Regina es … es … in … Disco!

— Gracias, Mami, sagte er und legte auf.

Baby schluckte zwei MDMA-Pillen. Er ging zu seinem Kleiderschrank und suchte alle Gürtel zusammen, die er besaß. Dann fragte er Adeline, ob er sich ihre Gürtel leihen könne.

— Was willst du denn mit ihnen anstellen?

— Ich will mir ein Kostüm machen, sagte Baby. Für die erste Nacht der Disco 2000.

— Bist du high?

— Ja.

— Von MDMA?

— Ja.

— Ich wünschte, du könntest auf Moses' Felsen stehen und dich selbst sehen. Da ist etwas sehr schiefgelaufen. Du bist nicht mehr der junge Mann, den ich von früher kenne.

— Die Zeiten ändern sich, sagte er. Man kann die Vergangenheit nicht wiederholen.

— Was soll das heißen, man kann die Vergangenheit nicht wiederholen?, fragte Adeline. Natürlich kann man das.

Baby zog eine Lage schwarzer Kleidung an und wickelte sich die Gürtel um Arme, Beine und Oberkörper. Im Spiegel wirkte das Ergebnis besser, als er es sich vorgestellt hatte. Er sah aus wie eine Regenbogenmumie.

– Hoffentlich ist das nicht zu sehr Leigh Bowery, sagte er sich.

Baby nahm ein Taxi zur 20th Street. Vor der Tür stand Kenny Kenny. Baby musste nicht anstehen. Das Limelight war neu auferstanden. Michael Alig hatte lebende Affen gemietet, die im Eingangsbereich in ihren Käfigen kackten und kreischten. James St. James hatte einen eigenen Käfig bekommen, er trug Theaterschminke, über ihm hing ein Schild: WARNUNG. NICHT DAS DROGENKIND FÜTTERN! Er rief nach einer Line! Nur einer Line! Irgendwas!

Und dazu gab es kostümierte Gestalten. Clara, das sorglose Hühnchen, ein überdimensionales gelbes Federvieh, das immer neben dem Takt tanzte, gerne Leute in gestohlenen Einkaufswagen herumschob und ihre Genitalien betatschte. Hans Ulrich, den Lederhund. I.C., den Bären. Auf handgeschriebenen Schildern standen die Namen dieser Wesen.

– Baby! Tolles Kostüm!

– Regina! Schätzchen!

Sie umarmten sich.

– Ist es nicht wunderbar?, fragte sie.

– Ich bin gerade richtig, richtig, richtig high, sagte Baby. Ist es so großartig, wie es wirkt?

– Was hast du genommen?

– Ecstasy, was sonst?

– Ein Mädchen da drüben hat Special K. Ich habe das noch nie genommen, und du? Es ist schwer angesagt. Alle sagen, es ist göttlich. Soll ich uns was besorgen?

– Gönn es dir ruhig, sagte Baby. Ich mische meine Pharmazeutika nicht gerne. Ich sollte Michael suchen.

– Er ist oben, sagte Queen Rex.

Baby drängte sich durch den Club. Mit der Besucherzahl konnte Michael nur zufrieden sein. Baby schlug einen Bogen um sechs, sieben Kids. Jemand hielt ihn am Arm fest.

– Baby!, sagte eine weibliche Stimme.

Er sah die Frau an. Sie war zierlich und trug eine lange silberne Perücke, klobige, hässliche schwarze Stiefel, einen dicken schwarzen Gürtel und einen Bikini in Tarnfarbe. Baby seufzte, weil er keine Lust hatte, sich wieder mit einem Groupie abzugeben.

Seit er mehrere Artikel für *Project X* geschrieben hatte, wurde Baby öfter erkannt. Er fand es scheußlich. Schätzchen, hatte James St. James gesagt, das ist der schreckliche Preis des Ruhms! Baby wollte keinen Ruhm. Er schrieb einfach gerne.

– Hallllooo, sagte er.

– Baby, ich bin's, sagte das Mädchen.

– Wer ist ich?

– Ich, Baby. Jae-Hwa. Sally.

Baby legte das Gesicht in Falten. Unter dem Make-up, unter der Perücke, unter dem Bikini, unter dem Silber sah er sie. Es war fast vier Jahre her, im Frühjahr 1987. Damals hatte sie Collegeschick in der Sparversion getragen, ohne jeden Stil. Helle Stoffhosen und rosa Pullover und die Haare selbst geschnitten.

– Sally! Was machst du denn hier?, fragte Baby.

– Ich bin jetzt ein echtes Club Kid, sagte sie. Mir fließt Ecstasy durch die Adern. Nenn mich nicht mehr Sally. Nenn mich Sigh.

– Sigh?, fragte Baby.

– Das ist mein neuer amerikanischer Name, sagte sie. Ich habe deine Artikel gelesen.

Baby fragte Sigh, ob sie ihren Abschluss gemacht habe. Hatte sie nicht, sie würde auch keinen Abschluss mehr machen. Die Parsons hatte sie im dritten Jahr hinausgeworfen. Sigh hatte einen Hang zum Clubbing entwickelt, war jeden Abend ausgegangen und hatte das ganze Semester durchgefeiert, ohne irgendwelche Arbeiten zu schreiben.

In der letzten Semesterwoche sollten die Künstlermappen bewertet werden. Voller Verzweiflung hatte Sigh das Gebäude der Parsons an der Fifth Avenue durchstöbert und war im Untergeschoss auf einen Stapel Bilder gestoßen. Sie hatte die Werke gestohlen und als ihre eigenen ausgegeben. Der Plan hätte auch funktioniert, sagte sie, nur war einer der Dozenten derjenige, dem sie die Bilder gestohlen hatte. Die habe ich gemalt, hatte er gesagt.

– Aber mein Vater ist reich, sagte sie, also feiere ich weiter!

Eine Weile lang tanzten sie miteinander. Die Drogen machten die Musik viel besser. Wie immer.

Als er sich von Sigh verabschiedete, wusste er schon, dass sie sich wieder über den Weg laufen würden. Sie umgab ein Glühen, diese undefinierbare Aura der Menschen, die der Clubszene verfallen waren. Die Aura eines Indigo-Kinds. Manche Menschen waren für Nachtclubs einfach geschaffen. Aber Sally! Wer hätte das gedacht? Er konnte es kaum erwarten, es Adeline zu erzählen.

Auch andere Leute erkannten ihn, hielten ihn an, sprachen mit ihm. Es gab Luftküsschen und Umarmungen und Beteuerungen, wie fabelhaft sie seine Gürtel fanden.

Michael Alig hielt vor den Buntglasfenstern der Kapelle Hof, umringt von Michael Musto, LaHoma, Peter Gatien und einem

Haufen Leute, die Baby nicht kannte. Gatien wandte sich Baby zu, seine schwarze Augenklappe eine bedrückende Leerstelle.

– Es sind nicht ganz so viele Leute gekommen, wie ich wollte, sagte Michael Alig, aber fast. Den Rest schaffen wir auch noch. Meine Zeit ist gekommen, Peter. Ich weiß es genau. Das ist das ganz große Ding. Das kann mir keiner nehmen! Nicht einmal du!

Dann war da der Abend, an dem Baby allein ins Red Zone ging. Es war ein Samstag, und Baby schluckte zwei MDMA-Tabletten, bevor er mit einem Taxi zur West 54th Street fuhr.

Er stieg aus dem Wagen, drehte sich auf dem Gehweg um die eigene Achse und rempelte einen hinreißenden Typen an. Der Typ lächelte Baby an. Baby lächelte zurück. Sie unterhielten sich. Der Typ hieß Erik. Baby erzählte Erik, er habe sich die *Greatest Hits*-LP der Shangri-Las angehört, eine Platte, die er für zwei Dollar bei der Heilsarmee gekauft hatte. *O Gott*, dachte Baby, *warum kann ich Scheißer nicht endlich meine Scheißklappe halten?*

– Die Songs, die man erwartet, sind natürlich auch dabei, sagte Baby, äh, wie »Remember« und »Leader of the Pack«, aber am meisten mag ich »Past, Present and Future«. Das ist gar kein richtiges Lied, eher ein langer Monolog an einen unbekannten Jungen, der die drei Zeitphasen des Titels durchgeht. Aber was einen umhaut, wo sie einen wirklich kriegt, ist, wenn sie dem Jungen zweimal sagt: »Das wird nie wieder passieren.« Diese Endgültigkeit. Das ist der Untergang von Beziehungen. Das verdammte Menschsein. Es ist echt schrecklich. Es ist so traurig, wenn man an diese Mädchen denkt.

Erik berührte Babys Gesicht, er legte den Daumen an Babys Wangenknochen und strich ihm mit den Fingern über das Kinn.

– Wenn du sagst, es ist ein Geschenk, will ich dein Mädchen sein, sagte Erik.

Und in diesem Moment fand Baby, das heißt, ich selbst, ich fand nach vielen Monden zurück auf den Weg zum Menschsein.

Januar 1991

Adeline kehrt von einer
Reise mit Jon heim

Jon setzte mich vor meiner Bleibe in der 7th Street ab. Wir tauschten Nettigkeiten aus. Dann machte Jon sich auf den Weg nach New Jersey. Ich schloss die Haustür auf. Ein Stück die Straße hinunter erbrach ein betrunkener Rüpel seine Lungen in die Gosse. New York City. Zuhause.

Auf dem Weg die Treppe hinauf stellte ich mir Baby und Erik in völliger Selbstvergessenheit vor, wie sie sich vor lauter Begeisterung über die sturmfreie Wohnung in leichtsinniger Wollust homosexueller Akrobatik hingaben. Ich hoffte nur, sie waren aus ihrer Lust aufgetaucht und hatten die Spuren von Samen und Gleitgel beseitigt.

Die Wohnung war unversehrt und makellos. Stellen Sie sich nur meine Überraschung vor. Der Captain strich mir einschmeichelnd um die Beine. Derart lautes Schnurren hatte ich noch nie vernommen. Froh über diese Beständigkeit ließ ich meine Taschen auf den Küchenboden fallen und bückte mich, um ihm den Kopf zu tätscheln.

»Baby?«, rief ich. »Baby? Bist du zu Hause?«

Mein Bett wies keine Anzeichen dafür auf, dass hier irgendwer jemanden um den Verstand gevögelt hatte. Ich legte mich hin. Der Captain kletterte neben mich und legte die linke Pfote und seinen Kopf auf meinen Bauch.

Dieser friedvolle Zustand hielt höchstens zehn Minuten an. Die Wohnungstür wurde geöffnet. Mir fielen meine Taschen ein, und als ich Baby gerade warnen wollte, damit er nicht über sie stolperte, ertönte der scheußlichste, zermürbendste Laut meines Erwachsenenlebens: »Adeliiiiiiiiiiiiiiiiiiiiiiiiiiiiiiiiiiiiiiiine! Adeliiiiiiiiiiiiiiiiiiiiiiiiiiiiiiiiiiiiiiine!«

Mein Unterleib zog sich zusammen, er schnürte sich zu vor Nervosität, vor Schreck. Am liebsten hätte ich mich versteckt, nur wo? Ich schluckte und trottete in die Küche.

Da stand sie. Verrückt wie ein Fuchs. Mit Hummeln im Hintern. Mutter. Baby stand neben ihr, mit den Schlüsseln in der Hand, auf den Lippen ein selbstgefälliges Grinsen.

»Mutter«, sagte ich. »Was bringt dich hierher?«

»Adeliiiiiiiiiiiiiiiine«, sagte sie. Mit ihrer scheußlichen neuen Frisur wirkte ihr Gesicht zu rund. »Ich habe so lange nichts von dir gehört! Also bin ich hergekommen! Baby war so nett und hat mich hereingelassen! Ich freue mich so, dich zu sehen!«

Sie schlang ihre Klauen um mich. Zu erschrocken, zu aufgebracht, um etwas zu sagen. Zu verdutzt, um sie wegzuschieben.

»Von ihr erwarte ich nicht viel«, sagte ich zu Baby. »Von dir erwarte ich Anstand. Wenigstens ein Mindestmaß an Loyalität.«

»Adeliiiiiiiiiiiiiiine«, sagte Mutter, »gib Baby nicht die Schuld! Ich habe ihn auf der Straße überfallen! Was sollte er sonst machen!«

»Mir würden da diverse Dinge einfallen«, sagte ich. »Mir würde wirklich einiges einfallen.«

»Adeliiiiiiiiiiiiiine«, sagte Mutter. »Deine Stimme klingt irgendwie anders!«

»Wo bist du abgestiegen?«, fragte ich. »Im Plaza?«

»Natürlich, Adeliiiiiiiiiine!«

»Ich komme gerade erst von einer langen Reise zurück«, sagte ich. »Wir treffen uns morgen um 16 Uhr in der Lobby. Sei pünktlich. Ich werde keinen Suchtrupp organisieren, um dich in der Bar aufzustöbern. Jetzt musst du gehen.«

»Aber, Adeliiiiiiiiiiiiiiiine«, sagte Mutter, »ich dachte, wir könnten zusammen zu Abend essen!«

»Können wir nicht«, sagte ich. »Du musst gehen. Morgen. 16 Uhr. Die Lobby im Plaza.«

Sie zog von dannen. Nicht ohne passiv-aggressiven Protest und darauf zu bestehen, dass Baby sie hinunter zur Straße brachte. Er folgte ihrer Bitte. Ich drückte mich fest an die Arbeitsplatte. Schritte kündigten seine Rückkehr an.

»Wie war Graceland?«, fragte er lächelnd.

»Kitschig«, sagte ich. »Warum zum Teufel hast du Mutter in unsere Wohnung gelassen?«

»Sie hat mich auf der Straße richtig angesprungen«, sagte er. »Ich war völlig überrumpelt. Ich hatte keine Zeit, um nachzudenken. Du weißt doch, wie sie ist.«

Wieder war ich in meinem Zimmer, lag auf meinem Bett. Ich war mit einem guten Quäntchen Gelassenheit aus dem Süden zurückgekehrt, die letzten fünf Stunden Fahrt erfüllt von einer Entschlossenheit, die ich durch eine neue Erfahrung erworben hatte, erschöpft von der Reise, als hätte ich alle psychischen Gifte ausgeschwitzt. So rein wie ein unbeschriebenes Blatt.

Das war dahin, ruiniert, gestohlen von Mutter, einem unheilvollen Geist aus der Vergangenheit, Tinte befleckte das Papier. Ich war dreitausend Kilometer weit gereist, hatte meine Art zu denken verändert.

Doch man kann sich nie ändern, weil es immer jemanden gibt, der sich unbedingt an das alte Ich erinnern will. Wenn man sich zu sehr verändert, zu sehr in einen neuen Menschen verwandelt, verliert dieser andere seine eigene Identität. Man wird für diesen Menschen zum Maßstab.

Ich holte *Liege & Lief* von Fairport Convention hervor. Die Nadel setzte ich auf den zweiten Titel. »Reynardine«. Ätherische Klänge einer sparsam eingesetzten Gitarre, die geisterhafte Stimme von Sandy Denny in protoplasmatischer Übertragung. Ich hatte den Song unzählige Male gehört und konnte nicht einmal ansatzweise spekulieren, was er bedeutete. Ich hatte keinen Schimmer. Während ich *Das Hörrohr* von Leonora Carrington las, schlief ich ein.

Pures Glück zu haben ist eine Fähigkeit, die man wie alle anderen kultivieren kann. In den traurigen Tagen, bevor Jeremy Winterbloss und Минерва ihre Sachen packten und nach Nordkalifornien zogen, stromerte ich manchmal die Fifth Avenue entlang, mein Verstand benebelt von Gedanken an die Blackberry Lane. Jemand rief meinen Namen. Es war Luanna Potrero.

Wir tauschten Höflichkeiten aus. Sie hatte ihr Studium ein Jahr vor mir abgeschlossen und fertigte jetzt Illustrationen für Zeitschriften in Midtown an. Ich fragte nach den Honoraren. Sie sagte, sie seien phantastisch.

»Ich kann dir Aufträge besorgen«, sagte sie. »Ich bekomme mehr Angebote, als ich schaffen kann.«

Ich umarmte sie, grub die Finger in ihr üppiges Fleisch und dankte ihr freundlich. Ich sagte, ich würde darüber nachdenken, was nur eine Ausflucht und Täuschung war.

Noch an diesem Abend, Leser, klingelte ich bei Luanna durch und teilte ihr mit, dass ich nicht die Art Mädchen sei, die einem Zossen das Maul aufhebelte und die Zähne zählte.

Vielleicht fragen Sie sich, warum. Hatte die gute alte Adeline nicht ausgesorgt?

Bedenken Sie die lange Zeit nach dem Abschluss, aufgerieben von Sorge und Beklommenheit. Die Zukunft konnte ich nostradamussen. Ich hatte einen Abschluss in Kunst, und meine Familie schwamm in beaucoup de Kohle.

Diese doppelte Malaise führt üblicherweise zu einem von mehreren unschönen *dénouements*. Einer schrecklichen Ehe. Drogenabhängigkeit. Einem Landhaus in New Canaan. Einem Freitod à la Francesca Woodman.

Also sagte ich ja, natürlich, keine Frage, Adeline wird die Fahne der Rechtschaffenen hochhalten. Sie erledigt die Arbeit.

Luanna hatte ein Atelier in den West 20s, in dem sie und eine Gruppe anderer Illustratoren turnusmäßig im strammen Galopp Arbeiten raushauten. Einen gemeinsamen Stil gab es nicht.

Bald tauchten meine Zeichnungen an den Zeitungsständen auf.

Sie hatte alles geregelt, mit den Redakteuren gesprochen, Aufträge zugeteilt, ihren Anteil einbehalten. Unsere Vereinbarung war flexibel gehalten. Wenn ich für eine Woche abtauchen und als kalifornisches Gewächs in Dixieland versumpfen wollte, musste ich nur meine Freundin anrufen und es ihr sagen.

Ich verdiente so gut, dass ich mich von Mutter und ihrem reichen Vorrat an schnödem Mammon größtenteils lossagen konnte. Was nicht heißt, Ihre treue Freundin hätte nicht noch ein Stück vom Kuchen der Familie abbekommen.

Ein Jahr vor seinem Tod hatte Daddy seinen Nachlassverwalter besucht und gewisse Zahlungen für Dahlia und mich veranlasst. Solange sich die Treuhänder nicht als inkompetent erwiesen, würden wir für den Rest unseres Lebens Geld absahnen.

Aber das Geld gehörte nicht Mutter. Das war der Knackpunkt. Großer allmächtiger Gott, endlich war ich frei.

Was natürlich ihren spontanen Besuch erklärte. Mutter war

ziemlich erschüttert, als sie begriff, dass ich nicht mehr am Tropf ihrer liquiden Mittel hing und ihr damit nicht mehr groß verpflichtet war.

Deshalb der Angriff aus dem Hinterhalt, Schätzchen.

Am nächsten Tag nahm ich ein Taxi zum Central Park. Der Fahrer ließ mich an der Statue von William Tecumseh Sherman aussteigen. Das letzte Mal, als ich das Abbild des Generals gesehen hatte, war seine Farbe matt und modrig gewesen. Jetzt erstrahlte sie in hellem Blattgold, das dem späten Winternachmittag trotzte. Mir war schleierhaft, warum die Verwaltung des Central Parks Sherman und die geflügelte Siegesgöttin in Discoikonen verwandelt hatte.

Ich war von meiner Periode befallen. Der Stress durch Mutter hatte die starken Blutungen einsetzen lassen. Den ganzen Vormittag über hatten mich Krämpfe geplagt, und ich hatte mir die Seele aus dem Leib geschissen.

Die Frau war nicht in der Lobby des Plaza. Entgegen meinen Beteuerungen machte ich mich auf die Suche und fand sie trinkend im Oak Room.

»Adeliiiiiiiiiiine«, sagte sie. »Trink etwas mit deiner Mutter.«

»Wie viele hast du intus?«, fragte ich.

»Bis jetzt nur drei.«

»Ach, verdammt. Warum nicht.«

Ich bestellte einen Wodka Tonic. Eine gewisse Symmetrie wohnte der Sache wohl inne. Mutter war wirklich wahnsinnig! Sie hielt unsere Situation für angemessen, sie fand es rechtschaffen, sich im Oak Room neben ihrer zutiefst entfremdeten Tochter volllaufen zu lassen.

»Habe ich dir mal von unserem ersten Besuch im Plaza erzählt? Ich glaube, das muss 1970 gewesen sein«, sagte Mutter.

»Dein Vater und ich sind nach New York geflogen. Ich wusste überhaupt nichts über die Stadt, aber dein Vater hat auf dem Plaza bestanden! Nur das Beste für sein Mädchen, hat er gesagt! Dein Vater hatte etwas mit der Universität zu regeln. Frag mich nicht, was! Als er das erledigt hatte, sind wir in den Madison Square Garden gegangen und haben uns Blind Faith angesehen. Du erinnerst dich noch an Blind Faith, oder, Adeliiiiiiiine? Du hast ihre Platte geliebt, als du ein Baby warst. Wir mussten sie iiiiimmer und iiiiiimmer wieder abspielen. Du hast sooooo geweint, wenn wir sie ausgestellt haben.«

Wir mussten keine Freundinnen sein, aber auch keine Feindinnen. Schieben Sie es auf den Alkohol.

»Adeliiiiiiiine«, sagte sie. »Warum kann ich Jon nicht kennenlernen!«

Man konnte sich immer darauf verlassen, dass Mutter einem die eigene Schwäche austrieb.

»Du hast dich allein durch dieses Treffen auf sehr dünnes Eis begeben, Mutter«, sagte ich.

»Aber, Adeliiiiiiiiine. Du weißt doch, wie sehr ich Anteil nehme! Baby sagt, er sei ein netter junger Mann! Viel besser als dieser scheußliche Kevin!«

»Wann hast du es denn geschafft, mit Baby über Jon zu reden?«, fragte ich.

»Für eure Treppe braucht man sehr lang. Und ich hatte etwas getrunken, dadurch brauchten wir noch länger!«

»Mutter«, sagte ich. »Du darfst nie mehr hierherkommen. Das weißt du, oder? Sieh uns nicht einmal mehr als Bekannte an. Unsere gemeinsame Zeit ist vorbei.«

»Adeliiiiiiiiine! Das ist nicht dein Ernst!«

»Unsere Zeit ist vorbei. Du musst dich um dringende Angelegenheiten kümmern. Du lebst in Los Angeles. Ich bin in New

York. Das ist weit genug voneinander entfernt. Verschwende deine Zuneigung an Dahlia. Sie wird immer da sein.«

»Aber Dahlia ist so laaaangweilig!«, sagte Mutter. Ich ging. Sie bestellte zwei Greyhounds und erinnerte den Barkeeper daran, die Ränder zu salzen.

Ich stellte feste Regeln für den Anrufbeantworter auf. Wir hatten das Ding nicht umsonst, erklärte ich Baby, also würden wir es verdammt nochmal auch benutzen. Alle Anrufe mussten gefiltert werden. Die Leute konnten sich per Lautsprecher melden. Wenn sie nicht Mutter oder ein anderer Missetäter waren, nahmen wir ab. Die schreckliche Frau ließen wir plappern.

Die wöchentliche Kunde aus Los Angeles traf ausnahmslos dann ein, wenn Mutter zu dicht war, um das Prinzip von Zeitzonen zu begreifen. Nach und nach legte sie sich eine ganze Palette von neuen Ausreden zurecht, um anzurufen. Jede Nachricht existierte in einem Vakuum, losgelöst von allen früheren Bemühungen.

»Wer weiß«, sagte Baby. »Vielleicht erinnert sie sich nicht an ihre anderen Anrufe.«

Was die Hohe Schule der Beleidigungen betraf, war die Frau ein energiegeladener Savant. In ihrer ersten Nachricht bekundete sie ihr Interesse an meinem Liebesleben. Die nächste handelte von ihrer Ratlosigkeit über einen Brief an mich, der mir eine Finanzberatung für einen Kreditkartenantrag anbot. Bei einem anderen Anruf erzählte sie, sie habe bei einer Soiree eine meiner alten Highschoolfreundinnen getroffen. Sie habe nach mir gefragt. Mutter sei nicht sicher gewesen, was sie antworten sollte. Ob ich zurückrufen und ihr Anweisungen geben könne, durch die solche Begegnungen weniger unbehaglich würden? Sie wisse das zu schätzen.

Das Schlimmste, Leser, war die Nachricht, als sie sich eingeredet hatte, ich wäre nach Los Angeles zurückgeflogen, einzig und allein, um ihr Haus zu verwüsten.

»Adeliiiiiiiiiiine«, rief sie, »ich weiß nicht, warum du deine arme Mutter so quälen willst, aber meinetwegen, wenn du so sein willst, bitte schön. Aber ich dulde nicht, dass du in unser Zuhause kommst und Sachen herumwirfst. Glaub nicht, du könntest herumlaufen und fremdes Eigentum zerstören! Das ist nicht in Ordnung, Adeliiiiiine! Das ist sehr kindisch!«

April 1991

David Wojnarowicz

Schätzchen, glauben Sie kein klitzekleines Minütchen lang, Adeline wüsste nicht, wie laaaaangweilig Sie Politik finden.

Ich bin da ganz bei Ihnen, altes Haus, ich verdrehe jedes Mal die Augen bis zum Anschlag, wenn ein trister Geselle endlos und drei Tage über den Gewinner einer Wahl redet oder über die Scheußlichkeiten des Kongresses oder die neueste Grausamkeit, die irgendein armer, unseliger Mensch durch seine Bezirksverwaltung erleiden musste. Ich bin kein nölender Nabob der Negativität. So etwas geht mir völlig am Pfifferling vorbei. Kleine Katastrophen sind der Kleister im Dasein anderer Menschen, das klebrige Zeug, das die drögen Seiten ihres Lebens zusammenhält. Doch für mich gilt das nicht.

Also werden Sie einfach Nachsicht haben, werden mir vertrauen, nicht wahr, während ich ein wenig aus der hypergewalttätigen Geschichte Amerikas erzähle? Dabei geht es zur Sache, um wirklich wichtige Politik.

Ich spreche von den drei, vier Jahren, in denen das East Village einen der wichtigsten Kämpfer im Kulturkrieg, wie man ihn nannte, beherbergte. Von der betrüblichen letzten Phase von David Wojnarowicz.

Sie können über diesen Mann sagen, was Sie wollen, und viele haben sich über seine gelegentlichen Vorstöße in die Grausamkeit geäußert, aber Wojnarowicz wachte eines Morgens auf und fand sich in eine Dschahannam gestürzt, in die ich nicht einmal meinen ärgsten Feind wünschen würde. Das Erstaunliche an ihm und der Grund, weshalb ich mich für ihn erwärmte, war die Haltung, die er bewies, nachdem er ins Inferno gestürzt war.

Ich glaube, es begann mit dem Tod von Wojnarowicz' Geliebten Peter Hujar. Ein weiterer Künstler aus dem East Village, der Aids zum Opfer gefallen war. Zu dieser Zeit starb alles, was Rang und Namen hatte, an dieser Krankheit, und weil Amerika nun einmal Amerika war, wurde die Seuche in bester scheinheiliger, bigotter Tradition politisch ausgeschlachtet.

Eine Subspezies der Primatenart Mensch glaubte, der Virus sei vom Himmel gesandt, JHWHs direkte Vergeltung an den hedonistischen Sodomiten im Neuen Gomorrha dieser Vereinigten Staaten. Was sprach dagegen?

Die Opfer der Krankheit waren leichte Ziele, mit denen sich politisch punkten ließ. Die Armen, die Schwulen und die Drogensüchtigen. Jeder mit übermäßig viel Melanin.

Soweit ich es sagen kann, erreichte Wojnarowicz' geballter Zorn über Hujars Tod, über den Tod so vieler, die er gekannt und geliebt hatte, seinen Höhepunkt, als der Künstler seine eigene Diagnose bekam. Sein eigenes Todesurteil.

Er war immer schon wütend gewesen. Jetzt raste er. Mit seinen Arbeiten drang er in das Reich des Überlebenden vor, der wusste, dass er selbst nicht überleben würde. Er war vom Tod besessen.

Wenig später steuerte Wojnarowicz einen Essay zu dem Katalog einer Ausstellung im Artists Space in Tribeca bei. In dem Text griff er diverse homosexuellenfeindliche Politiker scharf an. Seine Zielscheiben sind zum Glück aus dem kulturellen

Gedächtnis verschwunden und von den Grauen Anfurten abgesegelt. Sie sind tote alte weiße Männer. Ihre Namen werde ich nicht nennen.

Diese besondere Ausstellung, die den Titel *Zeugen. Gegen unser Verschwinden* trug, war von der National Endowment for the Arts, der staatlichen Stiftung zur Förderung von Kunst und Kultur, finanziell unterstützt worden. Als der Leiter der Einrichtung Wojnarowicz' Essay las, zog er die Mittel zurück.

Sofort gab es Aufruhr. Kontroverse. Skandal. Mr Wojnarowicz wurde ins Licht der Öffentlichkeit gestoßen. Das hatte er nicht erwartet und auch nicht gewollt. Und doch stand er da. Der Mann im Mittelpunkt, der schwule Grund des ganzen Ärgers.

Nach einem Sturm der Entrüstung knickte die Stiftung ein und ließ die Fördergelder wieder fließen, aber unter der Bedingung, dass der Katalog nicht damit finanziert wurde. Man tat andere Quellen schnöden Mammons auf. Mit der Ausstellung ging es voran.

Wojnarowicz erlangte im ganzen Land Bedeutung, sein Name erschien in allen großen und unzähligen kleinen Zeitungen, über seinen Essay wurde im landesweiten Fernsehen berichtet. Zu dieser Zeit veranstalteten reaktionäre Kräfte eine Treibjagd auf Sündenböcke. Und er bot sich an. Groß, schwul, Lymphozytenwert im Keller. Absolut, ohne jeden Zweifel, mit voller Absicht Stein des Anstoßes.

Die American Family Association, eine Organisation unter der Leitung von Reverend Donald Wildmon, fand heraus, dass die NEA eine Ausstellung von Wojnarowicz in Normal, Illinois, finanzierte: *Flammenzungen*.

Die Entscheidung, diese Ausstellung stattfinden zu lassen, war lange vor der Auseinandersetzung um den Artists Space gefallen. Das Geld war längst weg. Es gab kein Zurück.

Irgendwie gelangte der Ausstellungskatalog in Wildmons schmierige Hände.

Als Antwort darauf verfasste er selbst ein Pamphlet mit dem Titel: »Solche ›Kunstwerke‹ werden von Ihren Steuergeldern bezahlt«. In diese wohldurchdachte Schrift ließ Wildmon Einzelheiten von Wojnarowicz' Arbeit einfließen, die er herausgepickt hatte, um jede Andeutung von Homosexualität oder Drogenmissbrauch herauszustreichen. Tausende dieser Pamphlete wurden an sämtliche Kongressmitglieder und an die Medien verschickt.

Sofort gab es Aufruhr. Kontroverse. Skandal. Wojnarowicz wurde noch berühmter, wieder wurde über ihn berichtet.

Und vergessen Sie nicht, Leser, dass wir über einen Sohn des East Village sprechen. Bei all ihren Vorzügen bot die regelüberschreitende Kunstszene keinen Nährboden für besonders sozialverträgliche Individuen. Niemand hatte je Nick Zedd übermäßige Höflichkeit und besondere linguistische Fertigkeiten vorgeworfen.

Wojnarowicz war anders.

Als er mit dieser äußerst ungewöhnlichen Situation konfrontiert wurde, tat er, was man am wenigsten erwartet hätte. Er verklagte Wildmon und die American Family Association. Noch größer war die Überraschung, als er den Fall gewann und die Verbreitung des Pamphlets untersagt wurde. Auch wenn er nur einen Dollar als Schadensersatz zugesprochen bekam, hatte er gesiegt.

Seine Bekanntheit wuchs. Es wurde noch mehr berichtet. Ständig war er in den Medien. Auch hier glänzte er. Wojnarowicz konnte argumentieren, ohne den Boden zu verlieren, er konnte auf eine Art über seine Werke sprechen, die vermittelte, er habe nichts falsch gemacht, seine künstlerische Tätigkeit sei ein legitimes Arbeitsfeld.

Während all dem war der Mann sterbenskrank. Zuflucht fand er nur in den AZT-Tabletten, die er nahm, und der Hoffnung, die Behandlung würde nicht schlimmer sein als die Krankheit. Mit einem Körper, der rebellierte, stellte er sich den Medien und kämpfte für die gute Sache, wie es schon tausend andere vor ihm hätten tun sollen.

Ich hatte Artikel in der *Times*, in der *Village Voice*, in Fachblättern, in Zeitschriften gelesen, PBS gesehen, NPR gehört. Ich hatte mich über den Mann auf dem Laufenden gehalten, daran gedacht, Kontakt zu suchen. Er wohnte nur sechs Straßen entfernt. Doch ich war eingeschüchtert. Von seiner Artikulation, von seiner Krankheit, von der Situation. Ich schätzte mich nicht gering, aber was sollte Adeline zu Wojnarowicz sagen?

Ein alter Freund von der Parsons, ein türkischer Schuft namens Nayip Otağalu, hatte sich vor Jahren mit dem Künstler angefreundet. In welcher Form, kann ich nicht sagen. Der Türke hatte ein, zwei Einzelheiten über Wojnarowicz weitergetragen, die gleichzeitig Klatsch waren und Wojnarowicz als Menschen greifbar machten, bevor er in unserem zweiten Studienjahr verschwand, einfach aus der Wildnis der Sommerferien nicht zurückkehrte. Wahrscheinlich sitzt er für immer in Gaziantep fest.

Jon kannte Wojnarowicz auch, aber nicht als Freund. Irgendwann Anfang der Achtziger hatten sie sich vor dem Pyramid Club eine Schlägerei geliefert. Jons Band zu dieser Zeit, Ligature Lycanthropee, sollte am gleichen Abend auftreten wie 3 Teens Kill 4, Wojnarowicz' avantgardistisch-experimentelle Gruppe. Es gab Streit um die zugeteilte Auftrittsdauer. So, wie Jon von dem Vorfall erzählte, gewann ich unverkennbar den Eindruck, dass die Handgreiflichkeiten nicht zu seinen Gunsten ausgegangen waren.

Als Veteranen des East Village hatten die beiden viele gemeinsame Freunde. Über Jon erreichten mich Neuigkeiten über die Verfassung des Künstlers, über seine unstete Gesundheit.

Wojnarowicz' Zustand verschlechterte sich. Die Leute spekulierten schon, wie lange er noch leben würde. Weil mir bewusstwurde, dass unsere Zeit endlich war, fragte ich Jon, ob er ein Treffen arrangieren könne.

Das schrille Klingeln unseres Telefons.

Ich las gerade eine zerfledderte billige Ausgabe von Dorothy B. Hughes' *Der Tod tanzt auf den Straßen*. Eines von Babys Büchern. Trotz meiner Abneigung gegen Kriminalromane und ihre Hardboiled-Ableger fand ich den Titel wunderbar suggestiv.

Vor allem schuldete ich dem *Playboy* noch eine Zeichnung von George Bush, der in einem Jeep Cherokee durch ein Großstadtghetto fuhr. Mir war alles recht, um das hinauszuzögern, Schätzchen, also las ich über Sailor in Santa Fe während der Fiesta, über den brennenden Zozobra.

Ich stand auf und heftete den Blick auf den Anrufbeantworter. Das Micky-Maus-Telefon zeigte die Figur, wie sie in den ursprünglichen schwarzweißen Trickfilmen aussah. Runde Augen mit kleinen weißen Keilen und Shorts mit zwei Knöpfen.

Das Gerät sprang an. Jon. »Adeline, bist du da?«

»Hier bin ich, mein Lieber«, sagte ich, nachdem ich den Hörer aus den Fängen der Maus befreit hatte. »Wo bist du?«

»Ist gerade egal«, sagte er. »Willst du Wojnarowicz treffen?«

Komisch, den Namen laut zu hören, völlig anders, als ich ihn in Gedanken ausgesprochen hatte.

»Zweifelsohne«, sagte ich.

»Sag nicht, ich hätte nie was für dich getan«, sagte Jon. »Du kannst dich heute Abend um sieben mit ihm treffen. Er wohnt über dem Kino an der Ecke 12th und Second.«

»Seine Adresse ist mir bekannt. Hab wärmsten Dank.«

Angst und Verwunderung. Ich wusste nicht, was ich sagen sollte. Würde ich einfach dasitzen und ihn anstarren, in der Hoffnung, der Künstler würde etwas vorführen wie ein Tier, das nach einer Handvoll Erdnüsse hechelt? Und, noch schlimmer, was sollte ich anziehen?

Bis es so weit war, hatte ich mehrere Outfits durchprobiert und mich schließlich für ein schlichtes schwarzes Ensemble entschieden. In letzter Zeit waren all meine Outfits schlichte schwarze Ensembles. Ich war bieder geworden und hatte die Haarfärbemittel und die zerrissenen Strumpfhosen ausrangiert. Ich zog mich nicht mehr wie ein psychedelisches Kaleidoskop an. So wäre ich als Anwaltsgehilfin durchgegangen, die von Anhörung zu Anhörung hetzte und romantische Nöte litt, die jedes Mal überkochten, wenn der Seniorpartner nach der letzten gemeinsamen Indiskretion nicht anrief.

Ich lief die Second Avenue hinauf. Kevins Haus starrte ich an, als könnte ich mit Röntgenblick das Gemäuer durchdringen. Wohnte er womöglich immer noch in der alten Wohnung? Nutzte er als festen Bezugspunkt immer noch die gesammelten Werke von Kilgore Trout?

Erst vor einigen Wochen hatte das Second Avenue Theater als Kino neu eröffnet. Ich hatte Baby und Erik irgendwie überreden können, *Ein ganz normaler Hochzeitstag* im Hauptsaal anzusehen, einem um die Jahrhundertwende gebauten jiddischen Theater mit einer unsagbar schönen Decke. Von dem Film ist mir nur noch im Gedächtnis, dass er im Beverly Center spielte, einem Klotz von Einkaufszentrum in Los Angeles, das aussah, als habe Albert Speer es entworfen, und auf dessen Parkplatz ich es George Whitney einmal mit der Hand besorgt hatte.

Auf dem Vordach stand: RENDEZVOUS IM JENSEITS, FANTA-

SIA, SUPERSTAR. THE LIFE AND TIMES OF ANDY WARHOL, MR & MRS BRIDGE, MR JOHNSON, BRITISCHES TRICKFILM-FESTIVAL.

Am Eingang zu den Wohnungen stand ein älterer Herr mit Brille und braunen Haaren vor der Tür. Ich beachtete ihn nicht weiter, bis ich die Klingeln begutachtete und versuchte herauszufinden, auf welchen Knopf ich drücken musste.

»Sind Sie Adeline?«, fragte er.

»Ja«, sagte ich.

»Es tut mir leid, dass Sie extra hergekommen sind, aber David ist zu krank, um mit Ihnen zu reden. Er bedauert es sehr, aber er schafft es einfach nicht.«

»Das verstehe ich natürlich«, sagte ich. »Grüßen Sie ihn von mir. Sagen Sie ihm, meine Gedanken sind ganz bei ihm.«

»Mache ich«, sagte der Mann. Er schloss die Tür auf und ging ins Haus. Ich wartete, weil ich dachte, er würde vielleicht zurückkommen und mir erklären, es sei alles nur geschmackloser Schabernack gewesen, um zu testen, ob ich würdig war. *Ihre Geduld*, könnte er sagen, *ist wahrhaft eine Tugend.*

Fünf Minuten verstrichen. Mich beschlich ein selten scheußliches Gefühl. Diese Endgültigkeit, schätze ich, die Ahnung, dass er mich nie wieder einladen würde. Ich hasse es, ausgeschlossen zu werden.

Ich tat, was ich schon immer getan habe, wenn es auf dieser Welt keinen Platz mehr für mich gab. Ich ging ins Kino. *Superstar. The Life and Times of Andy Warhol.*

Très cliché, sich einen Film über einen New Yorker Künstler anzusehen, nachdem man von einem anderen zurückgewiesen wurde, aber die anderen Filme waren wirklich grässlich. Sogar *Fantasia.* Neureicher Walt Disney trifft Strawinski. Bah.

Ich sah mir die ganzen anderthalb Stunden Warhol an, eine Aneinanderreihung von Interviewszenen und zeitgenössischen Aufnahmen, die ein beaucoup banales Porträt des Mannes und seiner Clique von Dragqueens auf Speed ergaben.

Ich lernte nichts Neues, aber zu den Aufnahmen von seinen Behausungen gehörten natürlich auch Bilder vom 31 Union Square West, was mich spontan über unsere alte Bank of the Metropolis nachsinnen ließ und über den Tag, an dem Warhol gestorben war, als ich vor dem Haus auf der Straße gestanden und wegen Mutter geweint hatte. So viele Menschen hatten sich vor einem Gebäude versammelt, das der Mann seit Jahren nicht genutzt hatte. Die menschliche Vielfalt, sage ich mir oft, erstaunt mich doch immer wieder.

Ich lief zurück über die Second Avenue, vorbei am Kiev und dann an der 6th Street. Ich hätte es nicht über mich gebracht, nach Hause zu gehen und Baby von meiner traurigen Geschichte zu berichten, und auf keinen Fall konnte ich Jon anrufen und ihm sagen, dass er sich vergebens bemüht hatte. Dass mich eine Krankheit bestohlen hatte.

Was fraglos die reinste Selbstsucht war. Wenn ich mich schon so fühlte, nur weil ich abgewiesen worden war, wie musste dann das Leben für Wojnarowicz sei? Er war dreiunddreißig Jahre alt, und jeder Tag brachte ihn dem Sarg ein Stückchen näher.

Wer wusste schon, wie vielen es wie ihm ging? Tausenden? Millionen? Allein in unseren fünf Stadtbezirken schwanden Zehntausende dahin, in den Wahnsinn getrieben von Gift, das sich als Medizin ausgab, zerfressen von der Angst, nichts zu tun. Wir versteckten die Betroffenen in Krankenhausbetten, in abgesonderten Wohnungen, in Häusern, in den ärmsten Stadtvierteln. Ich hätte so gern auf den Dächern all der Häuser, in denen eine glücklose Seele von der Krankheit verzehrt wurde, ein Feuer angezündet. Die Stadt würde aufleuchten, lodern, als Scheiterhaufen einer Kultur.

So viele traurige Menschen. Ich vermute, die meisten sind mittlerweile tot.

Ich kam gegenüber der 84 Second Avenue heraus. ANZUG-VERLEIH. Helen Sopolsky.

Die Demütigung des menschlichen Daseins, das Gefangensein in einem Körper. Es gab keine gute Art zu sterben. Diese verschmutzte Schneiderpuppe mit ihrem vermodernden Smoking, der mit jedem Jahr unmodischer wurde. Die wahren Künstler in New York waren weder Warhol noch Wojnarowicz, sondern die unbekannten Verwandten von Helen Sopolsky.

Ich stellte mir immer vor, ich würde zu den wenigen Glücklichen gehören, die von dem Gebäude eine spirituelle Heimsuchung erfuhren, zu den Menschen, die hinter der Schneiderpuppe einen Geist hin und her huschen sahen. Es ist nie passiert. Bis heute nicht.

Juni 1991

Stacie besucht New York

Stacies Anruf war am Morgen nach der Beendigung der US-amerikanischen Kriegshandlungen im Persischen Golf gekommen. Operation Desert Storm war vorüber.

Diese militärische Eskapade unter der Führung von Präsident George Herbert Walker Bush hatte sich gegen den irakischen Diktator Saddam Hussein gerichtet, der in das arabische Land Kuwait eingefallen war.

Meine Wenigkeit gehörte zu den allerersten Amerikanern, die von Husseins Invasion erfuhren. Ich war bis in die Nacht hinein wach, um an einer kniffligen Illustration zu arbeiten, und ließ im Fernsehen eine Wiederholung von *Saturday Night Live* mit Quincy Jones als Gastmoderator laufen, als der Bildschirm plötzlich blau wurde und nur das Wort SONDERMELDUNG erschien.

Weil es mitten in einer Comedysendung passierte, die für ihre Satire auf das Zeitgeschehen bekannt war, nahm ich erst an, ich würde einen sehr schlechten Scherz sehen, begriff aber bald, dass die Sache authentisch war. Keine Bilder, nur die einsame Stimme desjenigen, der nachts um Viertel vor eins im Studio hing und verkündete, der Irak sei in Kuwait eingefallen.

Stacie sagte, sie habe am Sommeranfang einen Monat noch nicht verplant, und fragte, ob sie nicht für eine Woche zu uns kommen könne. Ich sagte: Ja, natürlich, Liebelein, du kannst.

Fernseher und Radios und Zeitungen protzten mit der militärischen Überlegenheit Amerikas, aber es war nicht der gute Krieg, bei dem alle Bürger unter der Last der gemeinsamen Aufopferung geschuftet hatten. Es war nicht einmal Vietnam, wo die Armen und Enteigneten Amerikas von Freiheitskämpfern zerfleischt worden waren. Der Krieg war ein Videospiel in Echtzeit auf globaler Ebene, bei dem wir uns mit Waffentechnik für Milliarden Dollar auf einen Haufen ungebildeter Araber stürzten.

Diese Kämpfe waren in unserem Viertel extrem unbeliebt. Obdachlose Punks und Hippies liefen untergehakt durch die Straßen und riefen: »Kein Blut für Öl!« Zeitgleich und spontan formierten sich auch andere Proteste. In New York, in der Bay Area, in Städten im ganzen Land.

Jeder Ausbruch bewies, wie hoffnungslos sich die politische Linke Amerikas überschätzte.

Im Großen und Ganzen nahmen die Machthaber keinerlei Notiz von dem schrillen Gejaule der Schwuchteln in San Francisco über die Themen, über die, wie man annehmen durfte, die Schwuchteln in San Francisco durchaus gewisse Sachkenntnis besaßen. Zum Beispiel ein Jahrzehnt toter schwuler Männer. Warum also sollten unsere Dunklen Gebieter sich plötzlich auch nur einen feuchten Furz scheren, wenn es um ein Thema ging, von dem die Schwuchteln in San Francisco, wie man annehmen durfte, keine Ahnung hatten?

Außerhalb der liberalen Brutstätten Amerikas war das Land von einem schleichend zunehmenden Hurrapatriotismus gebannt. Der landläufige Pöbel trug auf der stolzgeschwellten Brust T-Shirts mit Aufdrucken wie DESERT STORM und BONK BIMST SADDAM HUSSEIN und ES IST ERST VORBEI, WENN STORMIN' NORMAN SCHWARZKOPF SAGT, ES IST VORBEI! und PATRIOTEN FÜR PATRIOTS!

Die blutige Angelegenheit dauerte vier Monate, bis dem Militär die Araber ausgingen, die es in verkohltes Fleisch verwandeln konnte. Als Stacie ankam, war der Golfkrieg so verblasst wie die Erinnerungen ans letzte Sonntagsessen. Die einzigen sichtbaren Überbleibsel waren die zerfledderten gelben Bänder, syphilitische Schanker, die auf dem Höhepunkt des Fiebers ausgebrochen waren, Symbole der Unterstützung für die Truppen, die nun unter der Einwirkung des Wetters und der Luftverschmutzung vergammelten.

Stacie war noch nie in New York gewesen und hatte diesen Umstand vor ihrem Flug auch nicht erwähnt. Hätte ich es gewusst, hätte ich das Mädel an seinem Gate abgeholt. So beschrieb ich ihr nur den Weg mit der U-Bahn, sagte, welche Linien bis zu welchen Haltestellen sie nehmen musste.

Die Kleine schaffte es mit ihrem monströsen Gepäck im Schlepptau in die 7th Street und brüllte auf dem Gehweg meinen Namen. Ich streckte den Kopf aus dem Fenster.

»Ich bin gleich unten«, sagte ich.

»Beeil dich!«, rief sie. »Ich muss pinkeln!«

Irgendein Unmensch hatte auf dem zweiten Treppenlauf einen leeren Pappkarton stehen lassen. Ich stolperte darüber, konnte mich aber fangen, bevor ich mir an der Wand den Schädel einschlug. Ich riss die Haustür auf. Stacie und ich umarmten uns.

»Die Toilette ist in der hinteren Kammer«, sagte ich. »Die Hände musst du dir in der Küchenspüle waschen.«

»Iih.«

Sie fragte, ob sie sich hinlegen könne. Ich verfrachtete sie in mein Boudoir. Sie schlief sofort ein.

Ich hatte Baby vorgewarnt, dass seine Anwesenheit erforderlich sein würde, und verlangt, er solle so schnell wie möglich nach Hause kommen. Ich hatte keine Ahnung, was ich mit diesem Wesen anfangen sollte, das bei uns gestrandet war. Alte Bekannte aus Kalifornien zu sehen war wirklich das Letzte, was ich wollte.

Ich setzte mich an den Küchentisch und schluderte Arbeit zusammen. Im Türschloss drehte sich ein Schlüssel.

»Wo ist Stacie?«, fragte Baby.

»Schläft. Wie geht's, wie steht's?«

»Uni, Freund, Filme, Bücher, Schreiben. Die fünf Säulen.«

»As-salamu alaikum. Was sollen wir mit ihr machen?«

»Weiß ich nicht. Ich bin praktisch ein Einsiedler. Frag sie, was sie will, wenn sie aufwacht.«

»Ach, Baby«, sagte ich, »du bist so gar keine Hilfe.«

Nicht lange nachdem Baby seine Zimmertür geschlossen hatte, erfüllte das melodische Hämmern seiner Schreibmaschine die Wohnung. Als wir uns kennengelernt hatten, hatte Baby noch mit zwei Fingern getippt, aber im Laufe der Zeit war sein Umgang mit den Tasten geschmeidig geworden. Es war ein Geräusch wie von Pferden, die über Sand galoppierten, wie ein Erdbeben, wie Meeresbrandung, wie ein Besuch von Neptun.

Stacie kam mit verschlafenen Augen aus meinem Zimmer und gähnte. »Was ist das für ein Geräusch?«

»Baby«, sagte ich.

»Er ist zu Hause?«

»Da drüben.« Ich deutete mit dem Kopf auf seine Tür.

»Baby!«, rief sie und stürmte in sein Zimmer. Ihre Schatten an der Wand verschmolzen zu einer überzeichneten Umarmung. Ich fragte mich, ob Baby sich freute, Stacie zu sehen, oder ob er es nur spielte. Der Knabe konnte nie nein sagen.

Ich zog zurück in mein Zimmer und konnte vielleicht zwanzig Minuten arbeiten, bevor Baby und Stacie mich unterbrachen.

»Zieh dich um«, sagte Stacie. »Wir gehen aus!«

»Warum kann ich nicht bleiben, wie ich bin?«, fragte ich.

»Weil wir ins Limelight gehen«, antwortete Baby.

»Müssen wir?«

»Baby meint halt, das ist total klasse«, sagte Stacie.

Babys neuer Freund Erik hatte sich aus einem ganz offensichtlichen Grund als guter Einfluss erwiesen, er hatte nämlich schnell dafür gesorgt, dass Baby das Interesse an Michael Alig verlor. Der letzte Ausflug in die Clubszene lag mehr als acht Monate zurück.

Baby versuchte, mit seinem Outfit grob nachzuahmen, was die jungen Leute seiner Meinung nach im Moment so trugen, und quetschte sich in eine silberne Hose und ein schimmerndes Hemd mit Pailletten vom Grabbeltisch.

Ich weigerte mich, mich umzuziehen. Ich konnte entweder aussehen wie eine Anwaltsgehilfin oder wie eine Anwaltsgehilfin, die sich mit aller Macht an die Clubszene anpassen wollte.

Wir gingen zu Fuß. Ich erzählte Stacie von Jon. Baby erzählte ihr von Erik. Wir fragten Stacie, ob sie jemanden habe. »Es gab da einen Typen, aber wisst ihr, er hat sich als echtes Arschloch rausgestellt«, sagte sie. Nach der unvermeidlichen Trennung hatte sie sich für ein Aufbaustudium eingeschrieben und arbeitete an der UC Irvine an ihrem Doktor in Philosophie. Die letzten beiden Jahre hatte sie mit Lesen verbracht.

Der Türsteher des Limelight erkannte Baby, rümpfte aber die Nase darüber, wie mi amigo wieder auftauchte. Babys Aufzug war hoffnungslos altmodisch, die Überholspur hatte er längst verlassen. All die strahlenden jungen Dinger scheuten für ihre Outfits jetzt weder Aufwand noch Kosten. Baby wirkte so relevant wie ein Mann in mittleren Jahren in einem Freizeitanzug.

Stacie hatte keine Probleme. Kein Kapitalist würde je eine halbnackte Frau abweisen. Nur das Alter mindert den Wert von Menschenfleisch.

»Also, ich könnte dich reinlassen«, sagte der Türsteher, »wegen dem, der du mal warst. Die Frage ist nur, wer bist du jetzt? Die Entfernung von hier nach da kann ganz klein sein, sie könnte aber auch die längste Reise deines Lebens sein. Woher soll ich das wissen? Und außerdem verlierst du Pailletten.«

»Mein Gott.« Ich war die Diskussion langsam leid. »Lass ihn rein. Machst du am Ende sowieso. Also, was soll das? Mach die gottverdammte Tür auf.«

»Na gut«, sagte der Türsteher. »Er kann rein, aber du nicht. Nicht in dem Aufzug.«

»Warum zum Teufel nicht?«, fragte Baby.

»Weil sie aussieht wie ein Bulle.«

Baby wandte sich zu mir um. Sein Blick glitt über mein Outfit und blieb an meinem Rocksaum hängen.

»Geht ihr ruhig«, sagte ich. »Ich muss arbeiten.«

»Aber ich bin deinetwegen hier«, sagte Stacie.

»Wir schwelgen morgen in Erinnerungen«, sagte ich. »Für das Nachtleben ist Baby eine viel bessere Wahl. Ich bin nach Einbruch der Dunkelheit schlicht langweilig.«

Man hofft ja, die anderen würden protestieren, wenn man sagt, man wolle zurückgelassen werden. Doch es gab nur eine Strophe und Antistrophe, bevor Baby und Stacie hinter den Mauern der Kirche verschwanden.

Der Türsteher sagte: »Du bist echt sehr hübsch, weißt du, aber mit diesen Klamotten musst du irgendwas machen. Du siehst aus, als wärst du von Staten Island.«

»Was für ein Zufall, mein Lieber«, sagte ich. »Ich bin von Staten Island.«

»So ein Pech. Die schlimmsten Drecksäcke kommen von Staten Island.«

»Du weißt, was man sagt, oder?«

»Nein«, antwortete der Türsteher.

»Und du wirst es auch nie erfahren.« Ich machte auf dem Absatz kehrt und schlenderte in die Nacht.

Ich hielt ein Taxi an. Der Fahrer war Armenier. Es war, als wäre ich wieder in Los Angeles.

Meiner bescheidenen Erfahrung nach haben es sich Taxifahrer auf der ganzen Welt zur Gewohnheit gemacht, mit den glücklosen jungen Frauen, die sich in ihre Wagen werfen, zu flirten. Ich wartete darauf.

Doch Papik Topalian zeigte sich nicht interessiert. Ich nannte ihm meine Adresse. Schweigend fuhren wir durch Manhattan, wir erwischten einen dieser wunderbaren Zen-Momente im Verkehr, die sich nur unter dem Schleier der Dunkelheit ergeben, wenn der Knoten platzt, die Straßen wie leergefegt sind und ein Fahrzeug ohne eine einzige Verzögerung mehrere Kreuzungen überqueren kann. Die grünen Ampeln gleichen Leitsternen, die uns antreiben. Schneller! Schneller!

Unterwegs zeigt sich New York von seiner besten Seite. Wenn man in die Stadt kommt, sie verlässt oder einfach in ihr herumfährt. Das sind die schönsten Augenblicke.

Unsere Wohnung brachte die reinste Erleichterung. Was war in den letzten Jahren passiert? Warum kleidete ich mich wie eine Anwaltsgehilfin? Warum war ich so froh, einer Party zu entgehen?

Vielleicht, sagte ich mir, solltest du als neues Hobby Dummheit kultivieren. Vielleicht solltest du einer dieser scheußlichen

Menschen werden, die in ewiger Pubertät gefangen sind, voller Begeisterung in schmuddeligen Räumen herumhüpfen, in die Hände klatschen, grässliche Musik hören und grinsen wie ein Kleinkind, das Apfelmus schlemmt. Wäre das nicht ein Träumchen? Wäre es nicht göttlich?

Ich sah in Babys Zimmer nach, ob er Cannabis hatte. Hatte er nicht. Wie langweilig er geworden war! Beinahe so schlimm wie meine Wenigkeit. Vielleicht waren unsere Beziehungen der gemeinsame Nenner.

Ich ließ mich auf mein Bett fallen. Der Captain setzte sich auf meine Brust und schnurrte mit der ganzen Kraft seines massigen Körpers. Ich starrte an die Decke, durch sie hindurch, und dachte über Stacie nach. Ihr Bengelsgesicht versetzte mich schlagartig zurück nach Los Angeles. Von all meinen Freunden zu Hause war sie die Einzige, die Emil kennengelernt hatte. Außer Stacie und Blutsverwandten fiel mir keine einzige Seele ein, die hätte bezeugen können, dass mein Bruder gelebt hatte. Ich stellte mir vor, welches Leben er führen würde, wenn er sich nicht in den Arroyo Seco gestürzt hätte. Er hätte glücklich sein können, da war ich mir sicher, wenn er es nur zugelassen hätte. Nicht, dass mein eigenes Leben ein Feuerwerk der Freude gewesen wäre. Das einzig Bedeutsame, das ich von New York City gelernt hatte, war, die eigene Wahrnehmung von der unausweichlichen Grausamkeit des Lebens zu gestalten. Menschen mit höllischen Behinderungen führten einigermaßen angenehme Leben. Krüppel, die jeden Tag ihres Daseins liebten. Warum ich nicht? Warum Emil nicht?

Stacie riss mich morgens um fünf aus dem Schlaf, als sie in mein Bett krabbelte. Sie stank nach beißendem altem Schweiß und Zigaretten und Alkohol. Einer menschlichen Duftnote, die jeden Quadratzentimeter des Limelight durchdrang. Der Geruch der Verderbtheit. »Bah«, stöhnte ich, »bewahre dir doch ein wenig Anstand.«

»Rutsch rüber.« Sie schubste mich weiter.

»Wo ist Baby?«

»Ich glaube, der ist in seinem Zimmer voll umgekippt«, sagte Stacie. »Er hat eine Menge Zeug eingeworfen. Ich auch.«

»Keine After-Hour-Party?«

»Zu müde«, sagte sie. »Zu viel Jetlag. Zu viel Koks. Hast du schon mal Special K genommen?«

»Nein.«

»Wir aber heute Nacht.«

»Wie war es?«, fragte ich.

»Interessant. Gott, weißt du, so was wie Disco 2000 und so oder das Limelight haben wir in Kalifornien halt nicht. Ich habe uns für total weltgewandt gehalten, weil wir halt auf den Straßen von Hollywood aufgewachsen sind und so, aber Scheiße, wir sind so überhaupt nichts, weißt du? Zu Hause kommt halt gar nichts an Disco 2000 ran. Wusstest du, dass sie am Ende der Nacht eine Freakshow veranstalten, wo die Leute sich für 50 Dollar ausziehen, und dann pinkelt dieser eine Typ in eine Flasche und trinkt seinen eigenen Urin? Und dass da eine amputierte Frau ist, die ihr Bein abnimmt und damit herumtanzt? Ich habe so gesagt: ›Baby, was soll daran witzig sein?‹, und er so: ›Stacie, zieh dir noch was rein, dann weißt du es‹, und weißt du was, er hatte recht. Nachher hat es echt Spaß gemacht.«

»Können wir schlafen?«, fragte ich. »Ich bin todmüde.«

»Klar«, sagte sie. »Hoffe ich wenigstens. Könnte sein, dass ich zum Schlafen zu high bin.«

Sie war so unruhig, dass sie mich wach hielt, sie trat mich mit ihren langen, gebräunten Beinen und seufzte, wenn sie genervt an meiner Bettdecke zog. Alle vierzig Minuten lief sie ins

Bad, weil ihr Körper so schnell wie möglich die unseligen Gifte ausschwemmen wollte.

Erst um acht Uhr morgens schliefen wir ein. Völlige Destruktion. Mittags war ich wieder wach.

Als es Abend wurde, saßen wir in Babys Zimmer und unterhielten uns über *Hart auf Sendung*, einen Film, den erstaunlicherweise jeder von uns fünf gesehen hatte.

Ich, Baby, Erik, Stacie und Jon. Das war die Zusammensetzung unseres Quintetts.

Der überraschende Faktor dabei war Jon. Er sah sich nie Filme an, schon gar nicht solche aus Hollywood. Vor allem nicht mit Schauspielern wie Christian Slater.

Hart auf Sendung erzählt die Geschichte eines Highschoolschülers aus Arizona. Unter dem *Nom de Guerre* Happy Harry mit dem Harten betreibt er einen Piratensender, auf dem er mäßig subversives Material für seine Mitschüler verbreitet. Diese Kinder der Vorstadt sind durch und durch gelangweilt, von ihrem Leben, von der Schule, von Amerika, voneinander, vom Leben. Sie springen auf diesen anonymen unbekannten Radiomacher und seine Botschaft richtig an. Die Gesellschaft kontert mit aller Macht. Lehrer, Schuldirektoren, Polizisten, die Rundfunkbehörde FCC. Tränen und Wehklagen.

»Was für ein Schwachsinn«, sagte Jon und kippte einen Tequila. »Mal wieder eine bourgeoise Vorstellung einer rebellierenden, ausgeflippten Jugend.«

»Das mag schon sein«, sagte ich, »trotzdem mochte ich den Film.«

»Du magst alles«, sagte Baby.

»Das war schon immer so«, warf Stacie ein.

»Selbst, wenn man die ganzen scheußlichen Klischees und

Zwänge des dreiaktigen Drehbuchs beiseitelässt, ist es auf gewisse Art unglaublich reizvoll, dass Christian Slater im Keller seiner Eltern einen Radiosender aufbaut. So etwas bekommt man in Filmen nicht oft zu sehen, man sieht nicht oft eigene Welten, losgelöste Sphären, die Außenseiter durch reine Willenskraft schaffen und die mit Geschmack und Verzicht konstruiert werden.«

»Mir hat er gefallen«, sagte Erik, dessen lange braune Haare ihm auf die Schultern fielen.

»Er mag auch alles«, sagte Baby.

»Und warum magst du den Film?«, fragte Stacie.

Erik war einer dieser wahnsinnigen, aber voll funktionstüchtigen Menschen. Sie haben feste Arbeitsplätze und kommen in der Welt da draußen problemlos zurecht, doch ihr Innenleben ist von divergentem Denken durchflutet. Diese Menschen lassen sich reichlich Zeit, bevor sie das ganze Ausmaß ihres Wahnsinns enthüllen, und bis dahin ist man längst ihrem Einfluss erlegen.

»Das ist doch alles eine christliche Allegorie, oder?«, fragte Erik. »Es ist die Kreuzigung ohne die Auferstehung. Oder es könnte um Jesus nach seiner Wiederkehr gehen, nachdem er von den Toten auferstanden und ganz anders ist. Vielleicht ist Happy Harry mit dem Harten der auferstandene Jesus der Neunziger.«

»Wovon zum Teufel redest du da?«, fragte Baby.

»Überleg mal«, sagte Erik. »Er predigt eine Botschaft, mit der er die etablierten Kräfte gegen sich aufbringt. Er mischt sich unter das gemeine, niedere Volk. Er wirkt Wunder und heilt die Vorstadtseele. Sein Ende ist eine ritualisierte Vernichtung. Nie hört mir jemand zu, aber es stimmt, Happy Harry mit dem Harten ist der neue Jesus.«

»Oh, Erik«, sagte ich.

Uns war der Tequila ausgegangen. Ich pilgerte in die Küche, in der Hoffnung, noch mehr zu finden. Baby folgte mir. Auf der Suche nach Überresten früherer Ausschweifungen durchstöberte ich unsere Schränke.

»Es ist nichts mehr da«, sagte er. »Trockener als ein Wüstenstaat.«

»Ich besorge Nachschub.«

»Warte auf mich«, sagte er. »Ich komme mit.«

Erik und Stacie und Jon ließen wir zurück.

»Was für eine Truppe«, sagte ich auf der Treppe zu Baby, »was für ein Haufen schräger Vögel.«

Im Deli diskutierten wir über verschiedene Marken Tequila und Wodka, bevor wir uns auf jeweils eine Flasche einigten. Wir kauften so billig wie möglich. Die Rechnung belief sich auf knappe zwanzig Dollar.

Ich verabschiedete mich von dem Mann an der Kasse. Ich wusste nicht, ob er uns mittlerweile mochte, aber sicher wusste er uns wenigstens zu schätzen. Er sah uns fast jeden Tag.

»Was in aller Welt wollte Erik wohl damit sagen? Nuevo Cristo?«, fragte ich.

»Ich habe gelernt, dass man nicht vorhersehen kann, was aus Eriks Mund kommt«, sagte Baby. »Sollte ich mir wegen dieser Sache mit Christian Slater Sorgen machen? Was, wenn es ein Frühwarnzeichen für evangelikale Neigungen ist?«

»Schätzchen, solange er keine unhistorische Variante des Christentums entdeckt, in der alle Ehrerbietung Schwänzen galt und die von den frühen Kirchenvätern unterdrückt wurde, dürfte er zu sehr auf Jungs stehen, um Fundamentalist zu werden.«

Erik war in der Küche und las in einem Taschenbuch *Die gelbe Tapete*. Ich fürchtete, er könnte einer versteckten Bedeutung der

Geschichte auf die Spur kommen. Eine weitere christliche Allegorie, in der Gilmans Protagonistin den unterdrückten, weiblichen, psychotischen Christus des 19. Jahrhunderts darstellte.

»Hallo«, sagte er.

»Wo sind Stacie und Jon?«, fragte ich.

»Noch in Babys Zimmer.« Schulterzuckend deutete er auf die offene Tür.

Ich holte die Tequilaflasche hervor. An Babys Tür hörte ich, wie Stacie sagte: »Das ist halt so, na ja, was du da sagst, mit deiner Musik und so, dass sie dich nicht mehr erfüllt und dass du dich so fragst, ob sich nicht was geändert hat, ob du nicht einen totalen Kopfschuss hast, weil du halt glaubst, dass Hardcore in den Neunzigern nicht mehr läuft, weil der Kick halt nicht mehr da ist, richtig? Was du da beschreibst, ist eine Erfahrung, die Kierkegaard einen Übergang vom Ästhetischen zum Ethischen genannt hätte, das ist halt so dieser Moment, in dem du dich zwischen Gut und Böse entscheiden musst, nicht so absolut gesehen und so, aber man muss halt verstehen, dass es eine Wahl gibt und man diese Wahl treffen muss. Die ästhetische Persönlichkeit ist halt ein passiver Teilnehmer, während die ethische Person sich aktiv selbst wählt. Beim Erreichen des Ethischen geht es gar nicht darum, das Gute dem Bösen vorzuziehen, sondern es geht darum, sich dafür zu wappnen, dass man diese Wahl treffen muss, verstehst du? Und das Ethische heißt jetzt nicht, dass du nicht mehr ästhetisch sein kannst, es heißt nur, dass du zur nächsten Erfahrungsstufe aufsteigst.«

Baby kam herüber und stellte sich hinter mich.

»Gott im Himmel«, flüsterte ich. »Es ist genau wie in der zehnten Klasse. Als wäre Jon der verkackte Ian Covington. Ein echtes Déjà-vu.«

»Du könntest recht haben«, sagte Jon. »Das ist eine große Erkenntnis. Du wirkst sehr weise.«

»Wer ist der verkackte Ian Covington?«, fragte Baby.

»Er war mein Freund«, sagte ich. »Stacie hat ihn durchgevögelt.«

»Ich verstehe halt total gut, was los ist«, sagte Stacie. »Ich bin sehr einfühlsam, das habe ich schon gehört, vor allem von so total sensiblen Menschen. Und ich merke, dass du ein ganz sensibler Mensch bist. Bist halt ein Künstler. Ich bewundere Künstler.«

»Das ist nicht die Vergangenheit«, sagte Baby. »Die Vergangenheit kann man nicht wiederholen.«

»Was soll das heißen, man kann die Vergangenheit nicht wiederholen?«, fragte ich. »Natürlich kann man das.«

»Es ist nicht leicht, kreativ zu sein«, sagte Jon.

»Warum gehst du nicht rein und sagst was?«, fragte Baby.

»Das sollte ich. Sollte ich wirklich. Aber es ist schon eine komische Sache, Pu-Bär. Ich bin nicht eifersüchtig. Ich bin noch nie eifersüchtig gewesen, außer, wenn es um dich geht.«

»An ihren Früchten sollt ihr sie erkennen«, sagte Baby.

Januar 1992

Baby verprügelt Jon
auf offener Straße

Jon vögelte Stacie um den Verstand, er nahm sie richtig durch, doch viele Monate lang blieb diese Liebelei ein unentdecktes Geheimnis, das uns nachgeisterte wie der Kommunismus oder das Handlungselement eines drittklassigen Schauerromans.

Zu dem ungestümen Kopulieren kam es am letzten Tag von Stacies Besuch, ein paar Stunden bevor sie ein Taxi rief und aus unserem Leben verschwand.

An eben diesem Nachmittag kam ich nach Hause, um zwischen der Uni und der Arbeit Bücher abzuladen, und fand das dynamische Duo. Angeblich warteten sie auf Adeline. Sie sagten hallo, lächelnd, unschuldig, engelsgleich. Mit geröteten Gesichtern. Die satte Schwüle von Sex lag über der Wohnung. Aber was sollte ich sagen? Ich hatte nicht den Hauch eines Beweises. Ich konnte ja schlecht an den Laken schnüffeln, oder?

Monate später, an einem Abend im Januar, offenbarte das Universum seine fraktale Struktur und zog mich in eine vierdimensionale Quantenverschränkung mit dieser unziemlichen Begegnung.

Ich war nach Hause gekommen, weil ich hoffte, ein wenig schreiben zu können. Als ich die Wohnungstür aufschloss und hineinging, entdeckte ich Jons dreckige Jeansjacke auf dem Küchenstuhl. Die Tür zu Adelines Zimmer war geschlossen. Ich nahm an, dass sie in ihrem Bett und mit ihrer tristen Nullachtfünfzehn-Heteroliebe zugange waren.

Ich begann zu tippen, zu schreiben, auf die Tasten zu hämmern, ließ mich von der leisen, wilden, wandelbaren Maschinenmusik meiner Finger in den Bann schlagen. Die Geschichte trug den Titel »Wie das Amen in der Kirche«. Es geht um eine alternative Realität, die sich mit dem Sieg der Briten über die aufständischen Kolonien im amerikanischen Rebellionskrieg von der bekannten Geschichte löst.

Keine Vereinigten Staaten, keine Verfassung, keine Zusatzartikel. Der Kauf von Louisiana findet immer noch statt, nur wird das Gebiet im Zuge des Friedens von Amiens übertragen. Der britisch-amerikanische Krieg von 1812 entfällt. William Wilberforce und Thomas Clarkson beenden die Sklaverei im ganzen Empire. 1833 wird sie endgültig abgeschafft, was den amerikanischen Bürgerkrieg verhindert und 600 000 potentiellen Soldaten das Leben rettet. Die Wucht dieser zusätzlichen Leistungskraft, kombiniert mit britischem Erfindergeist, entzündet eine gewaltige wissenschaftliche und technologische Revolution. Sämtliche großen Fortschritte unseres 20. Jahrhunderts finden vor dem Tod von Königin Victoria statt.

Was alles großartig klingt, zugegeben, doch es gibt auch Nachteile. Die englische Klassengesellschaft setzt sich auf dem gesamten amerikanischen Kontinent durch und nimmt neue und beunruhigende Formen an.

Ungeplant bildet sich als gesellschaftlicher Konsens heraus, dass jeder Einwohner der Kolonien ein frisch gelegtes Hühnerei bei sich trägt. Rangunterschiede werden anhand der Dicke der Schale, der Güte der Farbe, der Größe und des geschätzten Gewichts gemessen.

Das Accessoire mit Schale wird fester Bestandteil des modernen Lebens. Wer Arbeitslosengeld bezieht, erhält im Rahmen eines Sozialhilfeprogramms Ihrer Majestät ein Schnäppchenhuhn, was die Armen lebenslang zu verkümmerten Eiern ohne Eigelb verdammt. Die obere Mittelschicht muss in ihrer Gier nach den neuesten Innovationen ständig modernere Hühner anschaffen. Täglich entstehen neue Züchtungen. Ein Sekundärmarkt für Zubehör bedient Menschen, die nicht nur Luxus, sondern die individuelle Note wollen. Ein wichtiges Ausstattungsmerkmal ist der vorgeschriebene durchsichtige weiße Tragewürfel mit Spotlicht und eigener Stromversorgung, um die gleichmäßige Rundung des Eis hervorzuheben und Sprenkel zu betonen.

Der nordamerikanische Kontinent ist von Fachwissen über Eier regelrecht überschwemmt. Im westlichen Britischen Empire wimmelte es von Geflügelexperten.

Ich war noch nicht über die Beschreibung des Settings hinausgekommen, als Adelines Stimme durch das Donnergrollen meiner Schreibmaschine brach. Sie klang richtig rasend und brüllte: – Verpiss dich! Verpiss dich! Verpiss dich! Verpiss dich! Verpiss dich!

Die Wohnungstür knallte zu.

Ich streckte den Kopf in die Küche. Adeline stand vor der Badewanne, das Gesicht so rot wie ihre Haare.

— Was zum Teufel ist passiert?, fragte ich.

— Ach, nichts Besonderes, sagte sie. Jon hat nur meine beste Freundin aus Kindertagen gefickt.

— Was.

— Stacie, sagte sie. Er hat Stacie gefickt. Als sie mich besucht hat.

— Was.

— Brauchst du ein gerahmtes Foto?, fragte Adeline. Jon hat Stacie gevögelt.

Ich schwebte über mir, mein Geist durch eine unsichtbare Nabelschnur mit meinem körperlichen Ich verbunden, durch eine silbrige Ranke aus Ektoplasma. Ich sah mich selbst, wie ich die Wohnungstür aufriss. Ich sah mich, wie ich die Treppe hinunterraste.

Jon ging zur Second Avenue, in Gedanken an seine Verfehlungen versunken, war er erst einen halben Block weit gekommen. In der rechten Hand ein Buch, die Jacke über der linken Schulter. Er hörte meine Schritte, drehte sich um, sah mich und rannte los. Adeline kam aus dem Haus und rief etwas, aber ich war zu verrückt, um ihre Worte zu verstehen.

Er bog ab, am Kiev vorbei. Ich nahm die Verfolgung auf, preschte zwischen einem verliebten, händchenhaltenden Pärchen hindurch und stieß den Mann dabei gegen das Restaurant.

– Ja, lauf du nur, brüllte ich. Ich haue dich um und schlage dich grün und blau.

Jon machte einen Satz auf die Second Avenue. Ich sprintete hinterher und scherte mich dabei den Teufel um den Verkehr. Meine Wut konnte Stahl verbiegen, würde Motorhauben zusammendrücken.

– Lass mich in Ruhe!, rief er.

– Du entkommst mir nicht! Du verdammtes Arschloch! Ich habe die Schulrekorde über fünfzig und hundert Meter aufgestellt!

Er bog in die 6th Street ein und wurde aus lauter Panik noch schneller. An den Anreißern aus Bangladesch, die ihn mit kostenlosem Wein in ein indisches Restaurant locken wollten, rannte er einfach vorbei.

Ich preschte voran wie ein großer, zotteliger Hund, der frisch von der Leine gelassen über die Strände der Welt jagte und den Mond anbellte.

Jon ließ sein Buch und seine Jacke fallen, weil er hoffte, so Ballast loszuwerden, doch die Jacke verhedderte sich in seinen Beinen. Er knallte auf den rissigen Gehweg, direkt vor dem Eingang des Shah Bag. Benommen und mit einer blutenden Wunde an der Stirn blieb er liegen.

Die Weihnachtsbeleuchtung des Shah Bag tauchte seinen Körper in Licht. Es gehörte zum Geschäftsmodell, dass alle indischen Restaurants in der 6th Street diese Lichterketten das ganze Jahr über hängen ließen. Ich stand direkt vor Jon und dachte, es sei doch interessant, dass er genau in der kurzen Phase, in der es zur Jahreszeit passte, in diesem weihnachtlichen Schummerlicht gelandet war.

Ich hob das Buch auf. Eine gebundene Ausgabe von *Stellungskrieg*, geschrieben von Stewart Home.

Jon stemmte sich auf alle viere hoch und krabbelte los wie ein Kleinkind.

Mit aller Kraft, die ich aufbrachte, und dem *Stellungskrieg* als improvisierter Waffe schlug ich auf seinen Kopf ein. Das Buch war ein Leichtgewicht, nur 167 Seiten dick, aber der Frontsänger der Inverted Bloody Crosses war von seinem Sturz geschwächt und wurde von einem bescheidenen Debütbändchen zu Boden geschickt.

Er brach auf dem Gehweg zusammen.

Ein Kellner kam aus dem Shah Bag. Ich hatte ein paarmal dort gegessen. Der Kellner sah Jon an, sah mich an und spuckte auf den Boden.

Und dann war da die Sache, als ich Jon windelweich prügelte.

Und sein Buch habe ich behalten.

Februar 1992

Baby bekommt einen Brief
von Parker Brickley

Ich hatte Erik, ich hatte die NYU, ich hatte Adeline, und ich hatte meine knospende Karriere als Autor von Science-Fiction, einem Subgenre, das zu dieser Zeit noch Substanz hatte.

Während meines zweiten Studienjahrs hatte ich ein Einführungsseminar zur Belle Époque bei einem Dozenten namens Jindrich Zezula belegt. In der letzten Semesterwoche hatte ich mir fest vorgenommen, meine Abschlussarbeit über Émile Zola zu beenden, und mich an die Schreibmaschine gesetzt.

Als ich vier Stunden später aufstand, hatte ich die erste Hälfte einer äußerst obskuren Kurzgeschichte geschrieben. Zweitausend Wörter ungefilterter Exkremente, die der englischen Sprache aufgezwungen wurden. Ich vernichtete die Beweise.

Weitere folgten. Ich konnte nicht aufhören. Ideen strömten aus meinem Kopf, doch das Schreiben fiel mir nicht leicht. Schreiben war Arbeit, für das Schreiben brauchte man eine Lehrzeit. Ein Jahr lang kam ich kaum darüber hinaus, Erik zu vögeln und grauenhafte Kurzgeschichten hinzurotzen.

Nachdem ich siebenundzwanzig dieser Verbrechen gegen die Menschheit begangen hatte, entwickelte sich eine Stimmigkeit, ein Bewusstsein für Aufbau und Fluss. Die Sprache stand der Absicht nicht mehr im Wege. In meiner Arroganz begann ich, Manuskripte zu verschicken.

Die erste Geschichte verkaufte ich an Gardner Dozois vom *Isaac Asimov's Science Fiction Magazine*. Sie trug den Titel »Heroin des Volkes«, und das Konzept war verschämt bei David Bowies *The Rise and Fall of Ziggy Stardust and the Spiders from Mars* geklaut. Als sie gedruckt erschien, konnte ich sie nicht einmal lesen, weil ich mir ihre jugendliche Naivität nicht wieder vor Augen führen wollte.

Aber so ist das Leben. Es kommt vor, dass die Eltern unter unfassbaren Umständen sterben, die einen dazu zwingen, die Stadt zu verlassen. Es kommt vor, dass der eigene Bruder von der Colorado Bridge in Pasadena, Kalifornien, springt. Und es kommt vor, dass man mit der fragwürdigen Pop-Eschatologie eines Außerirdischen debütiert, der als Frontsänger einer Post-post-post-post-post-post-post-post-post-post-post-post-post-post-post-post-post-post-post-post-post-post-Glam-Band im Pyramid Club auftritt, mit einem Buch der Prophezeiung in der rechten Hand und einer dreckigen Spritze, die in der Hauptschlagader hängt.

Und dann war da die Sache, als ich im Strand die Regale durchstöberte und auf eine Biographie von Johnny Appleseed stieß, einem Pionier, der im Mittleren Westen Amerikas Apfelbäume gepflanzt hatte. Neben seinen landwirtschaftlichen Bestrebungen war Appleseed ein Anhänger von Emanuel Swedenborg, einem radikalen Mystiker der freien Liebe, der im 18. Jahrhundert in den Himmel aufgefahren und voll heiligen Wissens auf die Erde zurückgekehrt war.

Ich hatte als Kind Mythen über den Mann, der Bäume pflanzte, gehört, aber was, wenn er die ganze Zeit eine andere Saat in wärmere Furchen ausgebracht hatte? Was, wenn seine wahre Bestimmung lautete, Glaubenssätze über die transzendentale Vereinigung mit Christus durch sexuelle Hingabe zu verbreiten?

Ich schrieb eine Geschichte mit dem Titel »Die Sonne, die zu lange schläft«. Es ging um ein Gegenstück zu Swedenborg im 24. Jahrhundert, das ich einfach Swedenborg 2 nannte.

Wie sein Namensgeber steigt Swedenborg 2 in den Himmel auf, nur ist der Auslöser seiner Reise eine Entführung durch Aliens. Die Außerirdischen untersuchen ihn mit Sonden. Sie sezieren ihn. Sie unterziehen ihn Belastungstests. Sie foltern ihn. Als die Aliens das ganze Repertoire ihrer Misshandlungen erschöpft haben, können sie dank ihrer fortschrittlichen Technologie den Körper von Swedenborg 2 rekonstruieren.

Bei dieser Rekonstruktion pflanzen ihm die Außerirdischen Nanotechnologie ins Gehirn, durch die sie ihn in der ganzen Galaxie orten können. Zum Unglück aller Beteiligten wird die Implantation auf den ersten Todestag von ΩΩΩΩΩ gelegt.

ΩΩΩΩΩ war der Gefährte von ΦΦΦΦΦ. ΦΦΦΦΦ ist der Techniker, der Swedenborg 2 Nanotechnologie ins Hirn pflanzen soll. In den Stunden vor der Operation lässt ΦΦΦΦΦ sich ordentlich volllaufen. ΦΦΦΦΦ macht Murks.

Swedenborg 2 kehrt auf die Erde zurück. Er findet heraus, dass er Wunder wirken kann. Er heilt die Kranken. Er lässt die Toten auferstehen. Er verwandelt Wasser in Wein. Er führt auf Schweinehöfen Exorzismen durch.

Und er kann nicht den Mund halten. Er redet in einem fort über die Entführung durch die Aliens, von der er fälschlicherweise glaubt, er wäre im Himmel gelandet, und begründet eine neue Heilslehre, basierend auf grenzenlosem, endlosem Sex. Diese heilige, rallige Glossolalie ist ein weiterer Nebeneffekt des Implantats in seinem linken anterioren cingulären Cortex, das den neuen Messias in einen Zustand immerwährender Erregung versetzt. Sein Schwanz wird zu einer Wünschelrute, zu einem heiligen himmlischen Zauberstab.

Swedenborg 2 schart zahlreiche Anhänger um sich.

Zu Beginn des 25. Jahrhunderts durchstreift Darius 2C Danko, ein Neu-Swedenborgianer, in einem klobigen Raumschiff die Galaxie. Seine Mission? Weltraumäpfel zu pflanzen und die Heilslehre polymorpher Perversität zu verkünden. Die Erzählung folgt seinen Wanderungen und erschafft eine etwas plumpe Allegorie auf amerikanische Politiker. Außerdem baute ich eine unsinnige mythologische Ebene ein, indem ich eine Parallele zwischen Appleseed und dem griechischen Gott Bacchus schuf, einen Nachhall, der sich in der Verbreitung von Pflanzen und ungezügelter Liebe findet.

Ich reichte die Geschichte beim *Magazine of Fantasy and Science Fiction* ein. Der Redakteur, Edward L. Ferman, schickte mir eine schriftliche Zusage und teilte mir mit, mein Text würde in der Juli-Ausgabe 1991 erscheinen. Monate später bekam ich ein Paket mit einem Scheck und meinen Belegexemplaren.

Alles in allem war die Titelillustration gar nicht mal katastrophal. Ein halbdurchsichtiger Pantherkopf schwebte über einer Berglandschaft. Ich schlug das Inhaltsverzeichnis auf. Da stand ich, zwischen »Herbstnebel« von Nancy Springer und »The Pan Man« von Elizabeth Engstrom.

Sie hatten meinen Titel geändert.

Ich war der stolze Autor von »Johnny Cyberseed«.

Trotz dieser Schmähung liebten die Leute die Geschichte. Die Redaktion leitete schmeichelhafte Briefe weiter, freundliche Worte von Lesern. Durch ihre gefühlsduselige Sprache gewann ich den Eindruck, dass die Briefschreiber sehr einsam waren. Nett, aber einsam.

Im Februar kam ein Brief von Parker Brickley. Er arbeitete bei der Literaturagentur William Morris und hatte versucht, meine Telefonnummer herauszufinden. Nur war das unmöglich. Ich war unsichtbarer Abschaum aus dem East Village, der unter einem Pseudonym lebte und unter einem anderen schrieb.

Brickleys Büro lag in Uptown. Ich rief ihn an. Er lud mich zum Mittagessen ein.

So einfach war das. Man muss nur gut schreiben. Selbst, wenn die Redakteure deine Titel ändern. Selbst, wenn die Welt glaubt, du wärst für »Johnny Cyberseed« verantwortlich.

Alles lief gut. Zu gut. Ich hatte vergessen, dass das menschliche Dasein als Wellenform auf und ab durch Zeit und Raum schwang und dass sich das Schicksalsrad immer weiterdreht. Gut oder schlecht, es kommt immer eine Veränderung.

März 1992

Patrick Geoffrois

— Baby, sagte Adeline, ob du es glaubst oder nicht, heute ist mir auf der 1st Avenue Jon über den Weg gelaufen. Schon sein Gesicht zu sehen hat mich zur Weißglut getrieben, also habe ich etwas von meinem Menstruationsblut genommen und nach ihm geworfen.

— Du hast deine Periode nach deinem Exfreund geworfen?, fragte ich.

— Ja, sagte sie. Aber nicht schwungvoll genug, meine Salve landete vor seinen Füßen. Jon stand nur da und hat nicht begriffen, was ich getan habe. Ich habe es ihm genau erklärt. Ich habe ihm gesagt, dass ich auf sein dummes Gesicht gezielt habe.

— Wie geht das überhaupt? Ich dachte, du benutzt Stoffbinden.

— Schätzchen, wusstest du nicht, dass ich schon vor Monaten auf die Keeper umgestiegen bin? Ich habe meine bei Magickal Childe gekauft.

— Ich hatte keine Ahnung.

— Sie ist viel praktischer. Ich nutze das Blut, um die Pflanzen zu düngen.

Nach dem Ende ihrer Affäre mit Jon de Lee hatte Adeline sich neue Hobbys gesucht. Sie hatte ihren Lehrerinnenoutfits den Rücken gekehrt und sich, soweit ich das sagen konnte, zu einem

Punk zurückentwickelt. Sie färbte sich die Haare lila, rasierte sich die Seiten ab und trug bedauerlich oft Jeans. Es war oft die Rede von Anarchismus als vertretbarer politischer Philosophie. Sie versteckte ihre Platten von Steeleye Span und die EP *You Made Me Realize* und verlegte sich auf frühen Punk wie *(I'm) Stranded* von The Saints und *Germfree Adolescents* von den X-Ray Spex.

Am häufigsten ließ sie das Album *Legacy of Brutality* von The Misfits laufen. Ich war beim Kauf bei ihr gewesen. Hätte ich geahnt, was es bedeutete, hätte ich sie aufhalten können.

Aber ich hatte nicht gewusst, dass ich dank Glen Danzig, geboren als Azalone, monatelang grobschlächtigen, ambitionierten Punk aus New Jersey würde ertragen müssen. Ich kann nicht einmal schätzen, wie viele Nadeln Adeline mit dieser Platte ruiniert hat, aber ich weiß genau, welchen Nerv sie mir gestohlen hat. Den allerletzten.

Was ihr Privatleben anging, ließ sie sich mit einem durchgeknallten Franzosen namens Patrick Geoffrois ein, einem Schwindler, der immer mit einem Tisch vor der Reiseagentur Twardowski Travel in der St. Mark's stand. Er gehörte sei Jahren zum Inventar, sagte den Leuten die Zukunft voraus, las aus der Hand und legte mit einem Thoth-Tarot-Deck Karten.

Geoffrois war eine dieser Gestalten auf der Straße, die man nicht ignorieren konnte, ein hagerer Ghul mit stechend blauen Augen, ohne Zähne, mit zurückgekämmten blonden Haaren, die ihm bis auf die Schultern hingen, und schwarzer Kleidung, bestückt mit kitschigem Schmuck wie Pentagrammen und, als besondere Ironie, umgedrehten Kreuzen.

Adelines Bekanntschaft mit ihm hatte die gleiche Grundlage wie all ihre schlechten Entscheidungen, sie entstand aus einer fixen Idee heraus, die zum Teil intellektuell war, zum Teil emotional und vollkommen verrückt.

Im Februar hatte die *Newsday* auf ihrem Titelblatt ein Bild des Mannes gebracht, ein geschmackloses Foto, auf dem er über seinem linken Auge einen Schwertknauf hält. Unter diesem grimmigen Gesicht stand die Schlagzeile: ERMITTLUNGEN GEGEN KULT AUSGEWEITET.

Die Sache ging auf Daniel Rakowitz zurück. Nach immerhin zwei Jahren waren die Staatsanwaltschaft von Manhattan und die Sondereinheit Okkultismus des NYPD zu dem Schluss gekommen, Rakowitz habe Monika Beerle auf die Weisung von Geoffrois getötet, als rituelles Menschenopfer für Choronzon oder Herzog Focalor. Satanistenpanik auf New Yorker Art, mit Informationen, die an die Presse durchsickerten, und wichtigtuerischen Ermittlern, die mit einem Akzent aus Far Rockaway Reden über Dämonismus schwangen.

Niemand stritt ab, dass Geoffrois ein Okkultist war. Aber Okkultismus ist nicht gleich Okkultismus.

Jeder, der mal mehr als zwei Wochen in der Lower East Side verbracht hatte, wusste, was Geoffrois war. Ein Abzocker, ein Schwindler, ein armseliger Straßenkünstler, der versuchte, seinen Lebensunterhalt zu verdienen. Wenn er einen Hexenzirkel kontrollierte und wenn er regelmäßig übernatürliche Mächte anrief, warum sollte er Jahre damit verschwenden, auf der St. Mark's zu frieren und zu betteln?

Als Adeline das Titelblatt der *Newsday* sah, lief sie das kurze Stück zu ihm und traf den Franzosen an seinem Klapptisch an; er saß, wo er immer saß, und tat, was er immer tat. Wie ihr erstes Gespräch genau ablief, erzählte sie nie.

Ich stelle mal eine Vermutung an.

Der ehemalige Junkie und Magier faselte mit leichtem Akzent von dem Hokuspokus, der durch die Tiefen seiner Hirnwindungen geisterte, und tat Rakowitz als Mitläufer ab. Adeline erzählte lang und breit vom Anzugverleih und den Gewalterfahrungen im urbanen Umfeld, versuchte, die wahllose Grausamkeit und die Morde in New York zu ergründen, und bat den selbsternannten schwarzen Magier, ihr zu helfen, die verborgene Bedeutung des Zufalls herauszufinden.

Adeline besuchte Geoffrois immer wieder in seiner Wohnung in der 11th Street, in der er mit seiner Frau und ihrer kleinen Tochter lebte. Von diesen Soireen kehrte meine Mitbewohnerin voll bizarrer Vorstellungen über die unterschwellige Mystik des Universums zurück. Sie las Bücher von Aleister Crowley. *Tagebuch eines Drogenabhängigen. Magick in Theorie und Praxis.*

Aus morbider Neugier schlug ich ihr *Buch des Gesetzes* auf. Es kündete vom Anbruch eines neuen Zeitalters durch ägyptische Sexmagie.

Mit Geoffrois' Auftritt in den Boulevardmedien im Hinterkopf fiel mir ein Abschnitt auf, in dem Crowley nahelegt, Menschenopfer seien Notwendig, um den Eigenen Willen zu Erlangen. So eine Art Buch war es, eines, in dem Wörtern Großschreibung aufgezwungen wurde. Bei Crowley hatte man keinen eigenen Willen. Man hatte nur einen Eigenen Willen. So ein Autor war Er.

Adelines Interesse mag albern wirken, aber was hätte sie sonst tun sollen? Sich in eine Reihe zermürbender One-Night-Stands stürzen? Ihren untreuen Freund zurückgewinnen?

März 1992

Baby und Erik
sehen sich *Rattennest* an

Im Theatre 80 lief *Rattennest*, ein Film von 1955 mit Robert Aldrich als Regisseur. Ich lud Adeline und Erik ein. Er nahm an. Sie lehnte ab.

– Ach, Baby, sagte sie, meinst du, ich hätte ihn nicht schon tausendmal gesehen? Das ist der allerbeste Film über Los Angeles! Achte auf den Bösewicht. Er hieß Albert Dekker. Sein Ende war très tragique, eine dieser Hollywoodgeschichten von einem Filmstar, der unter erschütternden Umständen gestorben ist. Ich erzähle dir nicht, wie es passiert ist, bevor du den Film gesehen hast, sonst denkst du die ganze Zeit an seinen Tod und kannst dich nicht konzentrieren. Und es ist wirklich der beste amerikanische Film der Fünfziger. Ich würde mich ganz schrecklich fühlen, wenn ich dich aus der Geschichte reißen würde.

In *Rattennest*, der Verfilmung eines grauenhaften Romans von Mickey Spillane, spielt Ralph Meeker die Hauptfigur Mike Hammer. Zu Beginn des Films überfährt Meeker fast eine verwirrte Anhalterin. Sie ist jung, nackt und auf eine viertklassige Art hübsch. Was folgt, ist eine verworrene Handlung, die vor düsteren Film-Noir-Elementen nur so trieft.

Das Wesentliche dabei ist die Figurenzeichnung, die sich auf die beiden Protagonisten Mike Hammer und die Stadt Los Angeles konzentriert. Hammer wirkt wie ein extrem amoralischer

Fiesling, der Antiheld des Noir-Genres bis zum Äußersten gesteigert. Ein Kotzbrocken von einem Privatdetektiv, der seine Sekretärin, mit der er eine sexuelle Beziehung hat, in Scheidungsfällen als Köder für treulose Ehemänner benutzt.

Los Angeles ist Hammers Spiegelbild. Jeder verstaubte Winkel wird erkundet, jede Pension und jede Garage. Der Film wurde an Originalschauplätzen gedreht. In den Dialogen werden echte Adressen genannt.

Albert Dekker spielt einen alternden Arzt von zweifelhaftem Charakter. Jedes Mal, wenn er auf der Leinwand auftauchte, grübelte ich über seinen Tod nach.

Es wurde hell im Saal. Erik und ich gingen zum Yaffa Café und setzten uns in der roten Velourshöhle an einen Tisch. Ich dachte an Ralph Meeker, an den Ausdruck des Begreifens auf seinem großen, tumben Gesicht.

Ich ließ die Speisekarte sinken und musterte die anderen Gäste. Sie waren richtige Goths. Tische umlagert von Jugendlichen von außerhalb Manhattans und von Long Island, schwarz gekleidet, die Gesichter mit Kajal und fettigem Lippenstift verschmiert, schwarzlackierte Nägel an den Fingern, mit denen sie Pitabrot in Hummus tunkten.

— Hier wimmelt es ja von gruseligem Jungvolk, sagte ich.

— Sei nicht so negativ, antwortete Erik.

Unsere Kellnerin wirkte bekifft. Ich war sicher, dass sie unsere Bestellung falsch aufgenommen hatte, aber ich machte mir nicht die Mühe, sie zu korrigieren.

— Dir hat der Film sehr gefallen, sagte Erik.

— Warum sollte er auch nicht?

— Ich bin Nihilismus leid, sagte Erik. Das Thema ist doch durch. Unsere Kultur steckt seit vierzig Jahren in diesem jämmerlichen Kreislauf fest. Vielleicht bin ich zu sehr Wassermann, aber ich finde, wir erzählen uns die völlig falschen Geschichten. Wir trudeln nicht fortwährend in den Abgrund. Alles in allem wird es besser, aber alle tun so, als würde es schlechter. In *Rattennest* geht es darum, dass man vor allem Angst haben muss. Dass die Welt jeden Moment durch die Dummheit und Gemeinheit der Menschen untergehen kann. Warum geht es in Filmen nie darum, dass Menschen gut sind?

— Wahrscheinlich, weil die meisten Menschen es nicht sind.

— Das ist doch Quatsch, sagte Erik. Wie viele schlechte Menschen kennst du tatsächlich? Zwei? Drei? Von wie vielen tausend? Die meisten Menschen sind gut. Die meisten Menschen schätzen andere Menschen. Wir verschwenden unser Leben damit, nur auf die falschen zu achten, auf die Handvoll, die die gesellschaftlichen Spielregeln missachten. Ich will nicht jammern. Ich bin nur elende Filme und elende Bücher leid, und ich kann nicht mehr hören, dass der Planet kurz vor dem Untergang steht. Ich glaube an die Menschheit, ich glaube an unsere Zukunft, ich glaube, dass wir den richtigen Weg finden werden. Ich glaube, dass wir in zehntausend Jahren noch hier sind, und zwar in einem passablen Zustand.

Wenigstens redete er nicht über Jesus.

Mir kam unwillkürlich der Gedanke, dass wir überhaupt nicht zueinanderpassten. Er war zu gut. Vielleicht lebte ich schon zu lange in New York. Vielleicht treibt einem das Leben auf einer Farm alle Illusionen darüber aus, das Leben sei heilig. Wie konnte man sich die Geschichte der Menschheit ansehen und so etwas wie Optimismus verspüren? Unser Planet war ein sich drehender Erdklumpen voll bedeutungsloser Kreaturen, die durch die Evolution zum Gipfel der Grausamkeit aufgestiegen waren.

Andererseits saß ich in einem Kellercafé in der interessantesten Stadt der Welt, umgeben von Jugendlichen, die sich wie das Phantom der Oper anzogen. Das Antlitz meines umwerfenden Freundes erstrahlte von Träumen menschlicher Güte.

Ich war nicht so dumm, diesen Moment unbemerkt verstreichen zu lassen. Wenn für mich das Glück so aufscheinen konnte, gab es vielleicht wirklich Hoffnung. Vielleicht gab es doch die Möglichkeit, dass wir den Planeten nicht zerstören würden. Vielleicht hatte Erik recht. Ich hoffe es. Immer noch. Ich hoffe immer, dass Erik recht hat.

Er brachte mich nach Hause, konnte aber nicht über Nacht bleiben. Er hatte eine neue Stelle in Midtown. Jahrelang war er von einem Büro zum nächsten gewechselt, nach sechzehn Monaten hatte er immer gekündigt. Jetzt war er von einer Anwaltskanzlei eingestellt worden.

Bevor wir uns küssten, sahen wir die Straße hinauf und hinunter. Eine unschöne Begleiterscheinung davon, so nahe am McSorley's zu wohnen. Seit 138 Jahren zog die Kneipe eine gewisse Klientel an. Ich hatte keine Angst, verprügelt zu werden, aber ich hatte auch keine Lust, einen Betrunkenen bewusstlos zu schlagen, nur weil ich meinen Freund zum Abschied umarmte.

Adeline war in der Küche und kochte Ramen-Nudeln und Eier. Eine weitere neue Angewohnheit. Ich kannte sie seit sieben Jahren und hatte noch nie gesehen, dass sie Lebensmittel einkaufte.

— Baby, sagte sie. Warst du begeistert?

— Es hat mich umgehauen.

— Soll ich dir von Albert Dekker erzählen?

— Klar, sagte ich.

— Man hat ihn an der Normandie Avenue gefunden, zwischen dem Hollywood Boulevard und der Franklin Avenue. Seine Verlobte hatte tagelang nichts von ihm gehört. Sie tat, was man in solchen Situationen eben tut. Sie ersann eine Möglichkeit, in seine Wohnung zu kommen. Drinnen entdeckt sie Dekkers nackte Leiche. Er kniet in der Badewanne, um den Hals eine Schlinge, das Seil an der Duschstange festgemacht. Sein Körper wird von Ledergurten eingeschnürt. Er trägt Handschellen. Jemand hat seinen ganzen Körper mit Lippenstift beschrieben. »Peitsche« und »Zwing mich zu lecken« und »Schwanzlutscher«. Auf seinen Bauch ist eine Vagina gemalt. Seit Tagen ist er so dort. Die Verwesung hat eingesetzt. Wertgegenstände fehlen. Und weißt du, was das Erstaunlichste ist? Trotz dieser ganzen Umstände wurde sein Tod als Unfall bezeichnet. Als mögliche Selbsttötung.

April 1992

Mehr von Patrick Geoffrois
und seiner Kakophonie

Ich war gerade in die bei Grove Press erschienene, unselig idiomatische Übersetzung von Albertine Sarrazins *L'Astragal* vertieft, als jemand Adelines Namen rief. Wir wohnten seit 1987 im gleichen Haus. Der Vermieter hatte immer noch keine Klingel eingebaut.

Sie lief nach unten, dann kam sie wieder heraufgerannt. Mit ihren Stiefeln polterte sie wie der Leibhaftige über unsere ungeschliffenen Küchendielen. Sie klopfte an meine Tür.

– Was ist?, fragte ich.

– Baby, Patrick ist draußen. Gehst du ein Stück mit uns?

– Ich verzichte.

– Junger Mann, sagte sie, lehn doch nicht so leichtfertig ab. Du hast schlicht keine Ahnung, was für eine Erfahrung du dir entgehen lässt. Du benimmst dich borniert. Verschließ nicht deinen wunderbaren amerikanischen Verstand.

Erfahrung. Das Zauberwort. Ich handelte nach der reinen und törichten Überzeugung, jede Erfahrung im Leben eines Schriftstellers würde in seiner Arbeit wiederverwertet werden. Der Mist und die Dummheit der Menschen würden durch Alchemie in literarisches Gold verwandelt. Wenn Adeline wollte, dass ich ein Stück mit dem Magier ging, dann konnte sogar diese absonderliche Erfahrung transmutiert werden.

Geoffrois stand auf dem Gehweg, unserem Haus zugewandt lehnte er an einem geparkten Auto. Sein hageres Gesicht, eingerahmt von seinen blonden welligen Haaren, glich im Licht der Straßenlaterne einer Totenmaske. Er war wie üblich schwarz gekleidet, an seinen acht vitalen Stellen prangte auffälliger Schmuck.

— Patrick, stellte Adeline vor, das ist Baby.

— Ich habe auch ein Baby, sagte er. Aber meine Frau und mein Kind sind nicht zu Hause. Ich dachte, ich zeige Adeline die dämonischen Strömungen, die durch das East Village fließen.

— Ich habe dich auf der St. Marks gesehen, wie du Leuten die Zukunft vorausgesagt hast, antwortete ich, mit deinem Finger auf den Handflächen von schrägen Typen aus Jersey.

— Sogar Schweine haben ein Schicksal, sagte Patrick Geoffrois. Es mag das Schlachthaus sein, aber es ist immer noch ein Schicksal.

Geoffrois stieß sich von dem Auto ab und ging Richtung Osten. Adeline hielt Schritt. In meiner Rolle als fünftes Rad für diesen Abend hängte ich mich an die beiden und bemerkte bei dieser Gelegenheit, wie fragil der Mann wirkte. Seine Kleidung schlotterte ihm um den Körper. Ein wahrer Anhänger von Ulysses S. Grant.

Ihrem Gespräch konnte ich nicht folgen. Es ging um Crowley und das Sternrubinritual. Ich hörte zu und versuchte zu verstehen, aber die spezifischen Einzelheiten waren nicht nachvollziehbar.

Geoffrois ließ sich langatmig darüber aus, dass es unerlässlich sei, die Zeremonienkammer vorzubereiten, und wie wichtig Set und Setting seien, wollte man die Wissenschaft der Veränderung betreiben.

Adeline ging darauf ein, sie antwortete auf der gleichen

Ebene, die Stimme erfüllt von Ernsthaftigkeit. Mir ging auf, dass ich keine Ahnung hatte, ob Adeline an Gott glaubte.

Ein amerikanischer Augenblick. Man kann die äußere Persönlichkeit anderer Menschen besser kennen als die eigene und trotzdem kein echtes Bild von ihren inneren Überzeugungen haben. Man kann schlicht nicht wissen, ob sie auf ein nicht greifbares Wesen hoffen, das mit seiner Ewigkeit die Unendlichkeit durchdringt.

Geoffrois rief: – Hexen werden über New York herfallen! Männer und Frauen werden sterben, Tiere werden wieder zum Leben erwachen. Penisse, geschnitzt aus Olivenholz, werden die Weisheit Satans verbreiten. Samurai aller Arten sollten in Brooklyn bleiben! Riesige grüne Fliegen werden aus den Mündern der Kinder kommen.

— Was redest du da?, fragte ich.

— Vom Schicksal New Yorks. Der Vergeltung, die es erleiden wird.

— Hat die Stadt nicht schon genug gelitten?

— Das war noch gar nichts, sagte Geoffrois. Das Leiden, das die Stadt erfahren hat, ist wie ein Tropfen im Meer. Eine große Plage wird über sie kommen, und Ketzer werden Börsenmakler mit Sorghum und Fenchel schlagen, und die Stängel werden brennen wie heiße Eisen.

Den ganzen Weg die 7th Street hinunter brabbelte er vor sich hin, nur vor den McKinley Apartments legte er eine Pause ein. Während er auf den Lichtschacht starrte, der die beiden Hälften des Gebäudes trennte, behauptete Geoffrois, dieser Negativraum stehe bewusst als Symbol für *La Maison Dieu* oder den Turm, die sechzehnte Trumpfkarte der großen Arkana. New York, sagte er, ist eine Stadt mit zu vielen Türmen. Zerstörung wird über sie hineinbrechen. Hüte dich vor dem Turm, wenn er beim Kartenlegen aufgedeckt wird. Er ist das böseste aller Omen.

Wir überquerten die Avenue A. Der Park war geschlossen, eingefasst von einem zweieinhalb Meter hohen Maschendrahtzaun, seit es am Memorial Day zu Unruhen gekommen war.

Dieser jüngste Ausbruch öffentlichen Unmuts war bei weitem nicht so heftig ausgefallen wie der, nach dem Adeline nicht mehr über das Großstadtleben nachdenken konnte, trotzdem hatte er alle Konventionen des Genres erfüllt. Feuer auf den Straßen, fliegende Flaschen, nudistische Radikale mit wirrem Blick, die etwas über die neue Weltordnung brüllten, Müllcontainer als Barrikaden.

Die Stadtverwaltung kam zu der Überzeugung, schon die Topographie des Tompkins Square sei ein unsägliches Übel. Sie vermutete, die einzelnen Teile des Parks würden sich zu einem großen Räderwerk zusammenfügen, das den menschlichen Geist verwirrte und in einen Furor gegen die Zivilisation trieb. Robert Moses' geheiligte Reliquienschreine würden Kräfte des Chaos ausströmen.

Einen Monat nach den Unruhen am Memorial Day umstellten mehrere hundert Polizisten beim Glockengeläut der Church of St. Brigid den Park. Obdachlose raus, Zäune davor. Umbauarbeiten wurden angekündigt, ohne einen festen Termin für die Fertigstellung zu nennen.

Als Erstes fiel die Konzertmuschel der Zerstörung anheim, sie wurde restlos zertrümmert. Billie Holiday war schon zwei Jahre nach meiner Ankunft in der Stadt übermalt worden, aber ich stellte mir vor, dass sie mit einigen Zeilen »Strange Fruit« auf den grob abgebildeten Lippen zu Staub zerfallen war.

Wesentlichen Anteil an der Verwandlung des Parks sollte die ständige Anwesenheit der Polizei haben. Der Tompkins Square wurde jeden Tag rund um die Uhr bewacht. Nur ging es hier um das East Village. Die ersten Monate waren reine Show. Die Polizei ließ für die Medien und den Bürgermeister die Muskeln spielen, dann schmolzen Ressourcen und Interesse unausweichlich dahin.

Im Maschendrahtzaun rund um den Park entstanden Breschen. Den Anarchisten sagten diese Eingänge nicht zu. Sich in den Park zu schleichen brachte einen nicht auf die politische Bühne. Warum sollte man sich die Mühe machen, wenn man kein Publikum hatte?

Adeline und Geoffrois kletterten durch ein Loch an der 7th Street. Ich folgte ihnen geduckt und in der Hoffnung, nirgendwo mit der Kleidung hängen zu bleiben.

Geoffrois wankte davon. Ich suchte nach dem freien Platz, an dem die Konzertmuschel gestanden hatte. Als ich durch den Schutt lief, empfand ich es als ein Lehrstück darüber, wie man Gegenstimmen kontrollierte. Man schaffe eine symbolische Ablenkung für die lautstarken Fraktionen, die auf Symbolik fixiert sind. Dann zerstöre man das Symbol. Die Substanz ignoriere man.

Geoffrois und Adeline liefen unter dem gemauerten Bogengang nahe der 10th Street her und blieben vor einem Denkmal stehen, das wie ein überdimensionierter abgerundeter Grabstein aussah. Der Grund, aus dem es dort stand, war durch Vandalismus verlorengegangen. Graffiti machten die Inschrift unlesbar. Der Wasserspeier, ein Löwenkopf, war abgebrochen und gestohlen worden. Das Becken hatte jemand mit Knallern gesprengt.

– Das ist der mystischste Gegenstand in New York, sagte Geoffrois. Er wurde zum Andenken an ein Unglück errichtet, an die *General Slocum*. Ein Passagierschiff, das in Flammen aufgegangen ist. Eintausend Tote. So lautet die Legende, eine Lüge, die okkultes Wissen verbergen soll. Am Standort dieser Stele kreuzen sich mindestens fünf verschiedene Ley-Linien, die das Kraftzentrum für die ökonomische Energie der Stadt sind. Hier schlägt das Herz von New Yorks Geld!

— Warum ist es in einem so beschissenen Zustand?, fragte ich.

— Die Geheimnisse der Zeitalter wurden von den Hütern der Flamme bewahrt. Als Churchill die Flammen löschte, war das Wissen vergessen. Nur der Eingeweihte kann die Wahrheit kennen. Wenn dieses Denkmal verschwindet, dann verschwindet auch das ganze ökonomische Können New Yorks. Ade Wall Street. Ade Dow-Jones-Index. Deshalb scharen sich Eichhörnchen und Vögel am Fuß des Denkmals zusammen. Sie spüren seine Macht. Tiere sind Geisteszustände. Ich selbst bin in den Körper eines Vogels geschlüpft, und meine Augen haben durch seine Augen gesehen. Ich habe meinen Doppelgänger gesehen, und ich war nicht tot.

Er lief ohne uns weiter, zur Avenue A.

— Ist er nicht einfach faszinierend?, fragte Adeline.

— Ich kann ehrlich sagen, dass ich sprachlos bin.

Ich hätte schreiben können. Ich hätte es meinem Freund besorgen können. Stattdessen lief ich einem Geisterbeschwörer durch einen verlassenen Park nach.

Der Lack war ab. Ich hatte einen zu großen Teil meines Lebens in New York verbracht, war zu lange mit den Menschen auf seinen Straßen zusammen gewesen, mit seinen Spinnern, seinen Verrückten, seinen Scharlatanen, seinen Möchtegernrevolutionären. Ich erinnerte mich noch, dass ich wie gebannt vor jedem Straßenprediger mit einem Groll auf Ronald Reagan gestanden hatte. Doch jetzt wusste ich, dass all das nichts bedeutete. Alles bestand nur aus Drogenmissbrauch, zugrundeliegenden emotionalen Problemen und Zwangseinweisungen ins Bellevue.

Ich fand sie unter dem mit Graffiti überzogenen Dach des Abstinenzlerbrunnens, über ihnen das Wort BARMHERZIGKEIT, die verzinkte Statue mit den fehlenden Armen, gleich einer verkrüppelten Göttin eines vergessenen Pantheons. Geoffrois beugte sich über den Brunnen, die Hände ausgestreckt, die Finger gespreizt. Unter seinen schweren, halbgeschlossenen Augenlidern sah man nur noch das Weiße.

– Er will einen Zauber wirken, raunte Adeline. Er braucht absolute Konzentration.

– Einen Zauber? Wirklich?

– Hab keine Sorge, flüsterte sie. Es wird nichts passieren. Es passiert nie etwas. Es geht um die psychologische Verwandlung.

Geoffrois ächzte und riss die Arme hoch. Er stellte sich breitbeinig hin, warf den Kopf in den Nacken und bildete so ein X. Er brüllte. Die Lautstärke fand ich doch bedenklich. Immerhin waren wir von Polizisten umringt.

Er senkte die Arme über das Becken.

– Feuerkörper, Lichtkörper, sagte er. So können wir den Astralkörper beschreiben. Ägyptische Götter leben auf der Astralebene. Dort finden wir auch Symbole und Alchemisten. Mit dem Lichtkörper können wir überallhin reisen. Alles ist möglich. Feuergeist, gedenke! Gibil, Feuergeist, gedenke! Gibra, Feuergeist, gedenke! O Gott des Feuers, mächtiger Sohn des Anu, schrecklichster unter deinen Brüdern, zeige dich! Erscheine, o Gott des Feuers, Gibil, in deiner großen Macht und verbrenne die Hexer, die mich verfolgen! GIBIL GASHRU UMUNA YANDURU TUSHTE YESH SHIR ILLANINU MA YALKI! GISHBAR IA ZI IA IA ZI DINGIR GIR A KANPA! Erscheine, Sohn der flammenden Scheibe Anu!

Ich verschwand. Weder Adeline noch Geoffrois schenkten mir auch nur einen Fitzel Aufmerksamkeit. Ich überquerte die leere Mondoberfläche und flüchtete durch ein Loch im Zaun zurück auf die Erde.

Die Polizisten sahen mich nicht. Niemand sah mich.

Mai 1992

Baby besucht Eriks Heimatstadt

Erik bat mich, ihn in seine Heimatstadt zu begleiten. Am liebsten hätte ich gerufen: *Nein, auf keinen Fall, nie und nimmer!*

– Schatz, sagte Erik, dann kannst du meine Mutter kennenlernen.

Mein Liebster bettelte. Ich weigerte mich. Er verlangte es. Ich blieb standhaft. Der Luftdruck fiel. Am Horizont zog ein Sturm auf. Also willigte ich ein. Ich sagte, wir würden es tun. Ich würde nachgeben. Ich würde nach Narberth, Pennsylvania, fahren.

Wir wählten ein Wochenende Mitte Mai dafür aus, nach dem Ende des Semesters. Mit dem auch meine Zeit an der New York University zu Ende gehen würde. Der Abschluss rückte drohend näher.

Ich verheimlichte dieses bedeutende Ereignis, vermied Gespräche über seine möglichen Folgen und weigerte mich hartnäckig, an der Feier teilzunehmen. Diese Prise amerikanischer Frömmelei bei Abschlussreden schmeckte mir einfach nicht.

Es würde ohnehin keine normale Feier geben.

Drei Wochen vor dem Abschluss hatte Stella G. Maychick, eine Einwohnerin von Yonkers, Mitte siebzig, die Kontrolle über ihren Oldsmobile Delta 88 verloren und den westlichen Eingang des Washington Square Parks durchbrochen. Mrs Maychick hatte siebenundzwanzig Menschen verletzt und fünf weitere getötet. Einer der Verstorbenen hatte im zweiten Jahr an der NYU studiert, sein Körper war auf den Gräbern von zwanzigtausend blutig zerschmettert worden.

Die Universität plante ihre Abschlussfeiern immer auf dem Washington Square. Die Zeit reichte nicht, um einen anderen Ort zu finden. Von neuem geweihte Erde, Schauplatz des tragischen Todes eines Studenten.

Ich malte mir aus, wie Dr. L. Jay Oliva, unser Universitätspräsident, eine Rede hielt mit den ganzen dummen, beschwichtigenden Floskeln, die bei jeder Beerdigung, jeder Tragödie, jedem unerwarteten Tod unwillkommene Gäste waren: *Immer erinnern. Besserer Ort. Niemals vergessen. Verehrte Freunde. Vertraute Erinnerungen. Weitermachen.*

Schwachsinn durch und durch. Nur Zeit lindert die Wunden unserer Verluste. Jahr um Jahr, bis erlahmte Synapsen den Schmerz abklingen lassen.

Meine letzten Abende als Student verbrachte ich damit, eine Arbeit über *Don Quichotte* und eine zweite über etruskische Darstellungen der Lucretia zu schreiben. Als diese kleinen Hürden genommen waren, verspürte ich ein Gefühl der Endgültigkeit. Vier Jahre hatte ich im Schoß der NYU verbracht. Es gab kein Zurück. Zeit für eine Wiedergeburt.

An diesem Freitag suchten Erik und ich uns einen Weg durch das Labyrinth des Port Authority Busbahnhofs und setzten uns in die schmuddelige untere Etage eines Greyhoundbusses. Seit ich nach New York gekommen war, hatte ich nicht mehr in einem Bus gesessen. Ich hatte den Stadtbereich fast vier Jahre lang nicht verlassen.

Ich hatte beschlossen, die Fahrt und das Wochenende in der Vorstadt positiv anzugehen. Unsere Beziehung brauchte die Zeit. Ein neutraler Ort außerhalb von New York war unverzichtbar.

Es war klargeworden, dass ich offen und ehrlich mit Erik über mein Schreiben reden musste.

Er hatte keine Ahnung von den Geschichten, von den Veröffentlichungen, von den endlosen Bemühungen.

Es war nicht so, dass ich es ihm nicht erzählen wollte, mir war nur peinlich, dass es in meinem Leben etwas gab, das etwas bedeutete. Ich schämte mich dafür, überhaupt etwas getan zu haben. Angesichts der Schwächen meiner Geschichten und der scheußlichen Aufmachung von Science-Fiction-Publikationen hatte ich meine leidlichen Erfolge nie erwähnt.

Nach der fünften veröffentlichten Geschichte war es einfacher, so zu tun, als würde das jemand anderem passieren.

Jetzt war das Versteckspiel unmöglich geworden. Ich hatte mich mit Parker Brickley getroffen, dessen piepsige, kindliche Telefonstimme mich nicht auf eine Begegnung mit einem bärtigen Koloss in mittleren Jahren in den Fängen von männlichem Haarausfall vorbereitet hatte.

Er bestand darauf, dass wir oben im Sardi's zu Mittag aßen. Auch wenn die Beschreibung grotesk klingt, war ich von Parker hingerissen. Auf Anhieb. Er war der unflätigste Mensch, dem ich je begegnet bin.

– Du kannst mir in beide Schuhe kacken, ich habe keine Ahnung, woran es liegt, sagte Parker, aber bei deiner Schreibe puckert mir der Schwanz. Du bist ja 'ne Scheißschwuchtel, deshalb glaubst du wahrscheinlich, du wüsstest von vorne bis hinten über Schwänze Bescheid. Dabei würdest du über das geheime Wissen von perversen Heteros staunen. Wenn ich dein Zeug lese, ist es, als würde ich mir eine Portion Koks unter die Vorhaut reiben und sechs Prostituierte bezahlen, um danach zu suchen. Johnny Cyberseed war so geil, ich hätte mich vor Freude fast eingeschissen. Ich fand es großartig. Ich habe literarische Klienten, aber nur Science-Fiction flutet mir die erektilen Gefäße. Ich würde fünf Jane Smileys gegen dich tauschen. Also, mach mich bitte nicht nur heiß. Sag bitte nicht, du bist so ein Mädchen, das sich von einem Mann zum Essen einladen lässt und dann nicht den Rock hochzieht. Ich will den runden Arsch und die zarten Schenkel sehen. Erzähl mir von den süßen Schätzen deiner Muschi. Sag mir verdammt nochmal, dass du ein Manuskript hast. Gib mir was, Kumpel, gib mir was Saftiges, das ich zu William Morris bringen und den Typen in ihre scheißeverschmierten Ärsche schieben kann.

Ein Roman war verbindlich. Ein Roman war bleibend. Einen Roman konnte man nicht zurücknehmen. Man konnte ihn nicht ignorieren. Ein Roman machte Vergangenheit zu ewig währender Zukunft.

– Ja, sagte ich. Ich habe ein Manuskript. Ich habe es im März beendet.

– Verdammt großartig, sagte Parker. Ich werde auf jede Frau, die ich treffe, Champagner pissen und ihr sagen, das ist heiliges Hinduwasser vom geweihten Ganges. Die Sache ist die, Baby. Du schreibst nicht nur gut. Du bist nicht nur ein Ausnahmetalent aus dem East Village. Du bist nicht nur jung. Du bist all das und siehst dazu noch aus, wie du aussiehst. Du bist ein wirklich schöner Schwuler. Du bist das Komplettpaket. Du reichst glatt, um mich zur Schwuchtel zu machen. Wir lecken und rimmen uns gegenseitig, bis die Sonne zur Supernova wird. Mit deinem Aussehen mache ich eine Million. Nimm das Schreiben dazu und bämm!, okay, jetzt sind wir bis zum Hals in der schäumenden Brühe von Muschis, so weit man sehen kann, unsere Hodensäcke haben sich in die Lustzentren unserer Körper zurückgezogen. Jetzt ist alles startklar, verdammt. Jetzt machen wir was fürs Vitalzentrum.

Ich holte das Manuskript aus meinem Rucksack und warf es über den Tisch.

Parker rief am nächsten Tag an. Er fand es großartig. Er sagte, ich solle kein Wort ändern.

Er hatte beschlossen, mit dem Buch mehreren Lektoren, zu denen er persönliche Beziehungen hatte, auf den Pelz zu rücken und Druck zu machen. Wir mussten die richtige Heimat dafür finden, sagte er. Er wollte jemanden, der mehr sehen würde als nur Genrezutaten.

Drei Wochen vor der Abschlussfeier rief Parker wieder an und verkündete wie Apollonios von Tyana heilige Weisheit.

– Harcourt, Brace and Company, verdammt. Michael Kandel will dich. Fühl dich geehrt. Der Mann hat Stanislaw Lem übersetzt. Er bringt dich gebunden raus. Diese Leute wittern das Fleisch auf deinen Knochen. Sie wollen fressen. Sie wollen dein Knochenmark aussaugen. Der Vorschuss ist nicht berauschend, aber mehr, als sie jedem anderen zahlen würden. Vertrau mir, Baby. Du bekommst eine Fahrt auf dem Brickley-Express. Ich bin wahre Liebe und Atomkrieg. Auf Parker kannst du dich nicht vorbereiten. Ich höre erst auf, wenn jedes Loch gefickt ist und meine Kinderchen in Pfützen aufs Linoleum tropfen. In den nächsten Monaten haben wir eine Menge Arbeit vor uns. Willkommen in der Profiliga, Jungchen, willkommen beim heißen Scheiß und fiesen Frust, mit Lektoren und Korrektoren und Buchkäufern und Designern fertigzuwerden. Geh mal lieber raus und sieh dir dein kleines Stückchen East Village an. Präg es dir gut ein, es wird nämlich nichts mehr so sein wie vorher. Und wenn du alt bist, und ich bin nur noch eine verdammte verweste Leiche voller Würmer, erinnere dich ja an meinen Namen. Erinnere dich bloß daran, dass du dieses finstere Geschenk Parker Brickley zu verdanken hast.

Ich unterschrieb den Vertrag in Parkers Büro in den West 50s. Ich erzählte keiner Menschenseele davon. Nicht einmal Adeline.

Im gleichen Büro gab er mir später den Scheck für meinen Vorschuss. Ich starrte auf den Papierstreifen. Die wahre okkulte Natur des Verlagswesens kann man nicht wirklich verstehen. Wenn man intuitiv weiß, welche Hebel man bedienen muss, geben einem die Leute Geld dafür, sich in den verwerflichsten Phantasien, in Wahnsinn zu ergehen. Man schickt die eigene Verderbtheit raus. Geld kommt rein.

Zwei Betrunkene stiegen in den Greyhoundbus. Sie redeten darüber, auf Bewährung zu sein, über Bekannte, die auf Bewährung waren, über Leute, die wieder in den Knast gewandert waren. Ich stand auf und bat sie, etwas leiser zu sprechen. Sie entschuldigten sich. Ich setzte mich wieder neben Erik.

– Ich bitte andere Leute echt nicht gerne, leiser zu sein, sagte ich.

– Ich finde es erstaunlich, dass du es überhaupt gemacht hast, sagte er. Ich hätte zu viel Angst.

– Was soll schon Schlimmes passieren?

Wir stiegen an der Greyhoundhaltestelle in Philadelphia aus, einem nichtssagenden Abfertigungsgebäude voller Armer und Verwirrter, die allesamt den verkrachten Existenzen im Port Authority Busbahnhof ähnelten. Ich fragte mich, ob sich diese Szene nicht an allen Busbahnhöfen im ganzen Land abspielte, mit den immer gleichen Schauspielern, die an allen Orten gleichzeitig auftraten.

In Philadelphia verließen wir gerade einmal den Busbahnhof und gingen über die Straße zu einem U-Bahn-Eingang. Weil ich bei Verkehrsunternehmen, die nicht von der MTA kontrolliert wurden, vor einem Rätsel stand, folgte ich Eriks Beispiel. Er lotste uns in einen Nahverkehrszug.

Die Stadt verschwand hinter uns, der Zug drang in den Spätnachmittag der grünen Vorstadt ein. Vom Neonlicht wurde mir übel.

Als wir Narberth erreichten, war der Himmel dunkel. Wir kamen aus dem Bahnhof und betraten die tote Leere des biederen Amerikas.

– Es ist nur ein kurzes Stück zu Fuß, sagte Erik.

Erik hatte nicht erwähnt, dass seine Mutter keine Ahnung von seinem sexuellen Verlangen nach Männern hatte. Diese kleine, feine Nachlässigkeit wurde erst auf den Stufen seines Elternhauses enthüllt.

Er sagte, dass wir uns verstellen müssten, was bedeutete, keine Berührungen; dass sie sich bei offenen Zärtlichkeiten von Heteros unwohl fühlte, ganz zu schweigen vom Erblühen schwuler Blumen. Wir würden uns sein Bett teilen können, aber offiziell würde ich auf dem Boden schlafen. Seine Tür hatte ein Schloss.

Erik klingelte, dann klopfte er und rief seine Mutter.

– Hast du keinen Schlüssel?, fragte ich.

– Normalerweise schon. Aber letzten Monat haben sie die Schlösser ausgetauscht.

Das Haus war ein Holzrahmenhaus mit zwei Schlafzimmern. Das Zimmer seiner Mutter lag direkt neben seinem, nur eine dünne Gipswand entfernt. Adios, meine Träume von süßem Vorstadtsex.

Immerhin schafften wir es, uns gegenseitig einen zu blasen. Ich war ein stiller Liebhaber. Erik war da anders. Er kam immer laut, er heulte wie Cathys Geist, der Heathcliff zurück zur Grange jagte. Unser Schäferstündchen stellte also seine Willenskraft auf die Probe. Ein Bereich, in dem Patrick Geoffrois ihm hätte Nachhilfe geben können.

Samstagmorgen wachten wir mit der Sonne auf, die warmen Strahlen fielen schräg auf das Bett. Ich hörte Eriks Mom in der Küche.

— Macht sie Frühstück?, fragte ich.

— Bestimmt. Sie kocht sehr gerne für andere.

Sie hatte ein Festmahl zubereitet. Eier, Pfannkuchen, Obst, Toast, Müsli. So gut hatte ich seit Jahren nicht gegessen. Ich schlug mir den Bauch voll, beobachtete Erik und seine Mutter und fand die beiden hinreißend. Sie freute sich schon, Erik nur zu sehen. Ich fragte mich wirklich, warum er ihr nicht erzählt hatte, dass er die Gesellschaft anderer Männer genoss.

— Ich habe gesehen, dass du auf dem Boden geschlafen hast, sagte sie. Warum hast du das denn gemacht? Weißt du nicht, dass man das Sofa ausziehen kann?

— Baby hat Rückenprobleme, sagte Erik. Er schläft immer auf einer harten Fläche.

— Das stimmt, sagte ich. Zu Hause in New York schlafe ich auf einem Holzbrett. Irgendwas zu Weiches, und ich bin für den Rest des Tages ein gottverdammter Krüppel.

— Fluch bitte nicht, sagte seine Mutter. Es ist vulgär, und ich möchte so etwas in meinem Haus nicht hören.

Erik rief Liz an, seine beste Freundin aus der Highschool. Er lud sie ein, herüberzukommen. Bei der Vorstellung wurde ich kribbelig; mir war unwohl bei dem Gedanken, den Abend mit jemandem zu verbringen, den ich nicht kannte. Aber wir hatten kein Auto, und Narberth war ein Provinznest.

Liz kam gegen acht Uhr abends an. Sie stürmte herein und umarmte Erik, das Gesicht vor lauter Glück zerknautscht. Mein einziger Gedanke lautete: *Haben alle Schwulen eine Adeline?* Oder war sie seine Regina?

Eriks Mutter umarmte Liz. Sie quasselten fast eine Stunde lang. Liz erzählte von ihrem Leben, von allem, was im letzten Jahr passiert war. Sie sprach darüber, wie es war, Mutter zu sein. Ihr Sohn war drei Jahre alt. Der Vater war längst abgehauen. Sie wohnte bei ihren Eltern. Bei Eriks Anruf hatten sich ihre Eltern so gefreut, seine Stimme zu hören, dass sie sich als Babysitter angeboten hatten.

Wir machten uns auf den Weg. Liz' Auto stand vor dem Haus, es war ein alter Ford Maverick aus den Siebzigern. Mein Vater hatte das gleiche Modell gefahren, in Limettengrün, bis das Getriebe rausgekracht war. Er hatte das Auto verschrotten lassen.

Ich krabbelte auf den Rücksitz, in ein Meer aus Verpackungen von Wendy's und Burger King.

– Tut mir leid da hinten, sagte sie. Aber mit einem Kind, du weißt schon.

– Klar, sagte ich.

– Ich habe deinen Sohn noch gar nicht gesehen, sagte Erik. Wollen wir nicht zu ihm fahren?

– O Gott, nein, sagte sie. In Ardmore steigt eine Party. Ich komme sonst nie aus dem Haus.

Und dann war da die Sache, als Liz, Erik und ich eine Party in Ardmore besuchten. Die Party fand in einem maroden viktorianischen Haus statt, das allein auf einem Grundstück in bester Lage stand. Erik und Liz ließen mich stehen, sobald wir im Haus waren.

Ich lief herum und musterte die Gesichter. Die Menschen sind auf der ganzen Welt gleich. Die offensichtlichen Spinner, die Sportler, die Alkoholiker, die maßlos Promiskuitiven, die Mauerblümchen. Man hätte sie von Pennsylvania nach Arizona verpflanzen können, es wäre niemandem aufgefallen.

Alle waren alt. Nicht hinfällig, nicht einmal in mittleren Jahren, aber älter, als ich erwartet hatte. Sie waren fünf Jahre älter als ich, mindestens, und sie benahmen sich wie Teenager. Knutschten zur Belustigung des Publikums herum, rauchten mit albern überdimensionierten Bongs, tranken Bier aus Fässchen, ohne abzusetzen.

Das Leben hatte sie gezeichnet, sie wirkten geschlagen von den Enttäuschungen ihrer wenigen Jahre, als wüssten sie, dass ihre Verletzungen nie heilen würden. Als bliebe ihnen nichts als lange Jahrzehnte, die sich vor ihnen erstreckten. Als hätte die Gruppe stillschweigend beschlossen, man könne der Zukunft nur durch den Abstieg in die Banalität eines kargen Nihilismus entgegentreten.

Ich hatte viel mehr für bombastischen Nihilismus übrig. Immerhin kannte ich Michael Alig.

Ich öffnete die Badezimmertür und überraschte einen Mann und eine Frau, beide oben ohne auf einer Futonmatratze, die zwischen Badewanne und Toilette gequetscht war. Die Frau bedeckte ihre Hängebrüste mit den Händen.

– Mach die Scheißtür zu, sagte der Mann.

– Ich muss Wasser lassen, sagte ich.

– Was?

– Ich muss Wasser lassen.

– Er muss pinkeln, sagte die Frau.

– Keine Angst, ich bespritze euch nicht.

Am Toilettenrand klebten Spuren von Erbrochenem.

Michael Alig. Er war irgendwo in New York, völlig euphorisch, putzte sich heraus und kreischte und tanzte. Er war mit Frauen zusammen, die keine Angst hatten, ihre Brüste zu zeigen. Diese Frauen, die Frauen bei Michael, entblößten sich bei der kleinsten Provokation. Sie zogen andere mit dem Kopf zwischen ihre Brüste. Das fanden sie witzig.

Im Wohnzimmer saßen drei angeschmuddelte Männer auf dem Boden vor einem Fernseher. Sie spielten ein Videospiel auf einer Nintendo-Konsole, die anders aussah als die, an die ich mich erinnerte. Das Spiel war eindeutig *Super Mario Brothers*, aber die Graphik war für *Super Mario Brothers* zu gut, und außerdem, seit wann ritt Mario auf einer grünen Echse?

— Welches Spiel ist das?, fragte ich.

— Super Mario World.

— Und das ist Nintendo?

— Super Nintendo.

— Was ist Super Nintendo?

— Wo hast du dich denn versteckt?

— New York.

— Die hat 16 Bit.

— Hm.

Eine neue Nintendo-Konsole mit einem neuen Mario. Sie hatten die Power-ups geändert. Aus den Fragezeichen-Blöcken kamen Federn. Wenn Mario sich die Feder holte, legte er sich ein Cape um, mit dem er fliegen konnte. Mario konnte fliegen. Ich hatte nicht viel Nintendo gespielt, aber ich hatte Stunden damit verschwendet, bei anderen Leuten zu Hause zu sitzen und in den Abgrund des ersten *Super Mario Brothers* zu starren. Lange philosophische Diskussionen über die Bedeutung und Funktion der Minuswelt und darüber, ob sie auf andere Geheimnisse im Spiel hindeutete. Es wirkte unendlich, als könnten wir eine neue, völlig unbekannte Welt entdecken, wenn wir an der richtigen Stelle die richtige Tastenkombination drückten. Ich weiß noch, wie ich lange aufblieb und zusah, wie sich meine Freunde bei *Ghosts 'n Goblins* fast aufhängten und endlich den Teufel besiegten, nur um herauszufinden, dass man für das richtige Ende noch einmal von vorne durchspielen musste. Ich erinnere mich an Leute, die *Metroid* auf Partys in Brooklyn spielten und unbedingt das beste Ende schaffen wollten, bei dem Samus den Anzug auszieht und einen Bikini trägt.

Ein Super Nintendo. Wenn ein neues *Super Mario Brothers* herausgekommen war, gab es mit ziemlicher Sicherheit ein neues *The Legend of Zelda*.

Alles veränderte sich. Ich kam mir verdammt alt vor.

Erik war im Keller, betrunken und lachend spielte er Pingpong. Es gab eine Menge Zuschauer. Alle hatten Wetten platziert. Die meisten im Zimmer hatten Geld auf seinen Gegner gesetzt, einen kräftig wirkenden, dicken Typen. Ich hatte keine Ahnung gehabt, dass Erik Pingpong spielte. Jede gottverdammte Minute lernte ich etwas Neues.

Auf dem Weg von der Party zu Eriks Haus spielte Liz für uns die stockbetrunkene Fremdenführerin. Sie redete wie ein Wasserfall und fragte Erik nach Leuten aus der Highschool. Sie sprach davon, dass das Leben doch von Grund auf unfair sei, dass manche Leute es geschafft und die Gegend verlassen hätten, und das nur wegen ihrer Eltern, nur weil sie aus reichen Familien stammten.

– Kann mich nicht beeindrucken, sagte sie. Nee, kein bisschen.

Gegen drei Uhr morgens kamen wir zu Hause an. Wir fielen ins Bett. Ich war richtig angeheitert. Erik war betrunken. Ich zog ihm das Hemd und die Hose aus.

Mondlicht fiel durchs Fenster. Mit weit geöffneten Pupillen inspizierte ich Eriks gesamtes Zimmer. Seine Mutter hatte von seinen Sachen nichts aussortiert. Aus diesem Jahrzehnt waren nur die Dinge hinzugekommen, die Erik nach Hause geschickt hatte, damit sie hier gelagert wurden. Alte Gegenstände auf alten Gegenständen auf alten Gegenständen. Wie zusammengepresste Schichten toter Haut.

Beim Einschlafen fiel mir auf, dass ich Erik nicht von meinem Roman erzählt hatte. Das würde ich morgen nachholen müssen, bevor wir zurück in die Stadt kamen. Ich würde es im Zug machen. Oder im Greyhound. Aber ich würde es tun.

Ich träumte vom Haus meiner Eltern. In ihrem Schlafzimmer fing es an. Ich sprach mit meiner Mom über ihren schwarzen Schrank. Dann ging ich in den Keller, wo ein Loch im Fundament war. Mein Vater und ich untersuchten es und entdeckten den Captain, der dort zusammengerollt mit einer anderen Katze lag.

Was wir auch versuchten, wir konnten sie nicht hervorlocken.

Eriks Mutter stand neben dem Bett. Wir lagen engumschlungen da. Ich in meiner Unterwäsche, Erik nackt. Ich hatte das Gesicht fest gegen seinen Nacken gedrückt. Ein schwuleres Bild hätten wir nicht abgeben können. Sie schrie und schrie und schrie.

Er versuchte, sie zu beruhigen. Es funktionierte nicht. Sie sagte, ich solle gehen. Die Frau, die Frühstück gemacht hatte, war zu einem verflixten Monster mutiert. Meine Sachen waren schnell zusammengesucht. Ich reise immer mit leichtem Gepäck.

Wenn das Leben ein Kreislauf ist, dann wiederholen sich die schlimmsten Dinge. Wenigstens hatte er nicht seinen Schwanz in meinem Mund.

Ich setzte mich auf die Stufen vor dem Haus und wartete über eine Stunde lang auf Erik. Ich hatte *Lincolns Träume* von Connie Willis dabei. Ich versuchte, das Buch zu lesen, aber bei dem gedämpften Geschrei konnte ich mich nicht konzentrieren.

Die Tür öffnete sich. Erik trug die Kleidung von gestern. Seine Tasche hatte er nicht dabei.

— Geh lieber, sagte er. Ich komme heute Abend in die Stadt.

— Bleib nicht hier, bat ich. Komm mit.

— Sie ist meine Mutter.

— Bitte, sagte ich. Es kommt nichts Gutes dabei heraus, wenn du bleibst.

— Ich rufe dich an, wenn ich in der Stadt bin.

— Ich weiß nicht mal, wie ich zum Zug komme.

— Geh in diese Richtung. Frag irgendwen, jeder wird dir helfen.

Er ging hinein. Ohne Abschied. Ich lief zum Bahnhof. Narberth war winzig. Die Sonne, das Vogelgezwitscher, die Stille eines Sonntagmorgens. Mit dem Zug war es einfach, genau wie im Busterminal. Ein Bus wartete. Es war ganz leicht. Alles war leicht.

Erik und ich sprachen nie wieder miteinander. Ich rief ihn immer und immer und immer wieder an. Er hob nie ab. Er rief nie zurück.

Juli 1992

David Wojnarowicz stirbt

David Wojnarowicz starb. Verrückt, im Delirium, brillant, umgebracht von der Krankheit und ihrem Gegenmittel. Ich las seinen Nachruf in der *Times*. Noch eine wunderbare durchgeknallte Schwuchtel, die uns genommen worden war. Ich erzählte Adeline davon. Sie sagte kein Wort.

An diesem Abend klopfte sie an meine Tür.

– Patrick ist auch infiziert, sagte sie. Zu viel Heroin.

– Du schläfst doch wohl hoffentlich nicht mit ihm, sagte ich.

– Sei nicht so abscheulich.

Juli 1992

Baby geht zur Disco 2000

Ich kehrte zum Limelight zurück. Ich rief Regina an, Miss Queen Rex, die ich monatelang nicht gesehen hatte, und sagte: Schwester, ich bin am Arsch und einsam, und es tut mir leid, dass ich meine Beziehung wichtiger genommen habe als dich, aber jetzt stehe ich hier, werde bald veröffentlicht, und ich bin allein und bekomme mein Liebesleben nicht auf die Reihe. Geh mit mir zur Disco 2000. Geh mit mir zu Michael Alig und James St. James und Kenny Kenny und Kabuki Sunshine und Jodi Jingles und Sebastian jr. und Armen Ra und Sister Dimension und Astro Erle.

Sie sagte: Ja klar, ich gehe sowieso hin.

Wie ein Club Kid würde ich nicht mehr herumlaufen. Ich hatte alles bekommen, was ich wollte, und erfahren, dass es nichts bedeutete. Ich war ein Yuppie.

Nachdem der Vorschuss eingetrudelt war, hatte ich eine Veranstaltung der Herrenabteilung von Bloomingdale's besucht, mit dem Ehrengast Mr Robert Gieve, dem persönlichen Hoflieferanten für Seine Königliche Hoheit, den Prinzen von Wales. Ich hatte Tausende Dollar für einen schwarzen Nadelstreifenanzug von Gieves & Hawkes verpulvert. Das Geld war mir scheißegal.

Diesen Anzug zog ich an, bevor ich ins Limelight ging. Für den letzten Schliff kaufte ich bei Duane Reade das billigste Aftershave, das sie hatten. Reichlich mit der blauen Flüssigkeit gesegnet, roch ich nach Barbicide und Balsamicovinaigrette. Ich war bereit für die Disco 2000.

In der ersten Nacht, in der ich wieder dort war, sah ich, wie ein Mann in eine Flasche pisste und seinen eigenen Urin trank. Das Publikum jubelte. Ich sah, wie eine Amputierte ihre Beinprothese abnahm und sie in ihre Vagina einführte. Das Publikum jubelte. Seltsame Typen aus den Randbezirken New Yorks betraten die Bühne. Für fünfzig Dollar zogen sie sich aus. Das Publikum jubelte. Ich sah Rom fallen, und es war verdammt phantastisch.

Queen Rex machte mich mit Ketamin bekannt, einem Tieranästhetikum. Auf der Packung stand: NUR BEI KATZEN UND NICHTMENSCHLICHEN PRIMATEN ANWENDEN. Gleich einer Botschaft in knalliger Neonschrift, ein Weckruf für die Junkies der Welt. Diese Droge zerstört den Verstand und stiehlt Seelen.

In der Kapelle einer entweihten Kirche schnupfte ich Ketamin von Reginas Wohnungsschlüssel. Es war wie Wasser, klar, als wäre man von seinen Sinnen abgeschnitten und ausgeschaltet, gezwungen, seine verborgenen Sinne zu nutzen, um die Signale der eigentlichen fünf zu verstehen. Der Körper an einem Ort gefangen, die Seele an einem anderen. Immer wieder flüchtige Eindrücke. Gerade noch war ich an einem Ende des Clubs. Dann war ich plötzlich am anderen, ohne mich an den Weg dorthin erinnern zu können. Übersinnliche Visionen zuckten durch meinen Kopf, unverständige Einblicke in die Welt. Ich lebte die Leben anderer Menschen, von der Geburt bis zum Tod. Ich sah mich selbst in der fernen Zukunft und in der Vergangenheit. Ich berührte die gesamte Ewigkeit und vermischte mich mit dem Unendlichen. Wirklich blöde Witze wurden lustig. *Klopf, klopf, wer ist da? Mama. Mama wer? Mama die Tür auf. Ha. Ha. Ha. Ha. Ha. Ha. Ha. Ha. Ha. Ha.*

Als ich langsam runterkam, schnupfte ich Kokain. Als ich von dem Kokain runterkam, schnupfte ich mehr Kokain. Als ich von diesem Kokain runterkam, schnupfte ich mehr Kokain. Als ich von diesem Kokain runterkam, rauchte ich Gras.

Michael behandelte mich wie einen König. Regina hatte ihm von dem Buch erzählt. Außerdem, vermute ich, hatte er die Qualität meines Anzugs bemerkt. Bei Geld wurde Michael zum Trüffelschwein. Ich war bei den neuen Club Kids schnell beliebt.

Viele der alten Gesichter waren verschwunden. Ersetzt von den Jungen, den Frischen, den Dummen. Sie wären Michael in einen heißen Ofen gefolgt, wenn er gesagt hätte, da drin finde eine Party statt.

Er nahm mich beiseite, den Blick von Drogen verschleiert, und sagte: – Erzähl mal, Süßer, worum geht es in dem Buch?

Worum es in dem Buch ging?

Ich hatte es *Gefangen zwischen Jupiter und einer Flasche* genannt, nach dem Mal, als Erik und ich nackt herumgelegen und das Album *Street Legal* von Bob Dylan gehört hatten.

– Ich habe nie begriffen, was er meint, sagte Erik, wenn er singt, sie sei zwischen Jupiter und einer Flasche gefangen.

– Das hast du falsch verstanden, sagte ich. Sie ist zwischen Jupiter und Apollo hin- und hergerissen. *Apollo*, nicht *a bottle*.

– Ich höre den Song jetzt seit fast zehn Jahren. Ich kenne den Text.

– Lass ihn noch mal laufen.

Bei der dritten Wiederholung gab Erik zu, dass ich recht hatte. Also ja, ich hatte meinen Roman nach einem reizenden Verhörer meines Freundes benannt. Weil ich ihn liebte.

Die Handlung ist im Jahr 2043 angesiedelt, in New York City. Der Protagonist des Romans ist ein Expolizist, der Privatschnüffler geworden ist und Lucy Lucatto heißt. Aus ungeklärtem

Grund ist es nach 2010 in Mode gekommen, seinen männlichen Kindern typisch weibliche Vornamen zu geben. Und den weiblichen Kindern typisch männliche Vornamen. Jedenfalls wird Lucy von einer Femme fatale namens Bruce engagiert, um ihrem Mann in die New Yorker Unterwelt zu folgen.

Ich bediente mich kräftig bei meinem eigenen Leben, für die meisten Szenen gab ich meine Erlebnisse in der Clubszene fast wörtlich wieder. Ich hatte sogar eine Figur, die auf Michael basierte. Michelle Gila. Es gab nur einen wesentlichen Unterschied zwischen Michael und Michelle, Michelle hatte nämlich seinem Gencode Elefanten-DNA eingesetzt. Als Folge dieses Pfuschereingriffs wuchs dem König der Clubszene ein mächtiger, fleischiger grauer Kopf und ein riesiger Rüssel als Nase. Stellen Sie sich die Batzen und Berge von Drogen vor, die ein Elefantenrüssel schnupfen könnte.

Das Buch basierte auf einem Geistesblitz. Von Science-Fiction hatte ich langsam genug, weil ich die Möglichkeiten des Genres nicht nur als Autor, sondern auch als Fan ausgeschöpft hatte. Es waren nicht mehr viele gute Bücher ungelesen. Ich wandte mich Noir-Krimis zu, diesem Untergenre mit Privatdetektiven, und jagte monatelang alten Taschenbüchern nach. Mein Lieblingsautor war Horace McCoy, der *Nur Pferden gibt man den Gnadenschuss* und *Schatten der Vergangenheit* geschrieben hatte. Die Prosa dieses zweiten Buchs ging glatt durch mein Hirn wie ein Angelhaken durch Fischschuppen. Ich konnte nicht entkommen. Weiter ging es mit Hammett und Chandler. Dann entdeckte ich Ross MacDonald und die späten Archer-Romane.

Nach *Dornröschen* beschloss ich, nie wieder reine Science-Fiction zu schreiben. Meine Erleuchtung brachte mich darauf, dass man die bittere Note des Noir-Genres, das Mitternachtsflackern, mit einem hanebüchenen Science-Fiction-Kontext verschmelzen konnte und dass die sich anziehenden und abstoßenden Kräfte zweier lächerlicher Genres die Schwächen beider überdecken würden.

Außerdem ging ich davon aus, dass diese Gegenüberstellung dem Autor erlauben würde, witzig zu sein. Ich war zu unsicher, um auf Humor zu verzichten. Ich musste witzig sein.

Worum es in dem Buch ging?

– Es geht um dich, Michael, sagte ich. Ich habe ein ganzes Buch über dich geschrieben.

– Wie fabelhaft! Ich habe schon immer darauf gewartet, dass jemand über mich schreibt! Wird auch verdammt Zeit! Aber ich habe immer gedacht, es wäre jemand Gutes, wie Dominick Dunne oder Kitty Kelley! Aber ein Mädchen darf nicht wählerisch sein!

August 1992

Babys Geburtstag

An meinem Geburtstag lud ich Adeline ins Limelight ein. Ich wusste, dass sie ablehnen würde, fragte aber trotzdem. Sie sagte nein. Ich sagte, in Ordnung. Ich machte andere Pläne und lud Regina und Parker Brickley ein.

Der heilige Jahrestag meiner Ankunft fiel auf eine Nacht, in der im Limelight Lord Michael seinen Future Shock veranstaltete. Ein Technospektakel mit Leuten von außerhalb Manhattans. Viele hielten sich fern, aber mir gefiel's. Ich fand es wunderbar, dass ein Haufen zugedröhnter Italiener aus Staten Island zusammenkam, Ecstasy einwarf und sein Machogehabe ablegte. Unzählige junge Männer mit nacktem Oberkörper, die schwitzten und tanzten und sich umarmten, die sich durch den chemisch verfügten Ausstoß von Serotonin in die Synapsen der Liebe näherten.

Parker starrte die berauschten Frauen an, er achtete nur noch auf ihre feisten Hintern und ihre noch feisteren Akzente, beobachtete, wie sie in unzüchtiger Kleidung herumstolzierten.

– Wenn ich kein Agent sein könnte, sagte Parker, würde ich meinen Arsch drum geben, ein moderner Victor Frankenstein zu sein. Von der da würde ich die Beine nehmen und von der da die Titten und von einer dritten das Gesicht und alles zusammennähen. Ich würde die perfekte Partnerin schaffen.

– Das hat aber schon was von *Rocky Horror Picture Show*, oder?, fragte Queen Rex.

– Ich habe mir diese Schwuchtelnummer nie angesehen, sagte Parker. Na hallo, was sehe ich denn da? Ein umwerfendes Wesen. Was für ein Arsch. Ich werde mal sehen, ob sie auf meinem Gesicht sündigen will.

Leviathan tauchte in das Menschenmeer ein. Es folgten weder Schreie noch auffällige Gewalt. Vielleicht hatte Parker bekommen, was oder wen er wollte. Vielleicht würde ein Mädchen wirklich auf seinem Gesicht sündigen.

Als Parker nicht zurückkam, konvertierte ich zur neuen Glaubenslehre des Geburtstagsrausches. Regina kramte ein durchsichtiges Glasfläschchen Ketamin, ihren Taschenspiegel, einen Dollarschein und eine abgelaufene Kreditkarte aus ihrer Handtasche.

Ich machte mir in letzter Zeit Sorgen, die dissoziativen Zustände durch das Ketamin könnten auf mein Wachleben übergreifen. Außerhalb des Clubs, in meinem Alltag, hatte ich ein feines Gespür für die Unwirklichkeit der menschlichen Erfahrung entwickelt.

Ich hatte die Fähigkeit verloren zu begreifen und konnte meinen Augen nicht mehr trauen. In den Straßenfluchten Manhattans spukte es. Das Empire State Building war ein Monolith der Verwirrung. Hauchzarte Gespinste umhüllten jede Stunde. Nichts war echt. Das Leben kam mir substanzlos vor. Ich kam mir substanzlos vor.

Möglicherweise war es eine Depression. Erik fehlte mir.

Das Ketamin wanderte meine Nase hinauf. Ich schnupfte es direkt auf der Tanzfläche, inmitten der zuckenden Körper und Glieder. Es wirkte nicht besonders, deshalb machte ich mich auf den Weg zur Kapelle.

Dort kam ich nie an. Ich versank in einer Welt aus Spektralfarben.

In einem intensiveren Universum von Regenbogenstufen. Es gab keine Grenze zwischen meinem Körper und dem Licht, der Freude der Farben. So könnte ich ewig weitermachen, und es hielt Stunden und Tage und Monate und Jahre an, bevor die Schattenleute kamen. Ihre Körper waren nicht klar umrissen, wie verdichteter Nebel, und sie sprachen zu mir, ohne reden zu können. Sie waren Außerirdische, die keine Laute hervorbringen konnten und über hochfrequente Lichtstrahlen kommunizierten. Es dauerte ein paar Wochen, aber ich lernte ihre Sprache.

Ich konnte sehen, was sie sagten: – Ich finde dich unflätig, unrein und vor allem gewöhnlich. Mit deinem Geld kannst du dir fast alles kaufen. Nach allem, was wir wissen, war Judas das Opfer. Er hatte mehr Geld als Jesus verdient. Für zwanzig wird man flachgelegt, für zehn kann man sich zudröhnen, für drei ist man das ganze Wochenende lang tot.

Als ich in das banale Universum zurückkehrte, stand ich im Limelight im Bad und starrte auf eine Toilette. In der Nachbarkabine wurde kräftig gevögelt. Das Ächzen, das Stöhnen, die Stöße. Geräusche noch älter als die Dämmerung der Geschichte. Auf der Toilette stand in fetter Schrift AMERICAN STANDARD.

James St. James erzählte mir, er habe in der 47th Street Andy Warhols Geist gesehen.

— Du glaubst mir doch, oder, Süßer? Ich kannte Andy. Diesen Gang würde ich überall wiedererkennen!

Regina und ich gingen früh, gegen Viertel nach zwei. Wir hatten Kopfschmerzen. Sie fragte, ob sie bei mir übernachten könne. Normalerweise hätte ich abgelehnt, aber meine Hirnchemie machte jeden Widerstand unmöglich. Sie hätte mich bitten können, mein Gesicht gegen die Säulen der Manhattan Bridge zu hämmern, und ich hätte mir den Schädel an klassizistischem Granit eingeschlagen.

Wir liefen den Broadway entlang.

— Den gleichen Weg bin ich an meinem allerersten Tag in der Stadt gegangen, sagte ich. Vom Times Square zum East Village über den Broadway.

— Das hast du mir schon erzählt, sagte Regina. Ich frage dich mal was. Glaubst du wirklich, dass Dinkins Giuliani nicht schlagen kann?

— Ich kann Politik nicht ausstehen. Warum kommst du mir mit einer Frage über Politik?

— Vor einer halben Stunde hast du im VIP-Bereich gebrüllt, New York würde die Keimzelle eines Vierten Reichs werden. Du hast einem Typen aus Tompkinsville und seiner blondierten Freundin gesagt, Guiliani würde ihr neuer Führer.

Andere Leute dröhnten sich zu und vögelten wie ein wilder Minotaurus und wachten in der Gosse auf.

— Ach, hör auf, sagte ich. Habe ich nicht.

— Selbst, wenn du dich mit Ketamin total abgeschossen hast, sagte Regina, solltest du eher nicht über Politik reden. Vor allem nicht mit Clubleuten.

— Lass uns mit dem Thema aufhören, bat ich.

Ich erzählte ihr von der Welt der Spektralfarben. Ich erzählte ihr von den Schattenleuten. Von ihrer Kommunikationsmethode. Von ihrer Sprache.

— Habe ich schon mal *Begotten* erwähnt?, fragte sie.

— Nein.

— Einmal waren wir abends alle bei Michael und Keoki zu Hause, und Michael hat diesen Film eingelegt, *Begotten*. Ich hasse Horrorfilme, aber ich war zu high. Ich konnte nicht gehen. Ich habe gesagt: Michael, bitte, kannst du nicht *I Love Lucy* anmachen? Er hat rumgebrüllt, das sei seine Wohnung. Wir würden uns ansehen, was immer er will. Der Film fing an, und er ist schwarzweiß, und Scheiße, Baby, ich habe kein bisschen davon verstanden, aber am Anfang sitzt da ein Monster auf einem Stuhl und schneidet sich den Bauch auf. Die Geräusche, oh mija, die Geräusche. Das Monster greift in sich hinein und zieht seine Eingeweide heraus. Ich habe in den Geräuschen eine Stimme gehört, und ich habe gedacht, die Stimme kommt von Gott, von dem Alten da oben, dem Großen, der durch diesen abgefuckten Film spricht. Und ich schwöre, auf dem Bildschirm war der Heilige Geist.

— Was hat er gesagt?

— Er hat gesagt: *Hör auf, dich zu verstellen. Ich bin das ungebrochene Herz und der vergessene Amboss. Sie, die gegen mich schlägt, soll unbeugsamen Stahl schmieden.* Ich high von Pilzen, das ganze Zimmer glitzert, ein Haufen Queens kreischt was von Vivienne Westwood, und da spricht Gott durch diesen Film.

Wir erreichten die 7th Street. Es war nicht einmal drei Uhr morgens. Restspuren Ketamin und der Comedown vom Kokain. Wir stiegen die Treppe hinauf.

Adeline saß bei offener Tür in ihrem Zimmer, beugte sich über ihren Schreibtisch und zeichnete. Ich winkte. Sie winkte zurück. Regina winkte auch. Adeline winkte zurück.

Regina und ich unterhielten uns recht leise in der Küche und durchstöberten den Kühlschrank. Wir kamen zu dem Schluss, dass wir unmöglich essen konnten. Außerdem würde es im Kiev mit all den anderen nächtlichen Freaks und Vampiren viel besser sein. Ein Restaurant voller Leute, die so high und so ungezügelt waren, dass sie nichts mehr auf die Reihe kriegten, außer sich auf Latkes, Käseblini und Challa zu stürzen.

Wir setzten uns auf mein Bett. Regina erzählte, sie habe sich auf Channel 13 Filme mit Gene Kelly angesehen. Sie liebte die psychologischen Untertöne der Tanznummern und dass jede Szene ungewollt etwas über Kellys seelische Verfassung verriet. Außerdem hatte Cyd Charisse die besten Beine, die Regina je gesehen hatte, Beine gleich dem Ideal von Beinen, Beine, die im Himmel sein würden, die Heldentum und Schurkerei erweckten.

Das Telefon klingelte.

Ich ging in die Küche, wo unser Anrufbeantworter stand, und wartete. Adeline kam aus ihrem Zimmer und gesellte sich zu mir. Ich dachte, es würde Parker sein, der von seiner Eroberung oder seinem Versagen berichten wollte. Ich fragte mich, warum Adeline sich für Parker interessierte.

Dabei wusste Adeline nichts von Parker. Sie wusste nichts von dem Buchvertrag. Es war nicht wie bei Erik. Nicht aus Scham. Ich wollte warten. Ich wollte den dramatischen Auftritt, die vollendete Tatsache, ich wollte ihr das Ding vorlegen und sagen, hier. So weit habe ich es gebracht.

Ich hatte mir ihren Gesichtsausdruck ausgemalt. Die Freude, wenn sie begriff. Mein beflügeltes Selbstbewusstsein, wenn sie es für gut befand. Es wäre dann, als wäre ich der Mensch geworden, den sie immer schon gesehen hat, der New Yorker Intellektuelle, der unter der käsigen Haut eines verängstigten Bauernjungen aus dem Mittleren Westen steckte. Ich hatte alles nur für sie getan. Nur ihretwegen dachte ich überhaupt ans Schreiben. Ihretwegen träumte ich davon, etwas anderes zu sein, als ich gewesen war. Ohne sie wäre ich nach spätestens einem halben Jahr tot gewesen. Ich hätte für Heroin angeschafft und wäre auf dem Christopher Street Pier an Aids verreckt. Sie würde immer meine beste Freundin sein. Ich hatte nicht die Zeit vergessen, als sie meine einzige Freundin war.

Der Anrufbeantworter sprang an und spulte die Ansage ab. Dann kam der Piep.

– Adeline, lallte die Anruferin, hier ist deine Mutter. Ich überlege, das Haus zu verkaufen. Ich habe letztes Wochenende ein anderes in Pacific Palisades gesehen, das absolut perfekt ist. Dahlia hat es auch gesehen, und sie ist begeistert. Charles konnte nicht mitkommen, aber ihm hätte es bestimmt auch gefallen. Aber, Adeline, ich würde unser Haus auf keinen Fall ohne deine Erlaubnis verkaufen. Ich weiß, wie sehr du daran hängst. Ruf mich an, wenn du kannst, Adeline, ich muss bald ein Angebot machen. So ein Haus wartet nicht. Sag mir einfach Bescheid.

Sie legte auf.

– Mutter ist wahrhaftig wahnsinnig, sagte Adeline.

Wieder klingelte das Telefon. Suzanne sprach gerne mehrmals hintereinander auf Band.

– Diese Nachricht ist nicht für Adeline bestimmt, sagte das Gerät. Geh in dein Zimmer. Diese Nachricht ist für Baby. Baby, von Adeline erwarte ich Gemeinheiten. Sie konnte sich noch nie benehmen. Ich dachte, wir beide hätten eine besondere Vereinbarung. Du wusstest, wie wichtig mir Adelines Abschlussfeier war, und du weißt, dass sie aus reiner Gehässigkeit nicht teilgenommen hat, und dann machst du das Gleiche. Weißt du nicht, wie sehr ich mir gewünscht habe, dabei zu sein? Warum sollte ich dir sonst das Studium bezahlen? Dahlia ist zu nichts zu gebrauchen. Adeline war schon immer ein Miststück. Sie hat mich schon immer gehasst. Ich dachte, bei dir könnte ich eine Abschlussfeier besuchen. Aber ich bin so dumm. Nie passiert etwas so, wie man es will. Nie passiert etwas Gutes.

Die groben Holzdielen voller Farbspritzer. Ich konnte Adeline nicht ansehen.

– Raus hier, sagte Adeline. Raus aus dieser Wohnung. Nimm

deine Drogensüchtige mit. Komm morgen zurück und hol deine Sachen ab.

Sie rollte mit den Augen, lief rot an. Zwischen ihren Lippen blitzten Dolche auf. So hatte ich sie noch nie gesehen. Nicht einmal mit Jon.

— Können wir bitte darüber reden?, fragte ich.

— Verpiss dich aus meiner Wohnung.

Hinter mir ein Scharren. Regina. Ich weiß nicht, wie lange sie schon dort stand.

— Wie konntest du ihr das nicht sagen?, fragte Regina.

— Wie es scheint, war ich als Einzige nicht von Mutters Großzügigkeit unterrichtet, sagte Adeline. Verschwinde aus dieser Wohnung, Regina. Hol deine Schuhe und warte draußen auf ihn. In meinem momentanen Zustand kann ich einfach nicht für deine Sicherheit garantieren.

Adeline hatte die echten New Yorker nie wirklich verstanden. Sie hatte ihr Leben unter Immigranten aus anderen Gegenden verbracht. Regina war eine Einheimische. Sie war Queen Rex aus Washington Heights. Adeline mochte unerschöpflich viel Schmerz und Groll verspüren, aber wenn sie sich mit Regina anlegen sollte, würde sie am Ende beide Arme in einer Schlinge tragen.

— Bitte, sagte ich zu Regina. Mach, was sie sagt. Ich komme gleich nach. Bitte.

Regina holte ihre Schuhe und ihre Jacke, stürmte aus der Küche, knallte die Tür zu, polterte die Treppe hinunter.

— Ich will nicht gehen, sagte ich.

— Du hast keine Wahl, sagte Adeline. Wir haben unser Verfallsdatum längst überschritten. Du hast alles ruiniert.

— Wir kennen uns schon so lange. Du bist meine beste Freundin.

– Man kann die Vergangenheit nicht wiederholen, sagte sie.

– Was soll das heißen, man kann die Vergangenheit nicht wiederholen? Natürlich kann man.

Ich packte Kleidung für mehrere Tage in meinen Rücksack und legte meine unverkauften Manuskripte ganz nach unten. Ich sah mich in meinem Zimmer um. Ich hatte immer gewusst, dass es so enden würde.

Adeline war immer noch in der Küche.

– Ich rufe an, um eine Zeit auszumachen, sagte ich. Ich kann nicht alles tragen.

– Schön. Aber noch diese Woche. Nach nächstem Sonntag lasse ich die Nummer ändern.

– Muss es so sein?, fragte ich.

– Du weißt, dass es so sein muss.

Erst auf halbem Weg die Treppe hinunter begriff ich, dass ich nicht nur Adeline verlor, sondern dass ich auch den Captain verloren hatte. Adeline würde ihn mir auf keinen Fall überlassen. Ich hatte mich nicht einmal verabschiedet.

Regina wartete.

– Ich konnte die blöde Kuh noch nie leiden, sagte sie.

– Ich will nicht darüber reden.

– Und was jetzt?, fragte sie.

– Ich gehe um die Ecke. Ich wollte schon immer mal eine Nacht im Sunshine Hotel verbringen.

Regina kannte das Hotel, kannte seinen Ruf, wusste, dass es eine widerliche Billigabsteige voller Abschaum war. Sie ließ mich nicht dort wohnen. Sie war strikt dagegen. Ich hatte doch Geld, sagte sie, also warum ging ich nicht in ein richtiges Hotel? Weil ich es nicht verdient habe, sagte ich. Ich sollte leiden, sollte bestraft werden. Weil Adeline recht hat. Das ist verrückt, sagte Regina. Sie zwang mich, sie nach Hause zu begleiten.

Wir fuhren mit der L zur Eighth Avenue und mit der Linie A zur Spitze der Insel. Wir tauchten aus dem Untergrund auf. Es war fünf Uhr morgens. Die traurigste Stunde in New York. Die freudlose Phase zwischen Nacht und Tag. Auf den Straßen war kein Leben, nur die Totenstille meiner ersten Begegnung mit der Fort Washington Collegiate Church, einem einstöckigen Gebäude aus der Zeit der Jahrhundertwende. Ich versuchte zu begreifen, wie diese Kirche hier in Manhattan stehen konnte, wie sie so einsam aussehen konnte zwischen all den Wohnhäusern, wie sie so sehr wie ein Privathaus aussehen konnte, wie ein bescheidenes Haus aus Kalifornien. Ich versuchte es, doch es gelang mir nicht.

Als würde in dieser Stadt niemand leben. Als wäre die Apokalypse schon vorbei, und nur Regina und ich hätten überlebt.

Februar 1993

Adeline verlässt
den wurmstichigen Big Apple

Eines wollen wir klarstellen. Ich bin nicht wegen meines früheren Mitbewohners aus New York City geflohen. Unser unsägliches Auseinandergehen hatte enormes Unheil angerichtet, aber Ihre alte Freundin Adeline war nicht gewichen, knietief in ihrer gleichmütigen Idiotie war sie standhaft geblieben. Ich hätte fliehen sollen und dabei heulen wie ein weidwundes Tier. Doch ich frönte der großen Sünde der Sturheit und durchlitt eine lange Kettenreaktion, die sich in meinem Zyklus offenbarte.

Genauer gesagt, Schätzchen, im Einsetzen meiner Periode. Sie kam nicht Tage oder Wochen zu spät, sondern volle zwei Monate, nachdem sie fällig war. Sofern nicht ein waschechtes Wunder vorlag, war eine Schwangerschaft nicht im Bereich des Möglichen. Beinahe den gesamten Herbst hindurch hatte ich mich in der tödlichen Kunst der Enthaltsamkeit geübt.

Als die scharlachrote Flut dann nahte, kam sie zuerst nur tröpfchenweise und dann sehr ungleichmäßig, als triebe ein Poltergeist in meinem Körper sein Unwesen und würde einen Hahn auf- und zudrehen. Auf und zu, auf und zu, auf und zu.

Drei Wochen lang hielt diese Farce an, und ich glaubte schon, sie würde abebben, da strömte es nur noch, ich befleckte jeden Slip und die meisten meiner Hosen, während ich Jesus anflehte, er möge mir mein Sterbebett bereiten.

Meine Periode war ausgefallen, als Bush seine Präsidentschaft verbaselt hatte, und ich hörte erst auf zu bluten, nachdem Bubba Bill Clinton den Königsthron an sich gerissen hatte.

Wissen Sie, etwa zu dieser Zeit erkannte ich eine unerfreuliche Wahrheit über den menschlichen Körper. Man kann jahrelang allerlei Krankheiten und schreckliche Tücken erdulden und ist doch nicht vorbereitet darauf, wie weit der Körper es treibt. Der Narben und Grinden ist in dieser alten Welt kein Ende, meine Lieben, und unsere Organe sind wahrhaft Verräter.

Sicherlich verschmelzen die Monate in meiner Erinnerung, doch ich könnte schwören, dass meine scharlachrote Odyssee genau an dem Tag endete, an dem ich meine Wohnung verließ und zum Cooper Square lief, während um meine schmucken roten Haare Schneeflocken fielen.

An der westlichen Ecke der 7th Street begegnete ich einem Exodus aus südlicheren Gefilden, einem breiten Strom von Menschen, viele mit dunkler Asche um die Nase.

»Was zum Teufel ist los?«, fragte ich eine Frau.

»Explosion«, sagte sie. »Unten am World Trade Center. Wurde alles geräumt.«

26. Februar 1993. Wenige naive Stunden lang hielt die Welt an der Hoffnung fest, die Explosion sei vielleicht nicht von einer Bombe ausgelöst worden, etwas Technisches habe auf bizarre Art versagt.

Aus solchem Stoff werden Träume gewebt. Bumm! Halten Sie einen Moment inne und vergegenwärtigen Sie sich, meine Herzchen, dass die 1990er ein Jahrzehnt waren, in dem Terroristen aus der Islamistenecke das World Trade Center angriffen und die Vereinigten Staaten von Amerika Krieg gegen den Irak führten. Die Geschichte wiederholt sich immer.

Längst hatte ich das ungerührte spöttische Grinsen über die Lage der Welt gemeistert, ich schürzte die Oberlippe wie ein schwerer Junge in der grünen Minna auf dem Weg ins Kittchen, aber im Laufe der nächsten Woche zerrte der Bombenanschlag an meiner Seele, er grub sich abgrundtief in mein Bewusstsein.

Es fiel mir sehr schwer, durch die Straßen der Stadt zu laufen. Ich machte einen Satz wie ein Hase, wenn ein Auto eine Fehlzündung hatte, zuckte bei jedem Schrei zusammen, verspürte durchgehend Übelkeit, erwartete ständig, einem ungeahnten, unbemerkten Schrecken zum Opfer zu fallen.

Dann begannen die Träume.

Träume, in denen ich gefangen war, in denen ich durch gesprengte Kellerräume irrte, in Bürogebäuden voller Rauch festsaß, Träume von explodierenden Autos, Träume, in denen meine Haut von Metallsplittern zerfetzt wurde, Träume von Feuer, von meinem verletzten, verstümmelten Körper, mit riesigen Löchern im Fleisch, der ohne Arme und Beine zappelte wie ein Fisch auf dem Trockenen.

Ich hatte immer noch Kontakt zu Минерва. Wir kommunizierten alle paar Wochen durch die hohe Kunst des Telefonierens. Sie hatte immer wieder vorgeschlagen, ich solle in die Bay Area ziehen. »San Francisco ist Ballung von Scheiße«, sagte sie, »aber andere Art Kackhaufen. Komm und erfahre bittere Enttäuschung von neuer Stadt.«

Nach einigem Hin- und Herüberlegen verfiel ich auf den Gedanken, dass man nichts auf die lange Bank schieben sollte. Die Träume, sagte ich mir, sind ein Zeichen. New York brät dir ordentlich eins über. All deine alten Freunde sind in die Hufe gekommen und losgetrabt. Es ist Zeit für eine Veränderung, Adeline.

Ich suchte für mein Zuhause der letzten sechs Jahre eine Untermieterin. Sie war eine Bekannte von Luanna aus der großen Wildnis jenseits Manhattans. Wir begegneten uns nie. Luanna regelte die Einzelheiten und behielt ihren Anteil ein.

Wen kümmerte das schon? Sollten doch Unbekannte den ganzen Laden verwüsten. Sollte sie das Haus zu geschmolzener Asche niederbrennen. Jedes Andenken von Wert oder Bedeutung war in einem tristen Lagerraum an der Houston Street eingemottet.

Der Captain begleitete mich, ich hatte mir seine Transportbox unter den Arm geklemmt. Zum dritten Mal in seinem kurzen Leben sauste der Kater in zehntausend Meter Höhe durch den Himmel über Amerika.

Jeremy Winterbloss hatte in Marin County eine Beschäftigung als Wasserträger bei LucasArts gefunden, einem Unternehmen, das sein Gründer George Lucas mit großer Bescheidenheit benannt hatte. Ziel dieses Unternehmens war die Entwicklung von Computerspielen.

Jeden Morgen trat Jeremy eine beinahe mythische Reise über die Golden Gate Bridge an, die auf der Skywalker Ranch endete, einem weitläufigen Gelände, das Lucas mit seinem immensen Mammon durch *Star Wars* gekauft hatte. Dort gewann er nicht nur Erkenntnisse über sein Arbeitsfeld, sondern auch über den grotesken Prunk, zu dem Amerika fähig war.

Минерва ihrerseits tingelte durch eine Reihe von Jobs im Einzelhandel. Ihr eigentliches Interesse galt etwas anderem.

Irgendwie hatte sie Bekanntschaft mit zwei zügellosen jungen девушек geschlossen, die aus der früheren CCCP geflohen waren. Weil alle drei Mitglieder dieser weiblichen Troika einen Hang zur Punkästhetik teilten, schlossen sie sich zum Kern einer fast reinen Mädchenband namens Daddy Was in KGB zusammen.

Die einzige maskuline Note in dieser östrogenreichen Symphonie steuerte der Drummer bei, ein siebzehnjähriger Highschoolschüler aus San Rafael. Er hatte sich bei Минерва gemeldet, nachdem sie in der ganzen Stadt Flyer an Laternenpfähle geklebt hatte. GESUCHT: DRUMMER FÜR BAND.

Минерва schickte mir von allen Auftritten ihrer Band einen Flyer. Es waren immer Bands mit amüsanten Namen dabei. Lilyvolt, Cheap Vegan Cafe, Storm and Her Dirty Mouth, Honeypot, Drunk People R Loud, Homo Holocaust, Coffee Scented Come Stain.

Viele dieser Flyer hatte sie selbst illustriert und als bewusste *hommage* an die Posterserien Family Dog und Neon Rose von Victor Moscoso gestaltet. An der Parsons hatte sie nie besonderes Interesse an ihrer Linienführung bewiesen, dieser Wandel zur überladen psychedelischen Kunst stellte also eine funkelnd neue visuelle Richtung dar.

»Was erwartest du?«, fragte sie am Telefon. »Jedes Wesen ändert sich oder stirbt.«

Ich landete am San Francisco International. Jeremy und Минерва standen an meinem Gate, ihr breites, strahlendes Lächeln vertrieb die hässliche Magick in diesem trübsinnigen amerikanischen Flughafen. Überall durch und durch funktionale Inneneinrichtung, weiße und graue Wandverkleidungen, marineblauer Teppichboden, die wie träges Gift an der Konstitution der Menschen fraßen.

»Jeremy! Минерва!«, schrie ich.

»Adeline!«, riefen sie.

Unsere Gruppenumarmung fiel schrecklich ungelenk aus. Ich

knallte mit der Stirn gegen Winterbloss' Brille, und Минерва trug eine Lederjacke mit Metallnieten, an denen ich mich pikste.

Ich blickte in ihre glänzenden Gesichter, in das strahlende Antlitz von Menschen, die so offensichtlich meine Freunde waren. Zu meinem großen Entsetzen flossen mir Tränen aus den Augen.

»Was Scheiße«, sagte Минерва. »Unnötige Zurschaustellung existiert unter deiner Würde.«

»Es tut mir leid«, sagte ich. »Das Jahr war nicht leicht.«

Wie Dante stiegen wir hinab in die untere Ebene und warteten vor dem Gepäckband, zwischen den Trampeln und Knalltüten, die mit meiner Wenigkeit über den Großen Abgrund geflogen waren. Dem Aussehen nach stammte die Mehrheit meiner Mitreisenden aus Nordkalifornien. Ich stellte mir ihr Gepäck vor, voller Fleecejacken und Freiheitsstatuen aus Plastik und weißen T-Shirts, die unbekümmert ihre Liebe zu New York City bezeugten.

Auf dem Rücksitz von Jeremys weißem 1986er Toyota Camry erfreute ich mich einfach an ihren Stimmen und versuchte, die in sich geschlossene, verkürzte Sprache einer langen Beziehung zu entziffern.

»Donny ist ein echter Glücksritter«, sagte Jeremy.

»Du lernst Donny kennen«, sagte sie zu mir. »Du lernst die Welt kennen.«

Verbringt man genug Zeit seines Lebens in Kalifornien, gewöhnt man sich an die leeren Schnellstraßen, auf denen man nachts nur Gewässer und ferne Berge sieht. Die U.S. Route 101 kannte ich nur zu gut. Sie hat mich über weite Teile meiner Kindheit gelangweilt.

Die konturlose Landschaft ging in ein zunehmend marodes Industriegebiet über, und wir drangen in die Stadt vor. Alsbald legte sich ein verwirrter Ausdruck auf meine schimmernde Stirn. Es schien, als würden sich die viktorianischen Häuser mit den Hügeln und der unheimlichen Stille auf den Straßen verschwören. Alles, und ich meine wirklich alles, wirkte unheilvoll. Riesige Nebelschwaden zogen aus dem Westen herüber, im Scheinwerferlicht bedeckten sie gespenstisch die Welt. Die dunkle und verwelkte Stadt. Ich fragte mich, und das nicht zum letzten Mal, was ich mir armer Seele angetan hatte und wo ich war. Nicht zuletzt war der menschliche Körper nicht dafür geschaffen, in moins de six heures viertausend Kilometer lang durchgerüttelt zu werden.

Ihr Apartment lag in der zweiten Etage eines sehr alten Hauses in der Steiner Street im Viertel Lower Haight mit einem Grundriss, wie es ihn nur in San Francisco gab. Von der Haustür auf Straßenhöhe führte eine absurde Treppe zu einer unregelmäßig geschnittenen Etage, deren wesentliches Merkmal ein langer Flur mit davon metastasierenden Zimmern war.

Минерва und Jeremy hatten zwar die Schrecken des Zusammenlebens bewältigt und ihre erotische Begierde im erdrückenden Kontext der Liebe bewahren können, aber in Sachen Einrichtung und Dekoration hatten sie kein gutes Händchen bewiesen.

Sie lebten in einem verblassten Mosaik aus amerikanischem Popkulturgerümpel. Für mich bestand kein Zweifel daran, was wem gehörte. Die umgekehrten Punkkreuze aus Metall und die unappetitlichen Karikaturen von Politikern gehörten in die eine Spalte. Die großen Poster von Wolverine und *Maniac Mansion* in die andere.

Besonders ein Teil ihres Inventars zog meine Aufmerksamkeit auf sich, nämlich Jeremys hochmoderner IBM-kompatibler

PC 486DX-33, ausgestattet mit einer satten 1024×768-SVGA-Graphikkarte und einem Sound Blaster 16 Pro 2. Ich hatte noch nie einen Heimcomputer gesehen, der tatsächlich bei jemandem daheim stand.

»Er ist größtenteils für die Arbeit«, sagte Jeremy. »Aber ich benutze ihn immer mehr. Hast du schon von E-Mails gehört?«

»Ich bitte dich, erspare mir Einzelheiten«, sagte ich. »Ich habe schon genug Probleme mit normaler Post.«

Wir setzten uns in ihr Wohnzimmer mit Blick auf die Straße, unsere Gesichter von roten Lichterketten beleuchtet. Минерва kam mit einer knallbunten Plastikbong aus dem Schlafzimmer, und als ich dieses Rauschhilfsmittel sah, wusste ich endlich, ich war im Staate Kalifornien angekommen.

Wir zeigten dem Captain seine neue Umgebung und hörten uns dann *Bricks Are Heavy* von L7 an. Wir sponnen rum, wo die ehemaligen Studenten von der Parsons abgeblieben waren.

»Erinnert ihr euch noch an Janine?«, fragte Jeremy.

»Neeeeiiiin«, sagte ich. »Wie sah diese Janine denn aus?«

»Sie hatte lange schwarze Haare, gefärbt, glaube ich, und eine Brille, und sie ist immer mit einer versifften pinken Messenger Bag rumgelaufen.«

»Ach, die.« Ich rümpfte die Nase. »Wir haben sie die Pinke Prinzessin von Nassau County genannt.«

»Genau die«, sagte Jeremy. »Wollt ihr mal raten, was sie jetzt macht?«

»Ich verabscheue Ratespielchen. Ich liege jedes Mal falsch.«

»Pinke Prinzessin ist Hundefängerin?«, fragte Минерва.

»Sie ist ein, zwei Jahre in New York geblieben. Hat wohl irgendwas mit Mode gemacht, aber dann ist sie nach Hollywood gegangen, und jetzt arbeitet sie für Jack Nicholson. Sie arbeitet für den Joker.«

»Was macht denn die Prinzessin für Mr Nicholson?«, fragte ich.

»Das weiß keiner genau«, sagte Jeremy. »Ich glaube, sie ist seine persönliche Assistentin.«

»*Five Easy Pieces* fand ich ja wunderbar«, sagte meine Wenigkeit, »aber man stellt sich doch eine ganz bestimmte Aufgabe vor, bei der ihm ein hübsches junges Ding assistieren müsste. Und das, meine Lieben, ist wirklich ein Bild fürs Gruselkabinett. Stellt euch vor, wie sie beim zuckenden Orgasmus die Gesichter verziehen und verzerren. Der Schrecken, der reinste Schrecken.«

Bevor die Uhr Mitternacht schlug, zogen sie sich in das einzige Schlafzimmer des Apartments zurück und gingen zu Bett. Wir hatten beschlossen, dass ich auf dem Sofa im Wohnzimmer schlummern sollte, aber Schlaf war für mich unerreichbar. Ich saß high am Fenster und starrte auf die Straße.

Über den Dächern erspähte ich die dunkle und zerklüftete Kontur des Buena Vista Parks, der über San Francisco aufragte wie Fangorn über Mittelerde. Die blinkenden Lichter des Sutro Towers hingen wie Ufos in der Luft. Seit Jon war so viel Zeit vergangen. Den anderen hatte ich zuletzt vor fast sechs Monaten gesehen. Meine Familie hatte ich verprellt. Die einzigen Freunde, denen ich nicht völlig sternschnuppe war, lagen im Schlafzimmer, aber sie waren ein Paar, und das Geheimnis jedes Paares ist undurchdringbar.

Ich schlief vollständig bekleidet, ohne einen Faden abzulegen, und ignorierte den Deckenstapel neben dem Sofa.

März 1993

Adeline streift durch San Francisco

Ich wurde zur Pilgerin auf der Straße nach Canterbury, vertrödelte die Wochen auf Streifzügen durch San Francisco, une flâneuse sans privilège du pénis.

Ich schwirrte von einem kleinen Hoheitsgebiet der Stadt zum anderen und entwickelte die verrückte Idee, man könne eine akustische Karte für Blinde anhand der anzüglichen Sprüche und Pfiffe in den einzelnen Vierteln erstellen. Da war das *hola mi linda* und das *ay güera* im Mission District, das *pssst psst pssssst sexy* in Hayes Valley, die herablassende Höflichkeit der Weißen im Marina District und dann das schwarze Loch, die alles absorbierende Stille im Castro.

Nach den vielen Jahren, die ich in das starre Straßenraster von New York und Los Angeles gepresst verbracht hatte, war ich auf San Francisco nicht vorbereitet. Warum baute jemand eine Stadt, die mit Dingen wie Nob Hill durchsetzt war? Welche gingetränkte Schnapsdrossel hatte es für die beste Planung gehalten, die Market Street als diagonalen Schnitt durch alle Vernunft zu führen? Wie sollte man die California oder die Geary Street erklären? Wie sollte ich die ungenaue und seltsame Lage des Financial District begreifen? Und was, in Gottes gütigem Willen, waren Richmond und Sunset?

Vier Jahre waren vergangen, seit das Loma-Prieta-Erdbeben

die Stadt durchgeschüttelt hatte, trotzdem waren noch überall Spuren der Verwüstung zu sehen. Freie Grundstücke, wo Wohnhäuser eingestürzt waren, die Leere des früheren Embarcadero Freeway, die Einöde an der Fell Street.

Ich besuchte Cafés und lief durch die Straßen und fragte mich, wie die Bewohner der Stadt damit zufrieden sein konnten, in einem derart vertrottelten, rückständigen Kaff zu leben. Alle waren bekifft, alle arbeiteten in sinnlosen Jobs. Alle gaben sich lässig, aber nicht auf diese von der Sonne geküsste, entspannte Art des unbeschwerten Los Angeles. In San Francisco legten die Menschen ein seltsames Gebaren an den Tag, erfüllt von unterschwelliger Spannung und Furcht und einem diffusen Wahnsinn. Vielleicht lag es am Wetter, vielleicht resultierte es aus der groben Ketzerei, an einem Ort zu leben, an dem es mehr Nebel als Sonnenschein gab.

Als ich den Marina District verließ, entdeckte ich eine Art-déco-Leuchtreklame, auf der in roten Neonbuchstaben METRO stand. Ich spazierte hinüber und fand heraus, dass in dem Kino *Codename: Nina* lief, ein neuer Film mit Bridget Fonda.

Zuletzt hatte ich diese Schauspielerin in dem lachhaften Thriller *Weiblich, ledig, jung sucht …* gesehen, in dem sie gegen ihre unbändigen sapphischen Begierden angekämpft hatte. So schrecklich der Film war, hatte ich mich doch mächtig darüber amüsiert, was ihre eindimensionale Darbietung über Hollywooddynastien verriet. Berühmte Familie, Nepotismus, der Niedergang amerikanischer Werte. Ich war nicht sicher, aber ich vermutete, dass Daddy die Zahnbrücke ihres Vaters bearbeitet hatte.

Die nächste Vorstellung von *Codename: Nina* fand schon in einer halben Stunde statt.

Im Inneren entdeckte ich eines dieser majestätischen Etablissements aus der Glanzzeit des Kinos, als ein Besuch dort noch etwas Besonderes war und die Säle das Monumentale des Augenblicks unterstrichen. Es stimmt schon, meine Lieben, mit diesen Neureichen-Ambitionen konnten die bescheidenen Filmchen, die gespielt wurden, nicht mithalten; ein Millionenpublikum sollte sich mit Gloria Swansons Schlafzimmerblick begnügen, aber die Kinos selbst glichen Palästen.

Die Decke war im spanischen Kolonialstil gehalten, die Wände mit roten Feen bemalt, und die Sitzreihen, mes amis, die Sitzreihen waren stufenförmig angeordnet. Die wackeligen Holzstühle sorgten für unablässige Qualen, aber man ahnte, dass sie bessere Zeiten gesehen hatten. Ich hätte dort sterben können, und wie bei Claudius im Gebet wäre meine sanfte Seele direkt in den Himmel aufgestiegen.

Codename: Nina war nicht besser als *Weiblich, ledig, jung sucht …* Ich überlegte, Ms Fondas Agenten einen Brief zu schreiben und ihnen nahezulegen, ihre Rollen sorgfältiger auszuwählen. Was bringt ein berühmter Name, wenn man nicht ein Mindestmaß an Würde zeigt?

Was hängenbleibt, sind die kleinen Details. Nicht die Handlung, nicht die Figuren, sondern bestimmte ästhetische Momente, die aus der Inszenierung entstehen. Wirklich gelungen ist in *Nina* nur der Einsatz der Musik.

Die große Schwärmerei meiner Freundin Минерва für L7 konnte ich nicht nachvollziehen, aber sie hatte ihre LP so oft abgespielt, dass ich »Everglade« erkannte, als der Song im Soundtrack auftauchte. Er dient als Vorspiel für den akustischen Auftritt von Dr. Nina Simone, einer Künstlerin, von der Fondas Figur besessen ist. Diese Musikauswahl ist das einzige eigentümliche Element des ganzen Films.

Ich kannte Miss Simone, *Little Girl Blue* war mir gelegentlich in Kisten mit Secondhand-LPs aufgefallen, aber ich hatte sie nie gehört. Als mir nun »Feeling Good« begegnete, wurde mir klar, dass ich ihre Platten dringend kaufen musste. Der Song war so großartig, dass er alle Bedenken über eine Empfehlung durch ein extrem gewalttätiges Multimillionendollarspektakel überwand.

Dann zog ich fröhlich meiner Wege, schlenderte die Fillmore entlang und quer über den Alamo Square, wo mir die unvermeidlichen Touristen beim Fotografieren der Painted Ladies begegneten. Ich betrachtete sie, während sie die Häuser betrachteten, und überlegte, aus welchem Teil Amerikas sie wohl kamen und was sie über den Niedergang des Viertels dachten; ob sie die Häuser, die jeden Freitagabend in *Full House* zu sehen waren, mit den unbehandelten Geisteskrankheiten und verschmierten Fäkalien der Obdachlosen in Einklang bringen konnten.

Bei Recycled Records an der Haight Street strich ich mit meinen langen Fingern über das Vinyl. Ich hatte zehn verschiedene Alben von Miss Simone aufgestöbert. Geleitet vom Geheimnis taktiler Osmose wählte ich *Nina Simone Sings the Blues* und *I Put a Spell on You* aus.

Ein unwirsch aussehendes Wesen an der Kasse hob die Alben in ihren Papphüllen hoch und hielt sie sich dicht vor das pockennarbige Gesicht. Ich hatte Sorge, er könnte seine Zunge ausstrecken, um die Platten zu kosten.

»Die kaufst du wegen dem Film, oder?«

»Wie meinen, bitte?«, fragte ich.

»Dem Film. *Codename: Nina.* Du bist die Dritte diese Woche. Alles Frauen.«

»Ich habe keine Ahnung, wovon du redest.«

»Ist klar«, sagte er. »Fünfzehn Dollar.«

Mein Heimweg führte mich unterhalb des Buena Vista Parks vorbei, und wieder einmal versuchte ich, die Bäume und die schauerliche Atmosphäre zu erfassen. Sowohl Jeremy als auch Минерва hatten mich vor dem Park gewarnt. Sie hatten von nicht näher benannten Verbrechen, von Leichenfunden gesprochen.

Allerdings besitze ich die Mentalität eines Kleinkindes, und wenn mir jemand sagt, ich solle etwas nicht tun, weckt es meine Neugier. An meinem dritten Tag war ich zur höchsten Stelle des Parks gelaufen. Diese Wanderung hatte ich bei mehreren Gelegenheiten wiederholt, ohne dabei je einem anderen Menschen zu begegnen. Ich hatte nur indirekte Hinweise gefunden, weggeworfene Drogenutensilien und aufgeschlagene Stoffzelte zwischen den Bäumen.

Jeremy war zu Hause. Минерва arbeitete. Jeremy las einen Comic.

»Das musst du auch lesen«, sagte er.

»Was ist es denn?«, fragte ich.

»*Kid Eternity #1*. Ist letzte Woche bei Vertigo erschienen. Es ist von Ann Nocenti. So etwas Verrücktes habe ich noch nie gelesen.«

»Leg es mir hin, wenn du damit fertig bist«, bat ich. »Ich benötige einen Plattenspieler.«

Jeremy unternahm einen Vorstoß in ihren überfüllten Wandschrank und grub ein billiges Plastikgerät aus. Минерва hatte es für fünf Dollar bei einem Garagenflohmarkt erstanden, weil sie sich der Illusion hingegeben hatte, sie gehöre zu diesen Punks, die Singles wertschätzten, die sämtliche jüngsten Veröffentlichungen ihrer Freunde sammelten und anhörten. Ihre Träumereien trugen keine Früchte. Sie konnte den Verlockungen der Compact Disc nicht widerstehen.

Der Plattenspieler hatte eine Kopfhörerbuchse. Ich stöpselte Jeremys enorm überdimensioniertes Plastikgerät ein, setzte mich im Wohnzimmer auf den Boden und hörte mir die Platten an. *Nina Simone Sings the Blues* gefiel mir besser. Das Album wirkte wie aus einem Guss, es enthielt keinen einzigen schlechten Song, wodurch allerdings auch keiner herausragte. Auf *I Put a Spell on You* setzten unglaublich kraftvolle Stücke Höhepunkte. Der Titelsong, das schon erwähnte »Feeling Good«, »Gimme Some« und »Take Care of Business«.

Den ganzen Abend lang hörte ich mir die Platten an, die Kopfhörer fest an meinen hageren Schädel gepresst. Ich bemerkte nicht, dass Минерва kam. Auch nicht, dass sie und Jeremy die Wohnung verließen, dass sie zurückkamen, dass sie sich in ihr Schlafzimmer zurückzogen. Miss Simones Stimme bohrte ein Loch. Diese Stimme machte sich jedes Wort, das sie sang, zu eigen, zwang die Musik in ihren Dienst.

Gegen Mitternacht las ich *Kid Eternity #1*. Es war wirklich das Seltsamste, was ich je gelesen hatte, und Sie kennen mich ja, Schätzchen, ich bin bei mehreren Strafverfolgungsbehörden als einer dieser leidigen Menschen bekannt, die für *Simulations* und all die anderen laaaaangweiligen Bücher von Semiotext(e) schwärmten.

Der Titelheld Kid Eternity kann jede historische oder mythologische Figur leibhaftig zum Leben erwecken. Ein übergewichtiger buddhistischer Mönch legt Kid Eternity nahe, er müsse ein Mondkind erschaffen. Die Aufgabe dieses Homunkulus soll es sein, die Menschheit auf die nächste Bewusstseinsebene zu heben. Zu den Figuren, die in der Geschichte auftauchen, gehören am Ende das gesamte griechische Pantheon, eine Gruppe dämonischer Kinder, die ihre eigene Haut essen, und ein symbolistischer Beelzebub in der Hölle. In einem zweiten Handlungsbogen geht es um die Konflikte zwischen Kid Eternity und den Menschen, die er zur Erschaffung seines Mondkinds begatten will.

Wenigstens glaube ich, dass es darum geht. Ich könnte auch sehr gut falschliegen. Interpretation ist eine Kunst für sich, und Ann Nocenti ist ein verkanntes Genie, eine Laune der Natur, eingesperrt im Prêt-à-porter-Ghetto des Comicbuchs.

Ich fragte Jeremy nach Ann Nocenti. »Sie ist unglaublich«, sagte er. »Aber die Comicbranche ist zu sexistisch. Kein Mensch beachtet sie. Wir sollten vor ihr niederknien. Bei Vertigo ist sie gut aufgehoben. Die bringen eine Menge interessantes Zeug raus irgendwo zwischen Mainstream und alternativem Zeug. In einen anderen Verlag würde sie nicht passen. Hast du übrigens *Sandman* gelesen?«

März 1993

Nash Mac

Die einzige Konstante des Alltags ist die Unfähigkeit anderer Menschen, sich um ihren eigenen Kram zu kümmern. Минерва und Jeremy hatten aus meinen Streifzügen durch San Francisco negative Schlüsse gezogen.

Es sei zu viel des Herumwanderns, umfangen von Nebel und Kummer. Sie beschlossen, das sei ungesund. Deshalb das piefige Bild, wie mich meine Gastgeber mir nichts, dir nichts ins Thai House schleiften, ein Restaurant an der Noe Street.

Unser Weg führte uns an den Corona Heights vorbei, einem Hügel, der in diesem Teil der Stadt aufragte. Jeremy bemerkte mein Interesse und sagte: »Kennst du den Autor Fritz Leiber? Er hat ein großartiges Buch über Corona Heights geschrieben, *Herrin der Dunkelheit.*«

Ich ließ den Kopf hängen. »Mmmmm, ähhh, mmm, ah«, antwortete ich.

Fritz Leiber. Ja, allerdings erinnerte ich mich an Fritz Leiber. Dieser Name war auf dem gleichen Weg in mein Bewusstsein gedrungen wie all solche Belanglosigkeiten, durch eine gewisse Person, die eine unkultivierte Vorliebe für Science-Fiction hegte. Ich versuchte, jeden Gedanken an ihn zu vermeiden, doch es stellte sich als unmöglich heraus, wenn zum Beispiel unser Monstrum von Kater auf meinen Schoß kletterte und darauf bestand, in den Arm genommen zu werden, bis er schnurrte. Das graue Gesicht des Tiers, sein Maunzen. Was für ein Verlust.

Das Thai House stellte eine neue List dar. Jeremy hatte sich anheischig gemacht, ein gemeinsames Abendessen für uns drei und einen seiner Arbeitskollegen, einen Mann namens Nash Mac, zu verabreden.

»Nash Mac?«, fragte ich ungläubig. »Das klingt ja wie ein schwuler Geldautomat.«

»Es ist eine Kurzform von رصان دومحم«, sagte Jeremy. »Seine Familie kommt aus Persien.«

»Aber, Jeremy«, jammerte ich, »ich will keinen von deinen grässlichen Computermenschen kennenlernen. Ich hasse Computer. Ich hasse Technik. Am liebsten würde ich im 17. Jahrhundert leben, mein zerrissenes Kleid befleckt vom Moder der Straße.«

»Er ist nicht wie die anderen«, sagte Jeremy. »Er interessiert sich nicht nur für Computer.«

Und dann standen wir vor dem Restaurant, aus dem ein Lichtschein auf den Gehweg fiel. Минерва lehnte sich bei ihrem Liebsten an, schob die Hände unter seine Jacke, küsste seinen Hals. Wie war es ihnen gelungen, das am Leben zu erhalten? Meiner bescheidenen Erfahrung nach hielten die meisten Beziehungen zwei Jahre, bevor sie sich in Verachtung und gegenseitiger Abscheu auflösten. Doch ihr Lieben wuchs pflanzengleich weiter und stetiger als ein Reich.

»Warum erdulden wir diese Kälte?«, fragte ich.

»Ich habe Nash Mac gesagt, dass wir uns draußen treffen«, antwortete Jeremy.

»Schön«, sagte ich. »Du wartest auf diesen jungen Mann, der offenbar nicht in der Lage ist, durch ein Fenster zu blicken. Ich besorge uns einen Tisch. Минерва, begleitest du mich?«

»Stehe lieber«, sagte sie.

Ich betrat das Lokal. Es hätte auch irgendein anderes Restaurant in San Francisco sein können. Schlichtes Design mit leichten folkloristischen Elementen. Ich sprach mit der Kellnerin. Sie brachte mich an einen Tisch. Zutiefst gelangweilt wartete ich weitere zehn Minuten.

Draußen tat sich etwas, verschwommene Bewegungen im Dunkeln. Sie stürmten mit ihrem geheimnisvollen Gast herein. Ich musste zugeben, dass Nash Mac überwältigend gut aussah, allerdings war er scheußlich gekleidet mit einem blassblauen Button-Down-Hemd und einer braunen Stoffhose. Leider machten seine modischen Fehltritte keinen Unterschied. Sie kennen Ihre Adeline. In ihren Augen waren schlechtgekleidete Männer grundsätzlich attraktiv.

Wenn Nash Mac mir in die Augen sah, wandte er den Blick sofort wieder ab. Er stellte mir keine einzige Frage und zog es vor, mit Jeremy über die Arbeit zu sprechen, über den Grund, aus dem Ron Gilbert das Unternehmen verlassen hatte, über den letzten Schliff von etwas, das er D.O.T.T. nannte.

Минерва und ich langweilten uns schrecklich. Sie verpasste Jeremy unter dem Tisch einen Tritt. Wir alle verstummten.

»Und was machst du?«, fragte Nash Mac.

»Ich?«, fragte ich.

»Ja«, sagte er. »Du.«

»Ich bin eine dieser armen Seelen, die dazu verdammt sind, durch die Nacht zu streifen, ohne genau zu wissen, was sie tun. Ich habe sogar das Gefühl, dass mich eine gewisse Obsoleszenz befällt.«

»Ist Schwachsinn«, sagte Минерва. »Adeline ist Künstlerin.«

»Ach, Schätzchen«, sagte ich. »Du weißt doch, dass ich dieses Wort nicht ausstehen kann.«

»Aber es stimmt«, sagte Jeremy. »Sie ist unglaublich talentiert.«

»Und weil ich so talentiert bin, Nash Mac«, sagte ich, »habe ich die letzten Jahre damit verbracht, Frauen in BHs zu zeichnen. Es ist wirklich ein himmelweiter Unterschied, ob man Talent hat oder ein Künstler ist. Talent ist eine Art Neugier, die man vergeudet oder fördert. Es hat keinerlei Bedeutung.«

»Was für ein fehlgeleiteter Schwachsinn«, sagte Nash Mac. »Die Menschen unterscheiden sich durch ihre natürlichen Gaben. Manche Menschen sind von Natur aus schön. Manche Menschen sind von Natur aus klug. Manche Menschen sind talentiert. Es ist ein Verbrechen, wenn du deine Gabe verschwendest. Wenn es dir nichts ausmacht, eine Verbrecherin zu sein, bist du dumm. Du wirst es noch bereuen. Wenn du es nicht jetzt schon tust.«

Der Kellner brachte unsere Vorspeisen. Nash Mac verschlang sein Pad Thai. Er war ungeschickt und kleckerte, die Nudeln rutschten über sein Gesicht und von der Gabel. Wahnsinnig, wie ich bin, sprach das etwas tief in meiner Seele an.

Wir landeten im Mad Dog in the Fog, einer irischen Sportkneipe an der Haight Street. Минерва und Jeremy bestellten nur ein Getränk, bevor sie sich strategisch zurückzogen. Sie gaben vor, soooo erschöpft zu sein, und ließen mich mit Nash Mac ganz allein.

»Also, Nash Mac«, sagte ich, »setz mich doch mal über deine letzte Beziehung ins Bilde. Seid ihr noch befreundet?«

»Das ist geschmacklos«, sagte er. »Machst du dich über mich lustig? Was hat Jeremy dir erzählt?«

»Nichts«, sagte ich. »Warum so nervös? Hast du das Mädchen betrogen und für eine andere verlassen? Ich bin nur neugierig. So etwas kann eine Menge über einen Menschen sagen.«

»Sie ist tot«, sagte er.

»Was?«

»Ich erzähle es nicht gleich, wenn ich jemanden kennenlerne«, sagte er. »Es ist ein ziemlicher Gesprächskiller.«

In meiner Schamlosigkeit drängte ich auf Einzelheiten. Er sträubte sich. Ich erkundigte mich nach seinem Leben. Sein Vater und seine Mutter, ein Ärztepaar mit engen Verbindungen zum Schah, waren während der Revolution aus dem Iran geflohen und hatten einen jungen دومحم رصان in die Vereinigten Staaten gebracht, wo er zur Anpassung an die neue Kultur seinen eigenen Namen frisiert und eine durch und durch amerikanische Persönlichkeit angenommen hatte. Er beendete die Highschool in Fairfax, Virginia, und landete auf dem College in Bloomington-Normal, wo er Informatik studierte, einen Bachelor machte und dann in die Bay Area zog. Alle Welt sprach von der Bedeutung dieser Region, von der Entwicklung neuer Technologie, von Steve Jobs und NeXT. Er suchte sich Arbeit und merkte, dass er es nicht aushielt, in einer normalen Firma angestellt zu sein, dass er sein Leben einer unerträglichen Branche verschrieben hatte. Er kündigte seinen Job mit der festen Absicht, Lohnsklave im Einzelhandel zu werden, doch dann schlug ein Freund vor, er solle sich bei LucasArts bewerben. Das Unternehmen suchte Rädchen für das Getriebe der Qualitätssicherung. Nach einer Woche auf diesem Posten erkannte Nash Mac seine Leidenschaft für die Materie. Er arbeitete sich hoch und fungierte als Mittelsmann zwischen den Technikleuten und den Entwicklern. Anfangs gab es keine scharfe Trennung, weil die ursprünglichen Spieleentwickler auch SCUMM geschaffen hatten, die grundlegende Skriptsprache der Adventures von LucasArts. Doch die Technologie machte immer schnellere Fortschritte, und es wurde unmöglich, die Spiele zu entwickeln und sich gleichzeitig um das Back-End zu kümmern. Diese Zwischenposition nahm Nash Mac ein. Er war vor kurzem befördert worden und arbeitete jetzt unter Tim Schafer an *Day of the Tentacle*. Nash Mac mochte Tim, mochte D.O.T.T., wusste aber, dass er das Goldene Zeitalter verpasst hatte. LucasArts unter Ron Gilbert war ein Palast der Wunder gewesen. Gilbert war ein Meister. Nash Mac hielt sogar seine flüchtige Mitwirkung an *Monkey Island 2* in Ehren.

»Manche Spiele sind nur Spiele«, sagte Nash Mac. »Manche Entwickler sind nur Entwickler. Ron Gilbert ist ein Künstler. *Monkey Island* ist echte Kunst. Aber die Entstehung ist ein Gemeinschaftsprojekt.«

»Das ist ja alles schön und gut«, suhlte ich mich in meiner Derbheit, »aber erzähl von deiner Freundin.«

Sie lernten sich kennen, als er in die Bay Area zog; gemeinsame Freunde hatten sie einander vorgestellt. Sie war in San Francisco zu Hause, er wohnte in der Nähe von Menlo Park. Das erste Jahr lief so gut, dass sie, als ihr Mietvertrag auslief, den närrischen Vorschlag machte, sie sollten sich zusammen eine Wohnung suchen. Nash Mac fand es eindeutig zu früh, aber er befürchtete, ein Nein würde das Ende der Beziehung bedeuten. Sie fanden ein Apartment mit zwei Schlafzimmern im Marina District. Ihr ging es gut. Ihm ging es gut. Alles lief ausgezeichnet. Dann starb ihr Vater. Danach nahm sich ihre Mutter das Leben. Nash Mac nahm an beiden Beerdigungen teil und fuhr für sie nach Spokane, Washington. Sie wurde arbeitslos. Nash Mac hatte keinen Schimmer, was er sagen sollte. Etwa zu dieser Zeit, erzählte er, begriff er, dass sie zu schnell zusammengezogen waren. Sie fing an, Speed zu nehmen, hielt es verborgen, in fernen Schatten. Nash Mac war eine unschuldige Seele. Er stellte nie eine Verbindung her. Er dachte einfach, ihre Stimmung habe sich aufgehellt. Das Leben eilte voran, wie es das immer tut, wie es ist und sein muss. Sie arbeitete nicht. Er bezahlte alles. Durch das Speed traten bei ihr wellenweise starke Wahnvorstellungen und Paranoia auf. Sie wurde gemein. Nash Mac bat sie auszuziehen. Sie weigerte sich. Er sagte, sie solle das Apartment behalten. Er würde gehen. Sie sagte, das könne er nicht. Das würde er aber, sagte er. Sie sagte, sie würde lieber sterben, als allein zu leben. Nash Mac glaubte ihr nicht. Sie tat es in der Badewanne. Er fand die Leiche, das schreckliche, leblose Chaos, das Blut und das Wasser.

»Das Schlimmste«, sagte er, »war, dass wir uns kaum kannten.«

Und so, meine Lieben, kam ich an meinen ersten Freund nach dem College. Ich hatte mit einem nichtpraktizierenden Juden Schluss gemacht und mich mit einem nichtpraktizierenden Moslem zusammengetan. Ein Mikrokosmos amerikanischer Außenpolitik zog durch meine Lenden, Fleisch von meinem Fleisch, Bein von meinem Bein.

April 1993

Adeline und Jeremy besuchen
eine Signierstunde im Comic Relief

Aus lauter geistloser Langeweile hockte ich oft im Owl and Monkey Café an der Ninth Avenue, dessen Kundschaft aus alternden ausgebrannten Kaffeesüchtigen mit einem unstillbaren Verlangen nach selbstgebackener Quiche bestand. Gelegentlich versammelten sich diese Drogenveteranen en masse und lauschten handgemachter Livemusik.

Ich selbst saß nahe der Theke, spitzte für billige Stereoklänge die Ohren, vermied jedwede Kritik an den Kunstwerken an den weißen Wänden und versuchte, mich Geschichten über die berühmten Musiker, die an diesem illustren Ort aufgetreten waren, zu entziehen. Besonders ein alter Knabe nutzte an jedem einzelnen Tag die Gelegenheit, mir mitzuteilen, das Cover eines Albums von Mike Bloomfield sei an dieser gastlichen Stätte aufgenommen worden. Jeden Nachmittag versprach er, die LP mitzubringen und sie mir zu zeigen. Und doch tat er es nie.

Beim Thema Schallplatten sollte ich den Tag erwähnen, an dem ich vom Owl and Monkey nach Hause lief und an der Ecke Cole und Cart über einen Schwung ausrangierten Vinyls stolperte. Ich pickte mir die Rosinen heraus, und diese Beute lieferte den Soundtrack meines Lebens an den Tagen, an denen ich nicht das Café besuchte oder in Nash Macs Wohnung im Sunset District schlief.

Für Zerstreuung sorgten meine Streifzüge durch Jeremys Comicsammlung. Wie es sich für einen Burschen gehörte, der früher in den Büros von Marvel gearbeitet hatte, war er mit reichlich Material gesegnet. Kartons über Kartons über Kartons über Kartons. Ein satter Vorrat. Ich verschlang etwa vierzig Ausgaben von Ann Nocentis *Daredevil*, deren Publikationsphase neben jährlichen Weihnachtsgeschichten davon geprägt war, dass Matt Murdock sich zum Pazifismus bekannte, während er für die Lösung seiner Probleme immer wieder auf Gewalt zurückgriff.

Jeremy machte mich mit Los Brothers Hernandez bekannt, mit *Eightball*, mit Alan Moores Arbeit an *Swamp Thing* mit Steve Bissette und John Totleben, mit *Hate*, mit *Abenteuer in der Elfenwelt*. Und mit anderen Titeln, die ich nicht nennen werde. Einige waren schrecklich, andere lächerlich. Unter den Künstlern fand sich kaum eine Frau.

»Wenn es dich interessiert«, sagte Jeremy, »komm nächste Woche ins Comic Relief. Vertigo veranstaltet eine Signierstunde. Grant Morrison kommt. Er weiß halbwegs, wer ich bin. Ein paar von meinen Briefen sind in *Doom Patrol* erschienen.«

Минерва wollte mit der Veranstaltung nichts zu tun haben. Sie tat das Ganze als reinen Wahnsinn ab. »Was macht Grant Morrison für dich?«, fragte sie. »Du bezahlst ihn, nicht umgekehrt. Jetzt starrst du Stunden auf sein Gesicht wie auf auferstandenen Messias. Komische Leute.«

Und doch trotteten wir am 18. April, einem Sonntag, gegen 18 Uhr Richtung Upper Haight. Graue Häuser, grauer Himmel, graue Gesichter, graue Menschen. Nebel über dem Buena Vista Park mit finsteren Absichten, den Golden Gate Park bedeckte er wie ein Teppich.

Mit Blick auf die Bäume des Ersteren dachte ich, wie immer,

an die Hoch-hoch-hochzeit der Hippies, stellte mir vor, wie viel kleiner alle Pflanzen während der goldenen Jahre wohl waren, und überlegte, ob nicht die psychologischen Auswirkungen ihres Wachstums die Liebe aus Haight vertrieben hatten.

Die Menschenmenge vor dem Comic Relief weckte schlagartig meinen Widerwillen, wie ein Finger auf dem Abzug meiner latenten Klaustrophobie.

Jeremy reihte sich in die Schlange ein. Derweil bummelte ich durch den Laden und nahm die Lage in Augenschein. Morrison saß an seinem Signiertisch, er trug eine putzige Lederkappe, eine rötliche Sonnenbrille, ein weißes Shirt und eine schwarze Lederjacke. Mit seinem Outfit sah er sehr nach San Francisco aus. In San Francisco trug alle Welt schwarze Lederjacken.

Neben ihm saß Jill Thompson, recht auffallend mit ihren hexenhaften roten Locken. Das Bemerkenswerte am dritten Gast, Steve Yeowell, war sein gewöhnliches Äußeres.

Ich lief umher und blätterte in Büchern, während Jeremy in der Reihe vorrückte. Als ich sah, dass mi amigo mit Morrison plauderte, lächelte ich mich nach vorne durch. Jeremy schmeichelte sich bei dem Mann ein. Sie sprachen über *Animal Man.*

Jeremy fragte Morrison, was er und die anderen nach der Veranstaltung vorhatten. Zu meinem Erstaunen sagte Morrison es ihm. Man sollte nicht vergessen, dass Jeremy in der Redaktion von Marvel gearbeitet hatte. Er hatte seinen Lebensunterhalt damit verdient, Comic-Künstler zu manipulieren und zu lenken.

Ich musste ausgerechnet an mein selig Väterlein denken. Zu Hause hatte Daddy eine solche Präsenz ausgestrahlt, dass wir sein ziviles Leben vergessen hatten. Wir dachten nie daran, dass er ein Kieferchirurg mit einer florierenden Praxis war. Seine prominenten Patienten blieben ferne Vorstellungen, wenn es nicht gerade zu einem dieser absurden Augenblicke kam, in denen wir uns in der Öffentlichkeit bewegten und Daddy mit Judd Nelson oder Kathleen Turner ins Plaudern kam.

Daddy dominierte diese Gespräche. Weltberühmte Prominente ordneten sich ihm unter. Er hatte das richtige Auftreten, die weltmännische Gelassenheit, die sein Geschäft am Leben erhielten. Er war der Mann, der ihnen ihr preisgekröntes Lächeln gab.

»Ach, Scheiße«, sagte Morrison mit schottischem Akzent. »Wir sind zu einem Rave verabredet, fünfzig Jahre LSD.«

»Verstehe«, sagte Jeremy. »Dann viel Spaß. War nett, mit dir zu reden.«

Draußen sagte Jeremy: »Wir müssen herausfinden, wo dieser Rave steigt. Wir müssen hingehen.«

»Warum hast du nicht gefragt? Er wirkte doch ganz zugänglich«, sagte ich.

»Zu plump«, sagte Jeremy. »Aber wenn wir da auftauchen, haben wir eine Herausforderung gemeistert.«

»Verrate mir eines«, sagte ich. »Wie finden wir einen Rave in San Francisco?«

Jeremy trieb eine Ausgabe der *SF Weekly* auf, einer lahmen und lokalen alternativen Wochenzeitung, deren Titelblatt genauso wie das der *Village Voice* aufgemacht war. Er breitete die Zeitung auf dem Kofferraum eines geparkten Autos aus und blätterte bis zu einer Auflistung von Kulturveranstaltungen weiter. »Hier.« Er deutete auf eine Anzeige:

ALLE INFOS

ÜBER RAVES VIA

RAVE HOTLINE

1-900-844-RAVE

»Auf der anderen Seite steht noch eine«, sagte er. »Gleiche Anzeige, nur eine andere Nummer. 900-844-4RAV. Wir gehen nach Hause und rufen an.«

Im Steiner House wählte Jeremy die Nummer und hörte zu. »Es ist an der Folsom, südlich der Market Street. Robert Anton Wilson kommt auch. Es fängt um acht an, also lass uns um elf hingehen. Wir können laufen. Dafür brauchen wir etwa eine Stunde.«

Минерва kam hereingeschneit und beschloss, uns zu begleiten, obwohl sie keinerlei Zweifel daran ließ, dass sie Jeremys Besessenheit von Grant Morrison und anderen Comic-Künstlern immer noch missbilligte. Sie fragte, was in aller Welt ihn zu seinem Vorhaben trieb und warum er zu einem solchen Täuschungsmanöver griff. »Weiß ich nicht«, sagte er. »Es könnte interessant werden. Seine Zeit bei *Doom Patrol* war einzigartig, okay?«

Ich klöppelte mir aus meinen derben Stücken und den abgelegten Sachen von Минерва ein Outfit zusammen. Getigerte Strumpfhose, violetter Pullover, grüne Armeejacke, kniehohe braune Stiefel.

Der Marsch die Haight Street hinunter war laaaaaaaaaaaangweilig. Als unsere Füße die Market Street überquerten, hatte sich schon Erschöpfung auf mein Antlitz gelegt. Ich hatte mich von Jeremys Enthusiasmus mitreißen lassen und meine Entscheidung nicht überlegt. Einen Rave zu besuchen, mich auf eine Szene einzulassen, die ich in New York abgelehnt hatte, eine Szene, die ich einem gewissen Jemand gegenüber ordentlich verunglimpft hatte. Aber das passt genau zu mir, nicht wahr, meine Lieben? Zu einer erstklassigen Heuchlerin.

Ich stellte ihn mir vor, wie er in diesem Moment zu einem Club schlenderte, scheußliche Musik hörte und mit Leuten plauschte, für die er keine besondere Zuneigung hegte.

Unsere Reise führte uns durch die Mittellosen und Obdachlosen und Bedürftigen. Menschen schrien verzweifelt. An jeder Ecke wurde ein Drama im Miniaturformat aufgeführt. Gewaltandrohungen lagen in der Luft, aber unsere äußerlichen Erscheinungen summierten sich zu einem Ganzen, das Beeinträchtigungen von außen abschreckte.

In fünfundneunzig Prozent aller Fälle genügt es, richtig schräg auszusehen. Warum sollte man sich mit einer Irren Ärger einhandeln, wenn an der nächsten Ecke ein leichtes Opfer wartet?

1015 Folsom Street war ein weiteres unscheinbares Relikt des Industriezeitalters, ein Gebäude, das sich in vier Etagen mit Tanzflächen verwandelt hatte. Ich hatte das Tunnel besucht. Ich hatte das Limelight besucht. Das Mars. Den Grundriss durchschaute ich sofort.

Ich erwog, mich sternhagelvolllaufen zu lassen, beschloss aber stattdessen, zur Feier von fünfzig Jahren mit Dr. Hoffmans Problemkind Halluzinogene einzuwerfen. Obwohl ich sagen muss, dass Alkohol meine Wenigkeit schon immer in einen übermäßigen Rausch versetzen konnte, bei dem sich im Kopf alles dreht, bei dem mir die Straßen schwungvoll entgegenschlagen, der mir der Einnahme von Lysergsäurediethylamid sehr nahe zu kommen scheint.

Ob Sie es glauben oder nicht, Sie reizenden Wesen, aber obwohl diese Veranstaltung ausdrücklich dem Konsum von Drogen gewidmet war, fiel es mir recht schwer, ihre Einnahme zu beobachten. Ich sah mich um und hielt nach verlotterten Gestalten und Kiffern Ausschau. Doch sosehr ich auch suchte, schien ich wie die Protagonistin einer halbwegs beliebten Countryballade dazu verdammt, das Objekt meiner Begierde nie zu entdecken.

Ich änderte meine Vorgehensweise. Inmitten der tanzenden Körper, der Lasershow, der hämmernden Electronica-Beats, des ganzen Zirkus sandte ich ein telepathisches Signal aus. Ich setzte gekonnt ein Gesicht auf wie ein verlorenes Mägdelein, lehnte mich an einen nackten Strahlträger und wartete darauf, dass Männer zu mir kamen und etwas sagten.

Und was sie alles sagten. Allerhand Mumpitz. Ich fragte jeden Einzelnen, ob er MDMA bei sich trage, doch alle waren entsetzt und verweigerten sich meiner Bitte. Schließlich bot mir der Letzte von ihnen, etwas übergewichtig und verschwitzt für meinen Geschmack, zwei Tabletten mit den goldenen Bögen von McDonald's an.

Die Verpflichtung lastete schwer auf mir. Der Mann hatte mir Rauschmittel gegeben, also ließ ich ihn reden und reden und reden und reden, klinkte mich bei seinem Monolog immer wieder aus und wartete darauf, dass die Droge ihre Wirkung zeigte. »In einer wirklich nach dem Tanz ausgerichteten schamanistischen Gesellschaft«, sagte er, »würde unser persönlicher Tanz genauso für uns stehen wie unser Name. Unsere Namen wären sogar gleichbedeutend mit der äußerlichen Manifestation unseres inneren Ichs. Und für andere würden diese Namen eine eigene persönliche Bedeutung annehmen. Individuelle Symbole des individuellen Seins.«

Weil ich nicht wusste, was ich antworten sollte, begann ich zu tanzen und führte einen verrückten kleinen Veitstanz auf. Ich glitt zur Tanzfläche davon. Schätzchen, und wie ich tanzte. Aber die Musik hörte ich gar nicht.

Meine Gedanken waren bei einer Platte, die ich aus dem Müll gerettet hatte. *Lark* von Linda Lewis. Ich hatte sie aufgehoben in der Annahme, es sei typischer Kitsch aus den Siebzigern, und stattdessen ein ruhiges, sauber produziertes Album entdeckt, das Lewis' Stimmumfang von fünf Oktaven zur Geltung brachte. Sie konnte von einem tiefen Brummen zu einem atemlosen hohen Ton wechseln. Der beste Song war »It's the Frame«. Ihre Stimme sang in meinem Kopf: *Now, Lord, well you don't wanna be the only one in Heaven, do ya? Wouldn't you like me and my friends and my family for company?*

Минерва tauchte aus der Menge auf und gab mir eine Flasche Wasser. »Trink«, sagte sie. Ich tanzte und tanzte und tanzte und tanzte, doch ich war zu einem Opfer der Drogenlogik geworden, die sich im Kreise drehte. Ich erlebte, wie eine Idee dem wachen Geist einen Stempel aufdrückt, so wie der Dealer einer Pille. Ich sah die verschiedenen Tanzstile als Erkennungszeichen, als deutbare Signifikanten, ebenso unterscheidbar und machtvoll wie Namen. Wie wäre es, in einer wirklich nach dem Tanz ausgerichteten schamanistischen Gesellschaft zu leben, wie würden Tänze als wiederholbare Erkennungszeichen fungieren? Der menschliche Körper und die Wahrnehmung des eigenen Selbst verändern sich. Der Name bleibt losgelöst. Ich sah Tänze, die ständigem Wandel unterworfen waren. Sogar bei mir selbst. Ich formte mit meinen Armen Wellen, ein außergewöhnliches Vorkommnis, wie beim Schmetterlingsschwimmen. So hatte ich vorher nie getanzt. Und habe es danach nie wieder. Wie sollte man lang genug einen Tanzstil beibehalten, um eine funktionierende soziale Identität zu erschaffen? Michael Jackson hatte den Moonwalk, aber sonst? Was würde in einer wirklich nach dem Tanz ausgerichteten schamanistischen Gesellschaft mit den armen Seelen ohne jeden Funken Rhythmus passieren? Ich tanzte mit der Unbeholfenheit weißer Mädchen. Würde mich meine Unfähigkeit, im Takt zu bleiben, kennzeichnen, wie es auch ein Dialekt tun würde? Würde man wegen mangelhaften Könnens von der Gesellschaft ausgeschlossen werden?

Ich atmete die giftige Clubluft tiiieeef ein, hielt den Atem an und wartete, bis mein rasendes Herz langsamer schlug. Nach dem Ausatmen wiederholte ich die scheußliche Prozedur. Ich war auf einen sauberen Trip aus gewesen, doch jetzt war ich mit dieser maskulinen Taxonomie infiziert, in der selbst das Tanzen von der Sprache eines Mannes durch den unerträglichen Drang eines anderen Mannes, die Gesellschaft neu zu ordnen, zerstört wurde. Vermutlich sah sich mein Wohltäter an der Schwelle zu einer alternativen Gesellschaft, aber er versuchte, das Haus des Herrn mit dem Handwerkszeug des Herrn abzureißen. Echter Wandel würde erst stattfinden, wenn Horden wuchtiger Amazonen den amerikanischen Mann besiegten, wenn Kriegerinnen mit Pfeil und Bogen das Weiße Haus stürmten, wenn sie in die Sitzungssäle der Firmenimperien einfielen, wenn den Vorständen der Fortune-500-Unternehmen Demut eingeflößt würde.

Die Leute sprachen immer wieder von CRASH WORSHIP. Alle Lippen im Raum formten die Worte CRASH WORSHIP. Ich fragte: »Was ist CRASH WORSHIP?«, und sie sagten: »CRASH WORSHIP ist das Hauptevent. Deshalb sind alle hier.« »Ich hatte angenommen, alle seien gekommen, um den fünfzigsten Jahrestag von LSD zu feiern.« »Ja, das auch, aber wir sind halt vor allem hier, um CRASH WORSHIP zu sehen.«

Sie werden es mir nachsehen, meine Lieben, aber dem   zufolge stehen jedem Menschen in seinem Leben mindestens fünf Erfahrungen jenseits aller Beschreibung zu, und CRASH WORSHIP gehörte zu meinem persönlichen Quintett.

Eine Menschentraube inmitten von Getrommel. Feuer wurden entfacht. Flüssigkeiten geschleudert. Tanzen, tanzen, tanzen. CRASH WORSHIP beendeten ihren Auftritt. Die Atmosphäre war verflogen. Wir waren in andere Gefilde versetzt worden. Raum und Zeit existierten nicht mehr.

Jeremy unterhielt sich mit Grant Morrison. »Ich arbeite an was Neuem«, erzählte Morrison mit seinem jetzt raueren schottischen Akzent. »Ich glaube, das wird der große Wurf. Es könnte alles verändern.«

»Ich habe auch eine Idee«, sagte Jeremy. »Wir sollten uns mal zusammensetzen.«

»Ich gebe dir meine Adresse«, sagte Morrison. »Du kannst mir einen Brief schreiben.«

»Wie spät ist es?«, fragte ich.

»Kurz vor zwei«, sagte Grant Morrison. »Ich komme mir vor wie ein Dandy in der verdammten Unterwelt.«

»Wie lange habe ich getanzt?«, fragte ich Jeremy.

»Stunden«, antwortete er. »Минерва ist mit einem Taxi nach Hause gefahren.«

»Hat dir CRASH WORSHIP gefallen?«, fragte ich Grant Morrison.

»Aye«, sagte er. »Das hat es.«

»Ich glaube, ich habe vielleicht Gott gesehen«, sagte ich.

»Echt?«, fragte Grant Morrison. »Woher weißt du das?«

Mai 1993

ADELINE ♥ Baby

Irgendwie verwickelte ich Nash Mac und mich in einen lächerlichen Streit über Kriminalitätsraten, wobei meine Wenigkeit die Behauptung aufstellte, San Francisco sei verglichen mit New York ein verschlafenes Nest. Menschen können erstaunlich provinziell reagieren, wenn es um den Ort geht, den sie sich ausgesucht haben, und auf allerlei absurde Dinge stolz sein, und so diskutierte der Knabe stundenlang und bestand darauf, seine Wahlheimat sei schlimmer als jeder andere Ort in Amerika.

Wenn man die Gangs und die Obdachlosen berücksichtigte, sagte er, sei Bagdad an der Bucht der weitaus gefährlichste Ort von allen. Er führte an, wie oft er ausgeraubt worden sei und dass ihm einmal jemand einen Hieb gegen den Kopf versetzt habe.

Allerdings war ich eine New Yorkerin eines gewissen Jahrgangs. Die Anzahl der Morde, die sich 1990 auf zweitausendzweihundertfünfundvierzig belief, war mit absoluter Gewissheit in die neurologischen Bahnen meines Hirns gebrannt. Ich hatte den Zustrom der Cracksüchtigen ertragen, war im Urschleim der Lower East Side und seiner Junkies geschwommen, hatte unzählige Verbrechen mit angesehen. Immer wieder gab es einen neuen Anzugverleih. Immer wieder gab es eine andere Badewanne.

Meine anekdotischen und statistischen Beweise bedeuteten Nash Mac nichts. Er wusste alles. Er wusste immer alles. Denn immerhin, Schätzchen, arbeitete der Mann mit Computern.

Ich stürmte aus Nash Macs Wohnung, während meine Augen urwüchsige Glut verschossen, und sprang in ein Abteil der N Judah. Als ich ausstieg, lachte ich schon über mich, über die Rage, in die ich mich mit solcher Inbrunst gesteigert hatte.

Ob Sie es glauben oder nicht, ich hatte mich noch mit keinem meiner Freunde so heftig gestritten. Nicht einmal mit dem verdammten Ian Covington. Ich hoffte mit jeder zarten Faser meiner Seele, dass ich nicht verliebt war.

Als ich das Steiner House erreichte, schlurften gerade die Bandkollegen meiner Freundin Минерва aus der Tür. Bisher hatte ich mit keinem von ihnen ein Wort gewechselt, weder mit den Tschelloweck-Femmes noch dem Halbwüchsigen aus San Rafael. Sie hoben die Hand zum Gruße. Ich antwortete mit einem majestätischen Winken. Sie bogen um die Ecke, Richtung Upper Haight.

Минерва rauchte im Wohnzimmer ihre Bong, neben sich einen Stapel Flyer, die den nächsten Auftritt von Daddy Was in KGB bewarben. Bei der Vorstellung, wie die Babuschkas in dem, was faktisch mein Schlafzimmer war, ihren Geschäften nachgingen, standen mir all die Demütigungen als schmarotzender Hausgast wieder vor Augen.

»Siehst du Mädchen?«, fragte sie.

»Ja, zusammen mit eurem Pubertierenden.«

»Netter Junge. Ich glaube, liebt Нина. Mädchen merkt nicht.«

»Wie niedlich«, sagte ich.

Daddy Was in KGB sollten in zwei Wochen im Night Break auftreten, einem Club an der Haight, den eine schmale Gasse von der Bowlinganlage trennte. Auf dem Plan standen außerdem

The Mecies, Kill Sybil und The Bottom Feeders. Einem beiläufigen Hinweis auf dem Flyer zufolge kam Kill Sybil aus Seattle.

Минерва hatte mich eingeladen, sie ins Night Break zum *Sushi Sunday* zu begleiten, für den die Betreiber Tische aufstellten und den Club in ein provisorisches Restaurant verwandelten. Die Bewohner von San Francisco verspeisten dabei Tekka-Maki und Kappa-Maki und wurden von örtlichen Punk- und Metalbands unterhalten. Ich hatte abgelehnt.

Nach einigen fröhlichen Runden mit Минерва, ihrer Bong und der süßen Mary Jane konnte ich mich nicht mehr zurückhalten. Ich plauderte alles über meinen Streit mit Nash Mac aus. »Er ist so ein Trottel«, sagte ich. »Du kennst New York, Liebelein, du warst da. Du weißt noch, wie es war. San Francisco ist dagegen nichts.«

»Falsch«, sagte Минерва.

»Was?«

»Falsche Vorstellung. San Francisco ist tödlich.«

»Wir sind über tote Junkies gestiegen! Du warst eine Anarchistin vom Tompkins Square!«

»San Francisco ist zu neu«, sagte sie. »Du bist Touristin. Tut mir leid, aber ist wahr.«

»Zweitausendzweihundertfünfundvierzig Morde 1990!«, sagte ich. »Die Stadt hat einen Faschisten gewählt, weil sie mit den Verbrechen nicht klargekommen ist! San Francisco ist ein liberales Paradies mit einer Handvoll Straßenräuber!«

»Kein Streit«, sagte Минерва. »Wir suchen Wahrheit wie Entdecker. Komm, nimm deine Jacke.«

Sie führte mich die Steiner hinunter, hinüber zur 14th, über die Market zur Church Street, vorbei an Aardvard Book, weiter zur 18th und dem Dolores Park und dann zur Mission Street. Unterwegs setzte Минерва mit ihren anschaulichen Kommentaren Akzente. »Iss nie im Sparky's«, sagte sie. »Sofort Durchfall. Sofort Elend. Aber hat lange auf.« Dann: »Siehst du Kirche da hinten? Da drehen sie *Vertigo*. Alfred Hitchcock. Sehen wir im Castro. Typische misogyne Dominanzphantasie. Kim Novak von zwei verschiedenen Männern geformt. Winterbloss liebt ihn. Sagt, es geht um tiefes Verlangen und Verzweiflung. Ist klar.«

Die Mission Street war ein Fleckchen, das ich noch nicht ausgiebig erkundet hatte. Dieser triste Ort wirkte immer zu sehr wie Ödland, unberührbar, ohne Sinn und Zweck. Jetzt, im Licht der Laternen und Scheinwerfer, schien es gar nicht so weit von der Trostlosigkeit des East Village in den Achtzigern entfernt zu sein. Die Gesichter und Körper der Menschen waren anders, aber ich war voll auf die rissigen Gehwege und den kaputten Beton eingeschwungen.

»Wir gehen da hin.« Минерва zeigte auf ein Haus an der Ecke zur 20th Street. Auf der Leuchtreklame, die HUNT'S ERSTKLASSIGE DONUTS anpries, fielen Buchstaben in Donutform in eine riesige Kaffeetasse. An der Fassade prangte der beunruhigende Spruch: 25 STUNDEN TÄGLICH GEÖFFNET. Ich bekam Herzflattern, es trippelte richtig, als ich an Disco Donuts dachte.

»Eine Extrastunde Leben«, sagte Минерва.

Sie brauchen nicht um eine Beschreibung zu bitten, lieber Leser, um sich die zwielichtigen Gestalten auf dem Gehweg vorzustellen. Es war alles dabei, meine Teuersten. Ich wappnete mich gegen anzügliche Sprüche, aber durch die Fürsprache der Heiligen Jungfrau meisterten Минерва und ich die Herausforderung ohne einen einzigen Kommentar. Sie sahen uns nicht. Wir waren die Unsichtbaren.

In der Wärme des Lokals schritt die menschliche Komödie zum vierten Akt voran. Links von uns stand die Bedientheke.

Den restlichen Raum nahmen Tische ein, Tische mit Trunkenbolden, mit hohlen Männern, mit Latinogangstern, mit Drogendealern, mit Kriminellen, mit kaputten Typen, mit den Unglücklichen, den Gelangweilten, den Außerirdischen. Über diesem Sammelsurium hing eine Rauchwolke, so dicht wie ein Nebelschleier über der Haight, durchstoßen von flackerndem Neonlicht. O Herr, dachte ich, bitte lass meine Russenfreundin zur Sache kommen.

Минерва musterte die Gäste. Ich schlenderte zur Theke und bestellte Donuts. Der arme Junge nahm lächelnd meine Bestellung an, gab mir Wechselgeld und schob mir mi donas zu. Sie sahen alt aus, wie vom Vortag, aber in der Kirche lehnt man keine Oblate ab. Ich biss in einen Teil meiner Beute und bekam von dem widerlichen Zucker und dem Teig einen Flash. Der Geschmack unterstrich, was es bedeutete, ein Bürger dieser Vereinigten Staaten zu sein.

Минерва zog einen Donut aus meiner Tüte. »Er«, sagte sie und biss in die billige Köstlichkeit. Mit dem Kopf deutete sie auf jemanden an einem der hinteren Tische.

Äußerlich wirkte er wie ein verkokster Onkel, einer von der Sorte, die zum Thanksgivingessen kommen, sich auf dem Klo einen Schuss setzen und dann einschlafen, während sie die Cranberrysauce weiterreichen. »Wegen dem Mann sind wir hier«, sagte Минерва.

Sie setzte sich ihm gegenüber hin. Ich setzte mich neben sie. Er blickte auf. Im Neonlicht war er aschfahl, ein Gesicht wie ein geheimes Jahrzehnt zwischen den Vierzigern und den Fünfzigern, in dem die Zeiger aller Uhren immer auf die fünfundzwanzigste Stunde deuteten. »Ja?«, fragte er.

»Wir brauchen Gegenstand«, sagte Минерва. »Du hast mir schon Gegenstand verkauft, weißt du noch?«

»Ich glaube, ich erinnere mich an dich«, sagte er. »Ich glaube, ich erinnere mich an dich.«

»Ja«, sagte Минерва. »Gute Freunde. Amigos.«

»Was brauchst du?«

»Ein Messer«, sagte sie. »Besonderes Messer.«

»Was ist an dem Messer so besonders?«

»Ich will Messer, das jemanden gestochen hat«, sagte sie. »Mit Blut an Klinge. Nicht frisch. Getrocknetes Blut.«

»Das könnte schwierig werden«, sagte er.

»Dreißig Dollar«, sagte sie. »Nicht mehr, nicht weniger.«

Er stand auf und ging.

»Iss Donut«, sagte Минерва. »Wir warten.«

»Bist du denn sicher, dass der Mann zurückkommt?«, fragte ich. »Er hat dich für einen Bullen gehalten.«

»Er kommt«, sagte sie und biss in den braunen Zuckerguss.

Hunt's Erstklassige Donuts. Ein schwungvoller Schwof, bei dem alles schiefgelaufen ist. Die blutunterlaufenen Alkoholikeraugen der anderen Kunden. Der billige Wein. Die geschändeten Tische. Fünfter Akt. Mein ganzes Erwachsenenleben lang hatte ich das Unkonventionelle des Großstadtambientes zum Fetisch erhoben, hatte mich in dem Verfall gesuhlt, den nur eine aufgegebene Stadt hervorbringen kann, aber unter dem Qualm und dem grünen Licht im Hunt's erlebte ich einen Moment von Zweifel und Leid. Wer diese Menschen auch waren, sie waren nicht auf unserer Seite. Diese Menschen hatten keine Seite. Sie waren so fern wie die Sahara.

Der Mann kehrte mit einem zusammengerollten Handtuch zurück. Er setzte sich gegenüber von Минерва an den Tisch und rollte das Bündel auseinander. Und tatsächlich, da lag ein Messer, die Klinge gezackt und ungleichmäßig mit braunen Flecken gesprenkelt.

»Das hast du nicht von mir«, sagte er. »Ich werde es abstreiten.«

»Ist klar«, sagte Минерва. Und an mich gewandt: »Bezahl Mann.«

Es lag mir fern, einem Gentleman mit einem Messer etwas abzuschlagen. Ich brachte stotternd eine Antwort hervor, die versandete. Ich wünschte, sie hätte mich vorgewarnt. Ich hätte das Geld schon bereithalten können. Stattdessen durchkramte ich unter den wachsamen Blicken der Kriminellen meine Handtasche. Ich zählte die Geldscheine ab.

»Steck in Tasche«, sagte Минерва und reichte mir das Messer.

Der Mann stand auf und lief hinaus.

»Scheiß Junkies«, sagte Минерва. »Keine Manieren.«

Ich aß meinen zweiten Donut. Wir verließen das Hunt's. Ja, es war wohl schon beeindruckend, dass man ein blutbeflecktes Messer in einem Donutladen kaufen konnte. Auf jeden Fall war die Geschwindigkeit beeindruckend, es war schneller geliefert worden als eine Pizza. Aber stachen sich Junkies nicht ständig gegenseitig ab? Auf dem nordamerikanischen Kontinent wimmelte es nur so von Messern, die mit den Körpersäften ihrer Opfer verkrustet waren. Doch ich wollte mit Минерва nicht darüber streiten, weil ich wusste, dass man seinen Gastgebern ihre Pyrrhussiege gönnen sollte. Wir müssen anderen ihre Eigenarten lassen.

Als Minerva an der Ecke 17th und Church mit einem Schaufenster beschäftigt war, warf ich das Messer in einen Mülleimer. Ich trat zurück, sah auf den Rinnstein und entdeckte ein Graffito, das irgendein Flegel in den Boden geritzt hatte, als der Beton noch weich war:

BUCK ♥ bAbyDoll

Und wissen Sie, das stimmte mich so traurig wie der Mississippi Boll Weevil Blues. Es fraß all meine Blüten auf und ließ mich als leeres Feld zurück.

Wer war Buck? Wer war Babydoll? Waren sie noch zusammen? Vielleicht würden sie immer zusammen sein, vielleicht bedeutete die Beständigkeit des Betons, dass ihre Beziehung nie enden würde, dass sie eine der großen Liebesgeschichten erlebten.

Nur enden alle großen Liebesgeschichten als Tragödie. Heloise und Abaelard, Bonnie und Clyde, Romeo und Julia, Sid und Nancy, Cathy und Heathcliff, Scott Summers und Jean Grey.

Nicht Nash Mac blitzte in meinen Gedanken auf. Auch nicht Jon de Lee. Nicht einmal der verdammte Jon Covington. Ob Sie es glauben oder nicht, Schätzchen, ich dachte an Baby Baby Baby.

BABY ♥ aDelINE

ADELINE ♥ bAby

Ich hörte seine Stimme. »Adeline, denk nicht mehr an mich«, sagte er. »Du kannst die Vergangenheit nicht wiederholen.«

»Man kann die Vergangenheit nicht wiederholen? Doch, natürlich kann man das.«

Juni 1993

Jeremy macht einen Vorschlag

Jeremy arbeitete von zu Hause aus, er hockte vor seinem Computer und spielte eine Vorabversion von *Day of the Tentacle*. Wochenlang war er in den blauen Schimmer seines Monitors getaucht. Er erstattete per Telefon und per E-Mail Bericht. Nash Mac ging immer noch ins Büro und sprach kaum über das Projekt. Ich bat Jeremy, mir das Spiel zu zeigen, die Früchte ihrer Bemühungen mit mir zu teilen.

Mit der Computermaus steuert man Figuren durch eine äußerst extravagante Villa. Aus Jeremys Bemerkungen schloss ich, dass es ganz ähnlich wie in *Maniac Mansion* war, dem Vorgänger von *Day of the Tentacle*.

Letzteres und Ersteres unterschieden sich darin, dass man sich nun in drei verschiedenen historischen Epochen durch die Villa bewegen konnte, nämlich während der Amerikanischen Revolution, der Gegenwart und der fernen Zukunft. Der Spieler steuerte in jeder Epoche eine Figur und konnte mit Hilfe eines geheimnisvollen Mechanismus, der durch die Toilettenspülung ausgelöst wird, Gegenstände vom einen zum anderen schicken.

Der Mechanismus war clever, das will ich nicht abstreiten, und die Graphik im Stil von Tex Avery konnte beeindrucken, doch ich spielte nur so lange, wie ich es aushielt, was knappe dreißig Minuten waren.

Jeremy fand seinen Computer ungenutzt vor und mich im Wohnzimmer. »Gefällt dir das Spiel nicht?«, fragte er.

»Schätzchen, es ist nicht so, dass es mir missfallen würde, es ist nur nicht meine Kragenweite. Aber etwas hat mich doch überrascht.«

»Was denn?«

»Die witzigen Ansätze. Sind alle Spiele so?«

»Zumindest alle Spiele von LucasArts«, sagte er. »Bis auf *Loom*. *Loom* war eher stimmungsvoll.«

»Wie bemerkenswert«, sagte ich. »Nash Mac hat weniger für Humor übrig als jeder andere Junge, mit dem ich je zusammen war. Und doch sitzt er da und schuftet Tag und Nacht für D.O.T.T.«

»Computerleute sind seltsam«, sagte Jeremy. »Ich habe keine Ahnung, was ich gerade aus meinem Leben mache.«

Jeremy war nicht wie Nash Mac. Ihm lag Technologie nicht im Blut.

»Wenn ich ehrlich bin«, sagte er, »kann ich es eigentlich nicht ausstehen.«

»Warum machst du nicht etwas anderes?«, fragte ich.

»Eine Idee hätte ich schon«, sagte er.

Er ging in sein Schlafzimmer und kam mit einem Packen Papier und mehreren Notizbüchern zurück. Er legte sie auf den Boden. »Sieh sie mal durch«, sagte er, aber ich sträubte mich und schlug vor, er solle den Fremdenführer geben und mich hindurchlotsen. Ich traute mich nicht, allein die Reise durch dieses umfangreiche Werk anzutreten.

Jeremy hatte sich einen Comic über eine Gesellschaft anthropomorpher Katzen ausgedacht. Die ersten zehn Bände sollten einer Familie durch die Geschichte folgen, von den Anfängen als primitive Säbelzahnkatzen bis in ein spätes Mittelalter oder eine vorindustrielle Frühe Neuzeit. In jedem Band sollten eine Katze und ihr Umgang mit den Schwierigkeiten ihrer Welt im Mittelpunkt stehen. Einige sollten Abenteuer wackerer Recken erzählen, andere Momentaufnahmen historischer Häuslichkeit werden. Im zehnten Band, in dem wir Felix Trill kennenlernen, die Hauptfigur der ganzen Reihe, wird offensichtlich, dass alle früheren Katzen Inkarnationen der gleichen Seele waren, der Seele, die jetzt in Trills Körper wohnt.

Vom zehnten Band an folgt die Geschichte Trill auf ein ausgedehntes Abenteuer in einer mittelalterlichen Welt. Dieses Abenteuer musste Jeremy noch ausarbeiten, doch sollte es je so weit kommen, würde er sich an den Strukturen der vorangegangenen neun Bände orientieren. Er war sich sicher, dass die Einzelheiten aus seinen Gehirnwindungen strömen würden.

»So wie Direktvermarktung funktioniert«, sagte Jeremy, »muss man bei der Veröffentlichung einfach in die Vollen gehen. Alles wird auf Bestellung gedruckt, und die bestellten Hefte können nicht zurückgegeben werden. Ich kenne Dave Sim. Er hat gesagt, wenn ich je was auf die Beine stelle, druckt er am Ende von *Cerebus* eine Ankündigung ab, was Tausende Bestellungen bedeutet, wenn nicht mehr. Das ist, als würde man Geld drucken, nur, dass man dabei noch schöpferisch ist. Ich weiß, dass ich das schaffen kann.«

»Warum tust du es dann nicht?«, fragte ich.

»Ich brauche eine Zeichnerin«, sagte er mit einer Bestimmtheit, bei der mir angst und bange wurde.

»Bilde doch mit deiner Liebsten ein Gespann«, sagte ich. »Sie zeichnet mittlerweile mit sehr feinem Strich.«

»Минерва ist nicht interessiert«, sagte Jeremy. »Außerdem könnte sie das nicht durchziehen. Eigentlich habe ich dabei an dich gedacht.«

Es folgten eine lange Diskussion und zähe Verhandlungen. Ich weigerte mich. Ich hielt nicht viel von Kunst. Ich wollte keine Künstlerin werden. Sosehr ich meine kurze Tändelei mit der wunderbaren Welt der Comics auch genossen hatte, konnte mich eine Vollzeitbeschäftigung doch nicht reizen. Ich hatte Grant Morrison gesehen und auch Jill Thompson und sogar den armen, alten Steve Yeowell. Ich wollte kein Rockstar sein, wollte nicht von Anhängern umlagert werden, wollte keine Möchtegernautoren haben, die mir bei Raves auflauerten. Ich war so alt, Leser. Ich wollte einfach von der Welt in Ruhe gelassen werden. Ich wollte altern, verborgen in Vergessenheit, und meine letzten Tage in einem von goldenem Licht durchfluteten Pflegeheim verbringen. Niemand sollte meinen Namen kennen. Niemand sollte etwas von mir erwarten.

»Das hat keinen Sinn«, sagte ich. »Kunst ist bedeutungslos.«

»Ich habe mir schon gedacht, dass du das sagen würdest«, sagte Jeremy. »Aber eine Sache will ich dir noch zeigen.«

Wieder ging er in sein Schlafzimmer, und dieses Mal kehrte er mit einem dünnen Heftchen zurück, die Seiten so groß wie Druckerpapier, in der Mitte gefaltet und geheftet. Sofort erspähten meine Äuglein, was es war. Etwas Selbstverlegtes. Jeremy drängte mir das Heftchen auf.

Beim ersten Blick auf das Titelblatt sah ich sie mit Schrecken. Eine vertraute Schrift auf einer gezeichneten Badewanne:

GEFAHR IM ANZUG

»Was zum gottverdammten Teufel!«, sagte ich.

»Das habe ich bei Bound Together gekauft«, sagte er.

»Das ist kein Original«, sagte ich. »Das muss eine Kopie von einer Kopie sein. Von einer Kopie.«

»Ich habe im Laden nachgefragt«, erzählte er. »Sie bekommen alle sechs Monate neue Kopien geschickt. Dieses Ding hast du wann gemacht, vor fünf Jahren? Irgendjemanden hat es so berührt, dass er es immer wieder nachdruckt. Und es ist gut, Adeline. Es ist wirklich gut. Du wirfst alles einfach weg.«

Und dann stand ich wieder auf der Straße und blickte hinauf zu vergammelndem Plastik und einem ältlichen Smoking.

Ich sah mir *Sliver* im Galaxy Theatre an, einem Ungetüm von einem Gebäude mit riesigen Leinwänden und einer funktionslosen, aber prächtigen gläsernen Lobby, deren Bau wahrscheinlich das Ego des Architekten streicheln sollte.

Bei meinem Bummel hinüber zum Kino hatte ich nicht geahnt, dass Sharon Stone mitspielte. Als ich sah, wie sie in der Badewanne herumzappelte, musste ich an ihren letzten Film denken, ein weiteres Skandälchen im Wasserglas mit dem Titel *Basic Instinct*. Er hatte ganz Amerika in den Wahnsinn gestürzt, weil man einen kurzen Moment lang ihre äußeren Schamlippen erahnen konnte. Dieser Film spielt zu weiten Teilen in einem Club, der ans Limelight angelehnt ist.

Sliver brachte mich zu der Überzeugung, dass an Kulturgüter keinerlei Ansprüche gestellt wurden. Nach Jeremys Überredungsversuchen hatte mich die Vorstellung, an einem Projekt für die Öffentlichkeit mitzuwirken, beunruhigt; ich hatte Sorge gehabt, wenn ich ja sagte, würden wir vielleicht etwas erschaffen, das zu wünschen übrigließ.

Ich hatte mich daran gemessen, dass Gutes erwartet wurde. *Sliver* lehrte mich, dass ich die ganze Sache falsch verstanden hatte. Es ging nie darum, gut zu sein. Man muss nicht gut sein. Das hier ist Amerika! Es gibt kein Niveau. Nichts ist gut. Man muss nicht gut sein, es genügt, wenn man nicht schlechter ist als alles andere. Es genügt, wenn man so schlecht ist wie *Sliver*.

»Du hast gewonnen, amigo«, sagte ich zu Mr Winterbloss. »Du kannst mich haben, wenn du mich willst. Hol mir Tinte und Papier.«

Jeremy hatte beschlossen, den Comic schwarzweiß zu gestalten, und war der Ansicht, wir bräuchten mindestens drei fertige Ausgaben, bevor er die geschäftliche Seite anging. Unabhängige Comics, sagte er, liefen am besten, wenn die Hefte regelmäßig jeden Monat erschienen. Die Wege nach Rom seien mit vielversprechenden Projekten gepflastert, die gescheitert seien, weil sich ihre Macher nicht an Termine halten konnten. Wenn ich sechsundsechzig Seiten und drei Cover zeichnen könnte, würde uns das vor einem Fehlstart bewahren.

Jeremys Skripte waren wahre Folter, weil seine Beschreibungen extrem ausführlich und dabei ungemein vage waren.

> **Seite 1, Panel 1:** Wir sehen eine zweibeinige Säbelzahnkatze, die eine unerforschte Welt erkundet, eine trostlose Weite, überwältigend in ihren ungeheuren Ausmaßen. Das Universum schimmert an seiner Grenze zwischen Mikrokosmos / Makrokosmos. All das spiegelt sich in der Körperhaltung der Katze wider.

»Jeremy, Schätzchen, was in aller Welt willst du damit sagen?«, fragte ich. »Wie soll man so etwas zeichnen?«

»Du bist die Künstlerin! Überleg dir was, Adeline!«

Einen Großteil meiner Zeit verbrachte ich im Leseraum der Park Branch Library. Ich marschierte mit Papier und Stiften zur Paige Street, suchte mir einen Platz und durchstöberte die Wälzer nach geeignetem Bildmaterial.

Anfangs triefte ich vor Ehrgeiz und entwickelte einen komplexen, kontrollierten Stil, aber ich stellte bald fest, dass solche Präzision es mir unmöglich machte, mit einer halbwegs angemessenen Geschwindigkeit Seiten zu produzieren. Ich vereinfachte die Zeichnungen, konzentrierte mich auf eine geschmeidige Linienführung und gestaltete die Figuren cartoonhafter, während ich bei den Hintergründen detaillierter blieb. Ich benutzte ein sattes Schwarz, dessen Kompaktheit die übermäßige Niedlichkeit untergrub.

Diese Wochen verschwanden, aufgefressen von meiner Routine. Zeichnen, Café, Bibliothek, Nash Mac. Wiederholen, wiederholen, wiederholen! Wiederholen! Kämpf dich durch, o liebe Adeline!

Einer der Stadtstreicher San Franciscos ernannte die Steiner Street zu seiner nächtlichen Bleibe. Dieser Tunichtgut trudelte jede einzelne Nacht gegen ein Uhr ein, nachdem ihn die verräterischen Geräusche seines Einkaufswagens schon angekündigt hatten, und brüllte stundenlang unsinniges Zeug. Oft ließ er sich lang und breit über die Lebensmittelherstellung aus. Bei anderen Gelegenheiten brachte er Anmerkungen zu den Verkehrsregeln.

Ich träumte vom Zeichnen, träumte von den Katzenmenschen. Ein Traum stach besonders hervor, und ich brachte ihn in der zweiten Ausgabe unter. Sie finden die Szene in abgewandelter Form auf Seite 13, wo die Katzenmenschen vor einem Obelisken stehen.

In dem Traum beobachtete ich sie aus der Ferne. Sie wandten mir den Rücken zu, bis einer von ihnen mich bemerkte und sich umdrehte. Die anderen taten es ihm nach. Ein Meer aus Katzenaugen, grün und blau.

Allerdings werden Sie auf der Seite nicht sehen, dass mich die

Katze in der Mitte mit den Augen des guten alten Patrick Geoffrois ansah, meines ungestüm skurrilen Franzosen, des schwärzesten Magiers der Lower East Side.

Patrick war der größte Freak, mit dem ich je Bekanntschaft geschlossen hatte, und er war genau in dem Moment aufgetaucht, als ich einen Freund brauchte, der keinerlei Verbindung zu meiner Vergangenheit hatte und bei dem nicht die leisesten romantischen Gefühle aufkamen.

Baby hatte meinen Kumpel auf Anhieb nicht gemocht, weil er überzeugt war, ich sei eine Anhängerin der dunklen Künste geworden, niedergeschmettert von Aleister Crowley. Armer Baby! Es ging über seinen Menschenverstand, dass man auf die Ästhetik der Magick abfahren konnte, ohne ein einziges Wort davon zu glauben.

Die Menschen, denen man begegnet, sind schrecklich langweilig, nicht wahr? Was man an M. Geoffrois auch kritisieren mochte, langweilig war der Mann nie. Er war ein Wanderzirkus, schwarz gewandet und behangen mit dem grellsten Tand, den man je fand.

Weil er mir fehlte, schickte ich ihm einige Postkarten. Er schrieb nie zurück.

Juli 1993

Daddy Was in KGB
bekommt eine gute Kritik

Einen Lichtblick brachte der *Bay Guardian*, der Daddy Was in KGB als »Demotape der Woche« vorstellte. Минерва stürmte in die Wohnung, das sonst blasse Gesicht kräftig gerötet. Zum ersten Mal während unserer Freundschaft zeigte sie unbändige Begeisterung. Sie wirkte regelrecht amerikanisch.

> Nach dem Fall der Berliner Mauer und dem Niedergang des Kommunismus lautete die Frage nicht mehr »ob?«, sondern »wann?« und »wo?«. Voller Freude kann ich verkünden: Wann und wo sind hier und jetzt. Daddy Was in the KGB, eine Punkband aus S. F., bestehend aus vier Frauen, die aus den ehemaligen Sowjetstaaten entkommen sind, geben eine ultraharte Antwort auf die Realpolitik der letzten Jahre, die alle Genres sprengt. Songs wie »Sergey Kirov Makes Fuck in Karl Marx« und »Do It in Your NKVDs« verpassen dem Verstand ein Schleudertrauma und sind zugleich eine Lehrstunde erster Güte über russische Geschichte und amerikanisches Konsumdenken. Ich bekam eine Gänsehaut, als ich Sängerin Minerva Krylenko markerschütternd schreien hörte: »Messerschmitt fire at Leningrad, made blood in ground plan, don't have cow, man!« Die Instrumentierung ist schlicht, aber eindrücklich und erinnert uns daran, dass die Jungs aus Seattle und Portland vielleicht etwas »wiederentdeckt« haben, das nie weg war.
>
> ALEX LASH

Schickt eure Tapes an Demo Tape, Bay Guardian, 520 Hampshire, S.F., CA 94110.

»Ich hatte keinen Schimmer, dass du ein Demotape aufgenommen hast«, sagte ich.

»Gut gehütetes Geheimnis. Band war einig, nichts zu sagen. Als Nächstes nehmen wir Single auf.«

Zur Feier des Tages genehmigten wir uns einen im Mad Dog. Ich sah zu, wie diese wilden russischen Mädchen hin und her liefen und sich benahmen, als hätten sie den Nobelpreis in Wirtschaftswissenschaften gewonnen. Sogar der kleine mopsige Drummer ließ sich blicken. Obwohl er aussah, als wäre er geradewegs aus seinem Gitterbettchen hergekrabbelt, wollten die Barkeeper keinen Altersnachweis sehen.

Nach zwei Bier wurde der Typ mürrisch. Минерва und ich verwickelten ihn in ein Gespräch, aber es war, als würde man mit der Kneifzange Zähne ziehen. Nach seinem vierten Glas kam heraus, dass die Rezension seine Gefühle verletzt hatte, weil sie ihn als Mädchen und als Sowjetin ausgegeben hatte. Besonders pikiert war er darüber, dass der Autor den Namen der Band falsch wiedergegeben und einen deutlich unrussischen bestimmten Artikel eingefügt hatte.

Der junge Bursche verbrachte die Nacht unter dem Küchentisch. Morgens um vier weckte er mich mit dem lauten Plätschern seines Erbrochenen in die uralte Toilette. *Hat denn dieses Kind*, dachte ich bei mir, *keine Eltern?*

Juli 1993

D.O.T.T. erreicht den Gold-Status

Day of the Tentacle erreichte den Gold-Status und wurde ausgeliefert. Nash Mac gedieh zu einem freundlicheren Menschen, eine enorme Anspannung war von ihm abgefallen, als hätte er eine schreckliche Bürde abgeworfen. Aus diesem gegebenen Anlass besuchten wir den Tonga Room, wo wir uns unbeschreiblich abschossen, und liefen dann zurück zu seiner Wohnung. Von Nob Hill zum Sunset, drei sternhagelvolle Stunden lang. Atmeten die Stadt ein, ermattet von ihren Lasten.

In der Nähe der Van Ness begegneten wir einer obdachlosen Frau, halbwegs ordentlich gekleidet, nur ein paar Jahre älter als ich. Fest an ein Haus gedrückt bat sie um Kleingeld. Ich steckte ihr einen Dollar zu. Das arme Ding stimmte unmelodisch »She Loves You« von den Beatles an.

Nicht ausgerechnet dieses Lied! Was, wenn Nash Mac dem Text Bedeutung beimaß?

Ich hatte unsere brünstige Nacht im Sunset District so genossen, dass ich ihn am nächsten Tag bei der Arbeit anrief und ein weiteres Treffen vorschlug. Er sagte, ich solle gegen acht Uhr abends eintrudeln, was meiner Wenigkeit entgegenkam, denn ich wollte den Tag im Owl and Monkey verbringen.

Nash Macs gemietetes Haus mit zwei Schlafzimmern und einem Mitbewohner, der nie zu Hause war, lag nicht allzu weit vom Meer entfernt. Ich schloss auf und ging hinein. Ja, meine Lieben, wir waren schon so weit, dass ich einen eigenen Schlüssel besaß.

Das Licht war ausgeschaltet. Als ich ins Wohnzimmer ging, nahm ich an, der Knabe sei nicht daheim. Dann hörte ich das Atmen auf dem Sofa und sah, dass er zusammengerollt dalag wie ein Fötus, der seine Abtreibung überlebt hatte. Gut möglich, dass er weinte, aber ich wagte nicht nachzufragen, um ihn nicht zu entmannen.

»Nash Mac?«, fragte ich.

»Mein Leben«, sagte er, »mein ganzes Leben ist vorbei.«

»Warum das, Bruder?«

Er war verspätet zur Arbeit gekommen und hatte seine Kollegen vor der geleakten Alphaversion 0.5 von *DOOM* gefunden, einem Spiel von id Software, das bald erscheinen sollte. Schon der Vorgänger *Wolfenstein 3D* von id war revolutionär gewesen, aber diese frühe Version von *DOOM* hatte Nash Mac erahnen lassen, dass es einen enormen Sprung gegeben hatte. Das sei das große Ding, sagte er, das Spiel, das die Vergangenheit von der Zukunft spalten würde, und seine Abteilung bei LucasArts stünde eindeutig auf der falschen Seite der Geschichte. »In fünf Jahren spielt kein Mensch mehr Adventures. Keiner. Andere Spiele mag ich nicht. Was soll ich nur machen?«

Meine Wenigkeit verfügte nicht über das Vokabular, um überzeugend argumentieren zu können. Was war ein Alpha Release? Was war ein Adventure? Also überlegte ich kurz und beschloss dann, es ganz allgemein zu halten, was die beste Art war, über das Leben am Ende des amerikanischen Jahrhunderts zu sprechen.

»Dir sollte klar sein«, sagte ich, »dass du mit einer Frau sprichst, die glaubt, dass unsere ganze Gesellschaft nicht richtig tickt. Seit mindestens fünfzig Jahren geben wir vor, Technologie sei überlegen. Im Gegenzug haben wir nicht mehr bekommen als Bildschirme, auf die wir starren, und Autos, die unsere Umwelt verpesten. Technologie, mein Herz, wird keinen von uns retten. Einige von uns mag sie reicher machen, aber was stellt man mit diesem Geld an? Man kauft mehr Technologie. Ich würde mir keine Sorgen machen. Ob du diese oder jene Art von Spiel machst, ändert rein gar nichts. Du lenkst die Leute immer noch von ihrem Leben ab. Das alles ist ein Schwindel. Amerika ist der größte Schwindel und der perverseste. Amerika ist ein Schwindel, mit dem Amerika sich selbst hereinlegt. Mein Leben lang hat man mir eingeredet, welchen Dingen ich hinterherhecheln und was wichtig sein sollte. Aber ich bin alt genug, um zu wissen, dass all das nicht wichtig ist. Nichts davon war je wichtig. Harvard ist mir egal. Reichtum ist mir egal. Ansehen ist mir egal. Der Ehrgeiz der oberen Mittelschicht und derjenigen, die verzweifelt versuchen, so weit aufzusteigen, sind mir egal. Meine Helden sind Dragqueens und Drogensüchtige. Meine Helden sterben mit siebenundzwanzig. Ich bin jetzt älter als sie, Schätzchen, also bin ich nicht nur eine Versagerin, ich bin auch noch durch und durch eine Heuchlerin.«

Es war ein glatter Volltreffer, tausend Punkte bei Taktgefühl, und die schlechteste Antwort, die ich geben konnte. Er zog sich noch weiter in seinen schützenden Kokon zurück, krümmte sich noch mehr zusammen.

»Es ist alles vorbei«, sagte er. »Alles ist verdammt nochmal vorbei.«

Auf Verletzlichkeit war Adeline schon immer angesprungen. Je schwächer der Schlosshund, desto mehr wollte ich mit ihm schlafen, desto mehr wollte ich ihm helfen, seinen angefressenen Machostatus zu erhalten.

Ich durchstöberte Nash Macs Küche und machte ihm Haferflocken mit frischen Erdbeeren und einem Tropfen Honig. So aufgelöst sollte ich ihn nicht mehr erleben, bis er Stunden damit verplemperte, Slackware 1.0 auf seinem Zweitrechner, einem 386sx, zu installieren, und dann feststellen musste, dass die letzten drei seiner vierundzwanzig 3½-Zoll-Disketten wegen fehlerhafter Sektoren unbrauchbar waren.

»Iss das«, sagte ich. »Die Wärme tut dir gut.«

Oktober 1993

Adeline bekommt eine Postkarte

Ich hätte von Emil lernen sollen. Ich hätte von Daddy lernen sollen. Und von Baby. Das Universum hatte mir dreimal die gleiche Botschaft geschickt, so deutlich es nur ging. *Adeline*, sagte es, *Adeline, freue dich nie zu sehr über etwas. Wenn alles zum Besten zu stehen scheint, Adeline*, sagte das Universum, *dann mache ich dich so richtig fertig. Adeline, werde nicht arrogant. Adeline, enthalte dich der Hybris.*

Ich ignorierte das Offensichtliche und war einfach glücklich. Ich hatte meine sechsundsechzig Seiten und drei Cover fertig. Als ich Seite 40 erreicht hatte, hatte Jeremy seine Beziehungen aktiviert. Er hatte Dave Sim gefragt, ob wir am Ende von *Cerebus* eine Ankündigung bringen konnten. Sim hatte ja gesagt, wann immer wir wollten, wir sollten ihm einfach die Seiten schicken. Er hatte uns sogar eine günstige Druckerei vermittelt, Preney Print and Litho in Windsor, Ontario. Alles war vorbereitet. Wir standen in den Startlöchern. Wir hatten sogar einen Namen: *Trill.*

Jeremy hatte bei LucasArts gekündigt. Jeden Tag sah er pünktlich wie ein Uhrwerk nach der Post, er erwartete den offiziellen Bescheid von mehreren Zwischenhändlern. Wir hatten ein kleines Ritual entwickelt, bei dem er die Post holte und ich auf die guten Neuigkeiten wartete.

Doch an diesem Abend kam er ins Wohnzimmer und sagte: »Es tut mir leid.«

»Was ist passiert?«, fragte ich. »Geht es um Diamond? Etwas Unerfreuliches?«

»Nein«, sagte er. »Um etwas anderes. Das ist für dich.«

Es war eine Postkarte mit einem Bild des Empire State Buildings auf der Vorderseite, ein billiges Ding, das man für ein paar Pennies auf dem Times Square kaufte. Ich drehte sie um. Die Handschrift von Patricks Frau.

2. Okt.
Hallo Adeline,
dein Freund Patrick ist am 12. September gestorben. Er hatte einen Schlaganfall.

»New York ruft mich nach Hause. Ich muss wieder auf Wanderschaft gehen.« Die schrecklichen Worte fraßen sich in meinen Gaumen, bevor sie über meine Lippen drangen. Adieu, Kalifornien, adieu.

Dezember 1993

Dorian Corey

Silvester ist nur ein Stich von vielen auf der großen Tapisserie verschwommener Drogenerinnerungen, aber ich bin sicher, dass ich den Abend in einem trostlosen Club verschwendet habe. Zugedröhnter Blick, schmerzende Nase, Chemiegeschmack, der mir hinten die Kehle hinuntertropfte. Weihnachten das gleiche Spiel. Nur vage Ahnungen von klingelnden Glöckchen und Weihnachtsmännern der Heilsarmee.

Meine Erinnerung an diese Phase ist äußerst lückenhaft. Und nicht wegen der Chemikalien, die ich eingeworfen habe. Klar haben die Drogen mein Gedächtnis vermurkst, aber viel schlimmer war das Schreiben.

Je mehr Wörter ich ausspie, desto weniger Substanz blieb von meinem Leben übrig, desto weniger erinnerte ich mich an meinen Alltag. Mein Hirn konnte nicht mit zwei Wirklichkeiten jonglieren, also stürzte ich mich tiefer in die Welt, die meine Rechnungen bezahlte, in die Welt, die meine Miete sicherte.

Von den gesamten Feiertagen sticht nur eine Sache heraus. Eine Schlagzeile, die entweder in der *New York Post* oder in der *Newsday* stand: DRAGQUEEN HINTERLÄSST MUMIE.

Die fragliche Queen, Dorian Corey, starb im August. Sie war berühmt. Vielleicht kennen Sie sie noch aus der Dokumentation *Paris is Burning*. Vielleicht auch nicht.

Etwa zwanzig Jahre lang entwarf Dorian in ihrer Wohnung in der West 140th Street Kleider für andere Ballköniginnen. Als sie ins Gras biss, auch sie ein Opfer von Aids, erbte ihre Freundin Lois Taylor ihre gesamte Garderobe. Mit aller Pracht und allem Glitter. Es sprach sich herum, dass man sich an Lois wenden sollte, wenn man ein extravagantes Outfit suchte.

Zwei Heterojungs fragten Lois, ob es in Dorians Wohnung wohl ein schwarzes Cape gäbe. Sie wollten zu einer Halloweenparty gehen, und einer von ihnen wollte sich als Dracula verkleiden. Lois sagte, klar, Süßer, kommt und seht euch um. Die beiden durften den schlafzimmergroßen Wandschrank erkunden. Lois entdeckte unter einem orangefarbenen Kleid einen Sack auf dem Boden. Sie versuchte, den Sack aufzuheben. Er war zu schwer. Einer der Männer schnitt ihn mit einer Schere auf, und ein übler sumpfiger Gestank drang hervor.

– Was ist das?, fragte der Typ. Ein toter Hund?

Ab da wurde es zu einer Geschichte, die es nur in New York geben kann. Einer der Männer gab sich als Polizist zu erkennen. Stellen Sie sich das vor. Ein Hetero-Polizist, der in Harlem den Kleiderschrank einer Dragqueen nach einem Cape durchsucht, weil er sich als Dracula verkleiden will.

Wie auch immer. Raten Sie mal, was er fand.

Eine mumifizierte Leiche eingewickelt in Kunstleder. Durch ein widerliches Verfahren, bei dem man die Finger am zweiten Gelenk abtrennte, eine spezielle Lösung injizierte, die Haut vom Knochen abzog und ein Mitarbeiter des Polizeilabors die Fingerspitzen schließlich wie einen Handschuh trug, konnte die Leiche identifiziert werden.

Bobby Wells alias Bobby Worley, geboren 1938. 1963 festgenommen wegen Vergewaltigung. 1968 zuletzt gesehen. Möglicherweise hat Dorian 25 Jahre mit seiner Leiche gelebt.

Die Club Kids flippten wegen der Mumie völlig aus. Wer wollte ihnen das verdenken? Michael Alig war begeistert, er erzählte ständig von Dorian. Es war die abgefahrenste Geschichte seit langem, ein Schlag des Alten gegen das Neue, der daran erinnerte, dass die Stadt trotz der fortschreitenden Gentrifizierung und ihres Bürgermeisters Rudy Über Alles der skurrilste Ort auf Erden blieb.

Eine Mumie im Kleiderschrank einer Dragqueen! Absolut perfekt. Absolut New York. Absolut jenseits meiner Vorstellungskräfte als Autor.

— Klär mich mal über diese verdammte Mumie auf, sagte Parker am Telefon. Erzähl mir alles Spannende über Dorian Corey.

Ich erfand eine Geschichte darüber, Dorian habe die Leiche anderen Leuten gezeigt und Eintritt verlangt. Damals Anfang der Achtziger, als die Zeiten hart waren. Sie habe nur fünf Dollar genommen. Mit dieser Lüge war Parker zufrieden. Neuer Klatsch, den er seinen Kollegen ins Gesicht schleudern konnte. Insiderinformationen. Echt und authentisch.

Ich hoffte nur, er würde nicht am Ende als Trottel dastehen, wenn er ohne Hintergrund schwafelte. Aber wer sollte ihn hinterfragen? Die Verlagsleute hatten Angst vor Parker.

Er war groß, und er war ausfallend.

Und er war mein bester Kumpel.

Parker verwandelte meine Seiten in bare Münze, er füllte mir die Taschen. Was das anging, reichte keine seiner Bemühungen an den Geniestreich heran, die Optionsrechte für *Gefangen zwischen Jupiter und einer Flasche* an den Hollywoodregisseur und Produzenten Alan J. Pakula zu verkaufen.

Als Pakula langsam die Fühler ausstreckte, lieh ich mir einige seiner Filme aus. Der Beste war *Die Unbestechlichen*, mit Robert Redford in seiner schönsten Phase. Robert Redford sah umwerfend aus. Ich bekam mich gar nicht mehr ein. Am Ende lieh ich mir *Bill McKay – Der Kandidat* aus, einen etwas älteren Film, in dem sein Gesicht vom Zelluloid strahlt, ein Bild, das sich ins menschliche Hirn gräbt.

Im Film *Die Unbestechlichen* spielte der zweifache Oscargewinner Jason Robards den Chefredakteur der Washington Post, Ben Bradlee. Robards erinnerte mich an Adeline, an die Geschichte, als er sie ins Serendipity 3 eingeladen hatte. Nicht, dass ich eine Ausrede brauchte, um an Adeline zu denken. Ich dachte an jedem bescheuerten Tag an Adeline.

Ich sagte Brickley, falls Pakula das Buch wolle und falls Pakula einen lächerlichen Batzen Scheinchen herüberschieben würde, dann bitte, Parker Brickley, nimm deine zwanzig Prozent. Mach den Deal. Ich brauche die Kohle.

Pakulas Freigebigkeit erkaufte mir einen unglaublichen Luxus. Sie verschaffte mir freie Zeit. Ich kündigte im Theatre 80. Nicht zuletzt durch den offiziellen Segen aus Hollywood konnte Parker für das nächste Buch einen deutlich größeren Vorschuss aushandeln.

Das Buch brachte mich fast um.

Januar 1994

Baby besucht die Buchpremiere
von Philip Levines *The Bread of Time*

Parker konnte Michael Kandel davon überzeugen, *Gefangen zwischen Jupiter und einer Flasche* in der Aufmachung eines literarischen Romans herauszubringen, obwohl es eindeutig Science-Fiction war. Bücher sind wie Backwaren. Es kommt allein auf die Präsentation an.

Mein abgedroschenes SF-Geschreibsel über die Zukunft und genetische Experimente und Roboter, verfasst mit der bedauernswerten Ernsthaftigkeit der Jugend, wurde als dichte metaphorische Allegorie auf die heutige Gesellschaft missverstanden. Ich war nicht mehr der Spinner, der sich für Raumschiffe interessierte. Ich wurde zu einem Postmodernisten.

Die meisten Rezensenten verorteten *Gefangen* in der Welle der neuen literarischen Texte, die sich der ästhetischen Mittel der Genreliteratur bedienten. Als Vergleiche wurden unter anderem Robert Coover, Thomas Pynchon und Don DeLillo genannt. Eine recht große Minderheit lehnte diese Deutung ab und sah das Buch eher bei dem Nihilisten Bret Easton Ellis. Am besten gefiel mir die Besprechung im *Houston Chronicle*. Dieses kleine Meisterwerk zog eine Verbindung zwischen dem elefantenartigen Äußeren von Michelle Gila und der hinduistischen Gottheit Ganesha und las meinen Roman im Wesentlichen als Nacherzählung vedischer Literatur. Michelle Gila war der neue Entferner der

Hindernisse, der alle Unbill der Welt mit seinem Rüssel voll synthetischen Kokses wegwischte.

Das *Voice Literary Supplement* bat um ein Interview. Ich willigte ein, was ein Fehler war, weil der daraus resultierende Artikel die Verkäufe kein bisschen ankurbelte, aber allgemein bekanntmachte, dass ich in Manhattan wohnte. Mir wäre es lieber gewesen, mein Aufenthaltsort wäre geheim geblieben; in meinen biographischen Angaben im Klappentext gab ich mich sogar als Fischverkäufer im Londoner East End aus.

Doch das Geheimnis war aufgedeckt. Ich bekam Einladungen zu Buchpremieren und Lesungen. Schlimmer noch, ich sagte zu.

Die allererste Veranstaltung, die ich besuchte, fand im Nell's statt.

Während meiner ersten Zeit in den Clubs strahlte das Nell's die Aura einer mystischen, fremden Welt aus, in der Yuppies und in die Jahre gekommene Veteranen absurde Summen Geldes für Essen und Alkohol und hochwertiges Kokain hinblätterten. Es hatte nie einen Grund gegeben, ins Nell's zu gehen.

Als ich dann doch dort war und mein Name auf der Liste stand, sprach ich mit niemandem. Ich stellte mich in eine Ecke und beobachtete eine Gruppe Frauen Ende dreißig, die in kreischendes Gelächter verfielen.

Für einen regelmäßigen Clubgänger hatte ich einen unentschuldbaren Fehler begangen.

Wie lautet die erste Regel? Geh nie allein hin.

Also rekrutierte ich Regina. Sie heuchelte Desinteresse, aber seit der Party, bei der Jay McInerney vor unseren Augen in eine gefrorene Wassermelone weinte, war sie ganz bei der Sache.

Bei der Premiere von Philip Levines *The Bread of Time* begegnete ich zum ersten Mal diesem fetten kleinen Wichser Norman Mailer. Der alte Spinner stand an der Bar, glotzte jeder Tussi in dem

Laden nach und spielte den sabbernden Lustgreis. Von Kopf bis Fuß ein aufgeblasener Arsch. Ich beobachtete ihn von der anderen Seite des Raums aus, bis mich das Gegacker von Nan Talese ablenkte.

Im Jahr davor hatte ich Mailers Bücher verschlungen. Als Erstes hatte ich mir eine billige Taschenbuchausgabe von *Heere aus der Nacht* besorgt. Es war das beste Buch, das ich seit langem gelesen hatte. Ich war angefixt und las auch alles andere von ihm. *Nixon in Miami und die Belagerung von Chicago. Der Kampf. Gnadenlos. Auf dem Mond ein Feuer.* Sogar *Marilyn Monroe*! Alle bemerkenswert, alle unglaublich!

Aber nichts an Mailers Büchern weckte in mir den Wunsch, den Mann kennenzulernen. Wenn man später wenigstens eine Sache an mir schätzen wird, dann meine Fähigkeit, den Künstler von der Kunst zu trennen.

Regina ging zur Bar, ohne den kleinen Troll neben sich zu erkennen. Sie bestellte einen Drink. Mailer wanzte sich an sie heran. Seine verhutzelte Pfote landete auf ihrer nackten Schulter. Ich schnappte hörbar nach Luft und marschierte hinüber.

— Komm mit, sagte ich und nahm Reginas Arm.

— Pass mal auf, Schätzchen, sagte Norman Mailer, du entscheidest nicht, ob sie geht oder bleibt.

— Ich habe großen Respekt vor Ihrer Arbeit, Mr Mailer, sagte ich, aber Sie sollten ein Stoßgebet an Ihre Götter richten, wenn Sie glauben, es wäre 1967 und Ihre Kopfnüsse würden Ihnen helfen. Sie haben hier keine Harvardschwuchtel vor sich, die unter dem Gestank Ihres Testosterons schlaff zusammensinkt. Ich bin geschmolzene Lava, und Sie sind die schwelende Glut eines längst erloschenen Feuers. Ich bin ein Schmetterling und eine Blume.

— Baby, sagte Regina, was zum Teufel redest du da?

– Ich rede davon, dass ich den alten Kerl hier gleich zu Brei schlage, sagte ich.

Ich zog sie mit. Norman Mailer sagte keinen Ton. Wahrscheinlich überstieg diese Szene seine Aufnahmefähigkeit. Ein schwuchteliger Bauernbursche, der sich wegen einer Nuyoricanerin aufregte. Ein Triumph des Multikulturalismus.

Auf der Party sprach sich herum, ich habe gedroht, Norman Mailer umzubringen. Der Highschool kann man nicht entkommen. Egal, wie weit man von zu Hause weg ist. *Wie heißt er?*

Dieser Klatsch lockte einige jüngere Leute an. Einige taten so, als hätten sie *Gefangen* gelesen, aber ich wusste, dass es nicht stimmte. Leute auf Literaturveranstaltungen lesen nie die Bücher der anderen.

Einer hatte es aber doch gelesen. Er war etwa dreißig Jahre alt und trug eine abgewetzte blaue Strickjacke und eine Brille mit schwarzem Rand.

– Hallo, sagte er. Ich fand *Gefangen* großartig. Es basiert auf Michael Alig, oder?

– Bist du ein Freund von Michael?

– Nein, nein, dafür bin ich zu langweilig, sagte er. Ich habe ihn in der *Joan Rivers Show* gesehen. Als ich den Namen Michelle Gila gelesen habe und den Kontext dazu, habe ich mir gedacht, dass es um die Club Kids gehen muss.

– Du bist der Erste, dem die Anspielung auffällt, sagte ich.

– Ich heiße Cecil.

– Hast du mal *Cecil Dreeme* gelesen?

– Du bist bestimmt der einzige lebende Mensch außer mir, der das Buch kennt, sagte er.

– Ich war an der NYU.

– Ich auch, sagte er. Ich habe 1986 meinen Abschluss gemacht.

Ich weiß nicht mehr, ob ich Cecil in dieser Nacht durchgevögelt habe. Es ist gut möglich. Manchmal trifft man jemanden, und es ist schon vorherbestimmt, dass man in ihm kommt und er in einem selbst. Manche Schwänze sind so unvermeidbar wie der Tod. Manche Schwänze sind ein Magnet für das eigene Metall.

Wenn wir nicht in dieser ersten Nacht vom Körper des anderen Gebrauch machten, dann auf jeden Fall in der nächsten. Und an den Tagen danach. Wenig später waren wir fest zusammen.

Wir passten perfekt zueinander. Die gleichen Interessen, der gleiche Geschmack, annähernd gleich intelligent, annähernd gleich attraktiv. Die gleiche Branche. Cecil arbeitete als Lektoratsassistent bei Vintage. Er war der liebste Mann, mit dem ich je zusammen war, der aufmerksamste, der einzige Mensch, der richtig vernarrt in mich war. Morgens war er immer mit Frühstück da. Der Sex war großartig. Wir vögelten uns auf jede erdenkliche Art um den Verstand.

Ich schlafwandelte durch diese Zeit. Cecil war bei mir, er redete, diskutierte über Ideen, war fürsorglich, liebevoll, fragte mit Taten, aber nicht mit Worten, ob ich ihn auch liebte, sprach davon, zusammenzuziehen, sprach über unsere Zukunft, und ich nickte mit leerem Blick, gab unverbindliche Antworten, die kaum Worte waren, umarmte ihn, wenn es nötig war, küsste ihn, wenn es angebracht schien, vögelte ihn um den Verstand. Ich nahm keinen Anteil. Es bedeutete nichts.

Ich erinnere mich noch daran, wie verrückt ich nach Jaime war, wie seine Anwesenheit die Atmosphäre verändert hat, wie die Wände von seinem Strahlen funkelten. Das gleiche Gefühl bei Erik. Als wäre unsere ganze Beziehung auf den Washington Square zusammengeschnurrt, als er aus dem Fenster eines lausigen Hotels blickte und unser Atem weiße Wölkchen in die Luft stieß. Ich hätte sterben können.

Mit Cecil lief nur was, mehr nicht. Es war nur so eine Geschichte.

Jaime und Erik waren miese Typen. Im Vergleich zu ihnen wirkte Cecil wie eine himmlische Erscheinung, wie der Gott fester Beziehungen. Jaime war nicht einmal richtig mit mir zusammen gewesen. Er hatte mich durchgevögelt und sich geweigert, seinen Freunden von mir zu erzählen. Erik hatte seinem lieben Mütterlein gegenüber nicht zu unserer Liebe gestanden. Cecil telefonierte jedes Wochenende mit seiner Mutter und seiner Schwester in Chicago, erzählte ihnen von mir, gab mir das Telefon. Seine Mutter fragte jedes Wochenende, wann ich sie besuchen würde. Zwischen uns entwickelte sich eine gute Telefonbeziehung. Sie war richtig witzig.

Trotzdem fehlte mir der rechte Schwung. Mit dieser Art von Liebe, dieser Art von Besessenheit, dieser Art von Verblendung hatte ich abgeschlossen. Vielleicht, weil ich reifer geworden war. Vielleicht auch nicht.

– Baby, sagte Cecil, du bist der erste Mann, der mich glücklich macht.

– Ich bin auch glücklich, sagte ich.

– Baby, sagte Cecil, du bist so ein interessanter Mensch.

– Du bist auch nicht schlecht, sagte ich.

– Baby, fragte Cecil, was magst du in New York am liebsten?

– Die Minettas, sagte ich. Und du?

– Die Nadel der Kleopatra. Warst du mal da?

War ich nicht. Cecil kreischte wie ein Mädchen, das schwulste Geräusch, das ich je von ihm gehört hatte, und bestand darauf, dass wir mit der U-Bahn hinfuhren. Jetzt sofort.

Wir nahmen die Linie 6 bis zur 86th und liefen zum Metropolitan. Ich dachte, wir würden ins Museum gehen, aber Cecil flitzte an dem Gebäude vorbei in den Park, durch die Grünflächen und über eine Straße bis zu einem kreisförmigen Platz und blieb vor einem riesigen Granitobelisken stehen.

Seine vier Seiten waren verwittert und von Abgasen geschwärzt, als würde die Atmosphäre den Stein zersetzen und verfallen lassen. Zerstört durch die dreckige Luft, die wir jeden Tag in unsere Lungen sogen.

— Was ist das?, fragte ich.

— Das Älteste, was es in New York gibt. Er stammt aus Heliopolis. Er ist dreieinhalbtausend Jahre alt. Aus Ägypten, errichtet während der Herrschaft von Thutmosis III.

Die giftige Luft der Stadt hatte zwei Seiten der Hieroglyphen unkenntlich gemacht. Die verbleibenden Seiten waren kaum noch lesbar. Der Obelisk stand auf einem Podest, bronzene Krabbenklauen ragten unter dem wuchtigen Stein hervor.

Fasziniert dachte ich über diesen Stein nach. Älter als ganz New York. Älter als ganz Amerika. Fünfzehnhundert Jahre alt, als Jesus geboren wurde. Das ist nicht alt. Das ist antik. Wolken schoben sich hinter dem Obelisken vorbei.

Ich schwankte, stolperte, hielt mich an dem Geländer fest.

— Baby, geht's dir gut?

— Alles in Ordnung, sagte ich. Ich weiß nicht, was passiert ist. Ich habe das Ding angesehen, und plötzlich war so ein Geräusch in meinem Kopf.

— Wir fahren jetzt nach Hause und stecken dich ins Bett, sagte Cecil. Ich mache dir was zu essen.

Lassen Sie mich weiter zurückgehen.

Um Thanksgiving herum hatte das Tunnel wieder aufgemacht, einen Monat, nachdem die Polizei die Mumie gefunden hatte, aber bevor die Medien die Leiche mit Dorian in Verbindung gebracht hatten. Peter Gatien hatte den Club gekauft und für Renovierungsarbeiten dichtgemacht. Die neue Ausstattung sah ziemlich nach dem Arena aus.

Die Neueröffnung sparte ich mir. Ich hatte zu tun. Dafür besuchte ich ein paar Wochen später eine Veranstaltung. Eine einzige Nacht lang stellte der Club Bilder aus, die der Serienkiller John Wayne Gacy gemalt hatte. Das war wahrscheinlich auf Michael Aligs Mist gewachsen.

Michael hatte eine ausgewachsene Drogensucht entwickelt und dazu eine morbide Ader, die allen Junkies gemein ist. Ein echter Todestrip, ein moderner Thanatos. Er und die anderen Club Kids trugen jetzt Verbände und Make-up, die Verletzungen vortäuschen sollten. Ich war überzeugt, dass die Inspiration dafür von einer Fotoreihe von Edie Sedgwick stammte, nachdem sie ihr Zimmer im Chelsea Hotel abgefackelt hatte, aber niemand wollte es zugeben.

Jedenfalls war ich im Tunnel und betrachtete die beschissenen Gemälde eines Mannes, der um die fünfunddreißig Jungs ermordet und vergewaltigt hatte. Ich fragte mich, was das bedeutete.

Amerika war schon immer blutbefleckt gewesen, aber dieser Serienkillerschick stellte einen neuen Tiefpunkt dar. Jedes sterbende Reich sinnt über den Tod nach. Vielleicht funktionierte Michael Aligs Junkiegespür wie eine ausgezogene Antenne, ein Frühwarnsystem, ein Radar für den bevorstehenden großen Untergang.

Auf dem Weg nach draußen hielt mich ein nuttiger, offenbar zugedröhnter Typ an. Ich hatte ihn schon mal gesehen, bei Disco 2000, als er sich mit Michael unterhalten hatte.

— Du bist doch der Autor, oder?

— Sagen die Leute wenigstens, antwortete ich.

Er hatte sich die Haare gebleicht und in einem unschönen

Kupferton gefärbt. Die Augen hatte er dick mit Kajal umrandet. Er trug ein Shirt von Stüssy und eine hässliche Jeans. Für seine Kleidung sah er zu alt aus. Wenn jemand dieses Alter erreichte, sollte er entweder aufgeben oder fabelhaft sein. Niemand kann auf Dauer in der Mitte festhängen.

– Ich habe dein Buch gelesen, sagte er.

– Ach ja?

– Es hat mich echt umgehauen. Michael hat gesagt, es wäre gut. Aber Michael meint von allem möglichen Scheiß, er wäre gut. Ich habe es mir gekauft, und ich finde es scheißgenial.

– Danke, sagte ich. Freut mich zu hören.

– Können wir irgendwo reden?

– Wie heißt du?, fragte ich.

– Franklin.

– Und weiter?

– Franklin Perkins.

– Klar, Franklin Perkins, sagte ich. Wir können irgendwohin gehen und reden. Lass uns bloß hier abhauen. Diese miesen Bilder ertrage ich nicht.

James St. James arbeitete an der Tür. Süßer, fragte er, warum gehst du so früh, sind die Bilder nicht fabelhaft? Ich sagte: Nein, sie sind schrecklich, ich ertrage sie nicht, und sie sind unter deiner Würde, Jimmy. Aber James St. James sagte nur: Süßer, was nicht?

Wir gingen zu Franklins winziger Bruchbude im East Village. Wir vögelten uns ordentlich durch. Großartig war es nicht. Aber besser als in Ordnung. Ich blieb über Nacht. Ein Problem kam nur auf, als Franklin ein reichhaltiges Angebot an Dildos und Geschirren auspackte.

– Tut mir leid, sagte ich, aber auf Sexspielzeug kann ich nicht.

– Schon in Ordnung, sagte er. Blümchensex ist immer noch verdammt geil.

Als wir aufwachten, fragte er, ob ich frühstücken gehen wolle. Ich sagte, ja klar, gehen wir frühstücken.

– Ich kenne da einen echt geilen Laden, sagte er. Das Kiev.

– Ach wirklich?, fragte ich. Probieren wir es mal aus.

Franklin war vor ein paar Monaten nach Manhattan gezogen, ein Emigrant aus dem Herzen Connecticuts. Glauben Sie nicht, er sei unschuldig gewesen. Er war in der Vorstadt aufgewachsen und hatte jeden schicken jungen Mann zwischen Hartford und New Haven gevögelt, hatte seinen Körper so unterschiedslos hingegeben wie Jesus.

Er hatte Michael Alig in der *Jane Whitney Show* gesehen. In der Folge mit GG Allin, direkt bevor Allin an der Ecke 3rd und Avenue B an einer Überdosis gestorben war.

Michaels Kapriolen und Eskapaden trafen Franklin wie eine Erleuchtung. Die Clubs in Connecticut waren nicht schlecht, aber in der Stadt ging es richtig ab. Jenseits der Staatsgrenze lag eine große weite Welt. Er beschloss, Michael zu finden. Was er tat, gleich in der nächsten Woche. Michael liebte Frischfleisch.

Ich bekam nicht aus ihm heraus, ob sie sich gevögelt hatten. Ich hoffte, dass es nicht so war. Soweit ich es sagen konnte, hatte ich Michaels Gespielen bisher aus dem Weg gehen können. Nur Venus und Ulysses S. Grant wussten, welche Bakterien und Viren durch diese verfluchten Blutbahnen strömten.

Ein paar Abende nach meinem Abenteuer mit Franklin las ich in der *New York* einen Artikel über Gonorrhö. Die Krankheitserreger sammeln sich in der Kehle an. Es gibt keinen Safer Sex. Von Oralverkehr bekommt man kein Aids, aber steckt man seinen Schwanz in einen infizierten Mund, holt man sich einen Tripper.

Ich entwickelte die fixe Idee, Franklin habe mich mit Gonorrhö angesteckt. Bei jedem Pissen hatte ich schreckliche Angst, es wäre kein Urin, sondern eine frühe Form von Eiter. Doch die Krankheit brach nie aus.

Wäre ich ein guter Mensch, würde ich sagen, dass ich Franklin nie wiedergesehen habe. Aber das kann ich nicht. Wir haben uns mindestens zweimal die Woche getroffen. Es ging richtig lange so. In der ganzen Zeit, in der Cecil mich durchvögelte, vögelte ich Franklin durch.

Februar 1994

Baby sieht sich *Schindlers Liste* an

Aufgrund des relativ großen Erfolgs von *Gefangen*, der Filmoption, einer Leseprobe von fünftausend Wörtern und eines Konzepts hatte Parker meinen zweiten Roman an Bill Thomas von Doubleday verkauft. Sie freuten sich, mich zu bekommen. Ich war ein junger Autor, der sich gerade einen Namen machte. Sie sahen eine erfolgreiche Zukunft vor mir.

Ich beschloss, Science-Fiction aufzugeben und mich auf das Noir-Genre zu konzentrieren. Mein zweiter Roman trug den vorläufigen Titel *Sie kam herein, ihre Beine so lang wie Mitternacht, ihr Körper aufrecht und kühn.*

Die Geschichte war im Los Angeles der fünfziger Jahre angesiedelt und folgte den düsteren Abenteuern von Frank Fist, einem ehemaligen Marine und jetzigem Privatdetektiv. Er war auf Guadalcanal abgehärtet worden, hatte im Blut von tausend Japanern gebadet. Seine Brutalität hatte er mit nach Hause genommen und setzte sie nun ein, um die Wünsche seiner Klienten zu erfüllen.

Durch die Science-Fiction-Ebene in *Gefangen* hatte ich die zentrale Rolle der Heterosexualität in Krimis umschiffen können. Ich hatte keine praktische Erfahrung mit der weiblichen Anatomie oder ihren körperlichen Empfindungen und verstieg mich jetzt zu der Ansicht, das sei egal. Der Neon-Jazz-Bebop der Krimiautoren war eine extrem schwule Erscheinung. Alle gaben sich unglaublich Mühe, maskulin zu wirken.

Ich schrieb Szenen, die so hetero waren, dass es weh tat. Hier ist ein kurzer Ausschnitt:

> Sie wiegte sich locker in den Hüften. Mit einem solchen Hinterteil brauchte sie kein kesses Mundwerk. Jedes Gespräch kam zum Erliegen, wenn sie vorbeiging. Ihre Kehrseite konnte einen Mann quer durchs ganze Zimmer hinweg reizen und in ihm den Wunsch wecken, die Besiegten Frieden zu lehren und die Stolzen zu zähmen. »Miss Orrin«, sagte ich, »junge Dinger wie Sie kommen in die große Stadt und nehmen den Mund ganz schön voll, dabei sind sie eine wie die andere. Kaum versohlt man ihnen den Hintern, weinen sie nach ihrem Daddy. Schieben Sie Ihre reizenden vier Buchstaben mal hier herüber, Miss Orrin, dann wische ich Ihnen den Lippenstift aus dem Gesicht.

Ich rang mir zwanzigtausend Wörter ab. Alles lief gut. Ich hätte das Buch zu Ende bringen können, hätte ich mich nicht selbst aus der Spur geworfen. In einem Kino, das ältere Filme zeigte, sah ich mir Monate nach der Premiere *Schindlers Liste* an.

Mit seinen pädagogischen Ansätzen erweist der Regisseur seinem drei Stunden langen, wirklich brillanten Film einen Bärendienst. Über fünfundvierzig Minuten werden dafür verschwendet, dem Publikum klarzumachen, dass der Holocaust schlecht und Oskar Schindlers Rettung von zwölfhundert Juden gut war. Warum dieses moralische Lehrstück? Die Geschichte ist stark genug. Was soll das Drumherum?

Wie ich aus meinen kurzen Gesprächen mit Alan Pakula wusste, liegt Drehbüchern eine dreiaktige Struktur zugrunde.

Probleme, die in den ersten zwanzig Minuten eines Films aufgeworfen werden, müssen in den letzten zehn Minuten sauber gelöst sein. Aber was am Holocaust war gelöst? Es gab keine letzten zehn Minuten, nur Jahrzehnte psychologischen Leidens und historischer Folgen.

Ich dachte immer wieder an die nichtjüdischen Deutschen und Polen, die unergründlichen Millionen von Gojim, die nicht in *Schindlers Liste* auftauchten, die Millionen braver Bürger, die weitermachten wie gehabt, während ihre Regierung einen Genozid betrieb. An die ganz normalen Menschen, die gegen die Verbrechen keinen Ton sagten. Die sich einen feuchten Kehricht scherten um die Juden, die Schwulen, die Roma oder die Geisteskranken.

Zwölfhundert Leben sind ein Wunder, aber sechs Millionen Tote sind nackte Tatsachen. Die Folge einer Welt, die höchsten Wert auf Kapital und technische Effizienz legt. Europa trieb es bis zur Endlösung.

Doch wer war ich, dass ich mir ein Urteil erlauben wollte? Ich wusste rein gar nichts über den Holocaust, über das Leiden seiner Opfer oder das Naziregime. Was ich über den Zweiten Weltkrieg wusste, war aus der jämmerlichen Bildung durch öffentliche Schulen und die aktuellen Gedenkveranstaltungen zum fünfzigsten Jahrestag zusammengeschustert.

Am Ende ging ich ins Strand und kaufe so viele Bücher, wie ich tragen konnte. Bevor ich im matten Licht des Buchladens an den vier Meter hohen grauen Metallregalen hinaufblickte, hatte ich nicht einmal geahnt, wie viele Bücher über den Krieg es gab.

Bücher über jedes gottverdammte Thema, vom Offensichtlichen bis zum Lächerlichen. Bücher über die Rationen der GIs. Bücher über deutsche Panzer. Stalin. Churchill. Hitler. Roosevelt. Truman. Bücher über obskure japanische Rituale. Bücher über tschechische Hausfrauen. Bücher über den Einfluss von Panzern auf die Wanderbewegungen nordafrikanischer Vögel. Bücher, Bücher, Bücher. Geschichten der Luftwaffe. Unendlich viele Bücher.

Ich hielt mich an Titel, die ich wiedererkannte. *Aufstieg und Fall des Dritten Reiches. Die Nacht* von Elie Wiesel. Beide Bände von *Maus. Die Boys aus Brasilien. Krieg wie ich ihn erlebte.* Und schließlich *Eichmann in Jerusalem* von Hannah Arendt.

Der Kassierer, ein Mann in mittleren Jahren mit beginnender Glatze, wurde blass, als er bemerkte, dass jedes Buch von Nazis oder dem Holocaust handelte. Mir machte das nichts, ich hatte sogar Mitgefühl mit ihm, als ich mir die gestörten Leute vorstellte, die in den Laden kamen und eine haarsträubende Menge Bücher über schaurige Themen kauften. Die ihrer Besessenheit durch eine bibliographische Manie Zucker gaben.

Aber ich nicht! Ich betrieb Recherche, auch wenn zu diesem Zeitpunkt die Unterscheidung zwischen dem Schreiben und Geisteskrankheit schwierig wurde. Bei der Arbeit an meinen ersten Geschichten und an *Gefangen* hatte mich die Fremdartigkeit des Schreibens nicht beunruhigt. Jetzt hatte ich diesen Muskel so weit trainiert, dass ich ihn nutzte, ohne nachzudenken. Ich setzte mich an meinen Computer, und die Ideen sprudelten. Ich konnte dabei zusehen.

Dazusitzen und die Worte hervorströmen zu lassen, Figuren sprechen zu lassen, sie wie Schachfiguren zu bewegen. Es sah schon sehr nach Wahnsinn aus.

Eichmann in Jerusalem. Dieses Buch las ich zuletzt. Ein Fehler, denn es war das beste. Hannah Arendts pure, spröde Schonungslosigkeit war die einzige vernünftige Antwort auf systemische teutonische Grausamkeit. Unnachgiebig, unsentimental, im

Wissen um das Paradox, dass Eichmann nach den Gesetzen eines Landes verurteilt wurde, das bei der Begehung seiner Taten noch nicht bestanden hatte.

Als Arendt auf Dänemark zu sprechen kam, einen Fall sui generis, hatte sie mich wirklich gepackt. Hier schrieb sie: »Das war einer der ganz seltenen Fälle, in denen Staatenlosigkeit zum Vorteil gereichte, obwohl natürlich nicht die Staatenlosigkeit per se die Juden rettete, sondern der Entschluss der dänischen Regierung, sie unter diesem Vorwand zu schützen.«

Dieser eine Satz veränderte mein Denken. Die Geschichte des Holocaust war die Geschichte einer schlechten Staatsführung. Mein Leben lang hatte ich Klagen über die Übel der Regierung gehört, über das Grauen der Bürokratie. Misstrauen und Hass auf die Regierung waren wahrscheinlich das Einzige, was Hipster aus dem East Village und ungelernte Bauerntölpel teilten, was bewies, dass Dummheit und Unverständnis Konstanten waren, unabhängig von der Nachbarschaft.

Was Amerika vor dem Faschismus bewahrt, sind unsere Gesetze, unsere Gerichte, unsere Gewaltenteilung, nichts anderes. Alles Gute am Leben in Amerika und auch alles Schlechte sind ein Ergebnis der Bundesregierung. 1787 verfassten die überzeugtesten Anhänger der Freiheit eine Verfassung, die ihre Bürger nicht davor schützte, das Eigentum anderer Bürger zu werden. 1860 lebten vier Millionen Menschen in den Fesseln der Sklaverei. 1865 entließ der 13. Zusatz zu dieser Verfassung die Sklaven aus der Knechtschaft. Der Mythos des einsamen Individualisten ist von vorne bis hinten Schwachsinn, der alle Schichten der Gesellschaft durchzieht. Er soll unsere persönliche Mitschuld am Niedergang unseres öffentlichen Lebens zu Bagatellen und Unsinn verschleiern, soll entschuldigen, was aus uns geworden ist. Historisch gesehen sind böse reiche Menschen und dumme

Menschen der Feind. Letztere werden von Ersteren benutzt, was die Gesellschaft in einem tödlichen Kreislauf der Täuschung gefangen hält, dem großen Märchen eines Amerikas, das trotz und nicht wegen seiner Gesetze gedeiht. Einer Welt, in der ein zum Zombie mutierter Ronald Reagan tiefgreifende und systemische Deregulierungen der Wirtschaft begrüßt und als Präsident von Bill Clinton abgelöst wird, einem jovialen Südstaatenpolitiker, dem noch jede Maßnahme zum Schutz der Bevölkerung zuwider war. Beide Männer wandten sich von der Redlichkeit ab, wandten sich von der Vernunft ab, von logischem Denken, saugten die phrasengesättigten Monokulturen von Hollywood und der Wall Street auf. Beide Männer waren sich völlig im Klaren darüber, dass ein gewisses Funkeln vor der Kamera ein ganzes Land blenden konnte. Wen interessierte es da, dass diese tollwütigen Tiere das soziale Gefüge zerstörten? Wen interessierte es, wenn die Schwachen und die Schwachsinnigen hilflos den Räubern und Parasiten ausgesetzt waren? Ein Leinwandcowboy mit einem Schimpansen als Gefährten und ein Schürzenjäger, der in spätabendlichen Talkshows Saxophon spielte. Ich war in genau dem Moment, in dem die Gesellschaft das Erwachsensein aufgegeben hatte, erwachsen geworden. Ich war zum Mann geworden, nachdem alle übereingekommen waren, Männlichkeit habe keinen Wert. Es sei viel besser, die Regierung zu vernichten. Viel besser, die Stützpfeiler des amerikanischen Lebens zu zerstören und gleichzeitig den flüchtigen Träumen von maximalem Profit und selbstregulierenden Märkten nachzujagen. Viel besser, vorzugeben, Ayn Rand sei ein vorausschauendes Genie gewesen, ihre psychopathischen Lehren besäßen tatsächlich eine Verbindung zur Realität. Viel besser, mächtig auf zerlesene Exemplare von *Atlas wirft die Welt ab* abzuspritzen, ein orgastischer cri de coeur an John Galt und Howard Roark. Viel besser, jedes schändliche Ziel mit Floskeln, Schlagworten und popkulturellen Phrasen zu maskieren, die sowohl die besonders Gierigen als auch die besonders Ungebildeten ansprechen. Viel besser, genau die Menschen hereinzulegen, die vor den schlechtesten Schauspielern der Welt geschützt werden müssten, diese Einfaltspinsel, die permanent gegen ihre eigenen Interessen wählen und kaufen für ein bisschen Getuschel darüber, welches Trugbild aus dem Showbiz andere Trugbilder aus dem Showbiz vaginal penetriert hat. Viel besser, sich der Wirtschaft anzubiedern, einer Kaste von Spardenkern, die sich über jedes fingierte Investment einen runterholen, für die ihre Mitbürger nicht mehr sind als hungrige Mäuler, die nach ranziger Diarrhö und Abfluss den Mund aufsperren, die jedes freie Grundstück und jedes hübsche Lagerhaus als Möglichkeit für armselige, minderwertige Eigentumswohnungen, getarnt als Luxusapartments, sehen, die selbst von dem Schwachsinn, den sie produzieren, so geblendet sind, dass sie bereitwillig die gleichen Gifte schlucken, in der festen Überzeugung, ihre Schrecken seien Medizin. Das Schauspiel spiegelt sich wider, unsere Leben werden immer hohler, das moderne Leben besitzt weder Güte noch Wert. Die Bevölkerung ist so wenig gebildet, dass sie sich nicht beschwert, wenn man ihr giftiges Plastik verkauft, wenn die Waren vier Tage nach dem Kauf kaputtgehen, wenn nichts funktioniert. Die Ziege der Wälder gebiert tausend neue Ungeheuer, die an ihr saugen und in die Welt ziehen, die Bäuche voll meuchlerischer Milch, die den Vorgang wiederholen, ihre eigenen Jungen gebären, jede Generation von immer weniger genährt, bis das ganze Konstrukt unter dem sanften Hauch der Natur zusammenbricht. Alles endet, wenn die Regierung ihre Verantwortung aufgibt, wenn die Gier nach Macht und Geld den Wunsch ersetzt, seinen Mitbürgern zu dienen. Es gibt keine natürlichen Rechte, keine allgemeingültigen und unveräußerlichen Grundfreiheiten. Rechte sind nichts anderes als der Schutz, den eine Regierung ihren Bürgern bietet. Ein Recht entsteht in genau dem Moment, wenn seine Verletzung illegal ist. Keine Sekunde früher. Gesetze sind Wirklichkeit. Wenn ein Land schlechte Gesetze hat, leben seine Bürger in einer schlechten Wirklichkeit. Wir lassen zu, dass die ärgsten Kreaturen zu unseren Anführern aufsteigen. Die Art Männer, die uns betrügen, die uns überzeugen, das Wort *Bürokratie* sei ein Schimpfwort. Bürokratie ist das Einzige, was uns vor uns selbst rettet! Amerikaner können den Unterschied zwischen der Regierung und dem Staat nicht sehen. Die Regierung besteht aus dem korrupten Abschaum, der über uns herrscht. Der Staat ist der Vertreter der Bürokratie, der uns beschützt, bis die Regierung ihn korrumpiert. Ohne einen gut funktionierenden Staat werden unsere Rechte so einfach gekauft und verkauft wie ein neuer Computer. Und diese Rechte können uns genauso leicht genommen werden, vor allem, wenn die Menschen so irregeleitet sind, dass sie sich nicht schützen. Willkommen im ewigen Wirtschaftskreislauf aus Konjunktur und Rezession. Willkommen in einer Welt, in der Bildung abgewertet und unterfinanziert wird, was dem Land eine Bevölkerung einbringt, die zu dumm ist, um sich an die letzte Katastrophe zu erinnern. Willkommen in einer Welt, in der sich niemand an den Geschmack von Scheiße erinnern kann. Willkommen in einem Amerika, in dem McDonald's eine Investmentmöglichkeit ist und schnell verdientes Geld wichtiger als die Gesundheit der Menschen. Bürgerrechte sind auch nur ein Produkt, das entwertet und kopiert und gelöscht und weitergereicht wird, bis nicht mehr bleibt als ein leeres Blatt Papier. Philip K. Dick hat sich geirrt. Das Reich geht unter. Neros Gefiedel liefert den Soundtrack zu unserem Zusammenbruch. Amerika stirbt, wenn seine Regierung und seine Unterhaltung vollends verschmelzen, wenn Politiker sich schamlos bei den Schönen und den Reichen anbiedern, wenn sie die Staatspolitik nach den Ansichten verkommener Firmenvorstände und großkotziger Rockstars ausrichten. Wenn mächtige Männer glauben, verliehene Macht sei weniger wichtig als bloßer Ruhm, wenn sie die Posten, auf die sie gewählt wurden, als Ausgang hirnloser Selbstverherrlichung betrachten. Alles führt zurück zur Clubszene. Amerika ist wirklich ein Club, und alle wollen in den VIP-Bereich. Alle wollen fabelhaft sein. Andy, mach ein Bild von mir.

Europäische Juden brauchten nicht Steven Spielbergs Vision eines amerikanischen Individualisten in Weimarer Klamotten. Sie brauchten das Gleiche, was jeder jederzeit braucht.

Eine gute Regierung.

Ich ging wieder ins Strand und kaufte Anne Franks Tagebuch. Es war nicht meine erste Begegnung mit Annelies. Im zweiten Highschooljahr hatte unsere Englischlehrerin uns das Buch aufgegeben, aber ich war ein verpeilter Teenager gewesen, der sich nur für Sport interessierte. Ich hatte nicht aufgepasst.

Nachdem ich die anderen Bücher gelesen hatte, begann ich das *Tagebuch* mit absoluter Klarheit. Die qualvolle Kulturgeschichte war davon abgefallen, von diesem Buch, das so stumpf geworden war durch schlechte Lehrer, durch die Scheinheiligkeit der Gesellschaft, durch beschissene Hollywoodadaptionen. Das alles war weg. Jetzt brannten ihre Worte mit Schießpulver. Ihre Seele drang durch die Seiten. Diese witzige Stimme, dieses altkluge Mädchen, gefangen hinter einem Bücherregal in Amsterdam, die ganze Angst. Und ich wollte sie einfach nur retten.

Ich rief Parker an und sagte ihm, ich hätte meinen Krimi aufgegeben. Ich konnte kein Buch über einen Amerikaner schreiben, der auf eine Pazifikinsel gegangen und zurückgekehrt war. Das war nicht die Geschichte. Die einzige Geschichte war der Holocaust.

Er versuchte, mich davon abzubringen, ein anderes Buch zu schreiben.

– Der Ehrgeiz ist bewundernswert, sagte er, aber das bringt nur beschissene Kopfschmerzen, die keiner von uns brauchen kann. Du weißt doch, dass ich Hämorrhoiden habe. Wegen der Dinger habe ich Schmerzen und Probleme beim Kacken. Da musst du nicht mit gesellschaftlichen Problemen kommen. Du hast doch gesehen, was Bret Easton Ellis nach *American Psycho* passiert ist. Dennis Cooper bekommt von irgendwelchen Leuten am Telefon Morddrohungen. Morddrohungen, Kleiner. Das Land verändert sich. Kein Buch ist es wert, dafür zu sterben. Dir soll der Ehrgeiz aus dem Hodensack tropfen, keine Frage, aber doch nicht so. Halt ein bisschen Maß.

– Wenn ich das Buch schreibe, fragte ich, stehst du dann hinter mir?

– Ich stehe auf jeden Fall hinter dir, sagte er. Aber die Idee ist bescheuert. Das versaut dir das ganze Leben.

– Es wird geschmackvoll. Keine Angst. Niemand wird beleidigt sein.

– Das hier ist Amerika, du armer Irrer, sagte Parker. Die Leute sind wegen einer Papiertüte beleidigt.

Februar 1994

Karen Spencer

Cecil stellte mich seiner besten Freundin vor, einer Künstlerin namens Karen Spencer. Sie hatten zusammen die NYU besucht und beide in der School of the Arts Schauspiel belegt. Nach dem Abschluss war Cecil im Sumpf der Verlagswelt versunken, während Karen Spencer sich mit den liederlichen Lümmeln der Künstlerszene im East Village und SoHo eingelassen hatte. Mit ihren eigenen Gemälden hatte sie keinen großen Erfolg gehabt, aber sie hatte fabelhafte Freunde gefunden und versuchte sich daran, ihre Arbeiten zu verkaufen.

Cecil überredete mich, Karen in ihrem Loft in der Spring Street zu besuchen. In meinem Kopf hörte ich Adelines Stimme.

— Baby, warum solltest du das Loft einer Künstlerin besuchen wollen? Hast du mit diesen schrecklichen Menschen nicht schon genug Zeit verbracht? Sie überziehen nur sämtliche Wände mit ihren Arbeiten. Was wirst du wohl sagen? Du wirst Begeisterung heucheln müssen. Kannst du das, Baby? Kannst du Begeisterung heucheln?

Aber Karens Wände waren kahl. Sie hatte den Fabrikschick ihrer Wohnung unverändert gelassen, ohne die freiliegenden Träger und uralten Fenster anzurühren. Weil wir tiefsten Winter hatten, herrschte in ihrem Loft etwa die gleiche Temperatur wie in der Höhle eines Frostriesen.

— Kommt rein und setzt euch an die Wärme, sagte sie.

Sie hatte mehrere Holzstühle um ein wuchtiges Heizgerät herum aufgestellt. Ich rückte so nah heran, wie ich konnte. Wie zum Teufel war ich derart kälteempfindlich geworden? Wo war der abgehärtete Bauernbursche vom Lake Superior geblieben?

Karen und Cecil unterhielten sich. Ich konnte ihnen nicht folgen. Zum Teil ging es um die Arbeit, zum Teil war es Klatsch über alte Freunde, zum Teil Blödsinn, feingeschliffen von zehn Jahren Freundschaft.

— Cecil hat erzählt, dass du an einem neuen Buch arbeitest, sagte Karen.

— Stimmt.

— Und du schreibst Science-Fiction?

— Dieses Mal nicht, sagte Cecil. Es wird ein Noir-Krimi.

Ich hatte Cecil von der neuen Ausrichtung noch nichts gesagt. Ich ließ ihn Leuten von einem Buch erzählen, das ich aufgegeben hatte. Ihn zu korrigieren erschien mir zu mühsam. Und was machte das schon? Es war einfacher, allem zuzustimmen, was er sagte.

— Ich liebe Krimis, sagte Karen Spencer. Magst du David Goodis?

— Goodis ist klasse, sagte ich. Welches ist dein Lieblingsbuch?

— *The Blonde on the Street Corner.*

— Das habe ich nicht gelesen.

— Es reicht kaum für einen Roman, sagte sie. Im Grunde geht es nur um Leute, die total pleite sind und vögeln und sich streiten und wieder vögeln. Es wird dir gefallen.

Karen ging in die Küche und kochte Wasser. Sie schenkte uns Tee ein. Die Hitze taute meine Hände auf, das Getränk wärmte mich von innen.

— Baby, fragte Karen, hast du mal *Reich und Schön* gesehen?

– Nein, sagte ich.

Ein Aspekt am Leben ohne Adeline. Ich hatte einen Fernseher gekauft. Einen großen in Farbe. Einen echten Fernseher. In den ersten sechs Monaten mit meiner neuen Errungenschaft hatte ich öfter in die Glotze geguckt als in den sieben Jahren davor. Auf den verschiedenen Sendern waren einige interessante Serien angelaufen. *NYPD Blue, Akte X, Superman – Die Abenteuer von Lois und Clark.*

Meistens allerdings hatte ich den Kasten auf Kanal 13 geschaltet, auf PBS. Um *Reich und Schön* machte ich einen möglichst großen Bogen. Eine Seifenoper! Mein Gott, nein!

– Und du, Cecil?, fragte Karen.

– Ich arbeite in einem Büro, sagte er. Ich müsste die Folgen aufnehmen, und das mache ich nicht.

– Wie ihr seht, besitze ich keinen Fernseher, sagte Karen, deshalb komme ich nur selten dazu. Vor ein paar Wochen war ich bei meinem Arzt im Wartezimmer, und weil überall, wohin man geht, ein Fernseher plärrt, sitze ich direkt unter dem Lärm. Ich ignoriere ihn und versuche, die *Entertainment Weekly* zu lesen, aber ich höre immer wieder meinen Namen. Karen, Karen, Karen, Karen. Wenn man einen Namen wie Karen hat, gewöhnt man sich daran, ihn zu hören, also achte ich nicht darauf. Aber dann sagt der Fernseher meinen ganzen Namen. Karen Spencer, Karen Spencer, Karen Spencer, und einen Moment denke ich, ich hätte den Verstand verloren, ich wäre schizophren geworden und würde Stimmen hören. Ich stehe auf und sehe auf den Fernseher, und da gibt es einen Handlungsstrang über diese Figur, Karen Spencer. Ich frage die Sprechstundenhilfe, was gerade läuft. Sie sagt, das sei *Reich und Schön*. Ich frage sie, ob sie diese Figur Karen Spencer kennt. Sie hat keine Ahnung, wovon ich rede, also zeige ich auf die Schauspielerin auf dem Bildschirm, und die Sprechstundenhilfe sagt, ach die, sie ist schon seit einer Weile dabei. Das musste näher untersucht werden. Ich bin zu einem Zeitschriftenstand gegangen und habe mir einen Serienführer über Seifenopern geholt, und es gab eine ganze Reihe von Geschichten über Karen Spencer! In der Bücherei habe ich mir alte Ausgaben angesehen. Monatelang Karen Spencer.

Sie zündete eine Zigarette an. Der Rauch sammelte sich auf Augenhöhe, eine böse Wolke, die uns umwaberte.

– Dann habe ich gedacht, was, wenn die andere Karen Spencer die echte ist? Was, wenn ich die fiktive Karen Spencer bin, und die, die fünfmal die Woche im Fernsehen auftritt, ist die richtige? Was, wenn mein Leben erfunden ist? Wenn nicht ich existiere, sondern sie? Vielleicht ist die andere Karen Spencer diejenige, die zählt. Vielleicht bin ich ein Schatten, der an ihre Wand geworfen wird. Vielleicht beobachtet diese andere Karen Spencer mich.

Als wir Karens Loft verließen, begleitete Cecil mich zu Fuß auf dem weiten Weg zu meiner Wohnung. Er schlug vor, ein Taxi zu nehmen, aber ich liebte New York im Winter, besonders nach Weihnachten. Selbst, wenn es eiskalt war.

– Du bist noch nicht ganz so weit, sagte er, aber wenn du über dreißig bist, ist das Leben anders, als du es dir je vorgestellt hast. Filmstars altern sichtlich, aber du fühlst dich unverändert. Du fragst dich: Wie kann ich älter werden? Ich habe von nichts eine Ahnung! Und deine Freunde verändern sich, wie du es nie vermutet hättest. Jeder hat ein oder zwei Freunde, bei denen es genau so läuft, wie es vorherbestimmt schien, aber bei den meisten hätte man sich nie vorgestellt, was sie werden.

– Wie bei Karen?, fragte ich.

– Könnte man meinen, sagte er, aber nein. Aus Karen ist genau das geworden, was ich erwartet habe.

März 1994

Baby adoptiert
den König von Frankreich

Und dann war da die Geschichte, als Franklin vorbeikam und sagte, ich müsse eine Katze adoptieren. Ich wollte keine Katze, weil ich ein neues Haustier als Verrat am Captain empfunden hätte, aber Franklin erzählte pausenlos von einem getigerten Kätzchen in der ASPCA, der Tierschutzeinrichtung an der 92nd Street, in der er ehrenamtlich arbeitete.

— Sie haben den kleinen Kerl mit seinen Geschwistern in einer Mülltonne gefunden. Wir glauben, die Mutter ist losgezogen, um Futter zu suchen, und nicht zurückgekommen. Ein Typ wollte eine Dose wegwerfen und hat das Miauen gehört. Die Kätzchen waren vielleicht eine Woche alt. Aber dieser eine Kater, der, den du aufnehmen musst, ist der Kümmerling, der Kleinste aus dem Wurf. Sie haben alle Kätzchen in einen Käfig gesteckt, aber seine Brüder und Schwestern haben immer wieder versucht, an seinem Schwanz zu saugen, deshalb musten sie ihn herausnehmen und in einen Käfig zu anderen Waisen stecken. Jedenfalls ist er jetzt etwa drei Monate alt. Ich habe gestern mit ihm gespielt. Er ist toll, aber ich kann in meiner Wohnung keine Katze halten. Mein Vermieter würde einen Anfall kriegen. Deshalb habe ich an dich gedacht. Der kleine Scheißer ist so süß. Er ist geimpft. Er ist aufgepäppelt. Er ist wie für dich geschaffen, Baby.

— Warum gibst du ihn nicht Michael?, fragte ich.

— Nicht dein Ernst. Michael hat schon eine Katze. Außerdem wäre es ein echtes Verbrechen, den kleinen Kerl in eine Drogenhöhle zu geben. Du bist anders als die meisten Clubleute. Du bist normal. Du bist gefestigt.

Wir wissen nie, wie andere uns sehen. Ich erwartete jeden Moment Männer in weißen Kitteln, die mich ins Bellevue warfen. Gequält durch das Schreiben, ausgehöhlt durch Wörter. Einer der wenigen tröstlichen Aspekte der Literatur war der Anstrich von Ehrbarkeit, den sie ihren Vertretern verlieh, eine unpassende Gabe von Ansehen und Status. Bedenken Sie nur den persönlichen Werdegang dieses fetten kleinen Wichsers Norman Mailer, der die Sechziger damit eingeläutet hatte, auf seine Frau einzustechen, und am Ende des Jahrzehnts als Bürgermeister von New York kandidierte.

— Na schön, scheiß drauf, sagte ich. Sehen wir uns den Kater mal an.

Wir fuhren mit der 6 nach Uptown, stiegen an der 86th aus und liefen zur Ecke 92nd und First. Die ASPCA war in einem gedrungenen Gebäude in Flussnähe untergebracht. Auf der gegenüberliegenden Straßenseite ragte ein Sozialbau auf. Franklin führte mich hinein und durch ein kleines Labyrinth.

Bisher hatte ich Franklin nur in Clubs, im Kiev und in unseren Wohnungen gesehen. Ich hatte ihn als einen billigen, schlampigen Junkie wahrgenommen, der seine Mittzwanziger verballerte. In der ASPCA redete er mit einer ganzen Bandbreite von Menschen. Alle mochten ihn, alle schienen das Gespräch mit ihm zu schätzen. Er schenkte jedem ein Lächeln. Erst da überlegte ich zum ersten Mal, womit zum Teufel er sein Geld verdiente. Ich hatte bisher nicht mal gefragt.

Die Katzen saßen hinter Gittern, in einem Raum mit mehreren

Reihen von Käfigen. Einige wirkten mürrisch und verschlossen. Andere völlig verängstigt. Viele rieben sich am Metall, drückten die Köpfe in die Zwischenräume, miauten erbarmungswürdig. Wenigstens wurden sie nicht in irgendeiner Familie misshandelt oder verhungerten auf der Straße. Ich musste an meine Recherchen denken. Die Menschheit hört nie auf, Käfige zu bauen.

Die Kätzchen brachen mir nicht das Herz. Kätzchen finden immer ein Zuhause. Was mich fertigmachte, waren die älteren Katzen. Jede brachte eine deprimierende Geschichte mit, trug zu einer kollektiven Last bei, die kein Mensch tragen konnte. Die elfjährige orangegetigerte Katze, die nach Tragödie stank. Nach dem Tod eines Besitzers, versehentlichem Davonlaufen, der Gleichgültigkeit eines grausamen Herrchens.

Franklin nahm das fragliche Kätzchen, ein schielendes, maunzendes Ding, aus dem Käfig. Sein Kopf und sein Rücken waren grau mit braunen Sprenkeln. An der Seite hatte sein Fell verwirbelte Zeichnungen. Sein Bauch war schneeweiß, die Beine beigegetigert. Ich hielt ihn in der Hand, auf dem Rücken liegend, und sah, dass die Ballen seiner Pfoten abwechselnd schwarz und rosa gefärbt waren.

— Na gut, sagte ich. Schön. Du hast gewonnen. Ich nehme ihn.

— Das wusste ich, sagte Franklin.

Ich füllte eine erstaunliche Menge Formulare aus. Ich wies mich auf zwei unterschiedliche Arten aus. Ich legte einen ordentlichen Batzen Geld hin.

Die Mitarbeiter der ASPCA sagten mir immer wieder, ich würde etwas Großartiges tun, und das Leben mit einem Haustier sei so schön. Sie setzten den kleinen Kater in einen Pappkarton. Ich trug ihn hinaus.

Wir suchten ein Taxi und ließen uns zu der Tierhandlung in der Nähe meiner Wohnung fahren. Ich kaufte die vier Dinge, die jeder Katzenbesitzer brauchte. Futter, ein Behältnis für Futter, Katzenstreu, ein Behältnis für Katzenstreu.

Zu Hause befreite ich den maunzenden Kleinen aus dem Karton. Er flitzte im Kreis durch meine Wohnung, kletterte überall hinauf, schnupperte, warf Sachen um. Ich versuchte, ihn einzufangen, schaffte es aber nicht, bis er begriff, dass ich ihn nur berühren wollte. Er lief zum Teppich, warf sich auf den Rücken und präsentierte seinen entzückenden Bauch.

Ich hob das Tier hoch.

– Wie zum Teufel soll ich dich nennen?

Aus seinen grünen Kulleraugen sprach eine einzige Psychose. Ich hatte keine Katze adoptiert. Ich hatte einen ganzen Sack emotionaler Probleme adoptiert, verschnürt mit einem Seil aus Irrsinn. Mit seiner piepsigen Kätzchenstimme miaute er ganz leise.

– Von nun an, sagte ich, soll man dich kennen als den König von Frankreich.

April 1994

Babys neuer Roman

Ich kehrte zur Science-Fiction zurück. Ich dachte, das Buch würde weitere Kreise ziehen, wenn ich noch stärker verwässerte Genrekonventionen als postpopkulturelle Tiefsinnigkeiten ausgab. Außerdem war das ganze Ding plötzlich in meinem Kopf. Schlagartig. Wie in einem Traum, als ich an Tower Records in der 4th Street vorbeischlenderte und das Licht der Platten in ihren Leuchtkästen, hundertfach vergrößert wie Leuchttürme hinter den Schaufenstern des Ladens, auf mich fiel.

Eintausend Jahre in der Zukunft, etwa im Jahr 3000 unserer Zeitrechnung, haben sich Zeitreisen etabliert. Sie werden von der Globalen Behörde für Zeitreisen reguliert, einem bürokratischen Arm der Weltregierung.

Der normale Durchschnittsbürger kann nicht in die Vergangenheit reisen. Nicht aus einer Laune heraus. Aus gar keinem Grund. Zeitreisen dienen ausgebildeten Profis als zulässiges Hilfsmittel für wissenschaftliche und historische Recherchen.

Reisen in die Zukunft sind unmöglich. Es gab Versuche. Jeder ist gescheitert, was die empfindliche Ausrüstung zerstört und eine beträchtliche Anzahl von Toten gefordert hat.

Unsere Leben sind Narrative, geformt von der Vergangenheit, die mit unseliger Präzision in die Gegenwart reicht. Die Menschheit schleppt sich im Schatten von Geistern voran, befleckt vom Ektoplasma ihrer eigenen Geschichte. Der große Makel menschlicher Biologie besteht in der Unfähigkeit unserer Sinne, die vierte Dimension wahrzunehmen, obwohl wir sie unausweichlich durchqueren. Es gibt keine objektive Wahrheit über ein Ereignis, keine Möglichkeit, einen Moment festzuhalten, wenn er vergangen ist. Nicht einmal Filmaufnahmen können das Ereignis in seiner Gänze vermitteln.

Dieses Dilemma lässt sich durch die Entwicklung einer Technologie für Breitbandholographie lösen, die alle fünf Sinne stimuliert und im dreidimensionalen Raum einen Radius von bis zu sechszehnhundert Metern erreicht. Die Technologie für Zeitreisen läuft parallel. Ziel des Zeitreisenden ist es, holographische Instrumente in die Vergangenheit zu bringen und eine absolut präzise Abbildung eines Ereignisses zu erstellen.

Das hat enorme Auswirkungen. Wenn Menschen exakte Kopien von historischen Ereignissen durchleben, werden Mythen zerstört. Deshalb gehen die meisten Religionen unter. Man kann unmöglich an die Auferstehung Jesu glauben, wenn man den Mann leibhaftig vor sich sieht, einen charismatischen Straßenprediger, der gekreuzigt und mehrere Monate später von einem fanatischen Bettler imitiert wird. Der Islam hält sich etwas länger, aber nicht viel länger. Was überlebt, sind vor allem asiatische und sogenannte primitive Religionen, die sich den Glauben an Tiergeister bewahrt haben.

Der Monotheismus war gestorben.

Mit einer Ausnahme, der großen, immerwährenden Ausnahme. Dem Judentum. Wenn eine Kultur die Ägypter, die Babylonier, die Römer, die Europäer, die Nazis und die Politik des späten 20. Jahrhunderts überleben kann, dann kann sie auch das Aufkommen von Zeitreisen überstehen.

Alle Zeitreisenden leisten einen Schwur, der auf dem hippokratischen Eid basiert, und geloben, niemandem Schaden zuzufügen. Diese reizende Idee erweist sich als beklagenswert unzureichend. Das Problem ist nicht der Einfluss, den die Reisenden auf die Zeit ausüben, sondern der Einfluss, den die Zeit auf die Reisenden ausübt.

Das Jahr 3000 ist in jeder Hinsicht eine technologische Utopie. Es kommt immer noch zu Gewaltausbrüchen, aber es ist die geringfügige Gewalt eines überbevölkerten Planeten, der im Luxus schwimmt, statt des weitverbreiteten Blutvergießens früherer Zeiten. Krieg und Krankheit gehören der Vergangenheit an. Geld ist eine unerhörte Obszönität.

Die Zeitreisenden, Arglose im Ausland, werden in Umgebungen gestoßen, in denen sie enorme Massaker mit ansehen müssen, in denen sie mit ansehen müssen, wie Millionen Menschen von unheilbaren Krankheiten dahingerafft werden, wie Städte zerstört, ganze Bevölkerungen ausgelöscht werden, wie die Umwelt im Chaos versinkt. Der unerträgliche Schmerz der Geschichte übersteigt ihre persönliche Erfahrung, und doch werden sie mitten hineingezwungen, sehen Krieg, sehen Völkermord, weltweit und im Schnelldurchlauf.

Die Selbsttötungsrate, die nach der globalen Einführung von Suizidzentren im Jahr 2731 schon immer hoch war, schnellt bei den Besuchern der Vergangenheit weiter empor. Das größte dieser Zentren, an der Südseite des Nueva Washington Square zwischen der Wooster Street und der South Fifth Avenue gelegen, berichtet von einem sprunghaften Anstieg.

Die Globale Behörde für Zeitreisen wird darauf aufmerksam.

Es werden zahlreiche Studien durchgeführt. In einer Metaanalyse stellt sich heraus, dass die einzige demographische Gruppe unter den Zeitreisenden, die eine deutlich geringere Suizidrate aufweist, die Juden sind. Theorien machen die Runde, die zum Teil ein atavistisches Aufflackern des Antisemitismus beinhalten, doch am weitesten verbreitet sich die Vermutung, dass den Juden kulturell eingeschärft wurde, die Geschichte als Grauen zu sehen, auf das es nur eine Antwort geben kann: zu überleben.

Nach einiger Zeit erklären sich nur noch Juden zu dieser Arbeit bereit. Die Aschkenasim erweisen sich als besonders geschickt in der jüngeren Geschichte, während die Mizrachim ein intuitives Verständnis für die ältere Geschichte mitbringen. Die Sephardim demonstrieren eine große Kompetenz für die Zeit vor dem Auftreten des Homo sapiens.

Die hauseigenen Wissenschaftler der Globalen Behörde für Zeitreisen suchen in ihrer Abteilung für Forschung und Entwicklung nach neuen Technologien, mit denen sich das Erlebte besser verarbeiten lässt. Die effektivste Methode arbeitet mit einem biotechnisch modifizierten Erregerstamm einer Supergonorrhö. Wenn sich die Bakterien in der Kehle ansammeln, entwickeln sie eine eigene Intelligenz und können die Stimmbänder, die Zunge und die Gesichtsmuskeln ihres Wirts kontrollieren. Die emotionale und intellektuelle Bandbreite der Krankheit ist begrenzt gehalten, und ihre Stimme unterscheidet sich merklich von der ihres Wirts.

Das erste Kapitel beginnt mit einem Dialog zwischen dem Protagonisten, einem Zeitreisenden namens Boaz ben-Haim, und seiner hyperintelligenten Gonorrhö. Er findet in einer Bar statt. Ben-Haim nuckelt an einem Cocktail aus synthetischem Meskalin, Alkohol und Methamphetamin.

— Dieser Job treibt mich in die Drogensucht, sagt ben-Haim.

— die welt ist ein wunderbarer ort, sagt die Gonorrhö. du musst den versuchungen des fleisches nicht nachgeben und deinen Kummer auch nicht ertränken. erfreue dich morgen und denke an heute!

– Durch das Meskalin sehe ich in den künstlichen Wolkenformationen Figuren. Ich glaube, ich kann das Ende der Welt sehen.

– die welt wird nie enden, sagt die Gonorrhö. die scharen werden immer bestehen. erinnere dich an walt whitmans gedicht über den sonnenuntergang, in dem der gute graue barde zu künftigen generationen spricht.

– Richtet sich das Gedicht nicht an die späteren Einwohner von Brooklyn?, fragt ben-Haim.

– ja, sagt die Gonorrhö.

– Brooklyn wurde 2321 zerstört.

– ja, sagt die Gonorrhö, aber das brooklyn unserer herzen bleibt. warum über zerstörung nachsinnen? denk an den glücklichen wiederaufbau, der folgt!

Boaz ben-Haim torkelt durch den schimmernden sauren Faseroptikregen nach Hause. Er schläft ein, nachdem er seinem Cocktail eine gewaltige Menge Mandrax und Barbiturate hinterhergeschickt hat. Am nächsten Morgen wird er von einer Instant-Videobotschaft geweckt, die ihn zur Globalen Behörde für Zeitreisen ruft.

Als Boaz ben-Haim beim monumentalen Betonbunker der Behörde unter den Nueva United Nations ankommt, teilt man ihm mit, dass gewisse Höhergestellte seine Laufbahn genau verfolgt haben. In seinen fünf Jahren Einsatz hat er seine Fähigkeiten bewiesen. Deshalb ist er schon befördert worden. Boaz ben-Haim stöhnt. Beförderungen bedeuten nur, dass der Zeitreisende historischen Epochen mit größeren psychologischen Beeinflussungen ausgesetzt wird.

Sein neuer Auftrag ist einer der schlimmsten. Ein Genozid,

die Schoah, und dazu die Schoah in ihrer schlimmsten Ausformung. Auschwitz im Mai 1944. Boaz ben-Haim bekommt den Befehl, drei volle Monate zu bleiben. Die Hologrammtechnologie muss täglich neu justiert werden.

Boaz legt eine komplette SS-Montur an und gibt sich als Lagerwache aus. Zu seiner Ausrüstung gehört Täuschtechnologie, die bewirkt, dass weder er noch seine Gerätschaften entdeckt werden. Er schläft in der Kammer seiner Zeitblase, verborgen in der äußeren Welt, aber der Schlaf bringt ihm nur Albträume von seinem Vater.

Im Laufe der Wochen in Auschwitz entwickelt seine hyperintelligente Gonorrhö ein seltsames Verhalten. Angesichts der schlimmsten Abgründe der Menschheit beginnt die Krankheit, nur noch in Plattitüden zu sprechen.

Boaz ben-Haim wird Zeuge davon, wie einhundert Juden vergast werden. Seine Bakterien sagen: – jetzt ist es schlimm, aber vergiss nicht, wir kommen aus der zukunft! in tausend Jahren ist alles gut!

Boaz ben-Haim sieht, wie einem halbverhungerten Mädchen, höchstens acht Jahre alt, in den Kopf geschossen wird. Seine Bakterien sagen: – der tod ist teil des natürlichen kreislaufs. wir dürfen ihn nicht als absoluten seinszustand begreifen.

Mit dem Gestank der Krematorien in der Nase trifft Boaz ben-Haim auf Josef Mengele. Die Bakterien sagen: – selbst die schlechtesten menschen haben gute absichten, nur untergräbt die biochemie ihrer nervenbahnen ihre fähigkeit zum guten.

Die Bakterien sprechen mit ben-Haims Kehle, mit ben-Haims Gesicht, mit ben-Haims Stimmbändern. Es fühlt sich ähnlich an, als würde man sich die Faust ins Gesicht rammen und sich dann bei seiner Faust entschuldigen.

Boaz ben-Haim stellt die erste Regel der Zeitreisenden in Frage.

Füge keinen Schaden zu. Keinen Schaden zuzufügen kann man kaltherzig genommen so verstehen, dass man nichts tut. Wie viele Kinder müssen sterben? Was, wenn das grundlegende Prinzip der Zeitreisen, dass Veränderungen der Vergangenheit möglicherweise die Geburt des Zeitreisenden verhindern, eigentlich nur eine Frage der bescheuerten politischen Zweckmäßigkeit ist, die im Jahr 3000 eigentlich überholt sein sollte? Ist es nicht chronozentristisch, davon auszugehen, dass sein Leben wertvoller ist als die Leben in Auschwitz? Oder die Tode an einem beliebigen Punkt der Geschichte? Wenn jemand vor einem sinnlosen Tod gerettet werden kann, sollte man ihn dann nicht retten? Kann die Selbsterhaltung ein zulässiger Grund sein, nicht einzugreifen?

— vergiss nicht, sagt die Gonorrhö, bis du geboren wirst, hat die menschheit all ihre probleme gelöst! geschichte ist der lange prozess deiner spezies, die beste aller möglichen welten zu erschaffen!

Indem die Behörde sich weigert, die Schuldlosen zu retten, nimmt sie die Verbrechen der Geschichte billigend in Kauf. Die Zeitreisenden sind keine Wissenschaftler. Sie sind keine ausgebildeten Profis. Sie sind Touristen des menschlichen Leidens. Angehörige der gleichen Kolonialistenkaste, die seit dem Anbruch des Industriezeitalters andere ausnutzt. Menschen, die ihren Lebensunterhalt mit dem fernen Elend verdienen, das man nicht sieht. Dafür eignet sich kein Ort besser als die Vergangenheit.

Sechs Millionen Tote sind nicht bedeutungslos. Die Geschichte des jüdischen Volks, dieser Gipfelpunkt jahrtausendelanger Verfolgung, gehört zu Boaz ben-Haims Erbe, doch wenn Technologie diese Menschen vor dem Untergang retten kann, wie soll man dann nicht handeln?

Boaz ben-Haim ist nicht der Erste, der zu diesem Schluss kommt. Die Technologie enthält Sicherheitsvorkehrungen. Durch Nanotechnologiefilter wird das Eindringen unerlaubten organischen Materials in die Zeitkammer verhindert. Der gleiche Mechanismus, der ihm das Zusehen ermöglicht, erzwingt seine Komplizenschaft.

Derweil scheint die Gonorrhö erstaunlich viel über Boaz ben-Haims Gedanken zu wissen. Ihre Plattitüden verändern sich. Sie bekräftigt, wie wichtig seine Mission sei. Die Gonorrhö liest möglicherweise seine Gedanken.

— vergiss nicht, boaz, sagt die Gonorrhö, solche krisen sind keineswegs ungewöhnlich, deine momentanen gefühle sind nicht neu. man hat sie bereits erwogen und über sie entschieden. es wurden maßnahmen eingeführt.

Als Boaz ben-Haim sich dem Ende seiner Mission in Auschwitz nähert, vermutet er, dass er nie wieder in die Vergangenheit zurückkehren darf. Möglicherweise erstellt die Gonorrhö ein Dossier mit wenig schmeichelhaften Informationen über seine Zweifel und seine Ansichten über die Versäumnisse von Zeitreisen. Wenn die Behörde herausfindet, wie skeptisch er ihren Grundsätzen gegenübersteht, wird sie ihn von seinen Pflichten entbinden.

Nur jetzt hat er die Chance zu handeln, bevor er in seine Epoche zurückkehrt. Die Behörde mag die Zukunft kontrollieren, aber in der Vergangenheit ist sie ihm ausgeliefert. Er kann entscheiden, wohin er geht und was er tut.

Seine erste Station ist Amerika im Jahr 1970. Er bricht in das Walter-Reed-Militärkrankenhaus ein und stiehlt starke Dosen Penicillin und Ampicillin.

Als Gonorrhö als Hilfsmittel für Zeitreisende gezüchtet wurde, hatte sich mehr als vierhundert Jahre lang kein Mensch mehr mit dieser Krankheit infiziert. Diesen Erregerstamm hatte man ausgewählt, weil er besonders gut auf Antibiotika reagierte. Der Hersteller EliGlaxoLily nutzte diese Anfälligkeit, um die Krankheit einfach heilen zu können, wenn sie nicht mehr gebraucht wurde. Als Boaz ben-Haim wieder in seiner Kammer ist, schluckt er die entwendeten Tabletten.

Idealerweise wird hyperintelligente Gonorrhö im Krankenhaus entfernt, während der menschliche Wirt sediert ist. Boaz ben-Haim steht diesen Wandel ohne Betäubung durch. Die Gonorrhö stirbt, sie krächzt mit ben-Haims Stimme, schließlich endet ihr Flehen um Gnade in Stille.

– hilf mir, hilf mir, hilf mir. hilfe. hilfe. hilfe. hilfe.

Die nächste Reise führt Boaz ben-Haim weit in die Zukunft, in die Phase, in der die Massenproduktion der Zeitreisetechnologien anläuft.

Dabei ist die Gefahr nicht gering, dass er ein Paradox erschafft. Die Behörde hat alle Reisenden immer wieder gewarnt, ein Sprung in eine Epoche, in der die Technologie existiert, sei unmöglich und gefährlich. Die Folge könne nur der Tod sein. Nur Tod und Verderben.

Er riskiert es, gibt die Koordinaten ein und kommt unbeschadet an.

Nichts passiert. Es ist wie in jedem anderen Zeitabschnitt. Er interagiert mit den Menschen und setzt Täuschtechnologie ein. Nichts verändert sich. Er lebt immer noch. Boaz ben-Haim schließt daraus, dass die Phase nach der Erfindung der Zeitreisen schon immer besucht wurde, mit den gleichen Tarntechnologien, die er vor kurzem bei Angehörigen der SS eingesetzt hat.

Vielleicht wusste die Behörde davon. Vielleicht wusste sie es von Anfang an. Ihm hat ja auch niemand gesagt, dass die Gonorrhö seine Gedanken lesen konnte.

Er stiehlt den Hauptprozessor einer älteren Zeitreisekammer, einer ohne Nanotechnologiefilter, die das Eindringen organischer Materie verhindert. Diesen Prozessor verbindet er mit seiner Kammer.

Als Nächstes besucht Boaz ben-Haim Mauritius im Jahr 1534. Er fängt einen Dodo und nimmt ihn in seine Kammer mit. Das Gerät sperrt den Vogel nicht aus. Boaz ben-Haim reist ins Jahr 1988 und lässt den Vogel bei der Nadel der Kleopatra frei. Das Tier wirft Boaz ben-Haim einen dummen, belämmerten Blick zu, dann hüpft es davon und reibt sich am Podest des Obelisken.

Nachdem Boaz ben-Haim bewiesen hat, dass es möglich ist, beschließt er, Opfer des Holocaust zu retten. Er hofft, wenn er sie im letztmöglichen Augenblick vor dem Tod herausholt, richtet er so wenig Chaos wie möglich an. Boaz ben-Haim plant, die Geretteten in die ferne Zukunft zu bringen. Ins Jahr 2700. Nach dem letzten großen Krieg, nach gewaltigen Entvölkerungen.

Er wird sie vor der schlimmsten Regierung retten, die der Mensch kennt, und sie in das am meisten bewunderte System politischer Vertretung der Menschheitsgeschichte befördern. Zum Neuen Dogen von Nuovo Venexia. *Ich bin ein Ein-Mann-Zion.* Die einzige Frage lautet, wie viele. Dieses ungeheure Ausmaß all dieser Tode.

Boaz ben-Haim öffnet seine Kammer. Unter den Augen des Dodos reist er nach Bergen-Belsen, zum März 1945. Er geht zwischen den Kranken umher, zwischen den Frauen, die dem Untergang geweiht sind, die Körper von Typhus befallen. Es sind etwa fünfhundert, die in eine schlampig gebaute Holzbarracke gesperrt sind. Es gibt weder Fenster noch Türen. Der Wind heult durch den Raum. Es gibt keine Betten. Die Gefangenen schlafen auf dem Boden.

Boaz ben-Haim bleibt neben einem halbverhungerten Mädchen stehen, das im Fieberwahn und dem Tode nahe zitternd auf dem Boden liegt.

– Anna? Anna?

Mai 1994

Baby sieht einen Geist

Jeden Mittwoch gingen Regina und ich zur Disco 2000, ausnahmslos. Die Freakshow hatte sich in neue Extreme katapultiert. Ich bezweifle, dass selbst die Römer unter Elagabal oder die Berliner der Weimarer Republik solch uferlosem Hedonismus gefrönt haben.

Es gab Leute in Kostümen aus Schlachtfleisch, magersüchtige Zwerge, Amputierte, Pissetrinker, Scheißelecker, Männer, die sich auf der Bühne selbst fisteten, Leute, die ihr eigenes Erbrochenes aßen, brutalen SM. Bestäubt wurde das Spektakel mit Unmengen weißen Pulvers. Ketamin und Kokain und Heroin. Ganz Irland lag unter Schnee.

Ich liebte es, mich in dem Dreck zu suhlen, der sich an jedem Fin de Siècle ansammelt. An diesem taubenetzten Moment vor einem neuen Jahrtausend, wenn das einfache Volk im Angesicht des Zorns eines namenlosen Gottes Orgien feiert.

Eines Nachts im Mai lief ich Jae-hwa oder Sally oder Sigh über den Weg. Sie war dezent gekleidet und sah aus wie eine erfolgreiche Berufseinsteigerin Ende zwanzig. Was sie möglicherweise auch war. Sie war wie Franklin. Ich hatte keinen Schimmer, womit sie ihr Geld verdiente.

Ich war komplett auf Koks. Sie kam gar nicht zu Wort. Ich redete wie ein Wasserfall über drei Musikvideos von Aerosmith mit einer blonden Schauspielerin namens Alicia Silverstone. Der Inbegriff junger, reiner Lust, die alle Schuljungs der Welt heißmachte. Und ihre Väter.

Die Videos waren im Laufe eines Jahres herausgekommen und unglaublich beliebt. Die Leute redeten ständig über sie. Das neueste, »Crazy«, war vor ein paar Wochen veröffentlicht worden.

– Durch die Trilogie zieht sich eine richtige Erzählung, sagte ich. Alicia Silverstone macht in dieser Zeit eine persönliche Entwicklung ihrer sexuellen Abneigungen durch. Die Unzulänglichkeiten der Heterosexualität und die Rebellion gegen das Vorstadtleben im ersten Video führen zu einer Flucht vor den Trugbildern und Freuden der digitalen Welt im zweiten, dessen Simulakren letztendlich weder ihr Interesse wachhalten noch die Wunde ihrer gescheiterten Heterosexualität heilen können, und gipfeln schließlich in dem Petit-Mal-Höhepunkt aus Verbrechen und Bisexualität, die das dritte Video bestimmen.

– Ach, Baby, sagte Sigh, ich muss mal pinkeln.

Ich sah einen Drogendealer namens Angel Melendez. Er kannte Michael Alig. Alle kannten Michael, vor allem die Drogendealer, aber Michaels Beziehung zu Angel war undurchschaubar. Sie waren Junkie und Dealer, aber Angel hatte zugelassen, dass Michael das natürliche Machtverhältnis dieser Beziehung verdrehte.

Er hatte sich von Michaels Ruhm blenden lassen. Dazu muss man sagen, dass Michael zu dieser Zeit auch große Strahlkraft besaß.

Er war ein Dauergast im Morgen- und Nachmittagsfernsehen. Er hatte in jeder amerikanischen und europäischen Metropole Partys veranstaltet. Alle bedeutenden Modezeitschriften hatten einen Artikel gebracht. Was er tat, erschien in Klatschblättern, in Zeitungen, in Hochglanzmagazinen.

Angel gehörte zu den traurigen Gestalten, die glaubten, wenn sie sich von einem berühmten Menschen mies behandeln ließen, würden sie am Ende auch berühmt werden. Die Belohnung für diese Naivität? Michael lud Angel einmal ein, ihn in die Sendung *Geraldo* zu begleiten, nur musste Angel dabei im Publikum sitzen.

Angel trug immer ein Paar Flügel. Daher der Name. Sie dienten zugleich als Modeaccessoire und als praktisches Hilfsmittel für den Drogenhandel. Potentielle Käufer konnten die Flügel selbst im dunkelsten Club erspähen. Manche hielten ihn für hässlich, aber ich fand ihn recht attraktiv, wenn auch zu sehr gestriegelt.

Jedenfalls redeten wir nicht viel, aber er verkaufte mir etwas, das er als Ketamin ausgab, doch als ich es schnupfte, merkte ich sofort, dass es kein Ketamin sein konnte. Der Geschmack war falsch und die Wirkung ganz anders. Ich war nicht betäubt. Meine Sinne versagten nicht, sie wurden schärfer. Als würde man Acid einwerfen, aber ohne verwirrt zu werden. Alles schimmerte. Alles wirkte hyperreal.

Auf der Suche nach Queen Rex taumelte ich umher. Ich wusste nicht mehr, ob ich mit ihr hergekommen war. Ich erkannte niemanden. Die Gesichter schmolzen. Wenn ich mit jemandem reden wollte, kamen keine Worte aus meinem Mund, auch nicht aus ihrem, nur das Wummern eines Technobeats.

– Bumm, bumm, bumm.

– Bumm, bumm, bumm.

– Bumm, bumm, bumm.

– Bumm, bumm, bumm.

– Bumm, bumm, bumm.

Ich tauschte die Abgeschlossenheit des Limelights gegen die Straße. Die Autos verschwommen zu einem durchgehenden

Streifen Verkehr. Licht und Farbe verwischten über dem Gehweg. Häuser schwankten ineinander, grobe Kohleskizzen atmender Materie.

Ich muss losgegangen sein, denn ich stand auf der anderen Seite des West Side Highways und blickte über das Wasser hinweg auf die grünen Hügel von New Jersey. Keine andere Menschenseele weit und breit. Ich sah den Himmel, sah, wie er träge verwirbelte, wie die Sterne Bahnen über den Himmel zogen, als würde ich in der Zeit treiben, als wäre ich Boaz ben-Haim und könnte die zwölf Stunden der Nacht als einen einzigen, gleichzeitigen Moment sehen.

– Bumm, bumm, sagte ich, bumm bumm bumm?

Nebel stieg aus dem Fluss, ein dichter, trüber Teppich. Die Piers vom Meer, die Straßen von den Häusern, die Häuser von den Autos. Ein graues, ineinandergreifendes Gewebe, eine unmögliche Situation. Ich hatte schlechte Drogen genommen, ich hatte gute Drogen genommen, aber eine solche Droge noch nie. Das falsche Ketamin hatte meine Intelligenz schlagartig gesteigert, hatte die Leistung meines Gehirns in die Höhe schnellen lassen. Wenn ich Drogen nahm, dann um mich abzuschießen, um den Steuermann zu betäuben, nicht, um seine Wahrnehmungsfähigkeit zu steigern, nicht für eine solche Verwandlung, bei der ich alles Gespür für Materie verlor. Nicht umsonst hatte ich die Finger von DMT gelassen.

Ein Geräusch senkte sich herab, ein Geräusch wie ein Nebelhorn, wie einstürzende Häuser, wie die Schreie einer Banshee, die den Tod einer Familie ankündigte, wie ein griechischer Chor aus Hunden vor der Tragödie ihres Herrchens. Der Nebel teilte sich, in der Mitte entstand ein Pfad, und ich schwöre, eine einsame Gestalt beispiellosen Ausmaßes kam auf mich zu.

Sie kam näher. Ich zitterte.

Und dann erreichte sie mich. Ein schmächtiger Mann, eins achtzig groß, mit einer Andy-Warhol-Perücke. Wieder jemand, der dachte, wenn er sich wie Andy anzog, könne er Andy sein.

— Ach je, sagte der Andy, was machst du denn hier?

— Schlechte Drogen, sagte ich.

— Das ist schlimm, sagte der Andy. Ich kenne viele Leute, die schlechte Drogen genommen haben. Die meisten sind tot. Einige haben zu viel genommen. Einige haben zu wenig genommen. Die anderen haben sich umgebracht. Ein Mädchen wurde von einem Auto überfahren. Das war sehr traurig.

— Wer bist du?, fragte ich.

— Du weißt, wer ich bin.

Der Andy zog seine schwarze Lederjacke aus. Andy zog seinen schwarzen Rollkragenpullover hoch und zeigte die geschundene Stelle, an der Valerie Solanas Patronen Kaliber .32 in Andy Warhols exploding plastic inevitable-Oberkörper gefeuert hatte.

— So gut geschminkte Verletzungen habe ich noch nie gesehen, sagte ich.

— Sie sind nicht geschminkt, sagte Andy.

Er nahm meine Hand und steckte meinen Finger in die Schusswunde. Mein Finger versank in seinem Körper, wurde von seinem Fleisch gewärmt.

— Schau nicht so überrascht, sagte Andy Warhol. Ich bin schon einmal zurückgekommen, nachdem Valerie mich ermordet hat. Wenn der Tod mich damals nicht aufhalten konnte, warum sollte er es jetzt können?

— Angel hat mir gesagt, es wäre Ketamin, sagte ich. Bist du ein Geist?

— Ich bin viel schlimmer als ein Geist. Du weißt doch, was der Pseudo-Dionysius Areopagita sagt, oder? Du kannst nicht definieren, was ich bin, sondern nur, was ich nicht bin. Viele Kids wissen, dass ich ewig leben werde, und sie haben mich nicht einmal gesehen. Du glaubst es nur, weil ich hier vor dir stehe. All diese Menschen haben einen Glauben, der dir fehlt. Ist es nicht großartig, wenn Menschen an dich glauben? Ist es nicht großartig, wenn sie dich lieben?

– Ich glaube an gar nichts, sagte ich. Ich liebe niemanden.

– Ach je, sagte Andy, wie schade.

Schieben Sie es auf die Drogen oder das Schreiben oder das Schreiben auf Drogen. In der nächsten Nacht im Tunnel traf ich ein paar Kids, die Angel Ketamin abgekauft hatten, und fragte sie, ob sie etwas Ähnliches erlebt hätten. Hatten sie nicht. Sein Ketamin sei in Ordnung, sagten sie. Was sollte damit sein?

Ich rief Angel unter seiner und unter Michaels Nummer an, aber niemand meldete sich. Ich sparte mir die Mühe, auf Michaels Anrufbeantworter zu sprechen.

Im Basement des Tunnels traf ich Franklin. Ich schlug vor, wir sollten uns in meine Wohnung verziehen und tun, was Menschen eben taten, wenn sie sich sehnlichst wenigstens ein kurzes Aufflackern von Intimität wünschten. Er sagte, er würde lieber im Club bleiben. Ich erinnerte ihn daran, dass er seit über einem Monat nicht mehr nach dem König von Frankreich gesehen hatte, und wäre es nicht schön, den kleinen Kerl noch mal zu besuchen, bevor er kein Kätzchen mehr war?

Wir verließen das Tunnel. Auf dem Weg zu mir dachte ich immer wieder an den verdammten Andy Warhol. Er war schon immer ein wunder Punkt gewesen, weil er ein paar Monate vor meiner Ankunft in Manhattan, und lange bevor ich zur Szene in Downtown gehörte, gestorben war. In den Jahren in New York hatte er mich verfolgt, er hatte jeden Bereich meines Lebens beeinflusst.

Sein Tod hinterließ ein Vakuum, und dann kam dieses bösartige Geschöpf Michael Alig, das verzweifelt und sabbernd zu Licht und Glamour drängte. Über zwanzig Jahre lang hatten dieses Licht und dieser Glamour Andy gehört, er war für Amerikas kaputte und entfremdete und schwule Kids das Leuchtfeuer gewesen. Er hatte sich in einen leibhaftigen Gedanken verwandelt, wie eine tibetanische Tulpa, ein Bild, das sich in der ganzen Kultur wieder und wieder reproduzierte. Doch das Besondere an Andy, das Unerklärliche an ihm, war, dass er nicht nur ein Superstar der Medien war, sondern einer der größten amerikanischen Künstler des 20. Jahrhunderts. Diese Meinung werde ich bis aufs Blut verteidigen. Niemand war besser.

Jemand wie Michael oder die Tausenden Kids, die jedes Jahr nach New York kamen, um ihr Leben wegen der Legende der Silver Factory wegzuwerfen, nahmen äußerlich Andys Gestalt an, besaßen aber nicht einen Funken seines Talents.

Eine der grausamen Tatsachen des Lebens. Von Talent wird man getragen, wie es sich die Untalentierten nicht vorstellen können.

Sein Können war Andys Grundlage, der Fels, auf dem er alles andere aufbaute. Wenn Edie Galle spie, wenn Ondine sich Speed in den Augapfel spritzte, wenn Billy Name sich in einem zur Einsiedelei umfunktionierten Bad einsperrte, wurde das Ganze von Talent gefestigt. Einem Talent, das alles überleben konnte. Einem Talent, das einen Schuss überleben konnte. Das den Tod überleben konnte. Das die Siebziger überleben konnte.

Franklin und ich erreichten meine Wohnung. Ich zog ihn aus. Dann zog ich mich aus. Dann vögelte ich ihn um den Verstand. Dann hingen wir nackt herum und spielten stundenlang mit dem König von Frankreich.

– Bist du nicht richtig froh, dass du diesen kleinen Kerl adoptiert hast? Er ist so süß!

– Das ist wahrscheinlich das Beste, was ich je gemacht habe, sagte ich. Jedes Mal, wenn ich mir sein kleines Katzengesicht mit verdorbenem Essen auf dem Kopf in einer Mülltonne vorstelle, weiß ich, dass ich etwas wirklich Gutes getan habe.

Der König von Frankreich jagte gerne Kleingeld. Ich warf meine Nickels und Dimes und Pennies und Quarters durch die Wohnung, und er rannte hinterher, was oft zu dem hübschen Anblick führte, dass der Kleine mit silbernen Münzen im Maul durch die Gegend lief. Jederzeit lagen etwa dreißig Dollar Kleingeld auf meinem Boden verstreut.

Wir warfen gerade Quarters, als jemand klopfte. Ich hörte einen Mann und eine Frau kichern.

– Scheiße, wie spät ist es?, fragte ich.

– Zwei Uhr morgens, sagte Franklin.

Wieder Klopfen. Noch lauteres schrilles Lachen der Frau.

– Was für ein Haus. Die haben bestimmt die falsche Etage, sagte ich. Heteros können einem echt auf den Sack gehen. Ich ziehe mich nicht an. Wenn diese Leute so unhöflich sind, mitten in der Nacht bei einem Fremden anzuklopfen, sehen sie halt den Dichter in seiner nackten Pracht, das haben sie nicht anders verdient.

Ich öffnete die Tür. Vor mir standen Cecil und Karen Spencer. Sie hatten die Kunstszene des East Village verkraftet, doch das hatte sie nicht auf meine prachtvolle Nacktheit vorbereitet, auf das plötzliche Auftauchen des blühenden unbeschnittenen Körpers.

Ich hätte auf den Flur gehen und die Tür hinter mir zuziehen sollen. Stattdessen stand ich da und wartete darauf, dass sie etwas sagten, wartete darauf, dass sie über die abrupte Offenherzigkeit meines hellenischen Neopaganismus hinwegkamen. Keiner sagte einen Ton, bis Franklin hinter mir näher kam, ebenfalls splitternackt, sein Schwanz halb erigiert. Er schlang mir die Arme um die Schultern und schmiegte den Kopf an meinen Hals.

— Hallo, sagte er. Ich bin Franklin. Wer seid ihr?

— Ich bin wohl nicht die Einzige, die in einer Seifenoper lebt, sagte Karen Spencer.

Ich versuchte, Cecil gut zuzureden, ihn zu beschwichtigen und zu beruhigen, mir selbst die Schuld zu geben, zu sagen, wie viel er mir bedeutete. Was er brauchte, war offensichtlich. Er wollte, dass ich um ihn kämpfte. Er wollte echten Einsatz sehen, ein Schauspiel, das ihn davon überzeugte, es sei in Ordnung, mir zu vergeben. Aber dazu fehlte mir die Energie. Ich ließ zu, dass er mir entglitt. Dass es endete.

Es hat Jahre gedauert, bis ich es zugeben konnte, aber es war eine Schande. Cecil hätte mir alles vergeben. Hätte ich es nicht versaut, würde er jetzt hinter mir sitzen und fröhlich und vergnügt auf seinem Computer herumtippen.

Franklin war es so oder so scheißegal.

Und ich?

Mir war nur das Schreiben wichtig.

Juni 1994

Baby reicht sein Manuskript ein

Ich beendete das Manuskript, beendete meine Überarbeitungen. Ich tippte das Titelblatt:

RETTET ANNE FRANK

Das fertige Manuskript legte ich Parker auf den Schreibtisch. Er streckte seine dicken Pranken danach aus und las den Titel.

– Du machst mich echt fertig, sagte er. Wie zum Teufel soll ich das Bill Thomas beibringen?

– Wir haben einen unterschriebenen Vertrag.

– Ganz toll.

– Lies es. Sag mir, was du davon hältst.

Ich war froh, das Manuskript los zu sein, froh, von den tiefsten Abgründen menschlicher Finsternis wegzukommen. Von Parkers Büro aus schlenderte ich los und endete im Central Park, einem Ort, den ich vermieden hatte, trotz des antiken Obelisken.

Ich lief über die Sheep Meadow und überquerte den West Drive. Inmitten einer Baumgruppe stand auf einem Sockel eine große Statue im Gedenken an das Siebte New Yorker Regiment, eine Einheit während des Bürgerkriegs. Sie stellte einen Infanteristen dar, der auf sein Gewehr gelehnt Wache hielt. Vor dem Sockel waren alte Hühnerknochen verstreut.

Es war eine idealisierte Darstellung, aber ich erkannte das Gesicht. Das schlichte, dumme amerikanische Gesicht. Ein Gesicht, mit dem ich aufgewachsen war, ein Gesicht, das zu Hunderttausenden gestorben war, weil sich die Hälfte des Landes nicht dem Grauen der Sklaverei stellen wollte. Ich hatte ein halbes Jahr lang an einem Manuskript gearbeitet, ein halbes Jahr, in dem ich hätte leben können, und bald würde ich auch fort sein, so tot wie das Siebte Regiment. Wer der Schlacht entkam, wurde vom Alter oder einer Krankheit oder einem Unfall geholt. Es gab keinen Ausweg. Alle wurden zu Staub. Warum hatte ich mir überhaupt die Mühe gemacht, zu schreiben?

Ich hatte das Gefühl, der Bürgerkrieg habe nie geendet. Unsere Welt würde eine echte, ältere Wirklichkeit bedecken. Wir seien dazu verdammt, die gleichen Schlachten zu schlagen. Sehen Sie sich die amerikanische Politik an. Da sind die gleichen alten Gräben. Nord gegen Süd. Weiß gegen Schwarz. Mehr als zweihundert Jahre Republik, und nichts hat sich verändert. Der Kampf ging immer weiter, würde lange nach meinem Tod weitergehen, lange nachdem meine Bücher vergessen waren.

Als ich in dieses dumme amerikanische Gesicht blickte, dachte ich: *O Scheiße, das könnte ein echt gutes Buch sein. Es könnte richtig klasse sein.* Und wieder war ich in der Tretmühle, im endlosen Marsch der Literatur.

O, Ulysses S. Grant, du weltlicher Schutzpatron der Sucht, wie sehr ich wünschte, du würdest mich erlösen. Wie sehr ich einen Drink wollte! Ich ging in eine Touristenbar in der Nähe des Empire State Buildings und kippte eine Reihe Wodka Sodas.

Zu Hause warteten drei Nachrichten auf meinem Antwortbeantworter. Alle von Parker.

– Du mieses Stück Scheiße, sagte das Gerät, du ziehst jetzt sofort deinen Schwanz aus dem Loch, in dem er gerade steckt, und rufst mich an. Das ist mein verdammter Ernst, du kleines Weichei.

Er hob ab. Auch er weilte im Reich der Trunkenbolde. Der Dämon Alkohol machte seine Zunge schwer.

– Parker, ich bin's, Baby.

– Du Mistkerl, sagte er. Du verkackter schwuler Spinner.

– Findest du es scheiße?, fragte ich.

– Ein dickes Mädchen mit mieser Dauerwelle, gelben Schlangenlederschuhen und einer roten Hose. So habe ich mir bis jetzt Gott vorgestellt. Aber jetzt weiß ich, dass dein Manuskript Gott ist. Ich will es hübsch anziehen, es Susan nennen und ihm eine glückselige und lukrative Ehe antragen. Ich will meinen Schwanz mittendrin, die Blätter schön gleichmäßig auf beiden Seiten. Ich will es nageln. Das ist heißer Scheiß, Kleiner. Das kann ich verkaufen wie Wasser an einen verkackten Kameltreiber, der in der saudischen Wüste verdurstet.

– Also ist alles bestens?, fragte ich.

– Besser, du Schwuchtel, sagte Parker. Ich hatte mal eine französische Freundin, die hat immer magnifique gesagt, und das klang immer nach einem richtig guten Fick. Es ist nicht alles bestens. Es ist magnifique. Wir stehen in den Startlöchern.

– In Ordnung, sagte ich. Ich bin unglaublich betrunken, und ich muss meine Katze füttern.

– Ich rufe dich morgen an, sagte er. Dafür machen sie uns kalt, aber es wird ein verdammt glorreicher Tod.

Ich nahm den König von Frankreich auf den Schoß. Er warf sich auf den Rücken und präsentierte mir seinen schneeweißen Bauch. Weil er nie eine Mutter hatte und von seinen Geschwistern getrennt wurde, hatte der Kleine nie normales Katzenverhalten gelernt. Er ließ sich nicht gerne streicheln, aber er liebte es, wenn man ihm leicht auf den Bauch schlug.

Er schnurrte so laut wie nie zuvor. Die Mattheit des Alkohols befiel meinen Körper. Ich fühlte mich verdammt einsam. Als Autor hatte ich Erfolg, ich hatte geschafft, was ich wollte, aber letztendlich war ich allein. Ich hatte bei meinen Freundschaften Scheiße gebaut und in meinem Liebesleben. Das Beste, was ich hatte, war Franklin. Wieder dieses furchtbare Gefühl wie an meinem ersten Tag in New York, diese vollkommene, absolute Freiheit, keine menschliche Bindung zu haben. Ich war dem Mittleren Westen Amerikas entkommen und fühlte mich immer noch schrecklich. Ich war ein Mitglied des Siebten Regiments, stationiert bei Petersburg, und hoffte, nicht zu sterben.

Ich rief Franklin an.

August 1994

Wiedersehen

In letzter Zeit hatte ich oft Dion and the Belmonts gehört. Mein Lieblingssong war »Little Diane«, ein schnelles Stück mit sehr düsterem Text. Dion will sich an einer untreuen Frau rächen, gibt aber gleichzeitig zu, dass sein Wunsch nach Rache die einzige Maske ist, die seinen Schmerz unterdrücken kann. Das Besondere des Songs ist die Instrumentierung mit einem Kazoo als wichtigstem Instrument. Man sollte meinen, es würde den Song kaputt machen, aber irgendwie gibt ihm das Kinderspielzeug einen extrem modernen Sound.

Die *Greatest Hits* von Dion and the Belmonts gehörte zu meinen ersten CDs. Ich hatte mich der neuen Technologie ergeben, weil mir der klare Ton und das kleine Format der einzelnen Scheiben gefielen. Ich besaß nicht viele LPs, und trotzdem kam es mir bei jedem Umzug vor, als würde ich eine Tonne Gewicht mitschleppen.

Während der Arbeit an *Rettet Anne Frank* hatte ich einen sechsfachen CD-Wechsler gekauft, damit ich ohne Unterbrechung stundenlang Musik hören konnte. Musik hatte mich nie besonders interessiert, nicht einmal als Anhänger der Clubszene, in der man einen Lieblings-DJ und den ganzen anderen langweiligen Mist haben sollte, aber ich hatte eine Art von Musik entdeckt, die ich wirklich liebte. Alten Pop und Soul aus den Fünfzigern und Sechzigern. Diese Sachen erschienen nach und nach auf CD, deshalb verbrachte ich jeden Samstag unten im Village und kramte die Regale durch.

Und dann war da die Geschichte, als ich über Sam Cooke nachdachte. Weil mir »That's Where It's At« nicht aus dem Kopf wollte, ging ich zu Bleecker Bob's in der Hoffnung, mehr von ihm zu finden. Ich entdeckte einen Japanimport von *Live at the Harlem Club, 1963.* Ich mochte Liveaufnahmen nicht besonders, und die CD war teuer, weil sie aus Nippon kam. Aber was soll's, dachte ich, es ist Sam Cooke. Wenn man nicht darauf vertrauen kann, dass Sam Cooke gut ist, kann man dann noch auf irgendwas vertrauen?

Sam Cooke ist immer gut. »Bring It On Home to Me« war mein Lieblingssong. Es ist der beste Song, der je aufgenommen wurde. Und der traurigste.

Der junge Mann an der Kasse, der aussah, als würde er Sex gewöhnlich vermeiden, musterte mich von oben bis unten. Er konnte nicht glauben, dass dieser extravagante Typ mit den scheußlichen Klamotten und einer offensichtlichen Yuppiehaltung genug Geschmack hatte, um dieses Album zu kaufen. Ich konnte hören, was er gerne gefragt hätte: *Bist du sicher, dass du nicht was von Pearl Jam willst?*

Ich hatte mich verändert, hatte mich über das Village und Plattenverkäufer hinaus entwickelt. Ich war etwas anderes geworden.

Aber meine Lieblingsplätze rund um die NYU liebte ich immer noch. An der MacDougal Street setzte ich mich im Caffè Reggio in die Nische neben der Toilette und trank einen Espresso auf Eis. Bei einer billigen Büste von Nofretete hatte ich ein Buch gekauft. *Owen Meany* von John Irving. Ich las etwa hundert Seiten und wurde fast blind von den Dialogen der Titelfigur, die

KOMPLETT IN KAPITÄLCHEN gedruckt waren. Abgesehen von dieser typographischen Eigentümlichkeit mochte ich das Buch durchaus. Ich mochte alles von John Irving.

Ich ging durch den Park und kam an Obdachlosen vorbei, die sich beim Schachspielen brutal beschimpften. Es waren mehr Drogendealer da, als ich es von früher kannte. Alle sagten das Gleiche. Rauchen, rauchen, rauchen.

Eines der großen Geheimnisse von New York ist der Springbrunnen auf dem Washington Square. Man kann nie vorhersagen, wann er eingeschaltet ist. Als ich mich der Mitte des Parks näherte, sah ich, wie das Wasser in den Himmel schoss. Heute war ein Glückstag.

Um das Becken herum hatte sich eine Menschenmenge gebildet. Halbnackte Teenagermädchen saßen auf der Umrandung und ließen die Füße ins Wasser baumeln. Eltern ließen ihre Kleinkinder planschen. Ein Typ spielte auf einer verstimmten Gitarre und sang dazu schief.

Ich sah eine Weile lang zu. Dann hörte ich, wie ein Mädchen meinen Namen rief.

– Baby Baby Baby!

Innerlich schauderte ich, ich wollte mich im grellen, offenbarenden Sonnenlicht des Spätsommers nicht mit einem Clubmenschen herumschlagen. Aber was konnte ich tun? Ich drehte mich um. Und da war sie. Und da war sie. Und da war sie. Und. Da. War. Sie. Und da war sie!

Adeline.

– Adeline?, fragte ich.

– Baby, sagte sie.

Wir umarmten uns. Ich hielt sie zu lange fest. Sie versuchte, sich aus meinen Armen zu winden. Ich ließ sie nicht los. Sie hatte zugenommen. Sie fühlte sich nicht wie ein Gerippe an.

— Baby, sagte sie, bitte. Ich bekomme keine Luft.

— Wenn ich dich loslasse, läufst du dann weg?

— Du wirst ja noch wissen, dass ich diejenige war, die dich gerufen hat.

Ich ließ sie los. Ihr Gesicht war rot. Sie holte tief Luft.

— Ich komme nicht oft in den Park, sagte ich. Ich wohne oben in den Mid-30s.

— Ich besuche ihn erst seit einigen Wochen, sagte sie. Er bietet eine recht angenehme Zerstreuung. Man tut, was man kann, um die Langeweile fernzuhalten.

— Wo wohnst du?, fragte ich.

Möglicherweise verriet diese Frage mehr, als ich wollte. Sie legte nahe, dass ich wusste, dass Adeline nicht in der East 7th Street wohnte. Ich hatte einige Abstecher zu der alten Ecke unternommen, weil ich gehofft hatte, Adeline zu sehen. Hatte ich aber nie. Schließlich hatte ich diese alte ukrainische Dame getroffen, die im Erdgeschoss unseres Hauses wohnte, und sie gefragt, ob sie Adeline gesehen habe. Die Ukrainerin hatte gesagt, Adeline sei ausgezogen.

— In der alten Wohnung, sagte Adeline. Ich bin zu lebenslang in der East 7th verdammt.

— Ach was, sagte ich.

Adeline konnte mich nicht mal ansehen. Sie starrte auf den Brunnen, beobachtete die Kinder im Wasser.

Ich sah schon, dass unser Gespräch in fünf Minuten enden würde, dass wir uns vielleicht alle paar Jahre mal auf der Straße in die Arme laufen würden. Als wären wir nie echte Freunde gewesen. Ich schluckte meinen Stolz und alles andere herunter.

— Adeline, sagte ich, es tut mir sehr leid.

— Das muss es nicht, sagte sie. Ich müsste mich entschuldigen.

— Es ist alles meine Schuld, sagte ich. Ich habe alles versaut.

— Ich habe die letzten beiden Jahre damit verschwendet, mir die Schuld zu geben, sagte sie.

Ich nahm sie wieder in die Arme. Es war mir egal, ob sie keine Luft bekam. Ich hatte sie so verdammt lieb.

— Lass mich runter!, rief sie. Um Himmels willen, Mann, zeig ein bisschen Selbstbeherrschung.

— Adeline, fragte ich, kann es so wie früher werden?

— Du kannst nicht bei mir einziehen.

— Das meine ich nicht. Ich will, dass wir wieder Freunde sind. So wie früher.

— Ich auch, sagte sie.

— Aber, Adeline, man kann die Vergangenheit nicht wiederholen.

— Was soll das heißen, man kann die Vergangenheit nicht wiederholen?, fragte sie. Natürlich kann man das.

Alles würde wieder in Ordnung kommen, wir würden da anknüpfen, wo wir aufgehört hatten. Nur war das eine verrückte Wunschvorstellung. Wo wir aufgehört hatten, war schrecklich. Es war ein schöner Gedanke, ein beruhigender Moment. Ein Rückfall in die Jugend.

Eines der Kinder plumpste ins Wasser und weinte nach seiner Mutter. Ich wollte zu Adeline etwas über verantwortungslose Eltern sagen, die ihre Umwelt mit ihren jammernden Kindern belästigten, aber sie war nicht da.

Sie war im Brunnen. Sie hob ein Kind hoch. Sie kam mit dem Kind zu mir.

— Baby, sagte sie, das ist mein Sohn. Emil Mahmoud.

August 1994

Wiedersehen, Teil zwei

Seien Sie bitte nachsichtig, wenn ich Sie jetzt mit Informationen überflute, dieser neuen Währung unseres 21. Jahrhunderts. Zwischen meiner Abreise aus Los Angeles und der Mitte des Jahrzehnts ist so viel passiert. Ich kann mit allerhand Klatsch aufwarten, Sie reizendes Wesen, und sicher brennen Sie auf die Geschichten über Emil Mahmoud und seinen Daddy Nash Mac und meinen Fortpflanzungsdrang und wie ich ganz von Mutterschaft umhüllt wurde.

Wie Sie sich vorstellen können, begann es als unschuldiges Vergnügen, nämlich damit, dass Nash Mac mich um den Verstand vögelte. Bitte glauben Sie mir, dass ich nicht zu diesen törichten Dummköpfen gehöre, die in Sachen Verhütung keine aktive Rolle übernehmen. Ich bestand jedes Mal darauf, dass Nash Mac seinem besten Stück ein Gummi überzog, während ich selbst zusätzlich reichlich Spermizidgel zum Einsatz brachte.

Als sich meine Periode verspätete, dachte ich mir nichts dabei. Sie erinnern sich sicher noch an die misslichen Monate nach meiner Meinungsverschiedenheit mit Baby. Deshalb nahm ich natürlich an, dass wieder defekte Leitungen alles zum Erliegen gebracht hatten. Wie sich zeigte, gehöre ich zu den wenigen Frauen, die das Glück haben, nicht unter morgendlicher Übelkeit zu leiden.

Meine blauäugige Ahnungslosigkeit hielt sich bis zum dritten Monat. Etwa zu dieser Zeit beschlich mich die ungute Ahnung, ich könnte schwanger sein. Großer gütiger Gott.

Zu diesem Zeitpunkt hatte ich meinen Wohnort schon wieder in die East 7th Street verlegt, Luannas Freundin an die Luft gesetzt und meine nutzlosen Habseligkeiten zurückgeholt. Ich hatte angenommen, eine Rückkehr nach New York würde in etwa so erfreulich sein wie eine blutige Massenkarambolage auf dem Highway, deshalb war ich überrascht, als ich an der Third Avenue aus dem L Train stapfte und Hochstimmung unter meiner Haut kribbelte. Als ich die Kuppel der St. George Church sah, durchfuhr mich gar pure Freude!

Luanna grummelte seit einiger Zeit, ich müsse lernen, einen Computer zu bedienen; die närrischste Idee, die ich je gehört hatte. »Die Dinge ändern sich«, sagte sie. »Die Branche besteht aus lauter Halsabschneidern, und die neuesten Messer sind digital.« Ich bin mir absolut sicher, dass Sie verstehen, warum ich das Illustrieren aufgegeben und mich auf *Trill* konzentriert habe.

Um die geschäftliche Seite der Comics kümmerte ich mich nicht das kleinste bisschen, ich vertraute darauf, dass Jeremy alles bewältigen würde. Winterbloss schlug vor, wir sollten den Vertrieb anderen überlassen. In letzter Minute schloss er einen Vertrag mit Image Comics ab, einem Unternehmen, das einige der größten Tiere der ganzen dreckigen Comicwelt gegründet hatten, Männer wie Todd McFarlane und Robert Liefeld.

Diese Jungs hatten Image als Reaktion auf die Ausbeuterbetriebe Marvel und DC gegründet, ihr neues Unternehmen verwirklichte vornehmlich Projekte, deren Rechte bei den Künstlern lagen, und schuf Rahmenbedingungen, unter denen Einzelne ihre Arbeiten auf die Welt loslassen konnten. Die Firma übernahm die Vorlaufkosten, ohne dafür Beteiligungen am geistigen Eigentum zu verlangen, eine in der Geschichte beispiellose Regelung.

Jeremys Kontaktmann war Jim Valentino. Sie hatten bei der Arbeit an einer Ausgabe des *Official Marvel Index to the Avengers* kurz miteinander zu tun gehabt.

Winterbloss hatte überlegt, dass wir mit der Werbung durch unser Debüt in *Cerebus* und die gute Platzierung von Image in Diamonds Vorschaukatalog einen Fuß recht weit in der Tür haben würden. Sollte sich die Zusammenarbeit mit Image als unerfreulich herausstellen, konnten wir das Unternehmen fallenlassen und auf Basis des Materials und der Markteinführung selbst veröffentlichen.

Alles war famos. Aber Sie dürfen nicht vergessen, meine Lieben, dass man sich ein famoses Leben allzu oft selbst versaut.

Meine Brüste schwollen an. Mein Bauch wölbte sich. Meine Gefühle drifteten ins Launische ab.

All das wirkte überaus ungewöhnlich und schien weit über das typische Unwohlsein einer längst überfälligen Periode hinauszugehen. Ob Sie es glauben oder nicht, der Gedanke erschien in meinem Kopf voll ausgeformt wie Pallas Athene. *Adeline*, sagte mein Hirn, *was, wenn du schwanger bist?*

O Gott, nein!, sagte ich. Wie konnte das sein? Der einzige Mann, der es mir besorgt hatte, war Nash Mac gewesen, und nichts von diesem Burschen, schon gar nicht seine DNA-tragenden Spermien, schien genug Mumm zu besitzen, um die schlagkräftige Kombination aus Latex und Nonoxynol-9 zu überwinden.

Ich kaufte zwei Schwangerschaftstests in einem Lebensmittelladen an der Avenue A, der in die morschen Überreste eines alten RKO-Kinos gebaut war. Sie waren das Einzige, was ich erstand. Die Frau an der Kasse warf mir einen allzu wissenden

Blick zu. Eine Geringere wäre unter ihrer Missbilligung verdorrt und in allen sechs Formen jüdisch-christlicher Scham versunken.

Aber Sie kennen mich ja, meine Lieben. Irgendwo hatte ich von einem mittelalterlichen Brauch gelesen, den man den Tribut der Bettler nannte. Könige und andere Adlige übten an Bettlern, die es wagten, sie zu beleidigen, nicht Vergeltung, weil sie glaubten, die Stimme eines Bettlers sei seine einzige Münze, und seine Beleidigungen seien der einzige Tribut, den er zahlen konnte. Die Beleidigungen eines Bettlers waren ein Beweis für die eigene Bedeutung.

Bei dieser Krämersfrau war es nicht anders. Sollte sie doch auf mein Schlampenleben herabsehen, sollte sie das scharlachrote A auf meiner Wange mustern. So verhalten sich Bettler nun mal gegenüber der Obrigkeit. Das Zeichen der Hure stand für Acker.

Ich urinierte auf den ersten Teststreifen. Ohne das Ergebnis anzusehen, urinierte ich auf den zweiten. Ich wartete gute zehn Minuten, bevor ich beide prüfte.

+. Das doppelte +. Das Nonplusultra. Mein fruchtbarer Schoß, mein unglaubliches ungeborenes Kind. +++++++++++++++++++++.

Ein Baby machte so viel Arbeit. Ein Baby kostete so viel Geld. Ein Baby würde alles verändern. Das Leben würde nie wieder normal sein. All diese scheußlichen kleinen Klischees. Ich benahm mich ja wie der Plebs!

Ein gewaltiger Zwiespalt. Behalten oder nicht behalten. Aber in dieser Hinsicht ist die Spannung nicht besonders groß, nicht wahr, Leser? Sie wissen, dass das Kind geboren wurde. Der kleine Emil mag vieles sein, aber wir werden ihn nicht als einziges bekanntes Beispiel einer spontanen Menschwerdung anführen.

Ich hatte immer gelobt, falls mich einmal das Missgeschick befallen sollte, angebumst zu werden, würde ich mich schneller ausschaben lassen, als ein Epileptiker mit der Faust schütteln kann.

In den ersten Highschooljahren hatte ich einige äußerst fragwürdige Mädchen gekannt, die Abtreibung als Mittel zur Geburtenkontrolle verstanden hatten. Wie viele Freundinnen von der Crossroads hatte ich zu Planned Parenthood gefahren? Ich hatte mir nie ein Urteil erlaubt, hatte es nie als etwas anderes als eine Operation angesehen. Viele der Mädchen waren nach ihrem Besuch in der Klinik verstört. Die Vernunft hinter der Entscheidung konnte die emotionale Schieflage nicht ausgleichen.

Sie lebten in einem Land, das ihnen Asche der Schuld auf die Häupter streute, als Opfer einer fehlgeleiteten religiösen Gesellschaft, die als scheinheiliges Argument die inhärente Heiligkeit allen Lebens vorschob. Welch ungeheurer Blödsinn! Die pure Heuchelei dabei wird jeder erkennen, der zwanzig Minuten durch eine beliebige amerikanische Großstadt läuft, jeder, der mit den Verarmten und Kaputten und Obdachlosen dieses Landes spricht. Mit Menschen, die mit ihrem eigenen Unrat verschmiert sind, die nach ätzendem Urin stinken, von Geisteskrankheiten zerstört werden. Das Leben war heilig, alter Knabe, aber nur, solange es im Mutterleib blieb. Sobald die verfluchten Wesen aus dem uterinen Urschleim krochen, wurde um jeden Cent und jeden Brotkrumen gekämpft. In Amerika gab es keine Almosen! Jeder musste sich am eigenen Schopf aus dem Sumpf ziehen! Ein dreifaches Hurra für den Rückgang des Bevölkerungsüberschusses!

Womit noch nichts über die armen, missbrauchten Mütter gesagt ist. Mädchen, die durch den Druck der Gesellschaft zur falschen Entscheidung verdammt sind. Deren fragile Leben durch das trügerische Versprechen einer geheiligten Mutterschaft ruiniert werden. Denen man von klein auf falsche Dinge beibringt und vom seligen Strahlen des Mutterseins erzählt, nur, um sie tief in den Abgrund der Armut zu stürzen.

Abtreibung ist ein soziales Gut, aber diese Ansicht werden sie nirgendwo hören. Unser Land ist seinen eigenen Lügen verfallen. Selbst die Seite, die in der nationalen Debatte für die Entscheidungsfreiheit der Frauen eintritt, wird die Wahrheit nicht öffentlich zugeben. Es muss wenigstens ein Paar Lippen geben, die es aussprechen, und es müssen wohl meine sein. Abtreibung ist großartig.

Ich selbst zog die Operation angesichts des brodelnden Chaos in meinem Leben in Betracht. Jahrelang war ich auf alles Schräge, Ausgefallene zugelaufen und hatte das Normale gescheut. Besonders weit war ich damit nicht gekommen, oder? Ich zeichnete einen Comic über anthropomorphe Katzen und verbrachte so einige Tage damit, mir *Astral Weeks* anzuhören, aber viel vorzuweisen hatte ich nicht, oder? Was, wenn ich nur weiterkam, wenn ich mich auf eine Familie einließ?

Die Situation an sich schien nahezulegen, dass ich die Launen des Schicksals vielleicht nicht herausfordern sollte. Wenn dieses eine Spermium aus den vielen Millionen die ganzen Mühen überlebt hatte, musste es doch etwas Besonderes sein, ein Wesen, das mit Macht auf die Welt drängte. Mir kam der Gedanke, dass das Universum mir ein Zeichen gab.

Sicher sind Sie so nachsichtig und erinnern sich daran, dass die Schwangerschaft drei Monate lang unbemerkt blieb. Mein Körper war von Hormonen durchflutet, die es darauf anlegten, meine Urteilskraft zu trüben und für mich das Denken zu übernehmen. Der Fötus wurde durch biochemische Manipulation seiner Mutter geschützt.

Ich rief Nash Mac an.

Ich hatte ihn in San Francisco sitzenlassen. Die Neuigkeit traf ihn als echter Schock. Er sank so tief, dass er vorschlug, mir nach New York zu folgen. Diese unausgegorene Idee lehnte ich kategorisch ab. »Lieber Junge«, sagte ich, »weißt du denn nicht, dass dein Herz in San Francisco schlägt? Dass du Kalifornier durch und durch bist? Du kannst nicht nach New York ziehen. Das geht einfach nicht an, alter Knabe. Das geht nicht an!«

Nash Mac wies darauf hin, dass Fairfax, Virginia, deutlich näher an New York als an Pasadena lag und ihn deshalb vielleicht viel mehr mit der Ostküste verband. Das Gespräch wurde bissig. Wie die meisten Männer es früher oder später tun, warf er mir vor, ich hätte ihn nie richtig gekannt. Es traf mich, wie jedes Mal, aber was soll man sagen, wenn man sich einer Szene entzieht und wieder zum alten Zustand zurückkehrt? Ich schnitt den Rockzipfel ab und sagte Lebewohl.

Erfüllt von dem Wissen, dass er Vater werden würde, zog Nash Mac nach New York. Nichts konnte ihn von seinem Kind und vermutlich auch nicht von mir fernhalten. Er bat nicht um Erlaubnis, aber fairerweise sei gesagt, dass ich von der Schwangerschaft so benebelt war, dass ich ihn am JFK am Gate abholte und in meine Arme und mein Bett nahm.

Bei LucasArts hatte er nur eine längere Auszeit genommen, weil sein innerer Daniel schon MENE MENE TEKEL UPHARSIN gelesen hatte. Er hatte sich eine Stelle bei Enteractive Inc. besorgt, einer drittklassigen Firma in der West 40th Street. Obwohl er viele Male versuchte, mir seine Arbeit zu beschreiben, begriff ich nicht, worum es ging. Ich nahm an, dass man ihn wegen seiner spinnenfadendünnen Verbindung zu George Lucas engagiert hatte.

Hätte es gehalten, hätte er mir ohne jeden Zweifel einen Antrag gemacht.

Ich hielt es anderthalb Monate lang aus, bevor mich seine liebevolle Fürsorge in den Wahnsinn trieb. Wieder kappte ich die Verbindung. Bei unserem gefühlt endlosen Streit hielt er mir seinen Umzug nach New York vor und beklagte sich, ich sei nicht dankbar gewesen für diese Tat, um die ich nicht gebeten hatte.

»Du siehst mich wohl als kapriziöses, launisches Geschöpf«, sagte ich. »Mein einziger Fehler war zu glauben, du würdest um die Allmacht deiner Spermien wissen wollen. Mach dir nichts vor. Du bist in diese Stadt gekommen, weil du in New York leben wolltest. Nichts davon war für mich oder das Baby.«

Ich versprach Nash Mac, dass ich ihn um nichts bitten würde. Er war empört. Er wollte am Leben seines Kindes teilhaben. Das würde er, versicherte ich ihm, ohne auf Einzelheiten einzugehen. Wir wussten noch nichts über dieses Kind. Warum sollten wir Pläne schmieden?

Doch mir war klar, dass ich Nash Mac nicht auf ewig fernhalten konnte. Jede Tat zieht Konsequenzen nach sich.

Was er bei Enteractive erlebte, traumatisierte ihn so, dass er bald bei LucasArts anrief und seine baldige Rückkehr ankündigte. Wir hatten mittlerweile das Jahr 1994. Das Unternehmen hatte *Sam & Max Hit the Road* herausgebracht und arbeitete auf Hochtouren an *Vollgas*. »Diese Spiele sind nicht großartig«, sagte Nash Mac. »Niemand ist so gut wie Ron Gilbert.«

Er reiste von dem gleichen Gate ab, an dem er angekommen war. Auf der gewerblichen Auslegware von Terminal 3 zeigte das wahre Grauen des Sex sein Gesicht. Der unentrinnbare Nash Mac.

Er war nicht mehr als ein Knabe, der mich in San Francisco gevögelt hatte. Ich hatte nichts falsch gemacht, hatte mich geschützt, aber das war egal. Wir waren mit der Hand in der Keksdose erwischt und zu einer lebenslangen Verbindung miteinander verurteilt worden. O Jesus, bereite mir mein Sterbebett!

Auf Wiedersehen, New York, sagte er. Auf Wiedersehen, Adeline. Auf Wiedersehen, Nash Mac. Ich hoffte, ich würde noch einen Weg finden, mit dem Unbehagen unserer besonderen Beziehung umzugehen.

Nachdem Nash Mac wieder seinen Posten in Kalifornien bezogen hatte, war keine Seele da, um mir während der Schwangerschaft zu helfen. Luanna hatte ihre Grenzen. Es gab viel zu bedenken. Sollte ich umziehen? Sollte ich Babys Zimmer in ein Zimmer für das Baby umwandeln? Was war mit der Geburt und der Schwangerschaftsvorsorge und den Vitaminen und dem Essen und dem ganzen anderen Elend, bei dem Nash Mac geholfen hatte?

Schätzchen, ich war am Boden. Ich rief Dahlia an.

Meine Schwester, diesen grässlichen Dummkopf, diese durchgedrehte Idiotin. Sie und Charles hatten sich dreimal getrennt und waren wieder zusammengekommen, ohne die Scheidung durchzuziehen, und hatten irgendwie zwei Kinder in diese Welt gesetzt. Eine Tochter und einen Sohn. In Sachen Mutterschaft war Dahlia ein alter Hase. Zum ersten Mal in ihrem Leben wusste sie mehr als meine Wenigkeit.

Aber sie blieb immer noch Dahlia und konnte nicht aus ihrer Haut. »Eine Schwangerschaft«, sagte sie, »ist wie die schlimmste Grippe, die man kriegen kann. Man ist neun Monate lang krank. Das sind voll die Qualen. Als ich mit Deanna schwanger war, war das total schlimm. Mein Bauch ist angeschwollen, ich bin scheißfett geworden, ich habe an den Knöcheln Wasser eingelagert, ich habe Hämorrhoiden bekommen, mir war ständig schlecht, ich habe Krampfadern bekommen, ich musste alle dreißig Sekunden pinkeln, ich habe gefuttert wie ein Wal, ich war versessen auf echt ekliges Essen, und dann halt bei der Geburt hatte ich dreizehn Stunden Wehen, und es hat sich angefühlt, als hätte ich ein Seehundbaby geschissen. Da hast du was vor dir.«

Dahlia kam zum letzten Monat meiner Schwangerschaft und half bei den Vorbereitungen. Ihre wichtigste Rolle war dabei, als Puffer zwischen mir und Mutter zu dienen.

Letztere war leider unvermeidlich geworden. Ich hatte nichts, was einer Krankenversicherung ähnelte. Meine Mittel reichten nicht. Obwohl ich mich immer noch weigerte, mit der alten Schachtel zu sprechen, muss ich Mutter eines lassen. Sie rückte die Kohle heraus, damit ihr drittes Enkelkind sorgsam aus meinem Schoß geholt wurde.

Emil kam im Roosevelt Hospital zur Welt. Die Wehen waren so schlimm, wie Dahlia geunkt hatte. Trotz all der Schmerzen und der Medikamente hörte ich immer noch ihre dummen Ratschläge. Da lag ich nun, meine Lieben, erlebte das Wunder der Geburt, und der einzige Gedanke in meinem benebelten Gehirn war, dass es sich wirklich fast so anfühlte, als würde man einen Seehund scheißen.

Als es vorbei war, hielt ich das Kind in meinen Armen. Emils zerknautschtes, purpurrotes Gesicht. Alles war verziehen.

Dahlia blieb weitere zwei Monate. Sie hatte sich in die gehobene Vielfalt des East Village verliebt. Durch die Magie des Telefonierens wusste ich mit absoluter Sicherheit, dass ihre beiden Kinder und Charles über das Interregnum froh waren. Ein Leben ohne die geistlosen Gespräche und Überlegungen meiner Schwester. In ihren Augen war ich die Beste.

Dahlia richtete ihr Augenmerk ganz auf meine Wenigkeit und meinen Sohn. Doch auch hier kann ich mich nicht recht beklagen, weil sie mir die Grundlagen der Mutterschaft beibrachte und half, den Terminplan für *Trill* einzuhalten. Wir verpassten keine einzige Ausgabe und keinen Versandtermin.

Lassen Sie sich das mal auf der Zunge zergehen, meine Lieben. Meine größten Beiträge zur menschlichen Zivilisation. Emil und *Trill*. Es war schrecklich, aber in gewisser Weise war ihr Erfolg Dahlia zu verdanken.

Der gleichen Seele, die meine Teenagerzeit mit ihrem irren Kreischen und unablässigen Herausputzen heimgesucht hatte. Dahlia! Dahlia! Meine scheußliche große Schwester. Jetzt schuldete ich ihr alles. Sie hatte mich gerettet! Sie war meine Heldin. Sie war alles, was ich hatte!

Niemand hatte je behauptet, das Erwachsensein sei leicht.

Ich sah Baby bei dem Springbrunnen im Washington Square Park. Blonde Haare, das hübsche Bauernbengelgesicht nur mäßig vom Leben in der Stadt gezeichnet.

Ich schäme mich nicht zuzugeben, dass ich kurz Bedenken hatte. Ich überlegte, Emil einzusammeln und Komplikationen aus dem Weg zu gehen. Der alte schmerzliche Stich der Wut über Mutter, der aus reiner Scheinheiligkeit hervorging.

Baby hatte nur getan, was jeder getan hätte, und sich eine Geldspritze aus der Familienkasse geben lassen. Ich war des gleichen Vergehens schuldig. Zu wem war ich gerannt, als sich herausgestellt hatte, dass ich Nash Macs Dämonenbrut austragen würde?

Das ist das Problem mit Menschen wie Mutter, Menschen mit richtig viel Geld. Wir sind ihrem Willen unterworfen.

Ich sagte: »Hallo, Baby, wie geht's?«

Ohne diesen Ausgang zu erwarten, aber damit machte sich meine Wenigkeit nur zum Narren. Ich liebte Baby. Ich hatte Baby immer geliebt. Ich hatte ihn vermisst, auch wenn ich es mir nur ungern eingestand.

Da waren wir also, das alte verkorkste Duo stand auf dem Washington Square, ich mit einem Kind auf dem Arm. Ich lud Baby in die 7th Street ein. Vielleicht war es verfrüht, aber ich sagte mir: *Ach, Adeline, wirf deine Bedenken über Bord. Das ist Baby. Baby, der sich nicht mehr zuschulden kommen ließ, als für sein Studium zu sorgen. Dir kann kein Unheil widerfahren. Nicht von Baby.*

Als wir Richtung Cooper Square gingen und Emil in seinem Sportwagen zappelte, sagte ich: »In San Francisco habe ich im Radio das Lied ›Detachable Penis‹ gehört. Was für ein absurder Titel! Kennst du es?«

»Ich habe es ein-, zweimal gehört. Aber nicht wirklich aufgepasst«, sagte Baby. »Der Refrain ist dämlich.«

»Baby«, sagte ich entsetzt. »Man muss sich immer die Strophen anhören. Da verstecken die Texter ihre besonders teuflischen Botschaften. In ›Detachable Penis‹ geht es um einen tölpelhaften Bewohner des East Village, der eine Party besucht, verkatert aufwacht und feststellen muss, dass er seinen Penis verloren hat, der, wie der Titel schon sagt, abnehmbar ist. Auf der Suche nach dem fehlenden Körperteil geht er auf eine wilde und verworrene Bildungsromanreise durch dieses Viertel hier.«

»Wohin denn genau?«, fragte Baby.

»Ins Kiev«, antwortete ich. »Er läuft die Second Avenue hinunter und findet direkt neben dem Love Saves the Day seinen Penis, der von einem der Trödelverkäufer angeboten wird. Stell dir das vor, Baby! Da sitze ich in einem Café im Richmond District und höre einen Song über unser altes Viertel! Einen Song über das Kiev! Das ist ein schlechtes Omen. Ein grausamer Wind weht gen New York. Die Menschen horchen auf.«

Baby machte große, runde Kulleraugen, als er seine alte Bleibe betrat und all die Veränderungen sah, die ich vorgenommen hatte.

Durch Dahlia, Dank sei ihr, hatte ich Mutter um ein wenig

mehr Geld gebeten, damit ihr Enkelkind nicht an bleihaltiger Farbe ersticken oder sich einen rostigen Nagel in den Fuß treten würde. Der arme Emil, das liebe Herz, konnte nicht in unserem alten verpeilten Bohemeleben aufwachsen.

Mutter ließ es ordentlich fließen. Ich hatte neue Böden verlegt, neu gestrichen und die Armaturen ersetzt. Neue Küche, renovierte Schlafzimmer. Am Bad ließ sich nichts ändern. Die Toilette, die Badewanne und die Spüle blieben weiterhin getrennt. Es gab immer noch keine Klingel.

Aus Babys Zimmer hatte ich ein Kinderzimmer gemacht, es hellblau gestrichen und mit allerhand geschmackvollen Spielsachen ausgestattet. Weil Emil kein Plastik in die Finger bekommen sollte, hatte ich mich nach alten Spielsachen aus Echtholz umgesehen.

Allerdings hatte sich das Zimmer als bloßes Beiwerk erwiesen, das ich größtenteils zur Aufbewahrung nutzte. Ich ertrug es nicht, getrennt von Emil zu schlafen. Er blieb in seinem Kinderbettchen neben meinem Bett. An ein gemeinsames Schlafen hatte ich mich noch nicht gewagt. Ich hatte gerade erst angefangen, den kleinen Schatz ans Töpfchen zu gewöhnen. Sosehr ich ihn auch liebte, wollte ich nicht auf einem feuchten Fleck aus ausströmendem Urin wach werden oder, noch schlimmer, würgend in einem breiigen Haufen.

»Als wärst du zum Yuppie geworden«, sagte Baby. »Vielleicht bist du jetzt Teil des Problems.«

»Dieses Kind«, sagte ich, »wird nicht wie eine kaum geliebte Waise eines Drogenopfers aufwachsen. Er wird alle Zuneigung über sich ergehen lassen, die er ertragen kann. Und ein gefestigtes Umfeld. New York wird ihn nicht verderben.«

»Wo ist die Katze?«, fragte Baby. »Ich habe den Captain so lange vermisst.«

»Ich wollte es nicht sagen, aber das Tier hat seine irdischen Fesseln abgelegt.«

»Wie?«

»Ein Tumor an der Wirbelsäule«, sagte ich. »Wir hätten operieren können, aber das erschien mir grausam. Das ist das Problem mit Haustieren, oder? Sie brechen einem immer das Herz.«

»Ich muss mich setzen«, sagte Baby.

New York würde mein geliebtes Kind nicht verderben, aber seinen überaktiven Gedärmen könnte es gelingen. Ein strenger Geruch wehte durch die Wohnung. Emil saß auf dem Boden und machte unter seinem schütteren Haarschopf ein verräterisches Gesicht.

»Der Junge braucht neue Wäsche«, sagte ich. »Ich erspare dir das quelle horreur und bringe ihn nach nebenan.«

»Das brauchst du nicht«, sagte Baby. »Ich muss was erledigen. Ich bin gleich wieder da. Muss ich immer noch schreien, wenn ich reinwill?«

»Manche Dinge, mein Lieber, ändern sich nie.«

Während Baby die Treppe hinunterstapfte, hievte ich Emil auf den Tresen und begutachtete die Lage. Sein Stuhl war fest, eine glückliche Wendung nach den letzten Tagen. Ich war schon so besorgt gewesen, dass ich beschlossen hatte, ihn bei einem weiteren Tag mit weichem Stuhl zum Arzt zu bringen.

Als ich meine Spiegelung im Metall des Toasters sah, während ich mein Kind saubermachte, musste ich lachen. Ich fragte mich, was Patrick Geoffrois wohl dazu sagen würde, dass mich Emils Stuhl so beschäftigte. Die Wissenschaft der Windeln glich einer trivialen Form der Wahrsagerei, bei der man dreimal täglich versuchte, die Symbole und Schlieren der kindlichen Absonderungen zu deuten.

Der mürrische Zug verschwand von Emils Gesicht. Ich setzte

ihn wieder auf den Boden. Wir saßen da und warteten. Unten auf der Straße rief Baby. Ich ging hinunter und ließ ihn ein. Er hatte eine braune Papiertüte dabei.

Baby bückte sich, um mit Emil zu sprechen. »Hallo, kleiner Kerl«, sagte Baby. »Darf ich ihn mal hochnehmen?« Baby legte die Tüte auf den Küchentisch und hob Emil auf äußerst ungewöhnliche Art hoch; er nahm das Kind bei den Unterarmen und hielt es sorgsam auf Distanz.

»Ich kann kaum glauben, dass dieses Lebewesen aus dir gekommen ist«, sagte Baby.

»Willkommen in einem alles andere als exklusiven Club«, sagte ich. »Da ich immer noch unter Phantomschmerzen von der Geburt leide, bin ich ziemlich sicher, dass es passiert ist.«

Baby nahm seine Tüte vom Tisch und holte ein Buch heraus. »Das habe ich im Buchladen an der St. Mark's gekauft.« Er gab mir einen seltsam aussehenden Band mit dem Titel *Gefangen zwischen Jupiter und einer Flasche*. Auf dem Titelbild war ein Mann mit dem Kopf eines Elefanten abgebildet. »Das ist mein Buch.«

»Sehr schön«, sagte ich und gab es Baby zurück. »Aber warum zeigst du es mir, wenn du es nicht gelesen hast?«

»Adeline, das ist mein Buch.« Er schob es mir wieder zu. »Ich habe es geschrieben.«

Die zweite Seite trug eine Widmung. FÜR ADELINE, WO IMMER SIE SEIN MAG AUF DIESEM AMERIKANISCHEN KONTINENT. Mein Herz schmolz dahin.

»Ich hatte keine Ahnung, ob du es je sehen würdest«, sagte er. »Ich habe dir mein Pseudonym nie gesagt.«

»Baby«, sagte ich, »ich muss dir etwas zeigen.«

Ich ging in mein Schlafzimmer und holte die zehn erschienenen Ausgaben von *Trill*. Wir verkauften jeden Monat unfassbare Mengen. Ich fragte nie nach den genauen Zahlen, weil ich fürchtete, sie könnten in mir Leistungsdruck auslösen, aber Winterbloss sagte, wenn ich jeden Käufer treffen würde, würde ich bei der Anzahl der abgesetzten Exemplare mein Leben lang nur noch hallo sagen.

»Hier«, sagte ich. »Für dich.«

Baby blätterte die Hefte durch.

»Geschrieben von J. W. Bloss«, las Baby. »Das ist Jeremy?«

»Ja.«

»Aber wer hat es gezeichnet? M. Abrahamovic Petrovitch. Минерва?«

»Warum sollte es Минерва sein?«, fragte ich. »Ich war es, Baby. Meine Wenigkeit.«

»Warum benutzt du nicht deinen echten Namen?«

»Jeremy hält es für das Beste, wenn niemand weiß, dass ich eine Frau bin. Comics sind die sexistischste Branche Amerikas.«

»Warum zum Teufel bist du die Einzige, die was vorspielen muss?«, fragte Baby.

»Wir spielen beide etwas vor. Was glaubst du, warum er sich J. W. Bloss nennt? Sein Name ist in der Branche bekannt. Ich gebe vor, ich hätte einen Penis, und Jeremy gibt vor, er sei nicht schwarz. Es ist ein schmutziges Geschäft, aber ich kann meine Rechnungen bezahlen.«

Silvester 1994

Baby und Adeline sehen fern

Ich werde Sie nicht mit weiterem Mutterschaftsgerede langweilen, weil Sie sicher selbst uninteressante Freunde haben, die sich gerade mit dem Elternsein herumschlagen. Sie wissen, welchen Typ ich meine, nicht wahr, meine Lieben?

Diese Leute, die zu unmöglichen Zeiten anrufen und nahezu sterben, wenn der kleine Tommy seinen ersten Schritt macht oder seine erste unsinnige Silbe sagt oder irgendeinen anderen willkürlich gesetzten Meilenstein erreicht, den nur Menschen mit einer direkten genetischen Verbindung schätzen können. Ich will über diese Seelen nicht zu Gericht sitzen, über Ihre Freunde, ich hocke nämlich im gleichen biederen Boot. Ich habe mich wegen Emil öfter zur Närrin gemacht, als ich zugeben möchte. Trotzdem werde ich Sie nicht langweilen, Leser. Ich weiß, dass Sie Besseres zu tun haben.

Ich werde Ihnen auch die ganzen uninteressanten kleinen Details über mich und Baby und unsere Versöhnung ersparen. Sie wissen so gut wie ich, dass sie unvermeidbar war. Wäre sie nicht geschehen, würde Ihre Nase jetzt nicht in diesem Buch stecken, nicht wahr? Sie würden eine dieser traurigen kleinen Geschichten über Menschen lesen, die ihr verbittertes Leben damit verschwenden, in Bier aus dem Supermarkt zu weinen.

Am Silvesterabend saßen Baby und ich in meiner Wohnung.

Emil schlief fest, und ich war so empört, wie man es nun einmal ist, wenn das eigene Kind möglicherweise durch den Lärm nächtlicher Feierlichkeiten geweckt wird. »Diese Mongoloiden veranstalten ein wahres Tohuwabohu auf der Straße«, sagte ich. »Sie haben keinen Respekt davor, wie leicht der Schlaf eines Kindes gestört wird.«

»Früher bist du auch durchs East Village gezogen.«

»Ich bin niemals hemmungslos herumgelaufen und habe jeden markterprobten Unfug gebrüllt, der mir durch den idiotischen Kopf gegangen ist. Werbesprüche und Erniedrigung! Sollen so die letzten fünf Jahre des Jahrtausends eingeläutet werden?«

Kaum zu glauben, aber wir hatten auf meinem alten Schwarzweißfernseher *Dick Clark's New Year's Rockin' Eve* eingeschaltet. Ich lebte auf der Insel Manhattan und das mehr oder weniger seit zehn Jahren. Noch nie hatten mich das Sodom und Gomorrha des Times Square am 31. Dezember gelockt. Doch nun saßen wir da und sahen es über den Bildschirm flackern.

»Du brauchst einen neuen Fernseher«, sagte Baby. »Es ist ein Wunder, dass das Ding noch läuft.«

»Wenn er kaputtgeht, werde ich ihn nicht ersetzen. Das Radio genügt. Emil wird nicht als eines dieser fetten Kinder aufwachsen, deren bester Freund der blaue Schimmer des Todeskastens ist. Sollte das Gerät noch funktionieren, wenn er alt genug ist, seinen Zweck zu verstehen, schmeiße ich es raus.«

Obwohl der Schwerpunkt von *Dick Clark's New Year's Rockin' Eve* auf New York lag, wurden die von den Comedians Margaret Cho und Steve Harvey angekündigten Musikauftritte von anderen Orten eingespielt. Man sah die zusammengedrängte Menschenmenge auf dem Times Square und dann einen Auftritt in Disney World.

Melissa Etheridge, The O'Jays, John Secada, Hootie & the Blowfish und Salt-N-Pepa. Ich hatte leise gehofft, dieser Reggaesänger Ini Kamoze würde auftreten. Genau zu dieser Zeit hatte er einen riesigen Crossoverhit mit dem Titel »Here Comes the Hotstepper«. Man konnte sich dem Song nicht entziehen. Er drang hier und da aus Radios, aus Autos und schlecht geträllert von den Lippen anderer Menschen an mein Ohr. Man konnte nicht vor die Tür gehen, ohne von dem Hotstepper und seiner Ankunft zu hören.

So erleuchtet meine Wenigkeit sich auch sah, als Buddha gepflegt mit Aveda, blieb ich doch ein Geschöpf meiner Zeit. Weil ich im lilienweißen Taumel des Synthie Pop aufgewachsen war, war mein Verständnis von Popkultur von einem deutlichen Verfall geprägt. Der Große Weiße Rock war zu Staub zerfallen und endlich von den Klängen des Hip-Hops abgelöst worden.

Emil lenkte mich so sehr ab, dass mir das alles mehr als schnurzpiepe war. Mit meinem Kind und meinem Zeichnen hatte ich vollauf zu tun. Und selbst, wenn ich nicht ins Mütterlager gewechselt wäre, hätte ich auf keinen Fall eine Frau sein wollen, die mit knappen dreißig vorgab, den Geschmack der Teenager genau zu kennen, und hoffnungslos hoffte, sich eine echte Verbindung zu aufkommenden Trends der Trivialkultur zu erhalten. Stellen Sie sich vor, ich würde über Snoop Doggy Dogg reden!

Einige Tage zuvor hatte ich bei Kim's Underground in der Bleecker Street, der eine weit bessere Auswahl bot als das Kim's in der Avenue A, einen scheußlichen Film geliehen. Der Titel dieses scheußlichen Films lautete *Return of the Living Dead III*. Wie die römischen Ziffern schon andeuten, stellt er den dritten Teil einer Serie von Zombiefilmen dar, die lose mit dem Stammvater des Genres, *Die Nacht der lebenden Toten*, verbunden ist. Der erste

Film der *Return*-Reihe ist wegen seiner billig-kitschigen Achtziger-Jahre-Punk-Elemente recht beliebt, ein wenig wie *Jubilee* von Derek Jarman, wenn Derek Jarmans *Jubilee* völlig schwachsinnig wäre.

Fragen Sie mich ja nicht, warum ich so etwas ausgeliehen habe. Die Antwort ist weder zurechnungsfähig noch nachvollziehbar. Ich bin eine eingefleischte Zombiefilmhasserin, ausgenommen Belas bravouröse Darstellung des Mörders Legendre in *White Zombie*, die mein Herz zum Pochen brachte, und meiner großen Bewunderung für *Ich folgte einem Zombie* von Jacques Tourneur und Val Lewton. Ich gestehe sogar ein gewisses Wohlwollen gegenüber *Nacht*. Von diesen Ausnahmen abgesehen sind Zombies nach wie vor das dümmste Sujet des Horrors.

Kneift man ganz sacht die Augen zusammen, erkennt man, warum es den amerikanischen Geist anspricht. Wir sind eine militaristische Gesellschaft, in der Schlacht geboren, und definierten unsere Epochen durch Krieg. Der verdammte G.W. als unser erster Präsident, der Krieg von 1812, Babys fixe Idee von Mr Lincolns Pein, Erster Weltkrieg, Zweiter Weltkrieg, Vietnam. Unsere alberne kleine Geschichte ist kaum mehr als eine Geschichte von Kriegen. Unser ganzer Diskurs bezieht sich auf den Krieg. Der Krieg gegen Drogen. Der Krieg gegen die Armut.

Verbinden Sie das mit unserem jetzigen verfallenden Reich, das seinen Höhepunkt etwa 1963 erlebt hat, und schon erscheinen Armeen zum Leben erwachter Leichen als Symbol durchaus sinnvoll. Ich habe mit Allegorien, seien sie gewollt oder ungewollt, nicht viel am Hut, aber diese Gleichung kann man nicht übersehen. Kriegskultur + sterbende Gesellschaft = ein Land gebannt von Bildern wandelnder Toter.

Revenge of the Living Dead III aus dem Jahr 1992 versucht, das zu zeigen, was er für die Jugendkultur der Zeit hält. Das Zimmer der Hauptfigur, eines Highschoolschülers, wird von Postern aller erdenklichen alternativen Bands geschmückt, darunter meine alte Lieblingsband L7. Die weibliche Hauptfigur ist eine Ansammlung von Klischees der frühen Neunziger. Lederjacke, Netzstrumpfhose, gefärbte Haare.

An einer Stelle ist das Leben des Protagonisten völlig im Eimer. Seine Liebste wurde getötet, und er hat sie in einen Zombie verwandelt, was sich als ziemlich schlechter Plan herausstellt.

Als sich unser Held an seinem Tiefpunkt der Verzweiflung ergibt, versteckt er sich gerade in einem Abwasserkanal. Er verstrickt einen obdachlosen Vagabunden in ein Gespräch. Der junge Mann erzählt seinem neu gewonnenen Freund von seinen Hoffnungen und Träumen. Er will nach Seattle gehen, sich einer Band anschließen, Drummer werden. Alles wird cool, wenn wir erst mal in Seattle sind, sagt er.

Sie werden sich erinnern, dass der Film in einer dieser haarsträubenden Phasen entstand, in denen das Spektakel eine neue Jugendbewegung gefunden hatte. Auf der Welt wimmelte es von Bands aus Seattle. Nirvana, Pearl Jam, Soundgarden, Alice in Chains, Mother Love Bone, Temple of the Dog, Tad, Screaming Trees, Sub Pop Records.

O Jesu Cristo, beschütze mich vor solchen Dämonen!

Das Traurigste an *III* ist es, sich die kreative Eruption vorzustellen, den Moment, in dem sein Regisseur Brian Yunza und der Drehbuchautor John Penney einen Artikel in der *New York Times* über den neuesten Trend der Kids lasen und sich ausmalten, einen Film mit frischem Wind und echter angesagter Popkultur zu drehen. Und wohin führte das diese Typen? Zu einem Jungen, der nach Seattle gehen will, während seine Freundin sich als Zombie neue Piercings zulegt.

Es gibt nichts Schlimmeres als den ältesten Menschen bei einem Punkrockkonzert.

Das war Baby. Die Clubszene war nicht gütig. War sie nie gewesen. Ein erfolgreicher junger Autor, der sich nicht von dem Drang befreien konnte, relevant zu sein, und der glaubte, er müsse um jeden Preis mit Menschen mithalten, die zehn Jahre jünger waren, war kein schöner Anblick.

Seit unserer Versöhnung war ich zu dem Schluss gekommen, dass das Leben tatsächlich ein sich wiederholender Zyklus war. Ich hatte Baby davon überzeugt, nicht mehr mit dieser rätselhaften kleinen Kröte Franklin zu schlafen, aber dadurch wurde Baby einsam, und wir waren wieder da, wo wir angefangen hatten. Ich überlegte, wie ich Baby mit einem netten Jungen verkuppeln könnte.

April 1995

Baby und Adeline besuchen
Norman Mailers Haus

In einer meiner eher hohlköpfigen Phasen gab ich mich dem Wahn hin, man könne sich vielleicht mit Frauen anfreunden, die gerade ähnliche Erfahrungen mit der Mutterschaft machten. Auf den Rat von Emils Kinderarzt schloss ich mich sogar einer Selbsthilfegruppe junger Mütter an.

Doch ach, die meisten in dieser Gruppe waren laaaaaangweilig und sooooo erdrückend konventionell. Ihr Hauptthema waren die schrecklichen Berufe ihrer ungetreuen Ehemänner. Ansonsten ging es um wunde Brustwarzen und die Schwierigkeiten, das richtige Spielzeug zu finden. Ihr Gezeter zerrte an den Nerven. Nach wenigen Monaten türmte ich und war mehr als zufrieden, wieder mit meinen Comicbuchkatzen allein zu sein.

Der einzige andere Freak in unserem Grüppchen war Frances Washington, eine Frau mit rabenschwarzen Haaren, die aus dem Staat Rhode Island und Providence Plantations stammte. Ohne sich je davon einengen zu lassen, wie der kleinste Bundesstaat das Leben eines armen Mädchens in Smith Hill definierte, hatte sie die Classical High School besucht und sich mit einem Stipendium an der Rhode Island School of Design eingeschrieben. Ihren Abschluss hatte sie an der Parsons gemacht. Zurzeit arbeitete sie als fest angestellte Graphikdesignerin für NBC im Gebäude von General Electric im Rockefeller Center.

Sie war ebenfalls eine dieser unverheirateten Mütter, über die in den Massenmedien so hergezogen wurde. Genau wie ich. Ob Sie es glauben oder nicht, Ihre alte Freundin Adeline gehörte nun zur einzigen Bevölkerungsgruppe, die man laut ganz Amerika hassen durfte. Ledige Mütter! Aber Frances hatte es schlechter getroffen. Meine Vergehen fanden immerhin in der Rubrik Weißsein statt.

Unser Status als liederliche Dirnen diente als Gemeinsamkeit, die Francis und mir viele Gesprächsthemen verschaffte.

Weil sie mit leichtem Dialekt sprach, fragte ich sie, ob Baby recht habe und Rhode Island neben Wisconsin der einzige Ort sei, an dem man Trinkbrunnen als »Sprudler« bezeichnete. Zu meiner großen Überraschung sagte sie ja, stimmt, in Rhode Island trinke man Wasser aus Sprudlern.

Wir litten beide unter allgemeiner Paranoia, wenn es darum ging, unsere Kinder bei Fremden zu lassen. Tagsüber brachte sie ihr Kind bei einer verständnisvollen Tante in Queens unter, wodurch Miss Washington zwei Stunden täglich pendeln musste.

Für abends fehlte ihr eine gute Lösung. »Ich kann das einfach nicht«, sagte sie. »Ich bleibe lieber mein restliches Leben lang Single, als Danielle bei einem Babysitter zu lassen.«

Eines Abends, als wir uns mit halbgarer Pizza vollstopften, betrachteten wir unsere ähnlichen Situationen und schlossen einen Pakt. Da sie sich in der Ödnis von Gramercy niedergelassen hatte, was von der 7th Street nicht allzu weit entfernt lag, würden wir unsere Ressourcen bündeln und gegenseitig auf die Kinder aufpassen, wenn Mami mal einen freien Abend brauchte.

Und so geleitete ich Emil an einem schicksalhaften Freitag irgendwann im April in die East 19th Street. Francis öffnete die Tür mit Farbklecksen auf der Kleidung. »Ich war mal wieder an der Leinwand«, sagte sie. »Ich muss an etwas arbeiten, das kein Geld einbringt.«

»Dann musst du einfach Comics machen«, sagte ich. »In meiner dreckigen kleinen Branche verdient niemand anständiges Geld.«

Frances zeigte mir ihre Leinwand. Ein Gemälde mit starken mittelalterlichen Einflüssen. Eine Frau in der Dachkammer eines gekachelten, mehrstöckigen maurischen Turms. Auf einen Tisch geschnallt ein Wesen, halb Mensch, halb Frosch. Die Frau vermisst mit einem unglaublich obskuren Instrument die Gliedmaße des Monsters. Auf den Regalen stehen Bechergläser mit diversen Flüssigkeiten. Verwirbelnder blauer Rauch steigt von einem Kandelaber auf, der aus einer wächsernen menschlichen Hand geformt ist.

»Wie nennst du dein Werk?«, fragte ich.

»Nagasaki/Hiroshima: Nach Remedios Varo für die Tutsi«.

Ich umarmte und küsste Emil. Er würde über Nacht bleiben. So ungern ich ihn auch verließ, hätte ich es nicht ertragen, den Jungen morgens um zwei nach Hause zu schleppen. Außerdem genoss der kleine Schatz seine Besuche bei Frances und Danielle.

»Wie sieht der Plan für heute Abend aus?«, fragte Frances.

»Weißt du, da bin ich mir noch gar nicht sicher«, sagte ich. »Baby hat mich zu einer seiner Literaturpartys eingeladen. An irgendeinem scheußlichen Ort im finstersten Brooklyn.«

Ich fuhr mit der 6 zur Grand Central und las unterwegs einen winzig kleinen Ausschnitt von Angela Carters *Blaubarts Zimmer*. In der Haupthalle versuchte ich wie immer, die astrologischen Symbole unter der Decke auszumachen. Unter der schwarzen Teerschicht konnte ich die Tierkreiszeichen vage erahnen, aber die Figuren nicht richtig erkennen.

Ich setzte meine Kopfhörer auf, schaltete meinen Walkman

ein und hörte Bob Dylans neuestes Album *World Gone Wrong*, ein deutliches Nachbeben einer qualvollen Erfahrung, die Dylan durchlitten hatte. Nämlich die Achtziger.

Ich denke immer noch mit Grauen an das Bild des Troubadours in mittleren Jahren in seinen stonewashed Jeans, mit Lederwesten und weißen T-Shirts und kreuzförmigem Ohrring. Es geht mir durch Mark und Bein, wenn ich an seinen unsäglichen Beitrag zu »We Are the World« denke. Mögen alle Lippen gnädig von dem grotesken Grauen namens *Empire Burlesque* schweigen.

Doch irgendjemandem muss man dienen, und keine Seele hat je die Himmelspforte erkannt, die nicht erst feurigen Schwefel gesehen hätte. Der alte Knabe hatte das Kokain und den pastellfarbenen Glitter und das Neon des letzten Jahrzehnts aufgegeben und war wieder auf Fühlung mit dem gegangen, was ihn überhaupt zur Musik gezogen hatte. Mit den alten Vinyl- und Schellackplatten.

Race und Hillbilly Records flogen dem Mann zu, und er beschloss, einige der antiquierten Stücke allein aufzunehmen. Ein Mann, eine Akustikgitarre, kein Mastering, kein Studio, das ihm wie ein Albatros um den Hals hing. Der erste Versuch, *Good As I Been to You*, putzte die Kehle frei oder machte die Stimme kaputt, denn ehrlich gesagt klang Robert Allen Zimmerman, als hätte er vor jeder Aufnahme Helium inhaliert.

Auf dem Folgealbum *World Gone Wrong* sang er mit einem rauen Instrument. Seine Stimme klang, als hätte er mit Kies gegurgelt. Man merkte ihm die Jahre an, das Gewicht der unbeachteten Seiten der amerikanischen Geschichte. Ich musste es immer wieder hören. *World Gone Wrong* und *The Sporting Life*, eine Zusammenarbeit von Diamanda Galàs und John Paul Jones, unterlegten Monate meines Lebens mit einem Soundtrack.

Dylan untermalte die 42nd Street. Dieses Übermaß an menschlichem Glitter und an Gier, an Fleisch und Lust und dunkler Anmut. Ich dachte über Erik nach, Babys ehemaligen Freund. Er hatte mich auf Dylan gebracht, weil er gesagt hatte, meine Karikatur des Sängers würde nicht zu seinen Platten passen. Er hatte mir *Desire* und *The Freewheelin' Bob Dylan* geliehen. Jetzt war Erik nicht mehr da, verschollen in der Dummheit gescheiterter Beziehungen.

Als ich die Fifth Avenue überquerte, starrte ich auf die öffentliche Bibliothek und ihre zunehmend anachronistischen Löwen. Ein leicht behinderter, dicker Mann humpelte grob in meine Richtung. Sein Gesicht schien für einen Ausdruck der Enttäuschung geschaffen. Er trug ein grünes T-Shirt, auf dem in weißer Schrift TOLLER FANG stand.

Baby hatte lästige Geschäfte mit seinem Agenten zu besprechen, die den frühen Abend in Anspruch nahmen. Er hatte vorgeschlagen, wir sollten uns an der Ecke 41st und 7th Avenue treffen. Als ich den Knaben erreichte, blickte er zum schimmernden fernen Times Square.

»Im Fernsehen sieht es anders aus«, sagte er. »Ich war lange nicht mehr hier. Als der Club USA geschlossen wurde, hatte ich keinen Grund mehr.«

»Weißt du, dass ich seit unserem Besuch bei McDonald's nicht mehr hier war?«, fragte ich.

»Ich glaube, die Outlaw Partys haben wir wirklich hinter uns«, sagte Baby. »Es kommt mir vor, als wäre es zwanzig Jahre her. Mein Vater hat immer gesagt, dass die Zeit schneller vergeht, wenn man älter wird, aber für mich streckt sie sich. Alles wirkt so weit entfernt.«

Ich überlegte, *World Gone Wrong* zu empfehlen. Bob Dylan wusste, wie schwer der Lauf der Zeit wiegen konnte. Aber ich tat es lieber nicht. Wer wollte erahnen, welche Assoziationen Baby mit Bob Dylan verband?

»Wie auch immer«, sagte Baby. »Wir müssen die 2 oder die 3 nehmen. Ich habe keine Ahnung, welche Bahn schneller ist.«

Die U-Bahn-Haltestelle am Times Square ist eine scheußlich verzweigte unterirdische Welt. Tunnel über Tunnel über Ebenen über freiliegende verrostete Träger. Eine niederdrückende Erfahrung. Wir liefen zum ersten greifbaren Zug. Baby und ich fuhren nicht oft zusammen mit der U-Bahn, aber wenn doch, war ich dankbar, dass ihm der Hang zu Gesprächen genauso abging wie mir.

Wir stiegen an der Clark Street aus, der ersten Haltestelle in Brooklyn und der absolut seltsamsten in ganz New York. Zuerst, Schätzchen, liefen wir die Treppe am Bahnsteig hinauf, dann kamen wir in einen langen Gang, der zu drei Fahrstühlen führte. Zwei von ihnen waren kaputt. Wir quetschten uns in die einzige funktionierende Vorrichtung und stiegen in der umgebauten Lobby eines alten Hotels aus. In die Wände waren winzige Geschäfte gebaut. Schließlich gelangten wir hinaus und standen in Brooklyn Heights an einer Straßenecke neben den Überresten des alten Hotel St. George, eines Schlosses, das den ganzen Block einnahm.

»Baby«, sagte ich, »dieses Erlebnis ist äußerst unkonventionell.«

»Warte, bis wir da sind«, sagte er. »Das wird der Knaller. Ich garantiere dir, dass es deine Synapsen durchbrennt.«

»Solange ich nicht das Wort *manqué* benutzen muss, ist alles in Ordnung«, sagte ich.

Baby lotste uns Richtung Wasser. »Hast du mal *I Saw Linda Yesterday* von Dickie Lee gehört?«, fragte er.

»Nein«, sagte ich.

»Ich habe davon in George Plimptons Biographie von Edie Sedgwick gelesen. Andy Warhol soll den Song acht Stunden am Stück gehört haben. Ich habe ihn nicht gehört. Ich glaube, Warhol hat gedacht, dass er den Schlüssel zur amerikanischen Popkultur enthält. Ich glaube, er hatte recht.«

Ich verdrehte die Augen. Baby und Warhol.

Wir erreichten ein vierstöckiges Brownstone. Baby drückte einfach die unverschlossene Haustür auf, marschierte hinein und stieg drei Treppen hinauf. Etwa auf der zweiten hörte man den Partylärm von oben.

»Es ist nicht mal eine Buchpremiere«, sagte Baby. »Es ist nur eine Feier danach. Ich bin nicht sicher, dass wir willkommen sind. Eigentlich sind wir nicht eingeladen.«

»Wessen Bleibe ist es?«, fragte ich.

»Der fette kleine Wichser Norman Mailer wohnt hier«, sagte Baby. Wir rauschten in eine Wohnung, deren Wandfarbe man am besten als Alcatraz-Grün beschreiben konnte.

Neben dem Krimskrams einer Jahrzehnte umspannenden literarischen Karriere fiel auf, dass die Decke der Wohnung, gleichzeitig das Dach des Hauses, großflächig aufgerissen worden war. Über dem Loch erhob sich eine gläserne Pyramide, die an den Bauch eines seetüchtigen Schiffs erinnerte, weiß gestrichen und mit nautischem Dekor. Eine Reihe von Leitern führte zu verschiedenen Ebenen innerhalb der Pyramide. Menschen lehnten an den Balkonbrüstungen. Andere hatten sich in die nachgeahmten Kajüten gequetscht. Alles sehr kultivierte Literaturliebhaber, die meisten Jahrzehnte älter als ich oder Baby, und, Leser, wir waren nicht jung. Ich war Mutter!

»Der fette kleine Wichser hat gerade ein Buch über Lee Harvey Oswald rausgebracht«, sagte Baby. »Ich habe Michiko Kakutanis Besprechung gelesen. Sie hasst das Buch. Und wie sie es hasst.«

Eine Gruppe mittelalter Menschen stürzte sich auf Baby und fragte ihn nach seinem nächsten Roman. Er sollte recht bald erscheinen. Ich wusste nichts über das Buch. »Ich will, dass du überrascht wirst«, hatte er gesagt. »Du sollst es ganz unvoreingenommen lesen.«

Ich schlenderte durch die Wohnung, betrachtete die Bücher in den Regalen, betastete Erinnerungsstücke. Ein Mann mit britischem Akzent sprach mich an und fragte, ob ich *Oswalds Geschichte* gelesen hätte, was vermutlich der Titel von Mailers neuem Buch war. Ich verneinte. Der Mann sagte: »Bis zum letzten Kapitel fand ich es ganz gut.«

»Was geschieht da?«, fragte ich.

»Mailer verliert sich in einer langen transhumanistischen Abschweifung und postuliert eine Zukunft, in der sich unsere Art durch einen beschleunigten evolutionären Prozess weiterentwickeln wird. Die Männer werden zu durchscheinenden Tintenfischen und die Frauen zu ganz undurchsichtigen Oktopussen. Eine sehr seltsame Coda für ein Buch über Oswald, finden Sie nicht?«

»Allerdings«, sagte ich. Ich überlegte, was man darauf antworten konnte, vor allem, da ich das Buch nicht gelesen hatte. Der Mann musterte meine Wenigkeit. Meine Wenigkeit musterte den Mann.

Er zockelte davon. Ich stand mit offenem Mund da und bestaunte ein Regal voller Bücher, die Mailer geschrieben hatte. Ein anderer Mann kam zu mir, und ich muss zugeben, er war unwiderstehlich. Man hätte ihn nicht unbedingt als attraktiv bezeichnet, aber er war bestens gepflegt. Seine Erscheinung war tadellos, seine Kleidung gut ausgewählt.

»Hat Danny dir von den Tintenfischen erzählt?«, fragte er.

»Woher weißt du das?«

»Er ist Lektor bei Random House«, sagte der Mann. »Er besucht Buchpartys und redet mit den Leuten über Bücher, die sie nicht gelesen haben. Egal, um welches Buch es geht, er sagt immer, es gäbe ein Schlusskapitel über eine Zukunft, in der sich die Menschen zu Kopffüßern entwickeln. Das habe ich schon über jedes Buch gehört, von *Väter und Söhne* bis *Prozac Nation*.«

»Wie sonderbar«, sagte ich.

»Es soll ein Scherz sein«, sagte der Mann. »Nur lacht niemand darüber.«

Wir redeten und plauderten und plauschten. Wir klagten uns unser Leid. Der Mann stellte sich als Thomas Cromwell vor, ein Namensvetter einer unseligen historischen Gestalt während der Herrschaft von Heinrich VIII. Als ich mich nach den Ursprüngen dieses Namens erkundigte, deutete der neue Thomas Cromwell an, seine Mutter sei zu wenig gebildet, um die Protagonisten der amerikanischen Geschichte zu kennen, ganz zu schweigen von dem brutalen Vollstrecker eines Tudorkönigs. Ich redete wie ein Wasserfall, ausgerechnet über die Dienstagssirene in San Francisco, diesen ungeheuer lästigen Vorgang jede Woche zur Mittagsstunde, wenn die Stadtoberen es für angebracht halten, alle Quadranten mit einem Alarm zu beschallen, gefolgt von der Mitteilung an die Bürger, der Lärm sei wieder nur ein Test gewesen.

Thomas Cromwell war offenbar ebenfalls Lektor. Ende dreißig, erwerbstätig und nicht schwul. Ich war so unschuldig, dass ich nicht auf einen Ring achtete. Hätte ich es getan, hätte ich keinen gefunden. Der Mann war nicht verheiratet.

Er erzählte ausführlich, wie wunderbar er die Einhorntapisserien in den Cloisters fand. »Es kommt darauf an, wie man sie betrachtet«, sagte er. »Wenn man vorbeigeht und den Blick fixiert, können die Wandteppiche dreidimensional wirken. Sie schimmern und bewegen sich.«

Soso, dachte ich bei mir, da steht ein erwachsener Mann mit einer halbwegs jungen Frau in Norman Mailers Wohnzimmer und wählt als Gesprächsthema Einhörner und mittelalterliche Wandteppiche. Soso, sagte ich mir, diesem Mann könnte man möglicherweise ein armes Kind offenbaren.

Vergessen Sie nicht, Leser, ich hatte mich seit Nash Macs Abreise nicht mehr den fleischlichen Gelüsten hingegeben. Selbst wenn man die ausgedehnte Zeitspanne meiner existentiellen Krise wegen der Bedeutung von Sex und Beziehungen ausklammert, summierten sich die Monate zu einer lächerlich langen Zeit.

»Nun, Eure Lordschaft Master Cromwell«, sagte ich, »da Ihr schon hier seid, verbirgt sich nicht irgendwo eine Lady Jane Grey und huscht von Kajüte zu Kajüte?«

Oft bietet es sich nicht an, eine Frage zu stellen, wenn man die Antwort nicht erträgt. Thomas Cromwell antwortete höchst freundlich, habt Dank. »Meine Freundin müsste hier irgendwo sein.« Und dann, Grauen über Grauen, schlug er vor, ich solle ihm folgen und seine Liebste gemeinsam mit ihm suchen.

Wir kletterten kreuz und quer durch Norman Mailers Wohnung. Treppauf, treppab, rein in die Kajüten, raus aus den Kajüten. Rein in die Kombüse, raus aus der Kombüse. Auf den Balkon, aufs Dach. Einmal deutete Thomas Cromwell auf eine andere Stelle und sagte: »Norman ist wegen irgendwas sehr aufgebracht.« Ich spähte hinüber, und da stand dieser zwergenhafte alte Mann mit einer mächtigen Wolke weißer Haare, die wie Dampf aus seinem Kopf stieg, in jedem Ohr ein Hörgerät, und war in ein äußerst lebhaftes Gespräch vertieft. Sein Gegenüber?

Mein alter amigo Baby Baby Baby.

»Wir sollten deine Liebste suchen«, sagte ich, »bevor man mir die Tür weist.«

Sie saß allein auf einem Balkon mit Blick über den East River auf Lower Manhattan. Die Twin Towers machten immer wieder Eindruck, man bemerkte, wie unfassbar hoch und wie abscheulich sie waren. Aber ihre Größe reichte über ihre Fassade hinaus. Vielleicht konnte man daraus etwas lernen. Vielleicht wiegt die schiere Größe mehr als eine fragwürdige Ästhetik.

»Freut mich sehr«, sagte sie. »Ich heiße Aubrey.«

Ich hätte sie gerne gehasst, aber ich konnte es einfach nicht. Sie bezauberte mit ihrem Charme, besonders, weil sie zwar keineswegs hässlich war, aber auch keine große Schönheit. Ich dachte, wenigstens schätzt dieser Thomas Cromwell Frauen offenbar nicht nur wegen ihrer Lieblichkeit.

Sie erklärte, sie habe darauf bestanden, diese Party zu besuchen. Sie war eine eingefleischte Mailer-Leserin, und das nicht unbedingt aus Begeisterung. Stattdessen erkannte sie die Grenzen an, in denen sich sein Werk nach wie vor bewegte. Sie fand es bemitleidenswert, dass eine so radikale Gestalt an männliche Lösungen für von Männern verursachte Probleme glaubte.

»Das ist wie bei einem Farmer«, sagte sie, »wenn er auf ein Kaninchen schießt und es verfehlt, aber das Nervensystem des Kaninchens versagt. Das Tier rennt in immer kleineren Kreisen umher, es kommt nicht weiter, es kann nichts tun. Bei Mr Mailer ist es etwas ähnlich, fürchte ich.«

Am Ende, als Baby schon mit benommenem Gesichtsausdruck unterhalb der Pyramide umherstreifte, nachdem ihn der alte Mann in Grund und Boden geredet hatte, hatte ich mich mit Thomas Cromwell und Aubrey angefreundet. Sie hatten mir ihre Telefonnummer gegeben. Aubrey sagte, wir sollten uns mal treffen. Sie schlug vor, ich solle in ihrer Kanzlei in Chelsea vorbeischauen, wo sie als Anwältin arbeitete. Wir könnten lunchen. Thomas schloss sich ihr an.

»Das ist sehr schwierig«, sagte ich, »ich habe nämlich einen Sohn, wisst ihr, und ich lasse ihn nur äußerst ungern bei einem Babysitter.«

»Bring ihn mit«, sagte Aubrey. »Tom kann wunderbar mit Kindern umgehen.«

Unten auf den Straßen von Brooklyn Heights fragte ich Baby, worüber er mit dem alten Mann diskutiert habe. »Ob du es glaubst oder nicht«, sagte er, »wir haben uns übers Boxen gestritten.«

»Warum in aller Welt hast du darüber geredet?«, fragte ich. »Du hast keinen Schimmer vom Boxen.«

»Ich habe sein Buch *Der Kampf* gelesen«, sagte Baby. »Ich dachte, ich kann mich durchmogeln. Junge, habe ich mich geirrt. Dieser fette kleine Wichser hat mir echt einen Dämpfer verpasst.«

»Was hat er gesagt?«, fragte ich.

»Er hat wohl mein Buch gelesen«, sagte Baby. »*Gefangen*, meine ich. Junge, man kann über diesen fetten kleinen Wichser ja sagen, was man will, aber ist ein verdammt guter Literaturkritiker.«

Armer Baby. Er hatte einen Club gegen einen anderen getauscht.

April 1995

Ärger in der Clubszene

Da es meiner Wenigkeit zugefallen ist, das furchtbare Jahr 1995 zu dokumentieren, muss ich anmerken, dass es für die Clubszene ein Annus horribilis war.

Unser guter alter Bürgermeister Rudy polterte in sein Amt und versprach lautstark, in der großen, der Polizei völlig entglittenen Stadt aufzuräumen. Die Herrschaft des Schreckens begann am 16. September 1992 bei einer Aufwärmübung für den Wahlkampf, als Giuliani neben der Brooklyn Bridge vor einer Gruppe New Yorker Polizisten außer Dienst auftrat. Die Jungs in Blau hatten sich versammelt, um gegen die angestrebte Polizeireform des damaligen Bürgermeisters David Dinkins zu demonstrieren. Einige hielten Schilder hoch, auf denen »Werft den Toilettenmann raus« stand. Viele hatten sich die Hucke vollgetrunken.

Rudy ließ seinen inneren Faschisten heraus und hielt mit unheiligem Zorn eine Rede, in der er zweimal das Wort Bullshit benutzte. *Ich bringe Recht und Gesetz. Ich komme mit eiserner Faust. Ich ringe jeden nieder, der sich nicht an die Regeln hält.* Im Kontext und nach dem, was folgte, lässt sich unmöglich ignorieren, dass mit denjenigen, die »sich nicht an die Regeln« halten, arme Leute, schändliche Schwule und jeder ohne weiße Haut gemeint war.

Der neue Bürgermeister trat sein Amt mit einer Liste von Zielen an. Vor allem nahm er die Clubszene ins Visier.

Der Club USA lag unweit der Ecke West 47th und Broadway. Besitzer und Betreiber war Peter Gatien. Der Zyklop hatte acht Millionen Dollar in den Umbau des Clubs gesteckt. Kaum zwei Jahre später, in den ersten Wochen des Jahres 1995, schloss er seine Pforten. Ein weiteres Opfer des neuen Times Square.

Der Einäugige hatte angesichts eines blutrünstigen Biests Schwäche gezeigt und das Tier wütend gemacht. Das NYPD erklärte den Krieg. Als Nächstes fiel ihr die Sound Factory zum Opfer, wodurch Junior Vasquez, der hauseigene DJ, in Ennui und Depressionen versank. Weitere Verluste kamen dazu.

Verdeckte Ermittler infiltrierten die Clubs. Stellen Sie sich die vielen jungen Polizisten aus Far Rockaway vor, die dazu gebracht wurden, sich aufzurüschen und sich Federboas umzuhängen.

Ich fand Rudys Bestrebungen, die Stadt zu säubern, abstoßend. Ja, die Kriminalität war schrecklich, aber seine Lösung war nichts anderes als eine autoritäre Phantasie. Wir sollten nicht vergessen, dass der Mann früher Staatsanwalt gewesen war und aus einem streng katholischen Elternhaus kam. Vier seiner Onkel waren Polizisten gewesen. Er war auf Bestrafung programmiert.

Der Blick auf sein pulsierendes Reich New York City ließ den Mann erbeben, weil er spürte, dass irgendwer irgendwo ein geringfügiges Vergehen beging.

New York ist Alexander Hamiltons Stadt. Die Reichen haben schon immer geherrscht, aber ich spiele damit auf den Samthandschuh an. Ich würde es vorziehen, wenn unsere Gebieter ein Gespür für Scham und Verhältnismäßigkeit hätten.

Andererseits glaubte ich, dass es Baby nur guttun könnte, wenn sich seine schäbige kleine Szene in Luft auflösen würde.

Er könnte vielleicht doch noch in das warme Licht des Erwachsenseins eintreten.

Ich muss zugeben, dass Baby begonnen hatte, sich abzunabeln. Der entscheidende Moment kam im April, an Michael Aligs Geburtstag, als Michael eine Party im Limelight unter dem Namen Bloodfeast schmiss, benannt nach dem widerlichen Film von Herschell Gordon Lewis. Der Flyer für Bloodfeast zeigte Alig mit eingeschlagenem Kopf und einem Hammer neben sich. Eines seiner überdrehten Club Kids, eine komplett kahle junge Dame namens Jenny Talia, hält eine Gabel mit nachgemachter Hirnmasse nur wenige Zentimeter von ihrem Mund entfernt. Sie ist voller Blut, genau wie Alig. Auf ihrer rechten Schulter steht in roter Schrift: BEINE ABGETRENNT!

Diese scheußliche Party besuchte Baby allein. Selbst sein Ungetüm Regina hatte sich entschuldigt. Sie selbst zog sich auch zurück, hatte endlich ihren Abschluss an der NYU gemacht und war eine feste Beziehung mit einer Lesbe aus der Bronx eingegangen.

Die Leute erschienen besudelt mit Kunstblut. Von der Decke hingen riesige Messer, darunter standen blutverschmierte Särge und Betten, in denen einige rangniedrige Mitglieder der Clubszene den ganzen Abend über lagen.

Baby sagte eigentlich nur, dass er die Veranstaltung geschmacklos fand. Selbst mit den Drogen, die er fraglos genommen hatte, konnte er sich nicht dazu verleiten lassen, der seltsamen Atmosphäre etwas abzugewinnen. Kurz darauf wurden seine Besuche immer seltener. Er ging höchstens noch einmal im Monat hin.

Selbst wenn ich mir wünschte, die Szene würde sich in Luft auflösen, sollte man sein Vertrauen nicht in Diktatoren im Westentaschenformat setzen; damit würde man seinem Freund nichts Gutes tun. Ich hatte mit angesehen, wie das NYPD Obdachlose zusammengeschlagen hatte. Wie konnte ich mich nicht auf die Seite dieser garstigen Clubleute stellen? Ich beklagte, wie sich die Stadt veränderte. »Detachable Penis« klang wie eine Botschaft von den Göttern.

Die unheilvollen Vorahnungen wurden immer stärker. Ein gewaltiger Wandel zeichnete sich ab. Bald würde die Stadt nur noch ein Spielball der Begüterten sein, und ich würde zu ihnen gehören, Schätzchen. Ich würde dazu verdammt sein, ihr das Mark auszusaugen, bis die Knochen brachen.

Mai 1995

Adeline luncht mit Thomas Cromwell,
berührt (noch einmal) die Berliner Mauer

Ich verabredete mich mit Thomas Cromwell zum Lunch in der Nähe seines Büros in Midtown. Im Vertrauen auf Aubreys Worte nahm ich Emil mit und schob seinen Sportwagen vierzig Blocks weit. Als wir Mr Cromwells Arbeitsstätte erreichten, stand er makellos adrett vor dem Gebäude. Er hielt eine Leine in der Hand, die zu einem erstaunlich faltigen braunen Hund führte.

»Tut mir leid«, sagte er, »aber ich muss unser Essen verschieben. Ich musste Oscar mit zur Arbeit nehmen. Heute werden unsere Teppiche gereinigt.«

Das war meiner Wenigkeit mehr als recht. Mir behagte der Gedanke nicht, Emil in ein Restaurant mitzunehmen. Einen erheblichen Prozentsatz meines Lebens hatte ich die Nase über Mütter gerümpft, die ihre kreischenden Kinder ungewohnten Situationen aussetzen. Mit meinem eigenen Sprössling im Schlepptau achtete ich peinlich genau darauf, ob ich selbst eine dieser Situationen schuf, die mich immer wahnsinnig gemacht hatten.

»Holen wir uns einen Kaffee«, sagte Thomas Cromwell. »Wir können zu einem Park ganz in der Nähe gehen. Er ist ein Geheimtipp.«

Wir unterbrachen den Weg an einem Deli. Ich ließ Emil bei Thomas Cromwell und Oscar und kaufte zwei Becher Kaffee. Dabei beeilte ich mich, so gut es ging, weil es mich in Panik versetzte, mein Kind mit einem Fremden und seinem Hund allein zu lassen.

Doch die Angst war unbegründet. Cromwell hatte sich nicht mit meinem Kind davongemacht. Er beugte sich über den Wagen und brabbelte in einer Unsprache.

Ich reichte Cromwell einen der Becher. Das hässliche, altgriechisch angehauchte Design der Pappbecher fand ich großartig! Ich nahm selbst einen Schluck und trank damit das scheußlichste Gebräu, das ich je getrunken hatte.

Wir sprachen über nichts Besonderes, über seine Arbeit, über das Verlagswesen, von dem ich kaum Ahnung hatte. Ich erzählte von *Trill* und seinem relativ großen Erfolg, von der Schinderei, jeden Monat zweiundzwanzig Seiten und einen Titel zu produzieren, und von den anderen Aufträgen, die ich bekommen hatte. Bei einigen wäre ich verrückt gewesen, wenn ich sie abgelehnt hätte, weil die Arbeit für Marvel und DC absurd lukrativ war, aber es war nicht leicht, die Termine einzuhalten, und ich war nicht bereit, eine Ausgabe meiner eigenen Reihe zu verschieben.

Der Park bestand aus einem schmalen Grünstreifen zwischen zwei Häusern. An seinem Ende plätscherte Wasser herunter, was das Getöse und den Lärm der Stadt übertönte. Nahm man die Bäume dazu, konnte man sich an einen Ort jenseits der Stadt versetzen. Wenn man denn ein Mensch war, der jenseits der Stadt sein wollte. Was man nicht war.

Emil kletterte aus seinem Sportwagen und jagte Tauben, bevor er Oscar zum Objekt seiner Zuneigung erkor, die Ohren des Hundes anhob und ihm um den Hals fiel. Cromwell sagte, das arme Ding sei ein reinrassiger Shar-Pei. Ich wagte nicht zu fragen, welchen Preis man für ein solches Ergebnis sinnloser Eugenik bezahlte.

Hunde in der Stadt erwecken mein Mitleid. In ihren Augen,

auch in Oscars, liegt ein versonnener Blick, als hätten zu viele Eindrücke alle etwaigen Gefühle oder Gedanken fortgespült.

Ich konnte mich nicht zurückhalten. Ich fragte nach Aubrey, danach, wie sie sich kennengelernt hatten.

»Am College«, sagte Thomas Cromwell, »was lange her ist, wenn ich so darüber nachdenke. Verabredet haben wir uns erst Jahre später. Jetzt sind wir seit sieben Jahren zusammen. Ich glaube, sie würde gerne einen Ring tragen, aber meine Eltern haben sich scheiden lassen, bevor ich geboren wurde. Keiner von beiden hat wieder geheiratet. Ich weiß nicht recht, was die Ehe angeht. Das Wort hat für mich keine Bedeutung.«

Ich stieß einen Pfiff aus. »Sieben Jahre«, sagte ich. »Wer hätte das gedacht. Das ist absolut famos. Und du warst nie versucht, mal vom rechten Weg abzukommen?«

»Das bin ich sogar«, sagte er. »Ich bin nicht stolz darauf. Es ist halt passiert. Vor zwei Jahren. Ich habe mich mit einem Mädchen aus der 143rd Street in Flushing getroffen. Die Unterschiede haben mich gereizt. Verklemmter weißer Junge macht sich an Latina ran, der seine Branche und sein Beruf völlig egal sind.«

»Weiß Aubrey davon?«

»Aubrey weiß es«, sagte Thomas Cromwell. »Wir haben ein Jahr lang eine Paartherapie gemacht.«

»Was ist aus deiner Geliebten geworden?«

»Jemand hat ihr in der MacDougal Street in den Oberschenkel gestochen. Ich habe das als Botschaft gegen meine Untreue verstanden und am nächsten Tag Buße getan. Ich habe Aubrey alles gesagt.«

Emil umarmte mein Bein. Ich nahm ihn auf den Schoß. Die ganze Zeit trank ich diesen abscheulichen Kaffee. Ich mochte Aubrey, ich fand sie sympathisch, aber oh, Thomas Cromwell,

Euch, mein Herr, mochte ich wirklich. Was hast du nicht tief in mir ausgelöst mit deinem hässlichen Hund und deinen Geschichten von Bettgeschichten in Flushing.

Er erwähnte die Ausstellung von Elizabeth Murray ein Stück die Straße hinauf im MoMA. Cromwell hatte sie gesehen und gemocht. Ich machte eine Schwester wirklich nicht gerne madig, aber ich konnte Murrays Arbeit schlicht nicht leiden. Ich sagte, ich wolle der Ausstellung fernbleiben.

»Gib ihr eine Chance«, sagte Thomas Cromwell. »Aubrey hat sie noch nicht gesehen. Wenn du willst, können wir zusammen hingehen.«

»Es wäre mir ein Vergnügen«, sagte ich.

Cromwell blickte auf seine Uhr. »Ich kann gar nicht glauben, dass wir uns schon so lange unterhalten«, sagte er. »Ich muss wieder zur Arbeit.«

»Ich begleite dich«, sagte ich, »das ist das Mindeste, was ich tun kann.«

»Bevor wir gehen, sieh dir das noch an.«

Er führte mich zu drei großen, frei aufrecht stehenden Betonplatten. Ich hatte sie beim Betreten des Parks schon bemerkt, mich aber nicht besonders für sie interessiert. Bei öffentlicher Kunst schaudert es mich fürchterlich.

»Das ist die Berliner Mauer«, sagte Thomas Cromwell.

»¿Qué es?«, fragte ich.

»Das sind Stücke der Berliner Mauer.«

»Potztausend«, sagte ich und strich über den Beton. Als junges Mädchen hatte ich das Ding in Berlin gesehen, bei einer Europareise mit Daddy, Mutter und Dahlia. Mein Vater hatte darauf bestanden, dass seine Töchter die Mauer berührten, obwohl keine von uns ihre Bedeutung begriff. Ich war zu jung. Dahlia, und es wird Sie nicht überraschen, das zu hören, war zu dumm.

»So ist Manhattan eben«, sagte Thomas Cromwell. »Ich muss jetzt los.«

Ich schnallte Emil in seinem Sportwagen fest. Wir marschierten schweigend, zielstrebig und wonniglich durch Midtown. Oh, wie wonniglich es war, Schätzchen.

Zwei Blocks von seinem Gebäude entfernt sagte Cromwell: »Nächstes Mal musst du mir alles über Baby erzählen. Ich habe *Gefangen zwischen Jupiter und einer Flasche* gelesen. Es ist erstaunlich gut, vor allem für ein Buch mit einem elefantenköpfigen Mann auf dem Einband. Wie lange kennt ihr euch?«

»Seit beinahe zehn Jahren«, antwortete ich. »Eine Zeitlang herrschte Funkstille zwischen uns, aber jetzt ist alles wieder beim Alten. Unsere Leben sind furchtbar miteinander verflochten. Er ist ebenso sehr mein Blut wie Emil.«

»Worauf führst du das zurück?«, fragte Cromwell. »Was hält eure Freundschaft am Leben?«

»Das ist ganz einfach«, sagte ich. »Babys Eltern sind tot. Ich habe nie nach Einzelheiten gefragt, aber soweit ich es verstanden habe, geschah es als große Tragödie. Will sagen, Mord. Mein Bruder hat sich das Leben genommen. Wenn man einem anderen Menschen mit demselben schrecklichen Los begegnet, lässt man ihn nie wieder gehen.«

Juni 1995

Abendessen bei Tom und Aubrey

Mittwoch rief Aubrey an und lud meine Wenigkeit für Samstag zum Abendessen ein. »Ich probiere ein neues Rezept aus«, sagte sie. »Knoblauchhähnchen mit braunem Zucker. Du isst Fleisch, oder?«

»Ich halte mich nur von rotem Fleisch fern«, sagte ich. »Hähnchen ist in Ordnung. Sag, schwingst du oft den Kochlöffel?«

»Ganz selten«, antwortete sie. »Meine Großmutter hat mir das Rezept geschickt, deshalb dachte ich, ich probiere es mal aus.«

Ich fragte, ob sie etwas gegen zusätzliche Gäste habe, womit ich Baby und das Baby meinte. Aubrey antwortete, je mehr, desto besser. Es sei ihr eine Freude, Emil kennenzulernen. Er habe bei Thomas Cromwell ordentlich Eindruck gemacht. Der würde begeistert von meinem Sohn schwärmen.

Nachdem ich den Hörer aufgelegt hatte, überlegte ich, ob Aubrey und Cromwell bereits versucht hatten, ein Kind in die Welt zu setzen. Vielleicht hatten sie diese Möglichkeit auf später verschoben.

Da ich bald in ihrem behaglichen Heim zu Gast sein würde, erwog ich, insgeheim ihr Medizinschränkchen nach Hinweisen auf Ortho Tri-Cyclen zu durchstöbern. Der scheußliche Gedanke verflog wieder. Medikamente und Toilettenartikel durchsuchte ich schon seit dem Highschoolabschluss nicht mehr.

Sie mögen fragen: *Oh, Adeline, warum nur hat Aubrey angerufen?* Nun, Schätzchen, während die Wochen und Monate verstrichen, hatte ich mich in meiner abgründigen Widernatürlichkeit weitaus häufiger mit Aubrey als mit ihrem Liebsten zum Lunch verabredet.

Erst eine Woche zuvor hatten wir uns in einem außergewöhnlich sterilen Restaurant in der Seventh Avenue getroffen. Der Name ist mir entfallen, aber seien Sie versichert, dass es rettungslos bourgeois war.

Unsere Lippen bewegten sich, die richtigen Worte kamen hervor, aber wie jedes Mal war meine Seele vom Schnitt ihres Kostüms und der Form ihrer Haare wie gebannt. Ich hatte Tausende und Tausende und Abertausende Frauen wie sie gesehen, junge, berufstätige Frauen, die sich durchkämpften, die New York als Ort profunder, endloser Möglichkeiten sahen. Ihre Leben hatten mich schon immer fasziniert, ich stellte mir vor, was sie getan hatten und woher sie kamen. Jetzt war ich mit einer dieser Frauen befreundet! Da saß sie, aß Rucola und sprach über Politik.

Konnten diese Frauen glücklich sein, wenn sie einzig mit dem Ziel arbeiteten, Kapital zu erwirtschaften, um sich einen gewissen Luxus erlauben zu können, zu dessen Erhalt sie weiteres Kapital anhäufen mussten? Wohin führte das? Wohin konnte es führen? Brauchen wir alle Besitz?

Aubrey erwähnte, sie sei von Präsident Bill Clinton enttäuscht. »Ich habe in den Vorwahlen für Jerry Brown gestimmt«, sagte sie, »aber wir haben ja gesehen, wie das ausgegangen ist, also habe ich die Zähne zusammengebissen und mich an Clinton gehängt und gehofft, er wäre das kleinere Übel, bis er gezeigt hat, dass er keine Ahnung von seinem Posten hat. Jetzt haben die Republikaner mit ihrem Vertrag mit Amerika den Kongress in der

Hand. In den nächsten zwanzig Jahren wird sich kein Mensch um die Themen kümmern, die mir wichtig sind.«

Ich antwortete etwas Unverbindliches, eine freundliche Nichtigkeit. Wir kamen auf etwas anderes zu sprechen. Ich war nicht naiv genug, um bei einer gepflegten Konversation meine politischen Ansichten auszuplaudern, vor allem nicht einer Frau gegenüber, die als Anwältin für große Firmen tätig war.

Gemäß jeder amerikanischen Skala hätte ich mit meinen extrem linken Überzeugungen als unzurechnungsfähig gegolten. Niemand wollte meine Ansichten hören. Nicht einmal ich selbst.

Wir hatten einander immer weiter umgarnt und aus einer Bekanntschaft eine Freundschaft werden lassen. Als ihr die Idee des sagenhaften Knoblauchhähnchens mit braunem Zucker zugetragen wurde, griff sie zum Hörer.

Ihr Wohnsitz befand sich an der East Side, in der siebenundzwanzigsten Etage eines farblosen Hauses in der 56th Street, das noch keine zehn Jahre alt war. Sollte es Sie überraschen, dass Aubrey sich trotz ihres guten Geschmacks auf eine solch nichtssagende Bleibe eingelassen hatte, dann vergessen Sie bitte nicht, dass New York immer noch New York war. Wenn es um Wohnraum geht, schließt dort jede Seele einen Pakt mit dem Teufel. Selbst Norman Mailer.

Als wir im Aufzug dem Himmel entgegenfuhren, tanzten Fragen durch meinen Kopf, die mich quälten wie Visionen von Zuckerfeen. Adeline, warum isst du in der Wohnung eines Mannes zu Abend, den du nicht haben kannst? Adeline, warum triffst du dich regelmäßig mit seiner Lebensgefährtin? Adeline, was stimmt mit dir nicht?

Ich hatte meine tiefen Gefühle für Thomas Cromwell nicht offenbart, nicht einmal Baby gegenüber, aber ich wusste, dass es nicht nötig war. Nicht bei dem jungen Autor, dessen Blick durch seinen romanhaften Hang zu Details und menschlichem Leid geschult war. Er war so freundlich gewesen, sich nicht nach dem Offensichtlichen zu erkundigen.

Mit einer sauberen weißen Schürze über der durch und durch legeren Kleidung öffnete Aubrey die Tür. Sie umarmte Baby, den sie noch nie gesehen hatte, und begutachtete Emil. »Was für ein reizendes Kind«, sagte sie. »Tom zieht sich gerade an. Macht es euch bequem.«

Ganz wie die Neue Welt sollten manche Reiche besser unerforscht bleiben. Der Einrichtung fehlte ein klar definierter Stil, aber sie war absolut zeitgerecht, genau an der Grenze zu einem bestimmten Geschmack. Gerade angesagte Technik und Art-nouveau-Drucke.

»Ihr Fernseher ist ja ein Monster«, raunte Baby.

»Noch deutlich schlimmer als deiner«, sagte ich, »was eine erstaunliche Tatsache ist.«

Die Schlafzimmertür öffnete sich, und das große, faltige Biest schoss hindurch. Ich setzte Emil auf den Boden. Mein Knirps trudelte auf den Hund zu, schlang ihm die pummeligen Ärmchen um den Hals und küsste seine Hautfalten.

Baby geriet bei diesem Anblick in Verzückung, aber nicht einmal Emils Freude konnte darüber hinwegtäuschen, dass ein zwanzig Kilo schwerer Shar-Pei in einer Dreizimmerwohnung Quälerei ist. Wir alle sind Gefangene unserer Umgebung, aber normalerweise sind die Gitter nicht so offensichtlich.

Thomas Cromwell schlenderte in einem schlichten Hemd und einer khakifarbenen Hose aus dem Schlafzimmer. Selbst damit sah er wie einer der bestgekleideten Männer Amerikas aus.

»Ich dachte doch, dass ich die Klingel gehört habe«, sagte er.

»Wir sind schon seit einer Weile hier«, sagte Baby. »Wir haben uns anhand der Bücher in euren Regalen ein Urteil über dich und Aubrey gebildet. Das machen Adeline und ich gerne. Es sagt viel über einen Menschen aus, welche Bücher in seinem Wohnzimmer stehen. Das bloße Vorhandensein ist reine Wunscherfüllung. Es ist ein Marketinginstrument, als würde dein Selbst durch falsche Deutungen der Autorenintention gebrochen gespiegelt.«

»Baby«, flüsterte ich. »Sei nicht so ein Arsch.«

»Wenn du mehr über meine Unsicherheiten wissen willst«, sagte Thomas Cromwell, »geh lieber die Regale nebenan durch. Hier stehen nur die Bücher, mit denen ich beruflich zu tun hatte.«

Damit war der Grundton vorgegeben, nicht wahr, Schätzchen? Baby gab sich leicht aggressiv und möglicherweise autistisch, während er und Tomás del Pozo fachsimpelten. Ich hatte genug Zeit mit Buchmenschen verplempert, um zu wissen, dass Baby bald Klatsch über Jay McInerney und gefrorene Wassermelonen verbreiten würde, deshalb ging ich auf den Balkon, ein schlichtes ein mal zweieinhalb Meter großes Rechteck.

Man konnte über den East River direkt nach Queens und Roosevelt Island sehen, ein Blick, den das East Village nirgendwo bot. Die Brücke an der 58th Street, die Straßenbahn, der Hauptsitz der Vereinten Nationen und das in der Dunkelheit leuchtende Logo von Pepsi Cola auf dem gedrungenen Fabrikgebäude, in dem scheußliche Limonaden abgefüllt wurden.

Aubrey rief uns zu Tisch. Das Essen war unterm Strich oder, besser gesagt, im Mund ganz köstlich. »Das Rezept deiner Großmutter haut mich echt um«, sagte Baby. Zum Essen servierte sie Wein, einen Sauvignon Blanc.

Baby und Thomas Cromwell fachsimpelten weiter. Laaaaaaaaaangweilig. Sie versanken im düstersten aller männlichen Sümpfe und versuchten, die Zukunft ihrer Branche vorherzusagen. Wie würde sich das Schreiben durch das Aufkommen von Dingen wie dem Internet und AOL verändern? Was bedeutete das für die Rolle des Autors?

»In zwanzig Jahren liest niemand mehr auf Papier«, sagte Baby. »Wir werden alles digital auf unseren Monitoren haben. Gegen die Zukunft kann man nicht ankämpfen, also, warum sollte man sie nicht begrüßen?«

Dieses Geschwafel hörte ich nicht zum ersten Mal von Baby. Ich hatte ihn gebeten, dieses Thema zu umschiffen, aber er konnte sich nicht beherrschen. Er hatte sich Nash Macs Clan angeschlossen, die Zeitschrift *Wired* abonniert und seine Schreibmaschine gegen einen Computer eingetauscht. Er trieb sich auf Chatseiten über seine eigenen Geschichten herum. Seine Fans schickten ihm Mails und diskutierten über die Feinheiten seiner Erzähltechnik. Bei all dem kam mir das Essen wieder hoch.

»Hoffentlich nicht«, sagte Thomas Cromwell. »Du hast ja vorhin noch vom Buch als greifbarer ideologischer Äußerung gesprochen. Wofür sollte man ein Buch besitzen, wenn man nicht damit angeben kann?«

»Gegen den Wandel kann man nicht ankämpfen«, wiederholte Baby. »Man kann die Vergangenheit nicht wiederholen.«

»Man kann die Vergangenheit nicht wiederholen?«, fragte ich. »Was soll das heißen, man kann die Vergangenheit nicht wiederholen? Natürlich kann man das. Ich sage Baby immer, wenn ich auf einem Monitor lesen muss, lasse ich es ganz sein. Scheiß auf elektronische Bücher. Scheiß auf sie, sie gehen mir kreuzweise am Arsch vorbei. Papier ist radikal. Papier wird immer radikal bleiben. Computer sind konservativ. Computer sind ein Instrument, mit dem die Reichen die Armen einpferchen. Natürlich wird man versuchen, Bücher auf Computer zu bringen. Warum sollte man das nicht tun? Konzerne lieben Computer. Aber die

Kultur des Buchdrucks wird nie sterben, und sei es nur, weil niemand jemanden wegen eines Computers um den Verstand vögeln wird. Na gut, manche Menschen würden das vielleicht tun, aber stellt euch diese garstigen Wesen mal vor. Stellt euch vor, wie hässlich sie sein müssten. Stellt euch ihren schlechten Geschmack vor. Es wird immer zahllose schöne, geschmeidige Körper geben, die beim Anblick eines kleinen Heuchlers mit einem Exemplar von *Franny und Zooey* in der Hand bereitwillig die Hose herunterziehen. Das Problem ist, dass Trottel wie ihr, ihr großen, dummen Wollhaarmammuts des Verlagswesens, das Lesen als Adelsschlag der Hochkultur oder amüsanten Zeitvertreib vermarktet. Dabei ist es beides nicht. Ihr habt das Berauschende, Pulsierende, Rotzige geschändet. Ich meinerseits würde Plakate mit aufreizenden jungen Dingern drucken lassen, die in schummrigen Pariser Cafés sitzen, ordentlich herausgeputzt, die Nase in einem Klassiker vergraben, und dazu schreiben: BÜCHER. DAMIT KRIEGST DU SIE RUM.«

Aubrey war zu sehr mit Emil beschäftigt, um sich an unserem Geschwätz zu beteiligen. Sie half ihm beim Essen. Sie redete mit ihm. Sie streichelte ihm über den Kopf. »Er ist so süß«, sagte sie, »Tom, du hast gar nicht erzählt, wie süß er ist.«

»Alle Babys sind süß«, sagte Baby. »Aber Emil wirklich ganz besonders.«

»Nachdem ich mehr als genug Zeit mit einer Schar frischgebackener Mütter verbracht habe«, sagte ich, »kann ich behaupten, dass manche Babys recht hässlich sind.«

Wir kehrten ins Wohnzimmer zurück. Der Weg dorthin war nicht weiter als drei Meter. Thomas Cromwell sprach über Gentrifizierung und das East Village. Er erzählte von Dingen, die es vor meiner Ankunft in New York gegeben hatte, von Colab, dem Mudd Club, dem Tier 3 und dem Club 57.

»Hinten im Mudd Club gab es eine Installation«, sagte er, »die *Der sprechende Kopf des Oliver Cromwell* hieß. Bei dem Namen bin ich neugierig geworden. Natürlich. Dazu gab es eine Holztafel mit einer handgeschnitzten Erklärung des Künstlers. Als Karl II. nach der kurzen Herrschaft von Tumbledown Dick die Macht erlangte, ließ der gerade gekrönte Monarch alle Königsmörder ausbuddeln und enthaupten. Die Köpfe ließ er über der Westminster Hall aufspießen. Cromwells Kopf steckte dreißig Jahre dort, bis er von einem Sturm heruntergeweht wurde. Danach ging er jahrhundertelang durch die Hände von privaten Sammlern. Eine Weile war er bei einem Wanderzirkus. Erst in den 1960ern wurde er wieder bestattet. Der Künstler hat behauptet, der begrabene Kopf sei eine Fälschung, und er habe den echten Kopf den Tempelrittern gestohlen und im East Village ausgestellt. Mit einem Zauber hätten die Templer ihm unsterbliches Leben und die Fähigkeit zu kommunizieren verliehen. Die Leute sind in den Mudd Club gegangen und haben dem Kopf Fragen gestellt. Er hat praktische Ratschläge erteilt. Es war schon sehr faszinierend zu sehen, wie junge Waver einen mechanischen sprechenden Kopf um Rat für ihr Sexleben baten.«

Wir tranken mehr Wein, eine Droge ohne gesellschaftliches Stigma, und plauderten über rein gar nichts. Ich versichere Ihnen, meine Lieben, dass ich mich nicht zu sehr zur Närrin machte und mich genauso viel mit Aubrey befasste.

Emil schlief in meinen Armen ein. Ich deutete an, es sei Zeit zu gehen, weil der arme Junge seinen Schlaf brauchte. Aubrey und Thomas Cromwell widersprachen, aber was sollte man machen? Das Kind ging vor.

Aubrey hatte unsere Jacken in ihrem Schlafzimmer verstaut. Sie schlug vor, wir sollten sie zusammen holen. Mir erschien diese Bitte ein wenig seltsam. Sie verbrachte doch sicher genug

Zeit im Fitnessstudio, dass ihr zwei Kleidungsstücke für Erwachsene nicht zu schwer wurden. Doch ich sagte nichts. In der richtigen Gemütsverfassung lasse ich mich auf so ziemlich alles ein.

Das Schlafzimmer war abgesehen vom Bett, das den meisten Platz einnahm, spärlich eingerichtet. Auf der polierten Holzoberfläche einer äußerst nebensächlichen Kommode lag ein Taschenbuch. Ich konnte nicht anders. Daran war Baby schuld! Er hatte mir diesen Floh ins Ohr gesetzt. Ich begutachtete das Buch. Hinter mir machte sich Aubrey an unseren Jacken zu schaffen.

Es war ein altmodischer erotischer Roman mit dem Titel *LÜSTERNE ANNONCEN*, eines dieser skurrilen Werke, die einige Jahrzehnte lang gut liefen, bis die Verlagsbranche herausfand, wie man Pornographie in literarischer Belletristik versteckte, noch vor dem Aufkommen von Hardcorefilmen und Videokassetten.

Geschrieben wurde der Roman von Drew Palmer. Auf dem Umschlag umfasst ein Mann in einem Anzug die Taille einer blonden Braut. Sie stehen in einer Wohnung und blicken zu einer feurigen Rothaarigen, die sich in der Tür rekelt. Ihr dünnes gelbes Kleid schmiegt sich an einen üppigen Körper. Über die Schulter des Mannes sieht man auf eine zweite Tür, durch die neugierig ein Pärchen späht. Der Text dazu lautet: »Um keine Langeweile aufkommen zu lassen, trafen sich Terry und Lou mit anderen aufgeschlossenen Paaren.« Das Buch war bei National Library Books erschienen und hatte laut Umschlag ganze 95 Cents gekostet.

»Welch reizender Kitsch«, sagte ich. »Soweit ich weiß, hat keiner dieser Autoren seinen richtigen Namen benutzt.«

Auf Aubreys Gesicht lag ein seltsamer Ausdruck, der auf mich fast wirkte, als hätte sie direkt durch meinen Hinterkopf gestarrt.

»Du weißt ja, dass Tom und ich schon länger zusammen sind«, sagte sie. »Es war nicht immer einfach.«

»Das ist es in keiner Beziehung«, sagte ich. »Im Grunde ist es ein anhaltendes Elend. Man braucht dazu schon wahren Mumm.«

»Er macht es einem schwer«, sagte sie. »Ich weiß nicht, warum ich mir das immer noch antue.«

Die Frau bat wegen des Mannes, den sie liebte, um Rat. Nur drehten sich meine Phantasien genau um ihn, Phantasien, die darauf beruhten, dass ich ihn nicht haben konnte, dass Aubrey ein Bollwerk gegen jedes Techtelmechtel bildete. Ich hätte ihr den grundschlechten Rat geben können, sich von ihm zu trennen. Ich hätte ernten können, was ich gesät hatte. Doch das kam nicht in Frage.

»Ist es falsch, wenn man tut, was man will?«, fragte sie.

»Älter zu werden scheint mit sich zu bringen, dass man die eigenen Wünsche gegen die Bedürfnisse der Menschen, die man liebt, abwägt«, sagte ich. »Nahezu nichts ist es wert, jemanden zu verletzen.«

»Wahrscheinlich hast du recht. Aber wenn es ihn nicht verletzen würde? Wenn er nie davon erfahren würde?«

»Zum Wahnsinn führt der Weg«, sagte ich. »Sie finden es immer heraus.«

Sie hob meine triste grüne Jacke hoch. Die Mutterschaft hatte jedes Interesse an Mode erstickt. Und dabei hatte es Zeiten gegeben, in denen meine Kleidung ein ganzes Viertel fasziniert hatte.

Aubrey umfasste mein Handgelenk. O Herr, dachte ich, diese Frau ist labil. Wir kennen uns kaum, warum sollte sie solchen Rückhalt brauchen?

Sie neigte sich mir zu. Muss ich sie umarmen?, dachte ich. Das ist die Strafe dafür, dass du dich in fremde Angelegenheiten eingemischt hast.

Sie neigte sich noch näher und drückte ihre Lippen auf meine. Mir fiel leicht die Kinnlade herunter. Ihre Zunge war in meinem Mund. Sie fühlte sich wie ein weicher Roboter an.

Ich wich zurück.

»Das war ein Missverständnis«, sagte ich. »Nicht, dass ich prinzipiell etwas dagegen hätte.«

»O Gott«, sagte sie. »Es tut mir leid.«

Aubrey nahm Babys Jacke und ließ mich mit den *LÜSTERNEN ANNONCEN* allein. Ich kratzte die Reste meiner Contenance zusammen, zog meine Jacke an, versteckte das Buch in einer Tasche und folgte ihr zu den anderen.

Baby knöpfte gerade seine Jacke zu. Thomas Cromwell hielt Emil auf dem Arm. Sie fragen sich vielleicht, ob Ihre alte Freundin Adeline nach den Ereignissen im Boudoir konsterniert war. Allerdings war sie das, aber vergessen Sie bitte nicht, dass meine Eltern rege am gesellschaftlichen Leben teilgenommen hatten. Meine erste Lektion im Leben hatte gelautet, Haltung zu bewahren. Immer alles unterdrücken, immer so tun, als ob.

Als wir uns verabschiedeten, sah Aubrey mir nicht in die Augen. Im Fahrstuhl nach unten sagte Baby: »Was für ein Abend. Was für Menschen.«

»Ich hoffe, es hat dir gefallen«, sagte ich. »Ich bezweifle sehr, dass wir sie noch einmal sehen.«

November 1995

Suzanne kommt nach New York

Der November brach an und brachte den Wirrwarr der endenden Sommerzeit mit sich.

Selbst in New York, wo die Arroganz der Menschen den Himmel erleuchtet, war über uns nur Dunkelheit. Keine Sterne, kein Mond, keine Wolken, nichts als Schwärze.

Man fühlte sich an die Antike erinnert und an Zeiten vor dem Aufkommen moderner Annehmlichkeiten. Die Geschichte der Menschheit lässt sich auf eine grundlegende Angst vor der Dunkelheit reduzieren, eine Laune der Evolution, die uns mit Sehwerkzeugen ausgestattet hatte, die nur ein seeeeehr begrenztes Spektrum erfassen können.

An manchen Abenden saß ich bei Emil, während er seine ersten Sprechversuche unternahm, und hoffte, er würde in dieser Welt sicher sein. Es war mein einziger Wunsch, das Kind vor Schaden zu bewahren, vor ungenannten Schrecken zu schützen. Dieses Gefühl der Hilflosigkeit war nichts anderes als das Maß der Elternschaft. Man schöpfte Hoffnung aus der Tatsache, dass er nicht in völliger Dunkelheit leben würde.

Irgendwann während dieser rührseligen Phase klingelte die gute alte Dahlia durch. Normalerweise zog ich es vor, sie auf den Anrufbeantworter plappern zu lassen, aber dieses Mal nahm ich den Hörer ab.

»Mom kommt nach New York«, sagte sie. »Sie fliegt morgen hin.«

»Ist das so?«, fragte ich.

»Du solltest dich mit ihr treffen.«

»Glaubst du, du könntest mich so leicht übertölpeln?«, fragte ich. »Meine Gefühle Mutter gegenüber habe ich deutlich zum Ausdruck gebracht.«

»Sie hat für dich bezahlt und für Emil. Und sie wird auch nicht jünger. Willst du wirklich, dass er seine Großmutter nie kennenlernt?«

Ich rief Baby an und bat um seinen Rat.

»Mach es ruhig«, sagte er. »So schlimm ist sie nicht.«

Ich rief Jeremy Winterbloss an, mit dem schon lange ein Gespräch über die jüngsten Entwicklungen in *Trill* anstand. Das Skript für Band sechzehn erzählte schwülstig, wie Felix Trill es *Yojimbo* gleichtut und sich zwei miteinander kämpfende Katzenclans vornimmt. Winterbloss hatte um eine unerhörte Anzahl von Double Splashes gebeten, einzelne Zeichnungen über komplette Doppelseiten voller Kriegsgerät. Einer der Katzenclans benutzte riesige Rammböcke, die Hunden ähnlich sahen. Jeremys Beschreibungen erstreckten sich über zahllose Seiten. Die Belastung für meine Zeichenhand hatte mich schon vorab zusammenzucken lassen.

Ich hatte mein Missfallen seinem Anrufbeantworter kundgetan und gegen den Irrsinn seiner Entwürfe protestiert. Er hatte zurückgerufen und auf meinem Gerät die Nachricht hinterlassen, wir sollten bald miteinander reden und Strategien zur Vereinfachung besprechen.

Deshalb kam mein jüngster Anruf nicht unerwartet, allerdings trieb mich kein besonderes Interesse am Skript um, ich wollte lieber über Mutter sprechen. Er fragte mich, warum ich mich nicht mit ihr treffen, warum ich sie von Emil fernhalten wolle. Während ich antwortete, erkannte ich, dass ich abgesehen von unserer qualvollen Familiengeschichte keine einleuchtenden Einwände hatte. Sie kennen mich, meine Lieben. Ich bin so stur wie ein Esel an Ostern.

»Es gibt keinen triftigen Grund, ihr aus dem Weg zu gehen«, sagte Jeremy. »Was, wenn sie morgen sterben würde? Wie würdest du dich dann fühlen? Würdest du dich freuen?«

»Neeeiiin«, sagte ich.

»Wo liegt dann das Problem?«

»Hol Минерва an den Hörer.«

Zum dritten Mal in weniger als einer Stunde erzählte ich meine Geschichte. Sie können über Минерва sagen, was Sie wollen, aber sie legte mehr Geduld an den Tag als Baby oder auch Winterbloss. Sie hörte ohne Klage oder Unterbrechung zu.

»Familie ist nicht Glück«, sagte sie. »Familie ist nur Kummer. Warum Kälte von Feuer erwarten? Kämpfe nicht gegen Fluss. Triff dich mit Frau. Wenn sie enttäuscht, halte von Sohn fern.«

Ich rief Dahlia an.

»Richte dieser ad hominem Xanthippe aus, dass ich mich mit ihr treffen werde«, sagte ich. »Ich nehme an, sie wohnt im Plaza?«

»In ein anderes Hotel würde Mom keinen Fuß setzen«, antwortete meine Schwester. »Ich glaube, sie kennt nicht einmal den Namen von irgendeinem anderen Hotel in New York.«

»Teile ihr mit, dass ich in den Oak Room komme. In zwei Tagen um zwölf Uhr mittags. Frag sie, ob sie wohl so freundlich wäre, sich vor meiner Ankunft nicht zu sehr zu betrinken.«

»Ich lasse es sie wissen«, sagte Dahlia. »Adeline?«

»Ja?«

»Ich freue mich.«

»Dann wissen wir, dass wenigstens ein Mitglied dieser Familie eine Simulation von Freude empfinden kann.«

Ich rief Baby zum zweiten Mal an und sagte, ich hätte eingewilligt. Ich fragte ihn, ob er auf Emil aufpassen könne, während ich den alten Drachen besuchte.

»Mach dir keine allzu großen Hoffnungen, Freundchen«, sagte ich, »aber wenn es gut genug läuft, bringe ich sie vielleicht mit nach Hause und stelle sie meinem Sohn vor. Du kannst bleiben, wenn du willst. Sie wäre begeistert.«

»Bist du sicher?«, fragte er. »Willst du nicht lieber Frances dahaben?«

»Beantworte mir eine Frage«, sagte ich. »Hast du seit jenem schicksalhaften Tag mit ihr gesprochen?«

»Kein Wort«, antwortete er. »Ich habe meine Lektion gelernt. Du ahnst ja nicht, welche Angst ich hatte, dass sie meine Nummer herausfindet und mich anruft.«

»Bin ich so schrecklich?«, fragte ich.

»Ich kenne keinen Menschen, der mir so viel Angst macht wie du.«

Ich wusste nicht, ob ich stolz oder tödlich beleidigt sein sollte.

Er legte auf. Emil war auf meinem Bett eingeschlafen, die Decken unter sich. Ich krabbelte neben ihn und nahm ihn in die Arme. Ich würde niemals zulassen, dass der Junge in den schädlichen Irrsinn meiner Familie gesogen wurde.

Sie kennen den Ablauf schon, nicht wahr, meine Hasen? Ein Taxi zu William Tecumseh Sherman am Central Park. Mein Fahrer hieß Balwinder Singh. Die ganze Fahrt über war ich ganz verzückt von seinem phantastischen Namen. Balwinder Singh war möglicherweise der beste Name, den ich je gehört hatte.

Beim Betreten des Hotels drehte sich mir vor Beklemmung der Magen um, am liebsten hätte ich kehrtgemacht und wäre nach Hause gegangen. Aber nachdem ich schon so weit gekommen war, war es undenkbar, aus Feigheit die Waffen zu strecken.

Den Rücken mir zugewandt, wartete Mutter in der Bar. Sie hatte eine neue Haarfarbe in einem altersgemäßen Ton.

»Mutter?«

»Adeliiiiiiiiiiiine«, sagte sie und widerstand dem Drang, sich ihrer Tochter an den Hals zu werfen. Sie klammerte sich mit beiden Händen an die Bar, um sich festzuhalten. »Adeliiiiiiiine, wie schön, dich zu sehen.«

Ich setzte mich neben sie und bestellte einen Cape Cod.

»Was trinkst du da?«, fragte ich und beäugte die klare Flüssigkeit in ihrem Glas.

»Sodawasser. Dahlia hat gesagt, wenn du siehst, dass ich etwas trinke, läufst du weg.«

»Das waren nicht genau meine Worte, aber manchmal laufen unsere Botschaften über fehlerhafte Verbindungen.«

Mutter sah älter aus. Die Tortur der Schönheitschirurgie erhielt ihr Gesicht immer noch, aber die Erneuerungen müssen ihre Grenzen haben, will man es nicht endgültig ruinieren. Selbst eine so verderbte Frau wie Mutter würde vor einer glupschäugigen toten Maske zurückschrecken.

Mein Cape Cod war erstaunlich schnell geleert. Wir hatten kein Wort gesagt. Ich bestellte einen zweiten Drink.

»Alkohol war schon immer der Fluch unserer Familie«, sagte sie. »Deine Großmutter hatte oft enormen Durst.«

Mutters Mutter hatte ich nie kennengelernt. Sie war lange vor meiner Geburt gestorben. Den Grund hatte man mir nie gesagt. Eine nicht näher benannte Krankheit. Mutters Vater hatte bis zu meinem zehnten Geburtstag durchgehalten, aber meine einzige

Erinnerung an ihn war sein zerfurchtes Antlitz, ein kalifornisches Gesicht, das der Dust Bowl entkommen war.

»Wie ist es dir ergangen, Adeliiiiiine?«

»Gut, würde ich sagen«, antwortete ich. »Ich kann nicht klagen.«

»Dahlia hat mir Ausgaben deiner kleinen Büchlein gezeigt. Mit den Katzen?«

»Ich wusste gar nicht, dass Dahlia Sammlerin ist.«

»Als sie zurückgekommen ist, hat sie von nichts anderem geredet«, sagte Mutter. »Sie hat Charles wahnsinnig gemacht. Einen Band hat sie mir geschenkt. Seitdem bin ich zu monatlichen Besuchen in einem Geschäft an der Melrose gezwungen, das nichts anderes als Comics verkauft. Ich kenne all die eigenartigen jungen Männer, die dort arbeiten, beim Vornamen.«

Mutter las *Trill*. Welch Grauen!

»Aber weißt du, Adeline«, sagte sie. »Wenn ich ihnen erzähle, dass M. Abrahamovic Petrovitch meine Tochter ist, lachen sie immer. Warum nur versteckst du dich hinter einem so albernen Namen?«

»Himmel, Arsch, ich bin es leid, den Sinn und Zweck eines Pseudonyms zu erklären.«

»Du solltest dich nicht verstecken«, sagte sie. »Deine Zeichnungen sind zu gut, Adeliiiiiiine.«

Ich bestellte noch einen Cape Cod. Trotz der Menge spürte ich nicht das kleinste bisschen Trunkenheit. Das war schon einmal passiert, als ich fünfzehn Jahre alt war und wir die Hochzeit der Tochter von Mutters Freundin Mildred besucht hatten. Ich hatte den Abend mit einem endlosen Vorrat an White Russians verbracht und mich nicht einen Moment lang berauscht gefühlt.

Die Frau hatte sich mit keinem Ton nach Emil erkundigt.

»Mutter«, sagte ich, »liegt dir etwas daran, Emil zu sehen?«

»Ja, Adeliiiiiine.« Sie antwortete sehr behutsam, um ihre Gefühle zu verschleiern. »Ich würde ihn zu gerne sehen.«

»Er ist zu Hause, Baby ist bei ihm«, sagte ich. »Du erinnerst dich noch an Baby, oder? Den jungen Mann, für den du die Wohltäterin gespielt hast?«

»Adeline«, sagte sie, »willst du dieses unangenehme Thema wirklich aufgreifen?«

Ich dachte darüber nach.

»Nein.«

»Kannst du mir nicht verzeihen?«, fragte sie.

»Das habe ich wohl schon«, sagte ich. »Warum wäre ich sonst hier? Außerdem war ich auf Baby viel wütender. Und wir sind wieder die besten Freunde.«

»Weißt du, ich habe seinen Freund gesehen«, erzählte sie. »Vor ein, zwei Jahren, auf der Colorado Street. Wie hieß er noch? Hymie? Er hat mich nicht erkannt, oder wenigstens hat er mich nicht zur Kenntnis genommen. Er hat recht traurig ausgesehen. Und er hat sich nicht gut gehalten.«

»Ich würde Jaime nicht erwähnen«, sagte ich. »Baby ist empfindlich geworden. Er ist jetzt ein Romanautor. Die sind alle völlig verrückt.«

»Hat er schon veröffentlich?«, fragte sie.

»Mehr Bücher für deine Sammlung.«

Ich löste mich von der Bar. Oft muss das Blut einmal in Wallung kommen, bevor der Rausch über einen hereinbricht. Doch die Wirkung blieb aus. Meine Nerven hatten mich unangreifbar gemacht. *Adeline*, sagte ich zu mir, *solltest du jemals Kokain als Freebase ausprobieren wollen, wäre jetzt der richtige Moment.*

Der Portier rief uns ein Taxi. Wir setzten uns in den Fond. Mutter blaffte den Fahrer an. »Second Avenue und 7th Street!«

Ich spürte, dass sie weiterreden wollte, dass sie über die Nichtigkeiten plappern wollte, die sich zu ihrer Weltanschauung zusammensetzten, aber sie fürchtete immer noch, ich könnte ihr jeden Moment wieder das Privileg entziehen, Emil zu sehen. Früher hatte sie die Macht besessen, und ich hatte Befehlen gehorchen müssen. Jetzt hatte ich die Oberhand. In dunkler Ferne wartete der Tag, an dem mir das Gleiche passieren würde, an dem Emil sich allein ins Leben hinauswagen und mir entgleiten würde. Gott steh mir bei, meine Lieben, aber ich empfand Mitgefühl mit der Frau.

Der Fahrer ließ uns an der Second Avenue aussteigen. Mutter sagte: »Also, in deiner Straße hat sich nicht viel verändert.«

»Einiges schon«, sagte ich. »Hast du mal das Burp Castle gesehen? Ich habe nie einen Fuß hineingesetzt, aber die Kellner sollen sich wie Mönche kleiden und nur Bier servieren. Und man glaubt es kaum, aber dieses Gebäude hier ist ein Wohnheim der NYU. Ich wohne seit Jahren in dieser Straße und wusste es nicht. Bis vor wenigen Monaten.«

Furcht befiel mich. Wir gingen die Treppe hinauf. Dieser Moment wirkte wie ein Déjà-vu, Mutter mit mir auf der Treppe, Mutter in der 7th Street, Mutter, die in meine Wohnung eindrang. In San Francisco konnte man einen Hügel hinauflaufen und eimerweise schwitzen, während einem der kalte Wind durch die Kleidung fuhr und tropfenden Rotz widerlich über das Gesicht schmierte. Ich wollte stehen bleiben, laut rufen, diesem Irrsinn Einhalt gebieten. Ich rechnete mit dem Schlimmsten. Das, meine Lieben, ist meine tragische Schwäche. Adeline rechnet immer mit dem Schlimmsten.

Baby und Emil hockten auf dem Küchenboden und spielten mit einem uralten hölzernen Zirkus von Fisher Price, den ich bei der Heilsarmee ergattert hatte. Das Spielzeug sah jämmerlich aus. Es störte mich, dass Mutter seinen armseligen Zustand bemerken würde, und ich war deshalb wütend auf mich.

Sie betrat hinter mir die Wohnung und schloss die Tür. Baby hob lächelnd den Kopf. Emil blickte nicht einmal auf, so sehr war er mit der Giraffe beschäftigt.

»Hallo, Suzanne«, sagte Baby. »Schön, dich zu sehen.«

»Baby!«, sagte sie. »Und was für ein goldiges Kind!«

Sie hob Emil hoch. Er wehrte sich nicht. Sie drückte ihn an ihre Brust und erstickte den Jungen beinahe. Er gab keinen Ton von sich.

Da waren mein bester Freund, den ich mehr liebte, als ich es jemals sagen könnte, und mein Kind, für das ich mich bereitwillig auf einem Scheiterhaufen meiner eigenen Knochen in Flammen setzen lassen würde, und meine Mutter, dieses ewig komplizierte Wesen, das nur einen leichten Hauch von Wahnsinn an den Tag legte.

Mutter setzte meinen Sohn ab, und dann war sie neben ihm auf dem Boden, berührte ihn, berührte Baby. Was blieb mir also anderes, Schätzchen, als es ihnen gleichzutun und mich neben sie zu knien?

»Emil«, sagte ich. »Das ist deine Großmutter. Wie soll er dich nennen?«

»Er kann mich nennen, wie er will«, sagte Mutter.

März 1996

Baby erklärt,
wie die Welt funktioniert

So funktioniert die Welt.

Ein junger Mann kommt nach New York City, weil er hofft, an der Fordham University Architektur studieren zu können. Architektur ist der Beruf seines unnahbaren Vaters. Nachdem der junge Mann aus South Bend, Indiana, entkommen ist, der öden, drögen Walachei am Arsch der USA, schmeichelt er sich in der *de rigueur* Clubszene ein. Er fängt als weniger als ein Nichts an, als Bedienungshilfe in der Danceteria, und arbeitet sich nach oben. Er wird berühmt. Sein Name erscheint in den Klatschspalten, sein Gesicht in Zeitschriften, er fasziniert im Fernsehen.

Er wird nach diversen Substanzen süchtig. Mit dem einfachen Zeug, dem schnellen, dem harmlosen, fängt es an. Er gerät unter den Einfluss von Ulysses S. Grant. Es endet mit täglich kristallisiertem Kokain und gespritztem Heroin. Er versinkt in zusammenhangloser Stammelei, Grausamkeit und Boshaftigkeit. Die glanzvolle Show verkommt zum fahlen Bild eines dreißigjährigen Junkies mit Hepatitis, der sabbernd wegdöst oder von Emporen auf die Menschen, die seine Events besuchen, herunterpisst. Jahre voller Ketamin und Rohypnol verzwirbeln sein Gehirn.

So funktioniert die Welt.

Ein kleiner Junge und seine Familie ziehen aus Kolumbien nach New York City. Während er aufwächst, träumt der Junge davon, Schauspieler oder vielleicht Filmemacher zu werden. Er entdeckt seine schwule Seite und verkehrt in gewissen gesellschaftlichen Kreisen. Anfang zwanzig wird er in die Halbwelt von Downtown gesogen. Er trifft berühmte Menschen. Alle sind fabelhaft. Alle funkeln. Dieser kleine Junge, jetzt ein Mann, erlangt die Aufmerksamkeit der Promis, indem er sie mit Drogen versorgt. Er und einer der großen Junkies unserer Zeit kommen sich überraschend nahe. Er übernachtet in der Wohnung des Junkies, lässt einen Großteil seiner Besitztümer in der Obhut des Junkies, darunter Geld und sein Vorrat an Drogen.

So funktioniert die Welt.

Ein junger Mann von achtzehn Jahren zieht nach New York City, weil er den Mittleren Westen Amerikas nicht mehr erträgt. Er geht nach Alphabet City, wo ein flüchtiger Bekannter in einem besetzten Haus wohnt. Das Ganze entwickelt sich zu einer unschönen Erfahrung. In dem besetzten Haus lernt der junge Mann ein Mädchen kennen. An seinem ersten Abend in der Stadt zieht er in ihr Wohnheimzimmer. Sie freunden sich an. Sie werden unzertrennlich. Diese Freundschaft hat weitreichende Auswirkungen, sie führt dazu, dass der junge Mann die New York University besucht, dass er ein erfolgreicher Schriftsteller wird. Nach einiger Zeit genießt der junge Mann Ansehen und bereitet sich auf das Erscheinen seines neuen Romans im Herbst 1996 vor.

So funktioniert die Welt.

Am 16. März 1996 macht sich Angel Melendez auf den Weg zur Ecke der 43rd Street und Eleventh Avenue. Er stolziert zum Riverbank West, einem Luxushochhaus, in dem Michael Alig in einem von Peter Gatien bezahlten Apartment wohnt. Die Miete beträgt 2400 Dollar im Monat. Angel schwebt über den Vorplatz, vorbei am Springbrunnen. Nachdem der Türsteher ihn hineingewunken hat, fährt er mit dem Fahrstuhl zu Michaels Etage.

Melendez steckt in einer schweren Phase. Das Dealen im Limelight und im Tunnel hat ihm kurzen Ruhm beschert. Er stand auf Gatiens Gehaltsliste. Als der Hammer der New Yorker Polizei auf die ersten Clubs niederfuhr, feuerte Gatien Melendez. Angel übernachtete mal hier und mal da, ohne festen Wohnsitz. Unter anderem schlüpfte er gelegentlich bei Michael Alig unter. Er bewahrte sein Geld und seine Drogen in der Wohnung eines Junkies auf.

Michael nahm ihn aus, er stahl mehrere tausend Dollar und eine unbekannte Menge an Drogen. Einer Geschichte zufolge merkte Angel, was passiert war, zog seinen Schuh aus und prügelte damit auf Michael Aligs Kopf ein. Das kann, muss aber nicht wahr sein.

Angel verlässt den Fahrstuhl und stellt Michael Alig zur Rede. Die Dreizimmerwohnung beherbergt eine umfangreiche Sammlung von Videokassetten. Michael hat alle zweihundert MPI-Sammelkassetten von *Dark Shadows*. Er hat alle Folgen von *I Love Lucy*. Er hat eine erkleckliche Anzahl von Horror- und Slasherfilmen. Bevor die Drogen sein Leben zerstört haben, hat Michael Alig zehntausend Dollar pro Woche verdient. Er konnte sich alles leisten.

In einem der Zimmer schläft ein Club Kid namens Freeze neben Paul Austers Sohn. Freeze ist ein Junkie. Paul Austers Sohn ist auch ein Junkie. Im Laufe dieses Tages hat Paul Austers Sohn eine Überdosis genommen. Michael erkannte die Symptome. Er nahm Kokain von Angels Vorrat und pustete es Paul Austers Sohn in die Nase. Paul Austers Sohn erwachte aus dem schwarzen Nichts des Todes. In seinem Kopf dröhnten die Glocken des Kokains.

Angel und Michael streiten sich. Angel würgt Michael Alig. Michael prallt gegen eine Glasvitrine, die zerbricht und eine tiefe Wunde in seinen Hals und seine Schulter reißt. Durch den Lärm wacht Freeze auf. Er betritt das Wohnzimmer. Er sieht das Durcheinander, hört Michaels Hilferuf. Angel ist über Michael. Angel beißt Michael, er hat dem Junkie seine Zähne in die Brust geschlagen.

Freezes primär-motorischer Kortex sendet Nervenimpulse an seinen Körper. Er nimmt einen Hammer. Er schlägt damit auf Angels Hinterkopf. Dreimal. Beim letzten Schlag bricht der Schädel.

Sie knebeln Angel. Sie glauben, die Hammerschläge hätten Angel getötet, aber in Wahrheit erstickt er. Die Leiche wird ins Badezimmer gebracht und in die volle Badewanne gelegt. Michael Alig schüttet Drano in Angels Mund. Oder injiziert es mit einer Spritze. Freeze fragt nach dem Grund. Michael sagt, er wolle die Leiche einbalsamieren. In der Badewanne liegen die blutigen, geschundenen Überreste eines Menschen, vollgepumpt mit Drano. Während dieses Vorgangs stehlen sie der Leiche, so eine Leiche denn noch etwas besitzen kann, weitere Drogen.

Michael Alig ruft eine Reihe von Bekannten an. Bei mir versucht er es auch. Ich bin nicht zu Hause. Er hinterlässt keine Nachricht. Michael erzählt allen, mit denen er spricht, er habe jemanden getötet. Er sagt, er habe eine Leiche. Er bittet um Hilfe dabei, die Leiche zu beseitigen. Niemand bietet seine Hilfe an. Niemand ruft die Polizei.

Sie verlassen die Wohnung. Sie besuchen die Queen Olympia. Sie schießen sich mit Drogen ab.

Tage verstreichen. Die Leiche liegt immer noch in der Badewanne. Sie bläht sich im Wasser auf. Michael nimmt Angels Geld und richtet seine Wohnung neu ein. Er bekommt Besuch,

Michael bewirtet seine Gäste. Das Badezimmer bleibt ihnen versperrt. Mit der Toilette sei etwas nicht in Ordnung. Das wird zum Teil geglaubt, des Geruchs wegen.

Nach einer Woche bietet Michael Alig Freeze an, sich um die Leiche zu kümmern, wenn Freeze ihm zehn Tütchen Heroin gibt. Zehn Tütchen sind ein Packen. Freeze willigt ein. Michael schickt Freeze zu Macy's. Michael sagt Freeze, er solle passendes Schneidwerkzeug kaufen. Freeze kommt mit zwei großen Messern und einem Fleischerbeil zurück. Michael spritzt sich Heroin. Michael geht ins Badezimmer und zerstückelt Angels Leiche. Er schneidet die Beine ab. Nach einer Woche im Wasser ist das Fleisch widerlich zart. Er schneidet Angels Genitalien ab. Einfach nur so.

Michael und Freeze stecken die Beine in zwei Müllbeutel. Sie werfen die Beine in den Hudson River. Die Beutel versinken.

Im Keller des Riverbank West findet Freeze einen leeren Karton. Er hat als Verpackung eines Fernsehers gedient. Michael und Freeze stecken Angels beinlose Leiche in den Karton und kleben ihn zu. Mit dem Karton benutzen sie den Fahrstuhl. Vor dem Haus halten sie ein Taxi an. Der Taxifahrer hilft ihnen, den Karton in den Kofferraum zu heben. Der Fahrer bringt sie zur Ecke 25th Street und Eleventh Avenue. Sie sind ganz in der Nähe des Tunnel. Sie warten, bis das Taxi weggefahren ist. Sie tragen den Karton zum Hudson River. Sie werfen den Karton ins Wasser.

Anders als die Beine versinkt der Karton nicht. Angels halber Körper treibt davon.

So lautet die offizielle Geschichte, die sich nach Geständnissen verfestigen und zu Verurteilungen führen wird. Es gibt andere Versionen. Paul Austers Sohn, den Paul Auster nach dem Mord weggeholt hat, wird sich später mit Robert Morganthau treffen, einem über siebzigjährigen Freund der Familie und Bezirksstaatsanwalt von New York. Paul Austers Sohn wird Morganthau sagen, Freeze und Michael Alig hätten sich verschworen, um Angel auszurauben. Paul Austers Sohn wird Morganthau sagen, Michael habe Angel in die Wohnung gelockt. Man wird sich an die Einladung zu der Party Bloodfeast im vergangenen Jahr erinnern, auf der ein Hammer und ein Club Kid mit eingeschlagenem Schädel zu sehen waren, und auch an den Text über abgetrennte Beine.

Paul Austers Sohn wird sich schuldig bekennen, 3000 Dollar von Angels Geld gestohlen zu haben. Morganthau wird Paul Austers Sohn nicht in den Zeugenstand rufen, um gegen Michael Alig oder Freeze auszusagen, weil er Junkies für unzuverlässige Zeugen hält. 2003 wird Siri Hustvedt, die Stiefmutter von Paul Austers Sohn, einen unverblümt autobiographischen Roman mit dem Titel *Was ich liebte* schreiben, der Angels Mord streift. Hustvedts fiktionales Gegenstück wird spekulieren, dass das fiktionale Gegenstück von Paul Austers Sohn über den Mord nie die Wahrheit gesagt hat.

Vier Männer befinden sich am 16. März in Michael Aligs Wohnung. Dem ärmsten von ihnen wird dreimal mit einem Hammer auf den Schädel geschlagen. Derjenige mit den besten Beziehungen bekommt fünf Jahre auf Bewährung.

So funktioniert die Welt.

April 1996

Peter Gatien feuert Michael Alig

Im April wurde Michael von Peter Gatien gefeuert. Das fand ich heraus, als ich *»La Dolce Musto«* in der *Village Voice* las. Punkt 1: Alig war aus seiner Wohnung im Riverside West ausgesperrt. Punkt 2: Alig gab Gatiens Frau Alex die Schuld. Punkt 3: Alex hasst Michael und glaubt, er habe mit Gatien geschlafen. Punkt 4: Michael war auf Gatiens Kosten im Entzug. Punkt 5: Das Limelight veranstaltet weiterhin die Disco 2000. Punkt 6: Michael ruft im Expo eine zweite Disco 2000 ins Leben.

Ich hatte keine Ahnung, wie ich Michael erreichen konnte. Ich rief James St. James in seiner Wohnung in Alphabet City an und fragte, ob er Alig gesehen habe.

– Mädel, sagte er, du willst mit Michael nichts zu tun haben. Du hattest recht, als du dich abgesetzt hast. Vertrau mir, Baby, lass davon lieber die Finger. Im Moment sieht es so düster aus, dass ich nicht mal tratsche. Geh zurück zu deinen Büchern und tu so, als hättest du uns nie getroffen.

– Machen sie wirklich die Disco 2000 ohne Michael?

– Erinnerst du dich an seinen Assistenten, Walt Paper? Diese lästige, kleine, kahlköpfige Zicke? Rate mal, wer den Laden schmeißt. Die Anne Baxter des neuen Jahrtausends!

– Danke, Jimmy, sagte ich. Wir sehen uns.

– Oh, auf jeden. Ich gehöre zum himmlischen Inventar.

Wir legten auf. Nach ihm rief ich niemanden an. Wenn man von James St. James gewarnt wird, nimmt man es ernst.

Aber ich beschloss, zur Disco 2000 zu gehen. Ich war neugierig, wie das Spektakel ohne Michael laufen würde. Außerdem war es Dienstag. Ich musste nur einen Tag warten.

Ich versuchte zum fünften Mal, den *Unendlichen Spaß* von David Foster Wallace zu lesen. Vor zwei Monaten war das tausendseitige Magnum Opus unter allgemeinem Beifall erschienen. Zum großen Teil bezog sich das Lob auf Wallaces postmodernes Verfahren, über dreihundert Fußnoten anzuhängen, was den Text wohl aufbrechen sollte.

Es waren die Neunziger. In der ersten Hälfte des Jahrzehnts hatte die Verlagswelt versucht, Stimmen von Außenseitern in die Literatur zu holen. Schwule, schwarze Frauen, Arme. Als sich das große Spiel als zu beständig erwies, rüstete die New Yorker Herausgeberkaste um und verlegte weiße Heteromänner, die intuitiv erfassten, dass der Postmodernismus nur eine Rückkehr zum gleichen alten Schwachsinn darstellte, versteckt unter einer Übersättigung durch formale Mittel. Fünf ganze Jahre mit Fußnoten und Zeichnungen von Tackern.

Unendlicher Spaß kam wie Moses' Steintafeln über uns, ein angekündigtes Meisterwerk, dessen Anerkennung ausgemachte Sache war, lange bevor es in den Läden stand, so unvermeidlich wie die politischen Kandidaten eines Zweiparteiensystems. Einen Anflug von Neid muss ich zugeben.

Rettet Anne Frank war nicht für diese Art von Erfolg geschaffen. Das lag mir nicht im Blut. Ich kam aus der falschen Familie. Ich war zu schwul, zu kaputt, zu sehr Science-Fiction. Bedauerlicherweise fehlte mir der Master of Fine Arts in Kreativem Schreiben. Das Einzige, was für mich sprach, waren meine Nüsse und das baumelnde Bündel erektilen Gewebes.

David Foster Wallace war die Rolle des ernsthaften Schriftstellers unwiderruflich in die Wiege gelegt. Die Menschen stellen sich Literatur als naturgegebene Erscheinung vor, die sich durch die Ehrlichkeit des nachaufklärerischen Ausdrucks offenbart. Schwachsinn. Literatur ist ein altgedientes Konstrukt des Marktes, das seit dem späten 19. Jahrhundert den gesellschaftlichen Fortschritt der oberen Mittelklasse abbildet.

In Amerika sind damit die WASPs gemeint – weiße angelsächsische Protestanten. Jede Abweichung wird gekennzeichnet und beurteilt. Eine Frau, die *Unendlicher Spaß* geschrieben hätte, Wort für Wort, Komma für Komma, überflüssiges Adjektiv für überflüssiges Adjektiv, hätte nicht den gleichen Anklang gefunden. Man hätte sie als schreibende Frau gesehen, die eine faszinierende Kuriosität hervorgebracht hätte. Thema intensiver Diskussionen in gewissen akademischen Kreisen. Das Gleiche gilt für schwarze Schreibende. *Unendlicher Spaß* wäre in das Regal Afroamerikanische Literatur entsorgt und vergessen worden.

Das spiegelt den Text des *Unendlichen Spaßes*, eines Buchs, das nie vergisst, die ethnischen und kulturellen Minderheiten durch ihre Abweichung von weißer Heterosexualität zu kennzeichnen. Schwarze sind so schwarz, dass sie blau sind. Solange David Foster Wallace mächtige Wälzer über junge bleichgesichtige Genies schrieb, die an von ihren übermäßig gebildeten Eltern geführten Akademien metaphorisches Tennis spielten, würde das Konstrukt weiter liefern.

Ich sollte *Unendlicher Spaß* für *Sloat & Taraval* rezensieren, eine Literaturzeitschrift aus San Francisco. Sie wurde von Bob Glück herausgegeben, dem New-Narrative-Dichter und Romanautor. Glück mochte *Gefangen*. Weil beide Bücher einen Anteil Science-Fiction enthielten, interessierte Glück sich für meine Gedanken über Wallaces Meisterwerk.

Als ich Parker von der Rezension erzählte, schleuderte er einen Stuhl quer durch sein Büro. Brickley glaubte, es würde nichts als Ärger bedeuten, wenn ein Schriftsteller einen anderen rezensierte. Kritisiert man das Buch, hat man die gesellschaftlichen Konsequenzen zu tragen. Lobt man es, wird man für alle Zeiten in einen Topf geworfen. Wenn Parker Brickley eines klar war, dann, dass man den Weg eines Autors unmöglich vorhersagen konnte. Warum sollte man sich auf tönerne Füße stellen, indem man sich mit einer unbekannten Größe einlässt?

Aber ich fühlte mich durch Glücks Frage geschmeichelt. Ich sagte zu. Ich würde mich mit David Foster Wallace befassen. Jetzt versuchte ich es schon seit Februar. Ich hatte sogar Adeline gefragt, ob sie Wallaces Lesung bei Tower Books besuchen würde.

– Baby, antwortete Adeline, ich kann diese Autorenveranstaltungen schlicht nicht ertragen. Es genügt vollauf, wenn ich mich für deine unausweichlichen gefürchteten Momente wappnen muss, also, warum zur Hölle sollte ich mir das unausgegorene Gejammer eines Kerls mit Kopftuch antun?

Sosehr ich mich auch bemühte, kam ich nicht über die ersten Absätze hinaus. Ich stolperte schon über den grauenhaften zweiten Satz. »Meine Haltung kongruiert bewusst der Form des harten Stuhls, auf dem ich sitze.« Kongruiert bewusst! Wie sollte ich tausend Seiten schaffen? Aber ich musste mich bemühen.

Mittwochmorgen sah ich nach etwa zweihundert Seiten ein, dass man *Unendlicher Spaß* nicht lesen konnte. Man konnte das Ding nur als Objekt wahrnehmen, als ultrakitschigen, gigantischen Pastiche von der *Versteigerung von No. 49.*

Klammerte man die zeitlosen Bücher aus, die besonderen Bücher, war die Rezeption von Literatur wenig mehr als ein Schwanzvergleich. Ein atavistischer Teil der menschlichen Psyche findet das Riesige immer überwältigend. Wir sind verrückt nach den größten Häusern, den größten Autos, den größten Wolkenkratzern. Warum nicht auch nach dem größten Buch? Dem längsten Schwanz. Qualität ist belanglos. Die Leserschaft besteht aus lauter Größenfetischisten. Und mit Größenfetischisten kenne ich mich aus. Es geht einzig und allein um Länge und Umfang.

Ich sprach Regina auf den Anrufbeantworter, dass ich zur Disco 2000 gehen würde. In den letzten Monaten hatte ich sie nicht mehr gesehen, nicht, seit sie mit dieser Kampflesbe aus der Bronx zusammen war. Ich vermutete, dass Regina sich entweder für mich oder für ihre Freundin schämte. Vielleicht für uns beide. Queen Rex würde sich nicht bei der Disco 2000 blicken lassen, aber fragen kostete ja nichts.

Das Limelight glich einer Geisterstadt. Walt Paper bekam ich gar nicht zu Gesicht. Die wenigen Anwesenden waren unbedarfte Candy Raver in Phat Pants. Phat Pants. Wohin nur waren die Schutzanzüge meiner Jugend entschwunden? Mussten alle Blüten verblühen?

Ich ging nach zehn Minuten, blieb auf der Sixth Avenue stehen und wartete auf eine Eingebung. Es gab nicht mal eine Schlange. Niemand wollte zur Disco 2000.

— He, Baby!

Es war eine Freundin von Michael, ein blonder Junkie namens Gitsie. Sie war neunzehn Jahre alt und kam aus Miami. Gitsie hatte Michael bei *Geraldo* gesehen und war nach New York durchgebrannt. Als sie um 1992 herum aufgetaucht war, war sie frisch und unverbraucht und ein bisschen pummelig gewesen. Ein albernes Teeniemädchen mit fragwürdigen Lederwesten. Jede Stadt in Amerika hatte eine Gitsie.

Die Drogen fraßen ihr Gewicht und ihre Jugend. Ich hatte Geschichten darüber gehört, woher sie Geld bekam. Sie waren nicht schön.

— Ich bin auf der Suche nach Michael, sagte ich.

— Ich habe ihn seit ein paar Tagen nicht mehr gesehen, sagte sie. Er ist zu Brooke ins Chelsea gezogen.

— Echt schlimm, dass sie ihn rausgeworfen haben.

— Das ist total unfair, sagte sie. Wie konnte Peter das machen?

— Das passiert jedem, sagte ich. Feste Arbeit ist nur ein gesellschaftlich akzeptierter Ausdruck, mit dem wir das Warten auf die Kündigung beschreiben.

— Willst du was kaufen?, fragte sie.

— Was hast du denn?

— Shore, sagte sie. Für vierzig Dollar kriegst du zwei Tütchen.

Besondere moralische Einwände hatte ich gegen die Droge nicht, aber Heroin wirkte immer so schäbig. Es von einer Neunzehnjährigen mit ganzen Reihen von Einstichspuren zu kaufen linderte diesen Eindruck nicht gerade. Trotzdem, warum nicht? Ich würde es mir ja nicht spritzen.

Zwanzig Dollar pro Tütchen war Straßenraub, aber ich war schon immer ein leichtes Opfer.

Zu Hause sah ich, dass der König von Frankreich sein ganzes Gourmetfutter weggeputzt hatte. Er bekam eine spezielle Diät, seit er eine Allergie gegen die Marken aus dem Supermarkt entwickelt hatte. Wenn sie zu viel Getreide enthielten, musste er sich übergeben. Bis wir ein passendes Futter gefunden hatten, hatte der Kater knappe zwei Pfund abgenommen. Der Tierarzt sagte, das sei eine beträchtliche Menge.

Ich nahm die wilde Bestie auf den Arm und drehte sie auf den Rücken. Der Kater schnurrte und drückte seine Pfoten gegen meinen Mund.

So oft ich auch gesehen hatte, wie Menschen Heroin nahmen, stammte die eindrücklichste Szene für mich immer noch aus dem Film *Bad Lieutenant*. Harvey Keitel schüttet sein Heroin auf einen Streifen Alufolie. Eine Prostituierte hält ein Feuerzeug darunter. Keitel saugt den Rauch mit einem Strohhalm in den Mund.

Er ist wirklich ein schlechter Lieutenant.

Ich klopfte gegenüber an. Ich redete nicht oft mit meiner Nachbarin, aber bei den seltenen Gelegenheiten wirkte sie ausgesprochen nett. Sie hieß Deborah. Ich glaube, sie hat mal erzählt, dass sie für David Letterman arbeite.

– Hast du Alufolie für mich?, fragte ich.

– Wie viel brauchst du?

– Zwei, drei Stücke.

– Was willst du denn kochen?

– Ich habe ein Rezept von meiner Großmutter für Knoblauchhähnchen mit braunem Zucker.

Sie schloss die Wohnungstür und holte drei Stück Alufolie.

– Wann kommt das nächste Buch raus?, fragte sie.

– In ein paar Monaten, sagte ich. Du musst unbedingt zur Premierenparty kommen.

– Auf jeden Fall, antwortete sie. Sag Bescheid.

– Noch mal danke.

Ich balancierte ein Stück Folie auf den Knien und schüttete das Pulver aus. Mit dem Strohhalm zwischen den Lippen beugte ich mich darüber und schnackte das Feuerzeug an. Der Rauch schmeckte, wie die Straßenstände mit Cashewkernen rochen. Nach verbrannter Alufolie.

Die Droge blubberte und wurde pechschwarz. Ich rauchte das erste Tütchen.

Sofort spürte ich den Rausch hinter den Schläfen. Anders als alles, was ich je erlebt hatte, wie eine warme Umarmung von innen. Es folgte das vertraute Spielchen, dass ich die ersten fünf Minuten genoss und dann begriff, dass dieser Zustand stundenlang anhalten würde. Ich wusste nicht so recht, was ich mit mir anstellen sollte, und beschloss dann, mir einen Film anzusehen, den ich bei Kim's ausgeliehen hatte. *Blow Up* von Michelangelo Antonioni.

Als ich die Kassette einlegen wollte, machte die Motorik mir Schwierigkeiten. Das Unterfangen wurde noch durch den König von Frankreich erschwert, der maunzend um meine Beine strich und mich von der Aufgabe ablenkte.

Ich war gleichzeitig außerhalb und innerhalb meines Körpers. Ich hatte immer geglaubt, dieses Wegnicken sei das Ergebnis eines mangelnden Willens, und hatte diesen Zustand zwischen Träumen und Wachen als Schwäche betrachtet. Jetzt konnte ich die Augen nicht offen halten. Von dem Film nahm ich nur kurze Szenen wahr. Ein Model auf dem Boden. Weitere Models. Ein Mann in einem Auto. Pantomimen. Strahlend weiße Hosen. Kubistische Gemälde. Kiffer in einem völlig überladenen Haus. Ein Ramschladen. Schwarzweißfotos. Jimmy Page. Stummes Tennis. Wind in Bäumen.

Jedes Mal, wenn ich ein Fitzelchen erhaschte, verfiel ich wieder in diesen Zwischenzustand. Ich konnte alles vollkommen klar sehen. Mich auf dem Sofa. Den König von Frankreich neben mir. Den laufenden Fernseher, nur die Szenen veränderten sich. Michael Hemmings starrte mich aus dem Fernseher heraus an und sagte: *He, Baby, du Tunte, wo ist dein Pudel?* Dann sah ich schwarze Hunde, die durch die Wohnung rannten, über mich hinwegtrampelten, meine Katze quälten.

Ich schaffte es nicht bis ins Bad. Ich hängte mich über die Sofalehne und kotzte im hohen Bogen. Es landete auf der Stelle, auf der sich schon der König von Frankreich übergeben hatte. Mein Auswurf kongruierte bewusst der Form seiner Sauerei.

Gegen elf Uhr vormittags wachte ich auf. Das Telefon klingelte. Mein Kopf brachte mich fast um. Ich hob ab. Es war Parker Brickley, mein Literaturagent.

– Lazarus erhebt sich aus der Gruft, sagte er. Ich rufe schon den ganzen Morgen an.

– Ich war bei der Disco 2000, sagte ich. Ein Mädchen da hat mir Heroin verkauft.

– Nagel mich ans Kreuz, sagte Parker. Ich habe mir nicht den Arsch aufgerissen, damit du an einer Überdosis draufgehst. Bist du auch so ein Arschloch, das den gottverdammten Stress nicht verträgt, wenn das Publikum seine Bücher liebt? Heroin? Was für eine Scheiße.

– Ich habe es nur geraucht, sagte ich. Vor Nadeln habe ich Angst. Kannst du ein bisschen leiser sein? Warum rufst du überhaupt an?

– Still meine Gier, mein Hübscher, und erzähl mir vom *Unendlichen Spaß*.

– Ich habe letzte Nacht auf die gleiche Stelle gebrochen wie meine Katze, sagte ich. Mir fehlt das richtige Format, um über David Foster Wallace zu schreiben.

– Ja, Scheiße sei Dank, sagte Parker. Aus lauter Angst haben sich schon meine Eier verkrochen. Dir kann man nicht trauen. Wie ich dich kenne, bringst du es fertig und schreibst einen Verriss. Vergiss nicht, dass du jetzt ein Profi bist. Die Tage der Wahrheit sind Geschichte. Willkommen in der Oberliga. Wer das Schreiben zum Beruf macht, lernt, ein verdammter Lügner zu werden. Diese Illusion, Autoren würden um jeden Preis die Wahrheit sagen? Das ist ein Kindertraum. Ich bin auch ein verdammter Lügner. Glaubst du, mir gefallen die Bücher, die ich vertrete? Nur deine und die von Jane Smiley. Eines Tages schreibt Parker Brickley eine Autobiographie und nennt sie *Eine Liste von Dingen und Menschen, die ich vorgebe zu mögen*. In jedem Kapitel geht es um irgendeinen Schmierfink, dem ich gesagt habe, ich würde sein Buch lieben. Und im ersten geht es um Mona Simpson.

April 1996

Baby und Adeline
besuchen die Mars Bar

Nachdem sich Adeline und ihre Mutter versöhnt hatten, spielte Suzanne eine größere Rolle in unserem Leben, was früher so wahrscheinlich gewirkt hätte wie eine Rückkehr von Caesars Komet.

Der Wahnsinn richtete sein Augenmerk jetzt also auf Emil, und durch das plötzlich abgeflaute Interesse an ihr fand Adeline zu einer toleranteren Halterung ihrer lieben alten mère gegenüber. Sie protestierte nicht einmal, als Suzanne Emil mit Plastikspielzeug überhäufte. Der einzige Nachteil war, dass die ältere Frau immer öfter im Plaza Hotel residierte.

Adeline schmiedete das Eisen, solange es heiß war, nutzte Suzannes Zuneigung für ihren Enkel aus und ließ ihre Mutter babysitten, wenn sie in der Stadt war. Die Grande Dame verbrachte Stunden in der 7th Street, während Adeline loszog und zum ersten Mal seit Jahren wie eine Erwachsene lebte.

In Grenzen. Weil Adeline sich nie zu weit von zu Hause entfernte, begnügten wir uns mit Unternehmungen und Ausflügen innerhalb der Grenzen des East Village. Meist bedeutete das ein Abendessen im Around the Clock gefolgt von Drinks in der Mars Bar.

Von allen Lokalen des alten versifften New Yorks hatte die Mars Bar am besten die Wellen der Gentrifizierung überstanden.

Erst 2011 wurde sie abgerissen, als die Wände so von Graffiti und Dreck überzogen waren, dass ich mich fragte, ob darunter überhaupt noch Putz steckte. Die Toiletten waren Kunstwerke, kleine Kammern mit kaputten Schüsseln, jeder Zentimeter von Tinte, Sprühfarbe und menschlichen Ausdünstungen bedeckt. Ich habe mal eine Frau getroffen, die behauptet hat, sie habe auf dem Flipper Sex gehabt. Ich habe keine Ahnung, ob es stimmt. Glaubhaft wirkt es.

Jedenfalls war die Bar 96 noch nicht ganz so schlimm wie in späteren Jahren. Von außen war sie erstaunlich sauber, und die Glasbausteinwand war noch unversehrt. Der Name stand in weißen Buchstaben über den Eingang gepinselt: MARZ. Und über dem Namen: GEHIRN AM EINGANG ABGEBEN.

Genau das taten Adeline und ich, wenn wir nach dem Abendessen hingingen. Den Reiz der Bar machten nicht zuletzt ihre Gäste aus, Rock-'n'-Roll-Relikte aus der Punkszene, die von den Umständen und der Zeit vergessen wurden. Es dauerte vielleicht zehn Minuten, bis irgendein unseliger Spinner losbrüllte, Richard Hell sei ein Schwanzlutscher oder Bobby Steele sei ein Arsch oder Patti Smith sei eine beschissene arrogante Mistkuh, die mal einer durchvögeln müsste.

Adeline und ich bestellten Gin Tonics. Hinter der Bar stand eine junge Punkerin. In der Mars Bar bedienten nur junge Punkerinnen. Sie gab uns unsere jämmerlichen Drinks. Wir saßen auf Hockern und versuchten, den Geschmack und den Angriff auf unsere Mägen zu ignorieren.

– Baby, sagte Adeline, hast du von der Band The Gits gehört?

– Sprich nicht über Bands, flüsterte ich. Du weißt nicht, wer zuhört.

– Macht dir dieser garstige Mann immer noch Sorgen?

Bei unserem letzten Besuch in der Mars Bar hatte ich mich so betrunken, dass ich laut brüllend verkündet hatte, wie sehr ich Led Zeppelin hasste. *Jedes Mal, wenn im Radio ein Song zu leise läuft,* schrie ich, *denke ich, es wäre das beschissene »Good Times, Bad Times«. Der Song ist voll für'n Arsch! Led Zeppelin ist eine verkackte Scheißband!*

Mein Wutausbruch erregte die Aufmerksamkeit des Mannes neben mir, eines Typen in mittleren Jahren mit unerfreulich langen Haaren. Er sagte, er würde Led Zeppelin auch sehr hassen, und erzählte mir von seiner Drehbuchidee für einen Film über Vampire. Er hatte noch keine Handlung, nur die erste Szene. Die Kamera ist auf eine Pfütze gerichtet. Fußgänger weichen ihr aus, damit ihre Füße nicht nass werden. Wir sehen ihre Spiegelbilder und ihre Füße. Schließlich tritt ein Fuß mitten in die Pfütze. Es gibt kein Spiegelbild. Die Kamera schwenkt nach oben, und dann ist DER VAMPIR zu sehen, mit einer verspiegelten Sonnenbrille und einem schwarzen Ledermantel.

Ich beging den Fehler, ihm im Gegenzug von einem Clubmenschen zu erzählen, den es nur gerüchteweise gab, von diesem Typen aus Bombay. Niemand hatte ihn je tagsüber gesehen. Angeblich trank er Blut und schlief in einem Sarg in dem stillgelegten U-Bahnhof der Linie 6 an der 18th Street, zwischen dem Union Square und der 23th Street. Michael nannte ihn nur den Vindaloo-Vampir.

Der Typ in der Mars Bar war begeistert. Er schlug vor, wir sollten ein Konzert im Coney Island High besuchen. Ich wollte schon aufbrechen, als Adeline mich in meinem Rausch rettete.

– Ja, ich mache mir immer noch Sorgen, sagte ich. Diese Rock-'n'-Roll-Typen sind furchteinflößend.

– Sei nicht solch ein Hasenherz, sagte Adeline. Hast du jemals von den Gits gehört?

– Leider nein, sagte ich. Ich habe noch nie von den Gits gehört.

— Ich habe bei Sounds ihr Debüt erstanden. *Frenching the Bully*. Baby, ich muss sagen, es ist absolut fabelhaft. Das fertige Produkt ist ein wenig derb, aber die Texte sind stark, und die Sängerin ist außergewöhnlich.

— Freut mich, dass dir eine Platte gefällt, Adeline, sagte ich.

— Ich habe Sounds noch einmal aufgesucht und den übellaunigen Angestellten gefragt, ob sie noch weitere Alben von den Gits haben. Er sagte, es gäbe noch eines, aber es sei nicht vorrätig. Dann hat er mir eine ganz furchtbare Geschichte erzählt.

Ich bestellte eine neue Runde. Adeline wartete, bevor sie weitererzählte. Ein Taubstummer namens Felix kam herein. Er setzte sich ein paar Hocker weiter an die Bar, zeigte auf seinen Mund und quiekte wimmernd. Er war ein Stammgast.

— Die Sängerin der Gits, sagte Adeline, hieß Mia Zapata. Eines Abends war sie unterwegs, mit einer Gruppe Musiker, soweit ich es verstanden habe. Sie hat sich verabschiedet und auf den Heimweg gemacht. Sie ist hinaus in die Nacht gegangen und verschwunden. Am nächsten Morgen hat ein Jogger ihre Leiche entdeckt. Sie wurde vergewaltigt und geschlagen und erwürgt. Sie war jung und schön, und jemand hat sie misshandelt und ermordet. Der Mord ist nicht aufgeklärt. Das Rätsel wurde nicht gelöst. Der Mörder läuft frei herum. So ist es nun mal, oder, Baby? Stell dir das Netz vor, das ihr Tod knüpft, all dieser Schmerz, der sich von einem zum Nächsten zum Nächsten verbreitet. Ich zähle mich nicht zu diesen irregeleiteten Kretins, die es viel trauriger finden, wenn ein talentierter Mensch stirbt statt eines gewöhnlichen Sterblichen, aber trotzdem ist es etwas anderes, dass Mia Zapata jahrelang gearbeitet hat, Konzerte gegeben, Musik geschrieben und Aufnahmen gemacht hat, nur damit ihr jemand alles nimmt, bevor sie den Lohn ernten kann. Genau solche Momente machen meiner Wenigkeit Angst, diese unwiderruflichen Geschehnisse im Leben. Was nicht zurückgenommen werden kann. Die meisten dieser Momente sind selbstverschuldet. Aber selbst jemand, der ein schon anstößig rechtschaffenes Leben führt, kann auf der Straße überfallen werden. Identität ist porös. Es geht nicht nur darum, wer du bist. Es geht um den Schaden, den andere dir zufügen können.

Eine Frau, die vergewaltigt und erwürgt und geschlagen wurde. Ich wusste, wo dieser Abend enden würde.

– Ich arbeite an einer neuen Kurzgeschichte, sagte ich. Sie heißt »Weiße Wände«. Ich bin zur Science-Fiction zurückgekehrt, zum reinen Genre. Die Handlung spielt in einer fernen Zukunft, in einem neomarxistischen Utopia. Das Tier Mensch hat den Kapitalismus verworfen, aber Klassendenken und gesellschaftliche Unterschiede bestehen weiter. Es gibt ein neues Gesetz. Man darf nur noch unter ganz bestimmten, kontrollierten Umständen miteinander vögeln. Die Sexualpartner müssen in weißen Zimmern miteinander Sex haben, komplett nackt, ohne Make-up oder irgendetwas am Körper, abgesehen von einer Badekappe, die ihre Frisur verbirgt. Nur durch sexuellen Austausch ohne die üblichen Zeichen der Klassenzugehörigkeit kann die sozialistische Revolution voranschreiten.

– Das ist ein Konzept, sagte Adeline. Wo ist die Geschichte?

– Die habe ich noch nicht. Ich glaube, es wird eine Liebesgeschichte. Wer sind in einer Gesellschaft, die Sex nach dem neomarxistischen Dogma reguliert, die Perversen? Wohl die Menschen, die sich nicht an die Gesetze über weiße Wände beim Sex halten. Menschen, die Kleidung einer anderen gesellschaftlichen Schicht anziehen. Arme kleiden sich wie Reiche, Reiche wie Arme, und sie vögeln wie die Tiere. Wahrscheinlich wird es so was wie Romeo und Julia. Ein armer Mann und ein reicher Mann, die ihre Kleider tauschen.

Felix schlug mit den Händen auf die Theke. Der Barkeeper brüllte ihn an, er solle sich beruhigen oder abhauen. Er beruhigte sich. Ich fragte mich, wie er es verstand.

Wir gingen. Adeline lief auf die Ostseite der Second Avenue und dann nach Norden Richtung Anthology Film Archives. Ich wusste, wohin es ging. Trotzdem folgte ich ihr.

Als wir uns der Adresse näherten, fiel mir keine einzige Gelegenheit ein, bei der Adeline und ich sie zusammen aufgesucht hätten. Ich hatte ihr Heftchen gesehen. Ich hatte gehört, wie sie über den Vorfall sprach. Ich hatte ihren Nervenzusammenbruch miterlebt. Ich war fast jeden Tag an dem Haus vorbeigekommen. Doch ich konnte mich nicht erinnern, dass wir zusammen hingegangen wären und zu dem schmutzigen Smoking und der kläglichen Leuchtschrift aufgeblickt hätten.

Aber jetzt standen wir vor dem Haus auf dem Gehweg. Nachdem Adeline so besessen geworden war, hatte ich mich umgehört. Einige Leute behaupteten, in dem Haus würde es spuken. Man hatte Gespenster hinter der Schneiderpuppe herhuschen sehen. Ich hoffte, uns würde ein Geist erscheinen. Dann hätte all das wenigstens zu etwas geführt.

– Ich habe versucht, mit ihrer Familie zu sprechen, sagte Adeline. Mit der Familie der Frau, die ermordet wurde. Jedes Mal, wenn ich gerade ansetze, halte ich mich zurück, bevor ich ein Wort herausgebracht habe. Es entsetzt mich, dass ich mich von dem Schmerz, der ihnen zugefügt wurde, selbst betroffen fühle. Es entsetzt mich, dass ich weiß, wie die Frau hieß. Warum sollte ich irgendetwas darüber wissen? Die vielen ermordeten Frauen auf der Welt. Helen Sopolsky. Mia Zapata. Wir müssen unseren kindischen Glauben aufgeben. So etwas wie Gerechtigkeit gibt es nicht.

April 1996

Michael Musto deckt auf

Am nächsten Dienstag las ich *»La Dolce Musto«*. Es stand wieder etwas über Michael Alig darin. Man erzählte sich, schrieb Musto, dass Michael nach Deutschland ziehen wolle, zu Rudolf, der früher das Tunnel geleitet hatte. Musto deutete an, Rudolf wisse gar nicht, dass Michael auf dem Weg zu ihm sei.

Eine Woche verging. Ich machte eine zölibatäre Phase durch. Adeline hatte mich dazu gebracht. Sie hatte selbst mehrere solcher Phasen erlebt, in denen sie sich den Künsten der Lust enthalten hatte, und dachte, es könnte interessant sein, wenn ich bei der Vögelei eine Pause einlegte.

Das Leben wurde ausgesprochen langweilig, und in den unausgefüllten Stunden, die ich nicht mit dem Chaos zwischenmenschlicher Beziehungen herumbringen konnte, stand mir die Sinnlosigkeit des Seins deutlich vor Augen. Abgesehen von meinem kurzen Heroinintermezzo nahm ich auch keine Drogen mehr. Ich sah die Leute aus den Clubs nicht mehr, wie sollte ich also überhaupt welche auftreiben? Auch diese nicht ganz freiwillige Wahl ließ mich die Langeweile nur noch mehr spüren. Wenigstens hatte ich meine Katze.

Die nächste Woche, der nächste Dienstag, das nächste *»La Dolce Musto«*. Die Welt geriet aus den Fugen. Die Kolumne selbst war durch und durch normal, Musto schrieb über John Waters und

Billy Wilder und Madonna und Sid Caesar und Nathan Lane. Was allgemeine Aufmerksamkeit erregte, war der schmale Artikel am rechten Rand der Seite.

HAMMER PARTY

Hier ist die neueste Version der Ereignisse, die man sich über diesen Skandal in der Clubszene neulich erzählt: Mr Wrack stritt sich mit Mr Dealer um Geld. Mr Wrack war derjenige, der Mr Dealer Geld schuldete. Es uferte so aus, dass Mr Dealer Mr Wrack würgte. In diesem Moment kam zufällig Mr Wrack Nr. 2 herein. Mr Wrack Nr. 2 reagierte prompt und zog Mr Dealer einen Hammer über den Kopf. Weil ihnen das nicht reichte, beschlossen er und Mr Wrack, Mr Dealer durch eine Injektion Drano aus dem Weg zu räumen – ein Trick, auf den nicht einmal das verkorkste Duo in *Diabolisch* gekommen ist. Als Mr Dealer tot war, machten sich die anderen beiden daran, seine Leiche zu zerhacken und in Einzelteilen in den Fluss zu werfen. »Aber ich habe ihn ja nicht getötet«, soll Mr Abgewrackter-als-je-Zuvor gesagt haben (allerdings steht er für einen Kommentar nicht zur Verfügung). – M. M.

Es gab keinen Grund anzunehmen, dass es Michael war. Aber natürlich war es Michael. Keinem anderen aus der Clubszene hätte man so viel Platz zugestanden. Selbst bei Mord gibt es eine Hierarchie. Hätte Gitsie jemanden getötet, hätte man einen Artikel mit fünfhundert Wörtern über ihre Verhaftung gedruckt und einen mit dreihundert über ihre Verurteilung. Klatsch hätte es nicht gegeben. Bei Michael Alig war alles Klatsch.

Gitsie hatte gesagt, Michael würde bei Brooke im Chelsea wohnen. Ich lief quer durch die Stadt zu dem Hotel. Als ich die Lobby betrat, fiel mir auf, dass ich zuletzt mit Regina hier gewesen war, um Christina zu besuchen. Ein weiteres totes Mitglied der Clubszene. Das war sechs, vielleicht sieben Jahre her. Es kam mir vor wie zwanzigtausend. Der stetige Schlag der Zeit hämmerte auf mich ein.

Als ich dem Rezeptionisten sagte, ich wolle Brooke besuchen, wurde er ein wenig blass, aber dann musterte er meine Kleidung. Ich war angezogen wie jeder andere junge Mensch mit einem respektablen Job. Er nannte mir ihre Zimmernummer. Ich nahm den Fahrstuhl in den zweiten Stock und klopfte.

Brooke kannte ich nicht besonders gut. Wir hatten uns nur ein paar Minuten miteinander unterhalten. Bestimmt kannte sie mich vom Sehen, und vermutlich hatte sie von mir als Autor gehört. Nicht, dass eines der Club Kids meine Bücher gelesen hätte. Nur Michael und Franklin lasen Bücher.

Brooke war ein Berg von einem Mädchen mit Regenbogenhaaren und tonnenweise Piercings im Gesicht.

— Hallo, Baby, sagte sie.

— Ist Michael da?

— Nein, sagte sie.

— Kann ich reinkommen?

— Von mir aus.

Bis auf einen Stuhl und einen kleinen Tisch besaß Brooke keine Möbel. Auf dem Boden lagen acht Matratzen, darauf Wäscheberge und zwei bewusstlose, zugedröhnte Jugendliche. Sie waren höchstens siebzehn Jahre alt. Überall standen Aschenbecher, die vor Zigarettenstummeln überquollen. Ein paar schwarze Plastiktüten waren zwischen die Matratzen gestopft. Als wäre ich wieder in Davids besetztem Haus.

— Setz dich, wenn du willst, sagte Brooke.

Ich setzte mich auf die am wenigsten abstoßende Matratze. Es war, als würde man sich mit dem stumpfsten Messer erstechen.

— Was gibt's, Baby?

— Hast du die *Voice* gesehen?

— Ich bin gerade erst wach geworden.

— Michael Musto. Es gibt einen Artikel über einen gewissen Jemand, der einen Drogendealer umgebracht und dann seine Leiche zerstückelt hat. Ich hatte schwer den Eindruck, dass dieser gewisse Jemand Michael ist.

— O Scheiße, sagte sie. Scheiße. Scheiße. Scheiße. Dieser beschissene Michael Musto.

— Wo ist Michael?, fragte ich.

— Ich habe ihn seit ein paar Tagen nicht mehr gesehen. Scheiße. Scheiße. Er ist zu diesem Typen gegangen, den er im Future getroffen hat. Scheiße.

— Hat Michael es gemacht?

— Keine Ahnung. Es geht um Michael. Wer weiß, ob es stimmt?

— Hat er dir gesagt, dass er es war?

— Ja.

— Was machst du jetzt?, fragte ich.

— Ich will nicht, dass Michael Schwierigkeiten kriegt. Ich will nicht diejenige sein, die ihn in Schwierigkeiten bringt. Ich bin nicht die Einzige, die es weiß. Alle wissen es. Er hat es allen erzählt, Baby. Keiner weiß, ob er ihm glaubt oder nicht.

Einer der Jugendlichen rührte sich.

— Aber keine Angst, sagte Brooke. Ist ja nicht so, als hätte er wen Wichtigen umgebracht. Es war nur Angel.

— Der Drogendealer?

— Wenn man ihn überhaupt so nennen kann.

Ich stand auf.

— Ich werde versuchen, Michael zu finden, sagte ich.

— Bevor du gehst, sagte Brooke, willst du Koks kaufen?

Mai 1996

Baby und Parker spielen Billard

Weitere Artikel folgten. In Tageszeitungen voller Klatsch, die nicht zögerten, Namen zu nennen. Michael wurde in den Nachrichten als Mörder enttarnt. Polizeiliche Ermittlungen gab es nicht.

Als Opfer war Angel mit mehreren Defiziten beladen. Braune Haut, spanischer Nachname, schwul, Drogendealer. Das setzte sich zu einer mathematischen Formel für die Gleichgültigkeit der offiziellen Stellen zusammen. Die New Yorker Polizei interessierte es schlicht nicht.

Michael verließ die Stadt und machte sich auf eine große Reise durch den Mittleren Westen Amerikas. Denver, Chicago, sogar zurück nach South Bend. Eine von Drogen befeuerte Odyssee in einem gemieteten Lieferwagen durch Einöden. Er hatte Gitsie als Copilotin mitgenommen.

Zu Hause in New York musste ich mich mit dem unvermeidlichen Chaos einer bevorstehenden Veröffentlichung herumschlagen und machte mich wegen jeder Kleinigkeit verrückt. Wir stritten uns über den Einband. Wir stritten uns über das Lektorat. Über die Schriftarten. Über die Zitate auf dem Umschlag. Über den Klappentext.

Zum neuntausendsten Mal dankte ich dem Himmel für den Engel der Verheerung Parker Brickley. Er eilte bei der kleinsten Sorge zu Hilfe und brüllte und fluchte, bis man glaubte, er würde jedes Fenster in Midtown zerbersten lassen.

Die Gleichgültigkeit der offiziellen Stellen erstreckte sich nicht auf Peter Gatien. Am 15. Mai durchsuchte die Drogenbehörde in den frühen Morgenstunden seine Wohnung. Gatien erhielt zwei Anklagen wegen gemeinschaftlichen Handels von MDMA im Tunnel und im Limelight.

Bei der obligatorischen Pressekonferenz erklärte Zachary W. Carter, der Staatsanwalt für den östlichen Bezirk von New York: – Der Verkauf von Ecstasy war nicht nur lukrativ, er war das Herzstück des ganzen Unterfangens. Diese Clubs existierten, um diese Drogen in Umlauf zu bringen. Die Drogen waren der Köder, mit dem die jungen Menschen in die Clubs gelockt wurden.

Obwohl ihr Besitzer inhaftiert wurde, blieben beide Clubs geöffnet.

Ich konnte mich nicht dazu aufraffen, mir die Lage anzusehen. Disco 2000 unter der Leitung von Walt Paper, während Michael Alig in South Dakota war. Peter Gatien zwei Wochen im Untersuchungsgefängnis, bevor er auf Kaution rauskam. Wie absolut armselig.

Wenige Tage nach Gatiens Verhaftung veröffentlichte A. J. Benza einen Artikel in den *Daily News*. Unter dem Titel »Der seltsame Fall des Singvogels im Nachtclub« erzählte er die Geschichte von Michael, Angel und dem Hammer, aber mit einem ganz besonderen Dreh. Benza unterstellte Michael, er habe als Informant gegen Gatien gearbeitet, und Alig sei nicht abgetaucht, um seinen eigenen Problemen zu entkommen, sondern weil die Drogenbehörde ihn vor der bevorstehenden Hausdurchsuchung gewarnt hatte. Diese Vermutung sollte sich als vorausschauend erweisen.

Irgendein literarischer Schlaukopf begriff, dass Michelle Gila auf Michael Alig beruhte. Als Intellektueller mit offensichtlichem Insiderblick war ich plötzlich heiß begehrt. Ich bekam Anrufe von Szenejournalisten. Sogar Michael Musto rief an. Ein Journalist der *Post* fragte mich, ob die Gerüchte über Orgien stimmen würden.

– Die Orgien? Welche Orgien?, fragte ich.

– Es heißt, sagte der Reporter, dass Alig für Gatien riesige Drogenorgien organisiert hat. Sie haben in Hotelzimmern stattgefunden. Manchmal gingen sie über mehrere Wochen. Manchmal über ein paar Tage. Mit Alig und Gatien und Prostituierten. Berge von Kokain, Crack, Special K. Alles dabei. Sie haben jede Nacht Tausende verballert. Eine anonyme Quelle hat mir inoffiziell erzählt, dass Alig bei einer dieser Partys eine Überdosis genommen hat. Eine andere anonyme Quelle hat gesagt, dass Angel die Drogen beschafft hat. Können Sie das bestätigen oder verneinen?

– Kein Kommentar, sagte ich.

Die Anklage und die folgende Berichterstattung konzentrierte sich ausschließlich auf das Tunnel und das Limelight. Ich verspürte abgrundtiefes Mitleid mit dem Palladium. Der Club gehörte immer noch Gatien, aber er war so unglaublich out, dass sich nicht einmal die Drogenbehörde für ihn interessierte. Was mit seinen Stammgästen war, hätte ich nicht einmal raten können. Aber er hielt sich.

Aus reiner morbider Neugier wollte ich mir den Club ansehen. Ich wollte nicht hineingehen. Ich wollte ihn beobachten, wollte sehen, was sich wohl in New Yorks uninteressantestem Club abspielen mochte, während sein Besitzer im Gefängnis schmorte.

Ich rief Adeline an und fragte, ob sie zum Billardspielen ins

Julian's mitkommen wolle, der Billardhalle im ersten Stock über dem Palladium.

– Ach, Schätzchen, sagte Adeline, ich würde ja sterben, wenn ich sehen würde, wie ein Billardhai dich über den Tisch zieht, aber ich kann nicht. Ganz wahr und ehrlich. Ich passe auf Frances' Tochter auf. Und ein Verehrer will mir seine Aufwartung machen.

– Was? Wer?

– Erinnerst du dich noch an Jon, Baby? Wir sind uns auf der St. Mark's in die Arme gelaufen. Ich war mit Emil spazieren. Man konnte mit Jon immer ausgezeichnet plaudern, und er war von meinem Sohn sehr angetan. Und ist es zu glauben? Der Punkvirtuose hat endlich seinen Abschluss an der CUNY gemacht. Er ist in einer Anwaltskanzlei beschäftigt und bearbeitet für ein zartes Seelchen Fälle, die außer ihm niemand anrührt. Das ist einfach filmreif!

Wir tauschten Höflichkeiten aus und legten auf. Das Leben bestand doch nur aus Komplikationen. Bei unserer letzten Begegnung hatte ich Jon mit dem Debütroman eines polymorphen Perversen verprügelt, während ein bengalischer Kellner uns beschimpft hatte.

Aber war das so schlimm, wie ihm Menstruationsblut auf die Schuhe zu spritzen? Irgendwie hatten er und Adeline sich versöhnt. Sie hatten sich wieder aufeinander eingelassen. Vielleicht kann guter Wille jedes Hindernis beseitigen. Möglich ist alles.

Ich rief Parker an und lud ihn in die Billardhalle ein. Als er das Medieninteresse mitbekommen hatte, hatte er sich vor Freude nass gemacht und mich angefeuert, jedes saftige Bröckchen Information in den aufgerissenen Schlund des Nachrichtenjournalismus zu spucken. Parker hatte gesagt, vor einem Erscheinungstermin sei jede Publicity eine gute Sache. Man musste seinen Namen unter die Leserschaft bringen.

Ich hatte ihm erklärt, dass ich so gar keinen Wert auf eine Verbindung zwischen meinem Namen und Aligs legte. Ich bräuchte Zeit, um mir etwas zu überlegen. Parker hatte das nicht interessiert.

– Dreh mal richtig auf, hatte er gesagt. Wenn dein Buch ein Erfolg werden soll, mach dich mal lieber mit den Medien vertraut. Du solltest verdammt gut darin werden, sie zu benutzen, bevor sie dich benutzen. Sonst fallen diese Säcke über dich her und lassen dich so wund und reumütig zurück wie eine Zweidollarnutte, der die Kondome ausgegangen sind. Die ficken dich richtig durch, Junge.

Für das Treffen sagte Parker zu. Ich kam vor ihm an und wartete vor dem Eingang, über dem in Leuchtschrift JULIAN BILLIARDS stand. Durch die chronische Unpünktlichkeit meines Agenten hatte ich Zeit zu beobachten, wie all die, die mal angesagt waren oder es werden wollten, ins Palladium strömten. An der Tür wurde nicht aussortiert. Aus der Verzweiflung heraus, Gatiens Kaution aufzubringen, zählte nur noch das Geld.

Leviathan tauchte auf der 14th Street auf, stapfte vom Union Square weiter westlich herüber und schob sich durch eine Gruppe Raucher. Er zockelte näher und legte mir eine mächtige Pranke auf die Schulter, dass ich fast in die Knie ging.

– Jetzt spielen wir verdammt nochmal Billard.

Das Julian's gehörte zu den New Yorker Läden, in deren Oberfläche die Zeit regelrecht eingesunken war, in denen der Boden aus einem Teppich von Zigarettenkippen bestand und der stinkende Rauch von Jahrzehnten die Wandfarbe braun getönt hatte. An den Wänden hingen Fotos von Minnesota Fats. Sollte es in Nieuw Amsterdam so etwas wie eine Antike geben, hatten wir sie gefunden.

Eine Handvoll der obligatorischen alten Hasen war da, der verrückt gewordenen Typen, die seit den Fünfzigern andere beim Billard abzockten. Sie tranken aus braunen Papiertüten, über ihren Köpfen hingen Nikotinwolken. Die meisten Tische waren von jungen Leuten belegt. Nicht nur von Männern. Auch viele Frauen waren da, die das Spiel für einen Flirt mit ihren Begleitern nutzten.

Parker bezahlte und bekam einen Tisch an den Fenstern. Ich baute auf, Parker stieß an. Er versenkte eine Halbe. Ich hatte seit meiner Zeit im Mittleren Westen nicht mehr Billard gespielt.

Ein Typ aus der Leichtathletikmannschaft hatte im Keller einen Tisch gehabt. In den Stunden nach dem Training hatten alle gespielt. Es war zu einer gesellschaftlichen Verpflichtung ausgewachsen.

Um mich nicht zu langweilen, hatte ich absichtlich die phallische Symbolik des Spiels mit seinen langen Holzstäben und Kugeln überbewertet und in Phantasien über meine Laufkameraden geschwelgt. Ja, ich war genau der Typ, vor dem uns Republikaner immer warnen. Ich habe die Duschen in den Umkleiden missbraucht. Ich habe die Schwänze vor meinen Augen für meine Phantasien benutzt.

— Ich gebe nicht gerne Ratschläge, sagte Parker, weil Ratschläge wie die Vergangenheit sind. Sie verfolgen einen. Aber du, meine liebliche Blume, solltest dich auf alle Möglichkeiten vorbereiten. Dein Buch könnte floppen. Ich habe schon großartige Bücher scheitern sehen, und ich habe gesehen, wie ausgestopfte Truthähne losgeflattert sind ins Land, wo Milch und Honig fließen. Und wenn dein Buch nicht abschmiert? Wenn es erfolgreich wird? Was dann? Ich bin nicht sicher, ob du die Auswirkungen von echtem Erfolg begreifst. Erfolg kann dich mehr fertigmachen als ein Versagen.

– Bis dahin sind es noch ein paar Monate, sagte ich.

– Diese Tage werden vergehen wie all deine nutzlosen Hoffnungen und Träume. Es könnte genauso gut morgen sein.

– Ich weiß nicht mal, warum ich angefangen habe. Vielleicht wäre ein Misserfolg gar nicht so schlimm.

– Abgesehen von Schwachköpfen schreibt jeder nur, um Geld zu verdienen, und Geld strömt dir aus den Taschen. Wo wir gerade dabei sind, was macht das nächste Buch?

Ich hatte Parker noch nicht erzählt, dass ich meinen Roman über den amerikanischen Bürgerkrieg aufgegeben hatte. Nachdem ich mir dreißigtausend Wörter abgerungen hatte, hatte ich die weiße Fahne geschwenkt und kapituliert.

Geplant hatte ich eine Geschichte aus der Perspektive eines Stoppelhopsers, ohne diesen Schwachsinn über den Ruhm des Kriegs, ohne diesen mystischen Humbug, mit dem dieses Land jede Schlacht auflädt. Es sollte um das Elend gehen, wenn man sich vor einem Scharmützel einscheißt, wenn einem die Beine von einem Quacksalber des 19. Jahrhunderts amputiert werden, wenn das eigene Blut die Erde eines Landes tränkt, das für anderes Blut büßt. Ich wollte den Mythos des Kampfes um die Sklaverei zerstören. Ich wollte den Preis eines menschlichen Lebens im Jahr 1861 berechnen, auf den Dollar genau. Ich wollte wissen, wie viel es gekostet hat, dem Norden ökonomische Vorherrschaft über den landwirtschaftlich geprägten Süden zu verschaffen.

Ich bekam es nicht hin. Die Recherche brachte mich fast um. Im Vergleich zum Bürgerkrieg war selbst der Zweite Weltkrieg nichts. Wie viele Bücher die Leute geschrieben hatten.

– Du schreibst jetzt also Kurzgeschichten?, fragte Parker.

– Ja.

– Ein Buch mit Geschichten können wir immer als Überbrückung zum nächsten Roman verkaufen. Manche Leute stehen total auf kurze Texte. Mir persönlich geht das ja am Arsch vorbei. Woran arbeitest du im Moment?

Ich war mit »Weiße Wände« fertig und bastelte an einer neuen Geschichte mit dem Titel »Dezimaldarstellung«. Es geht um einen Drucker namens Solomon Prower, der jahrelang in Einzelexemplaren Ludwig Wittgensteins *Tractatus Logico-Philosophicus* fälscht. Prowers Versionen sind perfekte Kopien früherer Ausgaben, in denen der Ursprungstext nur leicht abgewandelt wurde.

Prower übernimmt Wittgensteins Methode der Nummerierung mit Dezimalzahlen, sucht besonders langweilige Stellen des Buchs heraus und fügt unsinnige Sätze ein, die den Hauptaussagen widersprechen. Zum Beispiel:

> 44662 Die Tautologie aller Dinge legt nahe, dass alles, was nicht der Fall ist, aus Sachverhalten besteht, die im inneren Sinn eines Satzes nicht erfasst sind. So wird die Nichttatsache zur Tatsache.

In jedes Exemplar klebt Prower ein Exlibris mit seiner eigenen Adresse. So geht es schon seit zehn Jahren. Nie hat sich jemand bei ihm gemeldet. Einige seiner gefälschten Sätze haben sich in einfache wissenschaftliche Texte geschlichen.

Am 8. August 1974, einem Donnerstag, erhält unser Protagonist einen Brief. Darin steht: »Ich weiß, was Sie machen. Morgen komme ich zu Ihnen.« Prower wartet am Freitag auf den geheimnisvollen Briefeschreiber. Seine Nervosität setzt ihm so zu, dass er Richard Nixons Rücktritt verpasst. Am frühen Abend klopft jemand an seine Tür.

Weiter war ich noch nicht. Ich war sicher, dass es eine Liebesgeschichte werden würde.

– Klingt verdächtig literarisch, sagte Parker.

Während wir noch ein paar Runden spielten, behielt ich durch das Fenster die Straße im Auge. Groteske menschliche Zerrbilder torkelten aus dem A&P in die Zeckendorf Towers und ins Palladium. Es war, als würde man einem Bestatter dabei zusehen, wie er eine Leiche einsargte. Alles verändert sich. Alles stirbt.

Parker gewann jede Runde. Beim Billardspielen musste man mehr Einsatz zeigen, als ich je aufgebracht hatte.

Als unsere zwei Stunden herum waren, suchte Mr Brickley die Toilette auf. Ich wartete vor den Fenstern. Wenn ich den Hals reckte, bildete ich mir ein, dass ich das kupferbewehrte Dach des Hauses 31 Union Square West sehen konnte. Ich fragte mich, ob Thomas M. Disch immer noch dort wohnte, ob er *Gefangen* gelesen hatte, ob mein ganzes Leben ein Ergebnis seines indirekten Einflusses war. Wenn ich noch einmal mit ihm sprechen könnte, hätte ich endlos viele Fragen. Diesen verhuschten kleinen Jungen aus einer piesligen Kleinstadt gab es schon lange nicht mehr, ein ganzes Jahrzehnt in New York hatte ihn ausgelöscht und durch ein brandneues Wesen ersetzt. Es ist mir selbst passiert, ich war dabei gewesen, und trotzdem verstand ich immer noch nicht, wie ich mich so weit von zu Hause entfernen konnte.

Ein Geräusch am anderen Ende des Raums. Parker war mit zwei Typen in meinem Alter aneinandergeraten, die wie waschechte Italiener aus Staten Island aussahen. Sie trugen die neuesten Klamotten von Wu Wear, Bomberjacken und angesagte Wollmützen. Parker brüllte dem einen direkt ins Gesicht, er lief rot an und versprühte Spucke. Ich rannte auf sie zu. Der zweite Typ schlug Parker mit einem Queue auf den Rücken.

Jagt man den Leviathan, gibt es eine Regel. Die Harpune sollte die Haut durchbohren. Sonst schlingt er einem das Seil nachher um den Hals.

Parker drehte sich zu dem um, der ihn geschlagen hatte, wodurch sein Rücken ungeschützt blieb. Der erste Gegner griff nach einem Queue.

— Lass es, sagte ich.

Ich warf mich auf den ersten Gegner und riss ihn mit zu Boden. Auf seinen Armen kniend schlug ich ihm die Billardkugel ins Gesicht, die ich mir auf dem Weg geschnappt hatte. Ich hatte mich zu oft geprügelt, um mit den Händen zuzuschlagen. Die Schwellungen und Schmerzen konnte ich nicht ertragen.

Erst nach mehreren Hieben floss Blut. Parkers Angreifer glitt in die süße Finsternis der Bewusstlosigkeit ab. Ich stand auf, bereit, den anderen Typen zu Brei zu schlagen, aber er und Parker sahen gleichermaßen entsetzt zu. Alle hatten aufgehört zu spielen. Alle starrten mich an. Ich ließ die blutige Kugel fallen.

— Komm mit, sagte ich zu Parker.

Einer der alten Hasen sagte zu einem anderen: – Ich bin jetzt vierundzwanzig Jahre hier, und ich habe noch nie gesehen, dass wer wem ne Sieben in die Fresse gehauen hat.

Aus Angst vor der Polizei scheuchte ich Parker die Ostseite des Union Square entlang. Schwer keuchend mühte er sich neben mir weiter.

Wir erreichten die 18th Street und gingen in die Old Town Bar, um etwas zu trinken. Ich konnte mir nicht vorstellen, dass viele Adrenalinjunkies aus Staten Island etwas für die verhaltene Atmosphäre in New Yorks neuntältester Bar übrighatten.

— Ist das bei dir immer so?, fragte Parker.

– Er hat dich mit einem Queue geschlagen. Irgendwas musste passieren. Womit hat es überhaupt angefangen?

– Ich habe sie angerempelt, als ich vom Klo gekommen bin. Einer von ihnen hat seinen Stoß verrissen.

Juni 1996

Baby sucht Michael

Gatien hinterlegte seine Kaution, aber die Clubs waren schwer angeschlagen. Wir alle lebten in Rudys Welt. Auf die neueste *Voice* wartete nicht nur ich wie ein Besessener. Die Leute wollten die Ausläufer der Katastrophe mitbekommen. Es war der letzte nicht allzu heiße Sommer, an den ich mich erinnern kann, der letzte Sommer, bevor der Klimawandel uns für immer schmoren ließ. Wir kamen nie über 32 Grad hinaus.

Am 4. Juni schrieb Musto über Michael Aligs Eskapaden. Alig war in Chicago gesichtet worden und dann in Denver gelandet, wo er Disco-2000-Partys plante. Aus jedem Konsonanten und Vokal trieften Andeutungen, sie übertrugen sich durch Osmose von der Zeitung und sickerten in die Poren der Leser.

Am 11. Juni behauptete Musto, Michael würde federführend an einer Neuaufnahme von »If I Had a Hammer« arbeiten. Den jüngsten Gerüchten zufolge sollte Angel in einem Stück aufgetaucht sein. Konnte das alles ein Schwindel gewesen sein?

Am 18. Juni wurde die Sache nicht erwähnt.

Am 25. Juni platzte die Bombe. Auf dem Titelblatt prangte ein Foto von Angel mit seinen weißen Flügeln. Die Schlagzeile dazu: EIN MORD IN DER CLUBSZENE? Einige sagen, Promoter Michael Alig habe Angel Melendez getötet. Einige sagen, es sei nur ein Schwindel. FRANK OWEN forscht nach.

Frank Owen kannte James St. James. Ich war ihm nie begegnet, aber er hatte für die *Voice* mehrere Artikel über die Clubszene geschrieben. Jemand hatte erwähnt, er habe einen britischen Akzent. Ich schlug Seite 29 auf.

Angel gesucht: Hat der König der Club Kids Michael Alig wirklich Angel Melendez getötet? Oder ist alles nur ein Schwindel?

Owen wählte für seine Geschichte einen persönlichen Ansatz. Er folgte Angels Bruder Johnny Melendez, der New York auf der Suche nach Informationen über seinen vermissten Angehörigen durchkämmte. Er hängte Flyer auf. Zum letzten Mal hatte Johnny seinen Bruder vor dem Riverbank West gesehen. Er und Angel hatten über ihre Piepser miteinander in Kontakt gestanden. Als klargeworden war, dass Angel auf das Anpiepen nicht reagierte, hatte sich Johnny in der Clubszene umgehört, ob jemand wusste, wo sich sein Bruder aufhielt. Niemand hatte etwas gesagt. Aber Johnny hatte deutlich den Eindruck gewonnen, dass alle genau Bescheid wussten.

Im Artikel wurde der Flyer abgedruckt:

VERMISST

$ 4000 Belohnung

bietet die Familie für das

Auffinden von Angel

Wenn Sie Informationen haben, melden Sie sich bitte unter

(917) 290-9012 oder (908) 629-9110

Mehrere anonyme Quellen sagten Owen, Michael Alig habe Angel getötet. Die Einzige, die sich offiziell äußerte, war Screamin' Rachel. Alig hatte sie in Chicago besucht. Er war zusammengebrochen und hatte gestanden.

Owen hatte die komplette Geschichte zusammen. Den Hammer, die Leiche, die eine Woche lang in der Badewanne lag, das Zerstückeln, den Aufzug, das Taxi. Und er hatte die Orgien. Er hatte Angel auf Gatiens Gehaltsliste. Er hatte sogar einen offiziellen Kommentar von Freeze, der bestritt, Angel getötet zu haben. Owen hatte alles außer Michael.

Mein Anrufbeantworter blinkte. Zwei Journalisten hatten Nachrichten hinterlassen. Erst in diesem Moment begriff ich, dass diese Geschichte nie verschwinden würde. Solange ich lebte, würde ich Fragen über Michael beantworten.

Mein Telefon klingelte. Noch ein Journalist.

– Kein Kommentar, sagte ich.

Das Telefon klingelte. Ich ließ den Anrufbeantworter anspringen. Wieder ein Journalist.

Ich verließ die Wohnung.

Owen hatte seinen Artikel nicht über Nacht geschrieben. Er hatte mit Freeze gesprochen. Alig musste gewusst haben, was kam. Ich konnte mir nicht vorstellen, dass er diesen entscheidenden Moment seiner eigenen Mythenbildung verpassen würde. Titelgeschichten waren einfach zu fabelhaft.

Ein Club Kid namens Jenny Talia arbeitete bei Trash and Vaudeville in der St. Mark's, einem Laden der frühen Punkbewegung, der mittlerweile nur noch kitschige Klamotten an verdutzte Teenager aus Nassau County verkaufte. Der letzte seiner Art. Als würde sich eine alternde Schauspielerin in einem abgedunkelten Raum ihre großen Rollen ansehen.

Jenny Talia gehörte zu den Club Kids, die ich kaum kannte. Ein Gewächs eines neueren Jahrgangs. Sie hatte vier Besonderheiten. Ihre strahlend blauen Augen. Dass sie in einer Werbekampagne für CK Jeans gemodelt hatte. Ihre Wangenpiercings. Ihr ratzekahler Kopf.

Als ich Trash and Vaudeville erreichte, war Jenny Talia nicht dort. Ein lethargischer junger Typ an der Kasse sagte, sie arbeite Teilzeit und habe in letzter Zeit nicht viele Schichten übernommen. Ich fragte ihn, ob er Michael Alig kenne.

– Nein, sagte er. Aber ich habe gehört, dass er wieder in der Stadt ist.

Als ich gehen wollte, rief mich der Typ zurück.

– He, Alter, fragte er, willst du Stoff?

Da ich schon mal im East Village war, dachte ich, ich besuche Adeline. Ich stellte mich unter ihr Fenster und brüllte.

Sie streckte den Kopf heraus und verschwand nach einem Winken wieder. Es war immer noch seltsam, dass ich keinen Schlüssel hatte, egal, wie oft ich sie besuchte. Sie öffnete die Haustür.

– Emil ist eingeschlummert, sagte sie, wir müssen also anständig leise sein.

– Du kennst mich doch, sagte ich.

– Es gibt noch ein Problem.

– Welches denn?

– Jon ist oben. Er macht Mittagspause.

– Soll ich wieder gehen?

– Irgendwann musst du ihm wieder begegnen, sagte sie. Welcher Zeitpunkt wäre besser als der jetzige?

Es gab ohnehin kein Entrinnen. Er hatte mein Rufen gehört. Mir kam der wenig freundliche Gedanke, dass Heterofrauen unglaublich dumm sein konnten. Jon zurückzunehmen. Er hatte ihre beste Freundin aus Kindheitstagen um den Verstand gevögelt!

Jon saß mit einem gequälten Gesichtsausdruck am Küchentisch. Vielleicht hatte er Angst, dass ich ihn zu Brei schlagen würde. Vielleicht widerte es ihn an, dass er sich mit mir vertragen sollte. Wer konnte so etwas bei Menschen schon sagen?

Jon stand auf und gab mir die Hand.

– Baby, sagte er. Vergessen wir einfach, was passiert ist.

– Soll mir recht sein, sagte ich.

Mit der phantastischen Ausnahme von Thomas Cromwell ließen sich Adelines Männer in zwei Kategorien einteilen. Sie mochte die Angeschmuddelten, wie das Gesindel aus dem East Village, und sie mochte die Unbeholfenen. Sie hatte mir ein Foto von Emils Vater gezeigt. Sein Erscheinungsbild war keine große Überraschung, er gehörte zu diesen Männern, die sich in ihrer eigenen Haut nie wohl fühlten. Er war recht attraktiv. Ihre Männer waren immer attraktiv. Aber Nash Mac sah aus, als hätte er seine Kleidung zwei Nummern zu klein gekauft und sie allein durch Gebrauch auf zwei Nummern zu groß ausgeleiert.

Der wiederentdeckte Jon passte in keine der Kategorien. In einen Anzug gewandet war er ein neuer Mensch. Es war kein guter Anzug, aber ein Anzug, und er passte. Seine Tätowierungen wurden von seinem zugeknöpften Hemd verborgen. Seine Haare, die früher vor Schmutz und Schmiere starrten, waren gewaschen und gekämmt und wurden von chemischen Mittelchen in Form gehalten.

Er setzte sich. Adeline setzte sich neben ihn. Er berührte ihre Hand.

– Wir lesen gerade das Buch hier, sagte er. Es ist unglaublich witzig.

Auf dem Küchentisch lag ein kleines Taschenbuch. Erotischer Kitsch mit dem Titel *LÜSTERNE ANNONCEN*.

– Herrje, sagte ich, warum?

– Baby, sagte Adeline, weißt du nicht, dass diese Geschichten rasend komisch sind? Diese hier ist einfach köstlich. Es geht um einen schrecklich verbitterten Mann namens Lou, der eine gelangweilte geschiedene Frau namens Terry aufreißt. Und das nur wenige Stunden, nachdem er seine Antworten auf Bekanntschaftsanzeigen in einer Swingerzeitschrift abgeschickt hat. Lou hat eine Durststrecke hinter sich, aber Terry bringt den Regen. Sie lassen es in seiner Junggesellenbude im Keller richtig krachen. Dann antworten Pärchen auf seine Briefe, und Lou schläft mit einer Frau namens Rita, während ihr devoter Mann zusieht. Rita und ihr Mann laden Lou zu einer Orgie ein und schlagen vor, dass er Terry mitbringt. Lou fragt Terry, und sie willigt ein. Sie gehen zu der Orgie, und großer Gott, Baby, bekommt Lou es besorgt. Terry auch. Und du kannst dir schon denken, dass es noch weitergeht.

– Erzähl ihm von den Orgasmen, sagte Jon.

– Das Buch benutzt eine ganz putzige idiomatische Wendung, sagte Adeline. Jedes Mal, wenn eine Figur einen Orgasmus erlebt, heißt es, sie »schießt über den Gipfel hinaus«. Wir dachten, es sollte eine verhüllende Formulierung für die Ejakulation sein, aber wenig später schießen auch Terry und Rita über den Gipfel hinaus. Absolut jeder in Lous Welt schießt über den Gipfel hinaus.

– Wie geht das Buch aus?, fragte ich.

– So weit sind wir noch nicht, sagte Jon. Wir sind erst an der Stelle, an der Terry und Lou es mit einem freigeistigen schwarzen Pärchen treiben.

Ich urinierte in der Abstellkammer und zog an der Toilettenspülung. Als ich wieder in der Küche war, setzte ich mich auf den einzigen freien Stuhl. Ich hatte zehn Jahre lang gedacht, ich wüsste alles über Adeline, aber offenbar wusste Jon über sie Dinge, die ich nicht wusste. Ein seltsamer Gedanke.

In Adelines Schlafzimmer fing Emil an zu brüllen. Jon sprang schneller auf als ich.

– Keine Sorge, sagte er.

Er verschwand in Adelines Schlafzimmer. Die Wände waren so dünn, dass ich die beiden reden hören konnte. Das Lachen des Jungen drang durch die geschlossene Tür.

— Jon kann sehr gut mit Emil umgehen, sagte sie. Sie mögen sich. Es läuft wirklich bestens.

— Hast du mittlerweile seine Familie kennengelernt?, fragte ich.

— Seine Mutter und seinen Bruder. Seine Mutter war eher frostig. Sein Bruder war von meinem Kind sehr angetan.

— Das tut Emil gut, sagte ich. Mit dir und Frances und deiner Mutter hat er wahrscheinlich schon eine Überdosis Östrogen abbekommen.

— Ich hoffe sehr, es ist nicht zu unangenehm.

Sie blätterte in *LÜSTERNE ANNONCEN*.

— Was für ein albernes Buch, sagte sie.

— Adeline, hast du die *Voice* von heute gesehen?

— Dieses Schundblatt vermeide ich nach Möglichkeit, sagte sie. Dieser stete Strom an neuen Filmen, die ich verpasse, deprimiert mich schrecklich. Wenn ich Glück habe, kann ich mir einen Streifen die Woche ansehen, und ich habe selten Glück.

Ich öffnete meine Umhängetasche und zog die *Voice* heraus.

— Was in Jesu Christo Namen?, fragte sie.

— Lies die Geschichte.

Sie ging die Seiten aufmerksam durch.

— Baby, was hast du jetzt vor?

— Ich habe damit nichts zu tun, sagte ich. Ich habe Michael seit über einem Jahr nicht mehr gesehen. Und bald erscheint mein neues Buch.

September 1996

Baby und Adeline sehen sich *Freaks* an

Der Sommer schwand und ebbte dem September zu, dem Monat der Veröffentlichung. Den August verbrachte ich wie gelähmt, weil ich mir Sorgen darüber machte, was ein weiteres Buch in der Welt bedeutete. Ich schrieb sehr wenig, traf mich selten mit anderen, beschäftigte mich sogar kaum mit dem Klatsch über Michael Alig.

Peter Gatiens Unbill konnte man gar nicht ignorieren. Am 20. August erhob der Staatsanwalt neue Anklagepunkte. Gemeinschaftlicher Handel von Kokain. Am 24. August nach Mitternacht machte die New Yorker Polizei das Tunnel und das Limelight dicht. Als die Polizisten eintrafen, waren in beiden Clubs nur etwa dreihundert Gäste. Ein rein symbolischer Einsatz. Öffentliches Theater. Es war alles längst dahin.

Parker überredete mich zu einem Interview mit Mim Udovitch über Michael Alig. Udovitch schrieb einen Artikel für die Zeitschrift *Details*. Weil ich die Illusion eines zurückgezogenen Lebens aufrechterhalten wollte, bestand ich darauf, dass wir am Telefon miteinander sprachen. Ich fand, ich hätte mich wacker geschlagen, allerdings kam der Artikel erst am Ende des Monats heraus, etwa zwei Wochen nach *Rettet Anne Frank*.

Das Einzige, was mich aus meiner Schockstarre erlöste, war Adelines Vorschlag, das Film Forum zu besuchen.

– Was läuft denn?, fragte ich.

– Ein echtes Glanzstück, von dem ich vermute, dass es bei dir auf größtes Interesse treffen wird.

– Aber nicht *Pink Narcissus*, oder? Den ertrage ich nicht noch mal.

– Nein, Fräulein. Es ist ein Werk deines großen Widersachers. Besser bekannt als Tod Browning. Sie zeigen *Freaks*.

– Ich kann nicht, sagte ich. Das lässt mich wieder nicht los.

– Wir müssen uns unseren Ängsten stellen, sagte sie. Außerdem passt Jon auf Emil auf. Du wirst einem Mädchen doch nicht das Recht absprechen, mit ihrem besten Freund einen selten gezeigten Film auf der großen Leinwand zu sehen, oder? Bitte sag, dass du nicht so einer bist.

Ich gab nach. Bei Adeline gab ich immer nach. Ich gab seit zehn Jahren nach.

Das Film Forum war von der Watts Street in die West Houston umgezogen. Ganz in die Nähe der Varick Street, anderthalb Blocks von der Verkaufsstelle von Dover Books entfernt. Ich überlegte, eine Stunde früher loszugehen und die Stapel zu durchstöbern, kam aber zu dem Schluss, dass meine Wohnung vor ungelesenen Büchern überquoll. Wenigstens wollte ich keine neuen Bücher kaufen, bevor ich ein bestimmtes gelesen hatte, das ich seit Jahren mit mir herumschleppte. Eine Übersetzung von Lukrez' *De rerum natura* in gebundener Rede.

Adeline kam lange vor mir an. Der Gedanke an *Freaks* ließ mich langsamer gehen. Diese kleinen Pinheads hatten mich fast vier Jahre lang verfolgt. Warum sollte ich mir das noch einmal antun? Aus dem gleichen Grund, aus dem ich mir so viele Sachen antat.

Adeline hatte gewinselt. Ich konnte nicht nein sagen.

Ich betrat den Vorraum.

– Du auch hier, so ein Zufall, sagte sie.

– Jemand hat mich eingeladen. Meine Idee war das nicht.

– Sei doch nicht so muffelig, sagte sie. Ich habe eine Karte für dich gekauft.

Freaks hatte ein so großes Publikum angelockt, dass die Leute an der rechten Wand des Vorraums Schlange standen. Das mittelalte Pärchen hinter uns unterhielt sich über die Optimierung von Sprachdesign. Ich hatte keine Ahnung, was sie meinten, aber ihre Stimmen bewahrten mich davor, über das bevorstehende Erlebnis nachzugrübeln.

Der Film lief im kleineren zweiten Saal. Trotz meiner Vorliebe für Plätze am Gang bestand Adeline darauf, dass wir uns in der mittleren Reihe in die Mitte setzten. Am Ende waren wir umlagert. Wir wären nicht herausgekommen, aber ich tröstete mich damit, dass der Film nur zweiundsechzig Minuten lang war.

Im Saal wurde es dunkel. Es fing an. Tod Brownings *Freaks*. Das ganze Grauen, das MGM 1932 zu bieten hatte. Ich war auf alles vorbereitet, nur nicht auf das, was ich sah, nämlich ein schlecht gespieltes Melodram über das Leben unter Zirkusartisten.

Wir beginnen mit einer normalgroßen Trapezkünstlerin namens Cleopatra, die versucht, den kleinwüchsigen Hans zu verführen. Hans ist mit Frieda verlobt, die auch kleinwüchsig ist. Davon lässt Cleopatra sich nicht abschrecken. Sie interessiert sich für Hans, weil Hans sich durch ihre Aufmerksamkeit geschmeichelt fühlt und sie mit Geschenken überhäuft.

Der Film hat einen deutlich anthropologischen Schwerpunkt und bietet uns Charakterskizzen seiner Titelhelden. Etwa zwanzig unterschiedliche Freaks gehören zur Besetzung. Die meiste Aufmerksamkeit wird den Pinhead-Mädchen gewidmet, aber das schmälert nicht die Auftritte des Mannes ohne Gliedmaßen, der sich eine Zigarette ansteckt, der Frau ohne Arme, die Besteck benutzt, des anmutig gewandten Mannes ohne Beine oder von Koo-Koo, dem Vogelmädchen.

Frieda wendet sich in ihrer Sorge direkt an Cleopatra und warnt die gigantische Blondine, sie solle die Finger von ihrem Mann lassen. Dabei rutscht ihr heraus, dass Hans ein großes Vermögen erben wird. Cleopatra und Hercules, der Muskelmann des Zirkus und ihr Liebhaber, verschwören sich, Hans sein Geld abzunehmen. Das Ganze führt zu einer nicht gezeigten Hochzeit.

Wir springen weiter zum Hochzeitsempfang. Hercules, Cleopatra, Hans und die anderen Freaks sitzen an einer Festtafel. Weil Cleopatra nun mit Hans verheiratet ist, beschließen die Freaks, sie in ihren Zirkel der Deformierten aufzunehmen. Ein Kleinwüchsiger bringt einen Hochzeitspokal, den er mit Wein gefüllt von einem zum Nächsten über den Tisch trägt, während alle singen: *Gooble, gobble / wir nehmen sie auf, wir nehmen sie auf / eine von uns, eine von uns!*

Ich wäre gegangen, wenn ich es gekonnt hätte. Aber wir waren umlagert.

Cleopatra ist entsetzt von der Vorstellung, in diesem Club Mitglied zu werden. Sie packt den Hochzeitspokal und schleudert den Wein auf die Freaks. Sie stürmt davon.

Danach endet alles in Schrecken.

Auf dem Heimweg vom Film Forum kamen wir am Gilda's Club vorbei, einem Lokal mit einer äußerst auffallenden roten Tür. Ich hatte keine Ahnung, wozu er diente. Ich fragte Adeline. Sie wusste es auch nicht, vermutete aber einen privaten Club für Neureiche.

— Es war weniger verstörend, als ich es mir vorgestellt hatte. Die Pinheads haben immer wieder ein säuerliches Gefühl in mir aufwallen lassen, bis ich erkannt habe, was sie wirklich sind. Arglos und unschuldig. Aber gottverdammt, dieses Lied. Gooble, gobble.

– Hast du mal »Pinhead« von den Ramones gehört?

– Seit wann habe ich etwas für Punk übrig?

– Solltest du aus einer Laune heraus doch ein ungesundes Interesse entwickeln, hör dir »Pinhead« an. Die Ramones singen das Gooble-gobble-Lied, aber mit einem falschen Text.

– Ich werde es mir überlegen, sagte ich. Eigentlich habe ich von kleinen Pinhead-Mädchen für alle Zeiten genug.

– Dir ist schon klar, fragte Adeline, dass Schlitzie, das Oberhaupt der Pinheads, ein Mann war, oder? Sie haben den Menschen in ein Kleid gesteckt, weil er seine Körperfunktionen nicht kontrollieren konnte, aber dieser Pinhead war ein Mann. Er hat früher im MacArthur Park für Geld getanzt.

Es war in der Nähe der drei brutalistischen Wohntürme für die Angestellten der NYU. Dort erzählte Adeline es mir.

Ich betrachtete gerade die Häuser und fand es wahnsinnig komisch, dass meine alte Alma Mater ihre Dozenten zwang, in fehlgeschlagenen modernistischen Experimenten zu hausen. Innen waren sie wahrscheinlich sehr hübsch hergerichtet, aber das Äußere wirkte, als würde die Universität ihre Angestellten in Sozialbauten unterbringen. Entworfen hatte sie I. M. Pei.

Jedenfalls waren wir in ihrer Nähe, als Adeline sich offenbarte.

– Baby, sagte sie, ich habe Jon gebeten, zu mir und Emil zu ziehen. Genau genommen ist es schon so weit. Genau genommen wohnt er seit einer Woche in der 7th Street.

– Sag mir bitte, dass keine verdammte Hochzeit ansteht.

– Großer Gott, nein, sagte sie. Dieses barbarische Ritual kommt für mich nicht in Frage.

— Du willst also in Sünde leben?

— Jon und ich werden nicht nur in Sünde leben, sagte sie. Wir werden uns darin suhlen, bis wir ertrinken.

Als wir uns dem Angelika näherten, las ich auf der Tafel, dass *Trainspotting* lief. Ganz New York redete über *Trainspotting*. Die Leute auf der Straße, Rezensionen, das Fernsehen. Ich hatte ihn noch nicht gesehen.

— Jon passt auf Emil auf?

— Ja, sagte sie.

— Sehen wir uns *Trainspotting* an.

— Mein Kind erwartet seine Mutter.

— *Freaks* ging nur eine Stunde! Wozu ist es sonst gut, mit seinem Freund zusammenzuwohnen?

Wir sahen uns *Trainspotting* an. Es geht um Junkies in Schottland, die ins Bett scheißen und Überdosen nehmen. Diese Junkies töten aus Versehen ein Baby, betrinken sich, verspritzen überall Blut. Ich verstand, warum die Leute deswegen verrücktspielten. Der Film war schrecklich, aber er war schrecklich zur richtigen Zeit. Eine neue Welle von Filmen, gedreht in einem hyperkinetischen Stil und unterlegt mit einem perfekt ausgewählten Soundtrack aus bei Weißen beliebten Songs der letzten dreißig Jahre, beleuchtete eindeutige Unterschichtsprobleme in der manieriert überdrehten Art der herrschenden Klassen. Ein Problemfilm für Jugendliche, der sich als hartes Leben tarnte. Eine Bergpredigt, die nicht von einem radikalen Aufwiegler gehalten wurde, sondern von einem Babyboomer, der glaubte, er könne unterscheiden, wer Hipster und wer Spießer war.

— Die Neunziger sind derart öde, sagte Adeline. Kein Wunder, dass Michael Alig seinen Drogendealer umgebracht hat.

September 1996

Baby gibt eine Lesung bei
Barnes & Noble am Union Square

Ich ließ mich auf eine Lesereise ein. Doubleday fragte, ob ich eine Premierenparty wolle, worauf ich antwortete, ich würde nur kommen, wenn sie für die Anwesenheit von diesem fetten kleinen Wichser Norman Mailer garantierten konnten. Ich stellte mir eine Festtafel vor, an der wir einen Pokal herumreichen und singen würden, dass wir die große Kröte in unseren Kreis aufnahmen.

Man holte Erkundungen ein. Mailer lehnte ab. Ich sagte, keine Premierenparty, aber eine Lesereise, in Ordnung.

Der Auftakt fand in der dritten Etage von Barnes & Noble am Union Square statt, etwa hundert Meter von der Tür des Hauses 31 Union Square West entfernt. Ich weiß nicht, woran es lang. Mein Leben führte unweigerlich zurück zum Union Square.

Doubledays Pressechefin traf sich draußen mit mir. Sie stellte mir die Leute von Barnes & Noble vor, die bei der Veranstaltung helfen würden, und dann gingen sie alle, um über Jay McInerney und gefrorene Wassermelonen zu tratschen.

Ich blieb in der dritten Etage, drückte mich bei der Abteilung Biographien herum und machte mir Sorgen, es würde niemand kommen. Dann machte ich mir Sorgen, weil sich so viele Plätze füllten. Eine ganze Horde wartete darauf, mich reden zu hören. Ich war mir sicher gewesen, dass kein Mensch auftauchen würde. Ich hatte mir kein einziges Wort zurechtgelegt. Ich hatte nicht einmal Stellen herausgesucht, die ich lesen wollte.

Einer der Organisatoren zog mich zur Seite. Ich musste mit anhören, wie meine falsche Minibiographie vorgelesen wurde, und konnte es kaum ertragen. Ich lief zum Mikrophon. Ein Meer aus rosa Gesichtern starrte mich an, starrte durch mich hindurch. Ich konnte nur reden, also redete ich. Und redete. Und redete. Und redete. Und redete. Und redete.

Ich sagte so viel, dass ich nicht mal sicher bin, was zum Teufel ich sagte. Vierzig Minuten später hatte ich den Eindruck, es sei genug. Adeline saß in der ersten Reihe. Sie war erst stolz, dann begeistert, dann desinteressiert und schließlich zu Tode gelangweilt.

Ich bot dem Publikum an, Fragen zu stellen. Ich sagte, ich würde jede Frage beantworten. Allgemeines Schweigen machte sich breit, während die Leute auf ihren Stühlen hin und her rutschten. In den hinteren Reihen hob jemand die Hand.

– Ja?

– Ich fand *Gefangen zwischen Jupiter und einer Flasche* wirklich großartig. Bei den Berichten in letzter Zeit musste ich an Michelle Gila denken. Ich habe das Buch noch einmal gelesen und gemerkt, dass es eine Allegorie auf die Club Kids ist.

– Versteckt sich da drin eine Frage?

– Ich glaube, meine Frage lautet, ähm, wie viel davon beruht auf eigenen Recherchen? Kennst du Michael Alig wirklich, und wenn ja, weißt du, ob er wirklich Angel Melendez getötet hat?

Adeline spitzte die Ohren. Ich sagte ein paar Worte zu Michael Alig. Ich sagte ein paar Worte zu Angel. Ich schwafelte und endete mit einem Witz oder zumindest mit etwas Ähnlichem wie einem Witz, denn die Leute lachten. Vielleicht auch nur aus Verlegenheit.

Ich bedankte mich beim Publikum. Die Leute klatschten.

Einer der Organisatoren führte mich zu einem Tisch hinter dem Podium. Adeline setzte sich neben mich. Jon musste lange arbeiten, und Emil war in Frances' Obhut. Die Hälfte der Zuhörer blieb. So viele Menschen, dass ich fast in Tränen ausgebrochen wäre.

Die meisten waren nett und stellten alberne, harmlose Fragen. Einige erwähnten Science-Fiction oder Anne Frank oder die Clubszene und erhofften sich eine Bestätigung, die ich ihnen nicht geben konnte. Ich bemühte mich sehr.

Nach einer Stunde waren noch drei Personen da.

Ich wünschte, ich könnte sagen, dass er mir in der Menge oder in der Schlange aufgefallen war, aber das war er nicht. Er war nur ein weiteres Gesicht mit braunen Haaren in einem Meer weißer Menschen, die durch ihr Interesse an Romanen zusammengefunden hatten.

– Erinnerst du dich an mich?, fragte er.

– Sollte ich?

– Sieh mich mal richtig an.

Ich erkannte das Lächeln, trotz der Jahre, trotz seines Alters, trotz der Falten.

– Abe?, fragte ich.

– Genau, sagte er.

Wir hatten nicht mehr miteinander gesprochen, seit seine Mutter für einen Coitus interruptus gesorgt hatte. Ich hatte seinen Schwanz in meinem Mund gehabt. Angesichts der Größe unserer Highschool und unserer piseligen Kleinstadt hatte unsere Funkstille eine beachtliche Leistung dargestellt. Ich hätte mich bei ihm zumindest dafür bedanken sollen, dass er mich nicht bloßgestellt hatte, dass er mich nicht gezwungen hatte, in Schimpf und Schande wegzugehen.

— Kannst du kurz warten?, fragte ich. Ich würde sehr gerne mal wieder reden.

Der nächste Leser reichte mir sein Buch. Ich hatte keine Ahnung, wie ich diese Veranstaltungen zwei Wochen lang durchstehen sollte. Jedes Exemplar von *Rettet Anne Frank* erschien mir wie ein Vorwurf, dass ich das Ding geschrieben hatte.

— Baby, flüsterte Adeline, wer in aller Welt ist dieser Abe?

— Erinnerst du dich an meine einzige sexuelle Erfahrung zu Hause?

— Ist er das etwa?

— Ganz genau, sagte ich.

Als sich die Schlange aufgelöst hatte, bat mich der Verantwortliche von Barnes & Noble, noch einige vorrätige Bücher zu signieren. Ich arbeitete den Stapel ab.

Danach gingen Adeline und ich zu Abe.

— Wie hast du mich gefunden?, fragte ich.

— In der Ankündigung war ein Foto von dir, sagte er. Ich habe dich sofort erkannt, egal, welchen Namen du benutzt.

— Erstaunlich. Ich erkenne mich selbst nicht mehr.

— Du siehst noch fast aus wie früher, sagte er.

Abe lebte in New York, auch er hatte den Mittleren Westen verlassen. Ein paar Jahre hatte er herumgebummelt, bevor er in Chicago einen Abschluss in Wirtschaftswissenschaften gemacht hatte. Jetzt arbeitete er unter der schwammigen Bezeichnung Analyst an der Wall Street. Ich gewann den vagen Eindruck, dass er in die Stadt gekommen war, um schwul leben zu können.

Wir tauschten unsere Telefonnummern aus und versprachen, uns zu melden. Ich ging davon aus, dass wir es nicht tun würden, dass wir uns höchstens ein paarmal zufällig über den Weg laufen, aber keine großen Anstrengungen unternehmen würden, um Zeit miteinander zu verbringen. Bevor er mich gesehen hatte, hatte er vergessen, wie wichtig es war, dass er vergaß.

– Ehe ich gehe, muss ich noch was sagen. Das mit deinen Eltern tut mir sehr leid.

– Ist schon gut, sagte ich.

– Es war bestimmt nicht leicht, sagte Abe. Dass sie gestorben sind. Und so, wie sie gestorben sind.

– Die Zeit hilft, sagte ich. Ich denke nicht oft daran.

– Deine Mutter habe ich immer gemocht.

– Sie war ein guter Mensch, sagte ich.

– Ich habe dich gesucht, als ich es gehört habe. Aber da warst du schon weg.

– Ich bin schon immer schnell gelaufen.

Abe verschwand mit der Rolltreppe nach unten. Adeline und ich warteten, unterhielten uns mit der Pressechefin, mit den Leuten von Barnes & Noble. Wir warteten, bis wir uns sicher fühlten, dass Abe gegangen war.

– Ich muss jetzt was trinken, sagte ich zu Adeline. Kannst du auch was vertragen?

– Nach dieser Begegnung bräuchte jede Menschenseele einen anständigen Schluck, sagte sie. Wohin sollen wir gehen?

– Ins Old Town, sagte ich.

Als ich mich in der Bar verkrochen hatte, bestellte ich einen Jean Harlow. Adeline bestelle einen Cape Cod. Ich starrte an die Zinndecke. Mir war klar, welche Frage kommen würde, trotzdem hoffte ich, sie könnte vermieden werden. Ich nippte an meinem Drink und träumte davon, dass Adeline etwas sagen würde, irgendetwas. Sie sagte nichts.

– Was ist los?, fragte ich.

– Mir ist nur aufgegangen, sagte sie, dass ich keine Ahnung

habe, was mit deinen Eltern passiert ist. Wirst du es mir je erzählen?

Also erzählte ich es ihr.

Ich habe zwei Geschwister, einen älteren Bruder und eine jüngere Schwester. Der Soundtrack unserer Kindheit bestand aus den permanenten Streitereien unserer Eltern. Bei manchen Auseinandersetzungen ging es um völlig belanglose Sachen. Darum, wie meine Mutter meinen Vater in der Küche angesehen hatte. Um die Farbe der neuen Gardinen. Manchmal ging es um ernste Dinge. Wie sehr meine Mutter es hasste, wie sich mein Vater vor ihren Kindern aufführte. Und um Geld, immer um Geld.

Jeder Streit fand in der gleichen Lautstärke statt. EXTREM GOTTVERDAMMT LAUT.

Eine Scheidung kam nicht in Frage.

Unbegreifliche Bande hielten sie beieinander, so fest wie miteinander verwachsenes Fleisch, als wären sie eine Einheit. Um es deutlich zu sagen, unsere Eltern liebten Sex.

Sie besorgten es einander wie besessen. Abgesehen von Phasen, in denen meine Mutter hochschwanger war oder menstruierte oder einer von beiden krank war, dürfte kein Tag vergangen sein, an dem sie nicht zur Sache gekommen sind.

Wie ich den Tatsachen auf die Spur kam, war beinahe ein Freud'sches Klischee. Ich wachte eines Nachts auf und verspürte einen überwältigenden Drang, zu urinieren. Als ich zum Bad lief, um so schnell wie möglich meine Blase zu leeren, hörte ich meine Eltern beim Liebesakt.

Ich spähte durch ihre leicht geöffnete Schlafzimmertür und sah sie nackt im Mondlicht. Mein Geistervater auf meiner Schattenmutter. Ihr Stöhnen, im Dunkeln erlauscht, das Klatschen von Haut auf Haut.

Bei besserer Beleuchtung hätte ich mehr von der Einrichtung ihres Schlafzimmers sehen können. Jahre zuvor hatte mein Vater eine amerikanische Fahne unter der Decke befestigt und so gezeigt, dass Rot, Weiß und Blau ihr Privatleben beherrschten. Niemand fragte, warum. Mein Vater war ein eigenartiger Mensch. Wer weiß? Vielleicht sah er die Fahne gerne an, wenn er über den Gipfel hinausschoss.

Das einzige Möbelstück neben dem Bett war ein großer schwarzer Metallschrank. Dieser rabenschwarze Stahlquader war immer verschlossen und bot uns Kindern reichlich Anlass zur Spekulation. Einmal hatten wir den schweren Schrank auf seinen wackligen Rollen verschoben, weil wir gehofft hatten, wir könnten durch seine Beweglichkeit Rückschlüsse auf seinen Inhalt ziehen. Besonders einleuchtend erschien die Idee meines Bruders, der ihn für einen Waffenschrank hielt. Mein Vater drohte spätestens alle paar Stunden, uns zu erschießen, aber bis auf eine Schrotflinte, die auf einer Farm immer mal gebraucht wurde, hatten wir noch nie eine Waffe in seiner Hand gesehen. Womit feststand, dass die Waffen im Schrank sein mussten.

Streiten. Vögeln. Streiten. Vögeln. Streiten. Der trochäische Pentameter unseres Lebens. Ich war noch naiv und konnte nicht erfassen, was Sex über Jahrzehnte hinweg bedeutete. Meine Eltern waren für mich unbegreiflich. Ihre Ehe war mir ein Rätsel.

Mittlerweile habe ich diese Vertrautheit selbst erlebt, ich habe lange Beziehungen gehabt und weiß, dass man erst dann den besten Sex hat, wenn man sich einander hingibt. Dieses seltsame Gewächs sprießt nur in der Erde der vertrauten Liebe.

Jetzt springen wir zum Sommer 1986. Ich hatte gerade die Highschool beendet und noch keine genaue Zukunft vor Augen. Es war von einem Sportstipendium an einer staatlichen Universität die Rede gewesen, aber daraus war nichts geworden. Meine Eltern konnten sich die Studiengebühren nicht leisten.

Im vergangenen Mai war meine kleine Schwester zu einer evangelikalen Christin mutiert, gewaschen im Blut Jesu. Diese unerwartete Bekehrung hatte sie ihrer Freundschaft mit der Familie Rentmeester zu verdanken, einem sittsamen amerikanischen Clan, der sie zu einem Skiausflug seiner Kirche eingeladen hatte. Sie kehrte von den verschneiten Gipfeln zurück und war wiedergeboren, nachdem sie Jesus in ihr Herz gelassen hatte.

Man kann meine Eltern mit Vorwürfen überschütten, aber eines muss man ihnen lassen. Wenigstens haben sie uns nicht religiös erzogen. Unsere Familie glaubte an nichts, und dieser Zustand entfachte in meiner Schwester missionarisches Feuer.

Sie bezeugte vor uns ihren Glauben. Sie verkündete die Frohe Botschaft. Wir flehten sie an, damit aufzuhören, aber das spornte sie nur noch mehr an. Jedem von uns schenkte sie eine Bibel, die autorisierte Version von 1611 mit den Worten Jesu in roter Schrift. Ihre Kirche gehörte zu diesen perversen Einrichtungen, die an die Unfehlbarkeit der King-James-Bibel glaubten.

Der unangenehmste Aspekt ihres Eifers bestand darin, dass sie unseren Alltag mit Bibelzitaten anreicherte. Wenn mein Vater Rinder schlachtete, sagte sie: – Hier kommet ein gemästetes Kalb, um getötet zu werden. Wir wollen essen und fröhlich sein!

Als unsere Eltern sich einen ausufernden Streit lieferten und meine Mutter nachher sagte, sie würde meinem Vater nie verzeihen, sagte meine Schwester: – Also wird dir mein himmlischer Vater auch tun, wenn du ihm nicht vergibst seine Fehler.

Als unsere Ernte geringer ausfiel als erwartet, sagte sie: – Und andere Saat auf guten Boden fiel und Frucht brachte, die spross und zunahm.

Ich fragte, woher diese Zitate stammten. Sie nannte mir Kapitel und Vers. Bewaffnet mit der Heiligen Schrift fand ich heraus, dass all ihre Bonmots biblischer Weisheit wirr und verschandelt waren. Sie verhunzte die Syntax des frühen 17. Jahrhunderts, ließ Wörter aus und ordnete sie neu an. Vom Kontext mal ganz zu schweigen.

Ich malte mir aus, wie ich meine Schwester zur Rede stellte, weil sie die rot gedruckten Worte Jesu missbrauchte. He, Schwesterchen, würde ich sagen, wie wäre es, wenn du die Worte des Herrn nicht dauernd verhunzt? Wenn du uns schon ständig Scheiße unter die Nase reiben musst, achte doch bitte darauf, dass es buchstabengetreue Scheiße ist. Wahrlich, erhöret mein Flehen.

Aber ich tat es nie. Manchmal muss eine Plage erduldet werden.

Wie auch immer. Der Sommer 1986. Ein Abend im August.

Wir waren alle zu Bett gegangen. Ich träumte im Halbschlaf von einer Welt jenseits meiner Welt und fragte mich, ob ich die Farm je verlassen würde. Mein älterer Bruder war nach St. Paul gezogen. In mehreren Briefen hatte er vom Leben in seiner neuen Umgebung berichtet. Es war deutlich schwerer, als er erwartet hatte. Er vermisste sein Zuhause, dachte oft an unsere Heuhaufen.

Meine Schwester schlief. Wenn jeder Mensch auf der Welt wenigstens eine angeborene Fähigkeit besitzt, dann war ihre, einzuschlafen. Wir witzelten in der Familie immer, man könnte sie einfach irgendwohin legen, egal, wo, und fünf Minuten später würde sie in Morpheus' Armen schlummern. Jetzt wirkt es nicht mehr lustig, aber damals fanden wir es zum Brüllen.

Als ich mich der Dunkelheit entgegenstreckte, krachte es gewaltig. Der Nachhall ließ unser Haus erzittern. Im ersten Moment dachte ich, ich hätte es geträumt. Dann dachte ich, es wäre ein Erdbeben gewesen, aber bei uns gab es nie Erdbeben. Meine Schwester öffnete ihre Zimmertür.

Ich ging auf den Flur. Sie stand verwirrt in ihrem Nachthemd da.

— Hast du das gehört?, fragte ich.

— Ich glaube, das kam aus ihrem Zimmer.

Ich klopfte bei meinen Eltern an. Sie antworteten nicht.

— Mom? Dad?

Keine Reaktion. Ich holte tief Luft und ging hinein.

Es musste durch den Sex passiert sein. Durch die sich ausbreitenden Schwingungen wiederholter Beckenstöße. Sie waren nackt wie Cherubim. Wir konnten nur ihre Gliedmaße sehen, ihre Hände und Füße.

Der Schrank war auf ihr Bett gefallen und hatte die amerikanische Flagge mit sich gerissen. Die beiden Türen waren aufgeklappt und breiteten sich über ihre Körper wie die Flügel eines großen, flugunfähigen Vogels, als wären meine Eltern von einem Irrweg der Evolution vernichtet worden. Ihre Schädel waren eingeschlagen und leer, die Gehirne lagen auf dem Boden.

Meine Eltern hatten keine Waffen gelagert.

Der Schrank war leer.

Dann brachte meine Schwester ein zusammenhangloses Bibelzitat.

— An ihren Früchten sollt ihr sie erkennen.

Oktober 1996

Baby macht eine Lesereise

Bevor ich zu meiner Reise durch Amerika aufbrach, kaufte ich einen neuen Computer, ein IBM ThinkPad 560 mit einer 800 Megabyte Festplatte und einem 100 MHz Pentium Prozessor. Bei einem Gesamtpreis inklusive Steuern von 2300 Dollar war er ein Schnäppchen. Ein Freund von Parker hatte mir einen guten Preis gemacht. Verglichen mit ähnlich leistungsfähigen Modellen war der Preis überzogen, aber man hatte mir versichert, das ThinkPad biete eine größere Haltbarkeit.

– Auf das Ding kannst du richtig einhämmern, sagte Parker. Alles andere ist Spielzeug.

Außerdem lief *Rettet Anne Frank* gut. Ich hatte von den Besprechungen die Finger gelassen. Parker las sie hingebungsvoll wie ein Mönch bei der Vesper. Die maßgeblichste stammte von Michiko Kakutani, der großen Feindin dieses fetten kleinen Wichsers Norman Mailer. An Parkers unzufriedener Stimme merkte ich, dass Kakutani die Klingen gezückt hatte.

Scheiß drauf, dachte ich, *ich bin nur ein Bauernbengel, dessen Eltern von einem Schrank erschlagen wurden.* Selbst ein Verriss in der *Times*, der dem Autor vorwarf, den Holocaust zu trivialisieren, war etwas, das man erst einmal erreichen musste. Es war viel mehr, als ich hätte erwarten können.

Ich reiste mit dem Zug und sah mir dabei die Ostküste an.

Meine beste Lesung war die erste, im Harvard Book Store in Boston.

Die nächste Lesung war die schlechteste. Providence, im College Hill Bookstore. Es kamen gerade einmal drei Leute.

In den Stunden davor nutzte ich die Gelegenheit und bummelte durch H.P. Lovecrafts alte Wohngegend. Ich saß eine Stunde lang im Prospect Terrace, einem kleinen Park mit Blick auf die ganze Innenstadt von Providence, und lief dann zur 10 Barnes Street, wo der alte rassistische Knabe den Löwenanteil seines umfangreichen Werks verfasst hatte.

Einer der drei Zuhörer, sie seien gepriesen, war ein schräger Vogel, ein Hetero ganz in Schwarz, das Gesicht geschminkt, die Lippen gefärbt wie tote Schnecken, die Augen mit Kajal umrandet.

Du wolltest dein Publikum kennenlernen, dachte ich. Tja, hier ist es, hier sind die Menschen, die Science-Fiction lesen. Offenbar sehen sie aus, als hätten sie gerade Bela Lugosi gevögelt.

Ich redete, ich las, und ich bot an, Fragen zu beantworten. Dabei wich ich den Blicken der verlegenen Kunden aus, die hereingeschlendert kamen, um etwas zu kaufen, und plötzlich mit einem schwulen Bauernburschen konfrontiert wurden, der zu einem Haufen leerer Stühle sprach.

Der Junge, der aussah, als hätte er Bela Lugosi gevögelt, nutzte das Angebot und fragte mich nach Michael Alig und Mittagsfernsehen. Er sprach dialektfrei, was ungewöhnlich war, weil alle anderen in Rhode Island einen so starken Akzent hatten, als hätte ihnen jemand mit Anlauf gegen den Kiefer getreten.

Und dann war es vorbei. Der Leiter der Buchhandung entschuldigte sich überschwänglich.

– Normalerweise ist das Publikum größer. Einige der Studenten an der Brown lieben Sci-Fi. Letztes Jahr sollte George Takei eine Lesung abhalten. Er hat in letzter Minute abgesagt, und trotzdem waren fünfzig Leute hier.

– Sie wollen mir also sagen, dass ein Schauspieler, der nicht einmal aufgetaucht ist, mehr als zehnmal so viele Leute angelockt hat wie ich.

– Ich glaube, so kann man das sehen. Ich würde es nicht persönlich nehmen. Wir sind eine Kultur des Fernsehens. Das ganze Land ist eine echte Kloake.

Der seltsame Heterojunge holte sich als Letztes ein Autogramm, was bedeutete, dass er blieb, während ich vorrätige Bücher signierte, und mir Fragen stellte. Es ging vor allem um Michael. Es machte mich neugierig, warum ein seltsamer Heterojunge in Rhode Island über die Skandale der New Yorker Halbwelt so auf dem Laufenden war.

– Ich habe so einen Artikel gelesen, sagte er. In der *Details*.

– Du siehst mir gar nicht aus, als würdest du regelmäßig die *Details* lesen.

– Billy Corgan war auf dem Cover. Hast du das neue Album gehört? Der Song »Zero« ist toll.

An meinem letzten Tag in New York war eine neue Ausgabe der *Details* an den Zeitschriftenständen aufgetaucht. Das Cover war tatsächlich von Billy Corgan verunziert worden, so kahl wie Jenny Talia, in einem Overall aus Lackleder, mit einem gläsernen Stern in der fleckigen Hand.

Die Schlagzeilen auf dem Titelblatt versprachen Artikel über den männlichen G-Punkt, Inlineskates und Mim Udovitchs Beitrag über Michael und Angel. Der Artikel erschien auf Seite 168 unter dem stilvollen Titel CLUB DES TODES?

Ein Farbfoto auf Seite 169 zeigte Michael in Unterwäsche in einem übergroßen Kasten als Springteufel. Udovitch bezeichnete Michael als Genie, schrieb über seine kindliche Unschuld und hegte die Vermutung, dass Angel nicht tot war. Es gab Zitate von den üblichen Verdächtigen, darunter auch Gitsie. Alle sagten, sie fänden es völlig unvorstellbar, dass ausgerechnet Michael jemanden getötet haben sollte. Michael sei doch wie ein Kind, sagten sie, er sei gar nicht gerissen genug, um die Leiche wegzuschaffen. Michael? Das kann nicht sein!

Es gab weitere Fotos, Schnappschüsse aus der Clubszene. Ich war auf keinem davon. Ein kleines Wunder. Das traurigste Bild war ein Schwarzweißporträt von Michael auf Coney Island, auf dem er vor Dantes Inferno steht. Über seinem Kopf schwebt ein Teufel aus Fiberglas. Michael trägt einen Kinderschlafanzug. Zwischen dem Ober- und dem Unterteil quillt sein Bauchspeck hervor. Sein verzerrter Gesichtsausdruck spricht von Psychopathie. Besonders fabelhaft sieht er nicht aus.

Da stand ich, auf Seite 172, neben Dantes Inferno. Zwei Absätze. Mein Gespräch mit Udovitch hatte eine ganze Stunde gedauert:

Aber Disco 2000 war nicht nur ein Ort für mittellose junge Dinger, hier mischten sich auch New Yorks Intellektuelle zahlreich unter das gemeine Volk. Zu den prominenten Absolventen von Michaels Zirkel gehörte [Baby], ein angesehener Schriftsteller. Sein jüngster Roman, die Science-Fiction-Detektivgeschichte *Gefangen zwischen Jupiter und einer Flasche*, weist eine erstaunliche Ähnlichkeit zur Szene in Downtown auf. Es gibt sogar einen Partyveranstalter mit dem Kopf eines Elefanten, der Michelle Gila hieß.

[Baby] streitet ab, dass sein Roman von Michael handelt, aber er spricht wohlwollend über seine Zeit in den dunklen Clubs. »Es war wie eine dämonische Disney World mit Michael als Onkel Walt. Er hat alles auf die Beine gestellt, und wir waren sein Ensemble.« Als ich [Baby] frage, ob er Michael für schuldig hält, antwortet er ausweichend: »Viele Menschen sind vieler Dinge schuldig, aber was wirklich passiert ist, wissen nur Michael, Angel und Freeze. Keiner von ihnen sagt etwas. Solange das so ist, werde ich mir kein Urteil erlauben. Was bedeutet Schuld überhaupt noch?«

Ich würde mich lieber von Michiko Kakutani durch die Mangel drehen lassen, als der *Details* bescheuerte Zitate zu liefern, aber es war passiert. Die Worte lasen sich wie ein unredigierter Text. Ich wirkte wie ein dummes Club Kid, das nicht wusste, dass Angel tot war. Es klang, als würde ich nicht glauben, dass Michael und Freeze Angel getötet hatten, dabei war es das Einzige, was ich glaubte.

Onkel Walt? Was bedeutet Schuld überhaupt noch? Warum zum Teufel hatte ich versucht, schlau zu sein?

Und jetzt stellte mir ein Typ, der aussah, als hätte er gerade Bela Lugosi gevögelt, Fragen über Michael.

– Michael hat Angel getötet, sagte ich. Ganz klar.

– Das ist echt kranker Scheiß.

– Ist es immer bei Michael. War es immer.

– Also stehst du immer noch da drauf?

– Nicht besonders, sagte ich. Mittlerweile sieht ein aufregender Abend bei mir so aus, dass ich ausgehe und ein paar Cocktails trinke, wenn eine ledige Mutter ausnahmsweise einen Babysitter findet.

– Ich habe nur gedacht, das Konzert heute Abend im Strand wäre was für dich. Ich habe eine Karte übrig, falls du sie willst.

Ich wohnte im Hotel Providence Biltmore, einem dieser Ungetüme im Beaux-Art-Stil, die man in jeder alten Stadt finden kann. Sie alle sind schön und kunstvoll und kunstvoll schön und kurz vor der Weltwirtschaftskrise gebaut worden. Von meinem Zimmer aus hatte ich einen hübschen Blick auf Lovecrafts

Wohnviertel College Hill, der dem Blick von Prospect Terrace aus genau entgegenlief. Ich sah aus dem Fenster und dachte daran, wie viel von dem, womit ich mein Geld verdiente, aus Providence kam, aus dieser miesen kleinen Stadt mit ihrem miesen kleinen Autor, der vor allem Angst hatte.

Zu vorgerückter Stunde machte ich mich auf den Weg und suchte in der Innenstadt nach diesem Veranstaltungsort, der Strand heißen sollte. Obwohl er in der Nähe lag, verlief ich mich in dem Park neben meinem Hotel. Der kurze Umweg gab mir die Gelegenheit, die Eingeborenen näher zu betrachten.

Alle sprachen wie nach einem Tritt gegen den Kiefer. Es gab weniger Obdachlose, als ich erwartet hätte, aber deutlich mehr Junkies. Es war eine Heroinhochburg. Ich überlegte, etwas zu kaufen, aber erinnerte mich dann an meine letzte Jagd auf diesen speziellen Drachen. Welchen Sinn hätte es ohne den König von Frankreich und sein Erbrochenes?

Ich entdeckte zwei schwarzgekleidete Mädchen, deren babyspeckige Gesichter schwarz geschminkt waren. Ich rechnete mir aus, dass ich das Konzert finden würde, wenn ich ihnen mit einem Höflichkeitsabstand folgte. Manche Dinge ändern sich nie.

Genauso hatte ich es in Los Angeles gemacht, an dem Abend, an dem wir das Scream besucht hatten, an dem Abend, an dem ich Jaime kennengelernt hatte. Das war nicht einmal zehn Jahre her, aber es kam mir vor wie ein anderes Leben, als sei ich ein anderer Mensch.

Als wir das Strand erreichten, standen tausend Kids in Schwarz davor. Sie trugen T-Shirts, auf denen in Rot MARILYN MANSON stand und in Gelb *antichrist superstar*. Als Hintergrund der Schrift zeigte ein Foto einen Engel vor ein paar Wohnungsfenstern, der trotz seiner ganzen Übersinnlichkeit aussah, als hätte er gerade ein zärtliches Stündchen mit Bela Lugosi verbracht.

Das Schockrockbild gab dem Betrachter einen emotionalen Kick, aber ich war von dem Aufdruck gebannt. Sowohl MARILYN MANSON als auch *antichrist superstar* waren in einer Serifenschrift gedruckt. Mit dem professionellen Elan eines Mannes, der mit Doubleday über einen Schutzumschlag gestritten hatte, überlegte ich, ob eine Serifenschrift angemessen die Vorstellung eines schaurigen Engels vermitteln konnte, der mit Bela Lugosi über den Gipfel hinausgeschossen war. Hätte eine serifenlose nicht unheilvoller gewirkt?

Die Vorgruppe, eine Band mit einer blonden Frontfrau, stand schon auf der Bühne. Nach drei Noten konnte ich sie einschätzen. Sie waren eine Band aus dem East Village, ein Relikt der kurzen Phase Anfang der Neunziger, als unsere komplette Nachbarschaft geklungen hatte, als hätte Velvet Underground ein Kind in Joey Ramone gezeugt, kurz bevor jeder, der was auf sich hielt, elektronische Musik für sich entdeckt hatte.

Der Song endete.

– Danke, sagte die Sängerin. Danke. Der nächste Song ist so was wie eine Geschichte aus New York. Es geht um ein Mädchen, das vom Empire State Building gesprungen ist. In New York City.

Lauf weiter, Baby.

Egal, wie weit du läufst, du kannst nicht entkommen.

Ich hörte nicht weiter zu, sondern schob mich durch die Menge. Jeder war hereingelassen worden und, großer Gott, sahen alle unschuldig aus. All diese engelsgleichen Gesichter und dieser Glaube an die Macht schwarzer T-Shirts.

Und dann rempelte ich aus Versehen einen von ihnen an. Er war nicht wie die anderen jungen Leute. Er war nicht geschminkt und trug kein schwarzes T-Shirt, allerdings waren seine lockigen Haare lang und ungepflegt.

Um ins Gespräch zu kommen, machte ich einen Witz darüber, dass er als Einziger in dem Laden noch desinteressierter wirkte als ich.

— Ich bin mit einem Mädchen hier, rief er, um die New Yorker Geschichte zu übertönen. Ich weiß nicht, ob du sie gesehen hast, sie ist der blasseste Mensch hier. Sie hat vor einem halben Jahr eine Niere verloren und ist gerade erst aus dem Krankenhaus gekommen. Und sie hat keine Augenbrauen. Na ja, ihre richtigen Augenbrauen rasiert sie sich ab, glaube ich, und dann klebt sie sich welche aus Plastik an.

— Ich werde mal Ausschau halten, sagte ich.

— Ich bin nicht mal ihr Freund. Sie hat einen Freund. Er kommt aus Boston. Er ist auch hier, er trägt ein Hundehalsband und Stachelarmbänder. Und ein Netzhemd. Aber sie vögelt ihn nicht. Und mich vögelt sie auch nicht. Sie fasst mich nicht mal an. Der Einzige, den sie vögelt, ist Twiggy Ramirez.

— Wer?

— Der Bassist. Von der Band. Nicht dieser Band. Der nächsten Band. Marilyn Manson.

— Warum bist du hier?

— Sie hat mich gefragt. Also bin ich mitgekommen. Ein Blick reicht. Vielleicht liegt es an der fehlenden Niere. Vielleicht an den Augenbrauen. Aber ein Blick, Alter. Wenn die Band im Nordosten ist, läuft sie ihr nur noch nach und vögelt Twiggy Ramirez. Und ich laufe nur noch ihr nach.

— Klingt, als würde es sich lohnen.

— Tut es nicht, sagte er. Aber ich bin noch jung, ich kriege das schon noch raus.

— Kann ich dich was fragen?

– Schieß los, sagte er.

– Kommst du von hier? Aus Rhode Island?

– Ja, sagte er. Aus Chepachet.

– Wie nennst du die Dinger, aus denen Wasser kommt? Die Dinger, aus denen man trinkt, die in Schulen und Flughäfen in den Gängen stehen?

– Sprudler?, fragte er.

Das Licht ging aus, es wurde sehr laut, und dann war Marilyn Manson bei uns. Da war es also, Baby, da sahst du den Weg allen Fleisches.

Der Leadsänger, der so hieß wie die Band, trug ein Korsett, das gleichzeitig eine Zwangsjacke war, die Schnüre baumelten schräg herunter. Die halbe Band trug Frauenkleidung. Jungs in Kleidern! Und die Menge sang mit, und dann riefen alle zusammen mit Manson: »Wir hassen Liebe! Wir hassen Liebe!«, und dann coverte die Band die Eurythmics, sie spielte »Sweet Dreams«, das ich mal bei einer Poolparty im Cave Canem gehört hatte. MDMA-Schwingungen brandeten durch die Zeit. Und dann stand Manson auf einem Podest, die anderen Bandmitglieder hatten sich wie Nazis gekleidet, und er zerriss eine Bibel und prangerte Gott oder Jesus oder die Kanaim oder wen auch immer an, und ich glaube, in diesem Moment bin ich gegangen. Ich bahnte mir inmitten von schwarzer Schminke und der Seligkeit eines Schäferstündchens mit Bela Lugosi einen Weg zwischen den ganzen Kids hindurch.

Hinaus auf die Straßen von Providence.

Ich hatte zwei Bücher über die Zukunft geschrieben, doch jetzt erkannte ich es. Die gesamte Kultur Amerikas strömte von unten empor, von all den verkorksten schwulen Kids, die sich in Clubs versteckten, von all den Schwarzen, deren intellektuelles und künstlerisches Vermächtnis jahrzehntelang geraubt worden war, und sie wurde kopiert und kopiert und kopiert, bis alle befremdlichen Eigenheiten verloren waren. Bis man ein glattes und vermarktbares Produkt hatte.

Marilyn Manson war, als würde man einen jüngeren Bruder in abgelegten Klamotten sehen. Alles war vorhanden. Das Crossdressing, die ausgefallenen Kostüme, die Mätzchen, die schockieren sollten, die Anklänge an den Horrorfilm, der Glamour Hollywoods und die Serienkillerkultur, die Angriffe auf das Heilige und das Profane, die Grenzüberschreitungen.

Und jetzt gab es das für Heteros! Für verdammte Heterosexuelle mit schwarzem Lippenstift! Im Tunnel Basement und bei der Disco 2000 hatte es keine Trennung von Gästen und Bühne gegeben. Man konnte sich hinstellen und seine eigene Pisse trinken und ein Star sein. Klar, jeder wusste, dass Michael die Show leitete, aber er war nicht die Show. Alle waren die Show.

Marilyn Manson stand bei Interscope Records unter Vertrag, einer Tochter von MCA Records, die ihrerseits eine Tochter von Seagram war. Bei diesem Stammbaum wusste man genau, wie groß der magische Kreis war und wen er fernhielt. Künstler. Konsument. Künstler. Konsument.

In New York, wo man überall New Yorker Geschichten über Mädchen hörte, die vom Empire State Building gesprungen waren, vergaß man manchmal, wie es im restlichen Land war, man vergaß, wie weit die Leute hinterherhinkten, selbst wenn sie nur dreihundert Kilometer entfernt lebten, man vergaß, dass es eine Welt voller Menschen gab, deren Leben und Geschmack von anderen Menschen kontrolliert wurden, von Menschen, denen die Kids in Providence nie begegnen würden, Menschen, die in den Kids in Providence nichts anderes als Konsumenten sahen, als Schachfiguren, die man beliebig verschieben konnte, kontrolliert von Menschen, die in Büros arbeiteten und ästhetische Erfahrungen schufen, die Hunderte, Tausende, Millionen von Leben beeinflussen konnten, und dass die Menschen, die beeinflusst wurden, davon nichts ahnten; sie ahnten nicht, dass Kultur nicht spontan entstand, sie ahnten nicht, dass sie nur benutzt wurden, von den Arschlöchern in New York, den Arschlöchern in Los Angeles, den Arschlöchern in Washington, den Arschlöchern in London, den Arschlöchern in Paris.

Von Arschlöchern wie mir.

Diese Kids in Providence, die alle aussahen, als hätten sie sich in den Armen von Bela Lugosi zum Orgasmus geröchelt, konnten sich die komplexen Vorgänge, die nötig waren, um ihr Fleisch ins Strand zu bringen, nicht vorstellen, sie konnten sich nicht vorstellen, dass eine landesweite Manipulationsmaschine ihre Träume beherrschte.

Im Strand hatte nicht einmal Marilyn Manson Pisse getrunken, und es gab nur einen Star, und sein Name war groß angeschlagen, und er scheffelte einen Haufen Geld für einen Haufen Leute, während sein Bassist ein Mädchen mit nur einer Niere und ohne Augenbrauen vögelte.

Der König war tot. Lang lebe der König.

Als ich wieder in meinem Hotelzimmer war, schrieb ich eine Kurzgeschichte zu Ende. Nachdem Bob Glück erfahren hatte, dass ich den *Unendlichen Spaß* nicht rezensieren würde, hatte er geschrieben, ich solle trotzdem etwas einreichen. Schick einfach, was du willst. Dem Brief hatte ein Buch beigelegen: *REAL: The Letters of Mina Harker and Sam D'Allesandro* von Dodie Bellamy und Sam D'Allesandro.

Bellamy hatte ihre Briefe verfasst, während der Geist Mina Harkers, der unbewegten Bewegerin von Bram Stokers *Dracula*, von ihr Besitz ergriffen hatte, und hatte auf äußerst poetische Art und ausführlich psychogeographische sexuelle Streifzüge durch San Francisco beschrieben. Das Garn, das ich als Antwort auf dieses Buch spann, nannte ich »Das Gottesloch«. Es ist eine Liebesgeschichte.

Die *Daily News* brachte einen Artikel von A.J. Benza, in dem er mutmaßte, eine im Harlem River gefundene Leiche könne Angel sein. Der Rechercheur der Zeitung hatte sich nicht die Mühe gemacht herauszufinden, dass der Harlem River oberhalb von Manhattan verlief und die Insel von der Bronx trennte. Der Rechercheur der *Daily News* hatte sich auch nicht die Mühe gemacht herauszufinden, in welche Richtung der Hudson floss.

Trotzdem besiegelte dieser Artikel Michaels Untergang. Sein Erscheinen half dem Gedächtnis eines Polizisten auf die Sprünge, der einen Anruf von Staten Island entgegengenommen hatte. Kinder hatten eine Leiche in einem Karton gefunden. Bei der Autopsie wurden Schädelverletzungen und Anzeichen für Erstickung festgestellt. Die Leiche hatte keine Beine.

Die offiziellen Stellen nahmen die Arbeit auf.

Michael Alig sprach auf meinen Anrufbeantworter. Er sagte, er veranstalte Freitagnacht im Mirage in Hell's Kitchen eine neue Party, die Honey Trap heißen sollte. Er lud mich zur großen Einweihungsfeier am 11. Oktober ein.

Ich kam erst später nach Hause. Michael rief nicht noch einmal an, was bedeutete, dass ich keine Ausreden erfinden musste. Dass ich überhaupt eine Ausrede gebraucht hätte, vermittelt vielleicht ein Gefühl für die Bizarro-Welt, die New York 1996 war. Michael hatte Angel ermordet. Ich wusste das. Alle wussten es. Die Presse hatte es aufgedeckt. Warum zum Teufel ließ ihn jemand eine Party veranstalten? Warum sollte ich mich bei einem Mörder dafür entschuldigen, dass ich seiner Soiree fernblieb?

Schreiben Sie mein mangelndes Interesse meiner Erschöpfung zu. Ich hatte die großen, offenen Weiten Amerikas ertragen. Hunderte Menschen zu treffen, die Romane lasen, hatte mich ausgelaugt.

Meine Lesungen waren Variationen desselben Themas gewesen. Ich hatte geredet und geredet und geredet. Eine Handvoll Zuhörer hatte Interesse geheuchelt. Andere hatten ihre Langeweile nicht verbergen können. Und in jeder Stadt hatten ein oder zwei Schlauköpfe nach Michael gefragt.

Die Lesereise endete. Ich fuhr nach Hause.

Ich wollte allein sein, und dafür gibt es keinen besseren und keinen schlechteren Ort als Manhattan. Ich liebte jede dumme Straße, jedes hässliche Gesicht, jedes abstoßende Apartmenthochhaus. Ich liebte das alte New York, das aus der Vergangenheit hervorbrach. Ich liebte das neue New York, das in die Zukunft wies. Mir war egal, dass die Insel gentrifiziert war. Mir war egal, dass Rudy das soziale Gefüge zerstörte.

Das rasterförmige Straßennetz und der völlige Wirrwarr der Straßen unterhalb der 14th Street und der Wahnsinn von Millionen eng zusammengepferchter Menschen und die Flut unter der Woche, wenn weitere Millionen aus der Umgebung hereinströmten. Der seltsame Winkel des Empire State Buildings von der Bowery aus gesehen. Jeder darauf versessen, anderen den letzten Dollar aus der Tasche zu ziehen. Das sind die Zutaten eines Hexengebräus, der unbestreitbaren schwarzen Magie von Manna-hata.

Auch ich lebte. Ich lief durch die Straßen von Manhattan Island und badete in den Gewässern, die es umgaben. Ich fuhr mit der U-Bahn. Ich dachte mir Ausreden aus, um im Kinko's in der 12th Street Kopien zu machen, und stopfte mich bei Big Enchilada mit üppig gefüllten Burritos voll. Ich vertrieb mir die

Zeit in der Stadtbibliothek. Ich geisterte durch die Parks und amüsierte mich sehr darüber, dass an der Washington Square South eine mobile Polizeiwache aufgetaucht war. Ich schlenderte die St. Mark's entlang und beobachtete die Kids, die bei Freaks einkauften oder bei Religious Sex. Ich erfreute mich an dem Straßenabschnitt zwischen der First und der Avenue A, wo die jamaikanischen Drogendealer einem schlaksigen weißen Dealer in Raverklamotten namens Nev unterstanden. Ich streifte durch die vier Verkaufsetagen von Irreplaceable Artifacts. Ich verbrachte Stunden in der Met. Ich sah mir Filme in Kips Bay an, am Times Square, in der 19th Street, im Cinema Village, im Quad, unter David Wojnarowicz' altem Studio, in der Third Avenue, im Music Palace.

Manhattan! Meine einzige große Liebe. Verlass mich nie!

November 1996

Baby geht zur Honey Trap

Am 2. November rief Adeline an.

— Baby, sagte sie, in der *Daily News* steht ein Artikel. Sie haben Angels Leiche identifiziert. Seite 16.

Ich lief aus dem Haus und kaufte die Zeitung. Da stand es schwarz auf weiß, geschrieben von John Marzulli. ANGESPÜLTE LEICHE IST VERMISSTES CLUB KID.

Ich musste zur Honey Trap.

8. November. Freitagabend. Ich lief zur West 56th Street, zwischen der Eleventh und der Twelfth Avenue. Die Schlange davor war nicht der Rede wert. Ich sprach mit Kenny Kenny, der als Türsteher arbeitete. Michael sei oben, sagte Kenny, die Party finde im ersten Stock statt.

Ich hatte mich in Schale geschmissen mit meinem Anzug von Gieves & Hawkes und einem Deerstalker-Hut, den ich in der Canal Street einem Typen mit ungeniertem Körpergeruch für fünf Dollar abgekauft hatte.

Im Mirage hatte man das Gefühl, man würde durch Raum und Zeit in ein Wohnzimmer in New Jersey versetzt. Der DJ war Whillyem Ikillyou, einer von Michaels letzten Jüngern. Ich hatte noch nie von ihm gehört.

Eine Mischung aus Gaffern, Zaungästen und Club Kids der

letzten Generation. Die Stammgäste, die jahrelang zum Gefolge gehört hatten, fehlten. Ein Typ sprach mich an und stellte sich als Journalist vom *Guardian* vor. Ich dachte, er hätte mich mit einem anderen Journalisten verwechselt, aber er wusste, wer ich war.

— Ich habe dein kleines Buch über Michael, sagte er.

— Hast du es gelesen?

— Noch nicht, sagte er.

— Es geht nicht um Michael.

— Da deutet Mim Udovitch in der *Details* aber was anderes an.

— Dieser gottverdammte Artikel bringt mich noch ins Grab, sagte ich. Das Buch ist ein Noir-Krimi und spielt in der fernen Zukunft. Es gibt eine Figur, die entfernt an Michael angelehnt ist. Die Verbindung ist minimal.

— Ich verstehe schon, sagte der Journalist vom *Guardian*. Seit die Abrechnung naht, gehen alle auf Abstand. Du weißt, dass er mit der Drogenbehörde zusammenarbeitet, oder? Er wird gegen Gatien aussagen. Deshalb haben sie ihn noch nicht verhaftet. Er hat eine Abmachung ausgehandelt. Er bekommt volle Immunität.

— Armer Peter, sagte ich.

— Kennst du den Einäugigen? Würdest du offiziell etwas über ihn sagen?

— Kein Kommentar, antwortete ich. Wo ist Michael überhaupt?

— Er treibt sich irgendwo herum, sagte der Typ vom *Guardian*. Als ich ihn das letzte Mal gesehen habe, hatte er eine Flasche Champagner dabei.

Auf der Tanzfläche war nichts los. Die Tische waren nicht besetzt. Was sich rührte, waren vor allem die Sicherheitsleute, die mit ihren Taschenlampen nach Drogen suchten. Der Wärmetod durch Entropie eines Mikrokosmos. Vielleicht ging alles so zu Ende, zerfaserte zur Bedeutungslosigkeit. Es kam mir dünn vor, als könnte ich hindurchsehen, als hätte ich die Fähigkeit verloren, die mir erlaubt hatte, Clubs zu besuchen und mich nicht an den schrecklichen Menschen zu stören. Oder an den geistlosen Oberflächlichkeiten. Vielleicht ist Veränderung der einzige Weg zum Überleben. Ich wusste immer, dass es so enden würde.

Michael lag in einem kleinen abgetrennten Bereich neben der Tanzfläche auf einem widerlichen rosa Bett. Ein Jahr lang hatten wir keinen Kontakt gehabt. Er sah aus wie ein Toter. Über dem Bett hing ein Foto von Martin Luther King jr. Ich dachte an gewaltlosen zivilen Ungehorsam als Form des öffentlichen Protests, an Kings späte Erkenntnis, dass die Probleme nicht an der Hautfarbe hingen, sondern an der Gesellschaftsschicht, dass arme Weiße und arme Schwarze mehr miteinander gemein hatten als arme Weiße und reiche Weiße. Ich dachte an den Marsch der Armen, den die Kugel eines Mörders am Lorraine Motel zerschmettert hatte.

Michael sah mich nicht einmal. Er war zu high. Was hatte ich erwartet? Dass er mir was vorjammern würde, dass wir uns unterhalten würden?

Ein Typ mit britischem Akzent fragte: – Willst du etwas dazu sagen, dass die Polizei Angels Leiche identifiziert hat?

Michael hörte ihn nicht. Er zog sich eine Line durch die Nase, ließ sich aufs Bett fallen und lag auf dem Rücken vor uns.

Danach habe ich ihn nie wiedergesehen.

Dezember 1996

Michael Alig wird verhaftet

Einen Monat später, am 5. Dezember, wurde Michael wegen des Mordes an Angel Melendez verhaftet. Die Polizei griff ihn in einem Motel in Toms River, New Jersey, auf. Am folgenden Dienstag war er die Titelgeschichte der *Village Voice*. Sie brachten es ganz groß: AUSGEFEIERT. DAS ENDE VON MICHAEL ALIG.

Ich las den Artikel nicht mal.

Dezember 1996

Adeline hat Neuigkeiten

Adeline rief mich unter dem Vorwand an, das Weihnachtsessen zu planen. Ich sagte, ich würde mit ihr und Jon und Emil essen. Wie schon an Thanksgiving.

Ich ging wieder aus und hatte mich mit einigen Typen verabredet, die Freunde von Parker kannten, aber keine der Beziehungen war ernst genug, um das Elend der Feiertage miteinander zu teilen. Die Lage war so desolat, dass ich überlegte, mich bei Abe zu melden und zu hören, was ein alter Knabe aus dem Mittleren Westen an Weihnachten so tat. Ich hätte gerne gewusst, ob er nach Hause fahren würde.

Adeline sagte, wir hätten etwas Wichtiges zu besprechen. Unter vier Augen. Wir trafen uns zum Abendessen im Around the Clock. Ich bestellte einen Hamburger. Sie nahm einen Caesar Salad mit gegrilltem Hähnchen.

– Baby, sagte sie, wir müssen über etwas reden.

– Den Ton kenne ich doch.

– Wir ziehen um, sagte sie.

– Wohin?, fragte ich.

– Nach Kalifornien.

– Sag mir bitte, dass du nicht nach Los Angeles ziehst.

– Heiliger Strohsack, sagte sie, bist du des Wahnsinns? Auch wenn ich der Freundschaft mit meinem lieben Mütterlein neues Leben eingehaucht habe, bin ich noch nicht so abgedreht.

— Wohin dann?

— Nach San Francisco.

Winterbloss bedrängte Adeline, sie solle zurückkommen, weil er hoffte, sie könnten die Arbeit an *Trill* ankurbeln. Die Comics liefen immer noch als Heftchen, verkauften sich aber außergewöhnlich gut als Sammelbände. Er malte sich aus, dass sie daraus enormes Kapital schlagen konnten. Bisher hatte Adeline seinen Bitten widerstanden, vor allem, weil sie Jon nicht seine Arbeitsmöglichkeiten vermurksen wollte. Aber Jon hatte mit ein paar Leuten aus den alten Punkerzeiten gesprochen, und sie hatten ihm versichert, er könne in San Francisco den gleichen Job bekommen. Unter der Herrschaft von Bürgermeister Willie Brown litten die Strafverfolgungsbehörden von Bagdad an der Bucht keinen Mangel an Menschen, die es fertigzumachen galt. Außerdem hatte Jon die Zulassungsprüfung für das Jurastudium bestanden und überlegte, sich an der UC Hastings zu bewerben.

Außerdem rasselte Nash Mac mit den Säbeln, weil er seinen Sohn nie zu Gesicht bekam.

— Wann?, fragte ich.

— Am 15. Januar.

— Was ist mit der Wohnung?

— Ich dachte, du möchtest sie vielleicht wieder übernehmen, sagte sie. Du könntest deine jetzige Bleibe untervermieten und wärst wieder in der 7th Street, wo du immer sein wolltest.

— Der einzige Ort, an dem ich sein will, ist 31 Union Square West.

— Man kann die Vergangenheit nicht wiederholen, sagte sie.

— Man kann die Vergangenheit nicht wiederholen? Natürlich kann man das.

Aber ich willigte ein. Ich willigte immer ein. Außerdem hatte Adeline recht. Ich wollte wirklich wieder in die 7th Street ziehen. Das East Village fehlte mir. In der zweiten Januarhälfte konnte ich meinen Kram hinbringen.

Dezember 1996

Baby versucht sich an einem neuen Buch

Ich begann mit einer leicht verfremdeten fiktionalen Biographie über unsere elf Jahre in New York. Jedes Kapitel umfasste ein Jahr und wurde entweder von Babys Alter Ego oder von Adelines Alter Ego in der ersten Person erzählt. Und statt sich an der ganzen Fülle des Jahres zu versuchen, sollten die meisten Kapitel Ereignisse und Menschen sezieren. Wir waren skurrilen Gestalten begegnet und hatten zur rechten Zeit am rechten Ort gelebt. Ich konnte aufzeichnen, was geschah, als Schreiber fungieren. Ich ersann sogar einen Titel. *Brennen für den heiligen unbefleckten Trip.*

Der heilige unbefleckte Trip stammte aus einer Kurzgeschichte von Onkel Bill Burroughs »The Junky's Christmas«. Ich hatte sie in *Interzone* gelesen, aber der Text hatte für mich erst Wucht entfaltet, als ich die gesprochene Version auf *Spare Ass Annie and Other Tales* gehört hatte.

Ich schrieb mühsam ein paar tausend Wörter über meinen ersten Tag in New York. Über das besetzte Haus, Adeline, Bobby, das Second Avenue Theater, 31 Union Square West.

Ich gab das Projekt auf. Wenn ich dem *Unendlichen Spaß* seine Verfehlungen vorhielt, war es reine Heuchelei zu glauben, dass ein Buch über mein Leben oder ein Buch über Adeline anders sein konnten. Wir waren auch nur eine Gruppe reicher Weißer, die Drogen nahmen.

Ich dachte darüber nach, wie man Romane schuf und wie man wohl ein Buch schaffen könnte, das Literatur nahekam, ohne in die Identitätsfalle zu geraten. Meine anderen Romane waren dem großen weißen Loch dank ihrer Zugehörigkeit zur Science-Fiction entkommen. Aber ich wollte nicht mein ganzes Berufsleben damit zubringen, über depressive Roboter zu schreiben, die sich Drogen mit Namen wie Substanz T und CHEW-Z spritzten.

Ich überlegte, wovon in Romanen nie die Rede ist. Etwa davon, dass die Kultur von unten heraufströmt. Dass die Form wichtiger ist als der Inhalt. Dass die Redefreiheit der Trostpreis der Demokratie ist. Dass Ansichten über universelle Menschenrechte mehr über den Menschen enthüllen, der diese Ansichten hegt, als etwas Universelles über das Menschsein. Dass der schwerste Teil eines politischen Amtes nicht darin besteht, mit den Menschen umzugehen, deren Meinungen den eigenen entgegenlaufen, sondern diejenigen zu ertragen, die auf der gleichen Seite stehen. Dass Interventionen im Ausland nie funktionieren, egal, welchen Zweck sie haben. Dass Bücher die tödlichsten Waffen sind, die die Menschheit je erfunden hat. Dass Flugreisen eine Abscheulichkeit sind und die Seele zerstören. Dass Plastik einen Teil der Freude aufsaugt. Dass Neonlicht das Erleben der Moderne vergiftet hat. Dass keine konkrete Handlung eines Einzelnen oder einer Gruppe irgendetwas bewirkt und das Leben trotzdem weitereilt. Dass die Gesellschaft zerbricht, wenn sie mit Geisteskrankheit konfrontiert wird. Dass es das Beste ist, vor dem abgrundtief Bösen nicht entsetzt zurückzuschrecken, sondern ihm ins Gesicht zu lachen, trotz allen menschlichen Leidens. Dass wir seelischen Schmerz zum Fetisch erhoben haben, um unsere erotischen Impulse zu umgehen. Dass Jesus ein weißer Magier im Sinne von Apollonios von

Tyana war und beide den Tod durch ganz ähnliche rituelle Magie mit Samenflüssigkeit besiegt hatten. Dass wir den Zweiten Weltkrieg als große ehrenwerte Schlacht hingestellt hatten, in der die Mächte des Guten es mit zwei totalitären Regimes aufgenommen und gewonnen hatten, während wir in Wahrheit nur eine antisemitische völkermordende Abscheulichkeit durch einen Pakt mit einer anderen antisemitischen völkermordenden Abscheulichkeit besiegen konnten und die Konsequenzen noch fünfzig Jahre später spüren sollten. Dass jede Gesellschaft ausnahmslos die Dinge für die wichtigsten hält, die am unwichtigsten sind. Dass Dummheit und Unwissen durch fortwährende Bildung ausgemerzt werden können. Dass die einzige Hoffnung für unsere Zukunft darin besteht, dass diese Bildung jedem Angehörigen unserer Art lähmende Neurosen anhängt, durch die wir nicht mehr in der Lage sind, uns gegenseitig zu verletzen. Dass schon das Konzept, jemand sei begabt oder ein Genie, ein soziales Konstrukt ist, das privilegierte Kinder bevorzugt. Dass der Stempel Wunderkind das so abgestempelte Kind in einen Zustand tiefer Unfähigkeit versetzt, in dem es die einfachsten Dinge nicht begreift, die alle anderen herausgefunden haben, bis sie sechzehn sind. Dass Frauen klüger sind als Männer. Dass das Konzept der Intelligenz von Männern ersonnen wurde, um Frauen auszugrenzen. Dass jede der konkurrierenden Theorien über die Weiterentwicklung der Menschheit von jemandem unterbreitet wird, der daran verdienen kann, und keine auch nur einen Hauch echtes Leben in sich trägt. Dass diese Theorien die Menschen dazu bringen, ihre Rolle auf dieser Welt falsch zu verstehen. Dass das Tier Mensch so gepolt ist, den lautesten Idioten und den hysterischsten Frauen gleich viel Beachtung zu schenken. Dass jeder mächtige Mann, dem ich je begegnet bin, eine stinkende, durchschaubare Ansammlung von Unsicherheiten war. Dass andere Leute sich sprachlos vor Ehrfurcht und Bewunderung überschlagen, wenn sie diesen Gestank schnuppern, obwohl er sich nicht vom Geruch von Scheiße unterscheiden lässt. Dass Menschen das Verlangen nach Anführern haben, die nicht anführen können. Dass eine Beleidigung nicht an den Gefühlen des Beleidigten gemessen werden sollte, sondern an der Gedankenlosigkeit des Missetäters. Dass Amerika von Anbeginn an ein kaputtes Land war, ein Land gegründet von den reichsten Männern im Dienste eines unmoralischen Systems mehrerer Völkermorde, und dass die Ideale unserer von Grund auf makelbehafteten Verfassung nicht mehr sind als unausgegorene Banalitäten, die wir dem Rest der Welt aufdrängen. Dass eine komplette Gesellschaft unabhängig von der Gesinnung des Einzelnen dumme Vorstellungen als gegebene Tatsachen internalisieren und verbreiten kann, egal, welche Beweise dagegensprechen. Dass jeder Bürger Amerikas zur Hölle fährt, falls es eine geben sollte, und wir, wenn wir dort ankommen, die folgenden Bilder in zufälliger und wiederkehrender Reihenfolge auf Felswände projiziert sehen werden: einen Sklaven in Ketten, einen Cherokee, der auf blutigen Stümpfen geht, das verbrannte Fleisch einer Frau, die sich aus einem Fenster der Triangle Shirtwaist Factory gestürzt hat, ein vietnamesisches Mädchen, das Agent Orange einatmet, eine Queen, die an der Ecke Sullivan und Houston zusammengeschlagen wird, und einen zehnjährigen chinesischen Jungen, der einen Fernseher zusammenbaut. Wie meine Mutter mich ins Bett brachte, als ich acht Jahre alt war. Wie mein Vater mich umarmte und küsste. Dass meine Familie mir erst vom Tod meiner Großmutter erzählte, als sie schon beerdigt war. Dass ein unvorhergesehener Tod jahrzehntelanges Leid verursachen kann. Wie du bei unserer ersten Begegnung aussahst. Dass ich dich acht Jahre lang geliebt habe und zehntausendmal in dir gekommen bin und mich an nichts von dir erinnern kann. Dass betrunkene Fahrer die Welt zerstören. Dass Adeline mir mein Leben gegeben und mich gerettet hat.

Und doch schreiben die Menschen immer noch. Und doch kommen die Wörter immer noch.

Weihnachten 1996

Am Weihnachtstag lief ich zu meiner früheren und künftigen Wohnung. Sie begingen das Fest für Emil. Ein Punk aus dem East Village, der Anwaltsgehilfe geworden war, und seine Comics zeichnende Freundin hatten sich eine unkonventionelle Version einer Mittelschichtsfamilie aufgebaut.

Ich rief unten auf der Straße. Jon ließ mich ins Haus. Wir begrüßten uns. Ich fragte, wie es mit dem Packen voranging. Er sagte, das sei kein Problem, zumindest bei seinen Sachen nicht, weil er erst vor ein paar Monaten eingezogen war.

— Ich habe nicht mal ausgepackt, sagte er. Nicht so richtig.

— Und Adeline?

— Bei Adeline sieht die Sache anders aus.

Die Wohnung war mit Weihnachtskitsch geschmückt. Mit ihrer Schürze wirkte Adeline etwas überfordert. Emil rannte mit scheußlichem Plastikspielzeug herum, das aussah, als hätte Suzanne es geschickt. Zerfetztes Geschenkpapier lag auf dem Boden verstreut wie die Leichen am Chickamauga.

— Entschuldige diese Katastrophe vielmals, sagte sie, aber so ist Weihnachten nun mal. Ich erinnere mich, dass Mutter und Daddy uns Geschenke gemacht und wir das Haus mit Müll eingedeckt haben. Und jetzt wiederholen wir ihre Sünden mit einer neuen Generation.

— Baby, sagte Emil, komm gucken.

Ich folgte dem Kind in sein Zimmer und setzte mich auf den Boden. Er hob eine Stoffpuppe hoch. Sie sah aus wie eine Figur aus der Sesamstraße.

— Wie heißt er?, fragte ich.

— Elmo, sagte Emil. Guck.

Er kitzelte das Spielzeug am Bauch, wodurch das Ding lachte und sich schüttelte.

— Das kitzelt!, sagte die Figur. O Mann!

Emil kitzelte das Spielzeug noch einmal, was weitere heftige Lachanfälle hervorrief. Ich sah zu, solange ich konnte, aber von dem kreischenden Ding bekam ich Kopfschmerzen.

— Elmo wird dich in den Wahnsinn treiben, sagte ich zu Adeline.

— Mutter hat ihn geschickt, sagte sie. Ich hoffe, dass Elmo bald kaputtgeht. Er hat den ganzen Vormittag über geschrien.

— Offensichtlich, sagte ich, leben wir in der besten aller möglichen Welten.

Wir gingen in ihr Schlafzimmer. Bald würde es meines sein. Wenn ich wollte. Vielleicht würde ich auch mein altes Zimmer behalten und aus Adelines ein Büro machen. Beide Zimmer waren gleich groß. Es machte keinen Unterschied.

— Ich verpacke mein gesamtes Leben, und dabei kommen allerhand seltsame Dinge zutage.

— Ich fasse es nicht, dass du weggehst.

— Baby, sagte sie, dramatisiere es nicht. Benimm dich nicht wie ein Parvenü. Wenn du uns vermisst, kauf ein verdammtes Flugticket. Du bist betucht. Du kannst bei uns wohnen, wann du willst. Ich werde immer Adeline sein. Du wirst immer Baby sein. Das wird sich nie ändern. Egal, an welchem Ort.

— Du wirst mir fehlen, sagte ich. Gott, warum hast du dir Kalifornien ausgesucht? Es gibt so viele andere Möglichkeiten. Überall anders, nur nicht Kalifornien!

— Das ist ja schön und gut, sagte sie, aber jeder von uns muss seinen eigenen Garten bestellen.